# MEU NOME
# É VERMELHO

ORHAN PAMUK

# MEU NOME É VERMELHO

*Tradução e glossário*
Eduardo Brandão

*1ª reimpressão*

Copyright © 1998 by Iletisim Yayincilik A. S.

*Grafia atualizada segundo o Acordo Ortográfico da Língua Portuguesa de 1990, que entrou em vigor no Brasil em 2009.*

*Título original*
Benim Adim Kirmizi

*Capa*
Jeff Fisher

*Preparação*
Eugênio Vinci de Moraes

*Revisão*
Larissa Lino Barbosa
Gabriela Ubrig Tonelli

*Atualização ortográfica*
Verba Editorial

Dados Internacionais de Catalogação na Publicação (CIP)
(Câmara Brasileira do Livro, SP, Brasil)

Pamuk, Orhan
  Meu nome é Vermelho / Orhan Pamuk ; tradução e glossário Eduardo Brandão — São Paulo : Companhia das Letras, 2013.

  Título original: Benim Adim Kirmizi.
  ISBN 978-85-359-2297-4

  1. Ficção turca I. Título.

13-05986                                            CDD-894.35

Índice para catálogo sistemático:
1. Ficção : Literatura turca 894.35

2022

Todos os direitos desta edição reservados à
EDITORA SCHWARCZ S.A.
Rua Bandeira Paulista, 702, cj. 32
04532-002 — São Paulo — SP
Telefone: (11) 3707-3500
www.companhiadasletras.com.br
www.blogdacompanhia.com.br
facebook.com/companhiadasletras
instagram.com/companhiadasletras
twitter.com/cialetras

*Para Rüya*

*Então, vós cometestes um assassinato e incriminais uns aos outros por ele.*
CORÃO, "A vaca", 72

*Nada há em comum entre aquele que é cego e aquele que vê.*
CORÃO, "O criador integral"
ou "Os sábios", 19

*A Alá o Oriente e o Ocidente.*
CORÃO, "A vaca", 115

# SUMÁRIO

1. Eu sou meu cadáver  9
2. Meu nome é Negro  14
3. Eu, o cão  21
4. Serei chamado Assassino  28
5. Eu sou o vosso Tio  37
6. Eu me chamo Orhan  45
7. Meu nome é Negro  50
8. Meu nome é Ester  55
9. Eu, Shekure  60
10. Eu sou a Árvore  72
11. Meu nome é Negro  78
12. Chamam-me Borboleta  92
13. Chamam-me Cegonha  102
14. Chamam-me Oliva  111
15. Meu nome é Ester  120
16. Eu, Shekure  126
17. Eu sou o vosso Tio  132
18. Serei chamado Assassino  139
19. Eu, o Dinheiro  147
20. Meu nome é Negro  154
21. Eu sou o vosso Tio  159
22. Meu nome é Negro  165
23. Serei chamado Assassino  172
24. Meu nome é Morte  179
25. Meu nome é Ester  184
26. Eu, Shekure  193
27. Meu nome é Negro  210
28. Serei chamado Assassino  218
29. Eu sou o vosso Tio  232

30. Eu, Shekure  *248*
31. Meu nome é Vermelho  *259*
32. Eu, Shekure  *264*
33. Meu nome é Negro  *271*
34. Eu, Shekure  *287*
35. Eu, o Cavalo  *302*
36. Meu nome é Negro  *306*
37. Eu sou o vosso Tio  *318*
38. Eu, Mestre Osman  *324*
39. Meu nome é Ester  *334*
40. Meu nome é Negro  *341*
41. Eu, Mestre Osman  *347*
42. Meu nome é Negro  *367*
43. Chamam-me Oliva  *380*
44. Chamam-me Borboleta  *383*
45. Chamam-me Cegonha  *386*
46. Serei chamado Assassino  *389*
47. Eu, o Diabo  *400*
48. Eu, Shekure  *406*
49. Meu nome é Negro  *411*
50. Nós, os dois Errantes  *427*
51. Eu, Mestre Osman  *431*
52. Meu nome é Negro  *451*
53. Meu nome é Ester  *471*
54. Eu, a Mulher  *487*
55. Chamam-me Borboleta  *493*
56. Chamam-me Cegonha  *508*
57. Chamam-me Oliva  *518*
58. Serei chamado Assassino  *530*
59. Eu, Shekure  *559*

Cronologia  *569*
Pequeno glossário  *571*
Sobre o autor  *573*

# 1. EU SOU MEU CADÁVER

**Agora,** sou meu cadáver, um morto no fundo de um poço. Faz tempo que dei o último suspiro, faz tempo que meu coração parou de bater mas, salvo o canalha que me matou, ninguém sabe o que aconteceu comigo. Esse crápula desprezível, para certificar-se de que tinha mesmo dado cabo de mim, observou minha respiração, espreitou minhas derradeiras palpitações, depois deu-me um chute nas costelas, arrastou-me até um poço, passou-me por cima da mureta e precipitou-me fosso abaixo. Minha cabeça, já rachada a pedra, esfacelou-se na queda; meu rosto, minha testa, minhas faces se estraçalharam; moeram-se meus ossos, minha boca encheu-se de sangue.

Há quatro dias não volto para casa. Minha mulher e meus filhos estão me procurando. Minha filhinha, já sem forças para chorar, deve estar olhando o tempo todo para o portão do quintal. Sim, eu sei que estão todos à janela, ansiando por minha volta.

Mas será que me esperam mesmo? Não posso saber. Vai ver já se acostumaram com a minha ausência. Que horror! Porque, uma vez do outro lado, temos a sensação de que a vida que deixamos para trás continua a passar como sempre passou, desde sempre. Antes que eu nascesse, estendiam-se atrás de mim tempos infinitos. Depois da minha morte, o tempo se desenrolará novamente, sem fim e sem limites! Nunca havia pensado nessas coisas antes: eu tinha vivido luminosamente, entre duas eternidades de escuridão.

Eu era feliz, agora sei que fui feliz. No ateliê de pintura do Nosso Sultão, eu é que fazia as mais belas iluminuras, diria até que não havia iluminador cujo talento se comparasse ao meu. Quanto às obras que executava fora do ateliê, rendiam-me por mês novecentas moedas de prata, o que, naturalmente, só torna a minha morte ainda mais insuportável.

Eu fazia miniaturas e iluminuras para os livros. Iluminava as beiradas das páginas colorindo suas margens com fidelíssimos desenhos de folhas, ramos, roseiras, flores e pássaros. Pintava nuvens com as bordas revoltas à chinesa, ramagens complicadas, matagais furta-cor onde se escondem gazelas, galeras, sultões, bosques e palácios, cavalos, caçadores... Na minha juventude, às vezes pintava o interior de um prato, o verso de um espelho, a concavidade de uma colher, o teto de uma mansão ou de um pavilhão à beira do Bósforo, a tampa de um baú... No entanto, nestes últimos anos só vinha trabalhando em páginas de manuscritos, porque o Sultão paga muito bem os livros de miniaturas. Não vou dizer que, agora, isso não tem importância para mim. Você sabe que o dinheiro significa muito, mesmo quando já se está morto.

Ante este prodígio — vocês ouvirem minha voz, apesar do estado em que me acho —, na certa vão pensar: "Quem vai se interessar em saber quanto você ganhava quando estava vivo? Conte-nos, isso sim, o que está vendo agora. Existe vida depois da morte? Onde está a sua alma? Como são o Inferno e o Paraíso? E a morte, como é? Dói?". Vocês têm razão. Sei que os vivos têm muita curiosidade de saber como é a vida depois da morte. Talvez vocês já tenham ouvido a história de um homem que, movido por essa simples curiosidade, passeava pelos campos de batalha, no meio do sangue e dos cadáveres, com a certeza de que encontraria, entre todos aqueles guerreiros agonizando em suas purulências, um que morresse, ressuscitasse e pudesse então lhe revelar os arcanos do outro mundo. Mas um soldado de Tamerlão, tomando aquele bisbilhoteiro por um inimigo, abriu-o ao meio, conta-se, com um só golpe da sua cimitarra, levando-o a concluir que no Além somos cortados em dois.

Ora, não é nada disso. Eu diria até que as almas separadas em vida voltam a se juntar aqui no Além. Mas, ao contrário das afirmações dos ímpios e incrédulos, dos libertinos e demais compadres do Diabo, existe sim um outro mundo, Alá é grande. A prova disso é que estou falando com vocês daqui. Estou morto, no entanto, como estão vendo, não parei de existir. Por outro lado, sou forçado a admitir que não encontrei o que se fala no Corão: nem Paraíso em que os rios banham pavilhões de ouro e de prata, nem galhos gigantescos carregados de frutas maduras, nem lindas virgens debaixo das árvores. Aliás, ainda me lembro muitíssimo bem quantas vezes, e com que prazer, eu mesmo representei essas beldades do Paraíso, de olhos imensos, a que se refere a surata do *Evento Inevitável*. Quanto aos quatro rios, de leite, de vinho, de água doce e de mel, que descrevem cheios de entusiasmo os visionários como Ibn Arabi — mas não o Venerável Corão —, é claro que não os encontrei. Devo lhes dizer no entanto que tudo isso está ligado à minha situação particular, pois não tenho a menor intenção de abalar a crença dos que vivem cultivando legitimamente essas esperanças e essas belas imagens do Outro Mundo. Mas qualquer crente, por pouco versado que seja nessa questão da vida após a morte, admitirá que é difícil, nesses tormentos sem trégua que são hoje o meu quinhão, entrever os rios do Paraíso.

Em poucas palavras, eu, que sou conhecido no meio dos pintores e entre os mestres miniaturistas pelo nome de Elegante Efêndi, estou morto mas ainda não fui enterrado. É por isso também que minha alma ainda não abandonou totalmente meu corpo. Para poder chegar ao Paraíso, ao Inferno ou a qualquer outro lugar que minha sorte me reserve, ela tem que sair do meu corpo abjeto. Essa minha situação excepcional, embora meu caso não seja, naturalmente, o primeiro, vem expondo a minha parte imortal a terríveis aflições. Se é verdade que não sinto meu crânio esfacelado, nem a lenta decomposição do meu corpo dilacerado nesta água glacial, percebo em compensação o profundo tormento da minha alma lutando para deixá-lo. É como se o mundo inteiro se contraísse dentro de mim, comprimido como por uma morsa.

Só posso comparar essa sensação de compressão com a sensação de alívio que surpreendentemente experimentei no instante preciso da minha morte. Quando minha têmpora fendeu-se ao golpe inesperado da pedra, se bem que eu tenha imediatamente compreendido que aquele canalha queria me matar, não pude acreditar que ele conseguiria. Conservei todas as minhas esperanças, um traço de caráter que minha vida tão pálida, entre o ateliê e a minha casa, não me havia em absoluto permitido notar. Tentei pois me agarrar à vida com unhas e punhos, com meus dentes que o mordiam sem soltar... Mas não quero aborrecê-los mais com o horrível relato de todas essas atrocidades.

Quando entendi, com tristeza, que ia morrer, uma incrível sensação de alívio me invadiu, como eu disse, e foi com essa sensação que vivi o instante da travessia: minha chegada deste lado se deu suavemente, fácil como o sonho de um homem que sonha estar dormindo. A última coisa que vi foram os calçados cheios de lama e de neve daquele canalha, meu assassino. Fechei os olhos como para dormir e passei, suavemente, para o outro lado.

Não é dos meus dentes que me queixo agora, espalhados como grãos-de-bico grelhados na minha boca sanguinolenta, nem do meu rosto, tão esfacelado que se tornou irreconhecível, nem mesmo de estar abandonado aqui, no fundo de um poço, mas de saber que ainda me creem vivo. Que as pessoas que me amam pensem em mim o tempo todo, imaginando que estou me distraindo de alguma maneira idiota num bairro mal-afamado de Istambul, ou que eu esteja até, neste instante, correndo atrás de uma mulher que não é a minha, aí está o que de fato me dói e impede que minha alma encontre repouso. Chega! Tomara que encontrem logo o meu cadáver, que recitem a prece e me deem enfim um funeral e um enterro! E, principalmente, que encontrem meu assassino! Enquanto esse canalha não for descoberto, quero que todos saibam, mesmo que me metam no mais suntuoso dos mausoléus, eu vou me virar e revirar na tumba sem encontrar paz e não cessarei de infestar vocês todos com a peçonha da impiedade. Encontrem esse filho da puta, que eu lhes conto com todos os detalhes o que eu vir lá, no Outro

Mundo. Mas, quando o descobrirem, deverão torturá-lo, quebrar-lhe oito ou dez ossos num torniquete, de preferência as costelas, fazendo-as estalar lentamente uma depois da outra; depois arranquem-lhe os cabelos ensebados, nojentos, um a um, até ele gritar bem alto, enquanto os carrascos lhe esfolam a pele do crânio, com aquelas grandes agulhas feitas para esse fim.

Quem é esse assassino que me inspira tanta raiva? Por que ele me matou assim, de uma forma tão inesperada? Ponham o cérebro para funcionar! Vocês não dizem que o mundo está cheio de criminosos vis e rasteiros? Que pode ter sido este, que pode ter sido aquele? Nesse caso, deixem-me avisá-los desde já: por trás da minha morte se esconde um repugnante complô contra nossa visão de mundo, nossos costumes, nossa religião. Abram os olhos e tratem de descobrir por que os inimigos do islã e da vida como nós a vivemos, na qual acreditamos, deram cabo de mim e por que poderiam perfeitamente matar vocês também, um dia. Cada uma das grandes predições do grande pregador de Erzurum, Nusret Hodja, de quem eu bebia cada palavra com lágrimas nos olhos, se realiza com exatidão. Deixem-me lhes dizer também que, se resolvessem contar num livro o que acontece conosco, nem mesmo o mais talentoso dos iluminadores seria capaz de ilustrá-lo. Tal como o Venerável Corão — não interpretem mal minhas palavras! —, a força surpreendente desse livro viria de nunca poder ser posto em imagens. Aliás, duvido que vocês tenham compreendido esse fato plenamente.

Saibam que, na época em que eu era aprendiz, embora tivesse medo das realidades ocultas e das vozes vindas do Além, não lhes dava a menor bola, na verdade até ria delas. E não é que fui acabar no fundo deste deplorável poço! A mesma sorte poderia muito bem caber a vocês: olho vivo! Quanto a mim, não tenho nada mais a fazer, senão esperar que, se eu começar a apodrecer, quem sabe me encontrem por causa do mau cheiro... Enquanto isso, imagino as torturas que alguma pessoa caridosa haverá por bem infligir ao meu ignóbil assassino, quando o encontrarem.

# 2. MEU NOME É NEGRO

**Após uma ausência de doze anos,** voltei como um sonâmbulo a Istambul, cidade onde nasci e cresci. Dizem que a terra chama os que vão morrer, mas no meu caso era a morte que me chamava. Ao voltar para lá, no começo pensei que só encontraria a morte, mas depois também encontrei o amor. No entanto, esse amor, na época em que eu voltava a Istambul, era tão distante e impreciso quanto minhas lembranças da cidade. Doze anos antes, foi nessa cidade que me apaixonei perdidamente por minha prima, que ainda era uma menina.

Somente quatro anos depois de partir pela primeira vez de Istambul, ao viajar pelas intermináveis estepes do Irã, por suas montanhas cobertas de neve e seus tristes vilarejos, levando cartas ou arrecadando impostos, é que eu me dei conta de que havia, insensivelmente, esquecido o rosto daquela menina que eu amara. De início, essa constatação me inquietou, e eu fazia grandes esforços para me lembrar dele, até finalmente compreender que o homem, qualquer que seja o seu amor, sempre acaba esquecendo um rosto que fica muito tempo sem ver. Ao fim dos seis anos que passei viajando como secretário a serviço de diversos paxás, eu já sabia que o rosto mantido em vida por minha imaginação não era mais o daquela que eu amara. Mais tarde, lá pelo meu oitavo ano de exílio, já havia esquecido o rosto de que eu me lembrava no sexto ano e visualizava uma fisionomia bem diferente daquela. Assim, ao voltar para a minha cidade doze anos depois, aos trinta e seis anos de vida, eu tinha a penosa consciência de ter esquecido completamente o rosto da minha amada havia muito tempo.

Muitos dos meus amigos, parentes ou vizinhos de bairro tinham morrido durante esses doze anos. Fui ao cemitério que sobranceia o Chifre de Ouro, onde rezei por minha mãe e meus tios, falecidos na minha ausência. Senti um cheiro de terra úmida. Alguém havia quebrado um vaso de flores perto do túmulo da minha mãe e, não sei por que, ao ver os pedaços partidos, desatei a chorar. Seria pelos mortos que eu chorava ou porque, após tantos anos, eu ainda estava estranhamente no início da viagem da vida? Ou seria porque, ao contrário, eu sentia que chegava ao fim da viagem? Uma neve, muito tênue ainda, tinha começado a cair. Eu já ia embora, já ia mergulhar entre os flocos que o céu cuspia aqui e ali, já ia me perder na estrada indiscernível da minha existência, quando percebi, num lugar abrigado do cemitério, um cachorro negro, que me fitava.

Minhas lágrimas pararam de correr, assoei-me e saí do cemitério olhando para aquele cachorro negro, que balançava o rabo em sinal de amizade. Mais tarde, estabeleci-me no nosso bairro, alugando uma das casas em que um dos meus parentes por parte de pai tinha morado tempos atrás. A mulher do proprietário descobriu uma semelhança entre mim e seu filho, morto na guerra contra os *safávidas**. Ela aceitou arrumar a casa e cozinhar para mim.

Saí às ruas, não como se eu tivesse acabado de voltar para Istambul, mas de me instalar provisoriamente numa cidade árabe do fim do mundo, e como se visitasse um lugar novo e cheio de surpresas. Caminhei um bom tempo, até me fartar. As ruas teriam encolhido ou era só impressão? Aqui e ali, nas ruelas que se esgueiravam entre as casas face a face, eu me via forçado a colar-me às paredes e às portas, a fim de evitar cavalos, carroças e carruagens. Os ricos eram mais numerosos ou era só impressão também? Vi uma carruagem luxuosa, como não se encontra igual na Arábia ou na Pérsia: puxada por cavalos magníficos, mais parecia uma fortaleza atrelada. Tam-

---

* As palavras destacadas em *itálico* estão definidas no Glossário, na página 571.

bém vi, perto da Coluna Queimada, apertados uns contra os outros entre os odores agressivos do Mercado de Aves, mendigos esfarrapados e obscenos. Um deles, cego, olhava sorrindo a neve cair.

Se tivessem me dito que Istambul tinha ficado mais pobre, mais estreita e mais feliz, eu não teria acreditado, claro, mas era isso o que meu coração me dizia. Embora a casa da minha amada continuasse situada onde sempre esteve, escondida no meio das tílias e dos castanheiros, eram outras as pessoas que moravam lá, como fiquei sabendo ao perguntar à porta. Descobri que minha tia materna, mãe da minha amada, morrera e que o marido dela, meu Tio, e sua filha tinham se mudado. Foi assim que vim a saber que o pai e a filha foram vítimas de certos infortúnios, segundo me informaram os estranhos à porta, que não percebem, nesse gênero de situação, como maltratam cruelmente nosso coração e nossos sonhos. Não vou contar tudo isso agora para vocês, mas permitam-me dizer que se viam, nos galhos das tílias do jardim, flocos de gelo do tamanho do meu dedo mindinho e que rever aquele jardim, triste e desolado na neve, que eu me lembrava verdejante sob o sol quente dos dias de verão, deixou-me com o coração partido.

Eu sabia, entretanto, uma parte do que lhes havia acontecido, graças a uma carta que meu Tio havia enviado a Tabriz. Era nessa carta que ele me chamava a Istambul, dizendo que necessitava da minha ajuda para preparar um misterioso livro, encomendado pelo Sultão. Ele ouvira dizer que, em Tabriz, eu havia me dedicado por algum tempo a preparar livros para paxás otomanos, governadores de província e dignitários da corte. Na verdade, em Tabriz, eu recebia encomendas de intermediários e, cobrando adiantado, encontrava os pintores e os calígrafos que, embora desolados com a guerra e os exércitos otomanos, ainda não tinham partido para Kazvin e as outras cidades da Pérsia, e dava a todos esses grandes artistas, que gemiam na miséria e se achavam esquecidos pelo público, as páginas a copiar, ilustrar e encadernar, antes de mandar a obra para Istambul. Sem dúvida, eu nunca teria podido me dedicar a esse trabalho não fosse o amor à pintura e aos belos manuscritos que meu Tio me transmitira durante a minha juventude.

O barbeiro do fim da rua em que meu Tio morava, na parte onde fica o mercado, continuava na mesma loja, no meio dos mesmos espelhos, navalhas, jarros e pincéis. Estivemos face a face, mas não saberia dizer se ele me reconheceu. Revi com emoção a bacia cheia d'água quente para lavar os cabelos, que balançava na ponta de uma corrente, com o mesmo movimento pendular de outrora.

Alguns dos quarteirões e das ruas em que eu passeava na minha juventude tinham desaparecido, com os incêndios, em cinzas e fumaça, deixando em seu lugar terrenos baldios calcinados onde os cachorros vadios se congregam e uns loucos erradios metem medo nas crianças; outros bairros cobriram-se de opulentas mansões, que não deixam de causar um estranho efeito sobre as pessoas vindas de longe, como eu. As janelas de algumas delas são de cristal de Veneza. Vi várias assim na minha rua, dessas ricas moradias de dois andares construídas durante a minha ausência, com suas altas muralhas e suas claraboias.

Como em muitas outras cidades, o dinheiro em Istambul perdeu quase todo o valor. Na época em que parti para o Leste, com uma moeda de prata obtinha-se um enorme pão de cem dracmas recém-saído do forno; hoje, pelo mesmo preço, dão a metade, com um gosto salobro que nada tem a ver com a lembrança do pão fresco da nossa infância. Se minha falecida mãe visse que se compra a dúzia de ovos com três moedas de prata, ela diria: "Vamos embora deste lugar antes que as galinhas, estragadas com tantos mimos, nos caguem na cabeça em vez de cagarem no chão", mas sei que a carestia é igual em toda parte. Disseram que os navios mercantes vindos de Flandres ou de Veneza estavam cheios dessas moedas, falsificadas. Enquanto, antigamente, para cunhar quinhentas moedas fundiam-se cem dracmas de prata, agora, com essa interminável guerra contra a Pérsia, cunham-se oitocentas. E quando os janízaros viram que as moedas com que são pagos, se alguém as deixa cair no Chifre de Ouro, bóiam como os grãos de feijão desembarcados no cais dos hortelãos, amotinaram-se e sitiaram o palácio do Nosso Sultão, como se ele fosse uma fortaleza inimiga.

Em meio a essa era de depravação, carestia, crimes e banditismo, um certo Nusret Ali, encarregado da pregação na mesquita de Bajazet e que se apresenta como descendente do Nosso Glorioso Profeta, conseguiu fazer renome. Esse pregador, originário de Erzurum, ao que se diz, explica todas as calamidades que vêm se abatendo sobre Istambul nos últimos dez anos — o incêndio da Porta dos Jardins e do bairro dos Caldeireiros, a peste que leva dez mil habitantes a cada passagem sua, a guerra sem saída contra a Pérsia, com todos os seus mortos, e, a oeste, as pequenas fortalezas otomanas caídas nas mãos dos cristãos rebelados — pelos repetidos desvios em relação ao caminho do Profeta, o desrespeito aos mandamentos do Venerável Corão, a tolerância para com os cristãos, o vinho em venda livre e a música nos conventos de *dervixes*.

O vendedor de pepinos em conserva que me dava essas informações falava com o calor desse pregador de Erzurum; e, dizia ele, além de toda aquela moeda falsa que inundava o bazar — os novos ducados, os florins com o emblema do leão, aquelas moedas cujo teor de prata caía dia a dia —, todos aqueles circassianos, abazas, mingrelianos, bósnios, georgianos e armênios que entupiam nossas ruas arrastavam o povo para o despenhadeiro abrupto e definitivo do vício. Ele também garantia, aliás, que os cabarés estavam cheios de depravados e de rebeldes, que passavam todas as suas noites a deblaterar. Esses indivíduos de caráter duvidoso e cabeça raspada, fumadores de ópio meio loucos, *dervixes* errantes como não existem mais — e note que eles chamam tudo isso de caminho de Alá, em seus conventos —, dançavam até o raiar do dia ao som da música, furavam com agulhas o corpo inteiro e, depois de se entregarem assim a toda sorte de desvarios, acabavam fornicando, entre eles e com uns garotos.

Foi então que ouvi os suaves acordes de um alaúde, e não sei se os segui por querer ouvir mais daquela música ou se ela me ofereceu o pretexto esperado para interromper a conversa com aquele venenoso vendedor de pepinos, cujas considerações eu não podia mais suportar, por se chocarem frontalmente com minhas lembranças e meus desejos; constato em todo caso que, quando a gente ama uma cidade e passeia bastante por ela, não é apenas a razão mas também o corpo que, anos depois, num acesso de melancolia, reconhece as ruas por si mesmo: as pernas nos levam por si próprias para o alto da nossa colina preferida, em meio à neve que cai.

Foi assim que, afastando-me do Mercado dos Ferreiros, ao lado da mesquita de Suleyman, dei comigo contemplando os flocos de neve que caíam no Chifre de Ouro. A neve já tinha começado a se acumular nos telhados voltados para o norte e na parte das cúpulas exposta ao vento do leste. As velas de um navio que retornava ao porto pareciam me saudar ao serem recolhidas. Elas tinham a mesma cor de chumbo e bruma da superfície da água. Os ciprestes e os plátanos, a vista dos telhados, a tristeza da noite que cai, as vozes que se elevam dos bairros lá embaixo, os gritos dos vendedores ambulantes ou das crianças brincando no pátio da mesquita, tudo isso se misturou na minha cabeça e anunciou enfaticamente que eu não poderia mais viver em outro lugar. Por um momento acreditei que o rosto da minha amada, de que eu me esquecera havia anos, ia aparecer de repente diante de mim.

Desci a ladeira e misturei-me à multidão. Depois do chamado para a prece da noite, fartei-me, numa cantina deserta, de fígado grelhado. Ouvia com atenção as palavras do dono, que me alimentava como teria alimentado seu gato, acompanhando amorosamente com os olhos os pedaços que eu devorava. Por sua sugestão e graças às suas indicações — porque as ruas estavam agora totalmente às escuras —, peguei um dos estreitos caminhos transversais, atrás do Mercado de Escravos, e consegui encontrar o tal cabaré.

Estava cheio de gente lá dentro e fazia um calorão. Um contador de histórias, desses como eu vira tantos em Tabriz e nas cidades do Irã e que eram conhecidos como satiristas, em vez de panegiristas, havia se instalado ao fundo, do lado da lareira, num estrado não muito alto. Ele tinha pregado na parede o desenho de um cachorro, esboçado apressadamente numa folha ordinária, mas com uma arte consumada. De quando em quando apontava para o cachorro e contava a história dele, emprestando sua voz ao animal.

## 3. EU, O CÃO

Como vocês veem, meus caninos são tão compridos e pontudos que mal cabem na minha boca. Sei que isso me dá uma aparência assustadora, mas eu gosto assim. Uma vez um açougueiro atreveu-se a dizer, vendo meu focinho: "Caramba, isto não é um cachorro, é um javali!".

Dei-lhe tal mordida na perna que senti, na ponta dos meus dentes, após a gordura da carne, a dureza do fêmur. Para um cachorro, não há nada mais saboroso do que enfiar raivosa e ferozmente seus caninos na carne de um inimigo execrado. Quando tal ocasião se apresenta, quando uma vítima digna de ser mordida passa estupidamente diante de mim, minhas pupilas ficam negras de cobiça, meus dentes rangem a ponto de doerem e minha garganta põe-se a emitir, involuntariamente, rosnados aterrorizantes.

Sou um cachorro, e como vocês, humanos, são animais menos racionais do que eu, devem estar se perguntando como é que eu posso falar. E no entanto vocês acreditam, parece, numa história em que os mortos falam e em que se empregam palavras que os protagonistas nem conhecem. Os cães falam para os que sabem ouvi-los.

Era uma vez, há muitos e muitos anos, num país distante, um *hodja* casca-grossa que acabava de chegar da sua província para pregar numa das maiores mesquitas da capital do reino — bem, vamos chamá-la de mesquita de Bajazet. Como é melhor lhe dar outro nome, vamos nos referir a ele como Husret Hodja. Podem acreditar no que eu digo: esse pregador era mesmo uma besta quadrada; mas sabia compensar a modéstia do seu intelecto com o prodigioso poder da sua língua, que Alá a abençoe. Ele inflamava literalmente, todas as sextas-feiras, a assembleia dos crentes, precipitando-a primeiro nas lágrimas do alvoroço, depois fazendo-a delirar até o desmaio. Mas não se enganem: ao contrário dos outros pregadores de verbo fácil, ele conservava os olhos bem secos. E, enquanto todo o mundo chorava, ele, impassível, intensificava sua pregação como se quisesse castigar a congregação inteira. Todos os que gostam de um bom açoite verbal, jardineiros, pajens reais, confeiteiros, a ralé em geral, para não falar em muitos pregadores como ele, todos tinham se tornado seus lacaios de corpo e alma. E como esse homem não era um cachorro, de jeito nenhum, ele era um ser humano — e ser humano é errar —, ele perdeu de vez a compostura quando sentiu que meter medo naquelas multidões em delírio era tão prazeroso quanto arrancar-lhes lágrimas. E quando percebeu que tinha descoberto assim um filão muito mais proveitoso, foi além do imaginável e permitiu-se dizer coisas como esta:

"A causa única da carestia, das epidemias e das derrotas militares está em que caímos sob a influência de deturpações do islã e esquecemos o islã do tempo do nosso Glorioso Profeta. Acaso se via, na época de Maomé, essas recitações de preces? Essas orgias de *halvah* e bolinhos fritos para luto de quarenta dias? Acaso se cantava o Corão com música oriental, no tempo do Profeta? E essa mania de subir no minarete para chamar à prece com uma voz de castrado e uma dicção mais afetada que a própria dicção dos árabes? Vão aos cemitérios para implorar os mortos e pedir-lhes ajuda, fazem-se santuários para adorar pedras, como os idólatras, penduram-se trapos para fazer votos e praticam-se sacrifícios! E essas confrarias que dão conselhos, acaso existiam nos tempos de Maomé? Ibn Arabi, o insidioso inspirador de todas essas seitas sufistas, tornou-se um criminoso ao jurar que o faraó morreu crente. E essas seitas giróvagas, esses *dervixes* rodopiantes, reclusos, errantes, que recitam o Corão acompanhados de instrumentos, ou que justificam seu gosto de dançar com garotos e efebos dizendo 'qual o problema? afinal não rezamos juntos?', são todos uns infiéis! Os conventos dos *dervixes* têm de ser demolidos e, para que se possa voltar a orar nos lugares em que estão erigidos, suas fundações têm de ser escavadas até uma profundidade de sete varas e todo o entulho retirado deve ser jogado no mar."

Husret Hodja teria então, pelo que ouvi dizer, levado a coisa mais longe ainda e vocês, crentes, devem saber o que ele ousou dizer, espumando: que tomar café era um pecado absoluto e que, se nosso profeta não tomava, era por saber que o café era uma artimanha do Diabo, um excitante do cérebro, que perfura o estômago, causa hérnias e torna estéril; que as casas em que se toma café, e que hoje proliferam, são um antro em que os depravados e os ricos voluptuosos sentam-se coxa a coxa, entregando-se a todo tipo de comportamento vulgar; que, na verdade, os cafés deveriam ser banidos antes até que os conventos dos *dervixes*.

Os pobres, disse ele, mal ganham uma moeda, vão para um café. O café embrutece quem frequenta essas casas e os faz perderem o controle das suas faculdades mentais, a tal ponto que juram ouvir cachorros falarem e acreditam piamente no que eles dizem. E acrescenta que os que falam mal dele e da nossa religião, estes sim é que são uns cachorros!

Se vocês me permitem, gostaria de responder ao que o senhor pregador disse por último. Vocês certamente sabem que todos esses imãs, *hodjas*, *hadjis* e outros mercadores de preces têm sumo desprezo por nós, cachorros. Na minha opinião, essa má vontade remonta à atitude do nosso profeta Maomé, que cortou um pedaço da túnica para não acordar o gato que nela dormia. Fazendo valer esse carinho que o Profeta demonstrou para com os gatos, mas não, por acaso, também para conosco, cães, e dada a inimizade eterna que nos opõe a essas criaturas, cuja ingratidão é, de resto, reconhecida até pelo último dos imbecis, alguns tentaram tirar a conclusão de que nosso Profeta não gostava de cachorros. O resultado dessa interpretação, tão falaciosa quanto malevolente, é que nos vedam o acesso às mesquitas, a pretexto de não contaminar as abluções e que, desde há séculos, os bedéis que varrem o pátio passam seu tempo nos escorraçando a vassouradas.

Permitam-me recordar-lhes uma das mais bonitas histórias do Livro, que está na surata da Caverna. Não é por desconfiar que entre os frequentadores deste elegantíssimo café possa haver quem nunca leu o Corão que vou recordá-la, mas só para refrescar suas lembranças da escola corânica. A surata em questão conta a história de sete jovens cansados de viver entre os idólatras. Eles partem, pois, e em sua fuga entram numa caverna, onde caem no sono. Alá tapa-lhes os ouvidos e os faz dormirem trezentos e nove anos. Quando acordam, um deles, de volta entre os homens, compreende que todos aqueles anos passaram, porque, ao querer gastar uma moeda de prata que possui, descobre que ela não está mais em circulação. E os sete jovens ficam maravilhados ao saber do acontecido. Permitam-me humildemente recordar que essa admirável surata — a par de tecer as mais altas considerações sobre a milagrosa solicitude de Alá para com a espécie humana, sobre o tempo que passa e as delícias de um sono profundo — menciona um cão em seu versículo dezoito: ele estava deitado, de guarda, na entrada da caverna em que os jovens dormiam e que hoje se chama Gruta dos Sete Adormecidos. Nem todo mundo pode se gabar de ser citado no Venerável Corão, mas os cães podem. Assim, os erzurumis, que vivem chamando seus desafetos de cachorros nojentos, fariam bem em se remeter, com a ajuda de Alá, a essa surata.

Então, qual a razão de tal animosidade para com os cães? Por que vocês nos relacionam à imundície, por que, quando um cão entra numa casa, vocês limpam meticulosamente tudo, do chão ao teto? Por que o contato conosco contamina as abluções rituais, por que, se alguma vez a ponta do manto toca o pelo de um cachorro molhado, é preciso lavá-lo sete vezes, como uma mulher histérica? Dizer que, "se um cachorro lambe uma panela, ou tem-se de jogá-la fora, ou tem-se de mandá-la estanhar de novo", é uma imundície digna de um estanhador. Ou dos gatos, evidentemente.

Quando o homem renunciou a viver migrando na estepe para fixar-se nas cidades, os cães pastores permaneceram nas províncias, alimentando-se de carniça; foi então que as intrigas sobre a imundície dos cachorros começaram a se propagar. Antes do surgimento do islã, um dos doze meses era o mês do cão, mas agora o cão é de mau augúrio. Bem, meus caros amigos, como vocês vieram esta noite com o desejo de ouvir uma boa história e meditar sobre a sua moral, eu não gostaria de estragá-la aborrecendo-os com os meus problemas — aliás, para ser sincero, o que mais causa essa minha raiva toda são os ataques que o estimado *hodja* desfere contra nossos cafés.

O que vocês pensariam se eu dissesse que Husret Hodja é um bastardo? Ah, já me responderam assim: "E você, o que é? Se você dá assim livre curso às suas cachorradas contra o pregador de Erzurum, é para proteger seu dono, o satirista, aquele que conta histórias a partir dos desenhos que prega no fundo de um café. Chispa! Fora!". Mas, Alá me guarde, eu não estou denegrindo ninguém. Olhem, não me incomoda nem um pouco que o meu retrato tenha sido desenhado numa folha de papel barato como esta, nem que eu seja um pobre animal de quatro patas; o que eu lamento é não poder me sentar educadamente como um homem e tomar um café com vocês. Mesmo assim, nós, cães, estaríamos dispostos a morrer por essa bebida e por essas casas em que a servem... mas o que vejo? Não é que meu dono estende a cafeteira em minha direção e me oferece um café! Alguém já viu um desenho tomar café? Pois olhem! O cachorro está todo feliz bebendo café!

Ah, como faz bem! Aquece as tripas, aguça a vista, abre o espírito. Escutem só o que o café me fez lembrar: vocês sabem o que o doge de Veneza mandou à sultana Nurhayat, Luz da Vida de seu pai, nosso venerado Mestre, além de vários cortes de seda e um serviço de porcelana da China ornada de flores azuis? Uma linda cadelinha francesa de pelo mais macio do que a seda ou a zibelina! Parece que ela é tão delicada que precisa usar um coletinho de brocado vermelho. Soube disso por um dos meus amigos que a comeu, e imaginem vocês que a safadinha nunca trepa nua! De resto, todos os cães, nesses países da Europa, usam indumentárias do mesmo tipo. Ouvi inclusive dizer que, naquelas bandas, a mulher de um Grande de Veneza, vendo um dia um cachorro sem roupa — vai ver que foi o troço dele que ela viu, não sei direito —, desmaiou exclamando: "Meu Deus, o cachorro está nu!".

Nas terras dos francos infiéis, os tais de europeus, todos os cães têm dono. Os coitados são acorrentados pelo pescoço como os mais vis escravos e levados a passear pelas ruas, sozinhos, um a um. Essa gente até força os pobres bichos a entrar nas casas e os leva consigo para a cama. Os cachorros não podem andar uns com os outros, muito menos ainda cheirarem-se e se enrabarem. Quando se cruzam na rua, de coleira, o máximo que conseguem, em seu lamentável estado, é trocar um olhar de cachorro surrado. Que aqui, em Istambul, nossa trupe se divirta livremente em pequenos grupos, impeçam a passagem ameaçando quem bem lhes parece, ou que cada um de nós role à vontade num canto mais ensolarado, deite à sombra para dormir como um bem-aventurado, faça suas necessidades onde bem entender e morda quem quiser, são coisas da mais extrema estranheza para esses horríveis infiéis. Não consigo deixar de pensar que é talvez por isso que os partidários do *hodja* de Erzurum se insurgem contra a prática de jogar um pedaço de carne para os cães vadios, dizendo uma prece, em troca de um favor de Alá, e propõem em vez disso, à guisa de caridade eficaz, o estabelecimento de fundações pias. Se eles pretendem nos tratar como inimigos e fazer de nós uns infiéis, é bom lembrar-lhes que ser inimigo dos cachorros e ser infiel são uma só e mesma coisa. Aliás, quando esses pilantras subirem no cadafalso, espero que dentro em breve, conto firmemente com que nossos amigos carrascos nos convidem a comer uns pedaços deles, como às vezes acontece para servir de exemplo.

Para terminar, gostaria de dizer uma coisa. Meu dono anterior era um homem muito justo. Quando saíamos de noite para assaltar, dividíamos o trabalho: eu latia, ele degolava a vítima. Assim, não dava para ouvir os gritos do sujeito. Em paga pela minha colaboração, depois de acertar as contas com o calhorda ele o cortava em pedaços, cozinhava, depois dava para eu comer. É que eu não gosto de carne crua. Queira Alá que o carrasco que se encarregar do pregador de Erzurum também leve esse meu gosto em conta, pois não quero arrebentar meu estômago com a carne crua desse pilantra.

# 4. SEREI CHAMADO ASSASSINO

SE TIVESSEM ME DITO, mesmo um segundo antes que eu acabasse com aquele imbecil, que um dia eu tiraria a vida de alguém, não teria acreditado. É por isso que, sem dúvida, o ato que consumei parece se distanciar pouco a pouco de mim, como um navio estrangeiro que desaparece além da linha do horizonte. Às vezes, até, parece-me não ter cometido crime algum. Faz quatro dias que, sem ter premeditado, tive de eliminar o pobre Elegante, que era um irmão para mim, e só agora começo a me acostumar, até certo ponto, com a situação.

Eu teria preferido resolver o espinhoso problema que se apresentou de repente sem precisar matar ninguém, mas logo vi que não havia alternativa. Resolvi rapidamente o assunto, portanto, e assumo a inteira responsabilidade por isso. Não ia deixar aquele caluniador estúpido pôr toda a comunidade dos pintores em maus lençóis.

Apesar disso, é difícil acostumar-se à condição de assassino. Não suporto ficar em casa. E, quando saio, não aguento ficar na minha rua, vou para outra, e para outra, sem parar; quando olho para os passantes, percebo muito bem que vários deles se creem inocentes, mas pela simples razão de que a oportunidade de cometer um crime ainda não se apresentou. É difícil acreditar que a maioria das pessoas tem maior estofo moral ou mais bondade do que eu por causa dessa simples virada do destino. No máximo, o fato de ainda não ter perpetrado um crime lhes proporciona um ar um pouco mais estúpido e, como todos os estúpidos, eles parecem bem-intencionados. Bastaram-me quatro dias perambulando pelas ruas de Istambul para compreender que todos aqueles cujos olhos refletem um brilho de inteligência ou que trazem no rosto a sombra da sua alma são assassinos em potencial. Só os idiotas são verdadeiramente inocentes.

Esta noite, por exemplo, enquanto eu me aquecia tomando um café atrás do Mercado de Escravos e gargalhava com os outros ao ouvir a história do cachorro cujo retrato víamos pendurado na parede do fundo, tive a sensação de que um dos homens sentados ao meu lado era um assassino como eu. Ele também ria das palavras do satirista, mas, seja por certa proximidade fraterna, estando seu braço encostado ao meu, seja por causa da agitação nervosa dos seus dedos apertando a xícara de café, decidi que ele devia ser da mesma espécie que eu e me virei para fitá-lo com atenção. Ele ficou imediatamente perturbado, vermelho. Quando o café ia fechar, outro que o conhecia agarrou-o pelo braço e lhe disse: "A gente do Nusret Hodja na certa vai acabar aparecendo por aqui".

Meu vizinho de mesa fez-lhe sinal para calar-se, alteando as sobrancelhas. O medo deles me contaminou. Ninguém confiava em ninguém, cada um esperava ser morto a qualquer momento pela pessoa que estava sentada ao seu lado.

Esfriou ainda mais, a neve se acumulava nas esquinas e ao pé das paredes. Na cegueira da noite, meu corpo encontrava intuitivamente seu caminho pelas ruelas estreitas. Às vezes, a luz pálida de uma vela ainda acesa filtrava-se pelas janelas às escuras, fechadas com pesados contraventos, e se refletia do lado de fora, nos montes de neve; mas a maior parte do tempo eu não via nada e só identificava meu caminho prestando atenção ao barulho das pedras batidas pelo bastão dos vigias noturnos, aos uivos dos bandos de cachorros furiosos e aos gemidos no interior das casas. Às vezes, no meio da noite, parecia que era a claridade sobrenatural da neve que iluminava os sinistros bairros pobres da cidade e, na penumbra, eu acreditava perceber os fantasmas que assombram, há séculos, os terrenos baldios de Istambul, suas ruínas hirsutas e seus arbustos magros. Às vezes, ouvia também as queixas dos miseráveis, pobres coitados que tossem, que fungam, que choramingam e que berram em seu sono dominado por pesadelos; ou casais que se atiram um sobre o outro para se estrangular, os filhos soluçando a seus pés.

Para me divertir um pouco, para me lembrar da minha felicidade antes de me tornar um assassino, fui então a esse cabaré uma ou duas noites seguidas, para ouvir o satirista. A maioria dos meus irmãos artistas passa ali a melhor parte das suas noitadas. Mas desde que massacrei aquele idiota, com quem pintei lado a lado desde a nossa infância, não quero mais vê-los. Há muitas coisas que me incomodam na maneira de viver dos meus colegas, incapazes de ficar um segundo sem fazer mexericos, e na atmosfera daquele lugar, saturada de uma alegria suspeita. Para que eles não me acusassem de arrogante e preconceituoso, também fiz um ou dois desenhos para o contador de histórias, mas não creio que isso tenha bastado para aplacar a inveja que sentem de mim.

Devo confessar que eles têm o que invejar: na combinação das cores, nas molduras e margens traçadas à régua, na composição da página, na escolha do tema, no desenho dos rostos, na disposição das cenas de guerra ou caçada, na pintura dos bichos, dos sultões, dos navios, dos cavalos, dos guerreiros ou dos amantes, não tenho igual. Ninguém tampouco é capaz de reproduzir nas ilustrações, como eu, toda a alma da poesia, nem me supera nas iluminuras. Se lhes digo isso, não é para me gabar, mas simplesmente para que vocês entendam. Com o tempo, a inveja dos rivais se torna um elemento tão indispensável na vida de um mestre pintor quanto a própria pintura.

No meio das minhas errâncias, que se ampliam à medida que fico mais inquieto, às vezes dou de cara com um dos meus irmãos de religião, um desses que ainda é perfeitamente puro e inocente, e esta ideia terrível aflige a minha mente: se eu me puser a pensar que sou um assassino, a pessoa que está diante de mim lerá isso no meu rosto.

É por isso que me esforço em pensar em outras coisas; exatamente como, adolescente, eu me proibia, com mais ou menos êxito, e cheio de vergonha, de pensar nas mulheres fazendo suas preces. Mas se na época daquelas obsessões juvenis eu não conseguia tirar a fornicação da cabeça, hoje até consigo esquecer o crime que cometi.

Vocês hão de entender que só lhes conto todas essas coisas porque elas têm relação com meu caso. Bastaria que eu revelasse um só detalhe relacionado ao assassinato em si, para que tudo ficasse claro para vocês e eu deixasse de ser um assassino sem nome e sem rosto, vagando entre vocês como uma assombração, e me reduzisse ao estado de réu ordinário e confesso, que logo pagaria seu crime com a sua cabeça. Por isso, permitam-me não me alongar muito em cada detalhe e guardar alguns indícios só para mim: tentem descobrir quem eu sou baseando-se nas palavras e nas cores que escolho, do mesmo modo que uma pessoa sutil, assim como vocês são, é capaz de encontrar um ladrão pelas pegadas que ele deixou. Isso nos leva à questão do estilo, tão na moda hoje em dia: um pintor tem, pode ter um estilo pessoal, uma cor e como que uma voz particular?

Tomemos uma miniatura de Bihzad, o maior dos mestres, pai venerável de todos os pintores. Encontrei esta obra-prima, que se aplica muito bem à minha situação, pois se trata de uma cena de assassinato, nas páginas de um irretocável manuscrito de Herat, de noventa anos atrás, proveniente da biblioteca de um jovem príncipe do Irã, morto numa das implacáveis lutas de sucessão deles, que contava a história de Khosrow e Shirin. Vocês sabem o fim de Khosrow e Shirin, quero dizer, não na versão de Firdusi, mas na de Nizami:

Depois de um sem-fim de agruras e tribulações, os dois amantes se casam, mas o jovem e diabólico Shiruye, filho do primeiro casamento de Khosrow, não ia deixá-los em paz. O príncipe está de olho não só no trono, mas também na jovem esposa de seu pai. O ambicioso Shiruye, sobre o qual Nizami escreve: "Seu hálito tem o fedor de uma boca de leão", maquina um meio de liquidar o pai e tomar seu lugar. Certa noite, ele entra no quarto em que Khosrow repousa ao lado de Shirin, acha a cama tateando na escuridão e transpassa as entranhas do pai com sua adaga. Até raiar o dia, Khosrow derrama seu sangue no leito nupcial, e acaba morrendo ao lado da bela Shirin, que dorme tranquilamente.

Esse quadro do grande mestre Bihzad, tanto quanto o próprio conto, exprime o terrível medo que carreguei dentro de mim anos a fio: o pavor de acordar no meio da noite e perceber a presença de alguém. Você ouve seus ruídos quase imperceptíveis enquanto avança no negrume do quarto. Imagina-o empunhando uma adaga e, com a outra mão, já agarrando você pela garganta. As paredes artisticamente decoradas, os ornamentos da janela e da sua moldura, os arabescos do tapete, de um vermelho estridente como o grito que se abafa na sua garganta estrangulada, e a incrível profusão de flores amarelas e lilás — tão minuciosa e alegremente pintadas — na magnífica coberta bordada que os pés sujos do seu assassino amarfanham enquanto ele o mata, todos esses elementos tendem para um mesmo fim: ao mesmo tempo que exaltam a beleza do quadro que você contempla, eles lembram não apenas a beleza do quarto em que você agoniza, mas a beleza deste mundo que você deixa. Ao admirar essa imagem, logo fica claro o sentido fundamental do quadro: a indiferença deste mundo e das belezas da pintura diante de sua morte, e sua solidão absoluta ao morrer — mesmo com uma bela esposa a seu lado.

"É um Bihzad", me dizia, vinte e cinco anos atrás, o velho mestre ao ver comigo aquele livro que eu segurava com a mão trêmula. O rosto dele estava iluminado, não pela vela ali junto de nós, mas pelo prazer de contemplar a obra. "É tão Bihzad, que nem precisa de assinatura."

E como Bihzad tinha plena consciência disso, não ocultou sua assinatura em nenhum canto do quadro. O velho mestre via nisso um sinal de pudor e de modéstia. O artista que possui um verdadeiro talento e um autêntico virtuosismo é capaz de pintar obras-primas inigualáveis, sem deixar um só vestígio da sua identidade.

Como eu temia por minha própria vida, executei minha infeliz vítima num estilo, se ouso dizer, ordinário e grosseiro. Essas questões de estilo ocupam cada vez mais meus pensamentos, desde que passei a voltar todas as noites ao terreno baldio, para ver se não deixei algum indício que, por causa de minhas obras, possa me trair. Na verdade, essa coisa que é venerada como estilo nada mais é que a imperfeição ou a falha que revela a mão culpada.

Mesmo sem a claridade difusa da neve caindo, eu poderia encontrar, entre as ruínas das casas incendiadas, o local em que assassinei aquele que foi meu colega ao longo de vinte e cinco anos. A neve apagou, encobrindo-os, os vestígios visíveis que teriam podido ser minha assinatura. Isso prova que Alá está de acordo com Bihzad e comigo mesmo nessa questão do estilo e da assinatura. Porque se colaborar para aquele livro nos houvesse de fato tornado culpados, ainda que sem sabermos, de um crime inexpiável — como aquele imbecil havia afirmado quatro dias antes —, Alá, naquela noite, não teria demonstrado tanta benevolência para conosco, os pintores.

Naquela noite, ainda não nevava quando entrei no terreno baldio com o Elegante Efêndi. Ouvíamos ao longe os uivos dos cães respondendo-se.

"Por que viemos aqui?", perguntou o infortunado. "O que você quer me mostrar a uma hora destas?"

"Mais adiante há um poço, e a doze passos dele um tesouro que enterrei há muitos anos", respondi. "Se você guardar segredo de tudo o que lhe contei, o Tio Efêndi e eu mesmo saberemos mostrar-lhe a nossa gratidão."

"Devo entender que desde o começo você sabia o que estava fazendo?", ele perguntou, agitado.

"Sim", menti, como se me custasse confirmar.

"Você sabe que o quadro que vocês estão executando é um grande pecado?", indagou, ingenuamente. "Uma heresia e um sacrilégio inauditos? Vocês vão arder no fundo do Inferno e seus tormentos horríveis não terão fim. E ainda querem fazer de mim seu cúmplice?"

Ouvindo-o dizer isso, senti com pavor que suas palavras tinham tamanha força e gravidade que muita gente era capaz de se convencer delas, na esperança de que se mostrassem verdadeiras aplicadas a outros miseráveis mas não a eles. Aliás, rumores detratando desse modo o Tio Efêndi não paravam de correr, estimulados por causa do tal livro secreto que ele estaria preparando e das somas que ele estaria disposto a pagar — e também porque Mestre Osman, o Grande Iluminador, o detestava. Eu até disse a mim mesmo que talvez nosso irmão iluminador, o Elegante, tenha usado esses fatos com a hipócrita intenção de sustentar suas falsas acusações. Como saber se ele era sincero?

Forcei-o a repetir as críticas que ele proferia de maneira tão perigosa para nosso bom relacionamento. Ele carregou nas tintas. Tão eloquente quanto outrora, quando éramos aprendizes e ele me pedia para não revelar ao Grande Mestre Osman esta ou aquela bobagem que ele cometera, para escapar de uma surra. Naquela época, nunca duvidei da sua sinceridade. Porque não só ele arregalava aqueles mesmos olhos inocentes, mas estes ainda não haviam encolhido pela metade de tanto trabalhar nas iluminuras. Mas eu não ia me enternecer, tanto mais que ele estava disposto a revelar tudo a todo o mundo.

"Escute aqui", eu lhe disse afetando exasperação, "nós iluminamos as páginas, realçando-as com ouro e mil cores, ornamos as margens, traçamos linhas e alegramos com a mesma perfeição um estojo ou o painel de um armário; fazemos isso há anos, é nossa profissão; fazem-nos encomendas, ordenando que pintemos um navio, um cabrito-montês, um sultão, dentro de uma moldura com margens de determinado tipo, que requerem certo tipo de passarinho ou de homens, que ilustremos tal cena da história com tais personagens. E nós executamos. Mas desta vez, veja só, o Tio Efêndi me pediu para desenhar um cavalo 'que viesse de mim'. Passei então três dias desenhando, a partir dos modelos dos grandes mestres antigos, centenas de cavalos, a fim de compreender o que significava um cavalo 'que viesse de mim'."

Acabei mostrando ao Elegante uma série de cavalos traçados a lápis, como exercício, numa folha do pesado papel de Samarcanda. Ele pegou a folha com interesse e pôs-se a examiná-la ao luar, aproximando-a dos olhos. Lembrei-lhe o que afirmavam os antigos mestres de Shiraz e Herat: que para pintar um cavalo tal como ele é visto e desejado por Alá, é preciso passar cinquenta anos desenhando cavalos. Diziam também que o melhor desenho de cavalo deve ser feito na mais completa escuridão, porque o mestre autêntico, ao cabo de cinquenta anos de trabalho, estará totalmente cego, mas sua mão terá memorizado o animal.

A expressão inocente em seu rosto, a mesma que eu conhecia desde a nossa infância, dizia-me que ele estava completamente absorto na contemplação dos meus cavalos.

"Fazem a encomenda, e nós tentamos desenhar o cavalo mais misteriosamente perfeito, conforme os velhos mestres faziam. Só isso. É injusto eles nos responsabilizarem por algo além das ilustrações."

"Não sei se você tem razão", disse ele. "Nós também temos uma responsabilidade, uma vontade. Quanto a mim, não temo ninguém, somente Alá. Ele nos deu a razão para que saibamos distinguir o bem do mal."

Era uma resposta adequada.

"Alá vê tudo e sabe tudo...", citei em árabe. "Ele saberá que você e eu fizemos esse trabalho sem ter consciência do que fazíamos. A quem você quer denunciar o Tio Efêndi? Não entende que por trás dessa obra está Nosso Venerado Sultão?"

Silêncio.

Eu me perguntava se ele era de fato um bufão ou se seu temor a Alá era mesmo tamanho que o levara a perder toda compostura e a disparatar.

Paramos à beira do poço. Na escuridão, entrevi vagamente seu olhar e compreendi que ele estava com medo. Tive piedade dele. Mas já era tarde demais para isso. Pedi a Alá que me enviasse um sinal de que aquele homem diante de mim era, além de um covarde, um canalha.

"Cave a terra, a doze passos daqui."

"E depois, o que vai fazer?"

"Vou explicar tudo ao Tio Efêndi. Ele queimará os desenhos. Que mais podemos fazer? Se essa história chegar aos ouvidos dos fanáticos de Nusret Hodja de Erzurum, é o nosso fim e do Grande Ateliê. Você conhece algum dos erzurumis? Pegue logo o dinheiro, para que tenhamos a certeza de que você não vai nos denunciar."

"Quanto tem?"

"Vinte e cinco moedas de ouro venezianas num pote de pepinos em conserva."

Os ducados de Veneza eram fáceis de explicar, mas não sei por que me veio à cabeça a ideia do pote de pepinos em conserva. Era tão ridículo que parecia verdade. Foi assim que compreendi que Alá estava comigo e tinha me enviado um sinal. Meu velho companheiro de aprendizado, que com o passar dos anos fora ficando cada vez mais cobiçoso, já começara a contar todo excitado os doze passos na direção indicada.

Duas coisas me passaram então pela mente. Primeiro, já que não há um só ducado veneziano nem nada do gênero enterrado aqui, se eu não lhe der o dinheiro, esse cretino vai certamente trazer nossa ruína. Por um instante pensei em abraçar aquele idiota e beijá-lo no rosto, como às vezes fazia quando éramos aprendizes, mas os anos nos haviam afastado tanto um do outro! Perguntei-me também com que ele ia cavar. Com as unhas? Mas esses dois pensamentos, se assim se pode chamá-los, não duraram mais que um piscar de olhos.

Em pânico, peguei com cautela uma grande pedra que havia ao lado do poço. E, alcançando-o no sétimo ou oitavo passo, golpeei-o na nuca com toda a minha força. Acertei-o tão rápida e violentamente, que tive um sobressalto, como se minha cabeça é que tivesse sido golpeada, e cheguei até a sentir a dor.

Mas, para não me angustiar com o que eu havia feito, quis terminar o trabalho o mais depressa possível. Ele já começara a se debater no chão e eu entrava cada vez mais em pânico.

Só bem depois de tê-lo atirado no fundo do poço é que reparei que havia no meu ato uma grosseria em nada condizente com a imagem refinada que se tem de um miniaturista.

## 5. EU SOU O VOSSO TIO

EU SOU O TIO MATERNO DO NEGRO, mas muita gente também me chama de Tio. Houve uma época em que sua mãe fez questão que ele se dirigisse a mim como Tio Efêndi, depois todo o mundo, não só ele, passou a me chamar assim. Ele começou a frequentar nossa casa trinta anos atrás, quando morávamos naquela rua escura e úmida atrás do Palácio Branco, sombreada pelos castanheiros e as tílias. Se no verão eu ia para o campo com Mahmud Paxá, quando voltava no outono para Istambul descobria que o Negro e sua mãe tinham se instalado em nossa casa. Sua mãe, descanse em paz, era a irmã mais velha da minha pranteada esposa. Às vezes também, quando eu voltava para casa nas noites de inverno, encontrava sua mãe e a minha abraçadas, queixando-se juntas das nossas desgraças. O pai do Negro, que dava aulas em pequenas escolas religiosas, nunca conseguia ficar muito tempo no mesmo posto, por ser violento, colérico e ter um fraco pelo álcool. O Negro tinha seis anos na época e chorava ao ver sua mãe soluçar, ficava quieto quando a via emudecer e olhava para mim, seu Tio, com medo.

Alegra-me constatar que ele se tornou um adulto seguro de si e um sobrinho respeitoso. Esse respeito que ele atesta por mim, sua maneira de me beijar a mão, de me dizer, por exemplo, "exclusivamente para o vermelho", quando me deu aquele tinteiro mongol que me trouxe de presente, sua postura educada e cuidada, joelhos juntos, quando se senta diante de mim, tudo isso me faz lembrar, e aliás é o que ele quer me mostrar, que já é um homem maduro, ponderado, e que eu me tornei o ancião venerável que aspirava ser.

Ele se parece com o pai, que vi uma ou duas vezes: grande e magro, com movimentos nervosos, mas convenientes, das mãos e dos braços. Sua maneira de pousar as mãos nos joelhos, de olhar atentamente nos meus olhos com ar de quem diz: "Entendo, sou todo ouvidos", quando digo algo importante, o menear da sua cabeça num ritmo misterioso que parece marcar minhas palavras, tudo é perfeito. Na idade a que chego, sei que o verdadeiro respeito não vem do coração, mas procede de uma junção entre a observância de pequenas regras e a deferência.

Durante esses anos em que sua mãe, percebendo que havia um futuro para seu filho em nossa casa, trazia-o aqui a qualquer pretexto, sua paixão pelos livros nos aproximou e, segundo a expressão da gente de casa, fiz dele meu "aprendiz". Expliquei-lhe como um novo estilo havia aparecido em Shiraz, a partir do momento em que tinham começado a pintar a linha de horizonte no alto da página. Contei-lhe como o Grande Mestre Bihzad — enquanto todos os outros representam Majnun, louco de amor por Leila, vagando abandonado pelo deserto, barba e cabelos hirsutos — conseguiu, ao contrário, sublinhar muito melhor sua solidão situando-o no meio de uma multidão de mulheres à entrada das tendas em que estas cozinham e assopram raminhos secos para atiçar o fogo. Mostrei-lhe o ridículo em que incorrem a maioria dos pintores que, não tendo lido Nizami, escolhem como bem lhes parece, na cena em que Khosrow observa Shirin banhando-se nua num lago à meia-noite, as cores para o pelo dos cavalos e a roupa dos personagens, fazendo-lhe ver que não há razão alguma para pagar ao pintor mais que o preço do seu cálamo e do seu pincel, se ele não se der ao trabalho de ler e entender.

Regozijei-me ao ver que o Negro havia compreendido muito bem a principal regra das artes e da pintura: que não se deve considerá-las uma vulgar profissão, sob pena de se expor a desilusões. Por maior que sejam o talento e o senso artístico que alguém tenha, é melhor que busque o lucro e o reconhecimento fora da arte, para que não venha abandoná-la se não for recompensado à altura dos seus dons e do seu trabalho.

Ele me contou que os pintores e os calígrafos de Tabriz, a quem conheceu pessoalmente quando preparava livros destinados aos paxás, aos ricos senhores de Istambul e potentados das províncias, viviam miseráveis e desesperados com sua sorte. E que não apenas em Tabriz, mas também em Mechhed e Alepo, essa pobreza e a indiferença dos que os contratavam acabaram levando um grande número de pintores a abandonar a pintura de manuscritos e passar a produzir simples desenhos de uma só página, imagens indecentes ou monstros para divertir os viajantes vindos da Europa. Ele ouviu dizer que o livro oferecido a nosso soberano pelo xá Abas, por ocasião do tratado de paz, teria sido desmontado e as miniaturas reutilizadas para outra obra. Já Akbar, o sultão das Índias, teria resolvido gastar fortunas numa nova grande obra, de modo que os pintores mais brilhantes de Tabriz e de Kazvin largaram seu trabalho no ponto em que estava e foram para sua corte.

Contando-me essas histórias, ele introduzia agradavelmente algumas anedotas, por exemplo, a divertida história da vinda de um falso *mahdi*, ou me fazia rir ao descrever o embaraço dos *safávidas* quando o principezinho débil mental que eles entregaram em refém aos uzbeques como garantia da paz pegou uma forte febre e morreu três dias depois. Mas pela sombra que passava por seu rosto compreendi que o dilema que ele não abordava e que nos deixava tão apreensivos estava longe de se ver resolvido.

Naturalmente, o Negro, como qualquer outro jovem que frequentava nossa casa, que tinha ouvido o que se dizia a nosso respeito ou que sabia, mesmo vagamente, da minha linda filha, Shekure, tinha se apaixonado por ela. Na época, não achei que fosse sério o suficiente para merecer minha atenção — afinal, todo o mundo se apaixonava por minha Shekure, a mais linda de todas as moças, mesmo quem nunca tinha posto os olhos nela. A aflição do Negro era a paixão arrebatadora de um malfadado rapaz que tinha livre acesso à nossa casa, era bem aceito e querido e que, portanto, tinha o privilégio de ver Shekure em pessoa. Mas ele não foi capaz de manter oculto seu amor, como eu esperava, e, em vez disso, cometeu o erro de revelar sua incontida paixão por minha filha.

Em consequência, foi preciso pôr fim às suas visitas.

Creio que também sabe que, três anos depois de ele ter ido embora de Istambul, minha filha, na flor da idade, casou-se com um tenente da cavalaria, e este, depois de lhe fazer dois filhos, cismou de ir para a guerra, da qual nunca mais voltou, e há quatro anos ninguém tem notícias suas. Digo a mim mesmo que ele deve saber disso tudo não só por meio do diz que diz que corre solto pela cidade, mas também pelo que ele pode ler em meus olhos nos momentos de silêncio. Mesmo quando se mantém debruçado sobre o *Livro da alma* aberto no leitoril, sinto que aguça os ouvidos para a voz das crianças correndo pela casa e sabe que minha filha voltou a morar aqui com seus dois pimpolhos há dois anos.

Eu e ele nunca abordamos o tema da casa nova que construí durante a sua ausência. É bem provável que o Negro, como qualquer rapaz determinado a se tornar um homem rico e prestigiado, considerasse uma descortesia abordar esse assunto. No entanto, quando ele veio a casa pela primeira vez, comentei enquanto subíamos a escada que, como o segundo andar era bem mais seco, ter me instalado ali aliviou um bocado minhas dores lombares. Ao falar no "segundo andar", senti aliás certo incômodo, mas deixem-me lhes dizer uma coisa: em breve, gente com muito menos dinheiro do que eu, até mesmo um simples militar com seus magros benefícios, poderá construir uma casa de dois andares.

Estávamos no quarto de porta azul que utilizo como ateliê no inverno e senti que o Negro adivinhava a presença de Shekure no aposento ao lado. Sem mais tardar, abordei a razão essencial da carta que lhe mandei a Tabriz convidando-o a voltar para Istambul.

"Estou dirigindo a feitura, por pintores e calígrafos, de um livro de miniaturas, exatamente como você fazia em Tabriz. Meu cliente é ninguém menos que Nosso Venerado Sultão, Pilar do Universo. Como é uma obra que deve permanecer confidencial, Nosso Sultão me remunera com seus fundos secretos, por intermédio do Tesoureiro-Mor. Eu me entendi com cada um dos melhores artistas do Grande Ateliê do Nosso Sultão. Pedi a um deles para pintar um cachorro, outro uma árvore, outro nuvens no horizonte para ornar uma margem, outro os cavalos. Eu queria que as coisas que pedi para pintar figurassem todo o mundo do Nosso Sultão, como nos quadros dos mestres venezianos. Mas, nem é preciso dizer, em vez de ressaltar os bens e as riquezas materiais, como fazem os venezianos, eram sobretudo as riquezas interiores, as alegrias e os temores do reino sobre o qual Nosso Sultão exerce seu poder que deviam ser representados. Se mandei pintar ouro, foi para melhor condená-lo, e o Diabo e a Morte eu pus como exemplos dos nossos temores. Não sei nem quero saber de que falam os fuxicos. O que eu queria era que a árvore, com sua folhagem imortal, o cavalo, em seu cansaço, e até os cães, com todo o seu despudor, representassem nosso soberano e seu reino na terra. Também pedi a meus ilustradores, a quem dei os apelidos de Cegonha, Oliva, Elegante e Borboleta, que escolhessem temas a seu gosto; e mesmo nas mais frias e inóspitas noites de inverno, sempre um dos pintores do Nosso Sultão aparecia secretamente aqui em casa para me mostrar o que havia preparado para o livro.

"Que tipo de imagens estamos fazendo e por que elas são como são, por ora eu não saberia dizer. Não que eu queira esconder alguma coisa de você. A verdade é que eu mesmo não sei direito o que essas miniaturas significam. Mas sei, isso sim, que tipo de imagens elas têm de ser."

Fiquei sabendo, pelo barbeiro da minha antiga rua, da volta do Negro a Istambul quatro meses depois de ter enviado minha carta, e convidei-o à minha casa. Eu sabia que o relato que ia lhe fazer estabeleceria entre nós esse gênero de vínculo que a alegria ou a pena prometem.

"Toda imagem conta uma história", disse a ele. "Para embelezar um livro, o pintor deve escolher a mais bela cena de cada história. O primeiro encontro dos amantes; o herói Rustam cortando a cabeça de um monstro demoníaco; a dor do mesmo Rustam ao perceber que o estrangeiro que ele matou era seu próprio filho; Majnun, o louco de amor, perdido na natureza selvagem e desértica, no meio de veados, chacais, tigres e leões; Alexandre na floresta, lendo o futuro no voo dos pássaros, antes de uma batalha: sua tristeza ao ver uma águia dilacerando uma narceja. Nossos olhos, cansados de ler as histórias, distraem-se com as imagens. E se alguma coisa, numa história, cria uma dificuldade para nossa inteligência ou para nossa imaginação, a imagem vem nos socorrer: as imagens são a história florescendo em cores, mas uma pintura sem uma história que a acompanhe é inimaginável!

"Inimaginável, pelo menos era o que eu acreditava", acrescentei como que me lamentando. "Mas era realizável, sim. Dois anos atrás, voltei a Veneza como embaixador do Sultão. Lá, eu sempre ia ver os retratos que os mestres venezianos pintavam. Sem saber que história e que cena eles ilustravam, eu tentava adivinhar a história a partir da imagem. Até o dia em que fiquei paralisado diante de um desses quadros, pendurado na parede de um palácio.

"Tratava-se, antes de mais nada, da imagem de uma pessoa, alguém como eu. Um infiel, evidentemente, não um de nós; e, no entanto, olhando para ele, eu me sentia seu semelhante. Ele não se parecia em nada comigo, por sinal: seu rosto era redondo e mole, sem os pômulos salientes, sem o menor sinal da minha imponente mandíbula. Não se parecia comigo portanto, e no entanto, diante daquele quadro, eu sentia meu coração alvoroçar-se como se aquele retrato fosse o meu.

"Soube pelo dono da casa, que me mostrava o palácio, que aquele retrato na parede era de um dos seus amigos, membro ilustre, como ele, de uma das grandes famílias de Veneza. Ele mandara representar naquele quadro tudo o que lhe era importante na vida: no fundo, pela janela, via-se uma fazenda numa paisagem, uma aldeia e uma floresta que, graças à mistura de cores empregada, parecia de verdade. Em cima da mesa, no primeiro plano, um relógio, livros, o tempo, o mal, a vida, uma pena, um mapa, uma bússola, um baú com moedas de ouro, bugigangas, todo um bricabraque, uma porção de coisas indecifráveis e ao mesmo tempo distintas, que provavelmente também eram incluídas em outros retratos, sombras de *djins* e do Demônio. E, por fim, ao lado do pai, uma moça de uma beleza estonteante.

"Qual seria a história para a qual esse quadro tinha sido pintado? Observando-o, compreendi que ele contava sua própria história. Não era uma ilustração, o prolongamento ou a ornamentação de um relato, mas algo que tinha vida própria.

"Eu não conseguia mais tirar da cabeça aquele quadro que me havia tão vivamente impressionado. Saí do palácio e, voltando à minha residência, passei toda aquela noite imerso nas reflexões que ele me inspirava. Primeiro quis eu próprio ser pintado daquele modo. Mas logo reconsiderei: aquilo tudo ia muito além da minha humilde pessoa, era Nosso Sultão que tinha de ser representado daquela nova maneira! Nosso Sultão, com tudo o que ele possuía, com todas as coisas que representavam e constituíam seu reino. Foi então que concebi o projeto de ilustrar um manuscrito de acordo com essa ideia.

"O mestre italiano tinha pintado o nobre veneziano de tal maneira que dava para saber imediatamente de que grão-senhor se tratava. Se você nunca tinha visto o personagem e lhe pedissem para descobri-lo na multidão, você poderia identificá-lo, graças ao quadro, no meio de milhares de outros. Os pintores italianos descobriram métodos e técnicas para distinguir qualquer pessoa de outra, não graças às suas vestimentas e às suas medalhas, mas pela forma do seu rosto. Eles chamam a isso fazer um retrato.

"Se pintassem seu rosto daquela maneira, mesmo que uma só vez, ninguém nunca mais iria esquecer você. Mesmo se você estivesse longe, iriam senti-lo perto, com um simples olhar para o quadro. E mesmo os que não o conheceram em vida teriam a sensação da sua presença e de estar diante de você, muitos anos depois da sua morte."

Ficamos um longo momento em silêncio. Um raio de luz da cor do frio glacial lá de fora filtrava pela janelinha que dava para a rua, cuja parte de cima eu havia tapado recentemente com um encerado e cuja parte de baixo não abria mais.

"Eu tinha um pintor", prossegui, "que também trabalhava nesse manuscrito secreto para o Sultão e que vinha em casa à noite, como os outros, para trabalhar até o raiar do dia. Era o melhor nas iluminuras com folha de ouro. Esse pobre Elegante Efêndi saiu daqui uma noite e nunca chegou em casa. Temo que eles tenham matado esse meu pobre mestre iluminador."

# 6. EU ME CHAMO ORHAN

**O NEGRO EFÊNDI PERGUNTOU:** "Mataram mesmo?".
Negro é alto e magro, e mete um pouco de medo. Bem no instante em que eu chegava, meu avô disse: "Eles mataram meu iluminador". Foi então que me viu: "O que você está fazendo aqui?".

Mas ele olhava para mim ternamente, por isso não hesitei e fui me sentar no seu colo, mas ele me pôs no chão e ordenou: "Beije a mão do Negro Efêndi". Beijei-lhe a mão. Não tinha cheiro algum.

"Ele é um encanto", disse o Negro, beijando-me no rosto. "Vai ser um verdadeiro leão."

"Este é Orhan, está com seis anos. Tem um irmão mais velho, Shevket, que está com sete e é uma mula de teimosia!"

"Passei por sua rua, no Palácio Branco", disse o Negro. "Fazia frio e tudo estava gelado, coberto de neve, mas parece que nada mudou."

"Tudo mudou, não sobra nada que preste", replicou meu avô. "Nada de bom, garanto." E, voltando-se para mim: "Onde está seu irmão?".

"Na casa do encadernador."

"E você, por que está aqui?"

"Ele me disse 'muito bem' e que eu podia ir embora."

"Voltou sozinho?", perguntou meu avô. "Seu irmão devia ter te trazido." Depois disse para o Negro: "Duas vezes por semana, depois da escola, eles têm aula de encadernação com um amigo meu".

"Você gosta de pintar, como seu avô?", o Negro me perguntou.
Não respondi.

"Claro que sim", respondeu meu avô. "Agora saia, por favor."

Estava quentinho ao lado da estufa, era gostoso, por isso eu não queria sair. Fiquei mais um pouco sentindo o cheiro de tinta e de cola. Tinha também o cheiro do café.

"Será que, se pintamos de uma maneira diferente, é que vemos de uma maneira diferente?", indagou meu avô. "Foi por isso que mataram o coitado do iluminador. Ele trabalhava à moda antiga. Aliás, não sei se o mataram mesmo, só sei que ele sumiu. Os pintores de Mestre Osman trabalham neste momento no *Livro das festividades para a circuncisão dos príncipes*. Cada um trabalha em sua casa. Quanto a Mestre Osman, fica no Grande Ateliê. Gostaria que você fosse visitá-lo lá, primeiro, e que abrisse bem os olhos para tudo o que vir. Temo que as desavenças entre eles os tenham levado a se matar uns aos outros. Eles ainda usam os apelidos que Mestre Osman lhes deu, já faz anos: Borboleta, Oliva, Cegonha... Depois vá visitá-los também, vá vê-los trabalhar em casa."

Eu ia descer a escada, mas ouvi um barulho vindo do quarto ao lado, onde fica o armário embutido e onde Hayriye dorme. Fui ver o que era. Ao entrar, não foi Hayriye que encontrei, mas minha mãe. Ao me ver, ficou toda atrapalhada: metade de seu corpo ainda estava dentro do armário.

"Onde você estava?", perguntou-me.

Mas ela sabia perfeitamente onde eu estava. No armário tem um furo pelo qual dá para ver o ateliê do meu avô. Se a porta do ateliê não estiver fechada, dá para ver também o largo corredor e até o quarto em que ele dorme, se sua porta também estiver aberta.

"Estava com meu avô. E você, mamãe, o que está fazendo aqui?"

"Eu não te disse que tínhamos visita e que não era para incomodá-los?" Ela brigava comigo, mas não muito alto, como se não quisesse que nosso visitante a ouvisse. Depois, fazendo um ar de boazinha, perguntou: "O que eles estão fazendo?".

"Estão sentados, mas não estão pintando. Vovô está contando e o outro, escutando."

"Estão sentados como?"

Sentei-me no chão e imitei como o visitante estava sentado: "Olhe, mãe, agora sou um homem sério. Estou escutando meu avô com as sobrancelhas franzidas, como se estivesse ouvindo a Epopeia da Criação. Agora estou sacudindo a cabeça ritmado, muito sério, como a visita".

"Desça", mandou mamãe, "e diga a Hayriye que eu a estou chamando. Ande logo!"

Pegou material de escrita e sentou-se para escrever alguma coisa num pedaço de papel.

"O que você está escrevendo, mãe?"

"Desça logo, já disse, e chame Hayriye."

Fui até a cozinha. Meu irmão tinha chegado. Hayriye tinha lhe servido um prato de arroz, que havia preparado para a visita.

"Traidor", disse meu irmão. "Você foi embora e me deixou sozinho com o mestre. Tive de fazer todas as dobras da encadernação. Meus dedos ficaram roxos."

"Hayriye, mamãe está te chamando."

"Quando eu acabar de comer, você vai ver! Vou te dar uma surra, para você aprender a não me trair mais, seu preguiçoso."

Assim que Hayriye saiu, ele nem acabou o arroz, levantou-se da mesa e partiu para cima de mim. Não pude escapar. Agarrou meu pulso e começou a torcer meu braço.

"Pare, Shevket, está me machucando!"

"Você vai cair fora de novo deixando para mim todo o trabalho?"

"Nunca mais."

"Então jure."

"Juro."

"Pelo Corão."

"Pelo Corão."

Mas não largou meu braço. Arrastou-me até junto da grande bandeja de cobre que usávamos como mesa de comer e me obrigou a ficar de joelhos ao lado dele. É tão mais forte que eu a ponto de, com uma mão, segurar a colher e acabar de comer o arroz, e com a outra continuar torcendo meu braço.

"Pare de torturar seu irmão, seu tirano!", ralhou Hayriye voltando. Pôs o capote para sair. "Ande, largue-o já."

"Não se meta, sua escrava", respondeu meu irmão, continuando a torcer meu braço. "Aonde é que você vai?"

"Vou comprar limão", respondeu Hayriye.

"Mentirosa!", ralhou meu irmão. "Tem um monte de limões no aparador."

Shevket soltou meu braço e eu escapei, acertando-lhe um pontapé. Agarrei um castiçal, mas ele se atirou sobre mim e, ao me derrubar, fez o castiçal cair no chão, e a bandeja caiu junto.

"Seus flagelos de Alá!", exclamou mamãe, abafando o grito, para que a visita não a ouvisse. Ué, como foi que ela fez para passar pelo corredor e descer a escada sem que o Negro a visse? Ela nos apartou. "Quando vocês vão parar de me dar dor de cabeça, seus moleques?"

"Hoje Orhan mentiu", disse Shevket, "e ainda me deixou na casa do encadernador, fazendo o trabalho todo sozinho."

"Cale a boca", disse mamãe, dando-lhe um tabefe.

O tabefe não foi forte, meu irmão nem chorou. Só disse: "Quero meu pai. Quando meu pai voltar, ele vai pegar a espada vermelha do tio Hassan, vai vir nos buscar aqui e nos levar de volta para a casa do tio Hassan".

"Cale a boca, já disse." Ela estava tão brava que o arrastou pelo braço até o fundo da cozinha. Eu fui junto. Abriu a porta do quarto que dá para o lado escuro e calçado do pátio. Quando me viu atrás deles, disse:

"Andem, para dentro, os dois!"

"Mas, mamãe, eu não fiz nada!", reclamei, entrando assim mesmo no quarto.

Ela nos fechou ali. Embora não estivesse totalmente escuro lá dentro — passava um pouco de luz pela fresta entre os dois batentes da janela que dava para o pé de romã —, ainda assim fiquei com medo.

"Mamãe, abra a porta! Estou com frio!", gritei.

"Pare de chorar, seu medroso. Ela já vai abrir, você vai ver."

Mamãe abriu a porta. "Vocês prometem se comportar direitinho até a visita ir embora? Bom, então até o Negro sair vocês vão ficar sentados na cozinha, perto do fogão, sem subir para os quartos."

"A gente vai se chatear", reclamou Shevket. "Aonde é que a Hayriye foi?"

"Não se meta com o que não lhe diz respeito!", respondeu mamãe.

Ouvimos um cavalo relinchar baixinho na estrebaria. Relinchou de novo. Não era o cavalo do vovô. Era o do Negro. Todo o mundo estava excitado, como se fosse um dia de festa ou de parada. Mamãe sorriu, parecia que ela queria que a gente também sorrisse. Dando alguns passos, foi até a porta da estrebaria.

"Psiu", fez ela para dentro da cocheira.

Ela veio nos buscar e nos levou para a cozinha da Hayriye, com aquele cheiro de fritura e cheia de camundongos. "Não saiam daqui enquanto a visita não for embora. Não quero que ele veja vocês brigarem e ache que são uns meninos mal-educados."

"Mamãe", disse eu antes que ela fechasse a porta. "Sabe, mãe, eles mataram o iluminador do vovô."

# 7. MEU NOME É NEGRO

Assim que vi o filho dela, entendi o que estava errado na lembrança que eu tinha do rosto de Shekure. De fato, como o de Orhan, seu rosto era fino, mas o queixo era sem dúvida mais comprido do que na minha lembrança. Logo, sua boca devia ser menor e mais estreita do que a que eu vinha recordando. Durante aqueles doze anos passados de cidade em cidade, minha imaginação havia retocado sua boca a seu bel-prazer, fazendo-a mais larga, com lábios mais nitidamente desenhados, mais carnudos e irresistíveis, como uma grande e deslumbrante cereja.

Se eu tivesse levado comigo um retrato à veneziana de Shekure, acho que não teria sentido tanto a sua falta durante o meu longo périplo, por não conseguir me lembrar direito da minha amada, cuja fisionomia eu havia esquecido em algum lugar que ficara para trás. Porque se a imagem do ser amado fica viva no seu coração, o mundo inteiro é sua casa.

Ver seu filho, ter falado com ele, tê-lo beijado, despertou em mim um desejo impetuoso, comparável unicamente à paixão desesperada dos criminosos e dos assassinos. Uma voz parecia me dizer: "Ande, vá ver Shekure!".

Às vezes eu me sentia a ponto de largar meu Tio ali, sair pelo corredor e abrir uma por uma as portas que havia nele — eu as contara com o canto dos olhos, cinco portas escuras, uma das quais, é claro, dava para a escada — até encontrar Shekure.

Mas eu já havia ficado doze longos anos longe da minha amada, por ter ousado outrora lhe abrir meu coração imprudentemente e cedo demais. Resolvi portanto, prudentemente, continuar a ouvir meu Tio, observando entretanto os objetos que ela deve ter tocado, as grandes almofadas em que ela deve ter se recostado quem sabe quantas vezes.

Ele me contou que o Sultão, o Protetor do Mundo, queria que o livro ficasse pronto para o milenário da Hégira, a fim de demonstrar por ocasião do ano mil do calendário muçulmano que ele e seu império eram capazes de dominar as artes da Europa tão bem quanto os próprios europeus. Por outro lado, como os mestres pintores já estavam ocupadíssimos com o *Livro das festividades*, Nosso Sultão permitiu que eles trabalhassem em casa, onde estariam mais sossegados do que no vaivém constante do Grande Ateliê. É claro que ele também sabia das visitas noturnas secretas à casa do meu Tio.

"Vá ver o Grande Mestre Iluminador Osman", disse-me. "Uns acham que ele está cego, outros afirmam que está gagá. Na minha opinião, está as duas coisas."

O fato de meu Tio, que não tinha o título de Mestre de Pintura e que, para dizer a verdade, estava longe de conhecer a fundo os arcanos dessa arte, ter obtido a autorização e o incentivo do Nosso Sultão para supervisionar toda a feitura dessa obra não melhorava em nada suas relações com Mestre Osman.

Enquanto pensava na minha infância, deixei minha atenção se concentrar nos móveis e objetos da casa. O *kilim* azul-escuro no chão, o jarro de cobre com a bandeja e o balde de cobre, o serviço de café, aquele serviço de porcelana que minha tia não se cansava de repetir, orgulhosa, que havia sido trazido da China pelos barcos portugueses, eram os mesmos de doze anos antes. Esses objetos, como o leitoril marchetado de nácar, o porta-turbante na parede e a almofada de seda vermelha, cuja maciez meus dedos não haviam esquecido, também vinham da casa do bairro do Palácio Branco, onde eu tinha vivido a minha infância com Shekure, e ainda refletiam algo daqueles dias distantes, passados pintando e desenhando numa luminosa felicidade.

Pintura e felicidade. Eu gostaria que os amáveis leitores que se interessassem pela minha história e pela minha sina retivessem essas duas coisas como a gênese do meu mundo. Porque houve uma época na minha vida em que conheci a verdadeira felicidade naquela casa, no meio dos cálamos, dos livros e das miniaturas. Depois me apaixonei e fui expulso desse paraíso.

Nos meus anos de exílio, pensei muitas vezes na dívida profunda que eu tinha para com Shekure e meu amor infeliz por ela, pois foi o que me deu forças para me adaptar com otimismo à vida e ao mundo. Com a minha ingenuidade infantil, eu não tinha a menor dúvida de que minha paixão era correspondida e, cheio de segurança, via o mundo como um lugar invejável. Aliás, minha paixão pelos livros vem daí: eu me interessei por eles a fim de agradar ao meu Tio, que me estimulava à leitura, a que eu me dedicava paralelamente às aulas que dava na escola corânica e à prática do desenho e da pintura. Mas assim como devo a esse amor por Shekure a parte ensolarada, prazerosa e mais fértil da minha formação, também devo a ele a parte sombria que veio mais tarde, depois que fui rejeitado: meu desejo renascente, como as chamas dos braseiros no meio das noites glaciais passadas nos *caravançarás*; o sonho recorrente, após o amor, no qual eu rolava no abismo com a mulher que dormia ao meu lado; a sensação de total desamparo. Tudo isso eu devia a Shekure.

"Você sabia", prosseguiu meu Tio após um longo silêncio, "que depois da morte nossas almas ainda podem vir encontrar os espíritos dos homens e mulheres deste mundo, enquanto eles dormem em paz em suas camas?"

"Não", respondi.

"Depois da morte, vem uma longa viagem. É por isso que não tenho medo de morrer. Mas tenho medo de morrer sem terminar o livro para o Nosso Sultão."

Uma parte de mim dizia que eu era mais forte, mais sensato e mais confiável que meu Tio, enquanto outra parte pensava em quanto me haviam custado o *cafetã* que eu acabava de comprar para fazer esta visita àquele que outrora tinha me recusado a mão da sua filha, o freio de prata e a sela adamascada do meu cavalo que, assim que descesse, eu iria pegar na estrebaria e montar para ir embora.

Prometi lhe contar tudo o que eu conseguisse saber dos pintores. Beijei-lhe a mão, levei-a à minha testa e desci a escada. Ao sair no pátio, o frio da neve me lembrou que eu não era nem uma criança nem um ancião, mas um homem que sente o peso do mundo em seus ombros. O vento se fez sentir mal bati a porta da estrebaria. Puxei o cavalo pelo caminho de pedra até a parte de terra do pátio, o animal refugou: suas pernas fortes, de veias salientes, sua impaciência, fizeram-me pensar que eu tinha um caráter idêntico ao dele, rebelde e obstinado. Assim que chegamos à rua, eu já estava a ponto de pular na sela e sair levantando poeira, como um herói de romance, para nunca mais voltar, uma mulherona, surgida do nada, uma judia vestida de rosa da cabeça aos pés, veio ao meu encontro com sua trouxa debaixo do braço. Era tão grande e larga quanto um armário. E, além do mais, expansiva, esperta e até mesmo um tanto ou quanto coquete.

"Meu leão, meu herói, você é mesmo tão bonito quanto me disseram!", disparou. "Casado? Solteiro? Secretamente apaixonado? Não vai querer um lencinho de seda da maior ambulante de Istambul, Ester, para te servir?"

"Não."

"Um cinto de cetim grená, então?"

"Não."

"Como não, sempre não? Duvido que um leão lindo como você não tenha uma namoradinha, um romance oculto. Deve haver por aí uma porção de moças chorosas, morrendo de amores por um rapagão tão vistoso!"

De repente, ágil como uma acrobata, ela chega ainda mais perto de mim e faz aparecer em sua mão, com a habilidade de um prestidigitador, uma carta tirada sei lá de onde. Peguei-a tão furtivamente quanto ela e, como se eu viesse treinando havia anos para aquele momento, enfiei-a rapidamente sob a faixa que envolvia minha cintura. Era uma carta de bom tamanho e, apesar do frio glacial, eu sentia em toda a extensão da minha barriga, colada na pele, sua ardente doçura.

"Vamos, cavaleiro, monte na sela", disse-me a alcoviteira. "Vire à direita no fim do quarteirão, faça seu cavalo ir a passo, como quem não quer nada; quando chegar na altura de um pé de romã, erga os olhos para a casa de que acaba de sair e olhe para a janela à sua direita."

Ela seguiu seu caminho e desapareceu num instante. Pulei na sela, mas como um principiante que monta pela primeira vez. Meu coração disparava, a emoção fazia minha cabeça girar, minhas mãos não sabiam mais como segurar as rédeas, mas enquanto apertava as pernas contra os flancos da minha montaria, esta pareceu, por assim dizer, herdar minha presença de espírito e saiu andando segura de si, conforme Ester havia indicado: em frente primeiro, depois à direita.

Nesse instante, senti que eu era realmente bonito. Sim, eu sentia que, como em todos os contos, todas as moças do bairro me espiavam atrás das gelosias e que eu estava prestes a me atirar de novo no braseiro do amor. Será que era mesmo isso que eu desejava? Uma recaída, passados tantos anos? De repente o sol apareceu. Estremeci.

Onde estava o pé de romã? Seria aquela arvorezinha triste e mirrada? Sim! Virei-me ligeiramente na sela. Havia de fato uma janela atrás da árvore, mas vazia. Aquela sirigaita da Ester tinha zombado de mim!, eu já ia me dizendo.

Mas a janela se abriu, estourando ruidosamente os trincos de gelo que a mantinham fechada, e na sua moldura assimétrica que o sol iluminava, vi minha beldade adorada, doze anos depois, seu lindo rosto enfim visível através dos galhos pesados de neve. Seus belos olhos negros me olhavam ou olhavam além de mim, para uma outra vida? Ela estava triste? Sorria? Sorria tristemente? Não saberia dizer. Ah, cavalo, imbecil! Não ouça o galope do meu coração e diminua um pouco seu passo! Virei-me mais uma vez no meu arção, desavergonhado, para espiar langorosamente aquele rosto delicado e fino, carregado de mistério, até ele se perder atrás da teia de galhos nevosos.

Mais tarde, ao descobrir o desenho na carta que Shekure fizera chegar às minhas mãos, percebi quanto essa cena — eu no meu cavalo, ela à sua janela, embora houvesse entre nós aquela árvore melancólica — era idêntica àquela, mil vezes pintada, em que Khosrow vem visitar Shirin sob a sua janela, senti em mim a chama do amor, tão ardente quanto a que evocam aqueles livros adoráveis que tanto apreciamos.

# 8. MEU NOME É ESTER

SEI QUE VOCÊS TODOS ESTÃO SE PERGUNTANDO o que estava escrito na carta que passei para o Negro. Como tive a mesma curiosidade, sei tudo o que havia a saber. Façam então, por favor, como se estivessem lendo as páginas desta história de trás para a frente, enquanto eu lhes conto o que aconteceu antes de eu ter entregado a tal carta.

É noite e nós, meu marido Nessim e eu, estamos em nossa casa no bairro judeu, na ladeira que desce para o Chifre de Ouro, dois velhinhos rabugentos botando lenha no fogo para nos aquecer. Não confiem muito na minha maneira de me apresentar como uma simples velhinha, porque com minha tralha debaixo do braço, colares, anéis e brincos enfiados no meio de lenços de seda, echarpes, luvas e blusas coloridas que os navios portugueses trazem para mim, tudo por que as mulheres daqui são loucas, a todos os preços e para todos os bolsos, não há uma ruela que eu não tenha percorrido; e, se Istambul é uma enorme panela, Ester é a colher! Não há uma carta, um mexerico de que eu não tenha me encarregado pessoalmente e, passando assim de porta em porta, fui eu, quem diria, que casou uma boa metade das mulheres da cidade. Mas minha intenção não é fazer propaganda. Como eu ia dizendo, então, estávamos calmamente sentados certa noite, quando — toc, toc, toc — batem na porta e vou abrir: aquela palerma da Hayriye! (A criada de Shekure.) Ela me entrega uma carta e me explica, tremendo como vara verde — não sei bem se por causa do frio ou da emoção —, o que Shekure espera de mim.

Fiquei espantada, pois achava que a carta era para Hassan. Vocês sabem que a bela Shekure tem um marido, que nunca voltou da guerra — na minha opinião, já faz um tempão que lhe furaram o couro, coitado. Pois bem, o soldado-marido que nunca voltou tem um irmão estourado e perdido de amor que se chama Hassan. Como eu dizia, vocês podem imaginar minha surpresa quando vi que a carta de Shekure não era para Hassan, mas para um outro. A velha Ester estava louca de curiosidade para saber o que estava escrito. Finalmente, consegui lê-la.

Nós ainda não nos conhecemos direito, vocês e eu, e, para dizer a verdade, de repente eu me sinto um pouco incomodada e confusa. Vocês nunca vão adivinhar como li a tal carta. Pode ser que vocês achem vergonhosa e desprezem a minha bisbilhotice — como se vocês também não fossem tão abelhudos quanto um barbeiro! Vou lhes contar apenas o que fiquei sabendo da leitura da carta. Eis o que a doce Shekure escreveu:

*Negro Efêndi,*

*o senhor aproveita da sua intimidade com o meu pai para vir à minha casa. Mas não creia que vá receber um só sinal de mim. Muitas coisas aconteceram desde que foi embora. Casei-me e tenho dois filhos, fortes como leões. Um se chama Orhan, parece que vocês dois se encontraram, há pouco. Faz quatro anos que espero a volta do meu marido, e quase não penso em outra coisa. É possível que, vendo-me sozinha com dois filhos e um pai idoso, indefesa e desvalida, eu sinta a necessidade de um homem forte para nos proteger, mas ninguém creia que possa tirar qualquer proveito dessa situação. Assim, por favor, nunca mais bata na nossa porta. O senhor já me envergonhou uma vez, e que dificuldade eu tive então para me justificar diante do meu pai! Envio-lhe com esta o desenho que o senhor me enviou outrora, num momento de desvario, porque é verdade que o senhor era muito jovem naquela época. Isso para que o senhor não nutra nenhuma esperança e não tire conclusões errôneas. Quem acha que uma pessoa pode se apaixonar olhando uma imagem muito se engana. Portanto é melhor que o senhor nunca mais volte a esta casa.*

A coitadinha da minha Shekure jamais teria posto ao pé da página, como um bei, um paxá ou os homens em geral, uma assinatura pretensiosa! Apenas pousou ali, como a patinha assustada de um passarinho, a primeira letra do seu nome.

Quem fala em assinar fala em selar. E, evidentemente, vocês devem estar se perguntando como é que faço para abrir essas cartas lacradas com cera. É que, simplesmente, elas não são lacradas! Porque, na verdade, a querida Shekure imagina que Ester, a judia, é ignorante demais para entender o que quer que seja dos caracteres do Corão. É verdade, não sou capaz de lê-las, mas sempre posso mandar alguém ler para mim. E quanto ao que não está escrito, eu posso "ler" com a maior facilidade. Não estão conseguindo me entender, não é? Pois vou deixar tudo muito bem claro, até para os menos sutis de vocês.

Uma carta não se exprime apenas pelas palavras escritas. Como um livro, uma carta também pode ser lida cheirando-a, tocando-a, afagando-a. É por isso que as pessoas inteligentes dirão: "Vejamos o que esta carta diz"; enquanto os imbecis se contentam com dizer: "Vejamos o que está escrito". Toda a arte está em saber ler não apenas a escrita, mas o que vai junto com ela. Bem, agora ouçam o que também diz a carta de Shekure:

1. Mesmo se eu mandar esta carta em segredo, o fato de escolher como portadora a Ester, cujo ofício e cujo fraco é esse leva e traz, significa que minha intenção não é verdadeiramente que a carta permaneça secreta.

2. A maneira como a carta é dobrada várias vezes, como um desses papeizinhos em que nós, judeus, escrevemos nossas preces, sugere o segredo e o mistério, sim... Mas ela nem vai fechada! Sem contar que está acompanhada de um desenho de bom tamanho. Isso tudo parece dizer: "É nosso segredo, vamos escondê-lo dos outros", e combina mais com uma carta de incentivo do que com uma carta de rejeição.

3. O cheiro da carta confirma isso. Um cheiro fraco demais para que o destinatário possa se perguntar se foi ou não deliberadamente posto ali, mas suficientemente sensível para não passar despercebido (como dizia Attar, o poeta-perfumista: "É um perfume ou o aroma da sua mão?") e que bastou para deixar

tonto o pobre homem que leu a carta para mim. Imagino que ela deixará o Negro igualmente tonto.

4. É verdade que eu, Ester, não tenho a sorte de saber ler ou escrever, mas uma coisa eu sei: o capricho daquela escrita, o tremor que parece animar cada letra em sua linha, como sob o efeito de uma brisa delicada, contradizem formalmente a desenvoltura, a indiferença afetada daquela pena que finge se apressar. E apesar da expressão "há pouco", a propósito do encontro com Orhan, sugerindo que a carta foi escrita logo em seguida, por impulso, está claro que ela fez um rascunho, dá para sentir a cada linha.

5. Quanto ao desenho enviado com a carta, até eu, Ester, a judia, conheço a história que ele conta: como a bela princesa Shirin, contemplando um retrato do rei da Pérsia, Khosrow, se apaixonou por ele; todas as damas sonhadoras de Istambul adoram essa história, mas é a primeira vez que vejo uma delas juntar uma ilustração do célebre episódio à sua carta.

É comum acontecer o seguinte com vocês, que têm a sorte de saber ler e escrever: uma pessoa que não sabe ler chega suplicando para que você leia uma carta que ela acaba de receber, e você lê. O que está escrito se revela tão lindo e comovente, tão pungente, que o destinatário da carta, apesar do seu pudor, da sua vergonha por introduzir você em seu jardim secreto, pede que você leia a carta mais uma vez. E você relê. No fim das contas, a carta foi lida tantas vezes que vocês dois a conhecem de cor e salteado. Depois ela pega a carta de volta, mas pede para você mostrar onde está certa palavra, certa expressão, e contempla na ponta do seu dedo, sem compreender, as letras que você lhe designa. E enquanto observam o desenho complicado dessas palavras que, apesar de não serem capazes de lê-las, elas conhecem de cor, eu às vezes me sinto tão próxima delas, dessas mocinhas iletradas que se põem a chorar ternamente sobre a carta, esquecendo-se de que não sabem ler nem escrever, que tenho vontade de beijá-las.

Também há aqueles malditos leitores de cartas, com quem lhes rogo que não me confundam, os quais, quando essas moças pegam a carta de volta para tocá-la mais uma vez, ansiosas por correr de novo os olhos por ela, apesar de não saberem que palavras estão escritas, dão como única resposta, esses animais: "Para que olhar outra vez, se você não sabe ler?". Há até os que se recusam a devolver a carta, como se ela fosse deles, e é a mim, Ester, que vocês, meninas, vêm procurar para conseguir a carta de volta. E como Ester, no fim das contas, é uma boa pessoa, se eu gostar de você, farei o possível para lhe ajudar.

# 9. EU, SHEKURE

**Por que eu estava à minha janela** quando o Negro passou bem em frente, montando seu cavalo branco? Por que abri a janela nesse momento preciso e por que fiquei tanto tempo olhando para ele, através dos galhos cobertos de neve do pé de romã? Não saberia lhes dizer. Ester tinha me informado, por intermédio de Hayriye, que o Negro ia passar por ali. É o que eu sabia, portanto. Eu tinha subido ao quarto em que se guarda a roupa para procurar uns lençóis no cesto. Esse quarto tem uma janela que dá para o pé de romã. Num repentino impulso, e no momento exato, empurrei os batentes da janela com toda a minha força, abrindo-a, e o sol invadiu bruscamente o aposento; então, eu ali na moldura da janela, nossos olhos se encontraram, e o Negro me ofuscou tanto quanto o sol. Ele estava tão bonito!

Tinha crescido e amadurecido, tinha perdido a horrível magreza da juventude para se tornar um belo homem. Olhe, Shekure, disse-me o meu coração, o Negro não é apenas bonito; se olhar nos seus olhos, verá que seu coração é puro como o de uma criança e transbordante de solidão. Case-se com ele. E no entanto eu lhe enviei uma carta para lhe dizer exatamente o contrário!

Embora ele fosse doze anos mais velho que eu, quando eu tinha doze anos eu era nitidamente mais madura que ele; e, em vez de se comportar comigo como um homem, em vez de anunciar que ia fazer isso ou aquilo, que ia pular daqui ou trepar ali, ele parecia o tempo todo incomodado e preferia enfiar o nariz em seus livros e em suas miniaturas, como se quisesse se esconder neles. Com o passar do tempo, ele também acabou se apaixonando por mim. Declarou-me seu amor com um desenho. Nessa época, nós dois já éramos crescidos. Apesar de eu já ter doze anos, eu sentia que ele tinha vergonha de me olhar nos olhos, por temer que eu compreendesse como ele sofria. Se me dizia uma coisa banal, por exemplo, "pode me passar aquela linda faca com cabo de marfim?", em vez de olhar para mim — porque ele era evidentemente incapaz de me fitar —, ele olhava para a faca. Ou então, se eu lhe perguntava "o sorvete de cereja está gostoso?", ele era incapaz de — com um sorriso amável, como a gente faz quando está de boca cheia, ou simplesmente com um gesto — me responder que, sim, estava uma delícia. Tinha de gritar a plenos pulmões "sim!", como se eu fosse surda! O medo o impedia de erguer os olhos para mim. É que eu era mesmo lindíssima, naquela época. Quaisquer que sejam a distância, a espessura e a quantidade de cortinas, portas e biombos, todos os homens que me viam, ainda que uma só vez, ficavam apaixonados. Não digo isso para me gabar, mas para lhes contar melhor minha história e para que vocês possam compartilhar melhor comigo as minhas agruras.

Na lenda de Khosrow e Shirin, que todo o mundo conhece, há um momento de que o Negro e eu falávamos com frequência. É quando o fiel Shapur dá um jeito de fazer que um se apaixone pelo outro. Um dia, quando a princesa passeava no campo em companhia das suas aias, ele prendeu às escondidas, no galho de uma das árvores debaixo das quais elas descansavam, um retrato do rei Khosrow. Ao ver o retrato do belo Khosrow, a princesa Shirin se apaixona por ele. Esse momento ou, como dizem os pintores, essa cena, que mostra o deslumbramento de Shirin ao admirar o retrato de Khosrow, foi muitas vezes representada em pintura. Quando trabalhava com meu pai, o Negro viu várias ilustrações dessa cena, e até as copiou uma ou duas vezes, sem alterar em nada o original. Depois, quando se apaixonou por mim, em vez de Khosrow e Shirin ele representava a si mesmo e a mim: Negro e Shekure. Aliás, se ele não tivesse sentido a necessidade de escrever sob o desenho, à guisa de legenda, que o rapaz e a moça do desenho éramos nós, eu teria sido a única a saber (ele tinha uma maneira de nos desenhar sempre com os mesmos traços e as mesmas cores: ele em vermelho, eu em azul). Mas, daquela vez, ao escrever nossos nomes ele se traiu. E fugiu como um ladrão, largando o desenho num lugar em que eu poderia vê-lo. Lembro-me de que ele ficou me espiando, para descobrir qual seria a minha reação ao ver nossa imagem.

Como eu tinha certeza de que não podia me apaixonar por ele, como uma Shirin do seu Khosrow, banquei a indiferente. Mas ao anoitecer de um daqueles dias de verão que passamos tentando nos refrescar com uns sorvetes de cereja feitos com o gelo que diziam vir de longe, do monte Ulu, no litoral asiático, eu contei a meu pai que o Negro, que já tinha ido embora para casa, havia me feito uma declaração de amor. Naquela época, o Negro tinha acabado de se formar no colégio de teologia. Ele era mestre-escola num bairro próximo e tentava, menos por vontade própria do que para obedecer a meu pai, obter a proteção do poderosíssimo e estimado Naim Paxá. Mas meu pai sempre havia sido da opinião de que o Negro não tinha o menor futuro e que mesmo se conseguisse, graças aos seus esforços, dele, meu pai, um cargo no círculo de Naim Paxá, mesmo que de secretário para começar, tinha poucas probabilidades, na sua opinião, de tirar bom proveito dessa posição, dando inclusive a entender que era um desperdício ajudá-lo. Naquela noite, meu pai tinha declarado, designando-nos com o olhar: "Eu me pergunto se esse pobretão do meu sobrinho não mira alto demais para ele". E sem a menor consideração para com minha mãe, que estava presente, acrescentou: "Mas pode ser que ele seja menos bobo do que eu imaginava".

Como meu pai agiu nos dias seguintes, como eu mesma evitei o Negro e como ele, de início, se absteve de nos visitar e, depois, até deixou de passar por nosso bairro, são recordações que me enchem de tristeza e não desejo lhes contar: vocês poderiam vir a nos detestar, a meu pai e a mim. Creiam-me, era o único remédio. Vocês sabem que, numa situação assim, as pessoas sensatas logo sentem que um amor sem esperança é simplesmente sem esperança e, compreendendo os limites do reino ilógico do coração, põem elegantemente um ponto final no caso, declarando que "não nos acham feitos um para o outro" e que "assim tem de ser" no próprio interesse delas. Não devo me esquecer de lhes dizer que minha mãe várias vezes suspirou: "Pelo menos não deixem o pobre menino com o coração partido". O menino de que minha mãe falava, o Negro, tinha nada menos do que vinte e quatro anos, e eu, a metade. Mas como meu pai achara uma insolência aquela declaração intempestiva de amor, não iria satisfazer o desejo que minha mãe acalentava secretamente.

Quando soubemos da sua ida para Istambul, embora não o tivéssemos inteiramente esquecido, ele já havia, em todo caso, saído totalmente dos nossos corações. Como durante anos não recebemos nenhuma notícia dele vinda de nenhuma cidade, achei que não havia nada de mais em conservar aquele desenho que ele tinha feito e me mostrado, como uma lembrança de menina, o testemunho de uma amizade de crianças. Para não inquietar meu pai e, principalmente, meu marido militar, se ele desse um dia com o desenho, o que poderia deflagrar uma crise de ciúmes, eu apenas cobri a legenda — Negro e Shekure —, pingando em cima dela umas gotinhas de nanquim, surrupiado do meu pai, como se fosse um acidente posteriormente disfarçado com uma preciosa moldura de flores. Agora, depois que devolvi o desenho a ele, aqueles dentre vocês que se inclinavam a ver com maus olhos minha súbita aparição à janela diante do Negro talvez se sintam envergonhados e reconsiderem um pouco suas ideias precipitadas.

Quando reapareci de repente diante dele, esta tarde, à minha janela, depois desses doze anos, demorei-me bastante contemplando, encantada, em meio aos flamejantes raios de sol, o jardim imerso naquela cor alaranjada, quase vermelha, até sentir frio. Não soprava a mais leve brisa. Se um passante ou se meu pai tivessem me visto à janela, ou se o Negro, fazendo seu cavalo dar meia-volta, houvesse passado de novo por ali, pouco me importa o que poderiam ter dito. Mesrure, uma das filhas de Ziver Paxá, com quem eu me divertia todas as semanas, ao irmos juntas ao *hamam* (ela era tão alegre e tinha sempre uma tirada engraçada para me fazer rir no momento mais inesperado!), disse-me certa vez que a gente nunca pode saber com certeza o que alguém pensa, nem sequer o que a gente mesma pensa... Também acho: às vezes digo uma coisa e, ao dizê-la, percebo que é isso mesmo que penso; no entanto, mal acabo de pensar assim, chego à opinião oposta.

De todos os pintores que meu pai recebe em casa, e não vou lhes ocultar que observei cada um deles, lamento que tenha sido o coitado do Elegante Efêndi o que desapareceu, tal qual meu infortunado marido. E, no entanto, ele era o mais feio e o mais pobre de espírito de todos.

Fechei a janela e saí do quarto para descer à cozinha.

"Mamãe, Shevket não te obedeceu", disse Orhan. "Quando o Negro Efêndi foi pegar o cavalo na estrebaria, ele saiu no pátio para espiá-lo pelo buraco!"

"E daí?", retrucou Shevket, erguendo o punho. "Mamãe também espiou o Negro pelo buraco do armário!"

"Hayriye, para o jantar, pode fazer para eles pão de amêndoas tostado na manteiga."

Orhan pulou de alegria e Shevket não disse mais nada. Mas quando subi de volta para o quarto, os dois correram atrás de mim na escada, gritando, me puxando e me empurrando. "Calma, calma", eu lhes dizia às gargalhadas. "Parem, seus diabinhos." E lhes dava umas palmadinhas delicadas.

Que bom é, quando cai a noite, estar em casa com os filhos! Meu pai não fazia barulho, absorto que estava diante de um livro.

"A visita já foi. Espero que não o tenha aborrecido."

"Ao contrário. Ele me divertiu. Continua respeitoso como sempre com seu Tio."

"Que bom."

"Mas tornou-se prudente, e ponderado."

Isso foi dito num tom um tanto desdenhoso, e menos para avaliar minha reação, sem dúvida, do que para encerrar o assunto.

Numa outra ocasião eu certamente teria lhe replicado à altura, como costumo fazer. Mas, naquele momento, a imagem do cavaleiro montado em seu cavalo branco voltou-me ao espírito e me produziu um arrepio.

Mais tarde, já não me lembro como, eu estava no quarto do armário embutido abraçada com Orhan. Shevket veio se pôr entre nós dois, disputaram um pouco o lugar — pronto, vão brigar de novo, disse comigo mesma —, mas logo estávamos os três rolando juntos no tapete. Eu os acariciei, como uma cadela seus cachorrinhos, beijava-lhes os cabelos, atrás do pescoço, apertava-os contra o meu peito, para sentir o peso deles contra meus seios.

"Ahhh!", fiz. "Como seus cabelos estão fedorentos! Amanhã vão ao banho público com Hayriye."

"Eu não quero ir mais ao banho com Hayriye!", disse Shevket.

"Por quê? Está crescido demais?"

"Mamãe, por que você pôs essa blusa lilás tão linda?", perguntou Shevket em vez de responder.

Fui ao outro quarto tirar a blusa. Pus de novo a verde, já um pouco desbotada, porque estou sempre com ela. Senti frio ao me trocar, mas, ao mesmo tempo que fiquei arrepiada, sentia meu rosto arder e tinha a impressão de que meu corpo despertava, espreguiçava. Notei uma mancha de batom no canto do rosto — deve ter escorrido quando eu brincava com meus filhos —, lambi a palma da mão e limpei aquela marca vermelha, esfregando-a. Sabem, as minhas parentas, as mulheres que encontro no banho público e todas as que me veem, sempre dizem que não pareço uma mulher de vinte e quatro anos, mãe de dois filhos, mas uma mocinha de dezesseis. Acreditem nelas, ouviram, acreditem de verdade, senão eu não lhes conto mais nada.

E, principalmente, não achem estranho eu me dirigir assim a vocês; faz tantos anos que vejo as imagens dos livros do meu pai, que procuro as mulheres e as grandes beldades — são raras, mas existem... Elas são invariavelmente tímidas e reservadas, olham umas para as outras ou ao longe, parecem estar o tempo todo pedindo desculpas. Claro, elas não seriam capazes, como os homens, como os guerreiros ou os sultões, de manter a cabeça erguida e encarar o mundo que as rodeia. Mas é possível encontrar também, em certas produções baratas, por inadvertência do artista, que deve ter pintado a cena depressa demais, mulheres que, em vez de olhar para o chão ou para um objeto contido no quadro — digamos, um vaso ou o amante —, parecem olhar diretamente para o leitor. E eu me pergunto então: quem pode ser esse leitor?

Quando penso naqueles livros do tempo de Tamerlão, duas vezes centenários, que os colecionadores cristãos compram aqui a peso de ouro a fim de levá-los para seu país, sinto um arrepio de emoção: um dia, certamente, alguém num reino também distante ouvirá essa minha história. Não é esse arrepio, aliás, que explica o desejo de se ver inscrito nas páginas de um livro? Não é por almejarem essa emoção que sultões e vizires prodigalizam seu ouro aos escribas que contam sua história em livros ou que deem a estes o seu nome como título? Se sinto em mim esse arrepio, como aquelas belas que olham ao mesmo tempo para o livro da sua vida e para fora do livro, é que também desejo conversar com vocês que estão me observando desde sabe lá que distância no espaço e no tempo. Sou bonita, tenho a cabeça no lugar, o olhar que vocês me dedicam não me desagrada. E se, de quando em quando, de longe em longe, eu lhes contar uma pequena mentira, é só para que vocês não façam ideia errada de mim.

Como vocês certamente adivinharam, meu pai tem por mim um imenso afeto. Nasci depois de ele já ter tido três filhos, mas Alá tomou-os um a um e só eu fui poupada, sua única filha. Meu pai me adora, e no entanto não foi ele que escolheu meu marido: eu me casei com um tenente da cavalaria, que me agradou ao primeiro olhar. Se houvesse dependido do meu pai, meu marido teria de ser não apenas o mais sábio dos homens, mas também entender de pintura e de artes; ser poderoso e respeitado; e, por fim, rico como Karun, o homem mais rico do Corão. Em poucas palavras, alguém que não se encontra em lugar nenhum, nem mesmo nos livros de imagens e pelo qual eu seria obrigada a esperar sentada em casa o resto dos meus anos.

A beleza legendária do meu marido era tema obrigatório dos cochichos femininos. Graças a certas intermediações, dei um jeito de cruzar com ele ao voltar do banho público. Foi então que o vi: seus olhos lançavam faíscas, e eu me apaixonei imediatamente por ele. Tinha cabelos castanhos, pele clara, olhos verdes; além disso, era forte e bem-feito de corpo, mas no fundo era sossegado e silencioso como uma criança dormindo. Como despendia toda a sua energia na guerra, matando e saqueando sem parar — e devo dizer que ele às vezes tinha como que um vago cheiro de sangue —, em casa ficava calmo e meigo como um cordeiro. Meu pai, a princípio, não queria nem ouvir falar desse soldado sem dinheiro, mas como eu ameaçava me suicidar, ele teve de consentir no meu casamento com aquele homem, o qual, à força de façanhas heroicas e gloriosas vitórias, acabou recebendo um feudo militar que vale dez mil moedas de prata e todo o mundo nos inveja.

Quando, quatro anos atrás, no fim da guerra contra os *safávidas*, ele não regressou com o resto do exército, num primeiro momento não me inquietei. Na certa havia ficado como perito militar, tinha assuntos a resolver, butins mais ricos a pilhar, soldados a recrutar... Havia também algumas testemunhas que nos diziam que ele, com seus homens, tinha se separado da coluna em marcha e ido para as montanhas. No começo, eu sempre me dizia que ele ia voltar de uma hora para a outra; depois, passados dois anos, fui me acostumando pouco a pouco com a sua ausência. Sabendo quantas mulheres de militares em Istambul tinham perdido o marido como eu, terminei aceitando minha situação.

À noite, em nossa cama, eu apertava as crianças contra mim e chorávamos todos, um mais que o outro. Para consolá-los um pouco, eu inventava histórias, mentiras: que fulano tinha me dito que o pai deles ia voltar na primavera, com a mais absoluta certeza. O boato corria e, de boca em boca, acabava voltando aos meus ouvidos, e eu era a primeira a querer acreditar.

Com a ausência do meu marido, arrimo da casa, começaram as dificuldades. Mudamos para uma casa de aluguel, para os lados da Porta do Mercado. Foram conosco o pai do meu marido, um nobre caucasiano a quem a fortuna reservou, a vida toda, uma sucessão de reveses, mas que era um homem muito respeitado, e seu segundo filho, também de olhos verdes. Meu sogro, na idade em que estava, teve de voltar ao seu ofício de espelheiro, que ele havia abandonado quando o filho mais velho ficou rico na guerra. Meu cunhado Hassan, solteiro, trabalhava na alfândega, mas quando começou a trazer mais dinheiro para casa, começou a se considerar o dono de tudo. Certo inverno, ficamos com medo de não conseguir pagar o aluguel, e eles foram correndo ao Mercado de Escravos para vender a criada que cuidava da casa; pediram-me então que cozinhasse e lavasse no lugar dela, até mesmo que fizesse as compras no bazar. Não lhes contestei que eu não era mulher a quem se podia impor tal tipo de trabalho, mas fiquei com o coração partido. E quando Hassan, que não tinha mais uma criada com quem se deitar em seu quarto, pôs-se a forçar a porta do meu, não soube mais o que fazer.

Evidentemente, eu teria podido voltar logo para cá, para a casa do meu pai, mas visto que, para o juiz, meu marido continuava legalmente vivo, se eu passasse a provocá-los, eles seriam capazes não só de me levar de volta à força, com as crianças, para a casa do meu sogro, quer dizer, do meu marido, mas teriam inclusive o topete de conseguir a condenação de nós dois, minha e de meu pai. Aliás, analisando melhor a situação, eu teria perfeitamente podido fazer amor com Hassan, que achava mais humano e mais inteligente que meu marido e que, na verdade, morria de paixão por mim. Mas se eu me deixasse dominar sem nenhuma prudência, em vez de me tornar sua esposa, eu passaria a ser sua simples serva — que Alá me preserve! Porque, como eles temiam mais que tudo que eu voltasse para a casa do meu pai com meu dote, meus filhos e reclamando minha parte da herança do meu marido, eles não estavam nem um pouco dispostos a admitir uma decisão do juiz que declarasse meu marido morto. Sem essa sentença, não podia me casar nem com Hassan nem com nenhum outro, mas ficava presa a eles por meio de um marido "desaparecido", o que explica por que eles preferiam essa situação indefinida. Porque, repito, eu era pau para toda obra, da cozinha às roupas, sem falar na paixão furiosa que um deles me dedicava.

A melhor solução para meu sogro e para Hassan era que eu me casasse com este, mas para isso acontecer era preciso, antes de mais nada, arranjar umas testemunhas que convencessem o juiz da morte do meu marido. Assim, se eles, pai e irmão, parentes mais próximos do meu marido desaparecido, aceitassem a ideia de que ele estava morto, se mais ninguém opusesse obstáculos ao reconhecimento desse fato e se, a troco de algumas moedas de prata, umas falsas testemunhas declarassem ter visto seu cadáver num campo de batalha, seria fácil persuadir o juiz a dar esse veredicto. O mais difícil para mim era convencer Hassan de que, uma vez declarada viúva, eu não ia abandonar a casa, reclamar a herança — ou mais dinheiro para aceitar me casar com ele — e, sobretudo, de que eu me casaria com ele em virtude de um sentimento sincero. Claro, eu sabia que só ganharia sua confiança nesse sentido se fosse para a cama com ele de uma maneira tão convincente que ele se sentisse plenamente seguro de que eu não me entregava a ele a fim de obter seu consentimento para me divorciar do meu marido, mas sim por estar sinceramente apaixonada por ele.

Fazendo um esforço, eu bem poderia me apaixonar por Hassan. Ele é oito anos mais moço que meu marido e, quando este ainda estava conosco, Hassan era como um irmão para mim, o que nos aproxima naturalmente. Além disso, eu gostava dos seus modos despretensiosos e apaixonados, do seu prazer em brincar com meus filhos e daquele seu ar melancólico quando olhava para mim: é como se ele morresse de sede e eu fosse um sorvete de cereja. Mas como eu teria muita dificuldade de me apaixonar por alguém que não tinha vergonha de me obrigar a lavar a roupa e me mandar fazer as compras, como se eu fosse uma criada, uma escrava, eu disse a mim mesma que essa hipótese corria o risco de ser, no fim das contas, um tanto ou quanto impossível. Naquela época, eu ia com frequência durante o dia à casa do meu pai, onde chorava sem parar, olhando para os potinhos de tinta alinhados em seu ateliê, e de noite dormia com meus dois filhos agarrados a mim. Hassan nunca me deu o menor motivo para eu me apaixonar por ele. Como ele não era nada seguro de si, como não acreditava que aquela condição indispensável — eu me apaixonar por ele — pudesse se realizar, acabou se comportando mal. Tentou me agarrar, me beijar, suas mãos perderam o rumo, tudo isso me dizendo que meu marido não voltaria nunca, ameaçando me matar, chorando como um bebê. Nessa precipitação, ele não se dava tempo de cultivar um amor puro e nobre — como aquele que os livros explicam tão bem —, e compreendi que nunca poderia me casar com ele.

Uma noite, quando ele tentava arrombar a porta do quarto em que eu dormia com meus meninos, levantei-me imediatamente e, sem nem sequer me perguntar se não ia assustá-los, pus-me a berrar o mais alto que pude, dizendo que os *djins* tinham entrado em casa. Os gritos acordaram meu sogro e eu lhe apontei Hassan, cujo estado de excitação ainda era visível, enquanto eu continuava a gritar sob o efeito do pânico. Por entre as minhas vociferações histéricas e os meus gritos de possessa, o ancião conseguiu discernir a banal e terrível verdade: seu filho estava enrabichado e acabava de fazer uma investida desrespeitosa à sua própria nora, mãe de seus dois netos. Ele não disse nada quando afirmei que não ia conseguir dormir de novo e que tinha a intenção de ficar de vigília até o amanhecer, para proteger meus filhos dos *djins*. Mal raiou o dia, anunciei que voltava por algum tempo com eles, meus filhos, para a casa do meu pai, que necessitava dos meus préstimos. Hassan teve de aceitar sem reclamar. E eu tornei à minha casa de solteira, levando como única lembrança da minha vida de casada o relógio de carrilhão, parte do butim da Hungria (que meu marido nunca cedeu à tentação de vender), o chicote feito com tendões dos mais impetuosos garanhões árabes (inestimável), o tabuleiro de marfim de Tabriz, cujas peças as crianças usavam para brincar de soldadinho, e os castiçais de prata pilhados na batalha de Nahjivan, que defendi com unhas e dentes quando quiseram vendê-los.

Depois que abandonei o domicílio do meu marido, as investidas despudoradas e vulgares com que Hassan me oprimira transformaram-se, como eu imaginara, numa espécie de labareda tão nobre quanto desesperada. Como ele sabia não poder contar com o apoio do pai, em vez de ameaças pôs-se a me enviar cartas de amor, com passarinhos tagarelas, gazelas melancólicas, leões em lágrimas ornando as margens. Não dissimularei a vocês que reli, e reli, e reli essas cartas que, admitindo que ele não tenha mandado algum pintor e algum poeta amigos seus escrevê-las e desenhá-las, atestam uma riqueza interior que eu não imaginava nele, na época em que vivíamos sob o mesmo teto. Nas últimas, ele me conta que, como ganha muito dinheiro, contratará um criado para os serviços domésticos. Essas palavras amáveis, respeitosas e bem-humoradas, somadas aos gritos incessantes dos meus filhos, que viviam brigando, e aos gemidos constantes do meu pai, ressoavam na minha cabeça como o rufar de um tambor. Foi para aliviá-la que abri aquela janela, a fim de respirar um pouco de ar fresco.

Antes que Hayriye trouxesse a bandeja com a refeição da noite, preparei para meu pai um fortificante à base das melhores flores de tamareira da Arábia, juntando uma colher de mel e um pouco de suco de limão. Quando entrei, ele estava lendo o *Livro da alma*. Como se eu mesma fosse uma, postei-me em silêncio diante dele sem deixar que ele notasse a minha presença. Ele preferia assim.

"Está nevando?", ele me perguntou com uma voz tão triste, tão frágil, que compreendi que era a última neve que meu pobre pai veria.

## 10. EU SOU A ÁRVORE

Eu sou a árvore, e sou muito solitária. Sempre que chove, eu choro. Ouçam, por Alá, a história que vou lhes contar. Tomem seu café, para que ele afugente o sono e seus olhos fiquem bem abertos. Olhem para mim como se olhassem para um *djim* e eu lhes contarei por que sou tão sozinha.

1. Se fui desenhada às pressas numa feia folha de papel ordinário, foi só para que houvesse um desenho de árvore atrás do mestre contador de histórias. Verdade. Agora não tenho, ao meu lado, nem árvores delicadas, nem o mato das estepes, nem rochas tão cheias de deformações que parecem com o Diabo ou com o homem, nem nuvens chinesas se contorcendo no céu. Apenas a terra, o céu, o horizonte e eu. Mas minha história é muito mais complicada.

2. Como árvore, não preciso fazer parte de nenhum livro. Mas como desenho de árvore, não ser uma página de livro me deixa tremendamente perturbada. Eu me digo que, se não sirvo para ilustrar um relato, os idólatras e os infiéis vão pendurar meu desenho numa parede e se prosternar diante de mim para me adorar. Que os seguidores do *hodja* de Erzurum não me ouçam, mas pensar que isso pode acontecer até me dá certo orgulho secreto — logo em seguida, porém, tremo de medo e de embaraço.

3. O motivo principal da minha solidão é que eu mesma não sei a que história pertenço: estava destinada a ser parte de uma história, mas caí dela como uma folha morta. Deixem-me lhes contar tudo direitinho:

## DE QUE MODO CAÍ DA MINHA HISTÓRIA
## COMO UMA FOLHA CAI DA ÁRVORE

Quarenta anos atrás, o xá Tahmasp do Irã, que era o maior inimigo do nosso império e também o maior rei-patrono da arte da pintura, começou a ficar senil, e sua paixão pelos prazeres, o vinho, a música, a poesia e a pintura arrefeceu. Pior ainda, parou de tomar café e, naturalmente, sua cabeça parou de funcionar. Assaltado por sombrias suspeitas, o velhote, de cara austera e comprida, mudou sua capital de Tabriz, que ainda era persa na época, para Kazvin, a fim de ficar mais longe do exército otomano, dizia ele. Ficando ainda mais velho, certo dia foi possuído por um *djim*, teve uma crise de nervos e, pedindo perdão a Alá, abandonou completamente o vinho, os efebos e a pintura, o que é prova de que esse grande rei, ao perder o gosto pelo café, também havia perdido o espírito.

Foi por isso que os divinamente inspirados encadernadores, calígrafos, douradores e pintores, que criaram durante vinte anos, em Tabriz, as maiores obras-primas do mundo, se dispersaram por outras cidades, como um bando de perdizes. O sultão Ibrahim Mirza, que era sobrinho e genro do xá Tahmasp e governador de Mechhed, chamou os mais brilhantes, instalou ateliês para eles numa vasta morada e resolveu mandá-los pintar e copiar os sete ciclos de fábulas dos *Sete tronos da Ursa Maior*, obra de Djami, o maior poeta da corte dos timúridas em Herat. Dividido entre o afeto e o ciúme por esse sobrinho bom e esclarecido, a quem lamentava ter dado sua filha, xá Tahmasp, ao saber do projeto, foi tomado por um violento despeito e exilou em Kain o governador de Mechhed. Depois, num novo acesso de raiva, baniu-o para o povoado de Sabzivar. Então os calígrafos e os pintores de Mechhed se dispersaram novamente por outras cidades, outros reinos, a serviço de outros príncipes e outros sultões.

Mas, por milagre, a história do livro do sultão Ibrahim Mirza não termina aí, porque seu bibliotecário, um verdadeiro esteta, montou no cavalo e partiu para Shiraz, onde morava o melhor mestre dourador; depois levou a Isfahan duas páginas para um copista cuja caligrafia Nestalik era tida como a mais delicada; em seguida, atravessando as montanhas até chegar a Bukhara, pediu ao grande mestre pintor, que aí trabalhava para o cã dos uzbeques, que fizesse a composição e pintasse os personagens. De volta para Herat, pediu, dessa vez a um mestre da antiga escola, já meio cego, para pintar as sinuosas curvas das folhas e das plantas; e, sempre em Herat, mandou traçar com ouro, em escrita Rika, a inscrição da janela acima do desenho. De volta a Kain, apresentou as poucas páginas que tinha realizado parcialmente durante essa viagem de seis meses e recebeu os cumprimentos do sultão destronado, Ibrahim Mirza.

Compreenderam porém que, naquele ritmo, o livro nunca seria concluído, e contrataram mensageiros tártaros. Confiava-se a cada um deles, com as páginas a completar, uma carta para ser entregue ao artista, descrevendo o trabalho pedido. Assim, os mensageiros, levando as páginas do livro, percorreram todo o Irã, o Khurasan, o reino dos uzbeques, chegando até às rotas de caravana da distante Transoxânia. Agora, o livro progredia à velocidade dos cavalos. Às vezes, numa noite de inverno, num *caravançará* em que se ouviam os lobos uivar, a quinquagésima nona página encontrava a centésima sexagésima segunda e, ao travarem conhecimento, davam-se conta de que trabalhavam para a mesma obra e iam buscar no quarto as páginas, para tentar compreender, comparando-as, de que história faziam parte, a que epopeia se referiam.

Era para eu também ser uma página desse livro que, ouvi dizer com tristeza, foi terminado hoje. Que pena que, num dia de inverno, uns salteadores de tocaia num desfiladeiro rochoso tenham cortado o caminho do meu mensageiro tártaro. Começaram lhe dando uma sova, em seguida, conforme o costume dos salteadores, deixaram-no inteiramente pelado e, depois de roubá-lo, mataram sem dó nem piedade o pobre estafeta. É por isso que não sei de que página caí. Pergunto então para vocês que estão me olhando: vocês acham que eu estava destinada a dar sombra a Majnun no deserto, quando, disfarçado de pastor, ele visita Leila em sua tenda? Estaria eu destinada a me desvanecer na noite, a fim de exprimir a escuridão da dúvida e do desespero na alma do rapaz? Eu teria gostado tanto de assistir à felicidade de dois amantes que, fugindo do mundo, depois de atravessarem as montanhas, encontram por fim a paz numa ilha cheia de pássaros e de frutas! Teria gostado tanto de emprestar minha sombra aos derradeiros momentos de Alexandre, quando morre sangrando do nariz, vítima de insolação, durante a conquista do país do Indo! A não ser que eu tenha sido concebida para representar a idade e a força do pai transmitindo ao filho preceitos sobre o amor e sobre a vida... Digam, a que história eu estava destinada a dar maior profundidade e delicadeza?

Um dos bandidos que, depois de terem matado meu tártaro, se apoderaram de mim e me levaram de montanha em montanha e de cidade em cidade, era sutil o bastante para reconhecer meu valor e compreender que olhar o desenho de uma árvore é melhor que olhar uma árvore, mas como ele ignorava a que relato eu me referia logo se cansou de mim. Ao contrário do que eu temia, esse fora da lei, em vez de me rasgar e me jogar fora, me vendeu num *caravançará*, por uma jarra de vinho, a um homem magérrimo. Às vezes, de noite, à luz de uma vela, esse homem me contemplava, chorando. Quando morreu de tristeza, puseram seus bens à venda e, graças ao mestre satirista que me comprou, cheguei a Istambul. Agora estou feliz! De fato, que honra estar aqui esta noite, entre vocês, pintores e calígrafos miraculosamente inspirados do Sultão otomano, de mãos peritas, olhos de águia, vontade de ferro, punhos tão sensíveis, alma tão delicada! E, por Alá, eu lhes rogo, não creiam nos que dizem que fui desenhada às pressas num papel ordinário, por um dos pintores aqui presentes, para ser grudada numa parede.

Vejam só que calúnias, a que mentiras descaradas alguns se permitem. Vocês se lembram que, ontem à noite, aqui neste mesmo lugar, meu autor colou nesta parede o desenho de um cachorro e narrou as aventuras desse bicho sem-vergonha, e depois também as de um tal de Husret Hodja, de Erzurum. Pois bem, os admiradores de Sua Excelência Nusret Hodja interpretaram tudo errado: acharam que ele, Sua Venerada Excelência, é que teria sido visada! Mas como poderíamos dizer que nosso grande pregador é filho de pai desconhecido? Arre! Imaginem se uma coisa dessas ia me passar pela cabeça! Que detração, que mentira deslavada! Se confundem tão descaradamente assim os *hodjas* Husret e Nusret, de Erzurum ambos, então vou lhes contar a História da árvore e de Nedret Hodja, o Zarolho de Sivas.

Além de anatematizar a pintura e o amor aos efebos, esse *hodja* zarolho dizia que o café é coisa do Diabo e aquele que o beber vai direto para o inferno. Escute aqui, seu mequetrefe de Sivas, já se esqueceu como este meu galho grosso ficou torcido? Vou lhes contar como foi, mas jurem que não vão repetir a ninguém, que Alá nos guarde de caluniar quem quer que seja. Acordo uma bela manhã e descubro que um homem gigantesco — que Alá o proteja, ele era alto como um minarete e tinha braços fortes como os de um leão! — tinha trepado neste meu galho e se escondido entre a minha luxuriante folhagem em companhia do supracitado *hodja* para, se me permitem a expressão, ali fazerem troca-troca. Enquanto fazia o que tinha de fazer com o nosso *hodja*, o gigante, que mais tarde compreendi tratar-se do Diabo, beijava a formosa orelha deste e sussurrava dentro dela: "O café é um pecado, o café é um vício...".

É claro que quem crê nessas balelas sobre os malefícios do café não acredita nos mandamentos da nossa bela religião, mas sim no Diabo em pessoa.

Para terminar, quero dizer uma palavra sobre os pintores do Ocidente, para que, se houver entre vocês quem tenha a pretensão de imitá-los, fique avisado e trate de mudar de ideia. Ao que parece, esses pintores deram de pintar os rostos dos reis, dos sacerdotes, dos senhores e até das mulheres destes, de tal maneira que quem vê o retrato possa reconhecê-los na rua. Aliás, as esposas deles andam na rua como bem entendem, e o resto vocês podem imaginar. Como se não fosse o bastante, usa-se e abusa-se da tal pintura como se fosse uma alcoviteira...

Certo dia, um grande pintor europeu passeava com um colega numa campina, conversando sobre sua arte, quando avistaram uma floresta. O que tinha maior mestria teria dito ao outro: "Para pintar no novo estilo, tem-se de pintar cada árvore desta floresta de tal modo que uma pessoa que visse a pintura pudesse vir aqui e reconhecer cada uma delas".

Eu que, como vocês veem, não passo de uma pobre árvore, agradeço a Alá não ter sido pintada de tão douta maneira. Mas não é por temer que, se fosse desenhada à francesa, todos os cachorros de Istambul, tomando-me por uma árvore de verdade, viessem mijar em mim. É que não aspiro ser uma árvore, e sim seu símbolo.

# 11. MEU NOME É NEGRO

A NEVE COMEÇOU A CAIR NO FIM DO DIA e continuou até de manhã. Eu tinha passado a noite toda relendo a carta de Shekure. Extremamente excitado, andava de um lado para o outro no quarto vazio da casa vazia, voltando o tempo todo para junto da luz trêmula e amarela da vela, a fim de observar o tremor nervoso dos caracteres traçados com cólera por minha amada, a progressão das curvas que, da direita para a esquerda, se contorcem e se ligam para melhor urdir seus enganos. De repente, a sua janela se abria ali, diante de mim, e o rosto da minha amada, com aquele seu sorriso triste, aparecia. E quando vi seu verdadeiro rosto, esqueci todos aqueles outros que eu trazia na minha imaginação nos últimos seis ou sete anos, com aquela boca de cereja que ia ficando cada vez mais madura, mais vermelha, e acabava tomando toda a fisionomia.

No meio da noite, perdi-me em sonhos de casamento. Não tinha a menor dúvida do meu amor por ela, nem de que ele era correspondido. Nós nos casávamos num estado de grande felicidade, mas essa minha felicidade imaginária, instalada numa casa cheia de escadas, logo se esvaiu porque eu não conseguia arranjar um trabalho adequado, e dei de discutir com a minha mulher, mas ela nem ligava para o que eu dizia. Em torno da meia-noite, compreendendo que essas sombrias quimeras provinham, em parte, da *Ressurreição das ciências*, de Al-Gazali, que eu havia lido na Arábia durante minhas longas noites de solteiro, lembrei-me também que as mesmas páginas consagradas ao casamento se estendiam muito mais sobre as vantagens deste. Mas, a despeito de todos os meus esforços, não consigo me lembrar de nenhuma outra, além destas duas: primeiro, o casamento introduz ordem num casal, e na casa cheia de escadas do meu sonho não havia ordem alguma; o segundo argumento era que eu escapava assim do vício do prazer solitário e do vício, bem pior, de me deixar conduzir por uma cafetina, no escuro das ruas transversais, até os antros de prostitutas.

Esses pensamentos, já era quase uma da madrugada, me trouxeram à mente a masturbação. Desejando manter as ideias claras e tirar essas obsessões da cabeça o mais depressa possível, fui para um canto do quarto, como de costume, mas logo compreendi que não conseguiria me acalmar daquele jeito: doze anos depois, eu estava novamente apaixonado.

Essa constatação — inabalável, se ouso dizer — me causou tamanha emoção e tanto medo que agora eu andava pelo cômodo tremendo como a luz da vela. Se, de fato, com aquela carta Shekure me abria uma espécie de janela, por que as palavras que ela empregava parecem me dizer o contrário? Por que seu pai, se a filha não queria saber de mim, me convidava? Por que eles brincavam assim comigo, os dois, pai e filha? Caminhando pelo quarto, parecia que a porta, a parede, o assoalho estridente, com seus rangidos que faziam eco ao balbucio dos meus pensamentos, procuravam responder a essas minhas perguntas.

Olhei demoradamente para o desenho que eu fizera anos atrás, de Shirin que se apaixona por Khosrow ao ver o retrato deste pendurado no galho de uma árvore. Eu tinha me baseado, então, na ilustração de um livro de qualidade medíocre, trazido recentemente de Tabriz, que havia na casa do meu Tio. Esse desenho já não me envergonhava, como cada vez que me lembrava dele ao longo de todos aqueles anos, e era natural que assim fosse, dada a ingenuidade do traço e da declaração de amor que ele continha; mas tampouco reavivava lembranças felizes da minha juventude. Raiava o dia quando consegui pôr as ideias em ordem, e interpretei seu gesto — mandar-me de volta o desenho — como uma espécie de ofensiva no tabuleiro do amor. Por fim, levantei-me e escrevi uma resposta.

Naquela mesma manhã, depois de dormir mais um pouco, saí à rua, levando a carta junto ao peito e o estojo com a pena e o tinteiro na cinta, como de costume. Caminhei um bom momento. A neve parecia ter alargado as estreitas ruas de Istambul e tinha feito a multidão habitual desaparecer delas. Tudo estava mais silencioso e mais calmo, como na minha infância; e, como na minha infância, um exército de corvos parecia ter tomado de assalto os telhados, as cúpulas e os jardins cobertos de neve. Ia depressa, ouvindo o ruído dos meus passos abafado pela neve, vendo o hálito vaporoso que saía da minha boca, feliz por saber que aquele edifício aonde meu Tio me pedira que eu fosse e em que se encontrava o Grande Ateliê do Nosso Sultão estaria tão silencioso quanto as ruas. Sem entrar no bairro judeu, marquei por intermédio de um garoto um encontro com Ester, a quem pediria que entregasse minha carta a Shekure, para antes da prece do meio-dia.

Cheguei adiantado ao ateliê dos artistas do sultão, que ficava atrás da mesquita de Hágia Sofia. À parte o gelo que pendia das cornijas, nada parecia mudado ali, onde, graças a meu Tio, eu havia sido admitido por um tempo para fazer meu aprendizado e, terminado este, guardara alguns contatos.

Um belo e jovem aprendiz veio me abrir o caminho. Passamos pelos velhos mestres encadernadores, com o cérebro inebriado pelos eflúvios da goma de adraganto, por jovens mestres pintores de dorso prematuramente arqueado e pelos garotos que preparavam os pigmentos, sem nem sequer relancear para as tigelas presas entre as pernas, os olhos tristes fixados nas chamas da estufa. Vi num canto um velhote colorindo meticulosamente o ovo de avestruz que tinha no colo e, ao seu lado, outro, um pouco mais moço, pintando com bom humor a gaveta de uma cômoda — um jovem aprendiz observava respeitosamente os gestos dos dois. Por uma porta aberta, vi uns alunos que, por suas faces rubras, sem dúvida acabavam de receber um carão e que, com o nariz enterrado em sua folha de papel, procuravam compreender onde estava o erro que tinham cometido. Numa outra sala, um aprendiz melancólico, esquecendo-se momentaneamente das suas tintas, das suas folhas e da sua pintura, olhava distraído para a rua coberta de neve da qual eu acabava de chegar, cheio de ansiedade. Os outros, sentados diante da porta aberta, um copiando uma cena, outro preparando moldes de cartão e tintas, ou apontando lápis, olharam para aquele estranho — eu — com hostilidade.

Subimos a escada gelada e seguimos pela galeria coberta que ladeava as quatro faces internas do prédio e para a qual davam as salas do segundo andar. Embaixo, no pátio nevado, dois jovens alunos, tiritando de frio apesar do espesso capote de lã rústica, aguardavam alguma coisa, sem dúvida que lhes aplicassem um corretivo. Lembro-me das varadas e das bastonadas na planta dos pés, até a pele romper, que os alunos negligentes ou os que desperdiçavam pigmentos caros levavam.

Entramos numa sala aquecida, onde os pintores estavam tranquilamente ajoelhados: eram jovens que acabavam de terminar o aprendizado. Agora que os grandes artistas — aqueles a quem Mestre Osman havia dado apelidos de ateliê — trabalhavam em casa, essa sala, que suscitara em mim arroubos de apaixonada veneração, já nem parecia ser o Grande Ateliê do nosso rico e poderoso soberano, mas uma espécie de refeitório de *caravançará*, perdido no silêncio das montanhas do Leste.

Num canto, diante de um estrado, o Grande Mestre Osman, que eu não via fazia quinze anos, causou-me o efeito de um espectro surgido das trevas. Durante minhas viagens, sempre que eu pensava em pintura, o Grande Mestre Iluminador me vinha à mente, aureolado de prestígio, como se encarnasse o próprio Bihzad. E, naquele instante, à luz branca que, proveniente da janela que dava para Hágia Sofia, caía verticalmente sobre seus compridos trajes brancos, parecia de fato chegar diretamente do Outro Mundo. Beijei, prosternando-me, sua velha mão salpicada de manchas e me apresentei. Lembrei-lhe que meu Tio tinha me feito entrar aqui menino, mas que, como eu preferisse o cálamo aos pincéis, a vida tinha me levado a ser secretário de vários paxás nas cidades do Leste, cuidando dos seus registros e das suas contas; que, com uns calígrafos e pintores que encontrara em Tabriz, havia terminado por produzir livros, onde quer que eu me encontrasse, em Bagdá, Alepo, Van ou Tíflis — para Serhat Paxá, entre outros —, e que vira muitas batalhas.

*81*

"Ah, Tíflis!", exclamou então o Grande Mestre, observando a luz branca através do encerado que resguardava a janela do jardim coberto de neve. "Eu me pergunto se estará nevando por lá."

Ele se comportava como aqueles velhos mestres persas que abundam nas lendas e que, ao chegarem a certa idade, já cegos devido ao seu trabalho, passam o resto da vida meio santos, meio loucos. Mas eu podia discernir em seus olhos, vivos como *djins*, algo do ódio feroz que ele tinha por meu Tio e certa desconfiança em relação a mim. Comentei que, enquanto nos desertos da Arábia a neve também cobre as velhas lembranças, aqui ela só parece cair sobre a grande mesquita de Hágia Sofia. Contei também que, quando neva sobre a fortaleza de Tíflis, as lavadeiras cantam canções cheias de coloridos floreios e as crianças guardam o gelo debaixo dos cobertores para fazer sorvete no verão.

"Conte o que desenham e o que pintam nos lugares onde você esteve", pediu.

Um jovem pintor sonhador, que traçava melancolicamente linhas à régua em seu canto, ergueu a cabeça da sua mesa e olhou para mim, com ar de quem espera ouvir o mais verdadeiro, o mais autêntico dos relatos maravilhosos. Muitos daqueles artesãos, eu estava convencido, ignoravam o nome do merceeiro do seu bairro, não sabiam que ele não se dava com seu vizinho, o verdureiro, não tinham a menor ideia do preço do pão, mas estavam perfeitamente a par das obras encomendadas em Tabriz, Kazvin, Shiraz ou Bagdá, do dinheiro gasto em determinado livro por determinado cã, xá, sultão ou príncipe; e, principalmente, dos mexericos da profissão, que se difundem com a velocidade da peste. Mesmo assim relatei o que ele me pedia, pois eu voltava justamente desse Oriente, daqueles confins do Irã em que há séculos se produzem esses desenhos e essas pinturas, em que se escrevem os melhores poemas e do qual cada dia que nasce traz a notícia dos novos exércitos em guerra, dos príncipes que se degolam uns aos outros, das cidades saqueadas e incendiadas, de novas batalhas e novos tratados.

"Como o senhor sabe, o xá Tahmasp, após cinquenta anos de reinado, esqueceu em seus derradeiros anos seu amor pelos livros e pela pintura, virou decididamente as costas para os poetas, pintores e calígrafos, e entregou-se inteiramente à devoção até morrer, o que levou ao trono seu filho, Ismail. O jovem xá, que o pai mantivera trancado por vinte anos por causa do seu temperamento instável e briguento, descontou sua raiva nos irmãos mais moços, mandando estrangular todos eles, não sem, às vezes, furar-lhes os olhos antes. Mas seus pérfidos inimigos conseguiram livrar-se dele, envenenando-o pouco a pouco com ópio, e instalaram no trono o irmão mais velho, Muhammad Khudabandah, que era débil mental. Sob o reinado deste último, todos os príncipes, seus meios-irmãos, os governadores das províncias e até os uzbeques se revoltaram e, voltando-se contra o nosso Serhat Paxá, moveram uma guerra impiedosa ao império, puseram o Irã a ferro e fogo, deixando atrás de si apenas ruínas fumegantes. O xá atual, sem dinheiro nem fortuna, fraco de espírito e quase cego, não tem a menor condição de mandar copiar ou pintar novos livros. Assim, os famosos pintores de Herat e Kazvin, os velhos mestres e os aprendizes que haviam produzido as obras-primas da biblioteca de Tahmasp e cujos pincéis punham nas páginas cavalos a todo galope e faziam as borboletas voarem para fora dos livros, os melhores desenhistas, coloristas, encadernadores e calígrafos se viram todos sem trabalho e sem apoio, sem recursos e sem dinheiro, sem teto e sem pátria. Exilaram-se todos, uns no Norte, na terra dos seibânidas, outros no Hindustão, outros aqui mesmo, em Istambul. Houve os que mudaram de profissão, sacrificando sua honra e sua razão de ser; houve os que aceitaram cometer, por conta de pequenos governadores e príncipes em perpétua guerra, volumes que cabem na palma da mão, com quatro ou cinco páginas de miniaturas no máximo. Esses livros baratos, copiados às pressas, mal ilustrados, correspondem ao gosto dos soldados rasos, dos paxás grosseiros e dos príncipes degenerados. Difundiram-se por toda a parte."

"E por quanto os vendem?"

"Dizem que o grande Sadiki Bei ilustrou, para um cavaleiro uzbeque qualquer, um exemplar das *Criaturas maravilhosas*, por apenas quarenta moedas de ouro. Vi com meus próprios olhos em Erzurum, na tenda de um desses paxás desprovidos de qualquer vestígio de coragem, que voltava de uma campanha no Oriente, uma antologia galante, ricamente pintada e iluminada, parece, em certas páginas, da própria mão do tenebroso grande mestre Siyavush. Certos grandes mestres que ainda não renunciaram ao ofício vendem desenhos à unidade, sem relação com uma história ou um livro. Vendo esses desenhos avulsos, é impossível dizer de que cena se trata, de que história. Aprecia-se e paga-se o pintor pela beleza do tema, como eles dizem, por exemplo, por um cavalo, só pelo prazer de contemplar e dizer: 'Que lindo, um cavalo perfeito!'. As imagens de guerra ou pornográficas são muito requisitadas. Com isso, uma grande cena de batalha não vale mais que trezentas moedas de prata, que, aliás, quase ninguém encomenda. Para baixar o preço e achar comprador, alguns chegam ao cúmulo de fazer num papel grosseiro, não preparado, desenhos sem cores, em preto e branco."

"Tínhamos um dourador dotado de um grande, um enorme talento, que transpirava alegria de viver", comentou Mestre Osman. "Seu trabalho era tão elegante que nós o chamávamos de Elegante Efêndi. Mas ele nos abandonou. Faz seis dias que não o vemos. Sumiu sem deixar rastro."

"Mas quem iria querer sair deste ateliê, que é como um lar feliz em que o pai é o senhor?", perguntei.

"Quatro dos meus jovens mestres — Borboleta, Oliva, Cegonha e Elegante —, que estavam aqui desde o fim do aprendizado, exercem agora sua arte em casa, por instrução do Nosso Sultão", respondeu Mestre Osman.

Aparentemente, tratava-se de lhes dar condições para trabalhar com mais calma, enquanto todo o ateliê estava ocupado em preparar o célebre *Livro das festividades*. Mas desta vez o Sultão, em vez de reservar para uso deles um pavilhão no recinto do palácio, resolveu que trabalhariam em casa para a feitura de um livro muito especial. Pareceu-me imediatamente que devia se tratar da disposição tomada para o livro dirigido por meu Tio, mas eu não disse nada. E será que Mestre Osman não estava jogando verde para colher maduro?

"Claro Efêndi", chamou em tom de caçoada, dirigindo-se a um pintor curvado e pálido, "leve o Negro Efêndi para fazer a 'inspeção' do ateliê."

A Grande Inspeção era a visita em grande pompa às dependências do ateliê, que o Sultão fazia regularmente, a cada dois meses, na época saudosa em que acompanhava com atenção as atividades de seus miniaturistas. Acompanhado pelo Tesoureiro-Mor Hazim, pelo Cronista-Mor Lokman e pelo Grande Mestre Iluminador Osman, Nosso Sultão era informado sobre que artista trabalhava em que página, de que livro, em que douradura, pintava que cor, e conferia cada um dos trabalhos executados por cada um desses pintores, douradores e até pelo mais humilde traçador de linhas, por todas aquelas mãos dotadas de tão grandes talentos.

Como o venerável Cronista-Mor Lokman, que escrevera a maioria dos textos dos livros do ateliê, não saía mais de casa por causa da idade avançada, como o Grande Mestre Osman parecia a maior parte do tempo desaparecido numa nuvem de indignação e cólera, como Borboleta, Oliva, Cegonha e Elegante, os quatro grandes nomes do ateliê, agora trabalhavam em casa, e como o Sultão já não mostrava a paixão de antes por seu capricho, essa paródia de uma cerimônia que não se realizava mais me entristeceu. Meu acompanhante, Nuri Efêndi — isto é, o Claro Efêndi — havia envelhecido inutilmente, pois não alcançara a mestria de sua arte e tampouco tivera a oportunidade de viver. Mas não foi em vão que ficou corcunda, tanto que passou em revista para mim toda a história do ateliê, sem se descuidar dos elogios a uma imagem sequer ou a seu autor.

Foi assim que pude por fim admirar as maravilhosas páginas do *Livro das festividades*, que reproduzem as festas da circuncisão dos príncipes imperiais. A algazarra das cerimônias, que haviam durado cinquenta e dois dias e por cuja ocasião todos os ofícios e todas as corporações de Istambul tinham rivalizado em talento, havia chegado aos meus ouvidos até o Irã, e eu tivera notícia do livro em questão quando ele ainda estava sendo feito.

Na primeira imagem que Nuri Efêndi me mostrou, Nosso Sultão, Protetor do Mundo, sentado no camarote real do palácio do falecido Ibrahim Paxá, acompanhava com um olhar satisfeito os festejos na praça de armas. Seu rosto, embora não pudesse ser distinguido dos outros por algum detalhe, era desenhado com o maior cuidado e a maior reverência. Do lado direito da imagem em página dupla que mostrava Nosso Sultão à esquerda, os vizires, os paxás, os embaixadores da Pérsia, da Tartária, da Europa e de Veneza apareciam nas janelas e galerias. Ao contrário do Nosso Sultão, os olhos dessas personagens tinham sido pintados apressadamente, sem maiores cuidados, seus olhares não fixavam nada, salvo a agitação geral do espetáculo. Notei depois, nas outras pinturas que me apresentou, que se repetiam o mesmo arranjo dos elementos e a mesma composição de página, mas as decorações murais, as árvores, os azulejos eram pintados com formas e cores diferentes. Assim, encadernadas em livro as folhas de texto e de imagens, à medida que o leitor desse *Livro das festividades* virava suas páginas, via cada vez um espetáculo variado, sempre diverso, da mesma praça de armas sob o olhar implacável do Sultão e da multidão de convidados.

Também vi a confusão em torno das centenas de tigelas de arroz; o susto provocado pelas lebres e pela passarada que emergia de um boi assado inteiro; os representantes da corporação dos ferreiros passando diante do Sultão numa carroça de rodas enormes, batendo com precisão seus martelos numa bigorna posta em cima do peito de um deles, deitado, sem o machucar. Vi os vidraceiros fabricarem vidros ornados de cravos e ciprestes na sua carroça; os confeiteiros recitarem melosos gazéis, puxando camelos carregados de sacos de açúcar e exibindo periquitos de açúcar em suas gaiolas, que também eram para comer; velhos serralheiros deplorando a insegurança de hoje, que requeria todas aquelas novas portas e os fazia lucrar com todos aqueles ferrolhos, cadeados e postigos. O desenho que representava os saltimbancos havia recebido a tríplice contribuição de Borboleta, Cegonha e Oliva: um malabarista fazia os ovos passarem da ponta de uma vareta à outra, só os deixando cair numa chapa de mármore, enquanto seu colega tocava um tamborim. O almirante da armada, Kilitch Ali Paxá, mandara os cativos da sua derradeira campanha erguer uma montanha de lama representando a Terra Infiel, erguida no mesmo carro em que iam eles, prisioneiros, e quando passavam diante do Sultão uma carga de pólvora explodia o país desses incréus, em meio aos seus gemidos, para mostrar como ele havia arrasado seus Estados a canhonaços. Vi ainda, vestindo seu traje de listas rosas e roxas, brandindo seus facões, os jovens açougueiros, sorridentes como mocinhas com seus rostos sem barba nem bigode, içando no gancho de uma comprida vara a carcaça rosada dos carneiros esfolados; e um leão que espicaçavam sem cessar era apresentado, devidamente acorrentado, ao Sultão, rugindo de furor, olhos injetados de sangue, e os espectadores aplaudiam quando a fera, simbolizando o islã, perseguia na outra página um porco de pele rosa e cinza, figurando os porcos cristãos. Depois de regalar meus olhos até a saciedade com a miniatura em que um barbeiro, pendurado no teto pelos pés, escanhoava um cliente, enquanto seu aprendiz, todo vestido de vermelho, traz numa mão a vasilha de prata cheia de sabão perfumado e oferece, com a outra, um espelho ao cliente, esperando sua gorjeta, quis saber quem era o autor daquela obra magnífica.

"O que importa é que essa pintura, com sua beleza, presta homenagem à riqueza da vida dos homens, ao amor e às cores do mundo tal como Alá o criou, e exorta-nos à piedade e à reflexão. A identidade do miniaturista não importa."

Será que Nuri, o Miniaturista, que era muito mais sutil do que eu imaginara, dava mostras de tamanha prudência por ter desconfiado de que eu tinha sido enviado ali por meu Tio para bisbilhotar, ou simplesmente repetia as palavras do Grande Mestre Osman?

"Essas douraduras todas são obra do Elegante Efêndi?", perguntei. "Quem faz as douraduras em seu lugar agora?"

De repente, vindos do pátio, gritos de dor de crianças chegaram até nós pela porta que dava para a galeria. Lá embaixo, um dos bedéis começava a administrar a bastonada na planta dos pés dos dois que havia algum tempo aguardavam tremendo no frio, certamente culpados de terem escondido uma folha de ouro num papel ou uma porção de pigmento grená no fundo do bolso. Os aprendizes de pintor, aproveitando essa excelente oportunidade para se divertir, foram correndo assistir ao espetáculo.

"Quando os aprendizes acabarem de pintar a poeira do hipódromo com o rosa carmim que nosso Mestre lhes prescreveu para esta imagem, nosso irmão Elegante, que Alá assim queira, já terá voltado para terminar de dourar estas páginas. Mestre Osman pediu ao Elegante Efêndi que a poeira fosse pintada cada vez de uma cor diferente: rosa carmim, verde indiano, amarelo açafrão ou cocô de ganso. Porque o olho, ao ver a primeira imagem, compreende que se trata de um lugar, que o chão deve ser de certa cor; mas para aceitar demorar-se na segunda ou na terceira, ele reclama outras cores. As imagens são feitas para alegrar as páginas."

Num canto, estava abandonada uma página para um *Livro de vitórias*, em que se via a frota imperial aparelhando-se para a guerra. Seu autor, um dos aprendizes mais velhos, certamente havia saído correndo ao ouvir os gritos dos seus colegas para assistir às bastonadas. Aqueles navios, todos eles idênticos, copiados com ajuda de um molde de cartão, nem pareciam flutuar no mar, mas a feiura dessa frota e das suas velas, em que não se sentia a força do vento, devia-se menos ao modelo do que à imperícia do jovem pintor. Pensei com tristeza que o modelo deve ter sido selvagemente rasgado, arrancado de um volume — sem dúvida uma seleta — cujo tema eu não conseguia identificar. Mestre Osman, visivelmente, não supervisionava mais grande coisa.

Ao chegarmos à sua mesa de trabalho, Nuri Efêndi me disse com orgulho que ele acabava de terminar a douradura para uma assinatura do Nosso Sultão, na qual havia penado três semanas. Contemplei com respeito a douradura e a assinatura, feita numa folha em branco, para não desvendar o nome do destinatário nem o conteúdo do firmã. Aliás, eu sei que, no Leste, muitos paxás turbulentos, à simples vista dessa magnífica assinatura que transpira força e nobreza, esquecem todo grão de revolta.

Admiramos as últimas obras-primas transcritas pelo calígrafo Djemal e, para não dar razão aos inimigos da pintura e da cor, que afirmam que a caligrafia é a arte fundamental e que a iluminura nada mais é que um pretexto para valorizá-la, passamos rapidamente por elas.

O traçador de linhas Nasir estava devastando uma página, que pretendia restaurar, de uma seleta do *Quinteto*, de Nizami, datada da época timúrida, em que se via Khosrow surpreender Shirin banhando-se nua no braço de um rio.

Um velho mestre de noventa e dois anos, já meio cego, que não tinha outra história a contar além da de ter beijado, sessenta anos atrás, a mão de Bihzad, o lendário mestre de Tabriz, que, dizia ele, já estava então cego e gagá, mostrou-nos com uma mão trêmula o estojo de caligrafia que ele ornamentava a fim de oferecer, dali a três meses, para a festa do Nosso Sultão.

Um silêncio pesado se abateu sobre todo o ateliê onde trabalhavam, nas pequenas celas daquele andar, uns oitenta pintores, jovens aprendizes e alunos de todas as idades. Eu conhecia muito bem esse silêncio que se sucede às bastonadas, quebrado de longe em longe por uma risadinha ou um gracejo, ou por alguns soluços que me recordavam outros, pelos choros contidos, os gemidos dos novatos, de que os mestres também se lembravam. E diante desse velho mestre de noventa e dois anos, tive a sensação, furtiva mas profunda, de que aqui, longe dos tumultos e das batalhas, cada coisa chegava a seu fim; e de que após o fim do mundo reinaria o mesmo silêncio.

A pintura é silêncio para o espírito e música para os olhos.

Beijando a mão de Mestre Osman para me despedir, sentia na minha alma, além de um grande respeito, uma perturbação de outra ordem, essa espécie de piedade e entusiasmo misturados que a gente experimenta diante da santidade: um estranho sentimento de culpa. Sem dúvida porque meu Tio, ao defender mais ou menos abertamente o estilo dos pintores da Europa, era seu rival e lhe fazia sombra.

Ao mesmo tempo, pensando que aquela talvez fosse a última vez que via o Grande Mestre Iluminador, mas também com a intenção de lhe ser agradável, decidi fazer uma derradeira pergunta a ele:

"Venerado Grande Mestre, o que distingue um verdadeiro grande pintor?"

Eu esperava que o mestre de pintura, acostumado com esse tipo de perguntas complacentes, me respondesse de uma maneira evasiva, se já não houvesse pura e simplesmente esquecido minha presença.

"Não há um critério único capaz de distinguir o grande pintor de um pintor sem fé nem talento", sentenciou com gravidade. "Isso muda com o tempo. Mas é importante conhecer a mestria e a moralidade com que ele faria oposição aos males que ameaçam nossa arte. Hoje, para saber se um jovem é um pintor de verdade, faço-lhe três perguntas."

"Quais?"

"Primeiro, se ele acredita que deve ter um método próprio de pintura, um estilo pessoal, como é infelizmente a tendência atual, por influência dos chineses e dos europeus. Deseja ele ter, como ilustrador, uma maneira, uma característica que o diferencie dos outros e pretende prová-la apondo sua assinatura num canto, como os mestres ocidentais? Portanto, a primeira coisa que procuro esclarecer é essa questão de estilo e de assinatura."

"E depois?", perguntei, com todo o respeito.

"Depois, quero saber o que sente esse pintor em relação aos livros que mudam de mão e são desencadernados para nossas pinturas serem reutilizadas em outros livros, em outras épocas, depois da morte dos xás e sultões que os encomendaram. É uma questão sensível, a meu ver, à qual não se pode responder simplesmente mostrando-se alarmado ou complacente. É por isso que interrogo o pintor sobre o Tempo — o Tempo dos pintores e o Tempo de Alá. Está me entendendo, meu filho?"

Não, eu não entendia, mas sem responder passei à terceira pergunta.

"A terceira pergunta se refere à cegueira", disse o Grande Mestre Iluminador Osman.

Como ele se calou após essas palavras, que lhe pareciam demasiado óbvias para necessitar de um comentário, indaguei, embaraçado:

"À cegueira? Como assim?"

"À cegueira, isto é, ao silêncio. Se você juntar o que acabo de dizer, a primeira e a segunda perguntas, emergirá a cegueira. É o mais longe a que se pode chegar na pintura, é ver o que aparece na própria escuridão de Alá."

Saí sem dizer mais nada. Desci lentamente a escada coberta de gelo. Eu sabia que ia fazer a Borboleta, Oliva e Cegonha as três grandes perguntas do Mestre, não só para puxar conversa, mas para compreender melhor essas lendas vivas, que eram esses meus contemporâneos.

Mas não tomei logo o caminho da casa dos três famosos artistas. Perto do bairro judeu, no novo bazar de onde se dominava a confluência do Chifre de Ouro e do Bósforo, dei com Ester, sempre em grandes conciliábulos, vestindo a indumentária cor-de-rosa que como judia era obrigada a usar, sua volumosa e ágil massa perdida no meio da multidão de criadas e mulheres dos bairros pobres, de *cafetã* gasto, com suas cestas de nabos e marmelos, cenouras e cebolas. Não sem antes me lançar, do seu jeito divertido, um sem-número de olhares furtivos sob o arco espesso das suas sobrancelhas, fez minha carta desaparecer com um movimento lépido nas profundezas de suas calças largas de vastos foles, toda misteriosa, como se o mercado inteiro tivesse os olhos cravados em nós. Acrescenta que Shekure pensa muito em mim, pega minha moeda e, apontando para a sua tralha, se queixa de estar carregada demais, por isso não teria tempo de entregar a carta antes do meio-dia. Eu lhe pedi para dizer a Shekure que eu ia visitar os três jovens e renomados mestres miniaturistas.

## 12. CHAMAM-ME BORBOLETA

**Era antes do chamado para a prece** do meio-dia. Alguém bate na porta. Vou ver quem é, abro: o Negro Efêndi! Na época em que eu ainda era aprendiz, ele passou um tempo conosco, no Grande Ateliê... Abraçamo-nos, beijamo-nos e eu me pergunto se ele não vinha da parte do seu Tio. Ele declara que veio ver meus trabalhos, apreciar meus desenhos, uma visita de amizade, enfim, e principalmente que tem uma pergunta a me fazer, da parte do Nosso Sultão, uma espécie de teste. Pois não, e qual é essa pergunta? Ele me disse. Muito bem, vamos lá!

### ESTILO E ASSINATURA

Enquanto se multiplicarem todos esses artistas imprestáveis, movidos muito mais pela glória e pelo lucro do que pelo amor à arte e à contemplação visual, não pararemos de ver esses horrores e essas grosserias que essa nova mania do "estilo" e da "assinatura" acarretam. Assim iniciei porque é com uma introdução desse tipo que se começa, e não por acreditar no que eu dizia. A verdade é que nem a maldita sede de ouro, nem o apetite de glória seriam capazes de corromper a arte autêntica e o talento real. A verdade, se fosse para dizê-la em voz alta, é que a fortuna e a fama são direitos inalienáveis dos grandes artistas como eu, e são elas que nos motivam. Mas se eu dissesse tal coisa abertamente, os miniaturistas medíocres, que se corroem de raiva e inveja, se encarniçariam sobre mim; então, para mostrar que amo meu trabalho mais do que eles, eu teria de pintar uma árvore num grão de arroz. Estou persuadido de que essa paixão pelo "estilo", pelas "assinaturas" e pelo "caráter" chegou até nós vinda do Oriente, por obra de certos infelizes mestres chineses corrompidos pela influência dos europeus e de suas imagens, que lhes foram levadas do Ocidente pelos padres jesuítas. Permitam-me, portanto, contar-lhes uma série de três histórias sobre esse tema:

## TRÊS CONTOS EXEMPLARES SOBRE O ESTILO E A ASSINATURA

### ALIF

Era uma vez um jovem cã mongol apaixonado pela pintura e pelo desenho, que vivia em sua fortaleza nas montanhas ao norte de Herat. Entre as mulheres do seu harém, amava uma só, mas loucamente, e esta, uma jovem tártara, correspondia ao seu louco amor. Noite adentro, até de manhã, eles se entregavam a não mais poder a tão ardentes amores, se deleitavam com tamanha felicidade, viviam em tal êxtase que gostariam que aquela vida inimitável fosse eterna. E então eles descobriram que a melhor maneira de tornar esse desejo realidade era contemplar horas a fio, o dia inteiro, sem parar, as maravilhosas e perfeitas imagens do amor que eles encontravam nos livros dos mestres antigos. E, efetivamente, de tanto contemplarem sempre as mesmas ilustrações sem defeito das mesmas histórias de amor, eles sentiam sua felicidade igualar pouco a pouco à dos relatos dos felizes tempos da Idade de Ouro. Ora, no ateliê de miniaturas do príncipe, um pintor, mestre entre os mestres, encarregado de produzir e reproduzir sempre a perfeição das mesmas imagens das mesmas obras, cultivava os usos consagrados para pintar os tormentos de Frahad e Shirin, os olhares cheios de paixão e desejo trocados por Majnun e Leila, e o langor profuso nas piscadas carregadas de subentendidos e segredos íntimos que, no meio de um jardim belo como o do Paraíso, Shirin e Khosrow enviam um ao outro, tomando sempre como modelo dos amantes, qualquer que fosse o livro e a página a ilustrar, seu soberano e a bela tártara. O cã e sua companheira, persuadidos pela contemplação dessas páginas de que sua felicidade não teria mais fim, cobriam o pintor de ouro e elogios. Mas o excesso de mimos e de ouro acabou prevalecendo sobre a razão do artista. Esquecendo que a perfeição das suas obras era um atestado da sua dívida para com os modelos antigos, afastou-se destes, seduzido pelos prestígios do Diabo: teve a pretensão de crer que, se pusesse um pouco de si mesmo em suas miniaturas, elas agradariam mais. Essas inovações pessoais, as marcas que ele deixou do seu estilo só tiveram como efeito perturbar o cã e sua companheira, que as consideraram nada mais que imperfeições. Contemplando longamente as pinturas, o cã sentiu que sua antiga felicidade fora quebrada de muitas formas e passou a ter um ciúme cada vez maior de sua bela tártara, pintada agora com o toque pessoal do miniaturista. Para enciumá-la, ele se deitou com outra das suas concubinas. Sua amada ficou tão transtornada ao saber da traição, por meio dos cochichos que lhe chegaram ao ouvido, que foi silenciosamente se enforcar no cedro que havia no pátio do harém. Compreendendo seu erro e que ele se devera ao "estilo" do pintor, seduzido pelo Diabo, mandou imediatamente furar os olhos do miniaturista.

BA

Era uma vez, num reino do Oriente, um velho padixá, amante das ilustrações, das iluminuras e das miniaturas, que vivia feliz com sua nova esposa chinesa, de uma beleza insuperável. Mas um dos seus filhos de um casamento anterior, um rapaz muito formoso, e essa belíssima e jovem esposa se apaixonaram. O filho, envergonhado da traição ao pai e temendo que ele descobrisse esse idílio proibido, trancou-se num ateliê e entregou-se à pintura. Como pintava sob o império desse violento tormento amoroso, suas obras eram tão magníficas que aqueles cujos olhos elas deslumbravam não conseguiam distingui-las das obras dos antigos mestres. O padixá estava orgulhoso do filho, mas sua jovem esposa chinesa, ao ver as imagens, dizia: "Sim, é lindo, mas os anos vão passar e, se ele não assinar sua obra, ninguém vai saber que é ele o autor dessas belezas". O padixá repreendeu-a uma vez: "Se meu filho acrescentar sua assinatura, não estará injustamente atribuindo a si as técnicas e o estilo dos mestres antigos que ele imitou? Além do mais, se assinar, não estará dizendo: 'Minha pintura traz a marca das minhas imperfeições?'". A jovem esposa compreendeu que não conseguiria persuadir seu velho marido nessa questão da assinatura, mas convenceu o filho, recluso no ateliê. Mortificado que estava por ser obrigado a ocultar seu amor, ele se rendeu por fim às considerações da sua bela e jovem madrasta, e à voz do Demônio. Escreveu seu nome num canto do quadro, entre o gramado e a parede, onde, era o que imaginava, ninguém notaria. Essa primeira miniatura que ele assinou era uma cena de Khosrow e Shirin, vocês sabem qual: depois do casamento deles, Shiruye, filho de um casamento anterior de Khosrow, se apaixona pela bela Shirin e, certa noite, entrando no quarto do casal pela janela, crava seu punhal no fígado do pai, deitado ao lado de Shirin adormecida. Ao contemplar a obra do filho, o velho padixá se dá conta de que há alguma coisa estranha. É que ele viu a assinatura mas, como tantas vezes acontece, não registrou conscientemente esse detalhe; assim, limitou-se a pensar: "Há um defeito nesta miniatura". E como aquela não era mais uma imagem que os mestres antigos poderiam ter pintado, o padixá viu-se presa de uma dúvida tremenda. O livro que ele contemplava não narrava mais uma história ou uma lenda, mas algo absolutamente inadmissível num livro: uma realidade. E, no momento em que compreende isso, o ancião tem uma visão horripilante: seu filho ilustrador acabava de entrar pela janela, como na miniatura que ele pintara, e, sem enfrentar os olhos arregalados do pai, finca-lhe, como na pintura, um enorme punhal no coração.

DJIM

Em sua volumosa *História*, Rashiduddin de Kazvin, dois séculos e meio atrás, se felicita por poder escrever que, em sua cidade e em sua época, a iluminura, a caligrafia e a miniatura eram as artes mais estimadas e amadas. Mas acontece que o xá do Irã, que na época estava instalado justamente em Kazvin, era suserano de quarenta reinos, de Bizâncio à China (o segredo desse seu poderio residia, sem dúvida nenhuma, precisamente em seu amor à pintura), não tinha filho homem. Para evitar que esses reinos que ele havia subjugado se dispersassem à sua morte, decidiu arranjar para sua linda filha um marido que fosse um excelente pintor. Abriu pois um concurso entre os três pintores do seu ateliê, que eram, ao mesmo tempo, talentosos, jovens e solteiros. De acordo com Rashiduddin, a prova era simplíssima: ganhava quem produzisse a mais bela miniatura! Tal como nosso historiador, os três jovens pintores sabiam muito bem o que significava "pintar como os mestres antigos", e todos os três representaram a cena mais célebre e apreciada: num jardim paradisíaco, em meio aos cedros e aos ciprestes, entre as andorinhas febris e as lebres assustadiças, uma bela jovem, olhos voltados para o chão, padece martírios de amor. Sem saber, os três pintores haviam reproduzido a mesma cena exatamente como os velhos mestres a tinham pintado; no entanto, um deles, querendo se distinguir e com isso atribuir a si todo o mérito pela beleza da sua obra, dissimulou sua assinatura num maciço de narcisos e gladíolos que ocupava um canto recuado do jardim. Essa insolência, tão contrária à tradição de humildade dos mestres antigos, valeu-lhe ser imediatamente desterrado para os cafundós da China, e um segundo concurso foi organizado para os dois pintores restantes. Dessa vez, os dois pintaram uma cena bela como um poema: uma linda jovem montada em seu corcel num jardim deslumbrante. Mas um dos dois pintores, não se sabe se foi um escorregão do pincel ou se foi intencional, pintou com uma forma bizarra as ventas do cavalo branco da bela — esta, é claro, tinha os olhos puxados e os pômulos salientes, como uma chinesa. Esse detalhe foi imediatamente percebido pelo xá e por sua filha como uma falta grave. Embora esse pintor não houvesse assinado seu nome, tinha aparentemente introduzido em sua esplêndida pintura uma sutil variação nas narinas do cavalo, que permitia distinguir sua obra. O xá declarou que o estilo é um rebento do erro e exilou esse pintor em Bizâncio. Segundo a prestigiosa *História* de Rashiduddin de Kazvin, há mais um detalhe interessante, que se deu durante os preparativos do casamento entre a princesa e o último pintor, aquele que havia pintado exatamente como os velhos mestres, sem assinatura nem variação: a filha do xá passou a véspera inteira das bodas escrutando penalizada a imagem pintada pelo miniaturista, que era jovem e bonito, e com quem ela devia se casar no dia seguinte. Ao cair a noite, foi ver seu pai e lhe disse: "É verdade que os mestres antigos sempre representam as moças bonitas como chinesas e que essa é uma regra absoluta, que nos vem do Oriente. Mas quando amavam alguém, os pintores sempre punham em algum lugar, nos olhos, nas sobrancelhas, nos lábios, nos cabelos, no sorriso e até nos cílios da bela que desenhavam algum traço da sua amada. Esse defeito oculto, acrescentado ao quadro, era um sinal de reconhecimento, um segredo compartilhado unicamente pelos amantes. Papai, examinei o dia inteiro essa imagem da bela moça a cavalo e não há nela o mais ínfimo sinal de mim! Esse pintor é com certeza um grande mestre e, além disso, um belo rapaz, mas não está apaixonado por mim". Então o xá cancelou as bodas, e pai e filha viveram juntos o resto da vida.

"Portanto, de acordo com esse terceiro conto, o que se chama 'estilo' é fruto de uma imperfeição", comentou o Negro num tom polido e respeitoso. "E o fato de o pintor estar apaixonado é revelado por um 'sinal', dissimulado no rosto, nos olhos ou no sorriso da bela?"

"Claro que não", respondi num tom seguro e como que ofendido em meu orgulho, "porque, afinal de contas, o que passa da amada, objeto do amor do miniaturista, à imagem que a representa não é de modo algum uma imperfeição ou uma falta grave, mas uma nova regra artística. Prova disso é que, com o tempo, ela se torna o modelo que todos os outros pintores farão questão de imitar."

Fez-se um silêncio, e compreendi que o Negro, que me ouvira com uma atenção ininterrupta ao longo das minhas três histórias, se distraíra com os rumores produzidos por minha esposa ao passar pelo corredor e, em seguida, entrar no cômodo contíguo. Olhei-o nos olhos.

"O primeiro conto quer mostrar que o 'estilo' é um erro", prossegui. "O segundo demonstra que uma pintura perfeita não necessita de assinatura. Finalmente, o terceiro conto casa as duas ideias, a do primeiro e a do segundo, demonstrando que assinatura e estilo exprimem apenas um ridículo e ingênuo orgulho pelo defeito da obra."

Mas o que podia entender de pintura esse ignorante a quem eu concedia a graça do meu ensino? Perguntei-lhe:

"Você compreendeu, com base em meus contos, que pessoa eu sou?"

"Plenamente", respondeu ele, mas sem me convencer.

Para que vocês não fiquem limitados nem ao olhar nem à percepção dele, para compreender quem sou eu, permitam-me dizer-lhes sem rodeios: sei fazer de tudo. Como os velhos mestres de Kazvin, desenho e sei colorir com prazer e alegria. E — sorrio ao dizer isso — sou melhor que todos. Quanto ao mais, não tenho absolutamente nada a ver com o que motiva a visita do Negro e que é, se minha intuição for correta, o desaparecimento do nosso iluminador, o Elegante Efêndi.

Depois ele me interrogou sobre a compatibilidade entre o casamento e o exercício da minha arte.

Para dizer a verdade, trabalho muito e amo meu trabalho. E acabo de me casar com a mais bela moça do bairro. A qualquer hora, quando não estou pintando, fazemos amor como loucos. Depois volto ao trabalho. Mas não foi o que disse a ele. "É uma pergunta séria", respondi. "Se o pincel de um pintor gera obras-primas, ele fará, ao lado da sua mulher, um péssimo papel; inversamente, se é bem vigoroso e sabe encantar os sentidos de uma esposa graciosa, seu pincel e sua arte secam." Claro, o Negro acreditou nessas belas palavras, assim como toda essa gente que, como ele, tem inveja dos pintores.

Disse-me que gostaria de ver as últimas páginas que pintei. Instalei-o à minha mesa de trabalho, em meio aos potes, tinteiros, pedras-pomes, pincéis, cálamos e às tábuas para afiá-los, e ele começou por examinar a página dupla que eu estava terminando para o *Livro das festividades*. Sentei-me ao seu lado, na almofada vermelha em que minha bela mulher deixara pouco antes o calor das suas coxas carnudas e na qual, enquanto eu me empenhava em transmitir com o meu cálamo os tormentos dos prisioneiros diante do Nosso Sultão, ela se aferrava com destreza ao cálamo da minha masculinidade.

O tema dessa miniatura era a graça concedida por Nosso Sultão aos presos por dívidas e às suas famílias. Como se eu estivesse presenciando uma cerimônia, coloquei o Sultão no canto de um tapete coberto de sacos repletos de moedas de prata. Atrás dele, eu pus seu Tesoureiro-Mor, recapitulando em voz alta a lista das dívidas. Retratei os devedores condenados, presos uns aos outros pelo pescoço com correntes e argolas, com rostos dolorosos, compridos e crispados, às vezes com lágrimas nos olhos. Pintei em nuances de vermelho e rostos beatos os dois músicos que acompanhavam, ao alaúde e ao tambor, os jubilosos louvores entoados ao Sultão, depois que ele dispensou sua benevolente graça, poupando todos aqueles infelizes de uma prisão certa. Para bem enfatizar como essa graça libertava aqueles coitados da dor e das agruras da dívida, ocorreu-me a ideia — que não fazia parte do projeto inicial — de colocar ao lado do último condenado sua mulher, vestindo uma roupa roxa miserável, ao lado da filha de cabelos compridos, desventurada mas bonita, enrolada numa mantilha escarlate. Eu ia explicar àquele Negro que franzia o cenho, perplexo, para que ele entendesse de uma vez por todas que pintar é amar a vida, por que eu havia estendido em duas páginas a fila daqueles prisioneiros acorrentados; ia explicar-lhe a lógica interna do vermelho na imagem; e aqueles detalhes que minha mulher e eu comentamos às gargalhadas ao contemplá-la, como o fato — que nenhum pintor antigo atesta — de ter concedido ao cachorro, num canto da pintura, exatamente a mesma cor do manto de brocado do Sultão, mas ele me interrompeu com uma pergunta tola e inconveniente, se por acaso eu sabia onde podia estar o infeliz do Elegante Efêndi.

"Infeliz" por quê? Abstive-me de dizer que aquele iluminador não passava de um desprezível plagiador, de um tolo que só pensava em dinheiro e que não tinha nem um pingo de inspiração. "Não, não sei", respondi.

Não teria me passado pela cabeça que os violentos e fanáticos seguidores do *hodja* de Erzurum podiam ter causado algum mal ao Elegante Efêndi?

Abstive-me de observar que este último era justamente daquela mesma corriola. "Não", foi tudo o que eu disse. "Por quê?"

A recrudescência da miséria, das epidemias, a proliferação da imoralidade e da escumalha certamente não têm outra causa senão esses repugnantes novos costumes, em particular aqueles que vêm da Europa, que nos afastam do caminho traçado outrora, na época do nosso Glorioso Profeta. Isso é tudo o que o pregador de Erzurum se contenta em dizer. Mas seus inimigos acusam seus seguidores de atacar os conventos de *dervixes* em que se toca música e tentam fazer Nosso Sultão acreditar que eles profanam as sepulturas dos santos, sobre as quais esses conventos são construídos. Eles sabem que não compartilho da animosidade dessa gente em relação ao Eminente Hodja de Erzurum, tanto assim que, quando me perguntam "se não fui eu por acaso que cuidou do nosso irmão, o Elegante Efêndi", o fazem de maneira indireta e educada.

De repente, eu me dei conta de que esses rumores a meu respeito deviam circular fazia tempo entre meus colegas miniaturistas. Esse monte de fracassados, sem talento, sem inspiração, ria-se de mim às minhas costas, difundindo o boato de que eu não passava de um ignóbil assassino. Estive a ponto de atirar um tinteiro naquela sua cara nojenta de aristocrata, só para ensinar a esse Negro a não levar a sério as calúnias dessa corja de invejosos.

Ele inspecionava meu ateliê e parecia registrar até o mais ínfimo detalhe. Observou cuidadosamente minha comprida tesoura de cortar papel, os grandes potes de barro para o pigmento amarelo, os potes de tinta, a maçã em que de quando em quando dou uma mordida, enquanto pinto; minha cafeteira, na beira da estufa, no fundo da sala, e as xícaras; e também as almofadas, a luz que se filtra pelo vão da janela, o espelho que serve para eu verificar uma simetria, minhas camisas; e notou como se fosse um pecado o cinto vermelho de minha mulher, largado no canto onde ela o havia deixado cair, quando saiu precipitadamente da sala ao ouvir o Negro bater na porta de entrada.

Ocultei dele esses meus pensamentos, mas revelei ao seu olhar invasor e sem cerimônia as pinturas que vinha fazendo e o lugar em que vivo. Sei que corro o risco de chocá-los com a franquia do meu orgulho, mas eu sou o miniaturista que ganha mais dinheiro e, portanto, sou o melhor de todos! Sim, Alá certamente quis que a pintura fosse uma forma de êxtase, a fim de mostrar assim que o próprio mundo é êxtase para os que sabem olhar.

# 13. CHAMAM-ME CEGONHA

NA HORA DA PRECE DO MEIO-DIA, batem na minha porta. Era o Negro. Fazia tempo que não nos víamos, desde a nossa infância. Beijamo-nos. Ele estava com frio, convidei-o a entrar sem lhe perguntar como tinha descoberto a minha casa. Devia ser seu Tio que o mandava, para se informar sobre o desaparecimento do Elegante Efêndi; em suma, para me interrogar. Mas não era nada disso. Ele também tinha um encargo de Mestre Osman. "Permita lhe fazer uma pergunta", disse ele. "Mestre Osman sustenta que o que distingue um verdadeiro pintor dos outros é o 'tempo', o tempo da pintura." O que eu pensava disso? Ouçam-me atentamente.

A PINTURA E O TEMPO

Como todos sabem, muito tempo atrás os pintores do nosso reino islâmico, inclusive os pintores árabes, viam o mundo da mesma maneira que os infiéis da Europa hoje em dia e pintavam as coisas, conforme o caso, do ponto de vista de um mendigo, de um cachorro ou de um comerciante na sua loja. Sem conhecer as técnicas de perspectiva, de que os pintores da Europa tanto se gabam, o mundo deles era monótono e limitado, restringido à perspectiva simples do cachorro ou do comerciante. Mas então produziu-se um grande acontecimento, e todo o nosso mundo da pintura mudou. É por onde vou começar.

# TRÊS HISTÓRIAS SOBRE A PINTURA E O TEMPO

ALIF

Há trezentos anos, num dia frio de fevereiro, quando Bagdá caiu nas mãos dos mongóis, que a saquearam sem dó nem piedade, Ibn Shakir era o mais ilustre e notável calígrafo, não só do mundo árabe mas de todo o mundo islâmico. Apesar de sua juventude, já havia transcrito vinte e dois volumes, a maioria deles Corães, que se encontravam nas célebres bibliotecas de Bagdá. Ibn Shakir acreditava que esses livros durariam até o fim do mundo e, por isso, vivia com uma profunda e infinita noção de tempo. Ele havia trabalhado heroicamente a noite toda, à luz trêmula de uma vela, no último desses livros lendários, que não chegaram até nós porque, no intervalo de alguns dias, foram todos eles rasgados um a um, picados em pedacinhos, queimados e atirados no Tigre pela soldadesca do mongol Hulagu Cã. Seguindo o exemplo dos calígrafos árabes, que acreditavam ingenuamente na imortalidade dos livros e da Tradição e que durante cinco séculos cultivaram o costume de, para prevenir a cegueira, descansar os olhos dando as costas para o sol nascente e olhando para oeste, o grande Ibn Shakir subiu ao minarete da Grande Mesquita no frescor do amanhecer e, do terraço em que o muezim chamava os fiéis para a prece, testemunhou o fim de quinhentos anos de tradição de escrita. Foi ele o primeiro a ver as tropas sanguinárias de Hulagu Cã entrando em Bagdá, mas ficou onde estava, no alto do minarete. Lá de cima, acompanhou os saques e as destruições, o massacre de centenas de milhares de pessoas, o assassinato do último califa abássida, após cinco séculos de poder, as mulheres estupradas, o incêndio das bibliotecas e os milhares de volumes jogados no Tigre. Dois dias depois, viu, entre o fedor dos cadáveres e os gritos dos agonizantes, a água do rio ficar vermelha com a tinta que escorria dos livros, dos seus livros, que ele mesmo copiara com sua formosa mão, e que não foram capazes de deter aquela horrível carnificina, toda aquela devastação. Jurou então nunca mais escrever. E não foi só: sentiu também a necessidade de exprimir sua dor ante aquele desastre por meio da pintura, que até então ele havia não apenas desprezado, mas considerado uma afronta a Alá. E, utilizando o papel que sempre levava consigo, pôs-se a desenhar o que via do alto do minarete. Devemos o feliz milagre do grande renascimento das artes ornamentais do islã, que se seguiu à invasão mongólica e que já dura sem interrupção trezentos anos, a esta particularidade que nos distingue dos idólatras e dos cristãos: a representação profundamente patética do mundo visto de cima, da perspectiva de Alá, até onde a vista pode alcançar. Se esse renascimento se deve à linha de horizonte vista naquele dia, também contribuiu para ele a viagem que, após o massacre que testemunhou, Ibn Shakir empreendeu rumo ao Norte — a direção de onde vieram os mongóis —, a fim de aprender as técnicas pictóricas dos mestres chineses. Assim, a noção de eternidade, que habitara o coração dos calígrafos árabes por quinhentos anos, devia se realizar, finalmente, não na escrita, mas na pintura. A prova disso está em que as miniaturas feitas nos livros e manuscritos para ilustrar as histórias, quando são arrancadas dos volumes e desaparecem, tornam a aparecer em novos livros, em novas histórias, sobrevivendo eternamente para mostrar o reino mundano de Alá.

BA

Tempos atrás, mas não muito nem tão pouco, tudo não passava de uma repetição infinita do mesmo. Naquele tempo, se não houvesse a decrepitude da idade em cujo fim se vislumbrava a morte, à espera, os homens jamais teriam tido consciência do tempo. Pois bem, quando o mundo era repetidamente apresentado por meio das mesmas histórias e das mesmas imagens, como se o tempo não passasse, o pequeno exército de Fakhir Xá massacrou os soldados de Salahuddin Cã, conforme conta a *Breve crônica* de Salim de Samarcanda. O vitorioso Fakhir Xá, logo depois de capturar e matar sob a tortura seu inimigo Salahuddin, foi, como rezava o costume, visitar a biblioteca e o harém do cã derrotado para afirmar-se assim como o novo soberano. Na biblioteca, o experiente encadernador de Salahuddin já se dedicava a descosturar os livros do falecido xá e a reordenar as páginas, a fim de montar com elas novos volumes. Os calígrafos substituíram o epíteto "Salahuddin Sempre Vencedor" por "Vitorioso Fakhir Xá", e os pintores puseram mãos à obra para substituir, em suas magníficas miniaturas, os sublimes retratos do falecido Salahuddin Cã, cujos traços já se apagavam da memória deles, pelo retrato de Fakhir Xá, bem mais moço que seu antecessor. Ao entrar no harém, o novo xá não precisou procurar muito para encontrar a mais bela das esposas. Mas, como é natural para um homem requintado, amante da pintura e dos belos livros, Fakhir Xá, em vez de apossar-se à força do corpo da bela, decidiu conquistar seu coração e entabulou uma conversa com ela. Assim, a sultana Nariman, a linda viúva de Salahuddin, apesar das copiosas lágrimas que derramava, pôde fazer um pedido a seu novo esposo: que numa página em que figurava a paixão de Majnun e Leila — estando esta última representada com seus traços — o rosto do seu falecido marido, no papel de Majnun, não fosse apagado. Desse modo, explicava ela, pelo menos numa página a imortalidade que o falecido havia procurado conquistar anos a fio com aqueles livros lhe seria concedida. O vencedor, generosamente, atendeu ao pedido, e os raspadores dos artistas pouparam aquele retrato. Assim, Nariman e Fakhir puderam fazer amor imediatamente, e pouco tempo depois, absorvidos em seu amor, já haviam esquecido os horrores do passado. Nem por isso Fakhir Xá deixava de se lembrar daquela imagem de Majnun-Leila. Não era por ciúme nem pelo fato de sua mulher figurar ao lado do ex-marido; não, o que o inquietava era o pensamento de que, por não estar ele próprio pintado com ela naquela obra-prima, corria o risco de não compartilhar com ela sua imortalidade. Passados cinco anos, devorado por essa preocupação após uma noite inteiramente consagrada, com Nariman, às repetidas alegrias da volúpia, pegou uma vela e, como um ladrão, foi à sua biblioteca. Abriu o romance de Majnun-Leila e, no lugar do retrato do primeiro marido da sua mulher, tratou de pintar a si mesmo como Majnun. Mas, como muitos cãs apaixonados pela pintura, era péssimo pintor e tinha grande dificuldade para desenhar seu próprio rosto. De manhã, o bibliotecário, suspeitando de algo errado, abriu o livro e viu no lugar do retrato de Salahuddin Cã outro rosto ao lado de Nariman como Leila, mas em vez de reconhecê-lo como o de Fakhir Xá, identificou-o como o do arqui-inimigo deste, o belo e jovem Abdullah Xá. Esse escândalo comprometeu o moral do exército e encheu de audácia o ardente Abdullah, novo soberano do reino vizinho, que logo na primeira campanha derrotou, capturou e matou Fakhir Xá, estabeleceu sua soberania sobre os livros e o harém do inimigo derrotado e tornou-se o novo esposo da eternamente jovem e bela Nariman.

DJIM

Em Istambul, o grande miniaturista Mehmet, o Alto, conhecido na Pérsia pelo nome de Muhammad de Khurasan, é citado em nossa profissão como exemplo de pintor cego e centenário. Todavia, sua lenda ilustra igualmente a tal questão do tempo e da pintura. Se considerarmos retrospectivamente o conjunto da sua carreira de cento e dez anos, iniciada como aprendiz aos nove anos de idade, a originalidade que salta aos olhos nesse pintor, que na verdade nunca ficou cego, é justamente sua falta de originalidade. E não digo isso como zombaria, mas como elogio. Mehmet, o Alto, como todos os outros, desenhava de acordo com os cânones clássicos, o que bastava para fazer dele o maior dos pintores. Sua humildade, sua devoção perfeita à arte da pintura, pois ele a considerava um sacerdócio, mantinham-no preservado das brigas que agitavam os ateliês em que trabalhou, assim como do desejo, previsível apesar de sua idade, de se tornar o Grande Mestre. Ao longo de toda a sua vida de artista, pintou sem cessar, durante cento e dez anos, todos os mais ínfimos detalhes: os raminhos de relva para encher as margens da página; milhares de folhas; nuvens sinuosas; crinas de cavalos, pintadas com rápidas pinceladas repetitivas; os azulejos das paredes; as intermináveis ornamentações das paredes; dezenas de milhares de lindos rostos de lua cheia, de olhos puxados e queixo delicado, que eram cada qual uma imitação do outro. Vivia satisfeito com sua sorte, sempre discreto e reservado, nunca pretendeu se distinguir e nunca se preocupou com questões de estilo ou individualidade. Para ele, cada ateliê de cã ou de príncipe em que trabalhou era, cada vez, sua casa, e ele próprio se considerava parte dos móveis e utensílios. Enquanto os cãs e os xás iam se estrangulando uns aos outros, seus miniaturistas iam de cidade em cidade, suas esposas, de harém em harém, sob a autoridade de novos amos, e o estilo do novo ateliê era sempre definido pelas folhas que Mehmet, o Alto, desenhava, por cada detalhe dos seus rochedos, pelos contornos misteriosamente marcados por sua paciente docilidade. Quando ficou octogenário, as pessoas deixaram de considerá-lo um mortal e diziam que ele vivia nas lendas que desenhava. Foi certamente por isso que alguns lhe atribuíram uma existência fora do tempo, uma vida livre da morte, isenta de decrepitude. Uns diziam que, se ele não perdia a visão, embora sempre tenha vivido sem um lar seu, dormindo nas salas ou nas simples tendas em que funcionavam os ateliês de pintura, e tenha passado a maior parte do tempo com os olhos fixos nas páginas dos manuscritos, isso se devia ao prodígio de o tempo ter parado de fluir para ele. Outros afirmavam que ele era cego, sim, mas que, como desenhava de memória, não tinha mais a menor necessidade de ver para poder pintar. Esse artista extraordinário, que nunca na vida se casou nem fez amor, encontrou um belo dia, quando já estava com cento e dezenove anos, o modelo de rapaz — olhos amendoados, queixo pontudo, rosto de lua — que sempre desenhara, na pessoa de um mestiço de chinês e croata de dezesseis anos, aprendiz no ateliê de Tahmasp Xá em Tabriz. Como é normal, apaixonou-se por ele e, para seduzir o sublime efebo, fez como qualquer outro pintor e atirou-se de corpo e alma nas rixas, intrigas, manobras, mentiras. No começo, o grande mestre de Khurasan ficou como que revigorado pelo esforço para pôr-se em dia com as novas tendências, coisa de que se abstivera totalmente por mais de cem anos; mas esse cuidado, em contrapartida, divorciou-o da lendária eternidade dos velhos tempos. Um dia, no fim da tarde, quando estava abismado em sua contemplação da beleza do rapaz, o vento frio de Tabriz, entrando por uma janela aberta, resfriou-o. No dia seguinte, deu um espirro tão forte que ficou cego. Dois dias depois, caiu do alto dos degraus de uma grande escada de pedra e morreu na hora.

"Eu tinha ouvido falar de Mehmet, o Alto, de Khurasan, mas não conhecia essa lenda", disse o Negro.

Esse delicado comentário destinava-se a mostrar que ele entendera que a história havia terminado e que, agora, ele refletia. Fiquei calado por um bom tempo, para que ele pudesse observar meus gestos à vontade. De fato, desde o início do meu segundo relato, eu tinha pegado meus pincéis para não deixar minhas mãos ociosas por muito tempo e continuado a página do ponto em que a deixara quando o Negro apareceu. Meu bonito aprendiz Mahmud, que está sempre sentado nos meus joelhos para misturar minhas tintas, apontar meus cálamos e apagar meus erros, quando ocorrem, estava afastado, quieto, ouvindo e olhando. De dentro de casa, podia-se ouvir minha esposa cuidando dos seus afazeres.

"Oh", fez o Negro, "o Sultão se levantou!"

Ele olhava surpreso para a minha página, e eu fazia como se aquilo não fosse nada, como se não houvesse motivo algum para se espantar. Bem, vou lhes contar de que se trata. Em todas as duzentas miniaturas do *Livro das festividades para a circuncisão dos príncipes*, para o qual este seu servidor colaborou, nosso Sublime Sultão sempre aparece sentado à janela da tribuna imperial erguida para essa ocasião, de onde assiste, durante os cinquenta e dois dias que duram os festejos, ao desfile de comerciantes, artesãos, gente do povo, soldados, cativos. Só é visto de pé nessa única página, em que o pintei jogando de sua bolsa punhados de florins para a multidão que lota a praça. Quis exprimir com isso a surpresa e a excitação de toda aquela gente, que se esganava, trocava socos e pontapés para pegar no ar algumas moedas, e que rastejava no chão tentando catá-las, a bunda virada para o céu.

"Se o amor é o tema de uma miniatura, esta tem de ser pintada com amor", comecei a explicar. "Se o tema é a dor, essa dor deve se fazer sentir na pintura. Mas ela tem de emergir da harmonia interna da imagem, imperceptível à primeira vista e que pouco a pouco se torna sensível, e não dos personagens ou das suas lágrimas. Por isso, eu não pintei a surpresa como vem sendo feito há séculos por centenas de mestres miniaturistas — uma figura com a ponta do indicador enfiada na boca em círculo —, mas fiz que toda a imagem evocasse a surpresa, graças à ideia de convidar Nosso Soberano a pôr-se de pé."

Percebi que ele esquadrinhava com o olhar todos os meus móveis, todas as minhas coisas, meus instrumentos de pintura — toda a minha vida —, a tal ponto que eu chegava a ver minha casa por meio dos seus olhos.

Sabem, é como essas imagens de palácios, *hamans*, fortalezas, que devemos às escolas de Shiraz e de Tabriz: nelas, o olhar do pintor é paralelo ao do Excelso Alá, que tudo compreende e tudo vê, e o pintor nelas representa — como se tivesse cortado no meio com uma imensa navalha mágica, a morada escolhida — todos os sutis detalhes interiores, invisíveis de fora, a louça de todos os tamanhos, os festões nas paredes, os periquitos em suas gaiolas, os cortinados, os recantos mais isolados e as almofadas em que se reclina a mais bela mulher, que jamais viu a luz do dia. O Negro era como um leitor curioso, cativado por minha bela imagem enquanto examinava meus pigmentos, meus papéis, meus livros, meu bonito aprendiz, as páginas do meu álbum sobre os costumes, destinado aos viajantes vindos da Europa, e minhas coletâneas heteróclitas — principalmente aquela que fiz em segredo, para um paxá, uma série de cenas de fornicação e outras imagens indecentes — e todos os meus recipientes para as tintas, de vidro, bronze e cerâmica, o marfim das minhas facas, o ouro dos cabos dos pincéis e, sim, o olhar absorto do meu jovem e formoso aprendiz.

"Ao contrário dos antigos mestres, assisti a uma porção de

batalhas", disse para preencher o silêncio e lembrá-lo da minha presença. "As máquinas de cerco, os canhões, os exércitos, os cadáveres... Era eu que adornava os dosséis das tendas do Nosso Sultão e dos generais. De volta a Istambul após uma campanha militar, era eu que registrava em pintura todos os detalhes dos nossos combates, se não fosse assim os outros acabariam por esquecer: os corpos cortados ao meio, os embates furiosos, o terror nos olhos dos pobres infiéis, no alto das torres das cidadelas, quando íamos bombardeá-los, o exército deflagrando o ataque, os rebeldes decapitados, a carga da cavalaria derrubando tudo à sua passagem. Tudo fica gravado no fundo do meu espírito: um novo moedor de café, uma grade para janela de um formato que eu nunca vira antes, uma bombarda mais moderna, a inovação de um gatilho num mosquete europeu, os trajes dos convidados num casamento, o que comeram, quem botou sua mão onde e como..."

"Qual é a moral das três histórias?", perguntou o Negro para concluir, como se eu tivesse de lhe prestar contas.

"*Alif*", respondi, "a primeira história, a do minarete, demonstra que por mais talentoso que seja o artista, somente o tempo pode gerar uma imagem 'perfeita'. *Ba*, a segunda, a do harém e da biblioteca, mostra que o único meio de se libertar do tempo é exercer seu talento pela pintura. Quanto à terceira história, explique você."

"*Djim*!", disse o Negro. "A terceira história, sobre o pintor de cento e dezenove anos, une as precedentes, *Alif* e *Ba*, e revela como o tempo cessa para quem renuncia à vida e à pintura perfeitas, não deixando nada além da morte. Sim, é o que ela demonstra."

## 14. CHAMAM-ME OLIVA

FOI DEPOIS DA PRECE DO MEIO-DIA. Eu estava prazerosamente rabiscando bonitos rostos de rapazes quando bateram na porta. Minha mão tremeu de surpresa. Larguei o cálamo. Pus de lado também a prancheta de desenho que estava no meu colo e, rápido como o vento, disse uma prece antes de abrir a porta: louvado seja Alá... O que vou lhes confiar, confio-lhes unicamente porque sei que vocês, que me ouvem falar dentro deste livro, estão mais próximos de Alá do que nós, imersos neste mundo infame e repugnante que nos rodeia, miseráveis escravos do Nosso Sultão. Nada poderíamos lhes ocultar. Akbar Cã, grão-mogol das Índias, o soberano mais opulento da terra, está confeccionando um livro fabuloso. Espalhou-se pelos quatro cantos do islã a notícia de que ele convocou todos os mais brilhantes pintores para trabalhar nele. Seus emissários em Istambul vieram ontem à minha casa, a fim de me convidar a partir para as Índias. Mas dessa vez não foram eles que encontrei diante da minha porta, e sim o Negro, meu colega de infância, de quem eu tinha me esquecido completamente. Na época, ele não era muito boa companhia, porque invejava nosso grupo. "Sim?"

Ele vinha "conversar", "como colega", e ver minhas pinturas. Eu lhe disse que se sentisse em casa, que eu lhe mostraria tudo o que ele quisesse. Acrescentou que chegava de uma visita a Mestre Osman, cujas mãos foi beijar. O Grande Mestre lhe deu um bom tema para meditar: a qualidade de um pintor se revela em sua discussão sobre a cegueira e a memória. Portanto, cabe-me falar disso.

## CEGUEIRA E MEMÓRIA

Antes da arte da iluminura, havia as trevas, e depois dela também haverá trevas. Com nossas cores, nosso talento, nossa paixão, celebramos o que Alá nos ordena ver. Conhecer é lembrar-se do que se viu. Ver é reconhecer o que se esqueceu. Pintar, portanto, é lembrar-se dessas trevas. Os grandes mestres, que compartilham a paixão pela pintura, compreenderam que a vista e as cores nascem das trevas, e aspiravam voltar às trevas de Alá através das cores. Os artistas sem memória não se lembram nem de Alá, nem das suas trevas. Já todos os grandes mestres buscam em sua obra, para além das cores, a escuridão profunda que fica fora do tempo. Se me permitem, vou explicitar o que quer dizer essa "memória das trevas" que encontramos nos ilustres pintores da escola de Herat.

## TRÊS HISTÓRIAS SOBRE A MEMÓRIA E A CEGUEIRA

### ALIF

Na elegante tradução turca, devida ao brilhante Lami, dos *Doze perfumes da amizade*, de Djami — obra na qual o grande poeta persa expõe a história dos santos —, está escrito que no ateliê de Djahan Xá, soberano da Horda do Carneiro Negro, o famoso Sheik Ali, de Tabriz, havia ilustrado um magnífico exemplar de *Khosrow e Shirin*. Pelo que me disseram, nesse lendário manuscrito, ao qual o grande mestre dedicou onze anos da sua existência, Sheik Ali dava mostra de tanto engenho e arte, pintara tão esplêndidas imagens que, entre os grandes nomes da pintura antiga, somente Bihzad teria podido igualá-lo. Djahan Xá compreendeu, antes mesmo de a maravilhosa obra ser concluída, que logo iria possuir um livro sublime, único no mundo. Mas Djahan Xá vivia num temor e numa inveja perene do jovem soberano da Horda do Carneiro Branco, Hassan, o Alto, a quem tinha como seu arqui-inimigo. E logo pressentiu que, se seu prestígio aumentaria imensamente depois que esse livro fosse terminado, sempre poderia ser realizada uma versão superior para Hassan do Carneiro Branco. Sendo um desses homens invejosos que estragam a sua felicidade martirizando-se com a ideia de que outro também pode vir a ser feliz, o Carneiro Negro Djahan Xá deu de cismar que, se o seu prodigioso miniaturista fizesse uma cópia do livro, ou até uma versão melhor, esta seria necessariamente para seu arqui-inimigo, o Carneiro Branco Hassan, o Alto. Assim, para evitar que qualquer outro, além dele, possuísse aquela obra magnífica, Djahan Xá mataria o mestre miniaturista Sheik Ali, assim que ele concluísse a obra. Mas uma bela circassiana pertencente a seu harém, ouvindo seu bom coração, observou que bastava sacrificar a visão do mestre. Djahan Xá acatou essa boa ideia, que revelou a seus acólitos, e o boato logo chegou aos ouvidos de Sheik Ali. Mas este nem sequer cogitou de fugir para Tabriz, deixando o livro incompleto, como teria feito qualquer pintor medíocre. Tampouco recorreu ao subterfúgio de trabalhar mais lentamente em sua obra ou de enfear sua pintura, para evitar que ficasse perfeita e, com isso, escapar de ter os olhos furados. Ao contrário, passou a trabalhar com maior ardor, fé e concentração. Agora, na casa em que vivia recluso, começava a trabalhar bem cedinho, logo depois da prece matinal, e continuava a pintar noite adentro, à luz de vela, os mesmos cavalos, os mesmos ciprestes, os mesmos amantes, dragões e belos príncipes, até jorrarem lágrimas amargas dos seus olhos avermelhados. A maior parte do tempo, ele ficava dias a fio olhando para a mesma imagem pintada por um dos antigos grandes mestres de Herat e fazendo numa folha posta ao lado uma cópia exata dela, sem olhar para o papel. Quando por fim terminou a obra destinada a Djahan Xá, o Carneiro Negro, o velho pintor, como previsto, depois de ter sido coberto de elogios e de moedas de ouro, teve os dois olhos furados com uma comprida agulha usada para prender as plumas no turbante. Sheik Ali ainda sofria enormemente, quando partiu de Herat para se pôr a serviço do Carneiro Branco, Hassan, o Alto. "Estou cego, é verdade", disse a este, "mas guardo na memória todas as maravilhas daquele manuscrito que iluminei nestes últimos onze anos, lembro-me de cada traço de cálamo, de cada pincelada que dei, e minha mão é capaz de reproduzi-los todos de cor. Grande Xá, posso ilustrar para o senhor o mais belo livro de todos os tempos. Meus olhos não se distrairão mais com as imundícies deste mundo e poderei pintar de memória todas as glórias de Alá em sua mais pura forma." Hassan, o Alto, acreditou no grande mestre miniaturista, que realizou de memória para o Carneiro Branco, conforme se comprometera, o mais belo livro já feito. Todos sabem que foi a força espiritual proporcionada por este novo livro que permitiu a Hassan, o Alto, vencer o Carneiro Negro e matar seu rival, Djahan Xá, após a grande derrota que lhe infligiu na localidade de Mil Lagos. Essa obra-prima, entre tantas outras que Sheik Ali havia produzido para a biblioteca de Djahan Xá, passou a fazer parte das coleções do tesouro otomano quando o sempre triunfador Hassan, o Alto, foi derrotado na Batalha dos Pastos, pelo sultão Mehmet Cã, o Conquistador, descanse em paz. Os que sabem ver, verão e saberão.

BA

O Hóspede do Paraíso, sultão Suleyman Cã, o Magnífico, preferia os calígrafos aos pintores, e os infortunados pintores da sua época recorriam à história que vou contar para reafirmar a superioridade da sua arte sobre a da caligrafia. Mas, como quem nela prestar atenção perceberá, essa anedota na verdade diz respeito à memória e à cegueira. Depois da morte de Tamerlão, Senhor do Mundo, seus filhos e netos se desentenderam e passaram a guerrear sem dó nem piedade. Quando um deles conseguia tomar de outro alguma cidade importante, seu primeiro cuidado era cunhar moeda com sua efígie e mandar dizer um sermão em seu nome na mesquita principal. A segunda medida do vencedor era desmantelar os livros que lhes haviam caído nas mãos e inscrever novas dedicatórias, que os proclamavam por sua vez "senhores do mundo", depois novos *cólofons*, enquanto uma nova encadernação não vinha atestar ou, em todo caso, dar a crer a quem pudesse vê-los que o dono desses livros também possuía o mundo. Um deles, Abdullatif, filho de Ulug Bei, o timúrida, um dos netos de Tamerlão, apoderou-se de Herat e teve tanta urgência em mobilizar os batalhões de miniaturistas, encadernadores e calígrafos, tanto os apressou a produzir uma obra em homenagem a seu pai, grande conhecedor do assunto, que, ao arrancarem de cada volume as páginas escritas a fim de queimá-las, as miniaturas acabaram se embaralhando. Como era inconcebível que os livros oferecidos em homenagem a um amador tão apaixonado e versado como Ulug Bei reunissem ilustrações sem indicar a que relatos se referiam, seu filho convocou de novo todos os miniaturistas e mandou que contassem as histórias relativas àquelas miniaturas, para que se pudesse pô-las em ordem. Ora, da boca de cada um saiu uma história diferente, de modo que a desordem das ilustrações só aumentou. Foram então em busca do mais velho de todos os miniaturistas, de quem não se tinha mais notícia desde o dia em que, ao cabo de cinquenta e quatro anos de bons e leais serviços prestados aos sucessivos xás e príncipes de Herat, ele perdera a vista. Grande foi a preocupação quando se soube que o velho pintor, o mestre que conferia todas aquelas pinturas, estava de fato completamente cego. Alguns ironizavam. O velho pintor pediu que trouxessem um garoto, de apenas sete anos, que fosse inteligente mas que não soubesse ler nem escrever. Encontraram um menino assim e levaram-no a ele. O ancião colocou-o diante de uma série de miniaturas e lhe pediu para descrever o que via. À medida que o menino descrevia as miniaturas, o velho pintor, erguendo para o céu os olhos cegos, pronunciava ouvindo-o: *"Livro dos reis*, de Firdusi: Alexandre embalando no colo o corpo de Dario; *O roseiral*, de Saadi: o mestre-escola apaixonado por seu belo aluno; Nizami, *Tesouro dos segredos*: o concurso dos médicos...", e os outros miniaturistas, amargurados e despeitados por seu colega cego e mais velho, comentavam: "Isso nós também podíamos dizer: são as mais famosas cenas das mais conhecidas histórias". Então o velho cego, sempre muito atento, submeteu ao garoto as ilustrações mais difíceis: "Firdusi, *Livro dos reis*: Hurmuz envenena um a um todos os calígrafos...", diz, sempre com os olhos voltados para o céu, "... *Antologia de contos* de Rumi: história — não muito brilhante — do corno que encontra sua mulher em cima de uma pereira com seu rival. O desenho também não vale grande coisa". E assim por diante, de sorte que, fiando-se nas descrições do garoto e reconhecendo cada desenho sem o ver, tornou possível a correta encadernação dos livros.

Quando Ulug Bei entrou em Herat à frente do seu exército, perguntou ao velho miniaturista qual era o segredo que lhe permitia identificar as cenas sem ver, quando todos os outros pintores eram incapazes de fazê-lo vendo-as. "Ao contrário do que se poderia crer, a resposta não decorre de minha cegueira ser acompanhada de uma memória mais apurada", respondeu o velho pintor. "É que não esqueci que essas lendas são transmitidas não apenas por imagens mas também por palavras." Ulug Bei respondeu que seus miniaturistas também conheciam aquelas palavras e aquelas histórias, mas nem assim puderam classificar as miniaturas. "É que", disse o velho pintor, "apesar de entenderem tudo o que se pode entender de arte e pintura, eles não compreendem que os velhos mestres pintavam essas miniaturas a partir da memória do próprio Alá!" Ulug Bei perguntou então como uma criança podia saber disso. "A criança não sabe", explicou o velho pintor. "Só um velho pintor cego como eu sabe que Alá criou o reino da Terra da maneira como um menino inteligente de sete anos gostaria de vê-lo. Não só isso, Alá criou este mundo de tal maneira que, principalmente, ele possa ser visto; depois, deu-nos a palavra, para que pudéssemos compartilhar e debater com os outros o que vemos. E nós fizemos as histórias acreditando, equivocadamente, que elas nasciam dessas palavras e que a pintura servia para ilustrá-las, quando, na verdade, pintar é buscar as lembranças de Alá com o fim de ver o mundo tal como Ele o vê."

Mais de dois séculos atrás, os miniaturistas árabes tinham o temor ancestral e mais que legítimo, compartilhado por gerações e gerações de pintores, de não ficar cegos. Para tanto, olhavam para o horizonte ao raiar do dia, na direção do Ocidente. É sabido também que, um século mais tarde, os pintores de Shiraz comiam em jejum todas as manhãs, com esse mesmo fim, uma mistura de nozes moídas e pétalas de rosa. Na mesma época, os velhos miniaturistas de Isfahan, que imputavam à luz do sol a cegueira que os vitimava um depois do outro como se fosse a peste, trabalhavam quase sempre à luz de vela num canto escuro da sua cela, para que o sol não incidisse sobre a mesa de trabalho. Já na escola uzbeque, os artistas do grande ateliê de Bukhara lavavam os olhos com água benta. Mas de todas as interpretações da cegueira, a que se deve a Sayyid Mirak, o célebre mestre de Herat, que formou o grande Bihzad, distingue-se evidentemente como a mais pura. Para ele, a cegueira não era um mal, mas a graça suprema concedida por Alá ao pintor que dedicara a vida inteira a celebrá-Lo; porque pintar era a maneira de o miniaturista buscar como Alá vê este mundo, e essa visão sem igual só pode ser alcançada por meio da memória, depois que o véu da cegueira cair sobre os olhos, ao fim de uma vida inteira de trabalho duro. Assim, a maneira como Alá vê o seu mundo só se manifesta por meio da memória dos velhos pintores cegos. Quando por fim alcançar essa imagem, quando, com a sua memória, enxergar através das trevas da cegueira o mundo tal como Alá o vê, então o velho pintor, que passou a vida toda exercitando a mão, será capaz de passar essa maravilhosa revelação para a folha de papel. De acordo com o historiador Mirza Muhammed Haydar Dughlat, que compilou as biografias dos principais pintores de Herat, o Grande Mestre Sayyid Mirak tomava como exemplo, para ilustrar sua teoria, um pintor que queria pintar um cavalo. Mesmo o mais medíocre dos pintores, argumentava Sayyid Mirak, aquele com a cabeça tão vazia quanto esses pintores europeus de hoje em dia, que pintam cavalos olhando para cavalos verdadeiros, mesmo este é obrigado a pintar de memória. Prova disso é que é impossível olhar ao mesmo tempo para o cavalo e para a página em que o cavalo é desenhado. Primeiro o pintor olha para o cavalo e depois transfere para o papel os traços que guardou na memória. Ainda que entre uma coisa e outra tenha ocorrido apenas um breve piscar de olhos, o que ele representa no papel nunca é o cavalo tal como ele vê, mas a lembrança do cavalo que ele viu, de sorte que a pintura, mesmo no caso do pior artista, é sempre uma obra de memória. A consequência lógica dessa concepção, que considera a atividade dos pintores ao longo de toda a sua vida como uma preparação para a dupla felicidade que irá coroá-la, a felicidade da cegueira e a da memória cega, é que os mestres de Herat consideravam as miniaturas que produziam para os xás e os príncipes como exercícios destinados a "treinar a mão", e se submetiam a esse interminável afã de pintar debruçados sobre o papel, dias a fio sem parar, à luz pálida de um candeeiro, como o bem-aventurado trabalho que levaria o miniaturista a alcançar a cegueira.

Ao longo de toda a sua vida, o grande pintor Mirak buscou constantemente o momento mais propício para esse que era o mais glorioso dos desenlaces, e ora tentava apressar a cegueira, pintando minuciosamente numa unha, num grão de arroz ou até num fio de cabelo uma árvore inteira, com todas as suas folhas, ora procurava adiar prudentemente a chegada das trevas, pintando sorridentes jardins inundados de sol. Ele tinha setenta anos quando Hussein Bayqara, para recompensar esse grande artista, lhe deu acesso a seu tesouro, onde guardava ciosamente, trancada a sete chaves, uma coleção de milhares de miniaturas. Aí, no meio desse tesouro, que também continha armas, ourivesaria, sedas e veludos, mestre Mirak pôde admirar, à luz dos candelabros de ouro, as maravilhosas páginas daqueles livros lendários, devidas aos maiores nomes da Escola de Herat. Ao fim de três dias e três noites, ele havia perdido a visão. O Grande Mestre aceitou sua nova condição com sabedoria e resignação, como se tivesse recebido os anjos de Alá, e nunca mais pintou nem pronunciou uma só palavra. Mirza Muhammed Haydar Dughlat, em sua *História segundo o Reto Caminho*, explica o fato da seguinte maneira: o pintor que alcança o espaço e o tempo infinito de Alá não pode nunca mais voltar às paisagens pintadas nos livros para os simples mortais; e acrescenta que, onde o pintor cego alcança Alá com sua memória, reina um silêncio absoluto, uma feliz escuridão e o infinito de uma página vazia.

Embora eu soubesse que essa questão de Mestre Osman sobre a cegueira e a memória era, antes de mais nada, um pretexto fácil para o Negro vir espionar meus aposentos, minha mobília e meus trabalhos, fiquei feliz por constatar que minhas histórias não o deixaram indiferente. "A cegueira é um mundo à parte", concluí, "em que o Diabo e o Pecado não podem penetrar."

Mas o Negro me fez uma observação: "Em Tabriz, ainda hoje, certos pintores da escola antiga, influenciados pela anedota relatada por Mirak, consideram a cegueira o apogeu das virtudes que Alá nos concede em sua graça e acham vergonhoso envelhecer sem ficar cego. Por isso, temendo que os outros considerem sua visão uma prova de falta de talento e de arte, fingem ser cegos. Essa convicção leva alguns deles a seguir o exemplo de Djamaluddin de Kazvin e passar semanas no escuro, em meio a espelhos, contemplando as páginas dos mestres antigos à luz tênue de uma lamparina, sem comer nem beber, a fim de aprender a olhar como cegos, apesar de não o serem".

Bateram na porta. Fui abrir e vi um belo aprendiz, com lindos olhos arregalados, que vinha do Grande Ateliê. Disse apenas que acabavam de encontrar no fundo de um poço escuro o cadáver de nosso irmão, Elegante Efêndi, e que a procissão fúnebre sairia naquela tarde da grande mesquita de Mihrimah. E saiu correndo para levar a notícia aos outros. Que Alá nos proteja!

# 15. MEU NOME É ESTER

É O AMOR QUE TORNA A GENTE IDIOTA ou só os cretinos se apaixonam? Eis aí um problema que minha longa prática de alcoviteira ainda não me permitiu resolver. Em todo caso, bem que gostaria de conhecer um casal — ou até uma pessoa apaixonada — que tenha se tornado mais inteligente, sensato e esperto do que era antes de se enfeitiçar. O que, em compensação, dou por certo é que não está verdadeiramente apaixonado quem não recorre às pequenas artimanhas, aos artifícios e ao embuste. No que concerne ao nosso querido Negro Efêndi, ele parece ter perdido inteiramente a compostura, em todo caso ele se abre sem a menor reserva, quando falamos de Shekure.

No mercado, não me furtei a lhe dizer que ela só pensa nele, que me pergunta sobre o que ele disse das suas cartas, que nunca a vi assim, e tal, e tal. E ele então me pediu, dirigindo-me olhares de cortar o coração, para levar a carta que acabava de me entregar "o mais rápido possível"! Todos esses imbecis imaginam que o amor deles é uma urgência, que exige decisões rápidas; põem sua paixão em cima da mesa, de estalo, dando armas à crueldade do outro, o qual, se for esperto, saberá fazê-los mofar direitinho à espera da resposta. Moral: a pressa, num romance, retarda os frutos do amor.

Se o apaixonado Negro Efêndi soubesse que não fui imediatamente levar sua carta "urgente", deveria me agradecer. Como eu tinha quase morrido de frio esperando por ele na praça do mercado, depois que ele se foi resolvi fazer uma visitinha a uma das minhas filhas, que mora no caminho. Costumo chamar de "minhas filhas" aquelas para quem arranjei pessoalmente um marido, encarregando-me dos seus bilhetinhos. Essa é uma gorducha feiosa que se mostra tão agradecida a cada visita minha que, além de ficar se agitando em volta de mim como uma mariposa em volta da vela, nunca deixa de insinuar algumas moedinhas de prata na minha mão. Encontrei-a grávida e feliz da vida. O que me valeu um chazinho de tília, que estava uma delícia. Enquanto ela estava de costas, contei as moedas que o Negro me dera. Vinte moedas de prata.

Continuando meu caminho, quis tomar um outro, mais curto, e segui por umas ruelas e travessas, mas ali o gelo é pior que a lama, mal dá para andar, o que me atrasou, juro. Ao chegar diante da porta, a minha habitual jovialidade veio à tona e entoei o meu pregão:

"Roupeira, olhe a roupeira! Venham ver minha caxemira, meus xales de musselina, minhas echarpes dignas de um sultão! Cintos de cetim de Bursa, algodão do Egito com orla de seda para fazer lindas blusas! Lindas toalhas de tule bordadas à mão! Edredons, lenços de todas as cores!"

A porta se abriu, entrei. A casa tinha como sempre um cheiro de cama, de sono, de gordura queimada, de umidade, um horrível miasma de solteirão passando da idade!

"Por que você grita tanto, sua bruxa velha?"

Estendi-lhe a carta sem dizer nada. Ele se aproximou como um fantasma, na penumbra, e arrancou-a da minha mão. Depois foi ao quarto ao lado buscar um lampião que está sempre aceso. Quanto a mim, fiquei plantada no vestíbulo.

"O senhor seu pai não está?"

Ele não respondeu. Estava demasiado entretido na leitura da carta. Dei-lhe tempo. Como ele estava de costas para o lampião, não dava para ler nada em seu rosto. Depois de lê-la uma vez, leu-a de novo do começo ao fim, e só então lhe perguntei:

"E então, o que ele diz?"

Hassan começou a ler.

*Cara Shekure Hanim,*

*Depois de passar tantos anos da minha vida pensando apenas em você, compreendo perfeitamente e respeito o fato de que você está à espera do seu marido e só tem pensamentos para ele. Como esperar aliás, de uma mulher da sua posição, outra coisa que decoro e honestidade?* (Aqui, Hassan arrebenta de rir.) *Mas, se visito seu pai, é por causa das miniaturas dele, e não para perturbá-la. Tal coisa nem me passaria pela cabeça. Longe de mim a intenção de tirar qualquer vantagem dos sinais que você não temeu dirigir-me. Quando a luz do seu rosto apareceu para mim à janela, considerei essa aparição uma graça concedida por Alá. Porque o prazer de ver seu rosto é tudo de que preciso.* ("Esta foi roubada de Nizami!", indignou-se Hassan em voz alta.) *Mas você me pede para não me aproximar; diga-me então, acaso você é um anjo, para que seja tão terrível me aproximar de você? Ouça o que tenho a lhe contar: era num caravançará, ou melhor, num covil infame e lúgubre, que eu compartilhava com uns homens errantes como eu e até com uns bandidos cujas cabeças estavam postas a prêmio; eu tentava dormir contemplando a lua, cuja luz desmaiada filtrava através dos galhos das árvores desfolhadas, e ali, ao ouvir os lobos uivando — sem dúvida, as únicas criaturas mais solitárias e infelizes que eu —, tive o pressentimento de que um dia eu veria você aparecer subitamente para mim, como hoje à sua janela. Agora, quando meus passos me levam novamente, por causa daquele livro, à casa do seu pai, você me devolve a miniatura que fiz para você quando ainda era criança. Isso não poderia ser um sinal de que o nosso amor morreu. Ao contrário, isso significa, para mim, que voltei a encontrar você. Vi um dos seus filhos, Orhan. Pobre órfão! Serei um pai para ele!*

"Que Alá o proteja!", exclamei. "Que bem escrito, um verdadeiro poeta!"

"'Acaso você é um anjo, para que seja tão terrível me aproximar de você?' Mais um verso que ele foi surrupiar de alguém: Ibn Zirhani", disse Hassan. "Quanto ao resto, sou capaz de escrever melhor." Tirou do bolso a carta que tinha escrito, dizendo-me: "Leve para Shekure".

Pela primeira vez, senti certo mal-estar quando ele me deu o dinheiro junto com a carta. Senti uma espécie de repugnância em relação àquele homem e àquela sua louca obsessão por um amor não correspondido. Dessa vez, como para restabelecer o equilíbrio entre nós, Hassan me poupou seus salamaleques e dirigiu-se a mim com uma grosseria que fazia tempo não exibia.

"Diga a ela que, se quisermos, podemos ir lá com um juiz e trazê-la de volta para casa."

"Quer mesmo que eu diga isso a ela?"

Ele não respondeu logo. "Não, não diga." A luz do lampião iluminou brutalmente seu rosto, e vi que baixava a cabeça como uma criança apanhada fazendo arte. É por isso que apesar dos pesares respeito sua paixão e transmito suas cartas — e ele acha que é pelos trocados que desembolsa.

Já ia saindo da casa, mas ele me deteve na soleira da porta.

"Vai dizer a Shekure quanto eu a amo?", perguntou-me com um ar emocionado e bobo. E eu respondi:

"Ora, não está escrito nas suas cartas?"

"Diga-me, o que devo fazer para convencê-la, e ao pai dela também?"

"É só se comportar como um bom moço", falei, já me afastando.

"Na minha idade, já é tarde...", ainda deixou escapar, com um ar sinceramente triste.

"Meu caro Hassan Efêndi, o senhor começa a ganhar muito dinheiro na alfândega... Isso faz qualquer um ser um bom moço", disparei-lhe, saindo dali.

Havia naquela casa algo de sombrio e opressivo, que achei quase quente o ar da rua. O sol batia em meus olhos e eu disse comigo mesma: "Quero muito que Shekure seja feliz. Mas também tenho certa estima por esse coitado, em sua casa escura, úmida e fria". Um impulso me fez passar pelo Mercado de Especiarias da avenida das Tulipas. Achava que o aroma da canela, do açafrão e da pimenta-do-reino me daria novo ânimo. Enganava-me.

Shekure pegou as cartas e quis logo saber do Negro. Respondi que ele se consumia cruelmente nas chamas da paixão. A resposta não pareceu desagradar-lhe.

Depois mudei de assunto: "Todas as comadres só comentam um assunto, mesmo as que vivem enclausuradas, com suas tapeçarias, que são a única companhia delas: por que teriam matado o coitado do Elegante Efêndi?".

"Hayriye!", Shekure gritou. "Trate de preparar uma *halvah* e leve a Kalbiye, a mulher do pobre Elegante Efêndi."

"Dizem que todos os seguidores do *hodja* de Erzurum são esperados no enterro", falei. "E que a família teria dito que vai lavar sua morte no sangue!"

Mas Shekure já havia mergulhado na carta do Negro. Examinei atentamente seu rosto e fiquei muito ressabiada ao ver que a moça era tão matreira que conseguia ocultar até o mais tênue reflexo dos seus sentimentos. Senti porém que meu silêncio, enquanto ela lia, lhe era agradável e que ela via nele uma forma de aprovar a atenção que ela prestava ao conteúdo daquela carta. Foi portanto só para lhe agradar (porque ela se dignou de me dirigir um sorriso, uma vez terminada a leitura) que resolvi perguntar:

"O que ele diz?"

"A mesma coisa que quando era criança... Ele me ama!"

"E você, o que acha?"

"Eu? Eu sou casada. E espero meu marido."

Ao contrário do que vocês devem imaginar, essa mentira, vinda com a confiança que ela depositava em mim para me encarregar do seu caso, não me irritou. Na verdade, até me tranquilizou. Se todo mundo tivesse para comigo a mesma deferência de Shekure — e, tenho de reconhecer, de um grande número das moças de quem levo as cartas e a quem dou meus bons conselhos —, as coisas seriam muito menos complicadas e mais de uma teria arranjado melhor partido.

"E a outra carta, o que diz?"

"Não tenho vontade de ler a carta de Hassan agora. Ele sabe que o Negro voltou para Istambul?"

"Hassan nem sabe que ele existe."

"Quer dizer que você conversa com Hassan?", perguntou minha bela Shekure arregalando seus olhos negros.

"É o que você me pede."

"Eu?"

"Ele está sofrendo. Ele te ama muito. Mesmo se você se enrabichasse por outro, não se livraria dele. Aceitando receber as cartas de Hassan, você despertou novamente todas as esperanças dele. Cuidado com ele! Porque ele não só deseja levar você de volta para casa, como está pronto para confirmar a morte do irmão para poder se casar com você." Para compensar a ameaça que parecia pesar nas palavras do pobre Hassan e para não me ver reduzida a relatá-las tais quais, sorri a Shekure.

"E o outro, o que ele diz disso?", perguntou, sem que ela mesma parecesse saber do que falava.

"O pintor?"

"Estou tão desorientada", suspirou, sem dúvida assustada com seus próprios pensamentos. (Ela está totalmente perdida, disse eu com os meus botões.) "Meu pai está ficando velho. Quem vai proteger a mim e a meus filhos órfãos? Algo me diz que uma desgraça nos espreita e que o Diabo vai tentar nos fazer mal. Ester, diga alguma coisa que me deixe feliz."

"Não se preocupe, querida", respondi, apesar de tremer como uma vara verde em meu foro interior. "Você é inteligente, bonita. Um dia estará na mesma cama de um homem bonito e forte, e nos braços dele esquecerá todas as suas desgraças e será feliz. Dá para ler em seus lindos olhos."

Eu me sentia tão cheia de amor por ela que meus olhos marejavam.

"Sim, mas qual é o que me convém?"

"Seu coração, sempre tão sábio, não diz qual?"

"Mas se sou infeliz é justamente porque não consigo compreender o que meu coração tenta me dizer!"

Durante o silêncio que se seguiu, pensei que Shekure, na verdade, não confiava em mim, que dissimulava habilmente sua desconfiança a fim de me fazer falar e, sobretudo, para que eu tivesse dó dela. Quando percebi que ela não iria escrever já as respostas para as cartas que eu trouxera, peguei minha trouxa e fui embora, despedindo-me com uma dessas fórmulas que gosto de dirigir às moças casadouras, inclusive às vesgas:

"Abra seus belos olhos, querida, e não se preocupe que nada de errado vai lhe acontecer."

# 16. EU, SHEKURE

ANTES, quando recebia a visita de Ester, a vendedora ambulante, eu imaginava que ela me trazia a carta que um apaixonado, bonito, inteligente e bem-criado como eu, digno de fazer bater o coração de uma jovem e, no entanto, honorabilíssima viúva, tinha finalmente resolvido me enviar; e ao ver chegar as cartas dos mesmos pretendentes de sempre, eu me sentia ainda mais firme em meu propósito de esperar pacientemente a volta do meu esposo. Mas agora, cada vez que Ester vai embora, sinto-me confusa e miserável.

Fixei minha atenção nos ruídos à minha volta. Chegava-me da cozinha, com o cheiro de limão e cebola, o crepitar das abobrinhas que Hayriye acabava de pôr para fritar no azeite fervendo. No pátio, os gritos de Shevket e Orhan que lutavam espada e brincavam junto do pé de romã. Meu pai estava em silêncio no quarto. Abri a carta de Hassan para relê-la e constatei mais uma vez que não havia mesmo nada de interessante nela. Mas percebi que sentia um pouco mais de medo dele agora e congratulei-me por ter sabido resistir a todas as suas tentativas para se deitar comigo, na época em que morávamos sob o mesmo teto. Depois, peguei com delicadeza, como se fosse uma criaturinha frágil que corre o risco de se machucar, a carta do Negro e, lendo-a, fiquei abalada. Não precisei reler as duas cartas. O sol tinha aparecido entre as nuvens, e eu pensei: "Se tivesse ido uma noite para a cama com Hassan, ninguém teria sabido. Somente Alá. Ele se parece tanto com meu marido que teria sido a mesma coisa. É engraçado como às vezes me ocorrem essas ideias disparatadas". O sol esquentava rápido, seu calor acariciava meu corpo: minha pele, meu pescoço e até o bico dos meus seios. Seus raios caíam direto sobre mim pela porta aberta, quando Orhan entrou no quarto.

"Está lendo o quê, mamãe?"

Bom, lembram-se que eu disse a vocês que não reli as cartas que Ester acabava de me trazer? Eu menti. Eram elas que eu relia. Desta vez estou dizendo a verdade: dobrei-as e enfiei-as dentro da minha blusa.

"Venha sentar aqui no meu colo", disse a Orhan. "Puxa, como você está pesado! Já é um garotão, que Alá o proteja", disse-lhe cobrindo-o de beijos. "Como você está gelado, menino!"

"E você, mamãe, está tão quentinha!", ele replicou, apertando-se contra o meu peito.

Abraçamo-nos bem forte. Ele gosta tanto de ficar sentado assim comigo, em silêncio! Eu sentia seu cheiro beijando-o no pescoço. Apertamo-nos mais ainda e ficamos um bom tempo abraçados, sem falar nada.

"Estou sentindo cócegas", disse ele por fim.

"Vamos ver", falei com um ar sério. "Se o sultão dos *djins* aparecesse e dissesse que satisfaria qualquer desejo seu, o que você ia querer mais que tudo neste mundo?"

"Que Shevket não morasse com a gente."

"E o que mais você ia querer? Não gostaria de ter um papai?"

"Não. Quando eu crescer, eu é que vou me casar com você."

A maior calamidade não é envelhecer e ficar feia, nem mesmo ficar sem marido nem recursos. É não ter ninguém que tenha ciúme da gente, pensei. Agora que Orhan tinha se aquecido, eu o fiz descer do meu colo. Preciso encontrar um marido que seja bom como eu e tenha o mesmo caráter difícil que eu, dizia comigo mesma indo ver meu pai em seu quarto.

"Quando o senhor terminar seu livro, Nosso Sultão o recompensará", disse a ele, "e o senhor voltará a Veneza."

"Não sei, não", disse meu pai. "Esse assassinato me perturba. Nossos inimigos devem ser poderosos."

"E eu, do meu lado, sei que minha situação pessoal tornou-os mais audaciosos, causou mal-entendidos e esperanças infundadas."

"De que está falando?"

"Acho que seria melhor eu me casar o mais cedo possível."

"O quê? E com quem?", perguntou. "Além do mais você já é casada... Que ideia é essa? E quem te pediu em casamento? Ele pode ser o mais esperto e obstinado dos pretendentes", disse meu pai com malícia, "mas duvido que caia facilmente nas minhas boas graças." Depois ele resumiu com frieza a dificuldade da minha situação: "Antes de poder casar de novo, como você sabe, há vários problemas complicados a resolver". Ao fim de um longo silêncio, acabou por me dizer: "Está querendo me deixar, filha querida?".

"Esta noite sonhei que meu marido tinha morrido", disse, "mas não chorei, como teria feito outra esposa que tivesse o mesmo sonho."

"Interpretar os sonhos é uma ciência, como também é a interpretação de uma miniatura."

"O senhor acharia inconveniente eu lhe contar o meu sonho?"

Houve uma pausa: sorrimos um ao outro, como duas pessoas que intuem, no mesmo instante, aonde a conversa vai levá-las.

"A interpretação do seu sonho pode até me levar a crer na morte dele, mas seu sogro, seu cunhado e o juiz, que forçosamente os ouvirá, reclamarão outras provas."

"Já faz dois anos que voltei a morar nesta casa com meus filhos, e meu cunhado e meu sogro não vieram me buscar."

"É que eles estão em falta com você, e reconhecem isso", retrucou meu pai. "Mas isso não quer dizer que estão dispostos a deixar você entrar com um pedido de divórcio."

"Se fôssemos das seitas malekita ou hanbalita, o juiz poderia pronunciar a separação, com pensão alimentícia, ao fim de quatro anos de ausência. Mas como somos hanafitas, com a graça de Alá, é impossível."

"Não venha me falar daquele juiz substituto de Uskudar, que parece que é xafiita. Não quero saber de falcatruas."

"Todas as mulheres de Istambul que perderam o marido na guerra vão vê-lo, com testemunhas, para poderem se divorciar. Como é xafiita, ele se contenta com lhes perguntar desde quando o marido desapareceu, se estão com problemas materiais, se há testemunhas, e pronto: pronuncia a separação de corpos na hora."

"Quem foi que meteu essa ideia na sua cabeça, minha filha? Quem fez você perder o juízo a esse ponto?"

"Depois que eu obtiver meu divórcio, se houver de fato um homem capaz de me fazer perder o juízo, quem vai me dizer quem é ele, está claro, será o senhor, e eu jamais questionarei esta sua decisão."

Meu astuto pai, que sabe que sua filha é tão esperta quanto ele, semicerrou lentamente os olhos.

Em geral, ele só deixa os olhos assim semicerrados em três circunstâncias: 1. quando precisa pensar depressa numa artimanha para se safar de um embaraço; 2. quando está à beira das lágrimas, de tão triste e desesperançado; 3. quando as duas se misturam um pouco e ele, tendo encontrado sua artimanha, dá a impressão de que está prestes a chorar de tristeza.

"Você vai embora com seus filhos, deixando seu velho pai sozinho? Sabe, eu tinha medo de que me matassem por causa do nosso livro" — ele disse assim mesmo, nosso livro — "mas agora que você quer ir embora com seus filhos, a morte é bem-vinda."

"Meu paizinho querido, será que o senhor não entende que preciso me proteger o mais depressa possível do meu ignóbil cunhado, se necessário por um divórcio?"

"Não quero que você me abandone. Seu marido pode voltar. E, se não voltar, você não necessita de outro lar. Minha casa te basta e você pode ficar nela."

"Meu único desejo é ficar morando aqui com o senhor."

"Mas, minha querida, você não acabou de me dizer que contava fundar um novo lar?"

É sempre assim, quando a gente discute com um pai: ele sempre acaba nos fazendo admitir que estamos erradas.

"É verdade, eu disse."

Depois, para ter alguma coisa a dizer e não chorar, resolvi jogar uma última cartada, tanto mais que, no fundo, eu me sentia no meu direito.

"Quer dizer então que nunca mais vou poder me casar?"

"Há no meu coração um lugar especial para um genro que não te levasse para longe de mim. Quem é esse novo pretendente? Ele estaria disposto a viver aqui conosco?"

Não respondi. Nenhum de nós dois se deixava iludir. Meu pai não teria respeitado um genro de têmpera tão fraca que aceitaria viver na casa do pai da esposa: ele o esmagaria pouco a pouco, sorrateiramente, logo o reduziria a nada, um nada a ponto de eu mesma não querer mais saber dele.

"Você sabe perfeitamente que, na sua situação, você não pode se casar de novo sem a autorização do seu pai. Não quero que você se case e não tenho a menor intenção de te dar a minha autorização..."

"Não é me casar que eu quero, mas me divorciar."

"... porque um homem que só tivesse olhos para os seus interesses poderia te fazer mal, até sem querer. Você sabe muito bem quanto eu te amo, minha filha querida! E depois precisamos terminar esse livro."

Mais uma vez eu me calei, temendo que, se continuasse a argumentar, incitada pelo Diabo que sabia da minha raiva, eu acabasse lhe dizendo na cara que eu sabia muito bem que ele levava Hayriye para a cama, à noite. Mas como uma mulher como eu poderia dizer ao seu velho pai que sabe que ele dorme com a criada?

"Quem quer se casar com você?"

Olhei para o vazio, sem responder, mais por raiva do que por pudor, porém. O pior é que o fato de não poder responder só atiçava a minha raiva e eu acabava imaginando meu pai com Hayriye na cama, em posições grotescas e repugnantes. Quando minhas lágrimas estavam a ponto de cair, acabei dizendo, sem olhar para ele:

"As abobrinhas estão no fogo. Vão se queimar."

Enfiei-me no quarto junto da escada, aquele que dá para o poço e cuja janela está sempre fechada. Procurei na escuridão, tateando, o colchão enrolado, estendi-o no chão e me deitei. Ah, como é bom, quando a gente é pequena e faz uma bobagem, jogar-se na cama e chorar até cair no sono! E quando choro assim no meu canto, dizendo-me que sou a única que me ama e que sou tão infeliz por estar sozinha, saber que vocês me ouvem gemer e soluçar me ajuda muito.

Dei-me conta de que pouco depois Orhan viera se deitar ao meu lado. Ele pôs a cabeça entre meus seios e vi que suspirava, derramando copiosas lágrimas. Apertei-o forte contra mim. Ele disse:

"Não chore, mamãe. Papai vai voltar da guerra."

"Como é que você sabe?"

Ele se calou. Mas eu o amava tanto, apertei-o com tanta força contra o meu peito, que me esqueci de todas as minhas penas. Antes de dormir abraçada assim ao meu pequeno Orhan, de corpo tão frágil e magro, vou lhes confessar uma coisa: eu me arrependo de ter contado a vocês agora há pouco, por pura raiva, sobre papai e Hayriye. Não, não foi mentira, mas estou tão envergonhada, que lhes peço, por favor, esqueçam o que eu contei, façam como se eu não tivesse dito nada, como se não houvesse nada entre ela e ele.

## 17. EU SOU O VOSSO TIO

É DIFÍCIL TER UMA FILHA, difícil mesmo. Ela chorava silenciosamente. Eu sentia que ela chorava, mas não desviei os olhos da página do volume que tinha nas mãos. Numa das páginas desse livro que eu me esforçava para ler, *Das circunstâncias da ressurreição final*, evocava-se como a alma, três dias depois da morte, recebe a autorização de Alá para visitar, no túmulo, o corpo em que vivia outrora. Ante o aspecto lamentável do seu corpo, fétido, putrefato, secretando seus humores, ela se aflige e se desespera: "Meu pobre corpo!", exclama. "Oh, velhos despojos meus!" Logo me veio à mente o triste fim do Elegante Efêndi, e pensei em como sua alma deve ter se afligido quando veio visitá-lo e, em vez de encontrá-lo no seu túmulo, encontrou-o no fundo daquele poço.

Assim que as lágrimas de Shekure se acalmaram, deixei de lado meu livro sobre a morte, vesti mais uma camisa de baixo, de lã, apertei meu grosso cinto de feltro em torno da cintura para aquecer bem meu abdome, enfiei as perneiras forradas de pele de lebre e, quando ia saindo de casa, dei com Shevket entrando.

"Aonde vai, vovô?"

"Entre. Vou a um enterro."

Andando pelas ruas desertas e nevadas, passei junto dos escombros das casas destruídas pelos últimos incêndios, com algumas das suas paredes ainda precariamente de pé. Segui pelos bairros vizinhos, com as suas lojinhas de quinquilharias, ferragens, selas, arreios, artefatos de couro, joias, e andei mais um bocado até chegar às muralhas, apesar de ter cortado caminho por hortas e jardins, que minhas pernas fracas de velho atravessavam a passo miúdo, para evitar um tombo no chão congelado.

Mas que ideia, essa de fazer a procissão fúnebre partir da mesquita de Mihrimah, perto da porta de Andrinopla! Na mesquita, abracei os irmãos do falecido, cuja cabeça grande lhes dá um ar constantemente furioso e inconformado. Nós, pintores e copistas, nos abraçamos e choramos. Enquanto a prece era recitada, a bruma caía suavemente, envolvendo, esmagando tudo com sua luz de chumbo, e meus olhos não desgrudavam um só instante do esquife posto sobre a pedra. Senti tamanha raiva contra o canalha que tinha feito aquilo que até mesmo as orações misericordiosas se embaralhavam na minha mente.

Depois da prece, quando uns membros da corporação ergueram o caixão no ombro, fiquei junto dos outros pintores e calígrafos. Eu e Cegonha esquecemos nessa ocasião que, certa noite, quando ele ficou comigo até de manhã pintando à luz das velas e, sobretudo, tentando me convencer da vulgaridade do Elegante Efêndi no uso das cores — é verdade que, para "parecer rico", ele punha azul em toda parte —, eu lhe dera razão, sobre a arte, se não sobre a pessoa, daquele iluminador. Depois trocamos um abraço, mais alguns soluços. Oliva, ao contrário, dirigiu-me um olhar amistoso e profundamente respeitoso ao mesmo tempo, que me causou tamanha satisfação — para não falar naquela sua maneira tão particular, também, de me abraçar (um homem que sabe dar um abraço só pode ser bom) — a ponto de eu dizer a mim mesmo que, de todos os pintores e calígrafos, quem mais sinceramente acreditava no meu livro era ele.

Depois, na escadaria do átrio, encontrei-me lado a lado com o Grande Mestre Osman, e ficamos sem saber que palavras trocar entre nós. Foi um instante estranho e tenso, durante o qual os irmãos do falecido puseram-se a chorar ainda mais intensamente, um deles até chamou a atenção ao gritar alto demais: "Grande é Alá!".

"Qual vai ser o cemitério?", perguntou Mestre Osman, sem se dirigir verdadeiramente a mim.

Eu temia parecer hostil, se respondesse apenas: "Não sei", e por isso perguntei, sem tampouco prestar muita atenção, à primeira pessoa ao nosso lado: "Qual vai ser o cemitério? O da porta de Andrinopla?".

"O de Ayub Ansari." Eu me virei para o Grande Mestre a fim de lhe transmitir a resposta que vinha de um jovem barbudo e mal-encarado, mas, evidentemente, ele a ouvira e me disse: "Já ouvi", acrescentando tal olhar, que dei por entendido que ele não tinha a menor intenção de levar a conversa adiante.

Não havia dúvida de que Mestre Osman digeria mal o fato de Nosso Sultão ter confiado a mim a tarefa de supervisionar a escrita, a ornamentação e a ilustração do manuscrito iluminado, em que ia figurar o retrato imperial, tarefa essa que, como eu já disse, supunha-se envolta em total sigilo. Por minha influência, nosso soberano manifesta agora verdadeiro entusiasmo pela maneira de pintar do Ocidente. Certa vez, chegou até a pedir a Mestre Osman que copiasse um retrato seu feito por um artista italiano. E Mestre Osman, que atendeu ao pedido com a mais extrema repugnância e qualificou como uma "tortura" a tarefa que lhe fora imposta, acredita ter sido eu o responsável por essa ideia. E não se engana.

Parei no meio da escada por um instante e pus-me a olhar para o céu. Quando tive certeza de ter ficado bem para trás, continuei a descer devagarinho os degraus cobertos de gelo. Não havia descido dois, e a duras penas, quando senti me agarrarem firmemente pelo braço: o Negro.

"Que frio! O senhor está bem agasalhado?", perguntou-me.

Eu já não tinha a menor dúvida de que era ele que estava fazendo minha filha perder o juízo. A segurança com que ele me pegara pelo braço era o melhor indício. Sua atitude, de certa maneira, significava: "Durante esses doze anos, trabalhei e virei homem". Chegando ao fim da escada, disse-lhe que gostaria que ele me contasse mais tarde o que vira no Grande Ateliê.

"Vamos, filho, passe na frente", disse a ele, "vá juntar-se aos outros."

Ele se espantou, mas não deixou transparecer. A maneira grave e refletida com que soltou meu braço e afastou-se de mim até me agradou. Se eu lhe desse Shekure, será que viria morar conosco?

Quando saímos da cidade pela porta de Andrinopla, pude ver, mais abaixo, meio perdidos na bruma, a multidão dos pintores, calígrafos e aprendizes que desciam a ladeira rapidamente, em direção ao Chifre de Ouro, levando o caixão nos ombros. Iam tão depressa que já tinham percorrido mais da metade do caminho lamacento que leva ao cemitério de Ayub pelo vale, todo branco de neve. No silêncio e na bruma, as chaminés da fábrica de velas da fundação beneficente Sultana-Mãe, à esquerda, fumegavam mansamente. Ao pé das muralhas, era grande a movimentação nos matadouros, que abasteciam os curtidores e os açougueiros gregos instalados no bairro. Emanava de lá um cheiro de abate e de carniça que se espalhava no vale até os ciprestes do cemitério e as cúpulas da mesquita, que mal dava para discernir na bruma. Mais alguns passos e pude ouvir os gritos das crianças do novo bairro judeu de Balat, que brincavam mais abaixo.

Quando chegamos à esplanada diante do cemitério, Borboleta veio pousar ao meu lado. Sempre febril e agitado, foi direto ao assunto:

"Oliva e Cegonha é que são os responsáveis por tudo", disse. "Como todo mundo, eles sabiam muito bem que eu não me entendia com o Elegante, e tinham certeza de que todos sabiam disso. Éramos, por assim dizer, adversários na sucessão de Mestre Osman à frente do Grande Ateliê, o que desenvolveu entre nós certa inveja e sentimentos de franca hostilidade, até. Agora eles jogam com isso para me verem acusado do crime ou, pelo menos, para me afastar, quero dizer, para nos afastar do Tesoureiro-Mor e, com ele, do Nosso Sultão."

"Quem é esse 'nós' a que você se refere?"

"Os que acreditam que a antiga tradição tem de perdurar no Grande Ateliê. Todos os que acreditam, como eu, que devemos seguir o caminho traçado pelos mestres persas e que não se pode desenhar qualquer coisa apenas por dinheiro. Nós declaramos em alto e bom som que, em vez de armas e de guerras, de prisioneiros vencidos e conquistadores vitoriosos, o que se deve pôr nos livros são as belas lendas antigas, a poesia, as fábulas; que os verdadeiros pintores não têm o direito de se afastar dos modelos, nem de se rebaixar a pintar, numa lojinha do bazar, coisas vergonhosas para um cliente qualquer que se disponha a lhes pagar quatro ou cinco moedas de prata. Sua Excelência Nosso Sultão nos dará razão."

"Você está pintando as coisas mais negras do que são", disse-lhe eu, a fim de encurtar a conversa. "Estou convencido de que o Grande Ateliê não abriga nenhum indivíduo tão corrupto a ponto de se dedicar a esse tipo de torpeza. Vocês são todos irmãos! Dois ou três temas pintados sem o aval da tradição não justificam tanta animosidade."

Na mesma hora, como da primeira vez que a notícia do assassinato chegou aos meus ouvidos, tive a convicção de que o assassino do Elegante Efêndi era um dos principais mestres do ateliê imperial e de que ele se encontrava naquele instante diante dos meus olhos, entre a multidão que subia a ladeira do cemitério. Compreendi também, naquele momento, que aquele criminoso diabólico ia prosseguir sua obra de morte, que ele era hostil ao projeto do meu livro e que era bem provável que fizesse parte dos pintores que eu contratara para vir fazer as miniaturas na minha casa. Será que Borboleta também tinha se apaixonado por Shekure, como a maioria dos artistas que frequentam a minha casa? Deixando-se empolgar com suas afirmações peremptórias, teria esquecido que eu também lhe havia encomendado obras totalmente contrárias aos seus princípios? Ou estaria apenas me alfinetando sutilmente?

Não, disse a mim mesmo após uma breve hesitação, não se trata de alfinetada. Tanto quanto os outros três, Borboleta tinha para comigo uma irresgatável dívida de gratidão: com o dinheiro e os presentes do tesouro imperial mirrando, em consequência das guerras ou da indiferença do Nosso Sultão, a única fonte significativa de renda extra que eles possuíam era o trabalho para o meu livro. Eu sabia que a atenção que dava a cada um provocava muita ciumeira entre eles, daí a razão — embora não seja essa a única — de eu os receber em casa sempre separadamente. Não há, pois, motivo algum para me quererem mal. Todos esses pintores são pessoas suficientemente maduras para se comportar de maneira inteligente e admirar com sinceridade um homem a quem tanto devem em seu benefício próprio.

Para quebrar o silêncio e evitar a volta àquela penosa conversa, falei: "De que prodígios Alá é capaz! Eles carregam o caixão na subida quase tão depressa quanto na descida!".

Borboleta respondeu com um sorriso enternecedor, que me descobriu todos os seus dentes: "É que estão com frio".

Seria ele capaz de matar alguém? perguntei-me. Por inveja, por exemplo? E de me matar, em seguida? O pretexto estava dado: sua vítima blasfemava contra a religião. Mas não, por que um grande artista como ele, com tanto talento, assassinaria alguém? Ser velho significa não apenas se esfalfar para subir uma ladeira, mas também, pelo menos assim deveria ser, já não ter tanto medo da morte — e ir para a cama com a criada menos por excitação do que por costume. Cedendo a um impulso da intuição, comuniquei-lhe em cima da bucha a decisão que eu acabara de tomar:

"Não vou continuar o livro."

"Como?", reagiu Borboleta, perplexo.

"Há nesse projeto algo de sinistro. E além do mais Nosso Sultão não o financia mais. Diga isso a Oliva e a Cegonha."

Ele ia fazer outra pergunta, mas havíamos chegado de repente ao lugar em que ficava a cova, entre as outras pedras sepulcrais, em meio aos ciprestes e altos fetos. Da maneira como as primeiras fileiras se acotovelavam e pelas exclamações de piedade — *bismillahi, ala milleti Resulullah* — acompanhadas de soluços mais fortes do que antes, compreendi que já iam baixar o caixão.

"Mostrem o rosto dele", disse alguém, "mostrem bem!"

Alguém puxou a parte de cima da mortalha, a fim de oferecer, à vista de todos, os olhos, ou melhor, o único olho que restava no rosto esmigalhado do cadáver. Eu estava longe demais para ver alguma coisa e, mesmo assim, não esperava estar à beira de um túmulo para olhar nos olhos da Morte.

Uma lembrança: trinta anos antes, quando o avô do Nosso Sultão meteu na cabeça tomar de volta dos venezianos a ilha de Chipre, o Grão-Mufti de então promulgou com esse fim uma *fatwa* que, lembrando que outrora o bloqueio da ilha pelos sultões do Egito havia comprometido o fornecimento de trigo a Meca e Medina, declarava inaceitável deixar nas mãos dos infiéis um território que alimentava os Lugares Sagrados. Assim, minha primeira missão como embaixador consistira nessa tarefa — tão inesperada para os senadores venezianos quanto difícil para mim — de intimá-los a nos devolver a ilha. Foi assim que pude conhecer Veneza. Embora suas catedrais, suas pontes e seus palácios tivessem me maravilhado, o que mais me encantou foram as pinturas que ornam suas moradias. E, no meio de todo esse deslumbramento, confiando na hospitalidade que eles tinham sabido me dispensar, tive de entregar a carta ameaçadora, de uma arrogância incrível, que dava a conhecer as pretensões de Nosso Sultão em relação a Chipre. O efeito dela foi tão devastador que o Senado, imediatamente reunido, decretou que não cabia nem sequer debater uma missiva como aquela. O populacho furioso me imobilizou dentro do palácio do Doge, e os maltrapilhos, forçando a guarda, teriam me linchado, se dois guarda-costas do próprio doge não me tivessem retirado dali, através dos escuros corredores do palácio, por uma porta secreta que dava para o canal. Lá, no nevoeiro, que não é menos denso que o que daqui, cheguei a pensar por um instante que o gondoleiro alto e magro vestido de branco, que me pegou pelo braço para me levar à outra margem, era ninguém mais, ninguém menos que a Morte em pessoa e, durante a travessia, percebi meu reflexo em seus olhos.

Cheio de saudade, sonhava terminar meu livro em segredo e voltar a Veneza. Aproximei-me do túmulo, que tinha sido cuidadosamente coberto com terra. Neste momento, os anjos já devem ter começado seu interrogatório, perguntando-lhe sobre seu sexo, sua religião e quem ele reconhece como seu profeta. E a possibilidade da minha morte veio-me à mente.

Um corvo levantou voo não longe de mim. Olhei para o Negro com ternura, no fundo dos olhos, e pedi-lhe para me dar o braço e me acompanhar de volta para casa. Disse ao Negro que o esperaria no dia seguinte, de manhã cedo, para começar a trabalhar no livro, porque, ao pensar na minha morte, compreendi que precisava terminá-lo a qualquer preço.

# 18. SEREI CHAMADO ASSASSINO

QUANDO COMEÇARAM A JOGAR AS PÁS de terra gelada sobre a pobre carcaça destroçada do Elegante Efêndi, chorei mais que todo mundo. "Quero morrer também, enterrem-me aqui, com ele!", gritava desesperadamente, pronto a me deixar cair na cova, enquanto me seguravam pela cintura. Eu fingia me sufocar, e eles puxaram minha cabeça para trás, esfregaram minhas têmporas para me ajudar a respirar. Meus soluços e minhas lágrimas alcançaram proporções que corriam o risco de parecer exageradas, mas notei, a tempo de me controlar, os olhares espantados da parentela. Sem contar que já via antecipadamente todos os mexeriqueiros do ateliê concluírem, de todo esse meu pranto, que eu e o Elegante Efêndi tínhamos sido amantes.

Assim, para não chamar mais a atenção sobre mim, preferi passar o resto do enterro dissimulado atrás do tronco de um plátano. Mas um parente mais estúpido que o estúpido que eu havia mandado para o inferno veio ao meu encontro atrás do plátano e me encarou, com um ar que ele acreditava ser bastante expressivo. Levei um tempão para me livrar dele. O paspalho acabou me dizendo: "Você era Sábado ou Quarta-Feira?". Respondi-lhe que Quarta-Feira era o outro nome de Elegante. Ele pareceu surpreso.

A história desses apelidos de ateliê, que ainda nos ligam mutuamente como num pacto secreto, é bastante simples. Durante nossos anos de aprendizado, Osman, que acabara de ser promovido de mestre assistente a mestre miniaturista, era o mais respeitado, o mais admirado e o mais amado dos nossos mentores. Era um grande artista, que Alá abençoou com um notável talento artístico e o intelecto de um *djim*. Foi ele que nos ensinou tudo. Como é normal entre os discípulos e seu mestre, ele combinava que um de nós fosse buscá-lo em casa, depois o acompanhasse ao ateliê levando seu estojo, seu alforje e todos os seus papéis numa pasta. Tanta vontade tínhamos de estar perto do Mestre, que sempre discutíamos e brigávamos para determinar quem ia acompanhá-lo naquele dia.

Mestre Osman tinha um favorito, mas se convocasse sempre este para acompanhá-lo, o ateliê seria inevitavelmente tomado por mexericos e chacotas sem fim, de modo que o Grande Mestre decidiu que cada um de nós o acompanharia num dia da semana. Ele trabalhava sexta-feira, mas sábado ficava em casa. Seu filho, a quem amava ternamente e que também era aprendiz conosco (alguns anos depois, abandonou a pintura e, ao traí-la, nos traiu), acompanhava-o toda segunda-feira. Havia também nosso irmão Quinta-Feira, o mais talentoso de nós, que era grande e magro e que morreu moço, de uma febre de origem desconhecida. O Elegante Efêndi, descanse em paz, ia às quartas-feiras, daí ser chamado de Quarta-Feira. Mais tarde Mestre Osman mudou novamente nossos nomes: Terça-Feira virou Oliva; Sexta-Feira, Cegonha; e Domingo, Borboleta. Havia nessa escolha tanto amor quanto sentido: o Elegante, por exemplo, era o mais requintado dos iluminadores. O Grande Mestre cumprimentava o falecido Elegante com um apropriado: "Bem-vindo, Quarta-Feira, como está hoje?". E assim fazia com cada um de nós.

Lembrando-me de como ele me chamava, sinto meus olhos se encherem de lágrimas. Mestre Osman nos admirava, seus olhos ficavam marejados quando ele contemplava a beleza do nosso trabalho; ele beijava nossas mãos e nossos braços, e nosso talento desabrochava com tanto amor. A despeito das bastonadas na planta dos pés, nós, aprendizes de Mestre Osman, nos sentíamos como numa espécie de Paraíso. A própria inveja, que projeta sua sombra sobre aqueles nossos anos felizes, tinha, na época, uma intensidade diferente.

Agora, estou dividido, como esses personagens de que um pintor faz as mãos e o rosto, enquanto outro pintor se encarrega de desenhar e colorir o corpo e as roupas. Quem teme Alá, como é o meu caso, não se acostuma de um dia para o outro com sua nova condição de assassino, principalmente se ela não é premeditada. Para poder continuar a me comportar como se minha vida não houvesse mudado, criei uma segunda voz, em harmonia com essa nova personalidade. É com essa segunda voz, galhofeira e irônica, sem nenhuma relação com minha vida antiga, que me exprimo neste momento. De quando em quando, é claro, vocês também ouvirão minha voz familiar, de outrora, que teria continuado a ser minha única voz, não houvesse eu cometido esse crime. Mas quando eu falar com meu costumeiro apelido de ateliê, nunca vou admitir ser um assassino. Não adianta vocês tentarem associar essas duas vozes, porque não tenho um vezo característico ou uma mania que me traiam. A meu ver, um estilo nada mais é que um defeito que permite, em cada objeto, distinguir entre todos os outros quem o pintou, e não uma característica individual, como alguns arrogantemente proclamam.

Reconheço que, na minha situação, há um problema. Pelo seguinte: eu posso perfeitamente falar com o apelido que me deu amorosamente Mestre Osman e que o Tio Efêndi também gosta de empregar, mas não gostaria nada que vocês descobrissem se sou Borboleta, Oliva ou Cegonha, porque, se descobrissem, aposto que não hesitariam em me entregar aos carrascos do *Jardineiro-Mor*.

Por isso preciso tomar muito cuidado com o que penso e digo. Pois sei muito bem que, mesmo quando matutando comigo mesmo, vocês estão me ouvindo. Não posso me permitir falar livremente das minhas frustrações nem dos detalhes incriminadores da minha vida. Mesmo quando contei as três histórias — *Alif*, *Ba* e *Djim* —, tinha sempre presente o olhar de vocês.

É verdade que em todas as minhas miniaturas os guerreiros, amantes, os príncipes e os heróis lendários, pintados por mim dezenas de milhares de vezes, o personagem está voltado em parte para o que figura na ilustração — por exemplo, os inimigos que estão combatendo, os dragões que estão matando ou as lindas mulheres pelas quais eles choram — e em parte também para o olhar esclarecido do amante dos belos livros que estiver observando a minha magnífica pintura. Se tenho um estilo próprio, ele não está escondido apenas na minha pintura, mas também no meu crime e em cada uma das minhas palavras! Estou curioso por saber quem, pela cor das minhas palavras, será capaz de me desmascarar.

Sei também que, se um de vocês me pegar, isso fará repousar a pobre alma do infortunado Elegante Efêndi. Enquanto sob as árvores, entre os gorjeios dos passarinhos, contemplo encantado as cúpulas de Istambul, as águas cintilantes do Chifre de Ouro, dizendo-me mais uma vez que esta vida é decididamente bela, jogam sobre ele as últimas pás de terra. Patético Elegante Efêndi! Nos últimos tempos — principalmente desde que passou a se relacionar com o grupo do carrancudo pregador de Erzurum —, não me tinha mais em seu coração; mas nos vinte e cinco anos em que passamos lado a lado, ilustrando os manuscritos do Nosso Sultão, muitos momentos houve em que fomos bastante próximos. Ficamos amigos de fato vinte anos atrás, quando nós dois colaborávamos para o *Livro dos reis* encomendado pelo pai do Nosso Sultão atual; mas nunca estivemos tão próximos quando trabalhamos nas oito miniaturas para o *Divã*, de Fuzuli. Um dia, naquele verão, ao anoitecer, quando o voo das andorinhas acima da nossa cabeça parecia um delírio, eu o ouvia — com uma paciência que somente o amor pode dar — declamar para mim os poemas que tínhamos de ilustrar. Daquela tarde, retive um verso: "Não sou mais que tu, tu és tudo o que era eu". Sempre me perguntei como se poderia ilustrar esse verso.

Quando soube que haviam encontrado seu cadáver, corri para sua casa. O jardim, como todos os jardins que a gente revê após muitos anos, pareceu-me menor do que na minha lembrança — havíamos passado ali, em outros tempos, horas e horas lendo poesia. Tudo estava coberto pela neve. A casa também parecia menor. Numa sala contígua, ouviam-se os gritos das mulheres, seus concursos de lamentações, enquanto na sala dos homens eu ouvia um grandalhão, irmão mais velho do defunto, explicar que tinham encontrado seu pobre irmão Elegante com o crânio esmagado, o rosto deformado e que, depois dos quatro dias passados no fundo daquele poço, o corpo estava irreconhecível, até mesmo para seus irmãos; que ele mandara chamar a esposa, a pobre Kalbyie, que, de noite, na penumbra, só foi capaz de identificar as roupas no corpo dilacerado do marido. Parecia-me ver um quadro: José, salvo do poço onde seus irmãos invejosos o haviam atirado, pelos mercadores de Madian. Gosto muito dessa cena de *José e Zuleykha*, que nos recorda que a inveja entre irmãos é o sentimento essencial que nos move.

Fez-se um silêncio e senti os olhares pousarem em mim. Será que eu devia chorar? Mas meu olhar encontrou o do Negro. Esse pobre coitado vigia todo o mundo, como se tivesse sido enviado pelo seu Tio especialmente para pôr essa história em pratos limpos.

"Quem pode ter cometido uma coisa dessas?", pôs-se a gritar o irmão mais velho. "Quem é tão sem coração para trucidar desse modo meu irmãozinho, que era incapaz de fazer mal a uma mosca?"

Deu suas lágrimas como resposta a essa grave pergunta e eu, com toda sinceridade, chorei com os outros, fingindo também me perguntar: quem era inimigo do Elegante Efêndi? Quem o teria matado, se eu não me tivesse encarregado de fazê-lo? Lembrei-me de que, há alguns anos — trabalhávamos, creio, no *Livro dos talentos* —, ele estava o tempo todo atrás de confusão, não me lembro direito com quem, sob os mais diversos pretextos — transgressões, liberdades tomadas para com a tradição —, dizendo que, por falta de gosto no uso das cores, por douraduras apressadas e baratas, estávamos massacrando o trabalho e os esforços dos artistas como ele. Houve também aquela história de uma paixão, que dera muito o que falar na época, que ele teria nutrido por um belo aprendiz de encadernador do andar debaixo. Mas não havia nisso nenhum motivo para ter arranjado inimigos e, além do mais, já faz muito tempo. É verdade também que a delicadeza do Elegante Efêndi, quero dizer seu lado refinado, seus ares de grande dama, enervava muita gente. Porém, o que mais irritava mesmo era aquela sua maneira servil de venerar os clássicos, sua cisma com a combinação das cores das iluminuras e das ilustrações, sua mania de ir ver Mestre Osman para falar mal de todo o mundo — principalmente de mim — e apontar, num tom discretamente sentencioso, defeitos que não existiam. A última altercação girava em torno de um tema a que Mestre Osman é particularmente sensível: as encomendas furtivamente aceitas, fora do Palácio, por pintores normalmente vinculados ao Palácio. Dado o relativo desinteresse do Nosso Sultão e, por conseguinte, a redução das remunerações pelo Tesoureiro-Mor, nestes últimos anos todos os pintores tinham passado a frequentar na calada da noite as mansões de certos paxás de gosto grosseiro, e os mais talentosos iam à casa do Tio, para não citar outros nomes.

Não que eu tenha ficado com raiva do Tio por ter ele resolvido suspender, pretextando um pressentimento funesto, a confecção do seu livro, melhor dizendo, do nosso livro. Ele sem dúvida alguma desconfia que esse boboca do Elegante Efêndi foi eliminado justamente por um dos que participam da ilustração do seu livro; no lugar dele, vocês continuariam a receber o assassino a cada quinze dias em sua casa para trabalharem noite adentro numas ilustrações? A intenção dele, tenho certeza, é dar em breve prosseguimento aos trabalhos, mas apenas com aquele que ele avaliar como o mais talentoso dos três, pelas cores e a douradura, as margens e o desenho, os rostos e a composição da página. Então, continuará a trabalhar somente comigo. Porque não posso imaginar que ele seja tão fútil a ponto de me tomar por um vulgar assassino, em vez do miniaturista verdadeiramente talentoso que sou.

Não paro de observar com o canto do olho esse idiota do Negro Efêndi, que o Tio trouxe consigo. Quando os dois se apartaram da multidão que viera ao enterro e agora se dispersava, segui-os de longe. Desceram até o embarcadouro e entraram num quadrirreme; tomei, por minha vez, uma embarcação um pouco maior, de seis remos, junto com uns jovens aprendizes que riam entre si, já nem lembrando mais do falecido ou do seu enterro. Na altura da Porta do Farol, quando nossos barcos aproximaram-se tanto que quase íamos bordo contra bordo, vejo o Negro conversando com seu Tio em voz baixa. Digo a mim mesmo, mais uma vez, que decididamente não há nada mais fácil do que tirar a vida de alguém. Meu bom Alá, vós, que nos concedestes esse poder incrível, nos inspirastes também o medo de usá-lo!

Mas, quando vencemos esse medo, quando passamos ao ato, que metamorfose! Antes, eu me aterrorizava não só com o Demônio, mas até com o menor indício de maldade que percebia dentro de mim. Agora, tenho a sensação de que esse mal pode ser suportado, mais ainda, que ele é indispensável para um artista. Descontado o leve tremor das mãos que me afetou por uns dias, desde que matei aquele miserável arremedo de homem passei a desenhar muito melhor, minhas cores são mais ousadas e mais vivas, e constato, acima de tudo, que minha imaginação dá à luz maravilhas. Mas quantas pessoas, em Istambul, são capazes de apreciá-las?

Ao chegar no meio do Chifre de Ouro, na altura de Djibali, enquanto os últimos raios de sol, que reapareceu furtivamente entre as nuvens, fazem cintilar a neve que cobre as cúpulas, lanço sobre Istambul um longo olhar cheio de ressentimento. Quanto mais vasta e colorida uma cidade, digo a mim mesmo, mais ela acobertará o crime e a luxúria; quanto mais numeroso o povo, mais os pecados de um só serão confundidos na massa. O gênio das grandes cidades não se mede pelo número de bibliotecas, escolas, sábios, pintores e calígrafos que nela encontram abrigo, mas pela acumulação dos crimes não desvendados, cometidos século após século no escuro das vielas. Desse ponto de vista, Istambul é, com toda certeza, a cidade mais genial do mundo.

O barco parou no cais de Unkapa, e desembarquei para seguir o Negro e seu Tio, que subiam a rua, apoiados um no outro. Segui-os até a parte recentemente incendiada, atrás da grande mesquita de Mehmet II; pararam ali um instante, depois cada qual foi para o seu lado. O Tio Efêndi ficou só e me pareceu de repente um indefeso velhote. Por um instante, senti ganas de correr até ele, contar-lhe que havia cometido aquele crime para proteger a nós todos, para evitar as ignóbeis calúnias daquele que acabávamos de enterrar. Gostaria de lhe perguntar: "É verdade o que dizia o Elegante Efêndi, que as miniaturas que o senhor nos manda fazer abusam da confiança do Sultão, traem as regras sagradas da nossa arte e atentam contra a religião? E a última miniatura foi concluída?".

Cai a noite. Estou parado no meio da rua coberta de neve e observo-a de cabo a rabo. Os pais já foram buscar os filhos na escola e voltam para casa, deixando a rua escura entregue à sua melancolia, aos *djins*, às fadas, aos bandidos e assaltantes, à tristeza das árvores nevadas, a mim. Lá no fim, sob o teto da casa do Tio Efêndi, imponente com seus dois andares, que entrevejo através dos galhos nus dos castanheiros, reside a mais linda mulher do mundo. Mas trato de não perder a cabeça por ela.

## 19. EU, O DINHEIRO

Vejam! Sou um escudo otomano, de ouro de vinte e dois quilates, arvorando emblemas de Sua Gloriosa Majestade, Protetor do Mundo. Noite alta, aqui neste fino café, abalado pela tristeza do funeral desta manhã, Cegonha, um dos mestres pintores do Nosso Sultão, acaba de me desenhar, apesar de não ter a tinta dourada para me embelezar — mas deixo esse detalhe por conta da imaginação de vocês. Minha imagem está pendurada na parede, mas eu estou na bolsa do querido irmão de vocês, Cegonha, o ilustre miniaturista. Ele se levanta, me tira e me exibe, orgulhoso, a cada um dos aqui presentes. Olá, boa noite a todos! Os olhos de vocês se arregalam, refletem meu brilho. Vocês admiram essa luminosidade que a luz das lâmpadas me empresta e sentem crescer no seu íntimo a inveja do meu possuidor, Mestre Cegonha! E têm razão, pois que sou o árbitro, a medida do talento.

Nestes três últimos meses, Mestre Cegonha amealhou exatamente quarenta e sete escudos de ouro, iguaizinhos a mim. Estamos todos aqui, nesta bolsa, e Mestre Cegonha, como vocês podem constatar, não esconde esse fato e sabe perfeitamente que nenhum dos seus colegas, aqui em Istambul, ganha tanto. Tenho muito orgulho de ser reconhecido como o juiz incontestável do talento dos artistas e de dirimir as desnecessárias desavenças que surgem entre vocês. Antigamente, antes que o consumo do café viesse iluminar-lhes as mentes, aqueles pintores obtusos passavam a noite discutindo acaloradamente quem era o mais talentoso, quem tinha o melhor senso das cores, quem desenhava melhor as árvores ou reproduzia com maior perícia os céus nublados; e muitas vezes chegavam às vias de fato, a ponto de voarem dentes arrancados a soco. Agora que entrei em circulação, mantenho a ordem e, sob o meu juízo, reina no ateliê uma doce paz, uma harmoniosa concórdia, numa atmosfera digna dos antigos mestres de Herat.

Isso, para não falar de todos os outros bens que podem adquirir comigo, além dessa harmonia, desse ambiente ameno: o lindo pé de uma jovem escrava, pois que, para comprá-la inteira, é preciso contar com cinquenta vezes mais; um espelho de barbeiro de boa feitura, com o fundo de nogueira e a moldura de marfim; uma cômoda pintada, ornada de rosáceas e ramagens de prata folhada, que só elas valem noventa moedas de prata; cento e vinte fôrmas grandes de pão; uma sepultura no cemitério para três pessoas, com os respectivos caixões; um bracelete de prata; um décimo de um cavalo; as coxas grossas e gordas de uma velha concubina; um bezerro de búfala; dois pratos chineses de boa qualidade; o salário mensal do pintor de Tabriz, Mehmet, o *Dervixe*, assim como da maioria dos estrangeiros requisitados, como ele, para servir ao Nosso Sultão; um bom falcão caçador com sua gaiola; dez garrafas do melhor vinho resinado; uma hora paradisíaca com Mahmut, por exemplo — um desses jovens, célebres em todo o mundo por sua beleza —; além de outras opções mais insólitas, é claro.

Mas antes de chegar aqui, passei dez dias na meia suja de um miserável aprendiz de sapateiro. Todas as noites o coitado dormia enumerando, em sua cama, todo o sem-fim de coisas que compraria comigo. Esse seu verdadeiro poema épico, suave como uma canção de ninar, persuadiu-me de que não há lugar neste mundo em que uma moeda não possa ir parar.

Dizendo isso, percebo que, se precisasse detalhar todas as minhas tribulações até o dia de hoje, haveria matéria para muitos volumes. Mas como não há estranhos entre nós, como somos todos amigos, se vocês me prometerem não contar nada a ninguém, vou lhes revelar, somente a vocês — e se Cegonha Efêndi não tiver nada contra —, um segredo. Prometem?

Pois bem, confesso: não sou um autêntico escudo de ouro de vinte e dois quilates, estampado com a efígie do Nosso Sultão em sua fundição da Coluna Queimada. Sou falso. Sou de proveniência obscura, cunhado em Veneza com raspas de outras moedas e introduzido fraudulentamente aqui, como escudo otomano. Conto com a indulgência de vocês e desde já agradeço.

Pelo que fiquei sabendo em Veneza, na oficina em que fui cunhado, esse tráfico de moedas falsas vem de longe. Até pouco tempo atrás, as moedas adulteradas que os infiéis punham em circulação no Oriente eram ducados de Veneza, cunhados no mesmo molde dos ducados autênticos. E nós, otomanos, que sempre demonstramos um respeito reverencial por tudo o que está escrito, nem cogitamos de verificar a porcentagem de ouro contida nessas moedas — pois que a porcentagem que vinha gravada era sempre a mesma —, e esses falsos ducados inundaram Istambul. Mais tarde, quando descobriram que as moedas falsas, por terem menos ouro e mais cobre, são mais duras que as verdadeiras, começamos a verificá-las com os dentes. Por exemplo, louco de amor, você corre em busca dos favores do sublime Mahmud, o amante universal; a primeira coisa que ele vai pôr na boca vai ser a sua moeda — e não a outra coisa — e, cravando nela seus belos dentes, vai declarar que é falsa. E dirá que, por esse valor, vai levar você ao Paraíso por apenas meia hora, em vez de uma! Esses infiéis de Veneza, ao verem que suas moedas estavam assim desacreditadas, decidiram que o melhor a fazer era falsificar moedas otomanas, com o que iam novamente tapear os otomanos.

Deixem-me chamar-lhes a atenção para uma coisa muito esquisita: quando esses infiéis venezianos pintam, é como se não estivessem fazendo uma pintura, mas na verdade produzindo o objeto que pintam! Já quando se trata de moeda, em vez de produzirem moeda verdadeira, produzem moeda falsa.

Fomos despejados em arcas de ferro, depois embarcaram-nos e, jogados de um navio a outro, desembarcaram-nos em Istambul. Foi assim que me encontrei na boca de um cambista que fedia terrivelmente a alho. Ainda bem que não demorou a aparecer um camponês, um boboca que queria trocar a moeda de ouro verdadeira que ele possuía. O cambista, um escroque de primeira, disse que tinha de morder aquela moeda, para verificar se por acaso não era falsa, e meteu-a na boca.

*149*

Quando nós dois nos encontramos nessa boca, cara a cara, se ouso dizer, vi que o outro era um verdadeiro escudo de ouro otomano, autêntico como o camponês, seu dono. Ele me vê naquele fedor de alho e me diz: "Você é falso!". Era verdade, mas como aquele pretensioso só queria implicar gratuitamente comigo, menti respondendo-lhe: "De jeito nenhum, o falso aqui é você!".

Enquanto isso, o camponês esbravejava: "Falsa, minha moeda? Eu a escondi num buraco, na minha terra, vinte anos atrás! E lá havia dessas trapaças, vinte anos atrás?".

O que iria acontecer? Mas eis que meu cambista me tira da boca, no lugar do escudo daquele labrego, e diz: "Tome sua moeda de volta! Não aceito essas moedas falsas que os infiéis de Veneza querem que passemos adiante!". E para zombar ainda mais do coitado, acrescenta: "Você não tem vergonha na cara?". O outro responde alguma coisa cheia de ressentimento e vai-se embora comigo. Mas, ao ver que os demais cambistas davam o mesmo veredicto, acabou, em desespero de causa, me cedendo por apenas noventa moedas de prata. Era o começo de sete anos de vagabundagem.

Permitam-me dizer que posso me gabar de, moeda sabida que sou — pois valho duas —, ter circulado a maior parte do tempo em Istambul, passando de bolso em bolso e de bolsa em bolsa. Meu maior pesadelo era o de dormir por lustros e mais lustros numa enxovia, gelar numa talha, debaixo de uma pedra de jardim — não é que não tenha passado por isso, mas foi sempre por pouco tempo. A maioria das pessoas, assim que percebia que eu não era autêntica, tratava de me passar logo pra frente. Mas nunca encontrei ninguém que avisasse a um receptor ingênuo que sou falsa. Se um cambista é bobo o bastante para pagar por mim cento e vinte moedas de prata, é a si mesmo que ele culpa, arranca os próprios cabelos por ter se deixado enganar desse jeito, e só uma ideia lhe ocupa a cabeça: tapear outro. Mas a raiva e a pressa farão que suas tentativas de passar a perna em outro fracassem um sem-número de vezes, e cada vez ele xinga furioso o "indecente" que o tapeou.

Assim, nos últimos sete anos, mudei de mãos quinhentas e sessenta vezes, e não há casa, loja, mercado, bazar, mesquita, igreja ou sinagoga nesta cidade em que eu não tenha estado. Em todo esse trajeto, vi e ouvi a meu respeito mexericos e histórias muito mais graves do que eu imaginava. O tempo todo esfregam-me na cara que eu passei a ser a única coisa de valor, que não tenho piedade, que sou cega a tudo o que não sou eu, o Dinheiro, que só gosto de mim, que o mundo de hoje repousa unicamente em mim e que, comigo, pode-se agora comprar e vender tudo, apesar de eu ser vil, vulgar e repugnante. Os que descobrem que sou falsa ficam furiosos e me amaldiçoam a não mais poder. Sem dúvida, devo me consolar com o fato de que meu valor simbólico não para de subir, enquanto meu valor real despenca sem cessar.

Porque, a despeito das calúnias gratuitas, de todas essas farpas dolorosas, vejo que a maioria das pessoas olha para mim com uma afeição profunda e sincera. Nesses tempos de maldade, creio que todas nós deveríamos nos regozijar com esse afeto sincero e até apaixonado.

Passei, pois, por todas as mãos, de judeus e árabes, de mingrelianos e abkhazes, conheci cada ruela, cada bairro, cada polegada de Istambul, antes de sair da cidade na bagagem de um *hodja*, que vinha de Andrinopla e ia para Manisa. Na estrada, é atacado por salteadores. Um deles grita: "A bolsa ou a vida?". Apavorado, o pobre *hodja* me esconde onde imagina que eu estaria mais segura: dentro do cu! Esse lugar fedia mais que a boca do apreciador de alho, além de ser nitidamente menos sossegado, porque a situação azedou quando, em vez de "a bolsa ou a vida?", os bandoleiros passaram a dizer: "a honra ou a vida?". Puseram-se em fila e entraram em meu esconderijo, um depois do outro. Prefiro não contar os ultrajes que sofri, metida naquele buraco apertado. É por isso que detesto sair de Istambul.

Porque, em Istambul, sempre fui muito bem tratada: as moças casadouras me cobrem de beijos, como se eu fosse o partido com que sonham, guardam-me na seda dos seus porta-moedas, sob seus travesseiros, entre seus seios volumosos e até na roupa de baixo. Elas me apalpam, dormindo, para se certificar da minha presença. Já me esconderam perto da estufa de um *hamam*, numa bota, no fundo de um frasco, na cheirosa loja de um perfumista ou na bolsinha secreta que um cozinheiro costurou no fundo do seu saco de lentilhas. Percorri toda Istambul escondida em cintos de couro de camelo, em forros de jaqueta feitos de tecido xadrez do Egito, no pano grosso de uma pantufa ou nas dobras multicores de um *chalvar*. O relojoeiro Pietro encafurnou-me num relógio de pêndulo, e um merceeiro grego meteu-me numa grossa fôrma de queijo. Dividi o mesmo esconderijo com joias, sinetes e chaves: éramos enrolados num pano espesso, depois metidos no fundo de uma estufa, de um cano de chaminé ou sob um parapeito de janela; em travesseiros cheios de palha, num alçapão no assoalho, em baús com fundo falso. Conheci pais de família que se levantavam bruscamente da mesa para verificar se eu continuava onde tinham me posto, mulheres que, sem mais nem menos, me chupavam como se eu fosse açúcar-cande, crianças que me cheiravam e me enfiavam no nariz, velhotes com o pé na cova que não ficavam sossegados se não me tiravam da bolsa de pele de carneiro sete vezes por dia no mínimo. Houve uma circassiana tão maníaca que, depois de passar o dia lavando e lustrando sua casa, tinha de nos tirar da bolsa para nos esfregar, uma a uma, com uma escova de pau. Lembro-me do cambista caolho que passava o tempo nos empilhando em pequenos bastiões; do porteiro que recendia a madressilva e que ficava nos contemplando, com toda a família, como se fôssemos uma linda paisagem; e do dourador, aquele que acaba de nos deixar — inútil dizer mais, creio —, que passava suas noites nos arrumando de todas as formas possíveis e imagináveis. Viajei em grandes barcaças de acaju; percorri todo o Grande Serralho; fui introduzida nas encadernações de manuscritos costurados em Herat, nos tacões de borzeguins perfumados com rosa, nas tampas dos sacos de correio, e manipulada por centenas de mãos: sujas, peludas, gorduchas, pegajosas, velhas e trêmulas; recolhi o cheiro e o suor de Istambul, dos fumadouros de ópio às fábricas de vela e às barricas de arenque.

Depois de tantas emoções e de tanta tensão, um assaltante horrível que acabava de degolar sua vítima num canto escuro me embolsou e, de volta a seu antro infame, cuspiu em mim, dizendo: "Maldita, tudo por sua causa!". Eu me senti tão mal que me deu vontade de desaparecer.

Mas, se eu não existisse, ninguém distinguiria um bom pintor de um mau pintor, e os miniaturistas acabariam se massacrando. Foi por isso que não desapareci, fui simplesmente me meter no bolso do mais sabido, do mais talentoso entre eles. E cá estou.

Se vocês se acham melhores pintores do que Cegonha, deem um jeito de vir me pegar.

## 20. MEU NOME É NEGRO

**EU ME PERGUNTO SE O PAI DE SHEKURE** estava a par das nossas cartas. Se eu considerasse o tom que adotava nas dela, de mocinha tímida, amedrontada com seu pai, deveria concluir que não deve ter sido trocada nenhuma palavra entre eles a meu respeito. Mas eu sentia o contrário. Os olhares maliciosos de Ester, a ambulante, a misteriosa aparição de Shekure à janela, a decisão com que meu Tio me mandou à casa dos pintores e a aflição com que ele tinha mandado que eu viesse vê-lo esta manhã, tudo isso me causava certa apreensão.

Esta manhã portanto, meu Tio mandou-me sentar à sua frente e desatou a me falar dos retratos que tinha visto em Veneza. Como embaixador do Nosso Sultão, Protetor do Mundo, pôde entrar em grande número de palácios, ricas residências e igrejas. Passou dias inteiros diante dos milhares de retratos, em tela e madeira, emoldurados ou pintados diretamente na parede, viu rostos humanos aos milhares, mas "os rostos eram todos diferentes uns dos outros, únicos, sem nenhuma parecença", disse. Sua variedade, suas cores, sua luz suave, sua afabilidade ou rudeza, enfim a expressividade dos seus olhares o haviam literalmente inebriado.

"Como se atacados por uma virulenta epidemia, todo o mundo mandava fazer seu retrato", contou. "Em toda a Veneza, os homens ricos e influentes queriam ter seu retrato, como memória e testemunho de sua vida, mas também como símbolo da sua fortuna, do seu poder e do seu prestígio, de modo que parecessem continuar presentes, diante de nós, proclamando sua existência, ou melhor, sua individualidade e sua distinção."

Suas palavras eram desdenhosas, como se ele estigmatizasse a inveja, a cobiça ou a cupidez. Mas, ao evocar aqueles retratos que ele tinha visto em Veneza, seu rosto se iluminava por instantes com uma luz quase infantil.

Fazendo-se retratar em todas as ocasiões, os ricos amantes da arte, os príncipes e as grandes famílias que patrocinavam a pintura fizeram disso uma moda contagiosa e, quando encomendavam para uma igreja certa cena dos Evangelhos ou das Escrituras, esses infiéis impunham a condição de estarem seus rostos representados nelas. Por exemplo, em certo quadro figurando as exéquias de Santo Estevão, você encontrará, entre as pessoas que choram em torno do túmulo, o próprio príncipe que, cheio de orgulho, alegria e entusiasmo, lhe mostra agora os quadros que ornam as paredes do seu palácio. Depois, no canto de um afresco em que São Pedro socorre os enfermos, um detalhe deixa você perplexo com seu delicado anfitrião: um dos infelizes que sofre pavorosamente ali é o próprio irmão dele, que na verdade vai muito bem de saúde. No dia seguinte, outra vez, desta vez num quadro que representa a ressurreição dos mortos, você identifica num cadáver o vizinho de mesa que, no almoço, se empanturrava ao seu lado.

"Alguns chegaram a tal ponto", prosseguiu meu Tio num tom temeroso, como se estivéssemos falando de alguma tentação do Diabo, "que, para figurar na multidão dos personagens de um quadro, se rebaixam até a ser retratados como um simples escanção servindo vinho aos convidados, ou como um dos sanhosos que lapidam a mulher adúltera, quando não como um assassino com as mãos tintas de sangue."

"É como nos livros que contam as velhas lendas persas", comento, fingindo não ter entendido nada, "em que vemos Ismail Xá subindo no trono em grande pompa. Ou quando encontramos, na história de Khosrow e Shirin, uma imagem de Tamerlão, que no entanto reinou muitíssimo depois."

Terei ouvido nesse momento um barulho estranho na casa?

"É como se, com essas pinturas, os europeus quisessem nos impressionar", disse em seguida meu Tio. "Não só realçando a riqueza e o poder dos homens que encomendam essas obras, mas também tentando nos fazer crer que a vida e o mundo deles têm algo de especial e de fascinante. Com aqueles rostos, aqueles olhares e aquelas atitudes sempre distintos, aquelas sombras que definem as dobras das suas roupas, eles pretendem nos intimidar, aparecendo como criaturas fabulosas."

Ele me contou como, certa vez, num rico palácio às margens do lago de Como, tinha se perdido numa galeria em que um excêntrico aficionado da pintura havia reunido cem retratos oficiais de todos os personagens célebres da história da Europa, soberanos e cardeais, generais e poetas. "Nosso amável anfitrião, depois de me mostrar orgulhosamente sua casa, deu-me a liberdade de visitar à vontade seus aposentos. Vi então todas aquelas personalidades infiéis, algumas das quais me olhavam fixo nos olhos, transformavam-se em pessoas de certo modo vastas demais para este mundo, pelo simples fato de estarem pintadas em retratos, de parecerem reais e, portanto, tão importantes. Emanava daqueles retratos uma espécie de magia que os tornava incomparáveis e que me fez sentir de repente, no meio de todas aquelas pinturas, incompleto e impotente. Era como se, estivesse eu pintado daquela maneira, poderia compreender melhor minha razão de ser neste mundo."

Esse desejo amedrontou-o, porque ele logo percebeu que a paixão pelo retrato acarretaria o fim da pintura do islã, a pintura cujos modelos, perfeitos e irretocáveis, haviam sido estabelecidos pelos antigos mestres de Herat. "Era como se eu tivesse o desejo de me distinguir dos outros, de ser diferente de todos, de me sentir único", disse-me. Meu Tio sentia-se irresistivelmente atraído por aquilo mesmo que o aterrorizava, como se o Diabo o acicatasse. "Era, como dizer, um desejo criminoso de se valorizar diante de Alá, de se acreditar importante, de se colocar, em poucas palavras, no centro do mundo."

A partir daquele instante, uma ideia começou a tomar forma em sua mente: aqueles métodos que, nas mãos dos artistas europeus, eram aplicados numa espécie de brincadeira infantil e arrogante, podiam ser muito mais do que uma simples magia, se postos a serviço do Nosso Glorioso Sultão — podiam tornar-se uma força legítima a serviço da nossa religião, capaz de impor a ascendência desta a quantos contemplassem as obras assim realizadas.

Foi assim que surgiu o projeto do manuscrito iluminado. Ao voltar para Istambul da sua missão a Veneza, meu Tio sugeriu a Nosso Sultão a ideia de retratá-lo à maneira europeia. O retrato faria parte de um livro que traria imagens de Sua Excelência e dos objetos e personagens que melhor a representassem. A proposta do meu Tio acabou sendo aceita, mas não sem antes enfrentar uma séria objeção do Nosso Sábio e Glorioso Sultão.

"O essencial é a história", dissera ele. "Uma bela imagem completa graciosamente uma história. Se tento imaginar uma imagem que não seja a ilustração de uma história, percebo que, ao fim, ela se tornará um falso ídolo. Porque como não é possível acreditar numa história ausente, acabaremos naturalmente acreditando na imagem mesma. É como aquele culto dos ídolos da Caaba, antes de serem quebrados por Nosso Profeta, que a paz e as graças estejam com Ele. Como você poderia representar este cravo vermelho, por exemplo, ou um anão cheio de soberba, se eles não forem parte de uma história?"

"Mostrando a beleza do cravo e que ele é diferente de todos os outros."

"E na composição da sua cena, você situaria a flor no centro preciso da página?"

"Fiquei com medo", confessou-me então meu Tio. "A direção a que os pensamentos do Nosso Sultão me conduziam deixou-me momentaneamente em pânico."

Quanto a mim, senti que o medo do meu Tio era o de que outra coisa, que não Alá, pudesse ser bela o suficiente para ser posta no centro da página e, por conseguinte, do mundo.

"Depois, você vai querer pendurar na parede o quadro no centro do qual terá posto um anão qualquer", dissera o Sultão. Como eu havia intuído, era essa consequência que meu Tio temia. "Mas uma imagem não pode ser exposta assim. Porque uma imagem pendurada na parede, qualquer que seja nossa primeira intenção, sempre acaba convidando à adoração. Se — não queira Alá! — eu acreditasse, como os infiéis, que o profeta Jesus é ao mesmo tempo o próprio Senhor Deus, então eu concordaria com que Alá pudesse ser visto neste mundo e até aparecer sob a forma humana. Só então eu poderia aceitar que fossem pintadas e exibidas imagens representando pessoas com todos os seus detalhes. Você certamente há de convir que, mesmo sem termos consciência, acabamos adorando qualquer imagem assim exposta, não é?"

"Tanto eu convinha", disse-me meu Tio, "que tremia por pensar no que nós dois pensávamos."

"É por isso que não posso admitir que exponham meu retrato", observou Nosso Sultão.

"Mas ele bem que gostaria", acrescentou meu Tio, com um sorriso diabólico.

Foi então a minha vez de ter medo.

"No entanto", prosseguiu Nosso Sultão, "é meu desejo que esse retrato à maneira europeia seja executado: é só dissimulá-lo nas páginas de um livro. Diga-me como será esse livro."

"Surpreso e assustado, pensei demoradamente no que ele me dissera", contou-me meu Tio, exibindo aquele sorriso digno de ser tachado de demoníaco, e tive a impressão de ver produzir-se nele uma espécie de metamorfose.

"Sua Excelência, Nosso Sultão, deu-me a ordem de começar sem mais tardar a confecção do livro. Eu estava tonto de felicidade. Acrescentou que o preparasse como um presente para o doge, que eu deveria visitar novamente em Veneza. Ele deseja que a data da conclusão da obra coincida com o primeiro milênio da Hégira, de modo a se tornar um símbolo do vitorioso poder do Califa do islã, Nosso Glorioso Sultão. Mas, para não divulgar sua intenção de negociar com Veneza e não atiçar as rivalidades entre os pintores do seu Ateliê, ordenou-me também que preparasse o livro no mais rigoroso segredo. Jurando absoluto segredo, embarquei exultante nesta extraordinária aventura."

## 21. EU SOU O VOSSO TIO

Foi portanto na sexta-feira de manhã que comecei a lhe explicar que gênero de obra ia ser o livro destinado a conter o retrato do Nosso Sultão à maneira europeia. Meu ponto de partida foi a mesma história que contei a Nosso Sultão, depois a forma como eu o persuadi a encomendar a confecção desse livro. Mais secretamente, meu objetivo era conseguir fazer que o Negro escrevesse as histórias que acompanhariam as miniaturas, cuja redação eu mesmo não conseguia iniciar.

Eu lhe disse que havia terminado a maioria das miniaturas do livro e que a última estava a ponto de ser concluída. "Há no meu livro", contei-lhe, "uma imagem da Morte, o desenho de uma árvore, que encomendei ao sutil Cegonha, representando a tranquilidade do reino terreno do Nosso Sultão. Há uma imagem do Diabo, uma imagem de um cavalo, que nos convida a ir bem longe. Há um cachorro, astuto e sábio, há o dinheiro... Fiz os mestres do Grande Ateliê pintarem tudo isso com tanta beleza que, mesmo se você as vir uma só vez, logo saberá dizer qual deve ser o texto correspondente. A poesia e o desenho são irmã e irmão, como você sabe, assim como as palavras e as cores."

Por um instante, pensei se devia lhe dizer que poderia lhe dar minha filha em casamento. Será que ele viria morar conosco nesta casa? Disse a mim mesmo que não me deixasse enganar por aquela sua embevecida atenção nem por aquele ar infantil estampado no seu rosto. Eu sabia perfeitamente que ele só esperava obter a mão de Shekure para levá-la daqui. Mas não havia ninguém mais, além do meu querido Negro, em quem eu pudesse confiar para terminar meu livro.

Voltávamos da prece da sexta-feira quando abordei a questão das sombras, a maior invenção dos mestres italianos. Se fizéssemos nossos quadros inspirando-nos no mundo tal como o vemos nas ruas por onde passamos, em que paramos para conversar todos os dias, teríamos de aprender a pôr neles também, como fazem os pintores da Europa, a coisa mais frequente que se pode encontrar na rua, a sombra.

"Como se pode representar a sombra?", perguntou o Negro.

Eu percebia de vez em quando que meu sobrinho me ouvia com certa impaciência. Suas mãos brincavam com o pesado tinteiro mongol que me trouxera de presente, ou então ele avivava o fogo da estufa com o atiçador. Às vezes eu tinha a impressão de que ele ia erguer o atiçador acima da minha cabeça, e me matar. Porque eu ousava afastar a pintura do ponto de vista de Alá, porque eu traía a tradição e todas as obras nascidas dos sonhos dos mestres de Herat. Porque eu havia seduzido Nosso Sultão a fazê-lo. Às vezes ele ficava sem se mexer e me olhava fixamente no fundo dos olhos. Podia até imaginar o que ele pensava: que estava disposto a se submeter totalmente a mim, até eu lhe conceder a mão da minha filha. Então, como quando ele era pequeno, levei-o ao jardim, para tentar, como um pai, lhe explicar as árvores, o jogo dos raios do sol nas folhas, a neve que derrete e a razão pela qual, em nossa rua, quanto mais distantes as casas, menores parecem ser. Foi um erro. Mas esse erro me bastou para eu entender que todo tipo de relação paterna e filial estava extinto entre nós havia muito tempo. No lugar da curiosidade da criança, de um desejo qualquer de saber, ele demonstrava simplesmente paciência com as elucubrações de um velhote gagá, em cuja filha ele estava de olho. Os sofrimentos daqueles doze anos, a poeira de todas aquelas cidades e de todos aqueles países que ele percorrera tinham se incrustado em sua alma. Eu apenas aumentava seu cansaço, ele me dava dó. Pensei que ele devia estar furioso, não tanto porque eu não lhe dera, doze anos antes, a mão de Shekure — era impossível —, mas pelo fato de que eu teimava em lhe explicar minhas ideias fixas, meus sonhos de pintura fora das regras da tradição do islã e da lendária Escola de Herat. Foi assim que cheguei a imaginar que minha morte viria das suas mãos.

Mas ele não me metia medo; ao contrário, eu é que tratei de amedrontá-lo, porque sentia que o medo seria uma boa coisa para a história que eu queria que ele escrevesse. "Precisamos ser capazes de também nos colocar no centro do mundo, como nos quadros deles", disse eu. "E, aliás", acrescentei, "um dos meus pintores fez um belíssimo retrato da Morte. Quer vê-lo?"

Foi assim que comecei a lhe mostrar as miniaturas realizadas pelos mestres que emprego em segredo há um ano. De início ele manifestou alguma reticência e até certo temor. Mas quando entendeu que a miniatura da Morte se inspira nas cenas de morte que podemos ver em toda uma série de manuscritos do *Livro dos reis*, como Siyavush decapitado por Afrasyab ou Rustam matando Suhrab sem saber que é seu próprio filho, logo se interessou pelo que eu lhe mostrava. Dentre as pinturas figurando os funerais do sultão Suleyman, o Magnífico, estava uma que pintei com minhas próprias mãos, em cores ousadas mas tristes, combinando um senso da composição inspirado nos europeus com minhas tentativas de representar as sombras — que acrescentei posteriormente. Chamei sua atenção para a profundidade demoníaca sugerida pela interação entre as circunvoluções do céu nebuloso e a linha do horizonte. Evoquei os retratos da Morte que eu vira nos palácios de Veneza, como ela é representada sempre com traços únicos, à maneira de todos aqueles grandes personagens ímpios que anseiam ser representados em toda a sua distinção: "Fazem tanta questão de ser únicos e diferentes, têm tamanha obsessão por isso que olhe", digo-lhe, "olhe a Morte nos olhos: não é dela que temos medo, mas da intensidade desse desejo de ser o único, o sem igual, o excepcional. Olhe bem este desenho e escreva a história que o acompanhará. Faça a Morte falar. Aqui estão o papel e as penas. Passarei imediatamente o que você escrever ao calígrafo."

Ele olhou um instante para a imagem, em silêncio, depois perguntou: "Quem pintou isto?"

"Borboleta. É o mais talentoso. Mestre Osman esteve perdido de amor e de admiração por ele anos a fio."

"Vi um desenho de cachorro parecido com este, só que menos bem-acabado, num café onde um satirista se apresentava", disse-me o Negro.

"A maioria dos meus pintores está ligada especialmente a Mestre Osman e ao Grande Ateliê. Não dão crédito aos quadros que lhes encomendo para o meu livro. Ao saírem daqui no meio da noite, posso imaginar que vão ao café debochar descaradamente de mim e destes desenhos que eles fazem por dinheiro. Uma vez, Nosso Sultão, por insistência minha, encomendou seu retrato a óleo a um jovem artista que havíamos chamado à embaixada de Veneza. Depois pediu a Mestre Osman que copiasse o quadro. Mestre Osman foi obrigado a imitar esse pintor veneziano e me considera responsável por essa indecente coação e por essa obra, que ele se envergonha de ter produzido. Não se equivocava."

Passei o dia todo mostrando a ele o conjunto dos desenhos, à parte o último, que não está acabado, e instei-o a escrever a história, falando-lhe complacentemente dos caprichos que suporto desses pintores e da dinheirama que gasto com eles. Até conversamos sobre a perspectiva e abordamos a questão de saber se o fato de em Veneza pintarem os objetos do fundo em tamanho menor é uma impiedade. Também evocamos a possibilidade de o Elegante Efêndi ter sido assassinado por questões de dinheiro e de ambição pessoal.

Quando o Negro foi para casa, eu tinha certeza de que voltaria, como tinha me prometido no primeiro dia, para me ouvir de novo lhe falar das histórias para o meu livro. Mas enquanto o ruído dos seus passos se distanciava além do portão ainda aberto, havia alguma coisa na noite gelada que parecia deixar o insone e desvairado assassino mais forte e mais diabólico do que eu e meu livro.

Fechei cuidadosamente o portão às suas costas e tranquei-o bem. Como todas as noites, empurrei contra a porta a velha talha de barro que uso agora para cultivar manjericão, cobri de cinzas as brasas da lareira e subi para me deitar. Foi então que vi Shekure, com sua camisola branca na escuridão, parecendo um fantasma.

"Você está mesmo decidida a se casar com esse homem?", perguntei-lhe.

"Claro que não, papai. Faz muito tempo que renunciei a me casar. Além do mais, ainda estou casada."

"Se você ainda quer se casar com ele, eu poderia dar meu consentimento agora."

"Não quero me casar com ele."

"Por quê?"

"Porque o senhor não quer. Eu não poderia querer alguém que o senhor não quer."

Na sombra, seus olhos refletiram as brasas da lareira. A raiva molhava seus olhos — ou seria o desespero? —, mas sua voz era firme.

"O Negro está apaixonado por você", sussurrei, como se revelasse um segredo.

"Eu sei."

"Não é por amor à pintura, mas por amor a você que ele passou o dia inteiro me ouvindo."

"Ele vai terminar o livro, é o que importa, não é?"

"Seu marido vai acabar voltando."

"Não sei por que, na certa por causa do silêncio, mas acabo de compreender esta noite que meu marido nunca mais vai voltar. Meu sonho certamente era verdadeiro: deve ter sido morto. Faz tempo que ele foi comido pelos corvos e pelos vermes." Ela cochichava, como se as crianças, que dormiam, pudessem ouvir sua conclusão, mas sua voz estava estranhamente irritada.

"Se me matarem", prossegui, "quero que você cuide para que esse livro, ao qual eu tudo dei, seja terminado. Jure."

"Eu juro", ela afirmou, "mas quem vai terminá-lo?"

"O Negro. Você pode arrancar essa promessa dele."

"Mas o senhor já arrancou, papai. Não precisa de mim para isso."

"É verdade, mas ele só vai fazê-lo por sua causa. Se me matassem, ele poderia abandonar o livro, por medo."

"Nesse caso, ele terá de renunciar a se casar comigo", disse minha filha, sorrindo, esperta.

O que me leva a dizer que ela sorriu? Ao longo dessa conversa, só vi duas ou três vezes um brilho iluminar seus olhos. Estávamos os dois de pé, um diante do outro, no meio da sala. Não podendo me conter, perguntei-lhe:

"Como é que vocês se comunicam, por mensagens ou por sinais?"

"Como pode o senhor pensar uma coisa dessas?"

Fez-se um longo e doloroso silêncio. Lá longe, um cachorro latia. Eu sentia um pouco de frio, estremeci. Estava tão escuro agora naquela sala que não nos enxergávamos mais, somente sentíamos a presença um do outro, cara a cara. Depois, de repente, nós nos abraçamos fortemente. Ela pôs-se a chorar, disse-me que sentia falta da mãe. Beijei seus cabelos, que tinham o mesmo cheiro dos cabelos da mãe dela, acariciei-a. Levei-a para o seu quarto e deitei-a ao lado dos dois filhos que dormiam. Pensando nos dois dias que acabavam de passar, não tive mais a menor dúvida de que Shekure se comunicava com o Negro.

## 22. MEU NOME É NEGRO

**Q**UANDO VOLTEI PARA CASA NAQUELA noite e assim que consegui me livrar da minha senhoria, que não perdeu tempo para se fazer de minha mãe, tranquei-me no meu quarto e deitei-me no chão, pensando em Shekure.

Comecemos pelos ruídos que, como uma espécie de jogo entre mim e ela, tinham chamado minha atenção durante a visita. Porque nesta segunda vez que fui à sua casa, após doze anos de ausência, apesar de não ter aparecido, ela conseguiu me envolver numa espécie de círculo mágico e eu tinha certeza de que ela me havia observado o tempo todo, medido e avaliado como aquele que se tornaria seu próximo esposo, divertindo-se como se fosse um jogo de adivinhas. Aliás, eu tinha a impressão de eu mesmo observá-la. Foi então que compreendi plenamente as palavras de Ibn Arabi, que diz que o amor é o dom de tornar visível o invisível e o desejo de sempre sentir o invisível próximo de si.

Pelos ruídos que vinham do interior da casa e pelo ranger das tábuas do assoalho, deduzi que Shekure me espiava o tempo todo. A certa altura, cheguei a ter a certeza de que ela estava com os filhos na peça contígua, que dá para o mesmo corredor — porque as crianças estavam brincando, brigando e, de repente, baixaram a voz, certamente ante o olhar colérico da mãe que lhes ordenava por um sinal que não gritassem tanto. Outra vez, ouvi-os recitar a prece, não num tom de recolhimento, mas de forma ostensiva e tão pouco natural que o balbucio afetado logo se transformou num riso sufocado.

Outra vez, quando o avô deles me falava dos admiráveis efeitos da sombra e da luz, os dois garotos, Shevket e Orhan, entraram com a bandeja de café e serviram-nos com tanta cerimônia que cada um dos seus gestos parecia ensaiado. Claro, aquele serviço cabia a Hayriye, a criada, mas a mãe deles deve ter achado aquilo um ótimo pretexto para que eles vissem mais de perto o homem que ia se tornar pai deles e ter um motivo para, em seguida, falar de mim com eles. Elogiei Shevket por seus lindos olhos e, como percebi que Orhan ficou com ciúme, logo acrescentei que ele também tinha olhos belíssimos. E, pondo na bandeja uma pétala seca de cravo vermelho que eu trazia no bolso, beijei os dois em ambas as faces. Mais tarde, ouvi de novo risadas, vindas de algum ponto da casa.

Às vezes, curioso por saber em que lugar da parede, da porta ou até do teto, estava o buraco, a fresta pela qual seus olhos me observavam. Vendo certo nó na madeira, certo interstício entre os painéis, eu imaginava Shekure atrás deles, depois minha suspeita se concentrava em outro canto escuro e, para tirar a limpo, a risco de faltar ao respeito para com meu Tio, que prosseguia com suas explicações, eu me levantava e, tomando um ar meditativo, atento e admirado com as histórias que ele contava, eu me punha a percorrer a sala, fingindo me concentrar, mas só agia assim para me aproximar um pouco mais daquele canto suspeito, daquele ponto escuro na parede.

Mas não conseguia encontrar o olho de Shekure aninhado no que eu havia pensado ser um buraco, e então um forte desapontamento me invadia, seguido por uma estranha sensação de solidão e por aquela impaciência que toma conta de nós quando ficamos sem saber o que fazer.

Às vezes, eu tinha subitamente a nítida impressão de que Shekure estava ali, me observando, e era tão forte a sensação de estar sob a mira do seu olhar, que chegava a estudar minhas expressões, como quando a gente faz pose tentando mostrar-se mais inteligente, mais forte e mais capaz do que realmente é, a fim de causar a melhor impressão possível na amada. Depois, eu me dizia que Shekure e seus filhos estavam me comparando com aquele marido que não voltava da guerra — o pai desaparecido dos garotos —, mas logo me vinha à mente aquele tipo de pintor veneziano sobre cujas técnicas meu Tio filosofava nesse instante. Eu sonhava ser como aqueles pintores alçados recentemente à fama, só porque Shekure tinha ouvido seu pai falar tanto deles — uma fama que não haviam adquirido à força de mortificações, como os santos em suas celas, nem, como seu marido desaparecido, cortando as cabeças inimigas com seu braço forte e sua cimitarra afiada, mas graças a um livro que transcreveram ou a uma página que iluminaram. Conforme explicava meu Tio, esses célebres pintores procuravam esboçar este mundo como ele é, com suas sombras e seus mistérios. Tanto me esforcei para imaginar essas magníficas obras-primas que meu Tio vira e tentava agora descrever para mim, que nunca tinha posto os olhos nelas, que, quando minha imaginação por fim se deu por vencida, só me senti mais desanimado e diminuído.

A certa altura, dei com Shevket novamente diante de mim. Como ele se aproximava com um passo decidido, achei que ia me beijar a mão — porque, entre os árabes nômades da Transoxânia ou nas tribos circassianas do Cáucaso, manda o costume que o filho mais velho assim faça, não apenas para receber o convidado da casa, mas também quando ele próprio sai de casa — e estendi-lhe a minha, que não estava ocupada, para que ele a levasse aos seus lábios e à sua testa. Nesse mesmo instante, ouvi o riso de Shekure, não muito longe de nós. Será que ria de mim? Senti-me um pouco incomodado, mas me recuperei fazendo o que achei que ela esperava de mim: peguei Shevket e beijei-o dos dois lados do rosto. Ao mesmo tempo, sorri para o avô dele, a fim de mostrar que, se o interrompia, não era minha intenção faltar-lhe com o respeito — eu tinha me demorado um instante para procurar, no garoto, um eventual vestígio do perfume da sua mãe. Quando percebi que Shevket tinha enfiado um bilhete na minha mão, ele já estava longe, quase de volta de onde viera.

Apertei como uma joia aquele pedacinho de papel oculto na minha palma. Tomando consciência de que era certamente uma carta que Shekure me mandava, minha perturbação, minha felicidade por pouco não me arrancavam um sorriso diante do seu pai. Não estava ali a prova material, por menor que fosse, de que sua filha me desejava apaixonadamente? Tive a súbita visão de Shekure e eu fazendo amor. E esse sonho incrível pareceu-me tão iminente que minha masculinidade de pronto se ergueu — o que era deveras embaraçoso na frente do meu Tio! Será que Shekure também viu? Para aplacar minha agitação, forcei-me a reatar o fio das longas explicações desenvolvidas por meu Tio.

Muito mais tarde, aproveitando que meu Tio tinha se afastado para ir buscar outra folha que queria me mostrar, abri o bilhete, perfumado com madressilva, e vi que não havia nada escrito nele. Incrédulo, virei-me para todos os lados...

"... uma janela", ia dizendo meu Tio. "Meu método da perspectiva consiste em olhar o mundo como de uma janela. Que papel é esse?"

"Nada, Tio Efêndi." Porém, pouco depois, tornei a aspirar profundamente seu aroma.

Depois do almoço, como eu não queria utilizar o penico do meu Tio, pedi licença para ir à casinha no fundo do jardim. Fazia um frio glacial lá, mas resolvi meu problema sem congelar as nádegas. Estava saindo quando vi Shevket chegar com uma cara meio marota — ele parecia procurar não fazer barulho para melhor me pegar de surpresa. Na verdade, trazia o penico ainda fumegante do avô, que foi esvaziar na casinha atrás de mim. Ao sair, olhou-me nos olhos e me disse, com uma careta:

"Já viu um gato morto?" O nariz dele era igualzinho ao da mãe. Shekure estaria nos observando, naquele preciso instante? Ergui os olhos para aquela janela do primeiro andar onde ela tinha reaparecido a mim pela primeira vez depois de tantos anos. O contravento estava fechado.

"Não", respondi a Shevket.

"Quer que eu te mostre um, na casa do judeu enforcado?"

Ele saiu à minha frente, sem esperar minha resposta. Segui-o. Não tínhamos dado cinquenta passos na rua enlameada e nevada, quando chegamos a um jardim abandonado, que exalava um vago cheiro de húmus e mofo. Uma casinhola amarela parecia esconder-se num canto, atrás de uma figueira e de uma amendoeira tristes. Shevket, conhecedor do local, precedia-me com um passo seguro e sonoro. Entramos na casa.

Embora estivesse totalmente vazia, dentro dela estava seco e agradável, como se ainda fosse habitada.

"De quem é esta casa?", indaguei.

"De uns judeus. Quando o marido dela morreu, a mulher mudou-se para o outro lado do Cais das Frutas, para o bairro judeu, com os filhos. Ester é que vai vender a casa." Ele se afastou um momento até um canto do cômodo e me disse, voltando na minha direção: "O gato foi embora, não está mais aqui".

"Para onde você quer que um gato morto vá?"

"Meu avô disse que os mortos passeiam."

"Não são eles, mas o espírito deles", observei.

"Como você sabe?", replicou Shevket com um ar sério, apertando o penico contra a barriga.

"Sabendo. Você costuma vir sempre aqui?"

"Mamãe é que vem, com Ester. De noite, tem fantasmas também, mas eu não tenho medo. Você já matou algum homem?"

"Já."

"Quantos?"

"Poucos. Dois."

"Com uma espada?"

"É."

"E o espírito deles passeia?"

"Não sei. Os livros dizem que sim."

"Meu tio Hassan tem uma espada vermelha, que corta tudo que toca. Ele também tem uma adaga, com esmeraldas no cabo. Foi você que matou meu pai?"

Fiz com a cabeça um sinal que não queria dizer nem sim nem não.

"Como é que você sabe que seu pai está morto?"

"Foi minha mãe que disse. Ontem. Ele não vai voltar nunca mais. Ela sonhou."

Se somos capazes de fazer, quando a ocasião se apresenta, as coisas mais absurdas em nome de nossos miseráveis lucros, do desejo que nos devora ou de um amor que dilacera nosso coração, com maior razão não nos recusamos a levá-las a cabo por um objetivo sublime. Como também ajo assim, tomei mais uma vez a firme decisão de ser o novo pai daqueles orfãozinhos. Por isso, ao voltar para a casa deles, tratei de ouvir com uma atenção redobrada as explicações do avô sobre o texto que eu tinha de escrever para completar as miniaturas.

Tomemos uma das que meu Tio me mostrava, a do cavalo, por exemplo. Embora não houvesse figura humana e a área em torno do animal estivesse vazia, eu não podia dizer que se tratava pura e simplesmente da imagem de um cavalo. Sim, havia um cavalo nela, mas era igualmente claro que havia um cavaleiro em algum lugar fora de cena, ou quem sabe ele não ia surgir de repente do mato desenhado à maneira de Kazvin. Essa interpretação era imposta pela manta do cavalo, cuja rica ornamentação aparecia sob a sela. Talvez um homem de espada em punho estivesse a ponto de aparecer junto do garanhão.

Era igualmente claro que meu Tio tinha encomendado esse cavalo a um pintor do Grande Ateliê, contratado em segredo. Como esse pintor só podia desenhar o cavalo, na calada da noite, de acordo com o modelo gravado profundamente em seu cérebro como parte de uma história, foi exatamente assim que começou: desenhando de cor. Mas, quando desenhava o cavalo, que já vira milhares de vezes em cenas de amor ou de guerra, meu Tio, inspirando-se nos métodos dos mestres venezianos, sem dúvida interveio, dando instruções assim: "Não desenhe o cavaleiro. Acrescente uma árvore. Mas lá atrás, e em tamanho menor".

O pintor, sentado ao lado do meu Tio, havia pintado zelosamente à luz de vela a estranha e inusitada miniatura, que não se parecia com nenhuma das cenas a que ele estava habituado e que memorizara. Claro, se fazia o que meu Tio pedia era porque ele o pagava bem, mas também porque aquele método de pintar o seduzia por sua bizarrice. Porque, como meu Tio, o pintor era perfeitamente incapaz de dizer que história aquele cavalo ornamentava e ilustrava. O que meu Tio esperava de mim, num prazo mais ou menos longo, era que eu examinasse bem aquelas miniaturas, feitas metade no estilo veneziano, metade à maneira persa, e escrevesse a história para acompanhá-las na página em face. Se eu quisesse me casar com Shekure, tinha de escrever essas histórias. Mas nada me vinha à mente, salvo as sátiras que o contador de histórias apresentava no café dos artistas.

## 23. SEREI CHAMADO ASSASSINO

**Com seu tique-taque,** meu relógio me dizia que já era noite. O chamado para a prece ainda não tinha sido feito, mas a vela ardia fazia um bom tempo ao lado da minha mesa. Eu acabava de executar com rapidez, fazendo o nanquim escorrer vivamente do meu cálamo para a folha — uma bela folha brilhante de papel glacê à albumina —, a silhueta do meu opiômano, quando ouvi a voz que me chama todas as noites. Resisti. Estava tão firmemente decidido a ficar em casa trabalhando, a não sair naquela noite, que até pensei em pregar minha porta para mantê-la fechada.

O álbum cujas ilustrações eu acabava às pressas tinha sido encomendado naquela manhã mesma, quando ninguém ainda tinha se levantado, por um armênio, que viera a pé de Gálata até aqui. Apesar de gago, é guia e intérprete. Uns turistas vindos da Europa e da Itália desejavam adquirir um "livro de costumes pitorescos", e ele veio correndo ter comigo, para negociar o preço. Depois de muita barganha, tínhamos acertado em cento e vinte moedas de prata para uma coletânea de vinte personagens, e naquela noite eu já havia terminado doze, com todos os detalhes e particularidades dos seus trajes: um grão-mufti, um porteiro-mor, um imã, um janízaro, um *dervixe*, um sipaio, um juiz, um vendedor de fígado grelhado, um carrasco — muito requisitado, principalmente em pleno trabalho —, um mendigo, uma mulher indo ao *hamam* e um fumante de ópio. Para reduzir o tédio que me dão essas figuras impostas, que já realizei tantas vezes, demasiadas vezes, pelas três ou quatro miseráveis moedas que esse gênero de obra me rende, divirto-me desenhando o juiz com um só traço, sem tirar o cálamo da folha, e o mendigo, de olhos fechados.

Todos os bandidos, poetas e homens vítimas da melancolia conhecem esse chamado, logo depois do da prece: os *djins* e os demônios põem-se de repente a sapatear dentro de nós, todos juntos, coligados para nos tirar do bom caminho: "Saia, saia", insiste essa voz interior, "vá buscar a companhia dos outros, vá buscar a escuridão, a sordidez e a desgraça!". Passei minha vida acalmando esses demônios e esses *djins*. Quantas obras que minha mão produziu, destas que todos concordam em achar maravilhosas, foram feitas precisamente com a ajuda deles? Mas, de uma semana para cá, desde que dei cabo daquele canalha, não consigo mais, caída a noite, manter meus demônios sob controle. Tanto eles se agitam que acabo me dizendo: "Bom, vamos sair, que eles se acalmam".

Como todas as vezes que pronuncio essas palavras, quando dou por mim estou, não sei como, bem no meio de uma rua. Andava depressa, avançando na neve das travessas, na lama das ruelas, subindo as ladeiras cobertas de gelo escorregadio, percorrendo as calçadas desertas como se nunca mais fosse parar. Enquanto eu caminhava assim, penetrando nas trevas da noite, pelas vielas estreitas, nos recantos mais sombrios e desolados da cidade, deixava pouco a pouco para trás a minha alma, e o eco solitário dos meus passos reverberando nas paredes de pedra das estalagens, das escolas e das mesquitas aplacava minha angústia.

Meus pés me levaram, como todas as noites desde então, às ruelas mais retiradas daquele subúrbio solitário, em que os fantasmas e os próprios *djins* não entram sem se arrepiar de medo. Ouvi dizer que metade dos homens do bairro teria morrido na guerra contra a Pérsia e que os outros moradores fugiram por acharem que morar ali dava azar, mas não acredito nessas superstições. A única calamidade que a guerra com os *safávidas* trouxe a este bairro, outrora tão bonito, foi a invasão e o fechamento do convento de *dervixes*, quarenta anos atrás, a pretexto de que dava guarida aos inimigos.

Insinuei-me por entre as amoreiras e as espirradeiras, que insistem em perfumar o ar mesmo nas noites mais geladas, depois por uma janela da torre em ruína, pondo como sempre seus batentes cuidadosamente de volta no lugar. Um século de fumaça acre e de mofo sufocavam-me. Eu me sentia tão feliz por estar ali que senti vontade de chorar.

Não temo nada nem ninguém neste mundo infame (faço questão de dizer isso agora, se já não disse), só o castigo de Alá. Meu temor são os tormentos, evocados muito claramente e várias vezes no Venerável Corão — por exemplo, na surata do *Discernimento* —, que padecerão no Juízo Final os assassinos da minha espécie. Quando, nos antigos manuscritos árabes em velino ou nas coletâneas de miniaturas mongóis ou chinesas que chegam às minhas mãos, bem raramente é verdade, vejo se animar diante dos meus olhos aquelas representações tão ingênuas quanto assustadoras do Inferno, aquelas cenas de torturas infligidas por todos aqueles demônios, não posso me impedir de interpretá-las num sentido alegórico e de aplicá-lo a mim. De fato, o que diz a surata da *Viagem noturna* no trigésimo terceiro versículo? "Não matai sem justa causa aquele que Alá proíbe matar." Pois bem, justamente, o pilantra que mandei para o Inferno não era um verdadeiro crente, como os que Alá proíbe matar! E eu tinha, além disso, excelentes motivos pessoais para lhe arrebentar o crânio.

Esse canalha derramou-se em calúnias contra todos os que, como eu, trabalhavam em segredo para a confecção do livro para Nosso Sultão. Se eu não lhe tivesse calado a boca, ele teria delatado como incréus não apenas o Tio Efêndi, mas todos os pintores, inclusive Mestre Osman. Pois é só alguém sugerir que os miniaturistas estão cometendo heresias, para que os sequazes do *hodja* de Erzurum — que só esperam um pretexto para exercitar a sua força —, além de acertar as contas com todos os mestres miniaturistas, destruam o próprio ateliê, e nem mesmo Nosso Sultão poderá fazer o que quer que seja, a não ser assistir calado aos danos perpetrados por eles.

Como todas as vezes que venho aqui, peguei a vassoura e o pano de chão, que deixo guardados num canto, e fiz a faxina. Isso me reconfortou o coração e me fez sentir novamente como um bom servo de Alá. Orei demoradamente para que ele mantivesse vivos em mim tão bons sentimentos. Mas um frio de fazer raposa cagar cobre mortificava meu corpo e, quando começava a sentir uma dor cruel bem aqui, no fundo da garganta, saí.

Logo depois, senti mais uma vez aquele estranho estado de inconsciência e dei por mim num bairro completamente diferente. Como cheguei lá, como percorri aquela distância, do convento abandonado a aquelas alamedas margeadas de ciprestes, não tenho a mais remota ideia.

Mas qualquer que fosse essa distância, um pensamento, de que eu não conseguia me livrar, continuava a me atormentar. Se eu lhes contar qual é, talvez ele se torne menos pesado para mim. Quer eu o chame de vil caluniador, quer o chame por seu nome — Elegante Efêndi —, tanto faz, o fato é que, pouco antes de passar desta para melhor, nosso falecido iluminador acusava veementemente o Tio Efêndi de estar empregando as técnicas de perspectiva dos infiéis e, ao perceber que suas deblaterações não me afetavam muito, o canalha disse: "Há um último desenho. E nesse desenho o Tio profana tudo aquilo em que nós acreditamos. É mais que um insulto à religião, é blasfêmia pura e simples". Aliás, três semanas antes dessas acusações, o Tio Efêndi tinha me pedido para pintar uma série de imagens sem nenhuma relação entre si — um cavalo, uma moeda, a Morte —, em diferentes cantos da página e em escalas totalmente descabidas, como as da pintura à europeia. O Tio sempre se dava ao trabalho de cobrir boa parte da página que ele me pedia para ilustrar, bem como as partes que o falecido Elegante Efêndi havia iluminado, como se quisesse esconder alguma coisa de mim e dos outros pintores.

Tenho a intenção de perguntar ao Tio Efêndi o que esse último desenho representa, ainda que eu também tenha boas razões para evitar essa pergunta. Se eu o interrogar, ele certamente vai suspeitar que sou eu o assassino do Elegante Efêndi, e divulgará suas suspeitas. A outra coisa que me inquieta é que a resposta do Tio possa dar razão ao Elegante Efêndi. Eu me dizia, sem conseguir me convencer, que talvez pudesse apresentar minha pergunta como uma ideia que me passou pela cabeça, e não como uma suspeita que o Elegante Efêndi me transmitira.

A heresia não é tão terrível, quando ainda não se tem plena consciência dela. Mas agora estou plenamente consciente, e tenho medo.

Sempre antecipando-se ao meu espírito, minhas pernas me levaram à rua onde mora o Tio Efêndi. Escondi-me num canto escuro para examinar sossegado a casa, pelo menos tanto quanto a escuridão permitia. Cercada de árvores, com dois andares, é uma grande e rica residência! Não sei de que lado ficam os aposentos de Shekure. Como em certas miniaturas feitas em Tabriz na época de Tahmasp, xá do Irã, a construção parecia talhada à faca e eu tentava pintar, imaginariamente, o aparecimento de Shekure na moldura de uma janela.

A porta se abriu, vi o Negro sair na sombra. O Tio olhava com afeto para ele detrás do portão, tardando um instante para fechá-lo.

Ao ver aquilo, minha pobre cabeça, que se lançava em alucinadas fantasias, tirou rapidamente estas três dolorosas conclusões:

Um: como o Negro é mais barato e menos perigoso que a gente, o Tio Efêndi vai dar nossa obra para ele terminar.

Dois: a bela Shekure vai se casar com o Negro.

Três: o que o infeliz do Elegante Efêndi dizia sobre o Tio era verdade; logo, eu o matei à toa.

Nesse gênero de situação em que nosso espírito implacável chega mais depressa à conclusão que, para nosso coração, continua sendo inadmissível, todo o nosso corpo se revolta contra ele. Num primeiro tempo, metade do meu espírito insurgiu-se vigorosamente contra essa terceira conclusão, que fazia de mim o mais ignóbil dos assassinos. Nesse meio-tempo, minhas pernas, mais velozes e despachadas, já tinham me posto ao encalço do Negro Efêndi.

Já tínhamos passado por algumas ruelas quando pensei como seria fácil matar também o Negro, que ia à minha frente com um ar tão satisfeito — de si e da sua sorte —, e como esse crime me evitaria ter de suportar as duas primeiras conclusões estabelecidas por meu espírito. Além do mais, eu não teria estourado o crânio do Elegante Efêndi à toa. Eu só precisava dar seis ou oito passadas para alcançar o Negro e acertar-lhe, com toda a minha força, um golpe igual na cabeça — tudo entraria de novo nos eixos, e o Tio me chamaria para retomar o trabalho do nosso livro. Porém a metade mais prudente e mais honesta do meu espírito (aliás, não é a honestidade, em geral, uma característica dos espíritos temerosos?) me dizia que o canalha que eu havia matado só derramara sobre o Tio calúnias que justificavam plenamente tê-lo mandado terminar seus dias no fundo de um poço e que, por conseguinte, o Tio, não tendo nada a me esconder, não ia tardar a me chamar de novo à sua casa.

De repente, observando o andar do Negro, compreendi que era tudo uma ilusão, que nada daquilo ia se realizar, que o Negro Efêndi era mais real que eu. Acontece com todo o mundo: por semanas, anos a fio acalentamos sonhos, até que um dia alguma coisa, um rosto, uma roupa, uma pessoa feliz que avistamos, nos dá a consciência de que nosso sonho — por exemplo, ganhar a mão da amada ou um cargo importante — jamais se realizará.

Vendo o Negro sacolejar os ombros, mexer o pescoço daquele jeito irritante, como se agradecesse a todo o mundo ao redor pela sua existência, senti um ódio avassalador encher as profundezas do meu coração. Longe dos debates de consciência, as pessoas a quem o futuro sorri, as pessoas felizes como o Negro acham que o mundo é delas, entram em todas as casas como um rei na sua estrebaria e desprezam a nós, que aí encontram, como se fôssemos seus cavalariços. Estive a um dedo de catar uma pedra para enterrá-la no seu crânio. Não foi fácil resistir.

Nós dois amávamos a mesma mulher, ele ia na frente, totalmente alheio à minha presença, seguíamos pelo dédalo de ruelas sinuosas que, àquelas horas, até as matilhas belicosas dos cachorros vadios desertam, por aquela Istambul silenciosa em que os *djins* estão emboscados entre as ruínas calcinadas, em que no pátio das grandes mesquitas os anjos se encolhem no vão das cúpulas; passávamos pelos ciprestes que murmuram para as almas dos mortos, ao longo dos muros nevados dos cemitérios formigantes de espectros, apenas despercebidos dos salteadores prestes a trucidar suas vítimas; margeávamos um sem-número de lojas, estábulos e conventos, fábricas de velas, curtumes, e enquanto assim íamos senti que eu não mais o perseguia, que eu apenas o imitava e que ambos éramos irmãos.

## 24. MEU NOME É MORTE

**Eu sou a morte,** como vocês estão vendo, mas não precisam ter medo de mim, porque não passo de um desenho. Mesmo assim, ainda leio o terror nos olhos de vocês. E me delicio vendo vocês assustados como criancinhas envolvidas numa brincadeira, apesar de eu não ser a Morte de verdade. Só de olhar para mim, já sentem aquele medo que se apossa de vocês quando chega o inevitável momento. Não estou brincando: diante da morte, a grande maioria dos homens, principalmente os valentes, simplesmente se acovarda. Motivo pelo qual os campos de batalha cobertos de cadáveres, que vocês viram pintados às centenas, têm menos cheiro de sangue, pólvora e armaduras fumegantes do que de carne podre e de merda.

Sei que é essa a primeira vez que vocês veem um desenho da Morte.

Um ano atrás, um velhote alto, magro e misterioso convidou à sua casa o jovem miniaturista que me pintou. No andar de cima, porque era uma çasa de dois andares, na penumbra do ateliê, esse homem clareou a mente do jovem pintor servindo-lhe um delicioso café, suave como uma seda e com o aroma marcante do âmbar. Depois, naquele quarto da porta azul envolto na penumbra, o ancião entusiasmou o mestre miniaturista mostrando-lhe o melhor papel do Hindustão, pincéis de pelo de esquilo, folhas de ouro, toda uma variedade de cálamos e faquinhas de cabo de coral, dando a entender que podia lhe pagar bem, e por fim disse a ele:

"Faça-me o desenho da Morte".

"Como nunca vi um desenho da Morte, eu não saberia desenhá-la", respondeu o artista de mão maravilhosa que, na verdade, acabaria fazendo o desenho.

"Para pintar uma coisa, nem sempre você precisa tê-la visto em pintura, ora essa!", rebateu com paixão o velhote magro e ambicioso.

"É verdade", anuiu aquele que ia me desenhar. "Mas para que o desenho tenha a perfeição dos quadros dos mestres, o artista tem de ter se exercitado milhares de vezes. Qualquer que seja a mestria do pintor, sempre que ele pintar um tema novo, sua imagem parecerá a obra de um principiante, e a isso eu não posso me permitir. Ao desenhar a Morte, não posso pôr de lado toda a mestria que adquiri, seria como matar a mim mesmo."

"Com o que você entraria no tema", comentou o velhote.

"Não é da experiência com o tema que vem nossa mestria, mas de nunca tê-lo experimentado."

"Então essa mestria precisa encontrar a Morte."

A conversa deles adquiriu desse modo o tom divertido e elevado que tanto convém aos pintores respeitosos dos velhos mestres e conscientes da sua arte, valendo-se ambos de todos os recursos do duplo sentido e da alusão, do simples piscar de olhos à metáfora laboriosamente tecida. Como se tratava da minha pessoa, eu estava atenta à conversa, cuja integralidade seria, tenho certeza, aborrecida ao extremo para os distintos pintores que estão conosco neste café. Vou relatar apenas um ponto da conversa, quando o brilhante ilustrador de lindos olhos e mão firme perguntou, de maneira assaz pertinente:

"Como se mede o talento de um miniaturista? Pela sua capacidade de pintar qualquer tema com a mesma perfeição que os antigos mestres ou de pintar o nunca antes visto?" Manifestadamente, ele deixava reservada consigo a resposta que conhecia.

"Para os venezianos, a força de um artista se mede pela sua faculdade de descobrir temas nunca antes representados e utilizar novas técnicas", sentenciou o velho com arrogância.

"Os venezianos morrem como venezianos", disse o pintor que me pintou.

"A morte de uns é exatamente igual à morte dos outros", replicou o velho.

"As lendas e as pinturas atestam o fato de que todos os homens são diferentes, e não que todos se pareçem", insistiu o arguto pintor, "e o miniaturista adquire sua mestria representando histórias cada vez mais originais, como se nos fossem familiares."

Assim, foram chegando pouco a pouco às diferentes maneiras que os venezianos e os muçulmanos tinham de encarar a Morte, ao Anjo da Morte e aos outros anjos de Alá, e à incapacidade que têm os infiéis de representá-la nos seus quadros. O jovem pintor, meu criador, que está neste momento me observando do fundo da sala do nosso querido café com seus magníficos olhos, começava a se entediar seriamente, impaciente que estava para deixar sua mão correr à vontade pela folha, apesar de ainda ignorar que tipo de entidade eu era.

O manhoso e hábil velhote percebia nitidamente a impaciência do rapaz, que convinha às mil maravilhas ao seu plano de persuasão. Em meio às sombras que povoavam o aposento, fixou de repente seus olhos, brilhando com a tênue luz da vela, no jovem miniaturista de mão miraculosa.

"A Morte, a quem os venezianos dão uma forma humana, é para nós um anjo, como Azrail. Sim, com aparência humana, como Gabriel ao entregar o Corão ao nosso Profeta. Você me entende?"

Quanto a mim, eu entendia que aquele jovem pintor, a quem Alá concedeu a graça de um incrível talento, começava a se impacientar de verdade e queria pôr logo mãos à obra. O diabólico velhote tinha conseguido infiltrar esta diabólica ideia nele: o que ansiamos essencialmente é pintar o que nos é desconhecido em toda a sua obscuridade, e não o que já conhecemos em toda a sua iluminação.

"Da Morte, não conheço absolutamente nada", disse o pintor pouco antes de começar a me desenhar.

"Todos nós a conhecemos", respondeu o velho.

"Temos medo dela, mas sem conhecê-la."

"Desenhe então esse Medo", concluiu o velhote.

Um momento antes de começar a fazer este desenho, senti a espinha do jovem talento ser percorrida por um arrepio, os músculos dos seus braços se contraírem e seus dedos buscarem o cálamo. No entanto, por ser um verdadeiro mestre, ele se conteve, sabendo que aquele momento de extrema tensão tornava mais profunda em sua alma a paixão pela pintura.

O esperto velhote estava seguro de si e pôs-se a ler, para inspirar o rapaz que ia me representar, umas passagens sobre a morte escolhidas nos livros abertos diante dele: *O livro da alma*, de Al-Jawziyya, *Das circunstâncias da ressurreição final*, de Al--Gazali e o Suyuti.

Então, enquanto iniciava meu retrato, que vocês estão agora contemplando com tanto pavor, nosso jovem virtuose ouvia como, no Dia do Juízo, o Anjo da Morte abriria seus milhares de asas, abarcando o Céu e a Terra, dos confins do Oriente aos misteriosos extremos do mundo ocidental. Ele ouviu dizer quanto reconforto essas asas protetoras trarão aos crentes e aos humildes, e que horríveis dardos elas serão na carne dos incréus e dos revoltados. Como a maioria dos seus colegas miniaturistas aqui presentes está destinada ao Inferno, ele me pintou eriçado desses dardos. Ouviu também que o anjo enviado por Alá para se apossar da alma de vocês traria um caderno em que estará escrito o nome de vocês todos e que alguns desses nomes estarão sublinhados com um traço negro! Mas somente Alá sabe a hora da morte de cada um e, quando ela chega, cai uma folha da Grande Jujubeira localizada atrás do Seu trono, e quem puder ler o que está escrito na folha caída dessa árvore saberá de quem é a vez. É por isso que o pintor me pintou assustadora e pensativa ao mesmo tempo, como alguém versado em acertos de contas. O velho louco conta-lhe depois que o Anjo, aparecendo em sua forma humana, estica a mão para se apoderar da alma daquele cujo prazo venceu e que um brilho parecido com o do sol põe-se a refulgir. Por isso, o pintor envolveu-me em luz, sem ignorar que essa luz não é visível aos que rodeiam o defunto. E assim, enquanto aquele velho maníaco continuava a ler como os saqueadores de túmulos tinham encontrado corpos varados de dardos e, até, cavando os túmulos frescos, chamas no lugar dos cadáveres e os crânios destes cheios de chumbo derretido, o maravilhoso ilustrador continuava a pintar, atento, de maneira a inspirar seu terror em vocês todos.

Mais tarde, esse grande artista se arrependeu da obra da sua mão mágica. Não por causa do terror de que impregnou em seu desenho, mas por ter ousado me pintar. E eu me sinto como um filho para o qual o pai olha com um ar incomodado e arrependido. Por que esse artista imenso lamenta me haver pintado?

1. Porque eu, a pintura da Morte, não fui pintada com suficiente mestria. Como vocês podem ver, não tenho nem a perfeição das obras dos pintores venezianos, nem a dos pintores de Herat. E o fato de o mestre que me pintou não ter sabido pôr em sua obra toda a gravidade que me caberia, é uma vergonha que também me pesa.

2. Esse pintor, que o velhote, valendo-se dos mais diabólicos subterfúgios, conseguiu persuadir a me pintar, deu-se conta de que estava, sem querer, imitando os métodos e as perspectivas dos mestres venezianos. O que muito o perturbou, porque sentiu que, de certo modo, desrespeitava com isso os velhos mestres e desonrava a si mesmo.

3. Como tantos imbecis que, sentindo-se confiantes, zombaram atrevidamente de mim, teve de acabar se dando conta de que com a Morte não se brinca.

E agora, esse pintor do meu retrato percorre sem descanso todas as noites as ruas desta cidade, atormentado por seus escrúpulos. Como certos mestres chineses, ele imagina ter se tornado aquilo que representou.

## 25. MEU NOME É ESTER

DE MANHÃ CEDINHO, pus na minha trouxa as encomendas que minhas clientes do Minarete Branco e do Gato Preto tinham feito: tecidos vermelhos e lilás de Biledjik, ótimos para fazer colchas. Não pus junto a seda chinesa verde que o barco dos portugueses tinha trazido havia pouco, levei a azul. Com aquela neve e aquele inverno que não acabava mais, aproveitei para acrescentar alguns pares de grossas meias de lã, umas cintas tricotadas em malha dupla, xales e echarpes espessos de todas as cores, tudo isso bem-arrumado e bem dobrado, de maneira a deslumbrar a mais indiferente, mal abrisse meu embrulho. E para as que me chamam menos para comprar do que para dois dedos de prosa, enfiei também uns lencinhos de seda, caríssimos a bem da verdade, mais uns porta-moedas e toalhas de banho bordadas. Tanto pus que, quando quis levantar aquilo tudo, achei que a trouxa ia me arrebentar o lombo. Larguei-a de novo no chão e estava abrindo para ver o que eu podia tirar, quando Nessim me chamou da porta, que ele tinha ido abrir: "Tem alguém te procurando!".

De fato, lá estava Hayriye, rubra e roxa, com uma carta na mão.

"Da parte de Shekure", cochichou-me, com um ar tão inquieto que parecia ser ela a enamorada que queria se casar.

Pego a carta gravemente, aconselhando a essa pobre idiota que não deixe ninguém vê-la ao voltar para casa. Nessim me observava com um ar interrogador. Pegando a trouxa enorme que levo para salvar as aparências quando tenho uma carta para entregar, expliquei-lhe: "A filha do Tio Efêndi, Shekure, está se consumindo nas chamas do amor. Perdeu completamente a cabeça, coitadinha".

E saí, soltando uma gargalhada, mas logo me envergonhei, porque, no fundo, eu tinha muito mais vontade de derramar uma lágrima pela triste vida daquela moça tão bonita do que de rir dos seus casos de amor. Como é linda a minha pobre Shekure, com seus grandes olhos negros!

Passei rapidamente pelas casas decrépitas do nosso bairro judeu, que, no frio da manhã, pareciam ainda mais miseráveis e abandonadas. Bem mais tarde, ao avistar na esquina da rua em que mora o senhor Hassan o mendigo cego que espiona todas as idas e vindas, pus-me a gritar a plenos pulmões: "Roupa nova!".

"Não grite tanto, sua gorda tagarela! Eu já tinha te reconhecido pelo barulhão que você faz ao andar!"

"Seu tártaro desgraçado! Os cegos são calamidades toleradas por Alá. Que Ele te envie um monte delas!"

Não adianta. Não consigo deixar de me irritar em situações assim! Foi o pai de Hassan quem abriu a porta. Esse aí era um tipo de caucasiano desdenhoso como já não existe.

"Vejamos o que você traz desta vez."

"O preguiçoso do seu filho ainda está dormindo?"

"Como quer que ele durma, se está esperando aflito por você e pelas falsas notícias que lhe traz?"

Aquela casa é tão escura que cada vez tenho a impressão de entrar num túmulo. Shekure nunca me pergunta nada sobre eles, mas, como quer que seja, o que eu lhe digo sobre aquela casa não é para entusiasmá-la a voltar para lá. Aliás, nem consigo imaginar como a bela Shekure pode ter sido um dia a mulher desta casa, e vivido sob esse teto, com seus dois diabretes. É uma casa que só tem um cheiro: de sono e de morte. Fui até a outra sala, completamente às escuras.

Não dava para enxergar nada. Mal tirei fora a carta, Hassan, surgindo da escuridão, agarrou-a. Eu ia, como sempre, deixá-lo saciar sua curiosidade dando-lhe todo o tempo para lê-la, mas ele ergueu imediatamente a cabeça.

"Só isso?", fez ele, sabendo perfeitamente que não havia mais nada. "É muito pouco para uma carta!" E leu:

*Negro Efêndi,*

*Você vem à nossa casa e passa aqui o dia inteiro. Mas sei por meu pai que você ainda não escreveu uma só linha para o livro que ele prepara. Saiba que você nada tem a esperar enquanto o livro do meu pai não estiver terminado.*

Hassan me olhava nos olhos com um ar acusador, como se eu fosse a culpada pelo mau rumo que os acontecimentos tomavam. Detesto o silêncio que reina naquela casa.

"Nenhuma palavra dizendo que é casada e que seu marido vai voltar da guerra. Como é possível?"

"Como posso saber? Não sou eu que escrevo essas cartas", repliquei.

"Às vezes desconfio que sim", respondeu, devolvendo-me a carta com quinze moedas de prata.

"Tem gente que, quanto mais ganha, mais pão-duro é. Não é seu caso", comentei.

Aquele homem tem um lado tão diabólico e astuto que dá para compreender por que Shekure ainda aceita receber as cartas dele, mau e sinistro como ele é.

"Que livro é esse do pai de Shekure?"

"Você sabe muito bem! Parece que é financiado pelo Sultão."

"E por causa das miniaturas desse livro os pintores se matam uns aos outros", ele disse. "Se não é por dinheiro, não seria porque os desenhos ofendem nossa religião? Parece que quem os vê fica cego."

Dizendo isso, abriu um sorriso, me dando a entender que não era para eu levar aquilo a sério. Mesmo se fosse, eu levar ou deixar de levar a sério alguma coisa dava na mesma para ele. Hassan era como muitos desses homens que necessitam da minha intermediação para entregar suas cartas: quando se sentem humilhados, permitem-se me desprezar. Para lisonjeá-lo, faço como se me sentisse magoada. Faz parte do jogo. Já as moças, quando se sentem feridas em seu orgulho, caem nos meus braços aos prantos.

"Você é uma mulher inteligente", disse-me Hassan para me agradar, achando que tinha me ofendido. "Leve rápido esta carta. Preciso saber da resposta daquele idiota."

Por um instante, tive a tentação de lhe dizer: "O Negro não é tão bobo assim". Uma alcoviteira pode ganhar muito, se souber tirar partido desse tipo de rivalidade entre homens, atiçando o ciúme deles. Mas, temendo um brusco acesso de cólera de sua parte, contentei-me em lhe dizer ao sair:

"Conhece o mendigo tártaro que fica na esquina da sua rua? Que grosseirão ele é!"

Para não dar de novo com ele, desviei pela outra esquina e, como ainda era cedo, passei pelo mercado das aves. Por que será que os muçulmanos não comem a cabeça nem os pés das galinhas? Mais uma mania deles! Minha falecida avó materna, descanse em paz, contava que, quando chegaram de Portugal, ela sempre fazia grandes sopas com pé de galinha, porque saía quase de graça.

No Cinturão Vermelho, uma mulher que passava, empertigada e altiva no seu cavalo, como um homem, arrancou-me um suspiro: estava rodeada de escravos. Na certa era esposa de um paxá ou uma rica herdeira... Se o pai de Shekure não tivesse tido a imprudência de desperdiçar sua inteligência com os livros, ou se seu marido tivesse voltado vencedor da guerra contra os *safávidas*, era assim que ela seria hoje. E teria merecido mais que ninguém.

Entrando na rua onde mora o Negro, senti meu coração disparar. Será que eu queria mesmo que Shekure se casasse com ele? Porque se, no caso de Hassan, não tenho dificuldade para manter a distância entre os dois e, ao mesmo tempo, mantê-los envolvidos, entre o Negro e ela a história é diferente, pois ele tem de fato todas as qualidades para merecer Shekure, sem falar no seu amor por ela.

"Roupa nova!"

Eu não trocaria nada deste mundo pelo prazer de entregar em mãos uma carta da pessoa amada a quem, no fundo da sua solidão, anseia por esposá-la. Todos, mesmo quando têm certeza de que vão receber as piores notícias, quando começam a ler são percorridos subitamente por um calafrio de esperança.

O fato de Shekure não dizer nada sobre a volta do marido e aquele "você nada tem a esperar enquanto" estabelecer uma condição apenas eram indícios que podiam legitimamente alimentar as esperanças do Negro. Observo-o enquanto lê a carta: sua felicidade parece desconcertá-lo e até assustá-lo. Ele se retira para escrever a resposta e eu aproveito, "entregadora" esperta que sou, para tirar da minha trouxa um porta-moedas preto, que ofereço à sua senhoria:

"Brocado da Pérsia. Coisa de primeira".

"Meu filho morreu na guerra contra a Pérsia. De quem é essa carta que você trouxe para o Negro?"

Eu podia ler na feia cara de leoa frustrada todas as artimanhas que ela urdia secretamente para ligar sua filha ao seu inquilino.

"De alguém. Um parente pobre dele, do bairro de Bayrampasha, que está à beira da morte e lhe pede dinheiro."

"Oh, que tristeza!", lamentou-se, sem convicção. "E quem é esse infeliz?"

"Como foi que seu filho morreu?", perguntei em resposta.

Trocamos olhares hostis. Ela era viúva e sozinha como uma velha ratazana! Que vida de cão a dela! Se vocês fossem ambulantes de roupas e de informações como eu, logo descobririam que as pessoas só se interessam pela vida dos ricos e poderosos, ou pelos que têm histórias de amor maravilhosas, que parecem sair direto das lendas persas. Já as preocupações, as brigas, os ciúmes, a solidão, os ódios, as lágrimas, as maledicências e as misérias infinitas acabam todas por se parecer, como os móveis e utensílios que vocês encontram em qualquer casa. Como aqueles ali, justamente: um velho *kilim*, gasto e desbotado, uma colher de sopa e uma panela de cobre em cima da bandeja de assar pão vazia, tenazes para a lenha e um balde de cinzas ao lado da lareira, dois baús quebrados, um grande e um pequeno, um porta-turbante para indicar que a viúva ainda não se resignou definitivamente à solidão e uma espada enferrujada na parede, para meter medo nos ladrões.

O Negro reapareceu, todo excitado, trazendo na mão uma bolsa cheia que me entregou, dizendo, menos para mim mesma do que para sua senhoria, que nos espiava de orelha em pé: "Tome, leve isso ao nosso pobre doente. Eu espero um pouco, para ver se tem resposta. Depois estarei em casa do mestre meu Tio, o dia todo".

Essa encenação toda não era indispensável: não há nada de vergonhoso, para um bonito e vigoroso rapaz como o Negro, em escolher uma moça, procurar saber notícias suas e lhe fazer chegar um lenço ou uma carta. A não ser que ele também tenha interesse pela filha da sua senhoria. Às vezes chego a desconfiar desse Negro e a temer que minha bela Shekure seja vítima de alguma velhacaria dele. Ele, que passa o dia inteiro na mesma casa que ela, como é que não arranja um jeito de lhe passar um bilhetinho?

Uma vez na rua, abri a bolsa e encontrei doze moedas de prata e uma carta. Estava tão curiosa a respeito do conteúdo daquela carta que quase corri de volta para a casa de Hassan. Era a hora em que os verdureiros expõem nas suas bancas repolhos e cenouras, mas, apesar de alguns bonitos alhos-porós que pareciam me convidar a apalpá-los, passei sem parar, porque minha cabeça estava longe dali.

Ao entrar na ruela, avistei o tártaro, que com certeza ia me xingar de novo. "Pff!", contentei-me em lhe fazer, junto com o gesto de lhe dar uma cusparada. O frio de gelar os ossos bem que podia nos livrar de todos aqueles mendigos cegos!

Mal conseguia dominar minha impaciência enquanto esperava Hassan terminar de ler a carta. Por fim, não aguentei mais e perguntei: "E então?". Ele me leu a carta em voz alta:

*Querida Shekure Hanim,*

*Você me pede para terminar o livro do seu pai. Saiba que não tenho outra aspiração. Como já disse, é por esse motivo, e não para incomodá-la, que volto a frequentar a casa de vocês. Tenho consciência de que meu amor por você só a mim diz respeito, mas tam-*

*bém é verdade que esse amor me impede totalmente de pegar a pena para executar a tarefa de escrever o livro do meu Tio. Cada vez que adivinho sua presença nessa casa, fico petrificado e incapaz de ajudá-lo nesse projeto. Pensei bem: a causa de tudo isso é que, passados doze anos, só vi você uma vez, quando apareceu para mim à sua janela. Agora, temo voltar a perder essa visão furtiva. Se eu pudesse revê-la de novo uma só vez, só uma, eu não temeria mais esquecer sua imagem e acabaria sem dificuldade a tarefa confiada por seu pai. Ontem, Shevket me levou à casa do judeu enforcado. Essa casa está vazia, ninguém pode nos surpreender lá. Espero-a lá dentro hoje, na hora que você quiser. Ontem, Shevket me disse que você sonhou que seu marido tinha morrido.*

Hassan, que lia a carta do Negro dando à sua voz grosseira uma inflexão afeminada, ressaltando certas passagens com um tom suplicante e trêmulo, acabou rebentando de rir. Debochou da expressão persa "uma só vez, só uma", que comentou assim: "O Negro mal recebeu de Shekure algumas razões para ter esperança, e já começa a pechinchar. Esse gênero de cálculo de quitandeiro não é digno de um verdadeiro amante".

"Mas o caso é que ele está de fato apaixonado por ela", disse eu na maior inocência.

"Dizendo isso você só me prova que está do lado do Negro", rebateu, e observou: "Se ela disse que viu meu irmão morto em sonho, isso quer dizer que ela aceita a ideia de que meu irmão morreu...".

"É só um sonho", repliquei com meu ar mais ingênuo.

"Conheço Shevket. Ele é inteligente, esperto. Moramos tanto tempo sob o mesmo teto, aqui mesmo! Se a mãe dele não o houvesse autorizado e até mandado, ele não teria levado o Negro à casa do judeu enforcado. Mas se Shekure imagina que vai se livrar assim do meu irmão e de nós, está muito enganada! Meu irmão está vivo e vai voltar da guerra."

Sem nem sequer terminar essas palavras, entrou no quarto, onde quis acender uma vela no fogo da lareira. Mas soltou um grito: queimou a mão. Lambendo-a, pôs a vela finalmente acesa ao lado da mesa. Tirou do estojo uma pena já pronta, mergulhou-a no tinteiro e pôs-se a encher uma pequena folha com sua escrita rápida. Sinto que ele gosta que eu fique olhando, mas para lhe mostrar que não me intimido, faço um esforço e consigo sorrir.

"Sabe quem é esse judeu enforcado?", pergunta-me.

"Há uma casa amarela mais ou menos atrás da deles. Moshe Hamon, o riquíssimo médico do Sultão anterior, escondia nela, segundo dizem, sua amante, uma judia de Amasya, e o irmão desta. Muitos anos atrás, na véspera da Páscoa, correu o boato de que um jovem grego tinha desaparecido no bairro judeu dessa cidade, teria sido raptado para ser estrangulado e fazerem pão ázimo com seu sangue. Arranjaram falsas testemunhas, puseram-se a matar judeus e essa mulher refugiou-se com o irmão em Istambul, na casa do amante, com a permissão do Sultão. Quando o Sultão morreu, seus inimigos não encontraram a mulher, mas puderam enforcar o irmão, que vivia sozinho lá."

"Se Shekure não esperar a volta do meu irmão, ela também será castigada", disse Hassan entregando-me sua carta.

No seu rosto eu só lia, em lugar da irritação e da cólera, aquele ar contrito e perdido que vemos nos apaixonados sinceros. De repente vi naquele olhar quão depressa o amor o envelhecera. É verdade que todo aquele dinheiro que ele ganha agora, no seu cargo na alfândega, não contribui para rejuvenescê-lo. Depois de todas aquelas ameaças e caretas ofendidas, eu me disse que ele ia me perguntar novamente qual o meio de persuadir Shekure. Mas ele estava agora tão próximo de encarnar o homem mau que não podia mais formular sua pergunta. Basta um homem aceitar esse papel de malvado — e um amor não correspondido não é uma má ocasião para representá-lo —, que logo se torna totalmente selvagem. Pensando nas crianças, de que ele falara, e naquela terrível espada rubra e afiada, vi-me tomada por um súbito pânico e saí fugida daquela casa.

E não é que, na rua, dou novamente de cara com o cego tártaro e seus insultos! Não perdi tempo: catei uma pedra no chão e, antes de colocá-la no lenço do mendigo, disparei-lhe: "Tome isto, seu tártaro piolhento!".

Contendo o riso, vi-o pegar a pedra, achando que se tratava de uma moeda e, sem ouvir suas imprecações, fui visitar uma dessas boas moças a quem arranjei um excelente marido.

A doce "filha" primeiro me fez a honra de um resto de torta de espinafre, ainda bem crocante. Depois, como ela estava preparando para o almoço um guisado de cordeiro com ovos e ameixas azedas, uma verdadeira iguaria, não quis magoá-la e esperei para provar duas boas colheradas, que comi com pão fresco. Como ela também fazia uma compota de uvas, não me fiz de rogada e, para rematar a comilança, fartei-me dessa delícia a que misturei uma bela porção de geleia de rosas. E fui levar as cartas à minha melancólica Shekure.

## 26. EU, SHEKURE

QUANDO HAYRIYE VEIO ME DIZER que Ester estava aqui, eu estava arrumando as roupas lavadas na véspera. Bem, era isso que eu havia planejado dizer a vocês, mas para que mentir? Sim, é verdade, quando Ester chegou, eu estava dentro do armário embutido espiando o Negro e meu pai pelo buraco na parede e, como esperava ansiosa a próxima carta de Hassan ou do Negro, era justamente nela, Ester, que eu pensava. Porque, do mesmo modo que o pressentimento da morte que obcecava meu pai me parecia justificado, eu também sabia que o interesse que o Negro manifestava por mim não duraria a vida toda. O Negro desejava se casar porque estava apaixonado e, porque desejava se casar, se apaixonou. Se não fosse comigo, teria se casado com outra e, naturalmente, teria se apaixonado por ela antes de se casar.

Na cozinha, depois de convidar Ester a sentar-se num canto, oferecendo-lhe um copo de sorvete de rosas, Hayriye olhou para mim com um ar desconfiado. Eu disse a mim mesma: "Receio que essa aí conte ao meu pai tudo o que vê, desde o dia em que ele a pôs para dormir na sua cama".

"Minha bela infeliz de olhos negros, minha sublime bela entre as belas! Estou atrasada porque aquele porco do Nessim, que me serve de marido, não me queria deixar sair de casa. Acredite, saiba que é uma felicidade não ter sempre um marido atrás de você!"

Com essas palavras, ela tirou fora duas cartas, que arranquei das suas mãos. Hayriye tinha se posto num canto à parte, de onde podia ouvir tudo sem estar grudada na gente. Dando as costas para Ester, comecei a ler a carta do Negro. Estremeci ao pensar naquela casa do judeu enforcado. Calma, disse a mim mesma, vai dar tudo certo, Shekure. Depois passei à carta de Hassan, que parecia decididamente furioso.

*Shekure Hanim,*

*Ardo de desejo e sei que para você isso não tem a menor importância. De noite, sonho que corro, perseguindo sua aparição pelas montanhas desertas. Cada carta minha que você lê sem respondê-la é como uma flecha que me atinge em pleno coração. Escrevo esta esperando uma resposta. O boato, o boca a boca, diz que seus filhos teriam ouvido você dizer que, tendo visto em sonho seu marido morto, não seria mais uma mulher casada. Não sei se essa história é verdadeira. O que sei é que você ainda é a mulher do meu irmão mais velho e que ainda pertence à nossa casa. Meu pai é da mesma opinião. Iremos hoje ao juiz e, depois, vamos buscá-la. Pode dizer a seu pai que irei com meus homens. Arrume suas coisas, você volta para nossa casa. E faça sua resposta chegar rapidamente por Ester.*

Li a carta uma segunda vez, depois, tratando de me controlar, interroguei Ester com o olhar. Mas ela não me contou mais nada, nem sobre Hassan, nem sobre o Negro.

Então fui buscar um cálamo na caixa ao lado do guarda-louça, pus uma folha de papel na tábua de cortar pão, porém, mal comecei a escrever minha resposta ao Negro, parei, congelada...

Uma coisa me viera à cabeça. Virei-me para Ester. Vendo-a encantada como uma criança por poder se entupir à vontade com sorvete de rosas, disse a mim mesma que seria ridículo fazer-lhe confidências. Guardei o papel e o cálamo e disparei-lhe meu sorriso mais sedutor.

"Minha linda, como você está sorrindo bonito", disse ela. "Não há dúvida, você vai ver: tudo vai se arranjar! Com essa sua beleza, e dona de casa incomparável ainda por cima! Istambul está cheia de ricos senhores e valorosos paxás que sonham em encontrar uma esposa como você."

Às vezes a gente diz o que pensa, porém mal as palavras saem da sua boca você se pergunta: por que foi que eu disse isso, se não é o que penso? Foi o que aconteceu quando respondi assim a seus elogios:

"Por Alá, minha boa Ester, quem pode querer uma viúva como eu, com dois filhos para criar?"

"Há muita gente que procura uma viúva como você, acredite", concluiu ela, juntando o gesto à palavra.

Olhei-a nos olhos. E disse a mim mesma que não gostava dela. Meu silêncio a fez entender que eu não lhe confiaria a resposta a levar e que era melhor ela ir embora já. Depois que ela se foi, era como se eu pudesse sentir esse meu silêncio, como dizer, soar na minha alma. Subi então para me refugiar no meu quartinho, onde fiquei um bom tempo, no escuro, de pé, encostada na parede. Pensava em mim, no que eu poderia fazer agora, no medo que crescia dentro de mim. E o tempo todo, metade de mim podia ouvir meus filhos brigando:

"Você parece menina, só ataca pelas costas!", reclamava Shevket.

E Orhan: "Meu dente está mole!".

A outra metade estava atenta ao que meu pai dizia ao Negro.

A porta do seu gabinete — a porta azul — tinha ficado entreaberta, de modo que eu podia ouvir toda a conversa dos dois: "Depois de ver os retratos da escola italiana, a gente compreende horrorizado", dizia meu pai, "que, na pintura, os olhos não podem ser simplesmente dois buracos redondos numa cara, iguais para todo mundo, mas têm de ser qual nossos próprios olhos, que refletem a luz como um espelho e a absorvem como um poço. Do mesmo modo, os lábios não se resumem a uma fresta reta, traçada num rosto plano como o papel, mas têm de ser pontos de expressão — para cada qual, um diferente matiz de vermelho —, transmitindo plenamente nossa alegria, nossa tristeza e nosso estado de espírito, mediante uma sutil contração ou um suave relaxamento. Também o nariz não pode ser mais uma espécie de parede separando as duas metades do rosto, mas sim um instrumento vivo e curioso, com uma forma única para cada um de nós".

Ouvindo meu pai dizer "nós" a propósito daqueles grandes personagens ímpios que se fazem retratar, eu me perguntei se o Negro compartilhava a minha estupefação. Espiei-o pelo buraco na parede e a palidez do seu rosto me apavorou: meu belo moreno, meu cavaleiro melancólico, será a insônia, será o fato de pensar em mim sem parar que te dá esse ar tão triste?

Ah, talvez vocês não saibam que o Negro é um homem alto, esbelto e bonito. Tem uma testa larga, olhos amendoados, um nariz viril, reto e elegante. Conservou as mãos longas e finas, com dedos ágeis e nervosos, que já tinha em criança. De pé, é desempenado, sempre ereto, ombros largos mas não tanto quanto os de um carregador. Quando era pequeno, não parava sossegado: o rosto e o corpo sempre irrequietos, sempre mutáveis. Desde a primeira vez que o revi, doze anos depois, do fundo do meu esconderijo, compreendi que estava agora diante de um homem, de um homem de verdade.

Sempre com o olho grudado no buraco, reconheci, em seus traços fortes, a mesma expressão de antigamente, triste e preocupada. Ao pensar que era eu a causa daquela melancolia, senti-me um pouco culpada e, ao mesmo tempo, orgulhosíssima. O Negro ouvia atentamente as explicações do meu pai, olhando um dos desenhos feitos para o livro, com um ar enternecedor de criança inocente. Foi então que, ao ver sua boca rosada se abrir como um bebê teria feito, senti de repente como se estivesse lhe oferecendo o meu peito, segurando delicadamente sua cabeça sob a nuca e passando os dedos pelos seus cabelos. Ele teria encostado a cabeça no vão entre meus seios e, como meus filhos mesmos faziam quando eram bebês, rolado os olhos de prazer, enquanto chupava o bico do meu seio; e, compreendendo enfim que somente graças à minha compaixão ele encontraria a paz, ficaria completamente ligado a mim.

Esses pensamentos agradáveis me deixavam ligeiramente febril, e imaginei por um instante que não era a miniatura do Diabo, que meu pai lhe mostrava agora, o que maravilhava tão intensamente o Negro, mas sim meus seios, o tamanho dos meus seios. E não só meus seios: como se estivesse ébrio de me ver, ele contemplava, cheio de surpresa, meus cabelos, meu pescoço; a mim, toda. Sua atração por mim era tanta que em seu rosto eu lia agora todas as palavras doces que, mais moço, ele não soubera dizer; e, em seus olhos, pude perceber toda a admiração que lhe causaram minha altivez, meus bons modos, minha educação, a paciência e a coragem com que esperei meu marido, e a elegância da carta que lhe escrevi.

Eu sentia, outra vez, uma violenta irritação com os estratagemas que meu pai inventava para impedir que eu me casasse de novo. E também me sentia farta das suas intermináveis lembranças de Veneza, daquelas ilustrações que ele estava fazendo os miniaturistas pintarem imitando os mestres europeus.

Fechando novamente os olhos, pensei — juro por Alá que esse pensamento foi involuntário — no Negro se aproximando devagarinho no escuro, e até podia senti-lo junto de mim. Senti-o chegar por trás, ele beijava a minha nuca, as minhas orelhas, e eu sentia como ele era forte, era sólido, grande, duro até, podia me apoiar nele confiante. Minha nuca estava arrepiada, o bico dos meus seios, duros. Eu chegava a sentir, ali no escuro, olhos fechados, grudado em mim, seu membro volumoso por trás. Minha cabeça pôs-se a girar. Como será o coiso do Negro, eu me perguntava.

Às vezes, nos meus sonhos, vejo meu falecido marido me mostrar o dele, em sua agonia. Noto que ele se esforça para continuar de pé, apesar das lanças e das flechas *safávidas* que o trespassaram, mas seu corpo sanguinolento não consegue se aproximar de mim, seu caminho está obstruído por um rio. Ele me chama da outra margem, sofrendo terrivelmente, coberto de ferimentos, pede-me para olhar aquela coisa enorme que ele mantém rígida diante de si... Se o que dizem as georgianas e as velhas do meu *hamam* é verdade — "Sim, garanto que fica deste tamanho" —, o do meu marido não é tão grande assim. E se o do Negro for maior, se aquela coisa enorme que vi ontem logo abaixo do seu cinto, quando Shevket foi lhe entregar a folha em branco, for mesmo a coisa dele (e era, tenho certeza!), tenho medo de que me machuque, se é que vai conseguir entrar!

"Mamãe, Shevket está implicando comigo!"

Saí do escuro do armário, sem fazer barulho, e fui pegar meu lenço vermelho no baú do quarto ao lado. Eles tinham puxado meu colchão e pulavam em cima dele, empurrando-se aos gritos.

"Quantas vezes eu já disse a vocês para não gritar quando o Negro Efêndi estiver aqui em casa!"

"Mamãe, por que você botou seu lenço vermelho?", perguntou Shevket.

"Mamãe! Shevket está implicando comigo!", gritava Orhan.

"Pare de implicar com ele, ouviu? Que porcaria é aquela?", perguntei, vendo uma espécie de pele de bicho num canto.

"Está morto", respondeu Orhan. "Foi Shevket que encontrou na rua."

"Vão jogar isso de volta onde acharam!"

"Quem tem de jogar é Shevket!"

"Os dois, já disse!"

Quando me viram fazer cara feia — mordo os lábios com raiva, como se estivesse a ponto de lhes dar uns safanões —, eles saíram em disparada, sem discutir. Tomara que voltem logo e não se resfriem!

De todos os pintores, o Negro é meu preferido. Porque é ele que mais me ama e porque conheço seu caráter. Peguei uma folha e um cálamo e, de um só fôlego, escrevi sem nem sequer pensar:

*Está bem. Vou me encontrar com você logo antes da prece da noite, na casa do judeu enforcado. Trate de terminar logo o livro do meu pai.*

A Hassan eu não respondi. Mesmo se ele e o pai forem realmente falar com o juiz hoje, não creio que venham logo em seguida me tirar daqui com os valentões que estão reunindo. Se fosse essa, de fato, a intenção deles, Hassan viria direto para cá, em vez de me escrever e ficar esperando uma resposta. Por enquanto, ele vai ficar esperando minha carta, e sempre pode, se a espera o enlouquecer, ir recrutar uns brutamontes para me raptar. Não é que eu não tenha medo dele. Mas a verdade é que confio no Negro para nos proteger. Aliás, é melhor eu lhes contar logo o seguinte: no fundo, não tenho tanto medo assim de Hassan, porque amo a ele também!

Digo "amar", e admito que vocês têm razão para se irritar. Isso apesar de eu ter tido tempo de sobra para constatar que vil e covarde aproveitador ele é durante os longos anos passados sob o mesmo teto à espera do meu marido. Mas Ester diz que, agora, ele ganha muito dinheiro e vejo, pela sua cara, que ela diz a verdade. Assim, como o dinheiro lhe dá agora muito mais segurança, parece-me que toda aquela maldade que o animava transformou-se num lado sombrio, estranho, fascinante. Descobri esse seu lado à força de receber e ler suas cartas.

Porque Hassan, assim como o Negro, sentiu por mim uma paixão ardente. Mas enquanto o Negro ficou longe, desaparecido por doze anos, porque estava zangado, Hassan me mandava cartas todos os dias, com desenhos de passarinhos, de gazelas. No início, eu me apavorava ao ler aquelas cartas. Depois elas passaram a me intrigar...

Sabendo que Hassan se interessa muito por tudo o que me diz respeito, não me espantei ao descobrir que ele estava a par do meu sonho sobre a morte do meu marido. O que desconfio é que Ester lhe mostra as minhas cartas ao Negro. É essa a razão pela qual não confiei minha resposta a Ester desta vez. Vocês devem saber se essas precauções valem a pena.

"Onde é que vocês andavam?", ralhei com os meninos, quando voltaram.

Mas eles viram que eu não estava com raiva de verdade. Peguei Shevket comigo para voltar ao armário, sem que Orhan nos visse. Botei-o em meus joelhos e comecei, no escuro, a beijá-lo, nos cabelos, no pescoço, pelo corpo todo.

"Está com frio, amor? Me dê aqui suas mãozinhas para mamãe esquentá-las."

Suas mãozinhas lindas fediam a carniça, mas não lhe disse isso. Ao contrário, mantive-o demoradamente contra mim, apertando sua cabeça contra os meus seios. Uma vez bem aquecido, ele pôs-se a ronronar de prazer, baixinho, como um gatinho.

"Você gosta muito da sua mamãe?"

"Hum-hum."

"De verdade?"

"Sim."

"Gosta dela mais que tudo no mundo?"

"Sim."

"Então eu vou te contar uma coisa. Um segredo. Que você não pode contar a ninguém, está bem?" E disse-lhe no ouvido: "Eu também te amo mais que tudo no mundo, você sabia disso?"

"Mais que Orhan até?"

"Mais que Orhan. Ele é pequeno, é como um canarinho: não entende nada. Você entende, porque você é inteligente." Eu o beijava, cheirando seus cabelos. "É por isso que vou te pedir uma coisa. Ontem você já levou um papel para o Negro, sem nada escrito. Você leva outro para ele hoje?"

"Foi ele que matou meu pai."

"O quê?"

"Foi ele que matou meu pai. Ele me disse isso ontem, na casa do judeu enforcado. 'Fui eu que matei seu pai. Matei uma porção de gente', ele disse."

Houve um gesto repentino. Pronto, ele pulou do meu colo e pôs-se a chorar. Por que será que esse menino está chorando? Tudo bem, confesso, não consegui me controlar e sapequei-lhe um tabefe. Não pensem que tenho um coração de pedra. É que fiquei irritada ao ouvi-lo falar assim — só porque convém a ele — do homem que tenho a intenção de desposar.

Mas ouvindo meu orfãozinho querido chorar, também fiquei à beira das lágrimas. Tornamos a nos abraçar, e ele chorava de soluçar. Mas um tapinha como aquele não era motivo para tanta choradeira! Afaguei-lhe os cabelos.

Foi assim que tudo começou: vocês sabem que ontem falei com meu pai do sonho que tive, em que meu marido estava morto. Mas, na verdade, como tem acontecido com frequência durante esses quatro anos desde o fim da guerra contra o Irã e os *safávidas*, eu apenas tive um sonho fugaz com ele, e no sonho também havia um morto. Se esse morto era ele, não ficou claro.

Os sonhos sempre têm uma utilidade. Em Portugal, de onde veio a avó de Ester, dizem que os católicos usavam os sonhos dos heréticos como prova de que eles se encontravam com o Diabo e fornicavam com ele. Assim, por exemplo, quando os antepassados judeus de Ester se viram obrigados a converter-se ao catolicismo, os carrascos jesuítas da Igreja portuguesa, não acreditando na sinceridade da conversão, submeteram-nos à tortura para forçá-los a confessar que seus sonhos eram povoados de toda sorte de *djins* e demônios, além de arrancar-lhes sonhos que eles nunca haviam sonhado. Era desse modo que obtinham o pretexto para mandar os judeus para a fogueira.

Os sonhos servem para três coisas:

*Alif* — quando você deseja alguma coisa mas não tem o direito de desejá-la. Então você diz: vi em sonho, e assim pede o que deseja sem pedir diretamente.

*Ba* — quando você quer prejudicar alguém, por exemplo caluniando essa pessoa. Você diz: vi em sonho Fulana Hanim se divertindo, e não era com o marido; ou o paxá Beltrano esvaziando não sei quantas garrafas. Mesmo se ninguém acreditar, essa simples menção sempre deixa um vestígio na cabeça das pessoas.

*Djim* — quando você quer alguma coisa mas não sabe direito o que é. Você conta o sonho, um sonho bem complicado. As pessoas interpretam o sonho e dizem o que você quer ou o que pode ajudar você a conseguir. Um marido, por exemplo, um filho, uma casa...

Todos esses sonhos, naturalmente, não têm nada a ver com os que temos em nosso sono. Em geral a gente conta os sonhos diurnos como se fossem sonhos noturnos por interesse. Só os idiotas contam seus verdadeiros sonhos, os que eles têm dormindo. Então todo o mundo zomba deles ou lhes atribui um sentido nefasto. Os verdadeiros sonhos só são levados a sério por quem os tem. Ou será que vocês levam?

Quando evoquei, diante do meu pai, a possibilidade de que meu marido estivesse morto, como no meu sonho, ele nem esperou que eu terminasse de falar para me dizer que, a seu ver, esse sonho não era um indício da realidade. Mas, ao voltar do enterro, ele tinha chegado à conclusão inversa: que meu marido estava sem dúvida nenhuma morto. Assim, bastou um sonho para que meu marido, que nestes quatro anos era considerado vivo, seja agora considerado morto e que sua morte, agora anunciada, até se torne quase oficial. Os meninos compreenderam que tinham ficado órfãos, é por isso que estão tristes.

"Você costuma sonhar?", perguntei a Shevket.

"Costumo", ele respondeu sorrindo. "Meu pai não volta, mas no fim eu é que sou seu marido."

Com seu nariz estreito, seus olhos negros e seus ombros quadrados, ele se parece mais comigo do que com o pai. E, quando vejo que não dei a testa alta e larga do meu marido aos meus filhos, que têm, todos os dois, o cabelo implantado bem baixo, sinto-me um pouco culpada, às vezes.

"Bom, vá brincar de espada com seu irmão!"

"Com a espada velha do meu pai?"

"É."

Os olhos fixos no teto do quarto, eu ouvia, não sem certa inquietação, os gritos dos dois e o barulho da espada. Mas eu me disse que não havia por que me preocupar. Depois, como não aguentava mais, acabei descendo à cozinha, para dizer a Hayriye:

"Faz uma eternidade que meu pai pede uma sopa de peixe. Vá ao mercado do Galeão, mas antes pegue uns tabletes de geleia de frutas no esconderijo e dê às crianças."

Enquanto Shevket se entupia de doce na cozinha, subi ao segundo andar com Orhan. Peguei-o no colo e beijei-o no pescoço.

"Você está ensopado! E isso aqui, o que foi?"

"Foi Shevket, que me bateu com a espada vermelha do tio Hassan."

"Vai ficar roxo!", suspirei esfregando-o. "Está doendo? Que maluco, esse Shevket. Escute bem o que vou te dizer. Você é um menino bonzinho e esperto, eu sei. Então vou te pedir uma coisa. Se você fizer o que vou te pedir, eu te conto um segredo, só para você, para mais ninguém, nem para Shevket."

"É o quê?"

"Está vendo este papel? Vá ver o vovô e, sem que ele veja, ponha o papel na mão do Negro. Entendeu?"

"Entendi."

"Vai fazer o que te pedi?"

"Qual é o segredo?"

"Primeiro leve o papel." Beijei de novo seu pescocinho cheiroso. Quer dizer, cheiroso é um modo de falar. Quantas vezes tenho de dizer a Hayriye para levá-los ao *hamam*? Ela não os leva, acho eu, desde que Shevket começou a ter ereções na frente das mulheres nuas. "Depois eu te digo o segredo." Mais um beijinho. "Você é um menino muito bonito, muito inteligente. Shevket é um bobo. Ele bate até na mamãe dele!"

"Não vou levar. Tenho medo do Negro, ele matou meu pai."

"Foi Shevket que te disse isso? Vá já buscá-lo lá embaixo. Diga que estou chamando." Vendo minha cara brava, saiu sem que eu tivesse de repetir a ordem, tanto mais que na certa não lhe desagradava nem um pouco a ideia de ver seu irmão em maus lençóis. Eles chegaram logo depois, vermelhos como pimentões, Shevket trazendo numa mão um tablete de geleia de fruta e, na outra, a espada.

"Você disse ao seu irmão que o Negro Efêndi matou o pai de vocês. Nunca mais diga isso nesta casa! Vocês têm de respeitar e querer bem ao Negro Efêndi, ouviram? Não vão passar a vida toda sem um pai, afinal!"

"Não quero saber dele. Quero voltar para a casa do tio Hassan, para esperar meu pai", respondeu Shevket, com insolência.

Aquilo me deixou furiosa, e dei-lhe outro tabefe. Ele deixou a espada cair no chão.

"Quero meu pai", ele recomeçou a chorar.

Mas eu chorava ainda mais que ele.

"O pai de vocês não vai voltar mais. Ele morreu", dizia eu chorando. "Vocês não têm mais um papai, será que não entendem, seus bastardos." Eu chorava tão alto que receei que nos ouvissem.

"A gente não é bastardo", gemia Shevket.

Choramos os três um tempão, todas as nossas lágrimas. O choro aliviou meu coração e senti que chorava porque o pranto nos torna mais compassivos. Ainda chorávamos quando nos deitamos no colchão. Shevket aconchegou-se bem a mim, o nariz enfiado na minha blusa. Sinto que, quando está grudado assim em mim, ele na verdade não dorme. Eu também devia estar dormindo, mas meu espírito estava no andar de baixo. Um cheirinho gostoso de doce de cidra subia da cozinha. Levantei-me de um pulo e fiz barulho para acordá-los, dizendo:

"Vão depressa lá embaixo provar o que Hayriye preparou para vocês."

Fiquei sozinha no quarto. A neve começara a cair. Implorei a ajuda de Alá e abri o Corão na surata *A família de Imran* e, lendo que os mártires do islã, os que morrem na guerra santa, se reunirão junto de Alá, senti-me tranquila por meu falecido marido. Será que meu pai já tinha mostrado ao Negro o retrato, inacabado, do Nosso Sultão? Meu pai diz que a pintura ficou tão parecida que, quem a olha face a face, fica com medo e acaba desviando os olhos.

Chamei Orhan e, sem pegá-lo no colo, dei-lhe de novo uma porção de beijos, na cabeça e no rosto. "Bom, agora que você não está mais com medo, vá levar, sem que vovô veja, este papel para o Negro Efêndi. Está bem?"

"Meu dente está mole."

"Se quiser, quando você voltar eu arranco. É só chegar perto dele, ele vai ficar intrigado e te abraçar. Nesse instante, enfie o papel na mão dele. Está bem?"

"Estou com medo."

"Não precisa ter medo. Se não for o Negro, sabe quem será seu pai? O tio Hassan! Você quer que o tio Hassan seja seu pai?"

"Não, não quero."

"Então vá, meu Orhan querido, meu menino lindo e inteligente. Bom... vou acabar me zangando... E, se você chorar, vou me zangar mais ainda."

Enfiei o papel dobrado em oito na palma da sua mãozinha

resignada. Meu bom Alá, ajude-me para que meus dois orfãozinhos não fiquem sem pai por muito tempo! Levei-o pela mão até a porta do nosso quarto. No corredor, vi-o virar-se para mim uma derradeira vez, todo desconcertado.

Voltei ao meu posto de observação e lá, pelo buraco no fundo do armário, vi-o aproximar-se indeciso do Negro e de meu pai. Hesitou um instante, virou-se, desamparado, buscando em vão meu olhar atrás da parede em que eu estava escondida. Depois, juntando toda a sua coragem, conseguiu lançar-se nos braços do Negro. O Negro, que mostrou, nessa ocasião, uma presença de espírito digna do futuro pai dos meus filhos, longe de se perturbar ao ver Orhan em lágrimas no seu colo, imediatamente tomou-lhe o papel das mãos, com toda discrição.

Ante o olhar espantado do meu pai, Orhan veio correndo se jogar nos meus braços, e eu o cobri de beijos, antes de levá-lo embaixo, na cozinha, e pôr-lhe na boca um punhado de passas, que ele adora.

"Hayriye", ordenei, "leve as crianças ao Cais do Galeão e compre na banca do Kosta peixe para a sopa. Tome vinte moedas de prata. Com o troco, compre na volta figos e cerejas secos para Orhan. Para Shevket, compre um pouco de grão-de-bico tostado e uma porção de confeitos com nozes, como ele gosta. Podem passear quanto quiserem até a noite, mas tome cuidado para que eles não se resfriem."

Eles se vestiram e saíram, e eu fiquei contente ao me ver sozinha em casa. Subi para pegar, na bolsa de seda acolchoada e perfumada com lavanda, onde o guardo, o espelho feito por meu sogro, que meu marido me deu de presente. Pendurei-o a boa distância, de modo que pudesse ver, virando-me, cada detalhe da minha silhueta refletir-se nele. Esse lenço vermelho combina com a cor da minha pele, não há dúvida... Mas eu queria usar também a blusa lilás, aquela que minha mãe já tinha no seu enxoval e que eu acabava de encontrar no baú. Tirei também do baú um xale florido, cor de pistache, mas não combinava com o resto. Vestindo a blusa, senti frio, tremi, e a chama da vela também tremeu, suavemente. Eu ia pôr também meu casaquinho vermelho com forro de raposa, mas na última hora mudei de ideia e fui pegar no corredor o casaco azul-claro de lã da minha mãe, mais comprido e mais pesado. Nesse instante, ouvi vozes junto da porta da entrada e disse a mim mesma: o Negro está indo embora! Tirei então o casaco grande da minha mãe e pus de novo o vermelho. Está apertado no peito, mas eu o adoro. Ajeitei os cabelos e baixei o véu de crepe sobre os meus olhos.

O Negro ainda não tinha saído, é claro. Devo ter me enganado, por causa da emoção. Como quer que seja, se me perguntassem aonde eu ia, era só dizer que ia me encontrar com Hayriye e as crianças para fazer compras com eles. Desci a escada como um gato.

Clique! Como um fantasma, fechei a porta às minhas costas. Não havia nenhum ruído no pátio e, uma vez na rua, virei-me um instante para dar uma olhada na casa, através do meu véu. Tive a impressão de não morar lá.

Não havia vivalma nas ruas. Os flocos de neve turbilhonavam no ar. Entrei arrepiando-me toda naquele jardim abandonado, que a luz do sol jamais visita. Ele recendia a húmus e a morte, mas, uma vez dentro da casa do judeu enforcado, senti-me como se estivesse em casa. Dizem que os *djins* se encontram lá de noite, em volta da lareira, para realizarem seu conciliábulo. O ruído dos meus passos naquela casa tinha um quê de apavorante. Esperei imóvel como uma pedra. Ouvi um estalido no jardim, depois nada. Não longe dali, um cachorro latiu. Acho que sou capaz de reconhecer o latido de todos os cachorros do nosso bairro, mas aquele me era totalmente desconhecido.

No silêncio que sepultava pouco a pouco a casa, senti de repente outra presença e fiquei ainda mais imóvel, com medo de fazer algum barulho se me mexesse. Na rua, passaram umas pessoas conversando; pensei em Hayriye e nas crianças. Tomara que não se resfriem! Depois, no profundo silêncio que voltara a se instalar, fui tomada de arrependimentos, de remorsos! O Negro não viria, claro, eu tinha cometido um erro, melhor seria voltar já para casa, sem me expor a uma vergonha maior. Também fiquei com medo de que Hassan tivesse me seguido até ali, quando ouvi a porta ranger.

Mudei rapidamente de lugar. Não sei por que fiz isso, mas assim eu me encontrava à luz da janela, à minha direita; e senti que aquela luz do jardim, incidindo sobre mim, me ofereceria aos olhos do Negro "dentro dos mistérios da sombra", como meu pai dizia. Ajustei meu véu e esperei, atenta ao barulho dos seus passos.

Assim que me notou, da moldura da porta, o Negro veio em minha direção. Parou e nós nos observamos a alguns passos de distância. Ele era mais forte, mais robusto do que eu percebera pelo buraco da parede. Após um instante de silêncio, ele me disse:

"Levante o véu. Por favor."

"Sou uma mulher casada. Espero meu marido."

"Levante o véu. Ele nunca mais vai voltar."

"Foi para me dizer isso que você me fez vir aqui?"

"Não, foi para te ver. Faz doze anos que penso em você. Levante o véu, para que eu possa te ver."

Ergui o véu. A maneira como ele me contemplou, longamente, sem dizer nada, me agradou muito.

"O casamento e a maternidade só te embelezaram. Seu rosto é bem diferente daquele da minha lembrança."

"Como era o da sua lembrança?"

"Como uma dor. Porque não era propriamente de você que eu me lembrava, mas sim de um sonho. Lembra que sempre costumávamos conversar, em nossa infância, sobre a história de Shirin que se apaixona por Khosrow ao ver o seu retrato? Eu perguntava por que Shirin não tinha se apaixonado pelo belo Khosrow da primeira vez que viu sua imagem pendurada no galho de uma árvore, mas só depois de ver a imagem três vezes. Você costumava responder que era porque nas lendas tudo tem de se repetir três vezes. Já eu dizia que seu amor devia ter desabrochado desde a primeira vez. Quanto a saber quem pode ter pintado Khosrow de maneira tão realista que ela se apaixona por sua imagem e tão precisa que ela logo o reconhece, sobre isso nunca conversamos. Se, durante esses doze anos, eu tivesse ao meu lado um retrato do seu rosto, não teria sofrido tanto."

Ele continuou falando sobre esse mesmo tema, sobre as histórias de retratos que despertam o amor, dizendo lindas palavras sobre o quanto sofreu por minha causa. Percebi que ele se aproximava lentamente de mim, e suas palavras passavam pela minha consciência para aninhar-se em algum canto da minha memória. Mais tarde eu meditaria longamente sobre cada uma daquelas palavras. Mas naquela hora suas palavras exerciam sobre mim uma espécie de magia, enfeitiçando-me e prendendo-me visceralmente a ele. Eu me sentia culpada por seus doze anos de sofrimento. Como ele falava bem, que homem bom ele era! Parecia uma criança inocente. Eu podia ler isso em seus olhos. E ele me amar tanto assim, levava-me a depositar nele a minha confiança.

Beijamo-nos. Aquilo me deu tamanho prazer que me senti culpada. Aquela doçura de mel subia à minha cabeça, beijei-o de novo. Ofereci-lhe meus lábios, retribuí a seus beijos, e nossos beijos mergulhavam o mundo à nossa volta numa espécie de crepúsculo. Desejo que todos um dia se beijem como nós nos beijamos. Fez-me lembrar o amor tal como um dia eu o sonhei. Ele enfiou a língua na minha boca, o que me deu tamanho prazer que em torno de nós o mundo pôs-se a cintilar e o mal não mais existia.

Se um dia minha trágica história fosse contada num livro e minhas aventuras ilustradas à maneira maravilhosa dos iluminadores de Herat, nosso beijo seria representado como nas páginas mais requintadas que meu pai me mostrava, cheio de admiração. Nelas, as linhas da escrita eram como o ondular das folhas infladas pelo sopro do vento; à ornamentação das paredes fazia eco o desenho das bordas douradas; a vivacidade das asas sinuosas das andorinhas varando a margem da pintura sugeria o regozijo dos amantes. Estes, de olhos amendoados, se olham de longe, através das suas pálpebras semicerradas, parecem repreender-se um ao outro, e são pintados tão pequenos, tão distantes nessas miniaturas que às vezes nos fazem pensar que a história não fala deles, mas da noite estrelada, daquelas árvores sombrias, do magnífico palácio em que eles se encontram, com seu vasto átrio e seu deslumbrante jardim, cujas folhas foram pintadas uma a uma com todo amor. Mas se um observador cuidadoso prestar atenção à harmonia secreta das cores, que o miniaturista só consegue transmitir com a mais absoluta entrega à sua arte, e se apreender a luz misteriosa que impregna toda a pintura, verá imediatamente que o segredo dessas ilustrações é que elas são criadas pelo próprio amor — é como se essa luz emanasse dos próprios amantes, das mais recônditas profundezas da pintura. E quando eu e o Negro nos beijamos, nosso êxtase inundou o mundo dessa mesma maneira.

Felizmente, a vida me ensinou que esse gênero de felicidade nunca dura muito. O Negro começou pegando, delicadamente, meu peito nas suas mãos. Isso me agradou tanto que, esquecendo tudo, eu estive a ponto de lhe pedir que os chupasse. Mas ele não fez isso, não sabia direito o que fazer. Em todo caso, queria cada vez mais. Então, bem no meio desse abraço, a vergonha e o medo de repente se insinuaram. Eu encontrara, contra meu baixo-ventre, a rigidez daquele membro enorme, que ele premia contra mim agarrando-me pelas cadeiras. De início, aquilo me agradou. Eu estava curiosa, nem um pouco envergonhada, dizia comigo mesma que quanto mais a gente se beija apaixonadamente, maior aquilo fica. Até me orgulhava daquele feito. Depois, de repente, quando ele tirou a coisa para fora, virei a cabeça para o outro lado, mas não pude impedir meus olhos de olharem e se arregalarem à medida que a coisa crescia.

Depois, quando ele quis me forçar a fazer coisas que nem mesmo aquelas mulheres desavergonhadas que contam obscenidades no *hamam* fariam — nem mesmo as *kiptchaks* como eu! —, fiquei um longo momento estupefata e sem reação.

"Não franza suas lindas sobrancelhas, meu amor!", ele suplicou.

Mas eu me levantei e afastei-o do meu caminho com um empurrão, gritando o mais que pude com ele, sem ligar para o seu desapontamento.

# 27. MEU NOME É NEGRO

NA ESCURA CASA DO JUDEU ENFORCADO, Shekure me incendiava com o olhar, dizendo-me que eu podia muito bem, com as circassianas que eu arranjara em Tíflis, as *kiptchaks* sem-vergonhas, as pobres coitadas que eu acharia à venda nas estalagens, as viúvas persas ou turcomanas, ou uma dessas putas que a gente vê se multiplicarem em Istambul, uma mingreliana fácil, uma abaza sem pudor, uma velha armênia, uma genovesa ou uma síria meio bruxa, ou então um desses infames atores de papéis femininos e outros mocinhos insaciáveis, eu podia muito bem, dizia ela, enfiar-lhes na boca a coisa que ela tinha diante dos olhos, mas com ela não! Segundo ela, que a raiva levava a me acusar de ter cometido tudo o que ela podia imaginar de mais desonesto e degradante nas minhas andanças da Mesopotâmia ao Irã, das aldeias escaldantes da Arábia às areias do mar Cáspio, eu tinha perdido toda a compostura e, sem dúvida, esquecido que existem mulheres ciosas da sua virtude. Em conclusão, ela me lançou no rosto que minhas declarações de amor não podiam ser sinceras.

Eu escutava com todo o respeito aquela explosão veemente e colorida, que tinha por efeito fazer empalidecer de vergonha, na minha mão, o objeto incriminado, cujo aspecto lamentável teria me deixado embaraçadíssimo, não tivesse eu dois bons motivos para me regozijar:

1. Ao contrário de como costumava agir nesse gênero de situação com outras mulheres, eu não havia respondido à raiva com raiva, como um selvagem, e à rudeza das suas palavras com argumentos de igual calibre.

2. Essa preocupação que ela possuía com o que eu pudesse ter feito durante as minhas viagens dava a entender que ela havia pensado em mim mais do que eu imaginava.

E, ao ver que eu estava melancólico por não ter chegado aonde queria, ela até se preocupou, justificando-se:

"Se essa loucura é de fato um efeito do seu amor, você tem de dominá-la, como todo homem honesto, e não tentar vencer a honestidade de uma mulher que alimenta apenas as mais louváveis intenções. Se você quer realmente se casar comigo, não pode querer me comprometer. Alguém nos viu entrar aqui?"

"Ninguém", respondi.

Como se tivesse ouvido barulhos de passos na neve do jardim, em que a noite já caíra, ela virou para a porta aquele rosto que por doze anos eu não fora capaz de me lembrar, oferecendo-me seu perfil. Um estalo nos fez conter a respiração, mas ninguém entrou. A sensação de desconforto que ela já me dava quando tinha doze anos e parecia ser muito mais velha do que eu voltou-me à memória, ao ouvi-la dizer:

"É o fantasma do judeu enforcado passeando."

"Você costuma vir aqui?", perguntei-lhe.

"Os *djins*, os demônios e os fantasmas são trazidos pelo vento. Eles se insinuam dentro das coisas, dão a elas uma voz e, no silêncio, tudo fala. Não preciso vir aqui para ouvi-los."

"Shevket me trouxe aqui para me mostrar um gato morto, mas ele já tinha sumido."

"Você disse a Shevket que tinha matado o pai dele?"

"Não foi o que eu disse. Foi o que ele entendeu? Eu não disse que havia matado o pai dele, mas que queria ser um pai para ele."

"Por que você disse que tinha matado o pai dele?"

"Eu não disse! Ele me perguntou se eu já tinha matado alguém, e eu lhe respondi a verdade, que tinha matado dois."

"Para se gabar?"

"Sim, para me gabar e impressionar o filho da mulher que amo. Porque entendi que a linda mãe desses dois bandidinhos, que exibe em casa as presas de guerra do valente pai deles, tem a tendência de exagerar suas façanhas guerreiras."

"Pode continuar a tentar se valorizar, porque eles não gostam de você."

"Shevket não gosta de mim, mas Orhan gosta", repliquei, satisfeito por pegá-la uma vez no contrapé. "Mas vou ser o pai dos dois."

Algo como uma sombra, invisível na penumbra, passou entre nós, arrepiando-nos. Enquanto eu arrumava minha roupa, Shekure soluçava baixinho.

"Meu falecido marido tem um irmão, Hassan. Quando eu esperava a volta do meu marido, moramos dois anos com ele, na casa do meu sogro. Ele se apaixonou por mim. De uns tempos para cá, desconfia de alguma coisa, imagina que estou a ponto de me casar novamente — com você, claro. Até me fizeram saber que quer me levar de volta para a casa deles à força. Dizem que vão me buscar em nome do meu marido, porque diante do juiz não sou viúva. Podem vir me pegar de um momento para o outro. Meu pai também não quer que eu seja declarada viúva pelo juiz, porque acha que então eu iria arranjar outro marido e o deixaria sozinho em casa. Ficou muito contente por eu ter voltado para a casa dele com as crianças, porque, desde a morte da minha mãe, a solidão era difícil de suportar. Você viria morar conosco?"

"Como assim?"

"Você se casaria comigo e viria se instalar conosco na casa do meu pai."

"Não sei."

"É bom se decidir rápido, porque não temos muito tempo. Meu pai sente a desgraça se aproximar dele, e acho que tem razão. Se Hassan e seus homens vierem me buscar com os janízaros e me levarem à força para a casa dele, você irá dizer ao juiz que viu o cadáver do meu marido? Você veio do Irã, vão acreditar no que diz."

"Irei. Mas não fui eu quem o matou."

"Claro. Quer dizer que, para que eu possa ser declarada viúva, você está disposto a ir, com outra testemunha, declarar ao juiz que viu o corpo ensanguentado dele num campo de batalha do Irã?"

"Eu não vi, meu amor, mas posso afirmar que sim, por você."

"Gosta dos meus filhos?"

"Sim."

"De que gosta neles?"

"Shevket é forte, decidido, franco, inteligente e obstinado. Orhan é meigo, frágil e muito esperto. É disso que gosto nos seus filhos."

Minha amada sorriu levemente e umas lágrimas molharam seus lindos olhos negros. Depois, com o ar apressado de quem retoma o controle da situação e não quer deixar as coisas se arrastarem:

"É preciso terminar a obra que Nosso Sultão confiou ao meu pai", disse. "Todos esses acontecimentos sinistros que nos flagelam têm por origem esse livro."

"Que outra arte diabólica nos flagela, além do assassinato do Elegante Efêndi?"

A princípio, ela pareceu contrariada com a minha pergunta. Depois, afetando um ar sincero que apenas ressaltava quão pouco convencida estava, retorquiu:

"Os partidários do *hodja* de Erzurum fazem correr o boato de que o livro do meu pai contém profanações e sinais da infidelidade europeia. E se todos esses pintores que frequentam nossa casa tivessem montado um complô, por inveja uns dos outros? Você, que visitou todos eles, é quem está em melhor posição para saber."

"O irmão do seu falecido marido tem alguma coisa a ver com esses pintores, com o livro do seu pai e com os partidários de Nusret Hodja?", perguntei. "Ou ele é do gênero solitário?"

"Ele não tem nada a ver com isso tudo, nem é do gênero solitário", ela respondeu.

Fez-se um estranho e misterioso silêncio.

"Quando você morava na mesma casa de Hassan, ficava distante dele?"

"Tanto quanto possível numa casa de dois cômodos."

Em algum lugar, não muito longe dali, dois cachorros começaram a latir excitados.

Por que o marido dela, um homem que saiu vitorioso de

tantas batalhas e recebeu um feudo em recompensa por seu valor, deixou sua esposa viver acotovelada com seu irmão numa casa tão pequena? Não me atrevi a fazer essa pergunta brutal e, em seu lugar, perguntei-lhe:

"Por que você se casou com seu marido?"

"Eu tinha que me casar com alguém", respondeu. Era verdade, e com sua fineza habitual ela justificou seu casamento, elogiando o marido, mas brevemente, como para não me mortificar. "Você tinha ido embora e não voltava. Zangar-se pode ser um sinal de amor, mas um amante irascível acaba sendo cansativo e não deixa entrever um bom futuro." Estava novamente certa, mas não era um motivo para se casar com uma espécie de bandoleiro. Simplesmente pelo seu olhar baixo, não era difícil adivinhar que, como todo o mundo, ela tinha me esquecido totalmente, logo após minha ida para Istambul. Mas eu me dizia em meu foro íntimo que essas mentiras grosseiras pelo menos manifestavam a louvável intenção de reparar um pouquinho o coração que ela havia partido e que eu devia acolhê-las com gratidão. Tratei de lhe contar então que naqueles anos todos nunca pude apagá-la do meu espírito, que sua imagem, qual um fantasma, continuara assombrando minhas noites. Esse tinha sido meu maior sofrimento, um sofrimento tão íntimo que eu não me achava capaz de contá-lo a ninguém, a não ser a ela. Mas, se todo o meu relato era verdadeiro, também continha, para meu grande espanto, boa dose de insinceridade.

Para que ninguém se equivoque sobre os meus desejos e os meus sentimentos naquele preciso instante, devo explicar sem mais tardar o sentido dessa distinção entre verdade e sinceridade, de que acabo de tomar consciência; isto é, como a maneira de exprimirmos nossa realidade em palavras, por mais escrupulosa e verdadeira que possa ser, nos põe no caminho da insinceridade. O melhor exemplo, aliás, é dado pela arte dos miniaturistas, que tão agitados estávamos ultimamente por causa da presença, entre nós, de um assassino. Tomemos uma miniatura perfeita — a imagem de um cavalo, por exemplo; por melhor que ela represente um cavalo verdadeiro, o cavalo tal como é visto por Alá ou cujo modelo os grandes mestres miniaturistas impuseram, isso não quer dizer que ela exprima toda a sinceridade do miniaturista. De fato, a sinceridade do pintor, e a de nós todos, humildes servos de Alá, não aparece nos momentos de graça em que sua arte se revela mais perfeita. Ao contrário, ela se vê em seus erros, em seus lapsos, quando ele está cansado ou decepcionado. Digo isso em atenção àquelas moças que porventura ficarem chocadas ao verem que não havia diferença entre o violento desejo que eu sentia por Shekure naquele momento — como ela também poderia dizer — e, digamos, a vertiginosa atração que eu sentia pelos traços delicados, a pele cobreada, os lábios violáceos de uma rameira de Kazvin, durante as minhas viagens. Com o bom senso que Alá lhe deu e a intuição de um *djim*, Shekure compreendia que eu era capaz de, ao mesmo tempo, suportar doze anos de torturas por amor a ela e me comportar como um vulgar depravado, prestes a me aproveitar dela para satisfazer meus desejos mais sombrios, da primeira vez que estivemos a sós. Nizami compara a boca da sublime Shirin com um tinteiro carmesim transbordante de pérolas...

Os cachorros excitados tornaram a latir com renovado fervor e Shekure, inquieta, disse: "Tenho de ir embora". Foi só nesse instante, embora a noite já houvesse caído havia algum tempo sobre a casa do judeu fantasma, que tomamos consciência da escuridão. Fiz o gesto involuntário de estreitá-la de novo em meus braços, mas, como um pardalzinho ferido, ela me evitou perguntando-me:

"Diga rápido: ainda sou bonita?"

Ela ouvia avidamente e parecia satisfeita com a minha resposta, sem precisar fazer força para acreditar nas minhas palavras, e acrescentou:

"E minha roupa, o que acha?"

Disse-lhe o que eu achava.

"E meu cheiro?"

Shekure sabia porém que o tabuleiro do amor de que Nizami fala não se limita a essas amabilidades, mas implica jogadas e manobras que os amantes executam em profundezas de alma muito mais cavas que aquela.

"E como você conta ganhar o dinheiro para sustentar a casa? Será capaz de cuidar dos meus filhos sem pai?", indagou.

Eu lhe falei, apertando-a contra mim, dos meus doze anos a serviço dos Grandes e do Estado, da vasta experiência adquirida nos campos de batalha, testemunhando a morte, e por fim dos meus projetos para o nosso futuro.

"Ainda há pouco, era tão bom estarmos assim abraçados. Agora, toda a magia se foi", ela comentou.

Para lhe fazer sentir minha sinceridade, apertei-a com mais força e perguntei por que ela tinha me devolvido, por intermédio de Ester, aquele desenho que eu havia feito para ela doze anos antes. Li em seus olhos que minha ingenuidade a espantava e, também, a enternecia. Beijamo-nos. Mas desta vez não me vi paralisado pelo jugo inebriante do prazer; nós dois estávamos atordoados pelo esvoaçar — como o de um bando de pardais — de um poderoso amor que invadia nossos corações, nosso peito, nosso ventre. Fazer amor não é o melhor meio de aplacar o amor?

Quando acariciei seus enormes seios, Shekure me repeliu com mais ternura e determinação do que antes. Eu não era maroto a ponto de comprometer minha futura esposa só para facilitar meu casamento, por mais difícil de negociar que ele fosse. Mas eu estava tão perturbado que me esquecia que o Demônio era capaz de se aproveitar de qualquer precipitação, e na minha inexperiência eu ainda não sabia quanta paciência e quanta resignação um casamento feliz requer. Tendo escapado do meu abraço, ela se dirigiu para a porta, seu véu de linho ainda nos ombros. Ao ver que, lá fora, as ruas já estavam escuras e que a neve as cobria lentamente, esqueci-me de cochichar, como havíamos feito até então — sem dúvida para não incomodar o fantasma do judeu — e perguntei-lhe com uma voz que rasgou o silêncio:

"O que vamos fazer agora?"

"Não sei", respondeu, mostrando que não se esquecera das regras do xadrez do amor.

E se foi silenciosamente pelo velho jardim abandonado, deixando na neve as marcas dos seus pés, que a brancura logo apagaria.

## 28. SEREI CHAMADO ASSASSINO

TENHO CERTEZA DE QUE A MESMA COISA acontece com vocês. Às vezes, andando pelo tortuoso labirinto das ruelas de Istambul, ou comendo um prato de guisado numa taverna de bairro, ou acompanhando com os olhos a guirlanda em forma de ramos entrelaçados de uma margem de iluminura, tenho a impressão de viver o presente como se fosse o passado. E basta estar descendo passo a passo uma rua coberta de neve, que já sinto ganas de dizer: "Desci esta rua".

As coisas inauditas que eu ia contar ocorreram ao mesmo tempo no passado e no presente. Anoitecia, o crepúsculo cedia a vez à escuridão e uma neve finíssima salpicava a rua em que eu andava, a rua do Tio Efêndi.

Mas, ao contrário das outras noites, sei o que venho fazer aqui, e estou decidido. Nas outras noites, eu me deixava levar até lá pelas minhas pernas, enquanto meus pensamentos ausentavam-se em outras coisas: nas suntuosas encadernações da época de Tamerlão, com rosáceas mas sem douraduras; em como contei à minha mãe que certo livro me rendera setecentas moedas de prata; em meus vícios e em minhas obsessões. Desta vez, eu sei o que faço, e é nisso que penso.

O portão do pátio, que eu temia ninguém viesse abrir, se abre por si só na hora em que eu ia bater, o que me conforta, pois confirma que Alá está comigo. As pedras do estreito caminho do pátio, que eu já pisara tantas vezes nas noites em que eu vinha acrescentar minhas miniaturas ao livro do Tio Efêndi, estão vazias e brilham. À direita, perto do poço, empoleirado na beirada de um balde, o pardal não parece se incomodar com o frio; mais longe, a saliência de pedra do forno da cozinha que, por algum motivo, ainda não parecia aceso àquela hora tardia; à esquerda, a estrebaria para os convidados de passagem, que se integra ao térreo da casa. Tudo está em seu lugar. A porta ao lado da estrebaria está aberta, entro, depois subo a escada fazendo a madeira dos degraus ranger o mais possível sob meus pés e tossindo alto.

Nada disso produz uma resposta. Nem o barulho pesado dos meus sapatos cobertos de lama, quando os tirei colocando-os ruidosamente ao lado dos outros pares, no corredor, perto da porta azul. Como não vi, entre os calçados da casa, os dois sapatos de um verde delicado que noto a cada visita — os sapatos de Shekure —, disse-me que talvez não houvesse ninguém. Vou espiar primeiro o quarto da direita, o que suponho ser de Shekure e dos filhos, que com certeza dormem aconchegados a ela. Exploro às apalpadelas os colchões, as cobertas, o baú ao lado e um grande armário, cuja porta se abre com a leveza de uma pena.

Distraído com o pensamento de que aquele suave aroma de amêndoas que paira no quarto deve ser o de Shekure, quando vou saindo uma almofada, que devia estar enfiada no armário, cai na minha cabeça confusa e, depois, bate num jarro de cobre e nuns copos, derrubando-os. Vocês ouviram o barulho desses objetos e devem ter compreendido que a casa estava imersa na mais completa escuridão. Quanto a mim, percebo que faz frio.

"Hayriye?", chama o Tio Efêndi do outro quarto. "Shekure? Qual das duas está aí?"

Num piscar de olhos, saio do quarto, atravesso o corredor na diagonal e chego rapidamente à porta azul daquele cômodo em que passei o inverno trabalhando com o Tio Efêndi no seu livro.

"Sou eu, Tio Efêndi, sou eu."

"Eu quem?"

Percebo naquele momento que os apelidos que Mestre Osman nos havia atribuído quando éramos crianças eram, para o Tio Efêndi, um bom motivo de sutil zombaria.

Assim como os copistas que inscrevem, orgulhosos, seus nomes no *cólofon* da última página, aproveito a ocasião para recitar pomposamente meu nome, meu sobrenome, minha origem e o aposto "vosso miserável e pecaminoso servidor".

"Ora vejam!", diz, surpreso. E repete: "Ora vejam!".

Como o ancião que encontra a Morte naquela fábula assíria que me contavam quando eu era criança, o Tio Efêndi submerge num breve silêncio que parece durar para sempre.

Como venho de evocar a Morte, se por acaso há algum de vocês que imagina que vim aqui por causa dela, é que estão entendendo esse livro de través. Vir aqui com tal intenção e bater na porta, tirar os sapatos, sem nem sequer trazer uma faca?

"Então você veio?", diz ele, como o velhote do conto. Depois, mudando completamente de tom: "E que bons ventos o trazem?".

Já é quase noite. No entanto, o encerado sobre aquela espécie de seteira que, na primavera, dá para a dupla folhagem do plátano e do pé de romã, ainda deixa passar uma claridade suficiente para que se possa apreciar os contornos dos objetos presentes — uma luz que agradaria a um mestre chinês e que cai diretamente na mesa a que o Tio Efêndi, cuja fisionomia não consigo distinguir direito, está sentado, como de costume. Tento desesperadamente voltar a ter a sensação de intimidade que tínhamos antes, quando conversávamos à luz de vela até a madrugada, sobre desenho e miniaturas, entre pincéis, tinteiros, cálamos e brunidores. Não sei direito se é por causa dessa sensação de alienação ou por embaraço, mas o fato é que de repente sinto vergonha de querer expor abertamente minhas apreensões, esses acessos de fanatismo que se apossam do meu espírito quando começo a temer que minhas obras possam ser irreligiosas. Decido pois abrir-lhe meu coração por meio de uma história.

Vocês talvez já tenham ouvido essa história, a do sheik Muhammad, o grande miniaturista de Isfahan. Na escolha das cores e da composição, no desenhar os personagens, os animais ou os rostos, no combinar numa imagem a emoção da poesia e o rigor oculto de uma construção geométrica, esse pintor era sem-par. Tendo chegado bem jovem ao nível de mestre, durante os trinta anos que sua mão divina atuou, esse virtuose se mostrou, tanto pela escolha dos temas como na execução e no estilo, o mais irreverente, o mais audacioso de todos os pintores.

Trabalhando no estilo chinês a nanquim, que os mongóis nos trouxeram, ele introduziu na Escola de Herat aqueles demônios aterrorizantes, aqueles *djins* chifrudos, aqueles garanhões de culhões enormes, aquelas criaturas meio gente, meio monstro. Ele foi o primeiro a manifestar interesse e a exibir a influência dos retratos recentemente desembarcados com as primeiras naus flamengas e portuguesas. Ele encontrou em velhos livros de magia desmantelados antigos modelos desaparecidos, esquecidos desde os tempos de Gêngis Cã, e os fez reviver; ele, antes de todos, teve a audácia de alinhar na página as beldades nuas nadando perto da ilha das Mulheres, ante os olhos concupiscentes de Alexandre, sem falar em temas francamente licenciosos, como Shirin banhando-se ao luar; ao mesmo tempo que o voo noturno de Burak, o garanhão cavalgado por nosso Profeta em sua ascensão ao céu, pintou cachorros copulando, reis se coçando, mulás cumprimentando-se, e tudo isso se tornou, para a comunidade dos pintores que vieram depois dele, novos temas permitidos. Após trinta anos, ao longo dos quais usou e abusou tanto do álcool como do ópio, exercendo sua atividade com ardor, com entusiasmo, ao envelhecer, tornando-se discípulo de um sufi, inverteu em pouco tempo sua conduta e, tendo chegado à conclusão de que sua produção artística durante aqueles trinta anos havia sido profana e ímpia, ele a renegou em bloco. Mais que isso, voltou aos lugares — cidades, palácios, bibliotecas — que visitara naqueles trinta anos para procurar, reaver — nos tesouros reais, nas coleções particulares — cada um dos livros que havia iluminado e destruí-los. Se pudesse, anos mais tarde, localizar determinada obra sua entre os volumes de determinado soberano, valia-se de todos os meios, da doçura, da astúcia, burlava a atenção dos guardas para arrancar a página incriminada, aguardava o instante propício para jogar água em suas próprias obras-primas, arruinando-as. Eu disse ao Tio Efêndi que, contando aquela história, eu desejava ilustrar os tormentos a que se expõe um pintor cuja paixão de pintar o leva a desviar-se da religião. Por fim, evoco o incêndio da grande biblioteca de Kazvin, na época em que a cidade tinha como governador o príncipe herdeiro Abbas Mirzam, que o sheik Muhammad ateou ao perder a esperança de encontrar, entre centenas de outros volumes, os que ele pintara do próprio punho. Sem temer o exagero, evoco, como se fosse a minha, a morte do pintor no meio das chamas, comparando essas chamas com aquelas, mais ardentes e mais terríveis, do remorso e da má consciência.

"Está com medo, meu filho, por causa das miniaturas que fizemos?", pergunta-me o Tio Efêndi com um ar enternecido.

O cômodo tinha ficado tão escuro que não consigo enxergar, tenho de adivinhar seu sorriso.

"Nosso livro não tem mais nada de secreto", digo-lhe. "Isso talvez não seja grave em si. Mas há muitos boatos correndo. Dizem que, de uma maneira velada, blasfemamos contra a religião, produzimos um livro que, longe de responder aos desejos e às ordens do Nosso Sultão, só satisfaz aos nossos vis apetites. Um livro que chega a ridicularizar nosso Profeta e imita odiosamente as imagens dos mestres infiéis. Há quem chegue ao ponto de dizer que o Diabo está pintado nele de forma favorável e que, em todo caso, é um grave pecado ter desenhado, do ponto de vista de um cachorro vadio chafurdando no lixo, uma mutuca do tamanho de uma mesquita, a pretexto de que a mesquita está mais longe que ela, e que isso atenta contra a dignidade dos crentes que oram no pátio dessa mesquita. Isso tudo não me deixa dormir à noite."

"Fizemos essas imagens juntos", responde o Tio Efêndi. "Sem considerar se de fato cometemos tais impiedades, em algum instante quisemos porventura cometê-las?"

"Nunca na vida!", exclamo um pouco alto demais. "Mas, como quer que seja, pouco importa o que eles ouviram dizer, o caso é que repetem em toda parte que há uma última imagem, que completa tudo e cuja impiedade, segundo eles, já não é disfarçada, mas flagrante."

"Você já viu essa última imagem."

"Não, eu pintei tudo que o senhor pediu, o Dinheiro, o Diabo, numa folha grande, que deveria fazer uma página dupla, mas nunca vi a imagem completa", replico com cuidado, pesando bem minhas palavras, esperando que a resposta agradaria ao Tio Efêndi. "Se tivesse visto o conjunto do quadro, poderia sem dúvida negar, com total tranquilidade de espírito, todas essas ignóbeis calúnias."

"Por que você se sente culpado?", ele insiste. "O que tanto remói a sua alma e faz você duvidar de si mesmo?"

"Viver na desconfiança de que pudemos atentar contra as coisas que reconhecemos serem as mais sagradas, simplesmente ilustrando um livro, durante longos meses de aparente felicidade, é sofrer em vida os tormentos do Inferno. Se eu pelo menos pudesse ver essa última miniatura..."

"É só isso que te perturba? Foi por isso que veio me ver?"

De repente tive uma suspeita horrível: será que ele estava pensando que cometi alguma coisa horrenda, como ter matado o Elegante Efêndi?

"Os que querem derrubar Nosso Sultão e pôr no trono o príncipe herdeiro servem-se dessas calúnias sustentando que Nosso Sultão aprova esse livro às escondidas."

"E quantos são os que assim pensam?", ele responde num tom entediado.

"O senhor sabe, todo pregador ambicioso, se lhe dão ouvidos e se ele se esquenta, sempre começa dizendo que a religião está em declínio. É o negócio deles."

Será que ele acha que só vim aqui para pô-lo a par de uns mexericos?

"Dizem também", prossegui com um tremor na voz, "que nós é que assassinamos o falecido Elegante Efêndi, porque, ao ver a última miniatura, ele teria percebido que era uma blasfêmia contra o islã. Foi um chefe de seção do Grande Ateliê que me contou. O senhor conhece os novatos e os aprendizes: não param de espalhar intrigas por aí."

Seguindo essa linha de raciocínio e arrebatando-me cada vez mais, dali a pouco já não consigo distinguir o que de fato ouvi dizer, o que o medo me fez imaginar depois que dei cabo daquele delator infame e o que invento agora, à medida que falo.

Creio que, após todos esses preâmbulos, o Tio Efêndi vai resolver me mostrar a última miniatura, nem que seja só para me acalmar. Ele deve perceber, afinal, que é a única maneira de me tranquilizar e aliviar minha alma da angústia de ter cometido um grande pecado.

A fim de espicaçá-lo um pouco, pergunto com ousadia: "Pode-se desenhar, sem saber, uma imagem ímpia?".

À guisa de resposta, ele faz um gesto da mão, muito delicado, como se avisasse que um bebê dorme naquele quarto, e eu me calo. Ele quebra o silêncio quase cochichando: "Está escuro. Vou acender uma vela".

Enquanto ele inflama a mecha nas brasas da estufa, percebo em sua fisionomia uma expressão de orgulho que não conhecia nele e que me desagrada muito. Ou se trata de piedade? Será que ele compreendeu tudo e me considera um vulgar criminoso? Ou tem medo de mim? Eu me lembro de ter sentido naquele instante meus pensamentos escaparem de repente do meu controle e eu ter começado a segui-los como se fossem os pensamentos de outro. E como é que eu não havia notado antes, naquele canto do tapete em que estamos sentados, aquela forma estranha, como a de um lobo emboscado?

"Todos os nossos reis — chamem-se cãs, xás ou padixás —, quando se interessam pela pintura, quando apreciam as belas miniaturas e os belos manuscritos, conhecem três estações nesse seu gosto", diz o Tio Efêndi. "Começam sendo curiosos, ousados e complacentes. Querem obras de prestígio, atraentes, destinadas antes de mais nada à admiração do público. Depois dessa estação, por assim dizer, de aprendizado, vem aquela em que encomendam livros de acordo com seu gosto pessoal; e, como aprenderam a apreciar sinceramente a pintura, acumulam prestígio ao mesmo tempo que colecionam livros, os quais, depois que morrerem, garantirão a sobrevivência do seu renome neste mundo, dizem eles. Mas, quando vem o outono da sua vida, todos se afastam dessa forma terrestre de imortalidade. Entendo por 'imortalidade terrestre' o fato de viver, após a morte, na memória dos seus descendentes e das gerações futuras. Os grandes soberanos amantes dos livros e da pintura já conquistaram uma imortalidade graças aos manuscritos que nos encomendam e em cujas páginas inscrevem seu nome e, às vezes, até mesmo a história da sua vida. Mais tarde, porém, essa imortalidade aos olhos do mundo mortal já não os satisfaz. O que eles querem, como todo o mundo, naturalmente, é garantir um lugar no Além, e chegam à conclusão de que a pintura é um obstáculo a esse anseio. Isso é o que mais me incomoda e me intimida. O xá Tahmasp, que, além de ilustre soberano, foi um grande pintor ele próprio e passou toda a juventude no seu Grande Ateliê, fechou-o brutalmente ao sentir a morte se aproximar, baniu os pintores de Tabriz e destruiu as obras da sua biblioteca, acossado que era por intermináveis crises de remorso. Por que eles creem que uma pintura pode lhes fechar as portas do Paraíso?"

"O senhor sabe por quê! É porque eles se lembram que nosso Profeta disse que, no Dia do Juízo, os pintores serão condenados por Alá da forma mais severa."

"Os pintores não", replica o Tio Efêndi, "os escultores de ídolos. É um dito compilado por Al-Bukhari."

"No Dia do Juízo, será pedido aos escultores que insuflem vida a suas criaturas", rebato com circunspecção. "E como nenhuma delas se animará, sofrerão os tormentos do Inferno. Não esqueçamos que, no Venerável Corão, Alá é qualificado de 'escultor'. Alá cria, faz existir o que não existe, anima o inanimado, e ninguém pode rivalizar com ele. A pretensão dos pintores de fazer o que ele fez, de ser criadores como ele, é o maior de todos os pecados."

Pronunciei estas últimas palavras com a gravidade de um promotor formulando sua acusação. Ele me fitava nos olhos.

"Na sua opinião, foi o que fizemos?"

"De forma alguma!", respondo sorrindo. "Mas foi o que o falecido Elegante Efêndi passou a crer, depois que viu a última miniatura acabada. Ele dizia que o emprego da perspectiva e dos métodos dos pintores europeus eram tentações do Demônio. Nesse último desenho, nós teríamos representado o rosto de um mortal de acordo com as regras do Ocidente, isto é, dando a impressão, não de uma imagem, mas da realidade, de modo que essa obra estimula os que a contemplam a se prosternar diante dela, como diante dos ícones numa igreja. Na opinião dele, isso é uma obra do Demo não apenas porque a arte da perspectiva desloca a pintura do ponto de vista de Alá para rebaixá-la ao nível de um cachorro vadio, mas porque a familiaridade com as regras do Ocidente infiel nos levará a confundi-las com as que nós praticamos, a misturar a arte deles com a nossa, a nos submeter a ela, em detrimento da nossa pureza."

"Nada é puro", objeta o Tio Efêndi. "Crie-se o que for em desenho ou em pintura, cada vez que meus olhos se banham de lágrimas e que me arrepio de emoção diante de uma imagem maravilhosa, sei que se trata da união inédita de duas belezas que criam uma terceira. Desde Bihzad, e isso vale para toda a pintura persa, estamos em débito com os chineses, por intermédio dos mongóis, e com os árabes. As melhores miniaturas da época do xá Tahmasp aliam o estilo persa a uma sensibilidade turcomana. Se hoje só se fala da produção dos ateliês de Akbar Cã, sultão do Hindustão, é porque ele estimula seus artistas a adotar o estilo europeu. Ora, 'Alá possui o Oriente tanto quanto o Ocidente', diz o Corão. Que Ele nos guarde de aspirar ao puro e ao autêntico!"

Não obstante a clareza e a doçura que emanam da sua figura à luz da vela, a sombra que ela projeta na parede não deixa de ser aterradora. E quaisquer que possam ser a justeza e a pertinência das suas palavras, não consigo confiar nele. Como suponho que ele desconfia de mim, também desconfio dele. E adivinho que ele aguça o ouvido, esperando perceber, vindo do portão, o ruído de alguém chegando para socorrê-lo.

"Você me contou como o sheik Muhammad, o mestre de Isfahan, foi devorado pelas chamas da sua consciência tanto quanto pelas da Grande Biblioteca em que se encontravam os livros que ele havia renegado. Agora sou eu que vou contar outra história relacionada a essa mesma lenda. De fato, esse mestre dedicou os últimos trinta anos da sua vida à procura das suas próprias obras. No entanto, nas páginas que virava de cada livro que abria, no mais das vezes eram imitações, obras inspiradas por suas criações, e não obras suas, o que ele descobria. Naqueles anos todos, duas novas gerações de pintores haviam tomado as obras que ele havia renegado como modelo, tinham gravado indelevelmente suas imagens no espírito — melhor dizendo, haviam-nas transformado numa parte da alma deles. E compreendeu que, enquanto ele tentava encontrar suas pinturas para destruí-las, os jovens miniaturistas as reproduziam com entusiasmo em tantos livros, reutilizavam-nas para ilustrar tantas outras histórias, retransmitiam-nas a tantos outros pintores, que elas se difundiam irresistivelmente mundo afora. O que compreendemos ao cabo de muitos anos, de um livro a outro, de uma imagem a outra, é que um grande pintor nada mais faz que impor suas obras ao nosso espírito e, com isso, acaba mudando toda a nossa paisagem interior. Cada imagem produzida por sua arte e reproduzida por nossa alma passa a ser pouco a pouco, para nós, a medida da beleza do mundo. O sheik Muhammad de Isfahan, no fim da sua vida, além de queimar e destruir todas as suas obras, foi também testemunha da proliferação destas, fazendo que todo o mundo visse o mundo como outrora ele o vira, e tudo o que não se parecia com o que ele pintara em sua juventude passara a ser tido como feio."

Incapaz de refrear meu entusiasmo ao ouvir esse discurso do Tio Efêndi e de controlar meu desejo de agradá-lo, lancei-me, sem mais nenhuma contenção, sobre sua velha mão cheia de pintas, que cobri de lágrimas e de beijos, consciente de que ele tomava naquele instante, em meu coração, o lugar do meu caro Mestre Osman.

"Um pintor", prossegue ele, com um ar satisfeito, "faz suas miniaturas ouvindo sua consciência, seguindo as regras em que ele crê e sem ter medo de nada. Não se preocupa com o que seus inimigos, o fanatismo ou a inveja possam ter a criticar."

Levando mais uma vez suas mãos mosqueadas a meus lábios úmidos de lágrimas, vem-me à mente que o Tio Efêndi não é, ele próprio, pintor, e esse pensamento me incomoda profundamente. Era como se alguém houvesse diabolicamente insinuado essa vergonhosa ideia na minha cabeça. E no entanto vocês também sabem que é a pura verdade.

"Não tenho medo deles", continua, "porque não tenho medo da morte." De que estará falando? Sacudo a cabeça, simulando compreender. Mas começo a me sentir irritado. Percebo que ele tem, ali a seu lado, o *Livro da alma*, de Al-Jawziyya. Todos os velhos gagás à espera da sua hora compartilham a mesma veneração por essa obra, que relata as aventuras da alma depois da morte. Fora isso, desde a minha última visita, o único objeto novo, no meio das bandejas com caixas, pranchas para apontar os cálamos, tintas e pincéis, é um tinteiro de bronze.

"Provemos a eles que não nos assustam", digo, arriscando tudo. "Pegue a última miniatura, mostre-a a eles."

"Isso não seria, ao contrário, mostrar-lhes que as calúnias deles nos atingem, que nós as levamos a sério? Não fizemos nada de errado, nada de que possamos ter medo. Que mais, na sua opinião, justifica esse medo?"

Ele me acariciou os cabelos, como um pai. Temi deixar minhas lágrimas jorrarem e atirei-me em seus braços.

"Sei por que o Elegante Efêndi, nosso pobre iluminador, foi assassinado", declarei com emoção. "O Elegante Efêndi estava a ponto de denunciar o senhor, seu livro e nós todos, e despachar contra nós os asseclas de Nusret Hodja de Erzurum. Ele havia decretado que éramos uns ímpios dominados por Satanás, estava decidido a gritar isso aos quatro ventos e a insuflar contra nós os outros pintores que o senhor havia contratado para fazer seu livro. Como chegou a tal ponto, eu não sei. Talvez por inveja ou pelo efeito de uma alucinação diabólica. Os outros pintores que o senhor contratou compreenderam que o Elegante Efêndi estava firmemente decidido a causar a perda deles. A perda de todos nós. Eles tinham medo de ser atingidos pelas acusações dele. Eu também. Certa noite, um desses artistas sentiu-se acuado pelo Elegante Efêndi — que o instigava contra o senhor, contra nós, contra nossos livros, nossas miniaturas e tudo o mais em que acreditamos —, entrou em pânico, matou aquele traidor e jogou seu corpo num poço."

"Traidor?"

"O Elegante Efêndi era um desnaturado, um traidor grosseiro!", berrei como se ele estivesse diante de mim.

Fez-se um silêncio. Teria o Tio Efêndi medo de mim? Eu, sim, tinha medo de mim mesmo, porque me sentia como que dominado por uma inteligência e uma vontade exteriores às minhas.

"Quem é esse pintor que entrou em pânico, como o sheik Muhammad e você? Quem é o assassino?"

"Não sei."

Mas torço para que ele possa ler no meu rosto que estou mentindo. Compreendo que minha visita é um grave erro, mas não estava disposto a me deixar dominar pelo remorso e pela culpa. E perceber que o Tio Efêndi desconfia de mim me dá, ao contrário, uma sensação de força e de prazer. De repente, digo a mim mesmo que, se de fato compreendeu que era eu o assassino e que isso enchia sua alma de medo, ele não ousaria se recusar a que eu visse a última pintura. Agora ela só desperta em mim curiosidade, e não mais a necessidade de verificar se é ímpia ou não — sinceramente, eu só queria ver como ela era.

"Que importância tem saber quem matou aquele inútil? Não foi uma boa ação nos livrar dele?", pergunto.

Ele não me olha mais nos olhos, o que me estimula a ir mais longe. As pessoas de bem, as que se creem melhores e mais virtuosas que você são incapazes de sustentar seu olhar quando se envergonham por sua causa. Talvez porque já pensem em te entregar aos suplícios e aos torturadores.

Do lado de fora do portão do pátio, uns cachorros puseram-se a latir freneticamente.

"A neve voltou a cair", comento. "Aonde foram todos? Como é que deixaram o senhor sozinho, sem nem mesmo uma vela acesa lá embaixo?"

"De fato, é estranho. Muito estranho. Também não entendo."

Ele parecia tão sincero que acreditei piamente. E, embora eu tivesse o costume de caçoar dele, tanto como dos pintores que contrata, sinto de novo uma profunda afeição por ele. Como será que intuiu essa ternura filial que transborda do meu coração nesse instante, para começar a acariciar assim meus cabelos, com um ar paterno e preocupado? Não sei. Mas começo a perceber que o estilo de pintura de Mestre Osman e o legado dos antigos mestres de Herat não têm nenhum futuro. Esse pensamento abominável volta a me aterrorizar.

Depois de uma catástrofe, todos nós agimos assim: num derradeiro rasgo de esperança, sem nos preocupar com quão tolos e ridículos possamos parecer, oramos para que tudo volte a ser como sempre foi.

"Continuemos a pintar nosso livro como antes", eu disse, "como se nada houvesse acontecido."

"Há um criminoso entre os pintores. Vou continuar o trabalho iniciado, mas com o Negro."

Será que ele está me provocando, para ver se eu seria capaz de matá-lo?

"Onde está o Negro agora? E sua filha? E as crianças?" Sinto que essas palavras são postas na minha boca por uma força externa, mas não posso me impedir de dizê-las. A felicidade e a esperança parecem vedadas para sempre. Só consigo ser brilhante e sarcástico, e acima desses dois *djins* sempre tão sedutores — inteligência e espirituosidade —, sinto insinuar-se a presença de seu amo: o Diabo. No mesmo instante, os sinistros latidos do lado de fora do portão acentuam-se, como se os cachorros houvessem farejado o cheiro de sangue.

Já não vivi essa cena? Numa cidade distante, numa época que agora me parecia tão remota, quando caía uma neve que eu não podia ver, eu tentava em lágrimas, à luz de uma vela, persuadir da minha inocência um velho sovina e gagá que me acusava de ter roubado umas tintas. Tal qual agora, os cachorros puseram-se a latir como se sentissem cheiro de sangue. Compreendo, ao ver o velho queixo enrugado e comprido, sinal de maldade, e o olhar do Tio Efêndi, que ele por fim consegue fixar sem dó nem piedade nos meus olhos, que está decidido a me esmagar. Volta-me então à memória a vaga lembrança de quando eu era um aprendiz de dez anos de idade, como se fosse uma imagem de contornos nítidos mas de cores desbotadas. Vivo assim o presente como se ele fosse uma recordação distinta mas esmaecida.

Levanto-me, passo por trás do Tio Efêndi e pego na sua mesa de trabalho o novo tinteiro de bronze, pesado e grande, misturado aos outros que eu já conhecia, de vidro, de porcelana, de cristal de rocha. E o miniaturista ardente que existe dentro de mim — que Mestre Osman instilou em cada um de nós — pinta na sua imaginação o que eu faço e o que eu vejo em cores distintas, apesar de esmaecidas, não como um acontecimento que estou vivendo agora, mas como uma lembrança muito remota. Assim como nos sonhos ficamos arrepiados ao ver a nós mesmos de fora, arrepio-me agora ao brandir aquele volumoso tinteiro de bronze, bojudo e de gargalo estreito, dizendo:

"Quando eu tinha dez anos, quando era aprendiz, vi um tinteiro como este."

"É um tinteiro mongol, tem no mínimo trezentos anos", diz o Tio Efêndi. "Foi o Negro que me trouxe de Tabriz. É para o vermelho."

A súbita vontade que sinto então, de vibrar com toda a minha força o tinteiro no crânio daquele velho estúpido e satisfeito de si, é uma tentação demasiado evidente do Diabo para que eu ceda a ela. Contenho-me pois e, num derradeiro rasgo de esperança, digo-lhe tolamente:

"Fui eu que matei o Elegante Efêndi."

Vocês entendem por que eu disse isso cheio de esperança, não é? Confiei que o Tio também entenderia e, então, me perdoaria — que teria medo de mim e me ajudaria.

## 29. EU SOU O VOSSO TIO

QUANDO ELE ME DISSE QUE ERA o assassino do Elegante Efêndi, um longo silêncio se abateu sobre o quarto. Pensei que ia me matar também. Meu coração batia disparado. Ele veio me assassinar, se confessar ou simplesmente meter medo em mim? Saberia ele próprio por que tinha vindo? Ao me dar conta de que não fazia ideia do que era o mundo interior daquele artista magnífico, cujo desenho esplêndido e cujo uso mágico da cor me eram, há anos, tão familiares, tive medo, sim. Eu o sentia ali, bem atrás de mim, brandindo meu tinteiro reservado à tinta vermelha na altura da minha nuca. Mas não me virei para encará-lo. Sabendo que o silêncio poderia vir a excitá-lo, comentei:

"Esses cachorros não calam a boca!"

Depois ficamos mais um instante em silêncio. Dessa vez, compreendi que morrer ou sair ileso daquele lance só dependia de mim, do que eu dissesse. Fora suas obras, a única coisa que eu conhecia dele é que era muito inteligente. Se você é dos que acham que um pintor não deve revelar nada de si próprio em suas obras, ele poderia perfeitamente se gabar de ser um destes. Mas como ele conseguiu me pegar sozinho na minha casa? Minha velha cabeça girava vertiginosamente por esse labirinto de reflexões, sem conseguir encontrar a saída. Onde estaria Shekure?

"O senhor já sabia que era eu, não é?", ele perguntou.

Não, não sabia. Aliás, agora, num canto do meu espírito, eu me perguntava se, assassinando o Elegante Efêndi, ele na verdade não tinha agido bem e se nosso falecido iluminador, engolfado por seus terrores, não esteve de fato a ponto de causar a ruína de todos nós.

Eu até sentia nascer dentro de mim uma espécie de confusa gratidão para com esse assassino, com quem eu estava a sós na minha casa deserta.

"Não me espanta que você o tenha matado", comecei. "Para gente como nós, que vive no meio dos livros e sonha o tempo todo apenas com as miniaturas, o mundo real sempre encerra algo de apavorante. Nós vivemos e trabalhamos para o que há de mais proibido, de mais perigoso numa cidade do islã: a pintura. Todo pintor, como o sheik Muhammad de Isfahan, sente dentro de si o aguilhão pungente do remorso, que o leva a se acusar a si mesmo antes de a todos os outros, a fazer ato de contrição, a pedir perdão a Alá e à comunidade dos crentes. Fazemos nossos livros em segredo, como se fôssemos culpados, e quase sempre nos desculpando de antemão. Sei muito bem que esse inesgotável sentimento de culpa, esse costume de curvar a cabeça ante os ataques dos *hodjas*, dos pregadores, dos juízes e dos religiosos em geral, que nos acusam de blasfêmia, é ao mesmo tempo o que alimenta e o que mata a imaginação dos nossos pintores."

"O senhor então não está com raiva de mim por ter eliminado aquele imbecil do Elegante Efêndi?"

"O que nos atrai na caligrafia, na pintura ou no desenho faz parte desse medo que temos de ser punidos. Se nos debruçamos sobre o nosso trabalho de sol a sol, continuando noite adentro à luz de vela, a ponto de ficarmos cegos, se nos sacrificamos assim pela pintura e pelos livros, é menos por causa dos favores ou do dinheiro, do que para escapar da comunidade e dos seus rumores. Mas, paradoxalmente, também desejamos o reconhecimento, por esses mesmos homens que evitamos, das nossas criações mais inspiradas. E se eles nos acusam de blasfêmia... Ah, que sofrimento isso traz ao artista verdadeiramente talentoso! Mas a verdadeira pintura está oculta na angústia que não se vê e muito menos se cria, está contida na imagem que, à primeira vista, vão dizer que é ruim, incompleta, ímpia ou herética. O verdadeiro miniaturista sabe que tem de chegar a esse ponto, mas ao mesmo tempo teme a solidão que lá estará à sua espera. Quem pode aceitar uma vida tão atroz, tão angustiante como essa? Daí todos esses intermináveis terrores. Acusando a si mesmo antes que outros o façam, o artista pensa que escapará desses terrores que o atormentaram anos e anos. Ouvem-no e acreditam nessa sua confissão espontânea, e ele é assim condenado a arder no Inferno. O pintor de Isfahan acendeu ele próprio esse fogo infernal."

"Mas o senhor não é pintor", disse ele. "Não foi por ter medo dele que o matei."

"Você o matou porque queria pintar à vontade, sem ser incomodado."

Meu assassino em potencial fez nesse instante uma observação altamente sagaz, a primeira desde há muito tempo, para dizer a verdade: "Eu sei, o senhor aprova tudo o que digo, finge concordar com minhas ideias simplesmente para se safar. Mas", acrescentou, "o que o senhor acaba de dizer não está errado. E como quero que o senhor compreenda direito, ouça-me."

Encarei-o. Falando assim comigo, ele parecia ter abandonado toda polidez de fachada, parecia estar longe dali... Mas onde?

"Não se ofenda. Não é nada...", balbuciou, antes de soltar uma gargalhada passando por trás de mim, um riso que ecoava algo desvairado. "Acontece-me às vezes. Como agora. Faço uma coisa e, ao mesmo tempo, não sou eu. Ouço como um barulho dentro de mim, que me impulsiona, que me faz cometer o mal. E no entanto preciso disso. Quando pinto também é assim."

"Essas histórias de demônio são invenções de mulher velha."

"Acha então que estou mentindo?"

Eu sentia que ele não tinha coragem para me matar friamente e que, por esse motivo, queria me forçar a irritá-lo. "Não se trata de mentira. É que você não está entendendo o que sente."

"Ao contrário. Percebo muito bem. Sofro todos os horrores do túmulo antes de morrer. Sem perceber, o senhor nos mergulhou no pecado até o pescoço. E acaba de me dizer para eu ser mais ousado. Foi o senhor que fez de mim um assassino. Agora a horda raivosa de Nusret Hodja vai matar todos nós."

Ele gritava para melhor convencer a si mesmo, apertando convulsivamente o tinteiro na mão. Se seus gritos chamassem a atenção de algum passante na rua... Mas com aquela neve toda!

"Como você o matou?", perguntei, menos por curiosidade do que para ganhar tempo. "Como foi que vocês foram parar na beira daquele poço?"

"Foi o Elegante Efêndi que veio me ver naquela noite, ao sair da sua casa", ele começa, espantosamente disposto a contar a continuação, ao que parecia. "Ele me disse que acabava de ver a última miniatura, em página dupla. Depois tentei dissuadi-lo do seu projeto, quer dizer, tentei impedi-lo de fazer um escândalo. Levei-o àquele terreno baldio, dizendo que tinha enterrado um dinheiro perto do poço de uma casa destruída pelo último grande incêndio. Ouvindo a palavra dinheiro, ganhou confiança em mim. Há melhor prova de que ele era um pintor venal? Mas não era isso que me incomodava: ele era como os outros, nem mais nem menos talentoso, e disposto a cavar a terra gelada com as próprias unhas. Aliás, tivesse eu de fato enterrado umas moedas de ouro perto daquele poço, não teria sido necessário matá-lo. O senhor escolheu um personagem bem vil para fazer suas iluminuras. Ele tinha um traço preciso, mas suas douraduras, coitado, sem falar do seu modo de escolher e empregar as cores, eram muito vulgares. Não deixei nenhum vestígio. Por falar nisso, diga-me: o que se deve entender pelo que chamamos estilo? Hoje em dia, os europeus como os chineses falam da cor de um pintor, do seu estilo. Um bom pintor tem de ter um estilo que o distinga de todos os outros?"

"De uma coisa pode estar certo: que um novo estilo nunca procede de uma vontade pessoal do pintor", respondi. "Um príncipe morre, um xá é vencido, uma época que parecia eterna termina e um grande ateliê de pintura é fechado; os pintores se dispersam por vários países, em busca de outros homens e de outros bibliófilos que os patrocinem. Um dia, um sultão compassivo reúne em seu palácio ou na sua tenda esses desterrados, esses refugiados sem rumo mas talentosos, pintores e calígrafos oriundos de Alepo ou de Herat, trata-os com bondade e funda com eles um novo ateliê de livros de arte. Esses artistas, que não se conhecem, no começo continuam a praticar cada um o estilo de pintura que têm como tradicional, mas, como aqueles meninos que depois de muito brigar na rua pouco a pouco se tornam amigos, eles também, com o tempo, altercam, se unem, brigam e se entendem. O surgimento de um novo estilo é o resultado de anos de desentendimento, inveja, rivalidade e estudo das diferentes maneiras de pintar e de empregar as cores. Geralmente, o pai dessa nova forma é o artista mais hábil e talentoso do ateliê. Eu diria até: o de maior sorte. Aos outros, menos felizes, resta a imitação, a tarefa de aperfeiçoar e burilar infinitamente o estilo que triunfou."

Evitando encontrar meus olhos, com uma voz surpreendentemente doce e trêmula, que parecia implorar, quase a voz de uma mocinha, ele me perguntou:

"E eu, tenho um estilo próprio?"

Achei que eu ia chorar. Com toda a ternura, gentileza e simpatia que pude reunir, apressei-me a lhe dizer o que eu pensava a esse respeito:

"Em sessenta anos de uma vida pecadora, nunca vi pintor mais talentoso, mais extraordinário, com uma pincelada mais mágica e um olho mais apurado do que você. Se pusessem diante de mim uma pintura que fosse fruto do trabalho conjunto de mil miniaturistas, eu seria capaz de reconhecer instantaneamente a maravilhosa pincelada de que Alá te fez dom."

"Concordo. Mas o senhor não é suficientemente sutil para perceber todo o meu talento", disse ele. "O senhor mente, porque está com medo. Mas, azar, continue a falar do meu estilo."

"Seu pincel parece escolher sozinho o traço certo, sem a intervenção da mão. E o que ele faz surgir não é nem real, nem frívolo. Quando você pinta uma cena com numerosos personagens, a tensão que emana dos olhares trocados, da posição dos corpos na página e do sentido do texto em face transforma essa imagem num delicado murmúrio, que parece eterno. Gosto de voltar várias vezes às suas miniaturas para ouvir esse murmúrio e, cada vez, constato com um sorriso que o sentido mudou e, como poderia dizer, ponho-me a ler novamente a pintura. Juntando esses diferentes níveis de sentido, emerge uma profundidade que supera até mesmo a perspectiva dos pintores europeus."

"Muito bem! Mas deixe de lado os europeus e continue o que dizia."

"Sua linha é tão prodigiosa e forte que é no que você pintou que o observador acredita, muito mais do que na própria realidade. E do mesmo modo que a arte pode desviar o melhor dos crentes, a sua seria capaz de trazer para a via de Alá o incréu mais empedernido e irremediável."

"É verdade, mas não sei se se trata de um elogio. Continue."

"Nenhum pintor possui a mestria das cores e conhece os segredos delas como você. É sempre você quem prepara e aplica as mais vivas, as mais cintilantes, as mais verdadeiras."

"Certamente. E o que mais?"

"Você sabe muito bem que você é o maior pintor depois de Bihzad e de Mir Sayyid Ali."

"É verdade, eu sei. Se o senhor também sabe, por que quer dar seu livro a essa nulidade do Negro, e não a mim?"

"Primeiro porque o trabalho que ele vai fazer não requer nenhum talento de pintor. Segundo porque, ao contrário de você, ele não é um assassino."

Ele respondeu com um sorriso suave à gargalhada que soltei depois de todos aqueles belos elogios. Eu sentia, como quer que fosse, que era a única maneira — o único estilo? — que eu tinha para escapar daquele pesadelo. Iniciamos uma discussão, menos como um pai com seu filho do que como dois velhos calejados, a propósito daquele pesado tinteiro de bronze que continuava na mão dele: o peso do metal, a forma do objeto, que lhe dava seu equilíbrio, o comprimento do gargalo, o comprimento da cana dos antigos calígrafos, os mistérios da tinta vermelha cuja consistência ele avaliava balançando suavemente o tinteiro, de pé na minha frente... E que, se os mongóis não tivessem trazido, via Khurasan, Bukhara e Herat, os segredos do fabrico da tinta vermelha, que eles aprenderam com os mestres chineses, seríamos hoje, em Istambul, incapazes de produzir essas miniaturas. Enquanto falávamos, a consistência do tempo, como da tinta que se espalha, parecia se modificar, tornar-se mais fluida. Num canto do meu espírito, eu continuava a me perguntar como é que ninguém ainda havia voltado. Se pelo menos ele pusesse aquele tinteiro de volta na mesa!

"Quando seu livro estiver terminado, os que virem minhas miniaturas apreciarão meu talento?", perguntou-me mais sereno, no tom costumeiro das nossas conversas de trabalho.

"Se Alá nos permitir terminar esse livro sem interferências, Nosso Sultão, quando o tiver nas mãos, começará sem dúvida correndo rapidamente os olhos por ele, para ver se não fomos avaros no uso das folhas de ouro. Depois, como todo sultão, examinará seu retrato como se estivesse lendo uma descrição da sua pessoa, e a semelhança que achará consigo o encantará mais do que a beleza das nossas ilustrações. Se, em seguida, ele se dignar em examinar a obra, inspirada pelo Oriente e pelo Ocidente, que criamos com tanto esmero e devoção à custa da luz dos nossos olhos, que benevolência a dele! Mas você sabe tão bem quanto eu que, a não ser que ocorra um milagre, mandará trancar o livro no Tesouro, sem nem sequer perguntar quem é o autor da moldura, das iluminuras, deste personagem ou daquele cavalo. E voltaremos a trabalhar, como bons artesãos, esperando que um dia nosso mérito seja reconhecido."

"E quando esse milagre acontecerá?", perguntou ele após um silêncio que parecia marcar mais a espera do que a impaciência por alguma coisa. "Quando essas miniaturas, pelas quais aceitamos ficar cegos, serão realmente compreendidas? Quando elas valerão, a mim, a nós todos, o respeito que merecemos?"

"Nunca."

"Como é possível?"

"Nunca nos concederão o que você pede. E no futuro muito menos que hoje."

"Mas os livros duram séculos!", ele replica com orgulho mas sem muita convicção.

"Acredite, nenhum dos mestres venezianos possui a poesia, a fé, a sensibilidade que você tem, nem a pureza, o brilho das suas cores. Mas os quadros deles são muito mais persuasivos, se aproximam mais da verdadeira vida. Em vez de pintar como do alto do minarete, de uma altura suficiente para desdenhar o que chamam de perspectiva, eles, ao contrário, se põem no nível da rua ou dentro do quarto de um príncipe, para pintar sua cama, suas cobertas, a escrivaninha, o espelho, seu leopardo, sua filha, suas moedas de ouro. Eles incluem tudo isso, como você sabe. Não fiquei seduzido, diga-se de passagem, com tudo o que eles fazem: essa maneira de querer reproduzir a qualquer preço o mundo tal como ele é me parece bastante mesquinha e me incomoda. Mas há tamanha sedução no resultado que obtêm com esse método! Porque eles pintam o que o olho vê exatamente como o olho vê. Sim, eles pintam o que veem, enquanto nós pintamos o que contemplamos. Vendo as obras deles, qualquer um compreende que é somente por meio do estilo deles que sua fisionomia pode ser imortalizada. E não são apenas os alfaiates, os açougueiros, os soldados, os padres e os quitandeiros de Veneza que ficam fascinados com essa ideia, mas os de toda a Europa... Todos encomendarão seu retrato nesse estilo. Basta um olhar para uma dessas pinturas, e você também vai querer se ver assim, vai querer acreditar que você é diferente de todos os outros, um ser humano único, especial e singular. Ora, pintar as pessoas, não como elas são percebidas pela mente, mas como são vistas pelo olho nu, pintar de acordo com o novo método proporciona essa possibilidade. Um dia, todo o mundo pintará como eles. Quando se falar em pintar, será esse sentido que a palavra terá. O palerma do alfaiate que não entende patavina da nossa arte também exigirá ser pintado assim, para poder acreditar, ao reconhecer a curva inconfundível do seu nariz, que ele não é um pobre coitado qualquer, mas um homem fora do comum."

"Mas nós também podemos fazer o retrato dele!", exclamou o assassino num tom jocoso.

"Não, não podemos! O falecido Elegante Efêndi, sua vítima, não te falou do terror que a ideia de imitar os europeus desperta em seus colegas? Mesmo que superemos esse medo e que fizermos como eles, o resultado será o mesmo: no fim, nossa arte se extinguirá e nossas cores esmaecerão. Ninguém mais se interessará por nossos livros e por nossas pinturas. E os que se interessarem, não compreenderão mais nada e perguntarão com uma careta por que essa ausência da perspectiva — se é que poderão encontrar as próprias obras! A indiferença dos homens, o tempo e as catástrofes destruirão nossa arte. A cola das nossas encadernações, conforme a fórmula árabe, contém escama de peixe, osso, mel, e nossas páginas são lustradas com clara de ovo e amido. Os camundongos vorazes as comerão com despudorada gula. Os cupins, os carunchos e mil espécies de bichos roerão nossos preciosos manuscritos até desaparecerem. As encadernações racharão, as páginas se soltarão. Criados indiferentes, ladrões e crianças rasgarão, sem pensar, as páginas e as pinturas, donas de casa irão usá-las para acender o fogo. As princesinhas e os principezinhos rabiscarão nossas páginas com suas penas de brinquedo, espalharão nelas o muco das suas narinas, furarão os olhos dos personagens, desenharão nas margens. De tempo em tempo, algum censor religioso, furiosamente inspirado, declarará que tudo aquilo é pecado, cobrirá tudo com extrato de nogueira. Ou uma criança recortará as páginas para fazer caricaturas e se divertir, zombando delas. As mães arrancarão o que acharem obsceno, os pais ou os irmãos se masturbarão sobre as figuras femininas, e assim as páginas ficarão grudadas, não só por causa disso, mas também por obra da lama, da cola que transborda, da saliva adensada com todos os restos possíveis de comida. Onde as páginas se grudaram, pontos de mofo e de sujeira desabrocharão como flores. A chuva, as intempéries, uma inundação, um simples telhado com goteira ou torrentes de lama arruinarão nossos livros. E, como quer que seja, ao lado das obras que as inundações, a umidade, os insetos já houverem reduzido a uma papa informe, ao lado de todas essas páginas vazadas, furadas, perfuradas, apagadas e tornadas ilegíveis, o livro que vierem a tirar, por milagre, do fundo de uma mala, que também por milagre foi conservada seca, acabará apesar de tudo devorado nas chamas de algum incêndio. Existe algum bairro de Istambul que não tenha sido reduzido a cinzas uma vez cada vinte anos, onde tal livro possa subsistir? Nesta cidade, em que a cada três anos desaparecem mais livros e bibliotecas do que os mongóis queimaram e saquearam em Bagdá, que pintor ousará sonhar que suas obras-primas durarão mais de um século ou que um dia sua arte poderá ser admirada, e ele reverenciado como Bihzad? E não são apenas nossas obras, mas tudo o que nosso mundo produziu ao longo dos séculos, que as chamas, a incúria ou os vermes acabarão por destruir: Shirin observando orgulhosamente Khosrow de uma alta janela; Khosrow contemplando Shirin banhando-se ao luar; e todos os delicados olhares de todos os amantes delicados; Rustam no fundo do poço matando o demônio branco; abandonado pela amada, Majnun sofre no deserto, convivendo com o tigre branco e os cabritos-monteses; o cão pastor traiçoeiro, desmascarado e enforcado por ter oferecido à loba com que ele se acasalava todas as noites um carneiro do rebanho que guardava; os ornatos de flores e de anjos, de galhos e pássaros, de folhagens e ramagens, que tantas lágrimas fizeram derramar; os alaudistas que ilustram os enigmáticos versos de Hafiz; as ornamentações de paredes em que milhares, ou melhor, dezenas de milhares de aprendizes e mestres arruinaram sua vista; as placas escritas, penduradas na parede, acima das portas; todos aqueles dísticos dissimulados na feitura complicada das molduras; as humildes assinaturas, escondidas nos rochedos, sob os arbustos, ao pé dos muros, sob os telhados, no canto das fachadas, sob a sola de um sapato; as flores que cobrem aos milhares os lençóis dos amantes; as cabeças cortadas dos infiéis, aguardando pacientemente o assalto, pelo ancestral do Nosso Sultão, de uma cidade que ele derrotou; as tendas, os canhões e os fuzis que você ajudou a ilustrar quando jovem e que aparecem ao fundo, quando os embaixadores dos infiéis vêm beijar os pés do bisavô do Nosso Sultão; os diabos, com ou sem rabo, com ou sem chifres, de dentes e unhas pontudos; os milhares de passarinhos, entre os quais a poupa sábia, o pardal saltitante, o milhafre estúpido e o rouxinol poeta; os gatos que se comportam bem, os cachorros que se comportam mal; as nuvens que galopam; os adoráveis raminhos de relva, idênticos em mil imagens; as sombras ingênuas projetando-se nos rochedos e as dezenas de milhares de ciprestes, romãzeiras e plátanos, com suas folhas traçadas uma a uma com uma paciência de Jó; os palácios, com suas centenas de milhares de tijolos, que têm por modelo os palácios do xá Tahmasp ou de Tamerlão, mas que ilustram histórias de épocas muito mais antigas; os milhares de príncipes melancólicos, que escutam no campo a música tocada para eles por mulheres e efebos, sentados em tapetes à sombra de árvores em flor, na primavera; os maravilhosos motivos desses tapetes e dos azulejos, que, no último século e meio, custaram às mãozinhas dos aprendizes de Samarcanda ou de nossa terra tantas lágrimas e tantas surras; os maravilhosos jardins, os milhafres negros planando acima dos campos de batalha coalhados de mortos; as caçadas dos nossos soberanos, perseguindo delicadamente gazelas igualmente delicadas, que fogem, trêmulas, diante deles; os inimigos na servidão, a morte dos xás, os galeões infiéis, as cidades rivais e a sombria claridade que cai das estrelas, aquelas noites que os ciprestes assombram e que brilham como se a própria noite escorresse e brilhasse na tinta do seu pincel, todas as suas cenas de amor ou de morte, tingidas de vermelho, tudo, tudo desaparecerá."

Ele ergueu o tinteiro de bronze e me bateu com toda a força na cabeça.

Sob a violência do choque, caí de cara no chão. Senti uma dor atroz, absolutamente indescritível. Por um instante, minha dor parece respingar no mundo: tudo é amarelo. A maior parte do meu espírito compreendia que era de propósito, mas uma pequena parte, apesar do golpe dado, ou a parte que, justamente, esse golpe fazia funcionar menos bem me induzia lamentavelmente a perguntar àquele louco que queria me assassinar se ele, na verdade, não estava me agredindo por equívoco!

Ergueu mais uma vez o tinteiro e abateu-o sobre a minha cabeça.

Entendi dessa vez, inclusive com aquela parte do meu espírito que funcionava arrevesadamente, que não havia equívoco possível, que sua loucura, sua raiva estavam ali, e com elas a morte, o fim. Fiquei tão aterrorizado com esse estado de coisas que elevei minha voz, berrando com toda a minha força e com toda a minha dor. Se meus gritos fossem uma cor teriam banhado tudo de verde; mas, na escuridão daquela noite de inverno, essa cor não podia ser percebida nas ruas desertas. Eu estava só.

O grito assustou-o, ele hesitou. Nossos olhos se encontraram. Li nas suas pupilas que, apesar do horror, apesar da vergonha, ele aceitava seu ato, entrava rapidamente no papel de assassino. Não era mais o pintor que eu conhecia, mas um estranho distante, mau, que não falava minha língua, e essa sensação prolongou minha momentânea solidão por séculos. Quis agarrar sua mão, como para me segurar no mundo. Em vão. Supliquei, creio: "Meu filho, meu filho, não me mate!". Como num sonho, ele parecia não me ouvir.

Bateu mais uma vez o tinteiro de bronze na minha cabeça.

Meus pensamentos, minhas lembranças, meus olhos e o que eu via, tudo se misturou para se transformar em medo. Eu não via mais as cores, e percebi que todas as cores tinham se transformado em vermelho. O que pensei ser meu sangue era tinta vermelha; o que pensei ser tinta nas minhas mãos era meu sangue que se derramava.

Como achei injusto, cruel, impiedoso morrer naquele instante! Mas era o que ia mesmo acontecer um dia ou outro, vistos meus cabelos brancos que o sangue avermelhava. Foi então que vi: minhas lembranças estavam todas brancas, como a neve que caía lá fora em silêncio. E eu ouvia meu sangue pulsar na minha cabeça, na minha boca.

Vou lhes contar minha morte. Vocês talvez já tenham compreendido há muito: a morte não é o fim de todas as coisas, disso não há dúvida. Mas é verdade também, como dizem todos os livros, que a morte é uma dor inimaginável. Não era apenas minha cabeça e meu cérebro que sofriam, eram todas as partes do meu ser, confundidas e mescladas numa dor atroz, infinita. Era tão insuportável que uma parte do meu espírito reagiu esquecendo a agonia e — como se fosse a única alternativa possível — procurando mergulhar num sono suave.

Antes de morrer, lembrei-me daquele conto assírio que eu ouvira ao entrar na adolescência. Um velho que vivia sozinho levanta-se no meio da noite, para tomar um copo de água. Põe o copo na mesa e constata que a vela desapareceu. Um tênue raio de luz vem do quarto, ele o segue, tornando sobre seus passos, e encontra na cama outra pessoa, com a vela na mão. "Quem é você?" O estranho responde: "A Morte". O velho franze a testa, não fala nada, mas por fim responde: "Então você veio". "Sim", responde a Morte, arrogantemente. "Não", replica o ancião, "você é o sonho que não terminei." Sopra a vela na mão do estranho e tudo mergulha na escuridão. O velho volta para a cama, adormece e vive mais vinte anos.

Eu sabia que, no meu caso, não seria assim. Ele batera outra vez com o tinteiro na minha cabeça. A dor era tão intensa que dessa vez senti o choque apenas vagamente. Ele, o tinteiro, o quarto mal iluminado pela vela, tudo parecia se distanciar e desbotar pouco a pouco.

Mas eu ainda vivia, e sabia disso, pois que me agarrava, pois que desejava fugir, pois que me debatia, com as mãos, com os pés, para proteger minha cabeça, meu rosto cheio de sangue, pois que, a certa altura, creio ter-lhe mordido a canela, antes de ele me acertar em cheio, no rosto, com o tinteiro.

Lutamos, portanto, se é que ainda se pode falar de luta. Ele era forte e estava tremendamente agitado. Imobilizou-me de costas, fincando os joelhos em meus ombros e, enquanto me mantinha assim, pregado no chão, contou-me sem o menor respeito por um ancião moribundo, uma porção de coisas, e num tom! E, mais uma vez, na certa porque eu não podia nem compreender, nem ouvir, nem olhar direto em seus olhos injetados de sangue, tornou a me bater com o tinteiro. Seu rosto e todo o seu corpo tinham ficado vermelho vivo, o vermelho da tinta que jorrava do tinteiro e o vermelho do sangue que jorrava de mim.

Fechei os olhos, não querendo que a derradeira imagem que eu teria do mundo fosse a triste visão de um rosto hostil... Logo depois, percebi uma luz suave e agradável como o sono, tão suave e reparadora que achei ter chegado ao fim dos meus sofrimentos. Vi alguém na luz e lhe perguntei, como uma criança: "Quem é você?".

"Sou Azrail, o Anjo da Morte", respondeu. "Anuncio aos filhos de Adão o fim da viagem deles neste mundo. Separo os filhos das mães, os esposos das esposas, os pais das filhas, os amantes um do outro. Neste mundo, não há uma só alma que não encontre seu caminho."

Ao compreender que a morte era inelutável, pus-me a soluçar. Meus soluços me davam uma sede tremenda, e havia a dor atordoante e lancinante, havia, de um lado, aquele lugar cruel e frenético, em que eu jazia, cabeça e rosto empapados de sangue; e havia, de outro lado, um lugar em que a crueldade e o frenesi cessavam, mas ele era estranho e assustador. Eu sabia que aquele mundo aureolado de luz, a que o anjo Azrail acabava de me convidar, era o território dos mortos, e eu tinha muito medo de entrar lá. Mas entendia também que não poderia mais ficar muito tempo neste mundo que se obstinava em me torturar tão brutalmente e onde eu não podia mais ter descanso. Para ficar aqui, teria sido necessário suportar esses sofrimentos e, na minha idade, isso já não era possível.

Assim, pouco antes de morrer, desejei morrer. E encontrei nesse momento a resposta àquela questão sobre a qual eu havia meditado a vida toda, a resposta que não pudera encontrar em nenhum livro: por que todos os homens, sem exceção, acabam morrendo um dia ou outro? Simplesmente porque todos eles acabavam desejando morrer. Também descobri que a morte ia me tornar um homem mais sábio.

Mas, antes de partir para a longa viagem, hesitei o suficiente para não refrear um derradeiro olhar para o quarto e a mobília. A inquietude e, já, a saudade me faziam desejar rever minha filha, pela última vez. Cheguei a pensar em esperar, tanto quanto preciso fosse, resistindo à dor e à sede cada vez maiores.

A luz suave e mortiça se atenua um pouco, e meu espírito se abre de novo aos ruídos do mundo à minha volta, enquanto agonizo. Ouço meu assassino. Ele se movimenta no quarto, abre o armário, remexe nos papéis: procura a última miniatura. Não a encontrando, põe-se a derrubar as tintas, os baús, as caixas, os tinteiros e as mesas de trabalho a violentos pontapés. O que eu percebia de longe em longe eram meus próprios gemidos, as convulsões bizarras dos meus velhos braços, das minhas pernas cansadas. Esperei.

A dor não diminuía. Pouco a pouco, eu me calei, parei de lutar. Mesmo assim, ainda esperei.

Ocorreu-me então que, se minha filha voltasse, ela podia se ver face a face com meu assassino. Não quis mais pensar nisso, depois senti que aquele celerado tinha saído do quarto. Certamente havia encontrado a última miniatura.

Minha sede tornava-se insuportável, mas ainda esperei. Venha, minha linda Shekure, chegue logo.

Ela não chegou a tempo.

Faltavam-me forças para aguentar todo aquele sofrimento. Soube que morreria sem voltar a vê-la. Foi uma dor a mais e quis morrer, dessa vez, de tristeza. Então, naquele momento, apareceu à minha esquerda um rosto cheio de bondade, que eu nunca havia visto e que me sorria, oferecendo um copo d'água.

Esquecendo todo o resto, faço com avidez o gesto de pegá-lo. Mas ele retira o copo: "Diga: o profeta Muhammad mentiu. Renegue tudo o que ele disse".

Era o Diabo. Não respondi. Não tinha medo dele. Como nunca acreditei que fazer pintura significasse ser seduzido por ele, continuei esperando confiante. Eu já sonhava com o futuro, com a longa viagem que me esperava.

Depois o anjo de luz que eu vira antes voltou, e Satanás desapareceu. Uma parte do meu espírito sabia que esse anjo luminoso que punha o Diabo para correr era o próprio Azrail. Mas outra parte, sempre pronta a se rebelar, me lembrava o que está escrito no *Livro das circunstâncias da ressurreição final*: que Azrail é um anjo que tem o mundo inteiro nas mãos, cujas asas, imensas, cobrem com sua envergadura o Oriente e o Ocidente.

Vendo minha perturbação e como para me tirar daquele embaraço, o anjo se aproximou e pronunciou, numa voz sublimemente suave, as mesmas palavras que são citadas por Gazali nas *Pérolas da magnificência*:

"Então, abra a boca, para que a sua alma possa sair."

"Da minha boca não pode mais sair outro nome, que não o de Alá", respondi.

Era meu derradeiro subterfúgio. Compreendi que não era mais tempo de resistir e que minha hora havia chegado. Não vou voltar a vê-la. E por um instante tive vergonha de deixar à minha filha meu corpo naquele estado pavoroso, sujo, ensanguentado. Quis sair logo deste mundo exíguo, que me incomodava como uma roupa apertada.

Abro a boca e, então, como nas descrições da Ascensão Noturna que o Profeta, em sonho, fez do Paraíso, tudo é invadido por uma luz preciosa, como se estivesse generosamente pintado com folha de ouro. Outra lágrima de pesar rola dos meus olhos. Um sopro, vindo do fundo dos meus pulmões, abre passagem através da minha garganta. Tudo fica imerso num prodigioso silêncio.

Podia ver agora que minha alma tinha saído do meu corpo e Azrail a levava na mão. Ela era do tamanho de uma abelha, aureolada de luz, tremeu ao deixar meu corpo e continuava a tremer na palma daquele anjo, como uma gota de mercúrio. Mas meus pensamentos estavam longe deles, num mundo totalmente novo e desconhecido em que eu acabava de ingressar.

Depois de tanto sofrimento, a calma me subjugou. A morte não me causava a dor que eu temia; ao contrário, logo relaxei, sabendo que minha situação atual seria permanente e que as angústias da minha existência tinham sido passageiras apenas. Assim seria de agora em diante, até o fim do universo. Isso não me perturbava nem me alegrava. Os acontecimentos que antes se sucediam vertiginosamente agora se estendiam simultaneamente por um espaço infinito. Como numa dessas pinturas em folha dupla em que um miniaturista astuto pinta em cada canto certo número de elementos sem nenhuma relação recíproca, muitas coisas estavam acontecendo ao mesmo tempo.

## 30. EU, SHEKURE

NEVAVA TANTO QUE OS FLOCOS ÀS VEZES passavam pelo meu véu direto nos olhos. Tive dificuldade para atravessar o jardim cheio de lama, de vegetação apodrecida e de galhos, mas, uma vez na rua, pude acelerar o passo. Vocês devem estar se perguntando quais eram meus pensamentos naquele momento. Pois bem, eram estes: eu podia confiar no Negro? Vou ser sincera com vocês: eu mesma me pergunto agora quais eram meus pensamentos naquele momento. Vocês entendem, não é? Eu estava confusa. Mas de uma coisa eu tinha certeza: como sempre, toda vez que eu enfrentava um problema — comida, meus filhos, meu pai, os recados —, uma voz interior acabaria se fazendo ouvir e meu coração, sem nem mesmo precisar ser interrogado, me sopraria por conta própria a solução. Antes de amanhã ao meio-dia saberei o nome do meu próximo marido.

Há uma coisa de que eu gostaria de lhes falar, antes de voltar para casa. Não, por favor, não se trata mais uma vez das dimensões do formidável coiso que o Negro me mostrou — mais tarde falaremos nisso, se vocês fizerem questão. Do que quero lhes falar é da sua estranha precipitação. Não que, a meu ver, ele pense exclusivamente em satisfazer seus baixos instintos, o que aliás pouco me importaria; o que me surpreende é sua estupidez! Acho que nem lhe passou pela cabeça que sua conduta podia me assustar, me fazer fugir, e que brincar com a minha honra é arriscar-se a me perder! Sem falar nas consequências ainda mais graves... Dá para ver por seu ar confuso que ele me ama e me deseja perdidamente. Mas depois de ter esperado doze anos, por que ele não pode jogar o jogo de acordo com as regras e esperar mais doze dias?

O caso é que, sabem?, eu me sentia cada vez mais cativada pelo seu mau jeito, por seu olhar de garotinho triste. No momento em que mais deveria ter me zangado, ele simplesmente me deu dó, e ouvi minha voz interior dizendo: "Coitadinho, ele continua apaixonado, e é tão desastrado!". Senti necessidade de protegê-lo e teria sido capaz até de um deslize: isso mesmo, estive a dois dedos de me entregar àquele malcriado.

Pensando de repente em meus pobres orfãozinhos, apertei o passo. Na noite já caída e na neve que me cegava, eu imaginava que um homem, um fantasma, ia se atirar sobre mim e encolhi a cabeça entre os ombros, como para evitá-lo.

Entrando no pátio de casa, vi que Hayriye e as crianças ainda não haviam voltado. Melhor assim, disse comigo mesma, e aliás era normal, pois ainda não se ouvira o chamado para a prece da noite. Subindo a escada, acreditei sentir um cheiro de laranja amarga. Não havia luz no quarto da porta azul, onde no entanto meu pai devia estar; meus pés estavam gelados; peguei uma lâmpada e, mal entrei no cômodo, percebi o armário aberto, as almofadas no chão e disse comigo mesma, ah, isso é coisa de Orhan e Shevket... Não havia o menor ruído. O silêncio habitual, ou melhor, um silêncio inabitual. Mudei de roupa e fui me sentar para mergulhar de novo nos meus sonhos, quando, do fundo da minha alma, percebi um ligeiro barulho. Vinha de baixo, não da cozinha mas bem abaixo de mim, do ateliê junto da estrebaria, onde meu pai se instala no verão, porque lá é sempre fresco. Será que ele tinha descido para trabalhar lá, apesar do frio? Mas eu não me lembrava de ter visto nenhuma luz de vela. De repente ouvi, dessa vez, ranger o portão e, em seguida, do outro lado do portão, aqueles malditos cachorros puseram-se a latir de maneira sinistra. Gritei:

"Hayriye? Shevket, Orhan!"

Senti uma corrente de ar. "A estufa do meu pai deve estar acesa", pensei. "Seria melhor ir me aquecer junto dele." Não pensava mais no Negro, mas em meus filhos. Peguei uma vela para ir ao cômodo ao lado.

No corredor, lembrei-me de que precisava ir pôr a água para esquentar no fogão, para a sopa de peixe. Empurrando a porta azul e vendo aquela bagunça toda no quarto, perguntei-me vagamente o que meu pai podia ter aprontado.

Foi nesse instante que o vi, caído no chão. Tive medo, é claro, e soltei um grito, depois gritei mais uma vez. E aquela visão horrível do cadáver do meu pai silenciou-me.

Olhem, pelo silêncio de vocês e pelo sangue-frio com que vocês reagiram, sei que vocês já sabem há algum tempo o que aconteceu neste quarto. Talvez não tudo, mas quase tudo. O que lhes interessa agora é saber meus sentimentos, minha reação vendo o que vi. E como certas pessoas ao olhar para um quadro procuram reconstituir o fio dos acontecimentos que levam àquela cena atroz, àquele instante em que o personagem é captado em seu sofrimento, vocês imaginam, não meu sofrimento, mas o de vocês mesmos, aquele que vocês poderiam ter no meu lugar, se fosse o pai de vocês que houvesse sido assassinado. Eu sei que é isso que vocês estão tentando maliciosamente fazer.

Pois bem. Volto para casa já de noite e descubro que alguém matou meu pai. Sim, arranco os cabelos, berro tanto quanto posso, abraço-o respirando seu cheiro, como fazia quando era pequena. Sim, eu sofro, tenho medo, sinto-me abandonada, e tremo sem poder parar, sem poder recobrar a respiração. Como não consigo acreditar no que meus olhos veem, levanto-me implorando a Alá: faça que meu pai ressuscite, que eu possa vê-lo de novo tranquilamente sentado entre seus livros. "Levante", digo a ele, "por favor, papai, não morra, levante-se." Mas a cabeça dele está toda ensanguentada, quebrada em mil pedaços. Mais que os papéis e os livros rasgados, as mesas, os tinteiros, os potes de tinta quebrados e derramados, as almofadas, as mesas de desenho e de escrever furiosamente saqueadas, mais que a própria cólera selvagem daquele que matou meu pai, é o ódio expresso por tal devastação que horroriza. Já não choro. Duas pessoas passam pela rua lá embaixo, falando animadamente, rindo na escuridão. E eu escuto o silêncio, um mundo de silêncio dentro de mim, enquanto enxugo com a mão meu nariz que escorre e as lágrimas na minha face. Pensei demoradamente em meus filhos, na nossa vida.

Ouvi o silêncio, depois me apressei: peguei meu pai pelos pés e puxei-o para o corredor. Ali, estranhamente, ele parecia mais pesado, mas não fraquejei, arrastei-o escada abaixo. Na metade dos degraus, sentei-me exausta, e ia voltar a chorar quando ouvi um barulho; como talvez fosse Hayriye que voltava com as crianças, agarrei de novo meu pai, prendendo suas canelas debaixo das minhas axilas, e cheguei embaixo, mais depressa dessa vez. Sua pobre cabeça estava tão arrebentada e ensanguentada que, batendo nos degraus, fazia o barulho de um pano de chão sendo torcido. No térreo, virei-o no outro sentido — ele parecia mais leve agora — e de um só impulso, fazendo-o deslizar sobre as pedras do chão, consegui transportá-lo até o outro ateliê, aquele ao lado da estrebaria. Como não se enxergava nada, voltei correndo para a cozinha, para buscar fogo na lareira. À luz da minha vela, o ateliê também oferecia um espetáculo de devastação. Fiquei perplexa.

"Quem, por Alá, pode ter feito isso?... Qual deles?"

Minha cabeça fervia. Fechei cuidadosamente a porta daquele campo de batalha em que eu deixava o corpo de meu pai, voltei à cozinha para buscar um balde, que fui encher no poço do jardim, e pus-me a lavar o sangue no corredor de cima e a limpar um a um os degraus da escada, até embaixo, tudo. Em seguida subi de novo para tirar minha roupa toda manchada de sangue e pôr uma limpa. Ia entrar pela porta azul com o balde e o pano de chão quando ouvi o portão do pátio se abrir. O chamado para a prece acabava de começar, juntei toda a minha coragem e postei-me, vela na mão, no alto da escada, à espera deles.

"Mamãe, chegamos!"

"Hayriye, onde vocês estavam?", gritei o mais alto que pude, um grito que me pareceu não passar de um sussurro.

"Mas mamãe, o muezim ainda nem cantou!", disse Shevket.

"Cale a boca, seu avô está dormindo, está doente."

"Doente?...", interveio Hayriye, que ainda estava embaixo. Mas pelo meu silêncio ela percebeu que não era hora e prosseguiu: "Shekure Hanim, tivemos de esperar Kosta. Quando conseguimos o peixe, viemos o mais depressa que pudemos, só passei para pegar um pouco de louro, também compramos figo e cereja secos para as crianças".

Tive vontade de descer para falar com ela, mas, lembrando-me de que minha vela podia iluminar os degraus ainda úmidos e talvez alguma mancha de sangue que eu teria esquecido, mudei de ideia, e bem nesse instante meus dois filhos começaram a subir. Quando tiraram os sapatos, empurrei-os para o lado em que nós três ficávamos, fazendo sinal para que não acordassem meu pai no quarto em frente, da porta azul.

"Psiu!"

"Não queremos ir ao quarto do vovô, queremos ir para junto da estufa", disse Shevket.

"Mas é lá que ele está dormindo", respondi cochichando.

Como eu via que mesmo assim eles hesitavam, acrescentei: "Não entrem, não quero que os *djins* que deixaram o avô de vocês doente peguem vocês também. Andem, já para lá, para o nosso quarto". Peguei os dois pelas mãos e os fiz entrar comigo no cômodo em que costumávamos dormir os três, apertados uns contra os outros. "Contem o que vocês fizeram esse tempo todo na rua." "Vimos uns mendigos árabes", disse Shevket. "Onde? Eles levavam uma bandeira?" "Na subida do morro. Deram um limão para Hayriye, ela deu para eles umas moedas. Tinham neve no corpo todo, da cabeça aos pés." "E tinha também os arqueiros treinando na praça." "Num tempo destes?" "Mamãe, estou com frio", disse Shevket. "Vamos para o lado de lá?" "Vocês não vão sair daqui. Senão podem morrer! Vou buscar o braseiro." "Por que a gente pode morrer?", perguntou Shevket. "Vou lhes dizer uma coisa, mas prometam não contar a ninguém!" Eles prometeram, e eu lhes disse: "Enquanto vocês estavam na rua, um homem todo branco da cabeça aos pés, descorado, como um morto, veio até aqui de um reino muito distante para falar com o vovô. Era na certa um *djim*." Eles me perguntaram de onde vinham os *djins*. "Do outro lado dos rios", respondi. "Onde está nosso pai?", perguntou Shevket. "Isso mesmo. O *djim* veio ver as miniaturas do livro que o avô de vocês está fazendo. E quem olha para elas em estado de pecado, morre!"

Um silêncio.

"Bem, vou lá embaixo ver o que Hayriye está fazendo. Vou pegar o braseiro e trazê-lo para cá, com a bandeja do jantar. Mas não se atrevam a sair daqui, vocês morreriam. Porque o *djim* ainda está em casa."

"Mamãe, mamãe, não desça!", disse Orhan.

"Tome conta do seu irmãozinho", ordenei em tom ameaçador a Shevket. "Se saírem e o *djim* não os pegar, quem vai acabar com vocês sou eu!", disse com a cara assustadora que faço quando vou lhes dar um tabefe. "Agora rezem para que o avô de vocês não morra da doença. Se vocês se comportarem, Alá ouvirá suas preces e ninguém lhes fará mal."

Desci, enquanto eles se punham a rezar, sem grande convicção.

"Alguém derramou o pote de geleia de laranja", disse-me Hayriye. "Não pode ser o gato, ele não tem tanta força, e um cachorro não teria entrado em casa..."

Mas ela se interrompeu ao perceber minha fisionomia decomposta.

"O que foi? Aconteceu alguma coisa com o senhor seu pai?"

"Ele está morto."

Dando um grito, ela deixou cair com tanta força na mesa a mão que segurava a faca com a qual cortava a cebola que o peixe até pulou. Notei imediatamente, e ela também, que o sangue na sua mão esquerda era o dela, e não o do peixe. Tinha se cortado. Subi correndo para pegar um pano no quarto ao lado do que estavam as crianças. Ouvindo barulhos de briga, fui ver enquanto rasgava o pano: Shevket estava a cavalo sobre o irmão, prendendo os ombros dele no chão com os joelhos para começar a estrangulá-lo.

"O que vocês estão fazendo?", berrei.

"Orhan quis sair do quarto", respondeu Shevket.

"Mentira!", protestou Orhan. "Foi Shevket que abriu a porta e eu disse para ele não sair."

"Se vocês não ficarem quietinhos aqui, mato os dois."

"Mamãe, não vá embora!", disse Orhan.

Uma vez embaixo, fiz uma atadura em Hayriye para deter o sangramento. Disse-lhe que meu pai não tinha morrido de morte natural, e ela pôs-se a balbuciar umas preces, completamente aterrorizada. Ela chorava olhando fixamente para seu dedo ferido. Terá ela amado meu pai tanto quanto suas lágrimas e seus soluços faziam pensar?

Hayriye quis subir para vê-lo no quarto de cima.

"Ele não está lá", disse-lhe. "Está no quarto atrás de nós."

Ela me lançou então um olhar carregado de desconfiança, depois, vendo que eu não me sentia capaz de ir até lá, cedeu à curiosidade, pegou a lâmpada e saiu. Deu quatro ou cinco passos além da porta da cozinha, onde eu ficara, abriu vagarosamente a porta do quarto, cheia de respeito e apreensão, e, à luz da lâmpada que empunhava, espiou lá dentro. Não podendo de início ver meu pai, ergueu a lâmpada mais um pouco, tentando iluminar os cantos do grande cômodo retangular.

"Aaah!", gritou, ao avistar meu pai onde eu o havia deixado, bem atrás da porta. Enquanto olhava para ele, sua sombra no chão e na parede da estrebaria parecia petrificada. Eu imaginava o espetáculo que ela contemplava. De volta, não chorava mais. Constatei com alívio que parecia de novo capaz de compreender e seguir as instruções que eu estava a ponto de lhe dar.

"Agora escute", disse a Hayriye brandindo sem querer a faca de cortar peixe. "Esse demônio maldito também saqueou o ateliê de cima, que está no mesmo estado deste aqui. Tudo de pernas para o ar. Foi lá em cima que arrebentaram o rosto e o crânio do meu pai, que o assassinaram. Resolvi descê-lo aqui para que as crianças não o vissem e que você não se assustasse quando chegasse. Enquanto vocês estavam fora, eu também saí. Meu pai estava sozinho em casa."

"Não diga", fez ela com insolência. "E onde a senhora estava?"

Calei-me. Eu queria que ela percebesse nitidamente que eu marcava um silêncio. Depois prossegui: "Eu estava com o Negro. Fui encontrá-lo na casa do judeu enforcado. Mas você vai me fazer o favor de calar a boca a esse respeito e sobre a morte do meu pai, por enquanto".

"Quem o assassinou?"

Será que ela era tão idiota assim ou estava querendo me pôr contra a parede?

"Se eu soubesse, não esconderia a morte dele. Não tenho a menor ideia. E você?"

"Como eu poderia saber alguma coisa?", replicou. "O que vamos fazer agora?"

"Vamos fazer como se nada houvesse acontecido", respondi. Eu tinha vontade de chorar, de arrebentar em soluços, mas consegui me conter. Ficamos um bom tempo silenciosas as duas, e por fim eu lhe disse:

"Esqueça o peixe por enquanto e prepare uma bandeja para as crianças."

Ela disse que não se sentia capaz e desatou a chorar. Então eu a abracei e ficamos assim abraçadas. Nesse instante, eu a amava também, porque eu tinha dó de nós todos, não só de mim ou das crianças. Mas ao mesmo tempo eu me sentia pouco a pouco roída pela dúvida. Vocês sabem onde eu estava na hora em que meu pai foi assassinado. Vocês sabem que fui eu que, tendo em vista meus interesses, fiz Hayriye e as crianças saírem de casa. Vocês sabem que o fato de meu pai ter ficado sozinho não passa de um golpe do destino. Mas e Hayriye, também sabe? Terá entendido direito minhas explicações? Claro que sim, não só entendeu rapidamente como ficou desconfiada. Apertei-a com mais força; mas eu sabia que em sua cabeça de criada ela devia pensar que eu estava fazendo aquilo para encobrir minhas maquinações, e não demorou muito para eu mesma me sentir como se estivesse tentando tapeá-la. Enquanto meu pai era assassinado aqui, eu e o Negro estávamos namorando. Se fosse apenas Hayriye a saber disso, eu não me sentiria tão culpada, mas desconfio que vocês também podem estar imaginando coisas. Vamos, reconheçam: vocês acham que estou escondendo algo! Ai, como sou infeliz! Comecei a chorar a minha sorte, Hayriye também pôs-se a chorar, e nos apertamos novamente uma contra a outra.

Levamos a comida para cima e fingi ter apetite. De vez em quando, a pretexto de "ir ver como estava o avô", entrava no outro quarto para dar vazão às minhas lágrimas. Mais tarde, com medo e muito agitadas, as crianças vieram para a cama, deitar-se bem juntinho de mim. Demoraram para dormir, por causa dos *djins*, diziam, e não paravam de ouvir barulhos suspeitos, de se virar para um lado e para o outro. Para acalmá-los, prometi contar-lhes uma história de amor. Como vocês sabem, as palavras criam asas no escuro.

"Mamãe, você não vai se casar de novo, não é?", perguntou Shevket.

"Escutem. Era uma vez um príncipe que se apaixonou por uma bela princesa, de um país muito distante. Como isso pôde acontecer? Pois bem, foi assim: antes de vê-la, ele tinha visto o retrato dela!"

Como sempre, quando estou triste e inquieta, não contei a história de cor, mas improvisando de acordo com o que eu sentia. E como eu escolhia na paleta das minhas lembranças e das minhas preocupações as cores para a história que eu contava, ela acabava se tornando uma espécie de ilustração melancólica de tudo o que acontecia comigo. Quando meus dois meninos adormeceram, deixei-os na cama quentinha e fui com Hayriye consertar o estrago que aquele cão dos infernos tinha feito. Enquanto catávamos no chão os destroços de estojos, livros e roupas, os potes, os tinteiros, as vasilhas e os vasos quebrados; enquanto arrumávamos as mesas de trabalho, as caixas de pigmentos e todos aqueles papéis raivosamente rasgados, mal parávamos para chorar. Era como se o ateliê saqueado, todo o nosso interior selvagemente devastado nos doessem mais que a morte de meu pai. Posso dizer por experiência própria que a perda de um ente querido parece menos irreparável quando podemos encontrar, no seu lugar costumeiro, os objetos que lhe são associados. As mesmas cortinas, as mesmas colchas, a mesma luz dos dias que passam nos consolam e nos fazem esquecer os próximos que Azrail levou. Esta casa de que meu pai tanto cuidara, em que cada cantinho, cada porta fora objeto de uma atenção meticulosa, parecia agora um campo de ruínas. E não era apenas um espetáculo de absoluta desolação, sem nada para aliviar nossa tristeza, mas uma visão aterrorizante que deixava entrever, por trás daquele furor, uma crueldade infernal.

Tive de insistir para que descêssemos para buscar água no poço, a fim de praticar nossas abluções. Depois pegamos o Corão preferido do meu pai, encadernado em Herat, e recitamos juntas a surata da *Família de Imran*, de que ele tanto gostava porque fala da morte e da esperança. O portão do pátio rangeu nesse momento, o que nos fez sobressaltar de pavor. Não era nada. Fomos pôr no lugar a barra do portão e empurrar contra ele o vaso de manjericão que, na primavera, meu pai costumava regar com a água que ele mesmo tirava do nosso poço. Ao voltarmos para casa, já era noite escura e achamos que as sombras projetadas na parede não eram as nossas. O mais aterrador era a sensação de irreparável: que não havia mais nada a fazer, já que meu pai estava de fato morto dessa vez, além de realizarmos, Hayriye e eu, nossos últimos deveres para com o defunto. Aplicamo-nos então, quase mudas — não fosse Hayriye murmurar "Passe esta manga por baixo" —, à horrível tarefa de lavar seu rosto e trocar suas roupas.

Quando tiramos seus trajes todo ensanguentados, depois sua roupa de baixo, o que nos impressionou e nos surpreendeu foi que, à luz da vela, na escuridão do quarto, meu pai tinha a pele branquíssima, clara, mas como que ainda viva. Apavoradas como estávamos as duas com tudo o que nos ameaçava, em nenhum momento nos sentimos constrangidas, embaraçadas com o cadáver nu de meu pai, coberto de cicatrizes e de pintas.

Enquanto Hayriye estava no andar de cima, buscando outra camisa, a verde de seda, e roupas de baixo, não pude me impedir de olhar para um ponto preciso do meu pobre pai, e me envergonhei do que fazia. Quando terminei de vesti-lo com roupas limpas e de lavar as manchas de sangue em seus cabelos, em seu pescoço, em seu rosto, abracei-o com toda a minha força e, enterrando meu nariz na sua barba, aspirei seu aroma e chorei longamente.

Para os que me acusassem de não ter coração ou de ser em parte culpada, apresso-me a esclarecer que chorei mais duas vezes: a primeira quando, arrumando o quarto de cima para que as crianças não se dessem conta de nada, levei ao ouvido a concha que tenho desde pequena e percebi que ela só produzia um som rouco, em vez do ruído do mar; a segunda quando vi que a almofada de veludo vermelho, na qual meu pai sentou-se por mais de vinte anos, a ponto de ela se tornar como que uma parte das suas nádegas, estava toda rasgada.

À parte a esteira de junco, que tivemos de jogar fora, arrumei tudo como antes. E quando Hayriye me perguntou se ela podia fazer, naquela noite, sua cama no mesmo quarto que eu e as crianças, recusei sem piedade, dizendo que as crianças não podiam desconfiar do que quer que fosse. Na realidade, eu queria ficar a sós com eles e dar a ela uma lição. Deitei-me na cama, mas levei muito tempo para pregar os olhos. Mas não era por causa da horrível desgraça que acabava de me acontecer, e sim porque eu já calculava as consequências.

## 31. MEU NOME É VERMELHO

Eu ESTAVA EM GHAZNA, no *cafetã* do poeta Firdusi, autor do *Livro dos reis*, quando ele completou com a mais intrincada das rimas um epigrama de que tinham lhe dado os primeiros versos, calando assim a boca dos poetas da corte do xá Mahmud, que haviam debochado dele chamando-o de rústico; eu estava na aljava de Rustam, o valente herói do *Livro dos reis*, quando ele segue as pegadas do seu cavalo perdido até as terras mais distantes; tornei-me o sangue que esguicha do célebre demônio branco, quando Rustam o racha no meio com sua espada maravilhosa; e estava nas dobras dos lençóis entre os quais ele faz furiosamente amor com a filha do seu anfitrião, o rei de *Turã*. Sim, eu estava e estou em toda parte, sempre. Apareço quando Tur, o traidor, decapita seu irmão Iradj; quando os exércitos lendários, como num sonho, se enfrentam nas estepes; e no sangue que escorre cintilante do belo nariz de Alexandre, quando ele adoece de insolação. E quando xá Bahram, o rei-onagro sassânida que dormia cada noite da semana com uma das suas concubinas, ouvindo as histórias que elas contavam, num dos seus sete palácios pintados de cada uma das sete cores, visita a beldade das terças-feiras, por cujo retrato se apaixonara, lá estou nos trajes da bela, assim como apareço na coroa e no *cafetã* de Khosrow, que se apaixonara pelo retrato de Shirin; e nos estandartes dos exércitos que sitiam uma praça-forte; nas toalhas que cobrem as mesas dos banquetes, nos *cafetãs* de brocado, quando os embaixadores vêm beijar os pés dos nossos sultões, e onde quer que a espada, para alegria das crianças, irrompe no meio de uma história. Sim, estou no pincel dos formosos aprendizes de olhos amendoados, que me passam, admirando-me, no grosso papel do Hindustão e de Bukhara; embelezo os tapetes indianos, a ornamentação das paredes, as túnicas das moças que se debruçam em suas sacadas sobre o espetáculo da rua, a crista dos galos bravios, as romãs e as frutas de países fabulosos, a boca de Satanás, os finos galões em torno das miniaturas, os motivos entrelaçados dos panos bordados das tendas, o emaranhado de flores minúsculas, apenas visíveis, em que o iluminador se deleitou, os olhos de cereja confeitada dos passarinhos de açúcar; e as perneiras dos pastores, as auroras narradas nas lendas, os ferimentos e os milhares, as dezenas de milhares de corpos de guerreiros, de namorados e de soberanos. Gosto de florir com flores de sangue a cena dos campos de batalha; aparecer no *cafetã* de um grande poeta quando ele sai, em companhia de poetas e de belos efebos, para um passeio no campo, onde cantarão e tomarão vinho; nas asas dos anjos, nos lábios das mulheres, nas chagas dos cadáveres e nas cabeças cortadas.

Ouço a pergunta de vocês: o que é uma cor?

A cor é o toque do olho, a música do surdo, a palavra que vem das trevas. Como tenho ouvido há dezenas de milhares de anos as almas sussurrarem, como o vento nas noites de tempestade, de livro em livro, de objeto em objeto, posso lhes dizer que meu toque se parece com o toque dos anjos. Uma parte minha, a parte séria, mobiliza a vossa visão, enquanto a parte brincalhona voa nas alturas, seguida por vossos olhares.

Que sorte tenho de ser o Vermelho! Sou o fogo, sou a força! Todos me notam e me admiram, e ninguém resiste a mim.

Devo ser franco: para mim, o refinamento não se esconde na fraqueza nem na sutileza, mas reside na firmeza e na determinação. Eu me exponho, pois, aos olhares. Não tenho medo nem das cores nem das sombras; menos ainda da multidão ou da solidão. Que prazer tenho ao pegar uma superfície oferecida ao meu ardente triunfo: eu a encho, expando-me nela; os corações se embalam, o desejo aumenta, os olhos se arregalam e todos os olhares brilham! Olhem para mim: é bom viver! Vejam como é bom ver! Viver é ver. Podem me ver em toda parte, creiam: a vida começa e se acaba sempre comigo.

Mas silêncio! Ouçam o relato do meu maravilhoso nascimento, a origem do escarlate! Um mestre miniaturista, perito em pigmentos, esmagou bem miúdo com seu pilão, num almofariz, cochonilhas importadas de longínquas e tórridas paragens do Hindustão. Para cinco dracmas desse pó vermelho, preparou um dracma de saponária e meio — só meio! — de aventurina. Ferveu a saponária num pote com três *okkas* de água, depois dissolveu no líquido a aventurina. Deixou fervendo o tempo de tomar um bom café e, enquanto o saboreava, eu me impacientava, como um bebê que vai vir à luz! O café clareou-lhe a mente, seus olhos cintilavam como os de um *djim*. Ele derramou então na panela o fino pó de cochonilha, mexendo regularmente com um pauzinho reservado para esse fim. Eu ia me tornar o autêntico vermelho carmim, mas faltava-me ainda uma boa consistência, e a mistura não devia ferver nem de mais, nem de menos. Com a ponta do pauzinho, pôs uma gota na unha do polegar — qualquer outro dedo seria absolutamente inaceitável. Que êxtase ser o Vermelho! Pintei graciosamente sua unha, sem nenhum escorrido: a consistência estava perfeita, mas ainda restavam sedimentos. Ele tirou a panela do fogo e passou o conteúdo num pano bem fino e bem limpo para me purificar mais ainda. Levou-me novamente ao fogo para ferver mais duas vezes, depois acrescentou uma pitada de alúmen, antes de me pôr para esfriar.

Passaram-se alguns dias, e eu continuava descansando no fundo da panela, sem ser misturado a nada mais. Ora, eu estava ansioso para que me passassem em cada canto de página, em tudo e em toda parte. Ficar quieto assim doía no meu coração e no meu espírito. Foi durante esse período de profundo silêncio que meditei sobre o significado de ser vermelho.

Uma vez, na Ásia Central, quando um belo aprendiz me passava com seu pincel na sela de um cavalo que um velho pintor cego desenhara de memória, surpreendi a animada discussão que dois pintores, também cegos, travavam a meu respeito:

"Embora, após toda uma vida de trabalho ardorosamente devotada à nossa arte, estejamos privados do sentido da visão, nós conhecemos o vermelho e lembramos que tipo de cor e de sentimento ele é", dizia o que havia desenhado o cavalo na folha de papel. "E se tivéssemos nascido cegos? Como teríamos podido compreender esse vermelho que nosso formoso aprendiz está usando?"

"Belo tema", disse o outro, "mas não se esqueça de que as cores não são para ser compreendidas, e sim sentidas."

"Caro mestre, procure então explicar o vermelho a quem nunca conheceu o vermelho."

"Se o tocarmos com a ponta dos dedos, sentiremos algo entre o cobre e o ferro. Se o puséssemos na palma da mão, ele queimaria. Se o provássemos, teria um gosto encorpado, como charque salgado. Se o colocássemos entre nossos lábios, ele encheria nossa boca. Se o cheirássemos, teria um cheiro de cavalo. Se fosse uma flor, teria um aroma que lembraria muito mais a margarida do que a rosa."

Na época (cem anos atrás), a pintura dos europeus ainda não era uma verdadeira ameaça, salvo algum capricho excepcional e passageiro de um dos nossos sultões, e nossos mestres lendários acreditavam em seus métodos tão fervorosamente quanto em Alá, considerando um desrespeito e uma vulgaridade o uso idiota que aqueles bárbaros faziam das nuances de diversos vermelhos nas carnes e nos ferimentos à espada, e até num simples saco de pano, em suas pinturas de infiéis. Só mesmo um bárbaro medroso, fraco e volúvel podia reunir vários vermelhos num manto vermelho, diziam eles. E as sombras, acrescentavam, não passam de péssima desculpa. De resto, só acreditávamos num único vermelho.

"Qual o significado do vermelho?", voltou a perguntar o pintor cego que havia desenhado o cavalo.

"O significado da cor é que ela está diante de nós e nós a vemos", respondeu o outro. "O vermelho não pode ser explicado a quem não vê."

"Para negar a existência de Alá, as vítimas de Satanás sustentam que Alá não é visível para nós", replicou o miniaturista cego que havia desenhado o cavalo.

"Mas ele aparece para os que podem ver", disse o outro mestre. "É por isso que o Corão diz que os cegos e os videntes não são iguais."

Enquanto isso, o aprendiz tinha me aplicado suavemente nas complicadas volutas da manta do cavalo. Que maravilhosa sensação fixar minha plenitude, minha força e meu vigor no negro e no branco de uma ilustração bem-feita! O belo mancebo me espalhava pela página à minha espera, e seu pincel de pelo de gato me fazia deliciosas cócegas. Transmitir minha cor à pintura era como se eu ordenasse: "Faça-se o mundo!". E o mundo nascesse das minhas entranhas. Sim, os cegos me renegarão, mas a verdade é que estou em toda parte.

## 32. EU, SHEKURE

AS CRIANÇAS AINDA DORMIAM QUANDO me levantei para escrever um bilhete ao Negro, pedindo-lhe que fosse depressa à casa do judeu enforcado; depois disse a Hayriye, apertando com força o papel na mão dela, que fosse correndo levá-lo a Ester. Ao pegar a carta, Hayriye olhou-me nos olhos com mais ousadia que de costume, apesar de sem dúvida recear o que poderia nos acontecer; e eu, que não tinha mais meu pai a temer, respondi ao seu olhar com uma ousadia que acabava de redescobrir em mim. Essa troca de olhares determinaria o tom da nossa relação dali em diante. Devo dizer que nos últimos dois anos eu temia que Hayriye tivesse um filho com meu pai e que, então, esquecendo-se de que não passava de uma serviçal, manobrasse para se tornar a dona da casa. Sem acordar as crianças, fui ver meu pobre pai e beijar sua mão, já rígida, mas que, estranhamente, ainda não havia perdido a maciez. Guardei seus sapatos, seu turbante, seu xale roxo e, quando fui acordar as crianças, disse-lhes que o avô estava melhor e que tinha saído cedinho para o bairro de Mustafá Paxá.

Hayriye voltou por fim da sua excursão matinal e, enquanto punha a mesa baixa para o café da manhã, botando no meio a geleia de laranja que ela havia misturado para ficar mais apresentável, eu me dizia que naquele instante Ester já devia estar batendo na porta do Negro. A neve tinha parado de cair e o sol brilhava.

O mesmo espetáculo me aguardava quando entrei no jardim da casa do judeu enforcado: os compridos pedaços de gelo pendurados na beira do telhado e das janelas derretiam à vista de olhos, e a terra do jardim, recendendo a umidade e folhas em decomposição, parecia fartar-se voluptuosamente dos raios do sol. Encontrei o Negro no lugar em que eu o havia reencontrado pela primeira vez, na véspera — mas era como se uma semana inteira houvesse passado —, e lhe disse, erguendo meu véu:

"Pode se alegrar, agora, se quiser. Não temos mais meu pai, com suas objeções e suspeitas permanentes para servir de obstáculo entre nós. Ontem à noite, na mesma hora em que você tentava se portar tão indignamente comigo, alguém, na certa algum demônio, entrou lá em casa e assassinou-o."

Mais que a reação do Negro, vocês sem dúvida estão curiosos por saber por que eu adotava com ele esse tom impassível e distante. Eu mesma não saberia lhes responder. Mas, se tivesse me debulhado em lágrimas, o Negro certamente teria me abraçado, o que teria nos aproximado mais depressa do que eu gostaria.

"A casa está de pernas para o ar, uma porção de coisas foram quebradas, dá para ver que se tratava de alguém que deu vazão a todo o seu ódio e raiva. Aliás, não acredito que esse demônio tenha terminado sua obra e que agora vá ficar sossegado no seu canto. Ele roubou a última miniatura do livro do meu pai. Eu queria que você nos protegesse, a mim, a nós, e ao livro do meu pai; mas a que título, com que direito, diga-me? É o que temos de resolver."

Ele fez menção de responder, mas eu o detive com um olhar, como se já tivesse feito isso um sem-número de vezes antes.

"Agora que meu pai morreu, torno a ficar dependente do meu marido e da família do meu marido. Aliás, era o que acontecia antes, porque, para o juiz, meu marido continua vivo. Não sendo oficialmente viúva, só pude voltar para a casa do meu pai porque meu cunhado tentou abusar de mim durante a ausência do irmão, e essa sua grosseria — ou desconsideração — deixou meu sogro numa situação constrangedora. Agora, dada a morte do meu pai e não tendo irmãos, vejo-me de fato sem tutor. Ou melhor, não, porque não há a menor dúvida de que meu cunhado e meu sogro são meus tutores. Você sabe, por sinal, que eles já tinham se decidido a fazer tudo para me levar de volta para a casa deles, se preciso fosse pressionando meu pai e me ameaçando. Assim que ficarem sabendo da morte do meu pai, não hesitarão em tomar alguma medida oficial. Aliás, talvez eu até me engane, se acredito escondê-la deles: podem ser perfeitamente eles os mandantes do assassinato."

Nesse preciso instante, por entre as janelas caídas e os vidros quebrados da casa do judeu, um raio de sol veio se insinuar entre o Negro e eu, e iluminar delicadamente a antiga poeira daquele cômodo em que estávamos.

"Mas não é essa a única razão que tenho para manter oculta a morte do meu pai", prossegui olhando-o nos olhos, o que me permitiu constatar com satisfação que ele estava mais atento às palavras da sua amante do que loucamente apaixonado por ela, "porque temo não poder provar onde eu estava na hora em que o mataram. Temo também que Hayriye — embora seu depoimento, criada que é, não tenha nenhum peso — faça parte de um complô dirigido, se não contra mim, contra o livro do meu pai. Embora o fato de eu não ter mais um tutor facilite as coisas para mim, de início — por exemplo, eu mesma posso declarar que meu pai foi assassinado e fazer que o juiz reconheça o crime —, também pode causar minha desgraça, e não só pelos motivos de que já expus: e se Hayriye souber, por exemplo, que meu pai se opunha ao nosso casamento?"

"Seu pai não queria que você se casasse comigo?", perguntou o Negro.

"Não, ele não queria, porque, como você sabe, temia que você me levasse para morar longe dele. Mas nessa nova situação, agora que você não pode mais fazer essa maldade com ele, podemos considerar que meu pobre paizinho não tem mais objeção nenhuma a fazer... E você, tem?"

"Não, querida, nenhuma."

"Ótimo. Naturalmente, meu tutor não reclama de você nenhuma soma em dinheiro, pois não tenho mais tutor... Peço desculpas por essa maneira vulgar de estipular as condições desse casamento em meu próprio nome, mas é que existem de fato certas condições de cujos detalhes sou obrigada a tratar."

"Sim?", disse o Negro depois de me fazer esperar um bom momento, mas como se desculpando pela demora.

"Primeiro", comecei, "você vai ter de prometer diante de duas testemunhas que, se alguma vez se comportar mal comigo, de uma maneira que eu achar insuportável, ou se você se casar com outra depois de mim, serei por esse simples fato considerada separada de corpo de você e receberei uma pensão alimentar. Segundo, se, qualquer que seja a razão, você se ausentar de casa por mais de seis meses consecutivos, também serei considerada separada de corpo e terei direito a uma pensão. Tudo isso, repito, será objeto de uma promessa feita diante de duas testemunhas. Terceiro, uma vez casados, ficará estipulado que você virá morar na minha casa mas que, enquanto não descobrirem, ou enquanto você não descobrir, o assassino do meu pai — quisera eu torturá-lo com minhas próprias mãos! — e enquanto a obra encomendada por Nosso Sultão, que você tratará de concluir cuidadosamente, não tiver sido solenemente entregue a ele, dormiremos em quartos separados. Quarto, você terá de amar como se fossem seus os meus dois filhos que, enquanto isso, continuarão dormindo comigo."

"Concordo."

"Ótimo. Se todos os obstáculos ao nosso casamento puderem ser descartados sem demora, logo seremos marido e mulher."

"Marido e mulher, mas não na mesma cama."

"O essencial é nos casarmos", respondi. "Tratemos primeiro disso. O amor vem depois do casamento. Não se esqueça do seguinte: quando o fogo do amor nos devora antes do casamento, o casamento vem apagá-lo e não deixa mais que um triste amontoado de cinzas, enquanto o amor que nasce depois do casamento também acaba se apagando, mas para ceder lugar à felicidade. Apesar disso, há uns imbecis que se apaixonam antes e que lançam em vão seu amor nas chamas. Isso tudo por quê? Porque imaginam que o amor é o que há de melhor na vida."

"Se não é ele, o que é?"

"A felicidade, ora! O amor, assim como o casamento, nos ajuda a alcançá-la: é para isso que servem um marido, uma casa, filhos, um livro. Você não vê que mesmo a minha situação, eu, que perdi um depois do outro, o marido e o pai, é preferível a essa sua solidão? Se eu não tivesse meus filhos, com os quais passo o dia rindo, brigando e mimando, eu me mataria já! Por fim, já que você me aceita com todas essas condições e que parece sinceramente afeito à ideia de vir morar aqui, mesmo sem dormir na mesma cama que eu, mesmo sendo obrigado a compartilhar este teto com o cadáver do meu pai e meus dois diabinhos, peço que ouça com atenção o que vou dizer agora."

"Estou ouvindo."

"Há várias maneiras de obter o divórcio. Por exemplo, encontrar duas pessoas que prestem falso testemunho, jurando que antes de ir para a guerra meu marido teria afirmado que, se ele não voltasse em dois anos, eu não devia mais ser tida como sua esposa. Ou, melhor ainda, testemunhas oculares que contassem ter visto seu cadáver no campo de batalha, dando detalhes abundantes e convincentes. Mas, levando-se em conta que já temos um cadáver aqui em casa e todas as objeções que meu sogro e meu cunhado não deixarão de fazer, um falso testemunho pode sair pior que a encomenda, porque um juiz sensato e hábil não se arriscaria a lhe dar seu aval. A ausência comprovada do meu marido nestes quatro anos, sem me pagar pensão alimentar, não será o bastante para os juízes do rito hanafita, que nós observamos, me concederem a separação de corpo. Mas o juiz de Uskudar, com o consentimento tácito do Nosso Sultão — e o Grão-Mufti também fecha os olhos, parece —, para que o número crescente de mulheres na minha situação possa obter a separação de corpo, de vez em quando cede seu lugar a um dos substitutos, do rito xafiita, que concede discretamente o divórcio, além da pensão alimentar. Se você arranjar dois homens dispostos a testemunhar, de forma perfeitamente sincera, sobre a minha situação atual e gratificá-los para que eles te acompanhem até o outro lado do Bósforo; se você obtiver as boas graças do juiz, para que ele ceda o lugar ao substituto pelo tempo necessário deste pronunciar minha separação de corpo dando fé àqueles dois, e conseguir imediatamente um documento atestando a sentença, antes mesmo que ele inscreva sua decisão no registro; se, logo em seguida, você providenciar também um certificado de não consanguinidade que te permita casar comigo e der um jeito de resolver tudo isso na mesma manhã, de modo a voltar de Uskudar antes do meio-dia, considerando que não vai ser difícil encontrar um imã que nos case nessa mesma tarde, de noite você já poderá morar comigo e meus filhos, como pai de família, e me poupará passar a noite sozinha, no meio dos barulhos assustadores desta casa, com medo da volta desse assassino diabólico, e evitará ao mesmo tempo que, quando de manhã dermos a notícia da morte do meu pai, eu me encontre diante de todo o mundo na miserável situação de uma mulher desamparada."

"Sim", respondeu-me então o Negro, com um ar meigo e quase infantil. "Sim, eu te aceito como esposa."

Eu disse, há pouco, que ignorava por que falava assim com o Negro, nesse tom superior e distante. Agora já sei: sentia que só assumindo esse tom eu poderia convencer o Negro — que ainda precisava superar o caráter hesitante que tinha na infância — a cumprir todas essas condições que eu mesma tinha dificuldade de crer que pudessem se realizar.

"Ainda temos muito a fazer contra os que vão contestar a validade desse casamento, mesmo depois de celebrado, queira Alá, amanhã à noite, contra os malvados que tramam contra o livro do meu pai e contra nossos inimigos em geral, mas não quero perturbar seu espírito, porque ele está ainda mais confuso que o meu."

"Seu espírito não está nada confuso", replicou o Negro.

"Pode ser, mas não são ideias minhas, e sim coisas que aprendi com meu pai de tanto ouvi-lo falar nelas", corrigi, para que ele não perdesse a confiança, pensando que aquilo tudo tinha saído da cabeça de uma mulher.

O Negro me disse então o que todos os homens dizem quando se encontram diante de uma mulher cuja inteligência admiram:

"Você é linda."

"Sim", falei, "e gosto que elogiem minha inteligência. Quando eu era pequena, meu pai a elogiava o tempo todo."

Ia acrescentar que, ao crescer e virar mulher, não havia mais ouvido de meu pai esse elogio, mas pus-me a chorar. E, ao chorar, sentia como se estivesse me separando de mim e tornando-me outra mulher, totalmente diferente. Como o leitor que fica perturbado com uma imagem triste que vê nas páginas de um livro, eu via como que de fora as páginas viradas da minha vida e o que eu via nelas me causava uma grande tristeza. Há, nas lágrimas que a gente derrama sobre nossos infortúnios, como se eles fossem os dos outros, algo tão inocente que, quando o Negro me beijou, uma profunda sensação de bem-estar tomou conta de nós dois. E, dessa vez, enquanto nos abraçávamos, essa sensação reconfortante permaneceu entre nós, sem se deixar afetar pelos inimigos que nos rodeavam.

## 33. MEU NOME É NEGRO

Pé ante pé, Shekure havia saído do jardim da casa do judeu enforcado, triste, viúva e órfã, deixando-me ao partir impregnado de um aroma de amêndoa e cheio de sonhos de casamento. Minha cabeça estava alvoroçada e girando tão depressa que chegava a doer! Incapaz de me afligir muito com a morte do meu Tio, voltei quase correndo para a casa da minha senhoria. Claro, eu desconfiava estar sendo manipulado por Shekure, como um simples peão de um jogo muito mais amplo, mas isso não diminuía em nada as imagens de felicidade e de união que eu via a ponto de se realizar.

Assim que entrei no meu quarto, depois de enfrentar, ainda à porta, um interrogatório cerrado da minha senhoria sobre onde tinha ido e de onde vinha naquela hora matinal, tirei de dentro do meu colchão o cinto em que havia escondido, numa dobra, vinte e dois ducados venezianos de ouro e, com os dedos trêmulos, coloquei-os na minha bolsa. Ao sair, estava claro para mim que os lindos olhos tristes, úmidos e negros de Shekure não sairiam da minha mente o dia todo.

Comecei por trocar cinco das minhas moedas gravadas com o leão veneziano com um judeu de sorriso impávido. Depois voltei, pensativo, para aquele bairro de que eu ainda não lhes disse o nome, porque esse nome tornou-se desagradável para mim — mas vou dizê-lo agora, é o bairro dos Rubis, onde meu falecido Tio e Shekure, com as crianças, me esperavam em casa. Naquelas ruas em que eu ia depressa, quase correndo, um grande plátano austero me espiava das suas alturas, parecendo me censurar por estar tão radiante com meus sonhos e planos de casamento no mesmo dia em que meu Tio morrera. Ali perto, a fonte da rua, cujo gelo já derretera, sussurrava ao meu ouvido:

"Não leve as coisas assim a sério, cuide bem dos seus assuntos e da sua própria felicidade". "Muito bem, muito bom", parecia objetar, como se arranhasse a porta da minha mente, um inquietante gato preto, do canto em que se lambia, "mas todo o mundo, até você, vai desconfiar que tem algo a ver com o assassinato do seu tio."

O gato parou de se lamber para me sondar com um ar misterioso, olhos nos olhos: vocês conhecem esses gatos de Istambul, que os moradores do bairro tornam insolentes de tanto mimá-los.

Nosso imã de bairro tem grandes olhos negros de pálpebras caídas, que lhe dão um ar constantemente sonolento. Não foi na casa dele, mas no pátio da pequena mesquita que o encontrei, e lhe perguntei sem rodeios: "Em que caso, num processo, as testemunhas são obrigadas a depor e quando é facultativo?". Ouvi, afetando o ar mais espantado do mundo, sua sentenciosa resposta a uma pergunta tão corriqueira: "Quando várias testemunhas se apresentam, o depoimento é facultativo", explicou-me. "Mas, se a testemunha é uma só, Alá ordena que ela deponha."

"É o caso em que estou agora", disse eu, prosseguindo a conversa. "Numa situação em que todo o mundo sabe o que aconteceu, mas todas as testemunhas eximiram-se das suas responsabilidades e evitaram comparecer diante do tribunal com a desculpa de que 'é voluntário', e o resultado é que os interesses prementes das pessoas que estou tentando ajudar são completamente negligenciados."

"Bem", disse o Imã Efêndi, "por que não afrouxa um pouco o cordão da sua bolsa?"

Abri minha bolsa e mostrei-lhe meus ducados de Veneza. O brilho do ouro pareceu iluminar subitamente o rosto do imã e o pátio inteiro. Ele me perguntou qual era o meu problema.

Disse-lhe quem era eu, que meu Tio estava muito mal e que queria deixar acertada antes de morrer a questão da separação por viuvez da sua filha, com a pensão prevista.

Nem foi preciso evocar o substituto do juiz de Uskudar. O Imã Efêndi, que havia entendido perfeitamente de que se tratava, até me disse que todo o bairro concordava com que a situação da coitada da Shekure já durava muito e a deplorava. Seria fácil encontrar na porta do tribunal a segunda testemunha necessária para que se pronunciasse a separação, e para a primeira ele propunha levar seu irmão. Se eu desse uma moeda de ouro a este último — ele era do nosso bairro e se interessava muito pelas desditas de Shekure e dos seus pobres orfãozinhos —, seria uma boa ação a creditar a mim. Assim, pus dois escudos para ele na mesa; para seu irmão, saiu metade mais barato. Fechado o negócio, foi buscar o irmão.

O desenrolar daquele dia se pareceu, sob certos aspectos, com as histórias de perseguições de gato e rato que ouvi os contadores de história narrarem nos cafés de Alepo. Mas por causa de tantas peripécias e velhacarias, essas histórias escritas e encadernadas como poemas narrativos nunca eram levadas a sério, nem se apresentadas em bela caligrafia; ou seja, nunca achavam quem as ilustrasse. Já eu, sim: deleitei-me em dividir nossas aventuras daquele dia em quatro cenas e imaginei cada uma delas ilustrada numa página da minha mente.

Na primeira, o pintor nos representará entre dois remadores de braços fortes e bastos bigodes, levando-nos do embarcadouro de Unkapa a Uskudar, na margem asiática, num comprido barco vermelho de quatro remos. O imã e seu irmão, um magrela de tez morena, todo feliz com o passeio inesperado, conversam com os tripulantes, enquanto eu, imóvel na proa da miserável embarcação, perdido em meus sonhos de casamento, fixo meus olhos nas águas do Bósforo, mais claras que de costume naquela manhã ensolarada de inverno, à espreita de algum sinal de mau agouro — temo, por exemplo, descobrir lá no fundo um navio pirata naufragado. Que o pintor pinte, se quiser, as nuvens e o mar com as cores mais alegres; mas, para passar ao leitor das minhas aventuras os meus temores, pelo menos tão intensos quanto as minhas esperanças, e para que este não imagine minha vida toda cor-de-rosa, deverá colocar alguma coisa aterrorizante, um monstro das profundezas, por exemplo.

No segundo desenho, que representará, nos menores detalhes e com a sutileza de um Bihzad, os palácios dos sultões, as reuniões do *Divã*, a recepção dos embaixadores europeus e toda a multidão da corte, o pintor terá a oportunidade de dar prova de humor e ironia. Por exemplo, num canto, o Cádi Efêndi fará com uma mão o gesto de me interromper, de recusar categoricamente o presente que lhe trago, enquanto com a outra embolsa lepidamente meus ducados, e o resultado dessa cena poderia figurar no mesmo desenho: Shahap Efêndi, o substituto de rito xafiita, presidindo no lugar do juiz de Uskudar. Essa proeza de composição, consistente em representar acontecimentos sucessivos na mesma imagem, é um privilégio dos pintores mais hábeis e só pode ser realizada mediante alguns subterfúgios. Assim, ao ver num canto da imagem o juiz receber e embolsar meus dois ducados venezianos e, noutro, um homem sentado de pernas cruzadas numa almofada, no lugar do juiz, o leitor compreenderá imediatamente que o honrado magistrado cedeu lugar ao seu substituto para que a separação de corpo possa ser concedida a Shekure.

A terceira ilustração mostrará a mesma cena, mas desta vez a ornamentação da parede será em cores sombrias e em estilo chinês, com suas ramagens encaracoladas mais densas, mais intrincadas e, acima do juiz substituto, nuvens de formas e cores estranhas como num cenário de teatro, para que o leitor saiba que se trata de uma cena de chicaneiros. Nela, embora na realidade tenham comparecido separadamente, o imã e seu irmão serão representados juntos, explicando que, como o marido da coitada da Shekure não voltava da guerra fazia quatro anos, ela caiu na miséria por não contar mais com o apoio dele — seus dois órfãos vivem chorando, vivem com fome — e, como continua oficialmente casada, não pode ser pedida em casamento por outro, que se tornaria pai de seus dois orfãozinhos, nem tomar dinheiro emprestado, por não ter a autorização do esposo; enfim, fazendo um relato tão convincente que até um homem surdo como pedra lhe concederia o divórcio entre uma torrente de lágrimas. Mas o substituto, homem sem coração, não se comove e pergunta quem era o responsável legal por ela agora. Após um instante de hesitação, eu intervenho e dou o nome do pai dela, ilustre servidor do Nosso Sultão, seu fiel embaixador, como se ele estivesse vivo.

"Não posso de maneira nenhuma declará-la viúva sem o comparecimento deste!", declara o substituto.

Então, num tom preocupado, explico que meu Tio Efêndi está acamado, muito mal, que seu derradeiro desejo diante de Alá é ver dissolvido o casamento da sua filha e que eu o represento.

"Ela não estaria mais casada. E depois?", pergunta o substituto. "Como esse homem que vai morrer pode desejar tão ardentemente a dissolução do casamento da filha, cujo marido desapareceu na guerra, a não ser que — aí, sim, eu o compreenderia — ele tenha em vista um bom candidato a genro em quem, como não estará mais presente para zelar por ela, deposita toda a sua confiança?"

"É este o caso, senhor", respondo.

"E quem é ele?"

"Eu!"

"Ora essa! Você, o representante legal do tutor? E o que faz na vida?"

"Nas províncias orientais, fui secretário, secretário-mor e assistente de tesouraria de vários paxás. Atualmente, termino uma história das guerras contra a Pérsia para oferecer ao Nosso Sultão. Também sou conhecedor de pinturas e miniaturas. E ardo de amor por essa jovem faz vinte anos."

"Vocês são parentes?"

Eu estava com tanta vergonha e tão incomodado por ter de desfiar assim, à queima-roupa, toda a minha vida e a minha intimidade para ganhar as boas graças de um simples substituto, que fiquei calado.

"Responda, homem, em vez de ficar vermelho como uma beterraba! Senão, não vou poder pronunciar essa separação."

"Ela é filha da minha tia materna."

"Hum, sei. E você poderá fazê-la feliz?", perguntou ainda o substituto, fazendo um gesto obsceno com o dedo para apoiar a pergunta. O pintor poderá omitir esse detalhe grosseiro e limitar-se a pôr em evidência meu rosto enrubescido.

"Disponho do necessário."

"Como eu me atenho à jurisprudência xafiita, não há nada, em minhas convicções nem no Livro, que se oponha ao fato de desobrigar a infortunada Shekure do seu casamento, após quatro anos de ausência do esposo. Declaro que ela é livre e que, se o marido voltar da guerra, não poderá mais reclamar nenhum direito sobre ela."

A ilustração seguinte, isto é, a quarta, deverá figurar o substituto me entregando a certidão timbrada — lavrada à tinta preta, em letras cambadas, como um batalhão de lanças alinhadas prontas para o ataque final —, declarando a minha Shekure, que vemos esperando em segundo plano, oficialmente viúva e que nada se opõe a que se case novamente. Nem a cor borra de vinho das paredes do tribunal, nem as bordas vermelho sangue do quadro poderão expressar a iluminação interior que a alegria causa em mim nesse momento preciso. Saio correndo pela rua, em meio à multidão de testemunhas subornadas e dos outros homens que, numa situação análoga — para desobrigar do casamento a filha, a tia ou até uma irmã — se comprimem diante da porta do nosso juiz, e trato de voltar o mais rápido possível para casa.

Atravessado o Bósforo, fui pelo caminho mais curto para o bairro dos Rubis e despedi-me do imã, que exprimia seu desejo de também celebrar meu casamento com Shekure, e do seu irmão. Tinha um vivo pressentimento de que todas as pessoas com que eu cruzava na rua invejavam a incrível felicidade que eu quase alcançava e já tramavam contra nós. Por isso mesmo, corri direto para a casa de Shekure. Como todos aqueles corvos agourentos no alto do telhado tinham descoberto que a casa abrigava uma carniça? Pareciam dançar nas telhas, como antes de um banquete. Eu me sentia seriamente culpado por não ter sido capaz de exprimir o menor luto, de derramar a menor lágrima por meu Tio até então. Mas também sentia, pelo simples aspecto do pé de romã no jardim e pelo silêncio que envolvia a porta e as janelas hermeticamente fechadas, que tudo corria conforme o planejado.

Agia intuitivamente e com grande pressa. Catei uma pedra perto do portão, atirei-a, mas errei o alvo. A segunda foi cair no telhado. Acabei me irritando e joguei uma chuva de pedras na fachada. Uma janela se abriu. Era a janela do segundo andar, na qual, quatro dias antes, quarta-feira, eu tinha visto Shekure através dos galhos do pé de romã. Mas foi Orhan que apareceu e, do outro lado da janela, eu podia ouvir Shekure ralhando com ele. Depois ela se mostrou. Nós nos entreolhamos cheios de esperança, minha amada e eu. Estava tão linda, tão graciosa! Fez um gesto que podia significar "espere", antes de fechar de novo a janela.

Ainda faltava muito tempo até o anoitecer. Aguardei no jardim, maravilhado pela beleza deste mundo, das árvores, das ruas lamacentas. Por fim veio Hayriye, vestida e com a cabeça coberta muito mais como a dona da casa do que como a criada. Guardando certa distância, fomos nos pôr sob as figueiras.

"Tudo está correndo conforme o previsto", disse a ela, mostrando o documento lavrado pelo substituto. "Shekure está separada de corpo. Quanto a arranjar um imã de outro bairro para..." Perturbei-me por um instante. Em vez de dizer "ainda preciso cuidar disso", afirmei: "Ele já vem. Shekure deve se aprontar".

"Shekure insiste em que haja um cortejo para a noiva", ela me respondeu, "não precisa ser muito grande, e um banquete de casamento para os convidados do bairro. Preparamos arroz com amêndoas e damasco."

Parecia que ela ia detalhar todo o menu que se orgulhava de ter cozinhado, mas não lhe dei oportunidade. "Se o casamento adquirir essas proporções, Hassan e seus capangas necessariamente vão ficar sabendo, virão criar caso, fazer um belo escândalo, o casamento será anulado e não poderemos fazer nada. Tudo terá sido em vão. Temos de ser prudentes, e não apenas por causa de Hassan e do pai dele, mas também do demônio que assassinou o Tio Efêndi. Você não tem medo?"

"Como não teria?", ela replicou, pondo-se a chorar.

"Não conte nada disso a ninguém. Ponha no meu Tio sua camisola, não como se veste um morto mas um doente, arrume a sua cama e deite-o no colchão. Coloque à sua cabeceira alguns vidros e frascos, e feche as janelas um pouco mais. Cuide que não haja nenhuma claridade por perto. Ele precisa cumprir seu papel de tutor legal, como um pai simplesmente enfermo e acamado. Nem pensar em cortejo matrimonial. Convide alguns vizinhos na última hora, e basta. Ao ir buscá-los, diga claramente que é a derradeira vontade expressa por meu Tio. Não vai ser uma boda alegre, claro, para dizer a verdade vai ser bem triste. Mas, se não passarmos por isso, estamos perdidos, e você também será castigada. Está me entendendo?"

Ela aquiesceu, choramingando. Disse-lhe também, montando no meu cavalo, que ia buscar as testemunhas, que voltaria rapidamente para ocupar meu lugar de dono da casa, que antes passaria no barbeiro e que, enquanto isso, Shekure tinha de estar pronta. Eu não tinha pensado em todas essas palavras, que me vinham naturalmente, com todos os detalhes; e, como às vezes acontecia nos campos de batalha, eu tinha a certeza de que era um servo dileto de Alá, que ele me protegia e me apoiava, e que, por conseguinte, tudo ia correr bem. Quando você tem essa convicção, faça o que lhe vier à cabeça, aja de acordo com a sua intuição, e terá sucesso.

Seguindo na direção do Chifre de Ouro, passei os quatro quarteirões que separam o bairro dos Rubis do de Yasin Paxá. No pátio lamacento da mesquita, nosso imã, sempre radiante com sua barba passa-piolho negra, estava escorraçando os cachorros vadios com uma vassoura. Eu o pus a par da situação. Queria Alá, expliquei-lhe, que meu Tio estivesse no fim e, de acordo com seus últimos desejos, eu ia me casar com sua filha, que acabava de obter do juiz de Uskudar a separação do marido desaparecido na guerra. Rejeitei a objeção do imã, segundo a qual a lei islâmica estipula que uma mulher separada deve esperar um mês antes de se casar de novo, fazendo valer que seu ex-marido já estava ausente há quatro anos e que não havia nenhum risco de ela estar grávida. Apressei-me a apresentar que a separação tinha sido concedida naquela manhã pelo juiz de Uskudar, expressamente para permitir que o casamento ocorresse sem mais tardar, e mostrei o documento ao imã.

"Eminente Imã Efêndi, pode ter certeza de que não há nenhum obstáculo a essa união", disse-lhe eu. "Somos parentes, claro, mas os primos por parte de mãe não têm impedimento para se casar. O casamento precedente está anulado. Não há nenhuma diferença religiosa, social ou de fortuna entre nós dois." Se ele se dignasse a aceitar as moedas de ouro que eu lhe confiava como adiantamento e viesse celebrar a cerimônia publicamente, na presença de toda a vizinhança, teria o privilégio de consumar com isso, diante de Alá, uma ação piedosa em benefício de uma viúva e de seus órfãos. E quem sabe nosso venerado imã não apreciava um bom arroz com amêndoas e damasco?

Quanto a isso não havia dúvida, mas ele estava por ora ocupado com aqueles cachorros, que precisava escorraçar do pátio. Entretanto, aceitou minhas moedas de ouro, prometendo pôr sua indumentária de casamento, preparar-se adequadamente o mais depressa possível, com turbante e tudo, de maneira a chegar a tempo para oficiar a cerimônia. Pediu-me então o endereço, que eu dei.

Por mais urgente que fosse aquele casamento, com o qual o noivo não parara de sonhar nos últimos doze anos, havia algo mais natural do que esquecer minhas angústias e meus sofrimentos, confiando-me às mãos afetuosas e à conversa afável de um barbeiro, para o cabelo e barba pré-nupcial? Aquele ao qual minhas pernas me levaram estava instalado no bairro do Palácio Branco, na esquina da rua em que se erguia a casa que meu finado Tio, minha tia e minha bela Shekure tinham deixado anos depois da nossa infância. Como eu já tinha ido lá cinco dias antes, mal chegara daqueles longos anos de ausência, ele me beijou e, como aliás teria feito qualquer outro barbeiro de Istambul, em vez de procurar saber por onde eu tinha andado aquele tempo todo, passou imediatamente aos mexericos do bairro, para chegar rapidamente à conclusão de que a vida é uma etapa muito instrutiva, mas que sempre acaba levando à morte.

Aliás, eu exageraria se dissesse que aqueles doze anos pareciam apenas uma dúzia de dias. O mestre barbeiro tinha envelhecido. A lâmina que tremia na sua mão coberta de pintas parecia executar uma dança do sabre ao longo das minhas faces. Aparentemente, ele dera de beber e havia arranjado um aprendiz, um rapazola de olhos verdes, pele cor de pêssego, boca carnuda, que acompanhava com inquietação as evoluções da navalha. Comparada a doze anos antes, a barbearia estava mais arrumada, mais limpa. Depois de encher com água fervendo a tina pendurada no teto por uma corrente recentemente trocada, lavou-me com cuidado, o rosto e a cabeça, com a água saída da torneira de bronze sob a tina. As velhas bacias tinham sido areadas havia pouco, não apresentavam nenhuma marca de ferrugem; o braseiro também estava limpo. Suas navalhas de cabo de ágata cortavam bem, e ele envergava um avental de seda branca, imaculado, detalhe com que não se preocuparia doze anos atrás. Supus que o belo aprendiz, grande para a sua idade e bem-feito de corpo, devia ter algo a ver com a melhora da sua aparência e do seu ambiente de trabalho. Entregando-me voluptuosamente ao prazer do sabão espumante, da água quente com aroma de rosa, não podia deixar de pensar que o casamento traz mais vida e frescor não só ao lar de um solteiro, mas também ao seu comércio e ao seu trabalho.

Não sei quanto tempo posso ter passado no doce calor do braseiro, que parecia difundir-se não só através da loja mas até pelos dedos peritos do meu barbeiro. Depois de tantos sofrimentos, a profusão de satisfações com que a vida parecia de repente querer me gratificar inspirou-me o mais profundo reconhecimento para com o Altíssimo. Eu estava assombrado com o misterioso equilíbrio que o mundo subitamente me revelava, e senti tristeza e piedade por meu Tio, que jazia naquela casa cujas chaves em breve seriam minhas. Já me preparava a voltar para lá e dar seguimento àquele corre-corre, quando a calma da barbearia foi perturbada pela chegada à porta, que ficava sempre aberta, de ninguém menos que Shevket!

Com uma cara incomodada, mas sem perder a pose, estendeu-me um pedaço de papel. Sem ser capaz de pronunciar uma só palavra, a tal ponto eu esperava pelo pior, li-o e recebi em pleno coração o recado glacial:

*Se não houver cortejo, não me caso.*
*Shekure*

Pegando Shevket pelo braço, forcei-o a sentar-se no meu colo. Gostaria de ter respondido por escrito à minha amada, "como você quiser, meu amor!", mas onde encontrar papel e lápis na loja de um barbeiro iletrado? Por isso, com uma hesitação calculada, contentei-me em cochichar no ouvido de Shevket: "Está bem". Depois, sempre em voz baixa, perguntei pela saúde do avô. "Está dormindo", respondeu o menino. Dei-me conta, naquele momento, de que Shevket, o barbeiro e vocês mesmos têm algumas desconfianças sobre a morte do meu Tio. O garoto, aliás, desconfia de muitas outras coisas. Que pena! Dei-lhe, à força, um beijo. Ele foi embora emburrado. E durante o casamento, vestindo sua roupa festiva, ficou o tempo todo num canto, olhando para mim com um ar hostil.

Como Shekure não sairia da casa do pai para a minha e como era eu, o noivo, que ia me mudar para a casa do pai dela, o cortejo matrimonial tinha a sua importância. Claro, eu não estava em condições de alinhar à porta da minha amada um grupo de amigos importantes e parentes ricos montados em seus cavalos. Mesmo assim chamei dois amigos de infância, com quem já tivera ocasião de me encontrar nos meus seis primeiros dias em Istambul. Um tinha se tornado secretário, como eu, o outro, gerente de um *hamam*. Lá estava também meu querido barbeiro que, quando me barbeara, tinha me felicitado com lágrimas nos olhos. Montado no mesmo cavalo branco do primeiro dia, bati na porta de Shekure, como se tivesse vindo buscá-la e levá-la para outra moradia e uma vida nova.

Ofereci uma bela gorjeta a Hayriye, que veio me abrir o portão. Shekure, de vestido vermelho e, nos cabelos, fitas rosa-choque que caíam até os tornozelos, apareceu em meio aos gritos, suspiros, choros (uma mãe ralhava com o filho) e exclamações de "que Alá a proteja", e montou agilmente num segundo cavalo branco que eu havia arranjado. Um tocador de tambor e outro de *zurna*, muito estridente, começaram a tocar para nós, e nossa pobre e melancólica comitiva pôs-se orgulhosamente em marcha.

Assim que nossos cavalos se moveram, compreendi que Shekure, com sua astúcia costumeira, tinha organizado aquele espetáculo para salvaguardar as nossas bodas. Anunciando-as a todo o bairro, ainda que no último momento, nosso cortejo havia garantido a aprovação de todo o mundo, neutralizando assim qualquer objeção futura ao nosso casamento. Mas, por outro lado, esse anúncio do nosso casamento iminente podia passar por uma bravata, um desafio aos nossos inimigos, quero dizer, à família do ex-marido de Shekure, e revelar-se perigoso. Se tivesse dependido apenas de mim, teria feito uma cerimônia privada, em segredo, teria primeiro me tornado seu marido e, depois, se fosse o caso, defendido nossa união.

Montado no meu arisco cavalo branco de conto de fadas, eu puxava o cortejo pelo bairro, mas o tempo todo à espreita, porque esperava, de uma hora para a outra, ver surgir Hassan e seus homens, que eu imaginava emboscados em algum beco escuro ou atrás de um portão. Eu via os jovens, os velhos da vizinhança e uns desconhecidos pararem diante das portas para nos cumprimentar, acenando. Sem faltar verdadeiramente ao respeito, a maioria deles parecia intrigada, desconcertada com aquele casamento, um tanto inesperado. Foi ao desembocar sem querer na estreita praça do mercado que compreendi quanto Shekure havia sabido brilhantemente mobilizar sua rede de informantes, e que seu divórcio e seu casamento comigo não se prestavam mais nem à dúvida nem à contestação do bairro. Prova disso era a alegria ingênua do vendedor de frutas e hortaliças que, para nos acompanhar, afastou-se por alguns passos da sua banca de marmelos, cenouras e maçãs gritando: "Alá seja louvado e proteja vocês dois!"; ou o sorriso melancólico do quitandeiro, os olhares de aprovação do padeiro, cujo aprendiz estava ocupado em raspar o fundo queimado das fôrmas de bolo. Apesar disso, eu continuava alerta, à espera de um ataque repentino, de uma piada insolente, de um início de alvoroço. Mas, uma vez passado o bazar e não obstante a confusão criada pela garotada que pedia moedinhas e não parava de pular, gritar e gesticular, eu compreendia, ante todos aqueles sorrisos das mulheres que eu entrevia atrás das janelas, gelosias e contraventos, que aquela gente bonachã e a gritaria das crianças agora nos garantiam proteção e legitimidade.

Meus olhos estavam fixados no percurso sinuoso do cortejo, que finalmente voltava, Alá seja louvado, a seu ponto de partida, à porta de casa, mas durante todo esse tempo meu coração tinha ficado junto de Shekure, com sua imensa dor. Para dizer a verdade, o que mais me entristecia não era ela ter de se casar no mesmo dia da morte do pai, mas suas núpcias serem assim apagadas e pífias. Minha amada merecia ricos cavalos com arreios de prata, montados por cavaleiros vestidos de brocados, peles e sedas, escoltando um desfile a perder de vista de carros repletos de suntuosos presentes. Ela deveria estar à frente de um cortejo de verdade: filhas de paxás, sultanas, e a multidão das velhas favoritas do harém imperial em suas carruagens, tagarelando sobre as extravagâncias das festas de outrora. Em vez disso, no casamento de Shekure não havia nem mesmo os quatro rapazes levando as varas do comprido pálio de brocado vermelho que oculta as noivas ricas aos olhares indiscretos. Nem um só daqueles serviçais que abrem os cortejos opulentos exibindo enormes círios e enfeites em forma de árvore, decorados com frutas, folhas de prata e de ouro, e pedras preciosas. Mais do que vergonha, o que eu sentia era uma tristeza que me enchia os olhos de lágrimas, cada vez que o tambor e a *zurna*, sem respeitar aquele arremedo de cerimônia, simplesmente paravam quando o cortejo, não tendo ninguém para abrir passagem nos cruzamentos aos gritos de "lá vem a noiva!", era retido pela multidão que fazia suas compras ou pelos criados na fila da fonte.

Ao chegar às imediações da nossa casa, reuni coragem para me virar na sela e olhar para ela, e fui recompensado ao ver, através da sua mantilha e do seu véu rosa e vermelho, que, longe de se amofinar com toda aquela mediocridade, parecia satisfeita com que o cortejo terminasse sem que houvesse a deplorar a menor contrariedade. Ajudei, pois, como todo noivo, minha noiva a descer da sela e, segurando seu braço, fiz chover na sua cabeça, diante da comitiva às gargalhadas, punhado após punhado, todo um saco de moedas de prata. Enquanto a garotada que havia acompanhado nosso cortejo corria para catá-las, fiz Shekure entrar no pátio e seguir o caminho interno de pedra até a casa. Mal entramos, não foi só o calor que sentimos, mas o horrível cheiro de putrefação.

Enquanto os participantes do cortejo se acomodavam na casa, Shekure, guiando as mulheres, as crianças e os velhos (Orhan me espiava de longe com um ar desconfiado), simulava não sentir nada, e eu mesmo cheguei por um instante a duvidar dos meus sentidos. Mas eu conhecia muito bem aquele cheiro, ele já havia invadido tantas vezes minha boca e meus pulmões que não havia como eu me enganar: era o mesmo fedor dos cadáveres abandonados ao sol depois da batalha, com suas roupas esfarrapadas, despojados das botas e cintos, o rosto, os lábios, os olhos devorados pelos lobos e pelas aves.

Embaixo, na cozinha, questionei Hayriye sobre o corpo do Tio Efêndi, consciente de que estava falando pela primeira vez com ela como dono da casa.

"Como o senhor pediu, nós o pusemos no colchão com sua roupa de dormir, prendendo bem a colcha nos lados e dispondo frascos e poções em volta. Se está fedendo tanto", disse a coitada entre lágrimas, "é na certa por causa do calor da estufa acesa no quarto."

Uma ou duas lágrimas suas caíram, chiando, na panela em que dourava os pedaços de carneiro. Vendo-a chorar assim, compreendi que o Tio Efêndi sem dúvida a levava para a cama consigo. Ester, que estava sentada hipocritamente perto do fogão, engoliu o que mastigava e se levantou para me dizer:

"Zele acima de tudo pela felicidade dela. E saiba apreciar a sua."

Eu ouvia os acordes do alaúde que acreditei escutar no primeiro dia do meu regresso a Istambul. A melodia era triste, mas vigorosa. E continuei a ouvi-la no aposento escuro em que meu Tio jazia, em sua comprida camisola branca, enquanto o imã celebrava nossa união.

Hayriye havia discretamente arejado o quarto pouco antes e colocado a lâmpada num vão do aposento para atenuar a iluminação, de modo que mal se podia perceber, na penumbra, que meu Tio estava doente, muito menos morto. Foi por isso que ele pôde fazer as vezes de tutor legal da filha durante a cerimônia. Meu amigo barbeiro e um inevitável velho do bairro serviram de testemunhas. Durante a cerimônia, que se encerrava com a bênção e os conselhos do imã e as preces dos presentes, um velhote obstinado, querendo ter uma ideia precisa do estado de saúde do meu Tio, fazia menção de querer se debruçar sobre ele. Mas, assim que o imã terminou, pulei do meu canto, agarrei a mão do meu Tio e clamei o mais alto que pude:

"Fique tranquilo, venerado Tio. Farei tudo o que estiver ao meu alcance para que Shekure e seus filhos estejam sempre bem-vestidos e bem alimentados, amados e protegidos."

Depois, fiz como se meu Tio, no seu leito de morte, procurasse me dizer alguma coisa, baixinho, e apliquei respeitosamente meu ouvido à sua boca, como para ouvir suas palavras com a maior atenção, aquela que os jovens devem dar às menores exortações destiladas, qual precioso elixir, por toda uma longa vida, quando nos encontramos à cabeceira de um ancião venerável na hora do seu passamento. Os olhares do Imã Efêndi e dos velhos do bairro diziam que a dedicação e a devoção filial que, com aquela atitude, eu demonstrava por meu sogro, recebiam a sua simpatia e aprovação. Ouso esperar que ninguém mais possa pensar, agora, que tive algo a ver com o assassinato do meu Tio.

Disse aos convidados que ainda estavam no aposento que meu sogro, doente, desejava ficar a sós. Eles saíram imediatamente e foram para a sala, onde os outros homens já estavam reunidos, apreciando um grande prato de arroz com carneiro que Hayriye havia servido. Eu, que nesta altura já não podia distinguir o cheiro de cadáver do aroma de tomilho, cominho e carneiro frito, subi ao corredor do andar de cima. Como um patriarca que vai para casa tão absorto em suas preocupações que até erra de porta, entrei no quarto em que as mulheres estavam reunidas e, fingindo não perceber quão horrorizadas ficaram com a intromissão de um homem entre elas, olhei com ternura para a minha Shekure, cujos olhos pareciam inundados de felicidade, e lhe disse:

"Seu pai está chamando, Shekure. Quer que a noiva vá lhe beijar a mão."

O punhado de vizinhas que Shekure tinha podido convidar de última hora, para garantir algumas testemunhas do nosso casamento improvisado, e as moças que eu identificava como suas parentas, pelo olhar franco com que me miravam, cobriram-se todas com o véu, em sinal de modéstia, sem parar porém de me esmiuçar de alto a baixo.

Só bem mais tarde, depois da prece da noite e de todos terem se empanturrado de nozes, amêndoas, frutas secas, confeitos e caramelos perfumados com cravo, é que os convivas se dispersaram. No quarto das mulheres, a alegria nunca conseguiu reinar, ante as lágrimas incessantes de Shekure e a gritaria das crianças desordeiras. Entre os homens, meu semblante carregado, refratário a todas as alusões maliciosas que o uso consagrado inspirava em nossos vizinhos, era debitado à minha preocupação com a saúde do meu sogro. Mas em meio a esses momentos sinistros, uma cena ficou nitidamente gravada na minha memória: eu levando Shekure ao quarto do Tio, depois do jantar. Estamos finalmente a sós. Depois de beijarmos, com sincero respeito, a mão rígida e gelada do morto, nós nos retiramos para um canto escuro do quarto e nos beijamos demoradamente, como para matar uma sede abrasadora. A língua da minha doce esposa, Shekure, que consegui prender na minha boca, tinha o gosto dos caramelos com que a criançada se entope gulosamente.

## 34. EU, SHEKURE

QUANDO OS ÚLTIMOS CONVIDADOS daquela triste festa de casamento, depois de se calçarem, se pentearem e se agasalharem, atravessaram a porta do jardim, levando consigo suas crianças, que enfiavam um derradeiro punhado de caramelos na boca, fez-se um silêncio penetrante. Estávamos no pátio e, fora um pardal que matava a sede perto do poço, na beirada do balde cheio pela metade, não se ouvia um só ruído. O pardal, por um breve instante, fez as penas da cabeça brilharem à luz vinda da estufa, depois desapareceu na noite, e eu de repente senti a insistente presença do meu pai, deitado na cama, em nossa casa escura e vazia, agora engolida pela noite.

"Crianças", chamei naquele tom que eles logo reconheceram como o que emprego quando tenho uma coisa importante a anunciar, "venham aqui, os dois."

Eles obedeceram.

"Agora o Negro é o pai de vocês. Beijem a mão dele."

Docilmente e sem fazer barulho, beijaram-lhe a mão. "Eles não sabem como obedecer a um pai, nem como olhar nos olhos do pai quando ele falar, nem confiar nele, porque os coitados dos meus filhinhos cresceram sem ter pai", eu disse ao Negro. "É por isso que, se eles te faltarem ao respeito, se fizerem bobagens e te perturbarem, seja indulgente com eles e debite isso ao fato de terem crescido sem nunca ter obedecido ao pai, do qual nem se lembram."

"Eu me lembro do meu pai, sim", replicou Shevket.

"Psiu... E ouça! A partir de agora, o que o Negro disser vale mais do que as minhas próprias palavras." Virei-me para o Negro. "Se eles não te ouvirem, se te faltarem ao respeito, se forem insolentes, insuportáveis ou malcriados, pode ralhar com eles, mas seja um pouco condescendente no início." Na última hora, segurei minha língua e não disse que também podia lhes aplicar um corretivo. "Eles devem ocupar no seu coração o mesmo espaço que eu."

"Shekure, minha vida, não foi só para me tornar seu marido que me casei com você, mas também para ser o pai destes orfãozinhos queridos."

"Vocês ouviram?"

"Que Alá nos proteja e a sua luz nunca nos falte!", exclamou Hayriye do seu canto.

"Vocês ouviram, não é? Vocês têm sorte, meus amores. Com um pai tão carinhoso, se vocês esquecerem o que ele mandou e o desobedecerem, mesmo assim ele vai perdoá-los."

"E voltarei a perdoar outra vez", completou o Negro.

"Sim, mas se desobedecerem pela terceira vez, aí merecerão uma coça. Estamos entendidos? O novo pai de vocês, o Negro, é muito severo, esteve em guerras pavorosas e terríveis, das quais o primeiro pai de vocês não voltou. O avô deles mimou-os demais. Eles o levavam na conversa o tempo todo. Agora vovô está muito doente."

"Quero ir ver meu avô", pediu Shevket.

"Se vocês não me ouvirem, o Negro vai mostrar para vocês o que é uma bela sova. Vovô não vai mais proteger vocês do Negro como protegia de mim. Então se não quiserem que o Negro fique bravo, tratem de não brigar, de dividir tudo direitinho, de não contar mentiras, de fazer bem as preces, de não ir para a cama antes de aprender a lição e de não implicar com Hayriye nem ser malcriados com ela. Estamos entendidos?"

O Negro se abaixou para pegar Orhan e o pôs no colo, mas Shevket esquivou-se. Aquilo me partiu o coração e me deu vontade de cobri-lo de beijos. Meu pobre orfãozinho, meu Shevket abandonado, como estava sozinho neste mundo tão grande! Eu mesma me senti uma criança sozinha no mundo, como Shevket, e por um instante creio que confundi sua solidão, sua fragilidade de órfão, com a minha. Porque a lembrança da minha infância trouxe-me de volta à memória que eu também subia no colo

do meu pai, como Orhan no do Negro, mas, ao contrário de
Orhan, que parecia estar ali como uma fruta numa árvore que
não é a dela, gostava de ficar com ele, nos braços do meu pai,
cheirando-nos como os cachorrinhos. Como já ia desatando a
chorar, disse, para conter as lágrimas e sem pensar direito no
que falava:

"Vamos, quero ouvir vocês chamarem o Negro de 'papai'."

O silêncio que reinava no pátio fez-se tão penetrante quanto
o frio. Bem longe, um bando de cachorros latia lúgubre e desesperadamente. Passaram-se mais alguns minutos, em que o silêncio, imperceptivelmente, desabrochou como uma flor negra.

"Bem, vamos entrar, crianças", eu disse, "senão todo o mundo vai se resfriar."

Entramos com uma espécie de hesitação, não só o Negro e
eu, como dois jovens recém-casados que têm medo de se encontrar a sós depois da festa, mas as crianças e Hayriye também,
entramos todos como quem explora uma casa estranha às escuras. Lá dentro, sentia-se o cheiro do cadáver do meu pai, mas
ninguém deu mostras de notar. Ao subir silenciosamente a escada, era como se visse pela primeira vez o jogo de sombras que
a luz da vela projetava no teto, ora imensas, ora minúsculas,
emaranhando-se, rodopiando. Chegando em cima, nós nos des-
calçamos e Shevket perguntou:

"Posso ir beijar a mão do meu avô?"

"Acabei de ir vê-lo", disse Hayriye. "Seu avô está muito
doente, não vai nada bem. Está com febre, os *djins* malvados
tomaram conta dele. Por isso, vão para o quarto, que eu vou
preparar a cama de vocês."

Ela os empurrou para o quarto, depois, enquanto arrumava
a cama, pôs-se a falar do colchão que estendia no assoalho, dos
lençóis, das colchas e do edredom que desdobrava, como se fossem tesouros preciosos de um palácio encantado.

"Hayriye, conte uma história para a gente", pediu Orhan
sentado no seu penico.

"Era uma vez um homem todo azul, cujo melhor amigo era
um *djim*."

"Por que ele era azul?", quis saber Orhan.

"Hayriye, tenha dó!", intervim. "Esta noite, nada de histórias de *djins*, nem de fadas, nem de fantasmas."

"Por que ela não pode contar?", perguntou Shevket. "Mamãe, quando a gente dormir, você vai ver vovô no outro quarto?"

"Vovô, que Alá o proteja, está muito doente", respondi. "Claro que vou ver como ele está passando. Depois venho me deitar com vocês na nossa cama."

"Por que Hayriye não vai?", perguntou Shevket. "Ela é que costuma cuidar dele de noite."

"Acabou?", Hayriye perguntou a Orhan já sonolento, enquanto o limpava, dando uma olhada no conteúdo do penico e franzindo o nariz, não por causa do cheiro, mas porque parecia achar que ele não fizera tudo.

"Hayriye, vá esvaziar o penico e traga-o de volta", ordenei. "Não quero que Shevket saia do quarto esta noite."

"Por que não posso sair? Por que ela não pode contar uma história de *djins* e de fadas?"

Orhan, sem ter medo, mas com aquele ar satisfeito que sempre tem depois de fazer cocô, respondeu afetuosamente ao irmão: "Porque a casa está cheia de *djins*, seu bobo".

"É verdade, mamãe?"

"Se vocês saírem do quarto para ir ver seu avô, podem ter certeza de que os *djins* vão pegar vocês."

"Onde é que o Negro vai dormir? Onde vai fazer a cama dele?"

"Não sei. Hayriye é que vai arrumar a cama dele."

"Mamãe, você vai continuar a dormir com a gente?", perguntou Shevket.

"Quantas vezes vou precisar dizer? Sim, vou dormir com vocês, como de costume."

"Sempre?"

Hayriye saiu com o penico. Fui pegar no armário em que as tinha escondido as nove miniaturas restantes, que o abominável assassino não tinha levado, e aproximei a vela da cama a fim de apreciá-las à vontade e tentar compreender seu segredo. As pinturas eram tão lindas que a gente se perdia nelas, como nessas lembranças que voltam depois de um longo período de esquecimento e que, como uma bela história, parecem falar com quem as contempla.

Enquanto eu estava absorta naquelas imagens, compreendi, pelo cheiro dos cabelos de Orhan que me faziam cócegas no nariz, que ele também contemplava aquele Vermelho estranho e fascinante. Como ainda às vezes acontece, tive vontade de tirar meu seio para lhe dar de mamar. Mais tarde, quando se assustou à vista da Morte, a respiração suave e ritmada que saía dos seus labiozinhos vermelhos me deu uma repentina vontade de comê-lo.

"Eu vou te comer, está me ouvindo?"

"Mãe, faz cócegas em mim?", ele pediu se entregando.

"Ei, saia já daí, seu bichinho!", exclamei, porque ele se espichava em cima das miniaturas. Examinei-as: não haviam sofrido nenhum estrago aparente, só a do cavalo ficou um pouquinho amarrotada, mal dava para ver.

Hayriye voltou com o penico vazio. Juntei as pinturas e já ia saindo quando Shevket me chamou com uma voz alterada:

"Mãe, aonde você vai?"

"Volto já."

Atravessei o corredor gelado. O Negro estava sentado ao lado da almofada vermelha do meu pai, agora vazia, no lugar em que havia passado aqueles últimos quatro dias conversando com ele sobre desenho, pintura e perspectiva. Pus as miniaturas no leitoril dobrável, na almofada e no chão diante dele. De repente, as cores encheram o quarto iluminado pela luz da vela de uma vida quente e inesperada, como se tudo se houvesse posto em movimento.

Primeiro olhamos as imagens, demoradamente, num silêncio respeitoso. Quando fazíamos o mais ínfimo movimento, o ar parado, impregnado do cheiro de morte que vinha do outro lado do largo corredor, fazia a chama tremer, e as misteriosas ilustrações do meu pai pareciam se mexer também. Será que era o fato de terem causado a morte do meu pai que lhes dava tamanho significado para mim? O que me fascinava tanto era a esquisitice do cavalo, a intensidade sem igual do Vermelho, a tristeza daquela árvore, a melancolia daqueles dois *dervixes* errantes, ou era que eu tinha medo do assassino que havia matado meu pai e talvez outras pessoas por causa daquelas ilustrações? Passado um instante, o Negro e eu compreendemos que o silêncio no quarto não dependia só das miniaturas que contemplávamos, mas também da nossa condição de recém-casados que se encontram sozinhos no quarto nupcial. Nós dois sentimos necessidade de falar.

"Amanhã, quando nos levantarmos, vamos ter que contar a todo o mundo que meu pai morreu durante o sono." Embora o que eu dizia fosse verdade, tinha a impressão de não estar sendo sincera.

"Amanhã de manhã tudo vai estar resolvido", afirmou o Negro num tom estranho, como se ele também não conseguisse acreditar no que dizia.

Fez um movimento imperceptível para se aproximar de mim, e tive vontade de beijá-lo pegando sua cabeça nas mãos, como eu fazia com as crianças.

No mesmo instante, ouvi a porta do quarto em que meu pai estava se abrir. Pulei de pé assustada, corri para a porta, abri-a, olhei para fora: estremeci ao ver que a porta do quarto dele estava de fato entreaberta e saí no corredor gelado. O braseiro que aquecia o quarto do meu pai acentuava o cheiro de cadáver. Será que Shevket tinha entrado lá, ou alguma outra pessoa? À luz ínfima das brasas, vi que o corpo do meu pai, vestido com seu camisolão, continuava deitado em paz. Tive vontade de dizer, como naquelas noites em que eu ia vê-lo enquanto ele lia o *Livro da alma*: "Boa noite, papai". Ele se endireitava um pouco para pegar o copo d'água que eu lhe levava e me dizia: "Que nada falte à aguadeira", beijando-me no rosto, como quando eu era pequena e mergulhando seus olhos nos meus. Olhei para a cara horrível do meu pai e fiquei com medo. Eu não queria olhar para o seu rosto, mas era como que impelida pelo Diabo a observar o quanto tinha ficado aterrador.

Voltei trêmula para o quarto da porta azul. Quando entrei, o Negro colou-se a mim. Eu o repeli, menos por raiva porém do que por uma espécie de reflexo instintivo. Lutamos à luz da vela, mas era mais um simulacro de luta do que um verdadeiro combate. Sentíamos prazer em nos chocar, em esbarrar nossos braços, pernas, peitos. Reinava no meu espírito uma confusão que me lembrou a descrita por Nizami em *Khosrow e Shirin*. Será que o Negro, que leu tão bem Nizami, compreendia que ao dizer "Não machuque meus lábios beijando-os tão violentamente" era em "Beije-me assim" que eu pensava?

"Enquanto o demônio que assassinou meu pai não tiver sido encontrado, não vou para a cama com você", disse a ele por fim.

Senti a vergonha me invadir quando saí fugida do quarto. Eu havia falado tão alto que era como se quisesse que minhas palavras fossem ouvidas pelas crianças e por Hayriye — quem sabe até por meu pobre pai e por meu falecido esposo, cujo cadáver havia apodrecido e virado poeira fazia tempo em sabe lá que canto perdido da Terra.

"Mamãe, Shevket saiu no corredor", contou-me Orhan assim que voltei para junto deles.

"Você saiu?", perguntei a Shevket, fazendo o gesto de lhe acertar uma bofetada.

"Hayriye!", gritou ele, agarrando-se a Hayriye.

"Não", respondeu Hayriye, "ele não saiu. Ficou o tempo todo no quarto."

Eu estava trêmula, não conseguia olhá-la nos olhos. Percebi então que, mal a morte do meu pai fosse anunciada, ela tomaria o partido dos meus filhos quando eu zangasse com eles e quando eles adquirissem o costume de se refugiar junto dela, compartilhar nossos segredos com ela, e que aquela criada nojenta tentaria se aproveitar da situação para controlar a casa. E não ficaria nisso, tentaria pôr em mim a culpa pela morte do meu pai e, por fim, passar a guarda dos meus filhos para Hassan! Sei que ela é bem capaz disso. Vergonha, ela já perdeu toda, tanto que dormia com meu pai! Por que continuar escondendo isso de vocês, sim, eles dormiam juntos! Dirigi-lhe um sorriso amável, depois pus Shevket no colo para lhe dar um beijo.

"É verdade, sim. Shevket saiu no corredor", insistia Orhan.

"Voltem para a cama e deixem um lugar para mim no meio de vocês dois. Vou contar a história do *djim* negro e do chacal sem rabo."

"Mas você tinha dito a Hayriye para não contar histórias de *djins*", disse Shevket. "Por que Hayriye não pode contar histórias para a gente esta noite?"

"Eles vinham da Cidade dos Abandonados?"

"Isso mesmo", confirmei, "nessa cidade, as crianças não têm pai nem mãe. Hayriye, vá ver se as portas estão bem trancadas. Nós na certa vamos dormir no meio da história."

"Eu não quero dormir", disse Orhan.

"Onde é que o Negro vai dormir esta noite?", perguntou Shevket.

"No ateliê", respondi. "Vamos, apertem-se bem contra mamãe para se esquentarem. De quem são estes pezinhos gelados?"

Pouco depois do começo da história, baixei a voz ao constatar que Orhan, como sempre, tinha sido o primeiro a adormecer.

"Quando eu dormir, você não vai sair de novo, não é, mamãe?"

"Não, não vou mais sair."

E não tinha mesmo tal intenção. De fato, quando ele por fim adormeceu, pensei em como era bom dormir, na noite do segundo casamento, com os dois filhinhos bem apertados contra o peito, tendo perto de nós agora um marido bonito, inteligente, apaixonado e atencioso. Foi com esses pensamentos que devo ter adormecido, mas meu primeiro sono foi muito conturbado. Se bem me lembro, nessa espécie de mundo intermediário entre a vigília e os sonhos, cheio de incertezas e de agitação, tive primeiro de prestar contas ao espírito irritado do meu pai; depois, tentei escapar do espectro daquele maldito assassino que tentava me mandar para junto do meu pai. E enquanto me perseguia, aquele assassino obstinado, mais aterrorizante até que o espírito do meu pai, começou a fazer uns barulhos esquisitos. No meu sonho, ele atirava pedras na nossa casa. Elas batiam nas janelas ou caíam no telhado. Depois atirou uma pedra na porta, como se quisesse arrombá-la. De repente esse espírito maligno fez ouvir uma voz queixosa, que talvez se parecesse com o uivo de alguma fera, e meu coração disparou.

Acordei suando em bicas. Será que tinha ouvido aqueles sons estranhos no meu sonho ou viriam de dentro de casa, e me despertaram? Como não conseguia descobrir, apertei-me contra as crianças e fiquei assim, esperando, sem me mexer. Já estava me persuadindo de que aqueles ruídos faziam parte do meu sonho, quando ouvi de novo o mesmo gemido. E, depois, um barulhão no pátio, como uma coisa caindo. Seria uma pedra?

Estava aterrorizada. Mas a coisa se agravou ainda mais, porque ouvi uns rangidos, desta vez dentro de casa. Onde estava Hayriye? E o Negro, em que quarto dormia? E o cadáver do meu pobre pai? Alá, pedi, proteja-nos! As crianças dormiam a sono solto. Se aquilo houvesse acontecido antes do nosso casamento, eu teria me levantado e tentado ficar à altura da situação, procurado superar o medo, como um homem, a fim de enfrentar corajosamente os *djins* e os duendes. Mas agora eu me encolhia toda, eu me escondia entre meus filhos. Não tínhamos mais ninguém, ninguém chegaria a tempo de nos acudir. Enquanto esperava pelo pior, fiz uma prece. Mas, como nos meus sonhos, eu estava sozinha. Ouvi alguém abrir o portão do jardim. Seria mesmo o nosso? Sim, com toda certeza.

Num instante, sem pensar no que fazia, peguei meu penhoar e saí correndo do quarto.

"Negro!", sussurrei do alto da escada.

Calcei-me rapidamente e desci a escada. Porém, mal saí no caminho de pedra do pátio, a vela que eu havia acendido às pressas na brasa da lareira se apagou. Soprava um vento forte, mas a noite estava clara. Passado um momento, meus olhos se acostumaram ajudados por um meio luar. Meu bom Alá! O portão da rua estava escancarado! Fiquei petrificada, tremendo no frio.

Por que não me armei com uma faca! Não tinha nem mesmo um castiçal ou um pedaço de pau à mão. No escuro, vi a porta do pátio se mexer sozinha; depois, quando parecia ter parado, ouvi-a ranger de novo. Lembro-me de ter pensado: parece um sonho. Mas eu sabia que estava lúcida e andando no pátio.

Quando ouvi um barulho vindo de dentro de casa, sob o telhado, compreendi que era a alma do meu pai lutando para sair do corpo. Saber que era a alma do meu pai sofrendo aquele tormento, ao mesmo tempo que me tranquilizava, mergulhou-me numa imensa aflição. Se era meu pai o causador daqueles barulhos, pensei, então eu nada tinha a temer. Por outro lado, porém, os sofrimentos por que passava sua alma para escapar e ascender o mais depressa possível me perturbavam tanto que pedi a Alá que o socorresse. E a ideia de que a alma de meu pai nos protegeria, a mim e às crianças, me trouxe uma sensação de grande alívio. Se de fato havia algum Demônio prestes a praticar o mal bem atrás da porta do pátio, ele iria ter de se haver com a alma sem repouso do meu pai!

Bem então uma ideia me inquietou, a de que talvez fosse o Negro que estivesse perturbando meu pai tanto assim. Será que papai iria se voltar contra o meu novo marido? Por falar nisso, que fim tinha levado o Negro? Naquele mesmo instante, avistei-o do lado de fora do portão, na rua. Fiquei paralisada. Ele conversava com alguém.

A pessoa que falava com ele estava atrás das árvores do pomar abandonado que fica do outro lado da rua. Assim que fui capaz de deduzir que as queixas que eu tinha ouvido deitada na cama provinham daquele homem, reconheci a voz de Hassan. Era um misto de gemido e de súplica, num tom ameaçador. Eu os ouvi à distância enquanto acertavam suas contas, no silêncio da noite.

Entendi então que eu estava sozinha no mundo com meus filhos. Eu me dizia que amava o Negro mas, para dizer a verdade, o que eu queria era amar apenas o Negro — porque a voz dolorida de Hassan abrasava meu coração.

"Amanhã vou vir com o juiz, os janízaros e umas testemunhas que jurarão que meu irmão mais velho está vivo e guerreia nas montanhas do Irã", dizia ele. "O casamento de vocês não é legal. Vocês estão cometendo adultério."

"Shekure não era sua mulher, mas a mulher do seu irmão", replicou o Negro.

"Meu irmão está vivo", rebateu Hassan com convicção. "Tenho testemunhas que o viram."

"Esta manhã, o juiz de Uskudar pronunciou o divórcio, porque faz quatro anos que ele está ausente. Se estiver vivo, mande suas testemunhas contarem isso a ele."

"Shekure não pode se casar antes de um mês", disse Hassan. "É contra o Corão e a religião. Como é que o pai dela pôde permitir uma coisa destas?"

"O Tio Efêndi está muito doente", respondeu o Negro. "Está no seu leito de morte... E o juiz autorizou."

"Ah, mas então vocês dois se acertaram para envenenar seu Tio! A não ser que Hayriye também tenha participado dessa trama."

"Meu sogro ficou muito afetado com a maneira como você se comportou com a filha dele. É uma infâmia pela qual seu irmão, se estiver vivo, irá te cobrar."

"É tudo mentira, pretextos que Shekure inventou para abandonar o domicílio conjugal!"

Um grito veio de dentro de casa. Era Hayriye. Depois ouviu-se Shevket. Os dois gritavam lá em cima, eu também não pude conter um grito e precipitei-me para a casa. Shevket já tinha desabalado escada abaixo e saído correndo para o pátio.

"Vovô está gelado!", ele gritava. "Vovô está morto!"

Nós nos abraçamos, peguei-o no colo. Hayriye ainda gritava. O Negro tinha ouvido tudo, e Hassan também, sem dúvida.

"Mamãe, alguém matou meu avô", dizia Shevket agora.

Todo o mundo, mais uma vez, podia ouvi-lo. Menos Hassan, talvez... Apertei meu filho com mais força ainda e, sem me descontrolar, mandei-o de volta para dentro de casa. Hayriye, ao pé da escada, perguntava como aquele malandrinho tinha conseguido escapulir.

"Mãe, você prometeu que não ia deixar a gente sozinho", respondeu Shevket, caindo em prantos.

Eu agora me preocupava com o Negro. Como ele estava ocupado com Hassan, não havia pensado em fechar o portão. Beijei Shevket dos dois lados do rosto, abracei-o com mais força ainda, dei-lhe um cheiro no pescoço, consegui consolá-lo um pouco e, por fim, passei-o aos braços de Hayriye, cochichando: "Voltem lá para cima vocês dois".

Quando subiram, voltei ao pátio. De onde eu estava, a alguns passos do portão, imaginava não ser vista por Hassan. Mas será que ele não tinha mudado de lugar na escuridão do pomar? Não teria ido para trás das árvores ao longo da rua escura? O fato é que ele me via e que, ao falar, também se dirigia a mim. O que me exasperava não era apenas que ele falava comigo e eu não podia enxergá-lo, era uma coisa pior: era eu achar que, quando acusava a mim, a nós, ele no fundo tinha razão. Dava-se com ele a mesma coisa que com meu pai quando eu era criança: eu sempre me sentia culpada, sempre errada. Ainda por cima, agora eu descobria com grande tristeza que amava o homem que estava me incriminando. Meu bom Alá, ajude-me! O amor foi feito para nos aproximar de Você, e não para sofrermos em vão, não é?

Hassan me acusou de ter tramado com o Negro o assassinato do meu próprio pai. Disse ter ouvido tudo o que meu filho falou, que tudo estava claro como o dia e que nosso crime nos precipitaria no Inferno. Ele ia contar tudo ao juiz logo de manhã. Se eu fosse inocente, se minha mão não estivesse manchada com o sangue paterno, ele jurava que me levaria de volta para a casa do irmão mais velho e faria as vezes de pai dos meus filhos, até ele voltar. Se eu fosse culpada, merecia todos os tormentos previstos para uma mulher sem coração que abandonava o marido desse modo, enquanto este derramava seu sangue na guerra. Nós o ouvimos até o fim, depois fez-se um longo silêncio.

"Mas se você voltar por sua livre e espontânea vontade para o lar do seu verdadeiro esposo", prosseguiu mudando de tom, "se você voltar com seus filhos, sem escândalo, sem ser vista, esquecerei esse grotesco arremedo de casamento, os crimes de vocês de que fiquei sabendo esta noite, tudo, perdoarei tudo.

Esperaremos juntos, Shekure, pacientemente, anos a fio se preciso for, que meu irmão volte da guerra."

Será que ele estava bêbado? Havia algo tão infantil na sua voz que temi que ele se pusesse a me fazer propostas diante do Negro e que isso lhe custasse a vida.

"Você entendeu?", dizia sua voz detrás das árvores.

Eu não conseguia determinar sua posição no escuro. Meu bom Alá, socorra seus servos pecadores!

"Porque você não pode compartilhar o mesmo teto com o homem que matou seu pai, Shekure."

Por um instante eu me perguntei se não seria ele o assassino. Se ele não estava pura e simplesmente zombando da gente. Hassan era o Diabo em pessoa, mas eu não podia ter certeza de nada.

"Escute, Hassan Efêndi", disse o Negro na noite. "Meu sogro foi morto, é verdade. Foi um assassinato, um horrível assassinato."

"Ele foi morto antes do casamento de vocês, não é?", perguntou Hassan. "Vocês o mataram, porque ele era contra esse casamento espúrio, esse divórcio arranjado, os falsos testemunhos e todas as tramoias de vocês. Aliás, se ele tivesse a menor estima pelo Negro, não seria agora, mas anos atrás, que ele teria lhe dado sua filha."

Por ter vivido com meu ex-marido e comigo anos a fio, Hassan conhecia tão bem quanto nós todo o nosso passado. E agora, com a paixão de um amante rejeitado, ele lembrava cada pequeno detalhe de tudo o que eu conversara com meu marido em casa e que eu havia esquecido ou desejado esquecer. Ao longo daqueles anos compartilhamos tantas lembranças — ele, seu irmão e eu — que temi que o Negro me parecesse mais estranho, distante e recente, se Hassan se pusesse a recordar o passado.

"Desconfiamos que foi você mesmo quem o matou", replicou o Negro.

"Vocês é que o mataram para poderem se casar. Está mais do que claro. Eu não tinha a menor razão para matá-lo."

"Você o matou para impedir meu casamento com Shekure",

rebateu o Negro. "Você sentiu que ele ia aprovar a separação e o nosso casamento, e então perdeu a cabeça. Você estava com raiva do Tio Efêndi, porque ele ousou dizer à filha que ela podia voltar para a casa dele, e você quis se vingar. Você sabia que, com ele vivo, você não tinha a menor chance de reavê-la."

"Chega de conversa fiada", respondeu Hassan num tom decidido. "Não vim aqui nesse frio para ouvir bobagens. Quase gelei tentando chamar a atenção de vocês com minhas pedradas. Vocês não ouviram?"

"O Negro estava em casa, examinando as miniaturas do meu pai", intervim.

Terá sido um erro meu dizer isso?

"Shekure Hanim", tornou ele então com o mesmo tom hipócrita que eu às vezes emprego para falar com o Negro, "você é a esposa do meu irmão mais velho, seria melhor voltar logo com seus filhos para a casa desse heroico cavaleiro sipaio, que é o pai deles e com quem você continua casada, de acordo com o Corão."

"Não, Hassan", murmurei na escuridão. "Não."

"Nesse caso, tenho para com meu irmão a obrigação de levar logo de manhã ao conhecimento do juiz o que ouvi aqui esta noite. Senão, eles é que vão me cobrar explicações."

"Você vai mesmo ter de se entender com a justiça", disse o Negro. "Quando você for falar com o juiz, eu irei, esta manhã mesma, revelar ao nosso sultão que você assassinou seu servidor, o Tio Efêndi."

"Muito bem", respondeu Hassan calmamente. "Faça a revelação."

Soltei um grito: "Eles vão torturar vocês dois! Não vá ver o juiz. Espere. Tudo vai acabar se esclarecendo".

"Não tenho medo da tortura", disse Hassan. "Fui torturado duas vezes e vi que somente a tortura permite distinguir o inocente do culpado. Os caluniadores podem ter medo dela, eu não, e vou contar tudo ao juiz, ao comandante dos janízaros, ao Grão-Mufti, a todo o mundo sobre o pobre Tio Efêndi, sobre o livro e sobre as miniaturas. Todo o mundo fala das miniaturas dele. O que é que há nessas miniaturas?"

"Não há nada", respondeu o Negro.

"O que quer dizer que você as examinou na primeira oportunidade que apareceu."

"O Tio Efêndi queria que eu terminasse o livro."

"Então é isso! Queira Alá que nós dois sejamos torturados."

Os dois se calaram. Depois ouvimos passos se afastando no pomar abandonado. Ou estariam se aproximando? Éramos incapazes de ver ou entender, naquela escuridão de breu, o que Hassan fazia. Ele resolveu insensatamente, ao que parece, passar pelo lado mais distante de nós, cheio de espinheiros e de arbustos cerrados. Teria podido perfeitamente, se quisesse que não o víssemos, desaparecer esgueirando-se entre as árvores perto da rua, mas não ouvimos nenhum barulho de passos em nossa direção. A certa altura gritei: "Hassan!", sem resposta.

"Psiu!", fez o Negro.

Nós dois tremíamos de frio. Sem mais tardar, entramos em casa, depois de passar a tranca no portão. Antes de ir para junto das crianças, fui ver meu pai mais uma vez. E o Negro tornou a sentar-se diante das miniaturas.

## 35. EU, O CAVALO

Não se fiem no aspecto plácido e sossegado que tenho neste momento. Na verdade, galopo há séculos, sem reclamar. Percorrendo as planícies, travando batalhas, levando para se casar jovens princesas melancólicas, da historieta à História e da História à lenda, de livro em livro, de página em página, não paro de galopar. Estou presente num sem-número de contos, fábulas, livros e combates. Acompanho heróis invencíveis, amantes lendários, exércitos fantásticos. Galopo de campanha em campanha com nossos vitoriosos sultões e, por causa disso, apareço em incontáveis ilustrações.

Como é, vocês perguntam, ser pintado com tanta frequência?

Claro, sinto orgulho de mim. Mas também me pergunto se, na verdade, eu mesmo é que fui pintado todas as vezes. Vendo essas imagens, fica evidente que cada um tem uma ideia diferente de mim. No entanto eu percebo, entre todas elas, uma íntima afinidade, uma unidade incontestável. Uns pintores me contaram recentemente uma história. Um rei da Europa, um infiel, pensava em pedir a mão da filha do doge de Veneza. Enquanto pensava no assunto, uma dúvida lhe assaltou a mente: "E se esse veneziano for um pobretão e sua filha, horrenda?". Para dirimi-la, despachou para Veneza seu melhor pintor, encarregando-o de fazer o retrato da filha do doge, com suas joias, mobílias e pertences. Os venezianos, gente sem a menor compostura, exibiram para ele não apenas a noiva, mas todo o palácio, inclusive as cavalariças, com as éguas e tudo. O talentoso artista infiel cumpriu tão bem sua missão que era possível reconhecer no meio de uma multidão tanto a égua do doge como sua cara filha.

Assim, enquanto o rei passava em revista os quadros no pátio do castelo, hesitando entre se casar ou não com a moça, seu cavalo, subitamente excitado, cismou de montar a atraente égua da pintura. Parece que os cavalariços tiveram a maior dificuldade para conter o fogoso garanhão, que fez em pedacinhos, com seu membro enorme, a bela tela do artista.

Ora, pretendem que não foi a beleza da égua veneziana, por mais excepcional que fosse, que pôs nosso garanhão em tão caloroso estado, mas a exatidão da pintura e sua semelhança com um modelo bem preciso. A questão agora é a seguinte: é pecado ser pintado do jeito que a égua foi, isto é, como uma égua real? No meu caso, como vocês podem ver, quase não há diferença entre a minha imagem e outras pinturas de cavalo.

Na verdade, se vocês prestarem a devida atenção à graça do meu lombo, ao comprimento das minhas pernas, ao meu porte magnífico, logo perceberão que sou mesmo único. Mas essas belas linhas atestam menos minha singularidade como cavalo do que o talento particular do pintor que me ilustrou. Todos vocês sabem que, no fundo, não há cavalo que se pareça comigo, traço a traço. Eu sou simplesmente a representação de um cavalo que só existe na imaginação de um miniaturista.

No entanto, ao olhar para mim, todos costumam exclamar: "Que belo cavalo!". Mas na verdade não é a mim que elogiam, é ao artista. Os cavalos de verdade são diferentes uns dos outros, e o miniaturista, mais que todos, tem de saber disso.

Observem bem e verão que nem mesmo o membro de um garanhão se parece com o de outro. Vamos, não tenham medo, podem espiar mais de perto — podem até pegar nele com a mão: sim, esta maravilha que me deu Alá tem sua forma e sua linha próprias.

Por que, então, todos os miniaturistas pintam de memória todos os cavalos do mesmo jeito, apesar de cada um de nós ter sido criado com um aspecto único por Alá, o Maior de todos os Criadores? Por que insistem em representar milhares e dezenas de milhares de cavalos da mesma maneira, sem nem sequer olhar direito para nós? Eu lhes digo por quê: é que eles tentam pintar o mundo tal como Alá o percebe, e não o mundo tal como eles veem. Mas isso porventura não é contestar a unicidade de Alá, ou seja — que Alá nos livre! —, não é dizer que eu posso fazer o trabalho Dele? Esses artistas que estão insatisfeitos com o que veem com seus próprios olhos, esses artistas que desenham o mesmo cavalo milhares de vezes afirmando que o que está gravado na imaginação deles é o cavalo de Alá, esses artistas que proclamam que o melhor cavalo é aquele que os miniaturistas cegos desenham de memória, não estão cometendo o pecado de competir com Alá?

O novo estilo emprestado dos europeus, longe de ser ímpio, satisfaz melhor à nossa fé. Que meus irmãos de Erzurum não me entendam mal. Muito me desagrada que os infiéis europeus exibam suas mulheres seminuas, indiferentes à pia modéstia, que não entendam os prazeres do café e dos belos efebos e andem por aí com o rosto barbeado e os cabelos compridos como o das mulheres, clamando que Jesus também é o Senhor — que Alá nos proteja! Eu fico tão injuriado com esses europeus que, se um dia cruzar com um, acerto-lhe um belo coice.

Mas também estou farto dos erros dos nossos miniaturistas, que se sentam pela casa como se fossem senhoras e nunca vão à guerra. Eles me pintam a galope com as duas patas dianteiras estendidas ao mesmo tempo, parecendo um coelho. Nenhum cavalo do mundo galopa assim! Se uma pata está à frente, a outra está atrás. Ao contrário do que se pinta nas ilustrações de batalhas, não há um só cavalo neste mundo que estenda a pata como um cachorro curioso, deixando a outra firmemente plantada no chão. Não existe uma só divisão de cavalaria de sipaios cujos cavalos marchem em uníssono, como se houvessem sido traçados vinte vezes com um decalque idêntico, lombo contra lombo. Nós, cavalos, se ninguém estiver cuidando, logo relaxamos e comemos a relva fresca a nossos pés. Nós nunca assumimos a pose de estátua e ficamos esperando elegantemente, como nos representam nas pinturas. Por que se incomodam tanto de não nos mostrar comendo, bebendo, cagando e dormindo? Por que têm medo de figurar este formidável e inigualável instrumento que Alá me deu? As mulheres e as crianças em particular adoram admirá-lo às escondidas, e que mal há? O *hodja* de Erzurum também é contra isso?

Conta-se que havia em Shiraz um xá decrépito e nervoso. Ele morria de medo de que seus inimigos o depusessem para que seu filho assumisse o trono, tanto assim que, em vez de mandar o príncipe para Isfahan, como governador da província, prendeu-o no canto mais escondido do palácio. O príncipe cresceu e viveu nessa prisão improvisada, que não dava nem para o pátio nem para o jardim, por trinta e um anos. Depois que o tempo concedido a seu pai na Terra se esgotou, o príncipe, que vivera sozinho com seus livros, subiu ao trono e declarou: "Ordeno que me tragam um cavalo. Sempre vi as imagens deles nos livros e estou curioso por conhecer um". Trouxeram-lhe o mais formoso garanhão cinzento do palácio, mas quando o novo rei viu que o cavalo tinha narinas grandes como chaminés, um cu malcheiroso, uma pelagem mais fosca que nas ilustrações e uma anca abrutalhada, ficou tão desencantado que mandou massacrar todos os cavalos do reino. Essa horrível carnificina durou quarenta dias, ao fim dos quais todos os rios do reino transbordavam de um vermelho sombrio. Mas Alá não demorou a fazer valer Sua justiça: o rei, que agora não possuía mais cavalaria, teve de enfrentar o exército do seu arqui-inimigo, o bei turcomano da Horda do Carneiro Negro, foi derrotado e, por fim, esquartejado. Não tenham dúvidas: como todas as histórias lhes revelarão, a estirpe dos cavalos soube tirar sua desforra.

## 36. MEU NOME É NEGRO

**Q**UANDO SHEKURE FECHOU-SE EM seu quarto com as crianças, pude prestar atenção nos incessantes estalos e barulhos daquela casa estranha. Shevket às vezes cochichava com a mãe e queria continuar a conversa com ela, mas Shekure fazia um "psiu!" abrupto. No mesmo momento, vindo do poço e do caminho de pedra, ouvi um pequeno ruído, que logo parou. Mais tarde, chamaram a minha atenção os grasnidos de uma gaivota, que tinha pousado no telhado, mas o silêncio também acabou por envolvê-la. Depois ouvi, distante e fraco, um pequeno gemido do outro lado do corredor: eram os soluços de Hayriye em seu sono. Seus gemidos se transformaram numa tosse, que ecoou secamente antes de parar, cedendo lugar de novo àquele silêncio atroz, interminável. Às vezes a sensação, repentina, de que alguém andava no quarto em que repousava o cadáver do meu Tio me gelava de pavor.

Durante todos esses lapsos de silêncio, eu examinava as miniaturas espalhadas diante de mim e imaginava o apaixonado Oliva, o belo Borboleta, com seus lindos olhos, e Elegante, o finado dourador, pintando-as na página. Tinha vontade de confrontar cada uma das imagens exclamando "Satanás!" ou "Morte!", como meu Tio costumava fazer certas noites, mas um temor supersticioso me retinha. Aquelas imagens já me haviam causado muita contrariedade quando, a despeito de toda a insistência do meu Tio, eu não me achara capaz de escrever as histórias dignas de acompanhar cada uma delas. E como eu estava cada vez mais certo de que a morte dele tinha uma relação com essas imagens, eu me sentia irritado e impaciente. Eu já havia contemplado demoradamente essas imagens enquanto ouvia as histórias do meu Tio, só para ter uma chance de estar próximo de Shekure. Mas agora que ela era minha legítima esposa, por que dar tanta atenção a elas? Uma voz interior me respondeu, implacável: "Porque mesmo com os filhos já dormindo, você percebe que Shekure não vem para a cama com você". Fiquei acordado entretanto por um longo tempo, olhando as miniaturas à luz da vela, na esperança de que a minha bela de olhos negros viesse me encontrar.

Quando, de manhã, fui acordado pelos gritos de Hayriye, peguei o castiçal e saí às pressas para o corredor. Achando que eram Hassan e seus asseclas que atacavam a casa, minha primeira ideia foi pôr as ilustrações a salvo. Mas logo me dei conta de que ela gritava assim para anunciar a morte do Tio Efêndi às crianças e à vizinhança, seguindo as instruções expressas de Shekure.

Encontrando-a no corredor, abracei-a e apertei-a com força contra mim. Mas os meninos, que tinham pulado sobressaltados da cama aos gritos da criada, nos interromperam em nossas efusões.

"O avô de vocês morreu", disse Shekure. "Não quero que entrem naquele quarto em hipótese alguma."

Ela me deixou para ir chorar à cabeceira do pai.

Levei os meninos para o quarto deles. "Troquem de roupa e cubram a cabeça, senão vão pegar um resfriado, assim de pijama", ordenei sentando na beira da cama.

"Meu avô não morreu hoje de manhã. Ele morreu ontem à noite", disse Shevket.

Um fio comprido do cabelo de Shekure desenhava a letra *vav* no travesseiro. O calor do seu corpo ainda não se havia dissipado sob as cobertas. Podíamos ouvi-la chorando e gritando, com Hayriye. Sua maneira de chorar e gritar como se tivesse acabado de saber da morte do pai me parecia tão espantosa, tão incrível, que senti como se não a conhecesse, como se ela estivesse possuída por um estranho *djim*.

"Estou com medo", disse Orhan, olhando para mim como se pedisse licença para chorar.

"Não fiquem com medo", respondi. "A mãe de vocês chora assim para anunciar a morte do vovô aos vizinhos e para que estes venham em casa."

"O que vai acontecer, se eles vierem?"

"Se eles vierem, também vão ficar tristes e chorar conosco a morte do vovô. Assim vamos dividir com eles uma parte da nossa dor."

"Você matou meu avô?", gritou Shevket.

"Se você perturbar ainda mais sua mãe, não espere nenhum afeto de mim!", respondi gritando também.

Não gritávamos um com o outro como um padrasto e seu enteado, mas como dois homens trocando palavras das margens opostas de um rio de águas turbulentas. Shekure estava agora às voltas com as tábuas que trancavam o contravento da janela do corredor, querendo abri-la para que seus gritos fossem ouvidos com mais clareza pela vizinhança.

Saí do quarto para ir ajudá-la. Juntamos nossas forças para abrir a janela. Com nosso esforço conjunto, o contravento afinal cedeu e caiu lá embaixo, no pátio. O frio e o sol bateram em nossos rostos, deixando-nos momentaneamente atordoados. Mas Shekure logo voltou a gritar, a chorar todo o seu desespero.

A morte do Tio Efêndi, depois de anunciada por ela a todo o bairro, adquiriu para mim um tom mais trágico, muito mais doloroso do que antes. Sincero ou fingido, o pranto da minha esposa me atormentava. Inesperadamente, pus-me a chorar. Eu nem sabia se estava chorando sinceramente de tristeza ou se apenas fingia, com medo de ser dado como responsável pela morte do meu Tio.

"Ele se foi, meu paizinho querido se foi!", urrava Shekure.

Meus soluços e meus lamentos faziam eco aos dela, embora eu não soubesse exatamente o que estava dizendo. Minha preocupação era proporcionar aos nossos vizinhos, que nos espiavam de casa, pelo vão das portas ou das janelas entreabertas, o espetáculo que eles esperavam e que tinha de ser perfeito. Além disso, chorando, eu me esquecia e me livrava das dúvidas quanto à minha sinceridade, do medo obsessivo de ser acusado pelo crime, do meu medo de Hassan e seus homens.

Shekure era minha agora e era como se eu comemorasse com lágrimas e gritos. Puxei minha jovem esposa soluçante para junto de mim e, sem me preocupar com os meninos que se aproximavam em prantos, beijei-a no rosto. A despeito das lágrimas, seu rosto, todo molhado, ainda tinha cheiro de flor de amendoeira, como na época da nossa infância.

Acompanhados pelos garotos, voltamos ao quarto onde jazia o corpo. Proclamei: *"La ilahe illallah*, Alá é o único Deus", como se aquele velho cadáver, que já fedia bastante passados dois dias, ainda estivesse agonizando e eu sugerisse, como derradeiras palavras, que ele repetisse comigo a profissão de fé e, assim, merecesse o Paraíso. Fingimos que ele as tinha repetido, sorrindo afetuosamente para aquele rosto quase desfigurado, para aquele crânio esmagado. Ergui as mãos para o céu e recitei a surata *Ia Sin*, enquanto os outros ouviam em silêncio. Amarrando com cuidado um bonito pedaço de pano limpo, que Shekure tinha ido escolher, fechamos a boca do meu Tio, depois seu olho todo dilacerado, antes de virá-lo, com toda precaução, do seu lado direito, o rosto voltado para Meca. Enfim Shekure estendeu sobre o pai um imaculado sudário branco.

Não sem satisfação, eu percebia que os meninos, de novo silenciosos, já não choravam e observavam tudo atentamente. Senti-me então como um homem com mulher e filhos, um pai de família em seu lar. E aquela doce sensação me fazia esquecer a imagem da morte.

Juntei todas as miniaturas para arrumá-las numa pasta. Vesti meu *cafetã* grosso e saí apressadamente de casa. Rumei direto para a mesquita do bairro, fingindo não ver um dos vizinhos — uma velhinha acompanhada do neto com nariz escorrendo, certamente atraída por nosso alarido e nitidamente excitada com a perspectiva de ir desfrutar um pouco da nossa dor.

O buraco de rato que servia de casa ao imã fazia triste figura ao pé da mesquita, novinha em folha e luxuosa como todas as de hoje em dia, com cúpula, átrio e tudo o mais. Mas o imã — eu observava ser esse ser um costume cada vez mais frequente — vinha ampliando os limites do seu buraco glacial e usurpando toda a mesquita, sem se preocupar nem um pouco com a roupa puída e descorada que sua mulher pendurava entre os dois castanheiros do pátio. Evitamos o ataque de dois cachorrões, que se apropriavam do pátio exatamente como o Imã Efêndi e sua família, e, depois que os filhos dele espantaram aquelas feras a varadas, pedindo desculpas, nós dois nos retiramos para seu reduto.

Vi pela sua cara que o fato de não o termos chamado para o casamento, depois do que fez para o nosso divórcio na véspera, o deixara de péssimo humor e que ele se perguntava o que mais eu podia querer dele agora.

"O Tio Efêndi faleceu esta manhã."

"Que Alá seja misericordioso com ele e o receba no Paraíso!", disse com benevolência.

Por que eu tive de me comprometer insensatamente precisando "esta manhã"? Pus-lhe uma moeda de ouro na mão, como as da véspera, pedindo-lhe que viesse recitar a oração fúnebre, se possível antes da próxima chamada do muezim, e que mandasse seu irmão percorrer o bairro anunciando a triste notícia.

"Meu irmão tem um excelente amigo que é quase cego. Nós três somos peritos em matéria de abluções finais dos mortos", respondeu.

E havia coisa melhor do que um cego e um meio idiota para lavar o corpo do Tio Efêndi? Marquei a oração fúnebre para a tarde, mencionando a provável presença de grandes personagens, gente da corte, artistas, homens de lei. Não disse nada, no entanto, sobre o estado do corpo, em particular sobre o crânio esmigalhado, porque havia tempo que eu tomara a decisão de resolver esse problema dirigindo-me às mais altas esferas.

Como Nosso Sultão delegava a gestão da verba destinada aos manuscritos, inclusive o do meu Tio, a seu Tesoureiro-Mor, era este último que eu tinha de pôr prioritariamente a par desse novo assassinato. Com esse fim, recorri a um tapeceiro, um parente do meu falecido pai, que, desde que eu era criança, trabalhava perto das alfaiatarias que se alinham diante da Porta da Fonte Fria. Encontrando-o, beijei sua mão enrugada com efusão, depois expliquei-lhe numa voz suplicante que precisava da sua ajuda para falar com o Tesoureiro-Mor. Ele me fez esperar em meio aos seus aprendizes de cabeça rapada que costuravam umas cortinas, curvados sobre os cortes de seda multicoloridos estendidos no colo. Depois disse-me para seguir um aprendiz que, informou-me, ia ao palácio tirar umas medidas. Enquanto subíamos para a Esplanada dos Desfiles, pela Porta da Fonte Fria, percebi que indo por esse caminho evitaria passar pelo Grande Ateliê, em frente a Santa Sofia e me pouparia a penosa tarefa de entrar para anunciar aquele segundo crime.

A esplanada estava animadíssima agora, quando normalmente me parecia um lugar sem vida. Claro, não havia vivalma diante da Porta das Petições, regularmente tomada de assalto pela multidão nos dias de reunião do *Divã*, nem tampouco para as bandas dos armazéns de cereais. Apesar disso, parecia-me ouvir uma contínua litania vinda das janelas do grande hospital, das marcenarias, da padaria, das estrebarias, dos cavalariços que puxavam seus animais pela rédea antes da Segunda Porta — para cujas torres de flechas pontiagudas eu olhava com temor —, de entre as alamedas de ciprestes negros. Atribuí esse meu alarme ao medo de passar pela Porta da Saudação, ou Segunda Porta, o que eu estava a ponto de fazer pela primeira vez na vida.

Ao passar por aquela porta, fui incapaz de dirigir um olhar sequer para o lugar onde dizem que os carrascos estão sempre a postos, nem esconder minha agitação dos guardas que olhavam desconfiados para o rolo de tecido que eu carregava, de modo que quem nos visse pensasse que eu ajudava o jovem aprendiz de alfaiate, que me servia de guia.

Já na Praça do *Divã*, um silêncio profundo nos envolveu. Senti meu sangue pulsar nas veias das têmporas, do pescoço. Aquele lugar, tantas vezes descrito por meu Tio e outros que visitavam o palácio, se apresentava aos meus olhos como um jardim paradisíaco de inigualável beleza. Mas eu não sentia a exaltação de um homem entrando no Paraíso, apenas um tremor e uma pia reverência; senti-me um simples servo do Nosso Sultão, que, como eu agora entendia perfeitamente, era de fato o Pilar do Mundo. Observando os pavões que vagavam pelo gramado, os vasos de ouro junto das fontes jorrando e a guarda do Grão-Vizir, que, passando numa marcha silenciosa e viva, nem parecia pisar o chão, eu sentia mais que nunca a vontade de servir ao meu Soberano. Não havia dúvida de que eu terminaria o livro secreto do Nosso Sultão, cujas ilustrações inacabadas eu levava debaixo do braço. Maquinalmente, sem perder de vista o alfaiatezinho, ergui os olhos, amedrontado, para o alto da Torre do *Divã*, enorme a tão pouca distância.

Um pajem imperial juntou-se a nós e nos conduziu ao longo do austero edifício, silencioso como num sonho, que abriga o Tesouro, ao lado do prédio do *Divã*. Senti como se já houvesse visto aquele lugar antes e o conhecesse muito bem.

Passamos por uma larga porta para entrar na sala dita do Antigo *Divã*. Sob sua abóbada gigantesca, esperava em fila toda sorte de artesãos, carregados de tecidos, de peças de couro, de cofres de nácar e bainhas de espada de prata. Identifiquei imediatamente ali os representantes das várias corporações: sapateiros, ourives, tecelões, escultores de marfim, fabricantes de insígnias e instrumentos musicais. Esperavam o Tesoureiro-Mor, supunha eu, cada qual com suas petições relacionadas a pagamentos, aquisição de materiais e permissão para entrar nas dependências privativas do Sultão a fim de tirar medidas. Fiquei contente ao não ver entre eles nenhum ilustrador.

Pusemo-nos de lado, à espera da nossa vez. De quando em quando ouvíamos um secretário da tesouraria, que, suspeitando de um erro nas contas, erguia a voz para pedir um esclarecimento, e a resposta cheia de deferência de, por exemplo, um serralheiro. Suas vozes sempre permaneciam no nível do murmúrio, enquanto, no pátio, sob as cornijas, os arrulhos dos pombos ecoavam muito mais alto do que as modestas solicitações dos humildes artesãos.

Quando chegou minha vez de entrar na estreita sala abobadada que servia de antecâmara do Tesoureiro, só havia lá um secretário e tive de lhe explicar toda a importância, para o próprio Tesoureiro-Mor, da mensagem de que eu era portador e que precisava lhe ser transmitida o mais rápido possível, por se tratar de uma obra encomendada pelo Nosso Sultão e cuja execução se encontrava suspensa. Intrigado com o que eu trazia, o secretário ergueu os olhos. Mostrei-lhe as miniaturas que trazia, cujo aspecto peculiar e a excepcional estranheza pareceram surpreendê-lo. Apressei-me a lembrar-lhe quem era meu Tio, seu nome e seu ofício, sem omitir que ele acabava de morrer por causa daquelas mesmíssimas imagens. Eu falava depressa, plenamente consciente de que, se por acaso não conseguisse a audiência solicitada, me imputariam sem hesitação a responsabilidade por seu horrível fim.

Quando o secretário finalmente saiu para avisar o Tesoureiro-Mor tive de repente um calafrio: será que o Tesoureiro-Mor abdicaria do seu costume, que meu Tio me contara, de nunca abandonar a privacidade do *Enderun*, de modo a estar sempre presente para desenrolar, cinco vezes por dia, o tapete de orações do Nosso Sultão e ao alcance das suas menores confidências? O simples fato de terem despachado, por minha causa, um mensageiro para o setor proibido do Palácio já era por demais inacreditável. Perguntei-me onde Sua Excelência o Sultão podia estar naquele momento: num dos pavilhões à margem do Bósforo? No harém? Ou, justamente, com o Tesoureiro-Mor?

Bem mais tarde, acabaram me chamando. Fui pego desprevenido, de sorte que a angústia não teve tempo de me cegar o espírito. Mesmo assim fiquei inquieto ao notar a expressão de reverência e espanto no rosto do mestre tecelão que saía pela porta. Mal entrei, senti-me aterrorizado. Achei que seria incapaz de pronunciar uma só palavra! Cobria-lhe a cabeça o turbante bordado de ouro que só ele e os Grão-Vizires usavam — sim, eu estava diante do Tesoureiro-Mor! Ele examinava as miniaturas levadas pelo secretário, que as pusera numa mesa de leitura. Eu sentia tanto medo quanto se fosse eu o autor. Beijei a orla da sua túnica.

"Meu querido filho", disse ele. "Será que entendi mal, ou seu Tio de fato faleceu?"

Incapaz de responder, fosse por emoção, fosse por sentimento de culpa, apenas fiz que sim com a cabeça. Foi então que se produziu uma coisa totalmente inesperada: ali, bem na frente do

Tesoureiro-Mor, que me olhou com espanto mas com simpatia, uma lágrima escorreu de cada um dos meus olhos e rolou por minhas faces. Eu me sentia estranhamente perturbado por me encontrar dentro do palácio, recebido por aquele grande personagem que se afastara do Nosso Sultão só para vir falar comigo. As lágrimas começaram a escorrer copiosamente dos meus olhos, mas eu não sentia o mais remoto vestígio de vergonha.

"Chore, chore de todo o coração, meu filho", dizia-me o Tesoureiro-Mor.

Eu soluçava, lamuriava-me. Eu acreditara que os últimos doze anos teriam me amadurecido, mas encontrar-me tão perto do Nosso Sultão, no coração do Império, de repente me fez sentir criança. Pouco importava que os artesãos — ourives, alfaiates — me ouvissem lá fora. Eu sabia que era preciso contar tudo ao Tesoureiro-Mor.

E confessei tudo, da maneira como me vinha aos lábios. Ter assim narrado a morte do meu Tio, minha união com Shekure, as ameaças de Hassan, as dificuldades em que me via com o livro do meu Tio e o segredo que aquelas miniaturas conteriam, ter como que revivido aquilo tudo diante dos olhos do Tesoureiro-Mor fez-me recuperar minha compostura. Eu sentia no fundo de mim que a única escapatória da armadilha em que caíra era confiar-me totalmente, integralmente, à infinita justiça e clemência do Nosso Sultão, Protetor do Universo. Por isso não omiti nada. Quem sabe se, antes de me entregarem aos meus torturadores e carrascos, o Tesoureiro-Mor não transmitiria minha história diretamente ao Nosso Sultão?

"Anunciem sem mais tardar a morte do Tio Efêndi no ateliê", ordenou o Tesoureiro-Mor. "E que toda a corporação dos artistas esteja presente a seus funerais."

Pareceu procurar em meus olhos a sombra de alguma objeção. Mas, encorajado por sua atitude, aproveitei a ocasião para exprimir minha preocupação quanto à identidade do assassino e, principalmente, quanto ao motivo dos assassinatos do meu Tio e do Elegante Efêndi. Primeiro, insinuei que talvez estivessem envolvidos neles a súcia que rodeava o *hodja* de Erzurum e os que atacavam os conventos de *dervixes* como antros de prazer, por causa da música e das danças que praticavam. Ante sua expressão de dúvida, evoquei também o fato de que as somas e as honrarias que um trabalho tão excepcional como o livro do meu Tio envolviam certamente suscitaram rivalidades e ciúmes entre os miniaturistas. O próprio segredo que rodeava a obra atiçava esses ódios, essas intrigas, esses ressentimentos. Mas eu percebia com inquietação que, à medida que eu falava, o Tesoureiro-Mor começava a me incluir em seu rol de suspeitos — e vocês também, sem dúvida. Meu bom Alá, disse comigo mesmo, que a verdade venha à luz, é tudo o que lhe peço!

Durante o silêncio que se seguiu, o Tesoureiro-Mor esquivava meu olhar, como que incomodado por minhas palavras e pelo rumo que as coisas pareciam tomar para mim também. Ele mantinha os olhos fixos na mesa de leitura e nas imagens.

"Temos aqui apenas nove miniaturas", disse ele. "Mas havíamos combinado com o Tio Efêndi que seriam dez. E ele recebeu mais folhas de ouro do que foram usadas aqui."

"Com certeza foi o próprio assassino, esse ímpio, que roubou a última, em que muito ouro, todo o resto, deve ter sido usado."

"Você não mencionou o nome do calígrafo."

"Meu falecido Tio não havia terminado de escrever o texto do livro. Ele contava comigo para terminá-lo."

"Meu filho, você acaba de dizer que tinha chegado há pouco a Istambul..."

"Faz uma semana. Três dias depois da morte do Elegante Efêndi."

"Está querendo dizer que o Tio Efêndi trabalhou, durante um ano, num livro de miniaturas cuja história não estava escrita?"

"Isso mesmo."

"Ele pelo menos lhe revelou o tema deste livro?"

"Ele se referia sempre à vontade expressa por Nosso Sultão de ter um livro que celebrasse, de acordo com nosso calendário, o milenário da Hégira e enchesse de terror o coração dos venezianos, mostrando o poderio militar e a glória do islã e também a força e a opulência da Sublime Casa de Osman. A intenção era ser um livro que contasse e representasse os mais valorosos e vitais aspectos do nosso reino. E, como no *Tratado de fisionomia*, um retrato do Nosso Sultão deveria figurar no coração da obra. Além disso, como as ilustrações seriam feitas no estilo europeu e usando os métodos europeus, provocariam o respeito e o desejo de amizade do doge veneziano."

"Estou ciente disso tudo, mas acaso estes cães e estas árvores são o que a Sublime Casa de Osman tem de mais valoroso e vital a apresentar?", indagou ele, apontando vivamente para as ilustrações.

"Meu Tio, que descanse em paz, dizia que este livro não se contentaria apenas com exibir as riquezas do nosso Soberano, mas exporia também sua força moral e espiritual, junto com seus íntimos pesares."

"E o retrato do Nosso Sultão?"

"Não o vi", respondi. "Deve certamente estar onde esse ímpio assassino o escondeu. Quem sabe não está guardado em sua própria casa, neste exato momento."

Em vez de um homem que lutou para produzir um livro à altura das somas que lhe haviam sido adiantadas, meu falecido Tio havia sido rebaixado ao nível de um excêntrico que teria encomendado um amontoado de imagens bizarras, sem valor aos olhos do Tesoureiro-Mor. Será que o Tesoureiro-Mor pensava que eu havia matado um homem inepto e indigno de confiança para me casar com a sua filha, ou por alguma outra razão — por exemplo, vender aquelas folhas de ouro? Pelo seu olhar, percebi que sua opinião estava a ponto de ser formada, de modo que, falando nervosamente com o que me restava de forças, tratei de me inocentar: fiz-lhe saber que meu Tio desconfiava de que um dos miniaturistas podia ter participado do assassinato do Elegante Efêndi. Procurando ser breve, revelei-lhe que ele suspeitava de Oliva, Cegonha e Borboleta, mas que eu não tinha nem provas nem convicção pessoal disso. Tive então a nítida impressão de que o Tesoureiro-Mor não via em mim mais que um vil delator ou, na melhor das hipóteses, um intrigante idiota.

Senti pois um imenso alívio quando ele emitiu a opinião de que era preciso manter em segredo, para a gente do ateliê, as horríveis circunstâncias da morte do meu Tio. Considerei isso como um sinal de que ele acreditava na minha história. Ele ficou com as miniaturas e eu fui embora, atravessando aquela mesma Porta da Saudação que antes me parecera ser a Porta do Paraíso. Depois de passar pelo olhar inquiridor dos guardas, relaxei imediatamente, como um soldado que volta para casa após uma ausência de muitos anos.

## 37. EU SOU O VOSSO TIO


Meu enterro foi esplêndido, exatamente como eu queria. Fiquei lisonjeado ao constatar que todos os que eu podia desejar compareceram. Dos vizires que estavam em Istambul quando da minha morte, Hadji Hussein Paxá, o Cipriota, e Baki Paxá, o Coxo, lealmente lembraram que eu lhes prestara grandes serviços em algum momento. E a presença do Ministro das Contas, Melek Paxá, dito o Vermelho — personagem controverso, cuja estrela, por ocasião da minha morte, estava no zênite —, agitou todo o pátio da nossa modesta mesquita de bairro. Fiquei particularmente tocado ao reconhecer o Mensageiro-Mor do sultão, Mustafá Agá, cujo cargo sem dúvida eu teria ocupado, houvesse eu continuado minha carreira pública. Entre os demais presentes à cerimônia, constituindo um vasto, digno e imponente grupo, estavam o Secretário do *Divã*, Kamaluddin Efêndi, todos os mensageiros do *Divã* — fossem eles meus inimigos ou meus amigos do peito —, o Secretário da Correspondência, Salim Efêndi, o Austero, sempre bonachão e sorridente, ex-funcionários da Corte, retirados como eu da vida ativa, além de meus colegas de estudo, e tantos outros, que eu me espantava terem ficado tão rapidamente a par da minha morte, os parentes, próximos ou distantes, e muitos jovens também.

Aquela grave e triste congregação me enchia de orgulho, sem contar que a sincera emoção que minha morte causava a Nosso Sultão estava marcada pela presença do Tesoureiro-Mor, Hazim Agá, e do *Jardineiro-Mor*. Não sabia dizer se a presença deste último também queria significar que poriam um empenho especial em descobrir meu ignóbil assassino, empregando inclusive a tortura, mas de uma coisa eu tinha certeza: o celerado estava no pátio, entre os outros miniaturistas e calígrafos, olhando para o meu esquife com uma expressão que não podia ser mais nobre e compungida.

Não pensem que estou com raiva, que aspire a me vingar do meu assassino, nem que eu esteja atormentado com esse covarde e horrível crime. Pairo doravante em outras alturas, e minha alma, depois de ter sofrido tantos anos na Terra, retornou à sua glória primeira.

Minha alma deixou temporariamente meu corpo que se contorcia de dor, quando jazia ensanguentado pelos golpes do tinteiro, e estremeceu um instante numa luz intensa; depois, dois lindos anjos sorridentes de rosto brilhante como o sol — tal como eu lera um sem-número de vezes no *Livro da alma* — aproximaram-se lentamente de mim envoltos nesse resplendor etéreo, agarraram-me pelos braços, como se eu ainda fosse um corpo, e iniciaram a ascensão. Com grande serenidade e doçura, ascendemos rapidamente, como num sonho feliz! Varamos florestas de fogo, atravessamos rios de luz, cortamos oceanos de trevas e montanhas de neve e gelo. Cada etapa tomava-nos milhares de anos, que não pareciam mais que um piscar de olho.

Ascendemos através dos sete céus, passando pelas mais variadas aglomerações, pelas mais peculiares criaturas, pântanos e nuvens formigantes de uma infinita variedade de insetos e pássaros. A cada céu, o anjo que ia à frente batia no portão e, quando ouvia a pergunta "quem vem lá?", descrevia-me com todos os meus nomes e qualificações, e concluía dizendo "um servo obediente do Grande Alá!", o que enchia meus olhos de lágrimas de felicidade. Eu sabia, no entanto, que ainda faltavam milhares de anos para o Dia do Juízo, quando os que estavam destinados ao Paraíso seriam separados dos que eram destinados ao Inferno.

Salvo algumas diferenças menores, minha ascensão se deu exatamente da maneira como Al-Gazali, Al-Jawziyya e tantos outros lendários eruditos descreveram em suas passagens sobre a morte. Todos aqueles eternos mistérios e obscuros enigmas que somente os mortos podem entender eram revelados e iluminados, brilhando esplendorosamente um a um em milhares de cores.

Como descrever as cores que contemplei ao longo de toda essa ascensão maravilhosa? O mundo todo era feito de cor, tudo era cor. Assim como eu havia sentido, na Terra, que a força que me separava de todas as outras coisas do mundo consistia em cor, agora sei que era a própria cor que amorosamente me abraçava e me ligava ao mundo. Vi céus laranja, corpos de um lindo verde folha, ovos cor de café e lendários cavalos azul-celeste. Tudo era como nas minhas lendas preferidas e em suas ilustrações, que eu apreciara avidamente por tantos anos. Eu contemplava a Criação com temor e surpresa, como se o fizesse pela primeira vez, mas também como se de alguma maneira ela tivesse emergido da minha memória. O que eu chamava memória continha todo um mundo: com o tempo se estendendo infinitamente diante de mim em ambas as direções, compreendi que o mundo, tal como o experimentei antes, sobreviveria doravante como memória. Enquanto morria, rodeado por um festival de cores, descobri também por que eu sentia tamanho bem-estar, como se me houvesse livrado de um grilhão e como se, de agora em diante, sem nada a me restringir, eu tivesse tempo e espaço ilimitados para experimentar todas as eras e todos os lugares.

Assim que percebi essa liberdade, soube com medo e êxtase que estava próximo Dele; ao mesmo tempo, senti humildemente a presença de um vermelho absolutamente incomparável.

Em pouco tempo, o vermelho impregnava tudo. A beleza dessa cor cobria a mim e a todo o universo. Eu me aproximava cada vez mais do Seu Ser, e isso me fazia sentir a necessidade premente de gritar de alegria. Tive de repente vergonha de ser levado à Sua presença empapado de sangue como estava. Outra parte do meu espírito recordava entretanto o que eu havia lido nos livros sobre a morte: Ele chamaria Azrail e Seus outros anjos para me levar à Sua presença.

Seria eu capaz de contemplá-Lo? A excitação cortava-me o fôlego.

O vermelho que de mim se aproximava — o vermelho onipresente dentro do qual todas as imagens do universo palpitavam — era tão magnífico e lindo que multiplicou minhas lágrimas à ideia de que eu ia me tornar parte dele e ficar próximo Dele.

Mas compreendi também que Ele não chegaria mais perto de mim do que já chegara. Ele havia interrogado os anjos, estes tinham lhe feito meu elogio e, como eu fora seu servidor zeloso, obedecendo às Suas proibições e aos Seus mandamentos, soube que Ele já me amava.

A alegria crescente e as lágrimas copiosas foram abruptamente envenenadas por uma dúvida inoportuna. Torturado pela culpa, impaciente na minha incerteza, declarei-Lhe:

"Nos últimos vinte anos da minha vida, sofri a influência das imagens ímpias que vi em Veneza. A certa altura, senti-me inclusive tentado a encomendar meu retrato nesse estilo. Mas tive medo. Contentei-me, mais tarde, em mandar pintar Teu Universo, Teus Escravos e Tua Sombra aqui — Nosso Sultão — à memória dos infiéis."

Não me lembro da sua voz, mas sim da resposta que Ele me deu em meus pensamentos.

"O Oriente e o Ocidente me pertencem."

Eu não cabia mais em mim de exaltação!

"Sim! Mas qual o sentido disto tudo... deste mundo?"

"Mistério", ouvi em meus pensamentos, ou talvez tenha sido "miséria", mas não tenho certeza.

Quando os anjos se aproximaram de mim, compreendi que, sem dúvida, uma decisão a meu respeito já havia sido tomada nesta altura dos céus, mas que, antes de sabermos da nossa sorte, eu e toda a multidão das almas dos que morreram nas últimas dezenas de milhares de anos esperaríamos aqui, no limbo, na divina balança de Berzah, até o dia do Juízo Final. Que tudo se passasse conforme o que está escrito nos livros era, para mim, uma fonte de grande satisfação. Lembrei-me então de que neles está dito que minha alma se reuniria de novo ao meu corpo, quando o descessem na cova, para sepultá-lo.

Mas logo entendi que o fenômeno de "voltar ao meu corpo sem vida" era apenas uma metáfora, felizmente. Apesar do luto, o digno cortejo fúnebre, que tanto me enchia de orgulho, portava-se com uma ordem espantosa ao descer, recitadas as preces, até o modesto cemitério da Pequena Colina, contíguo à mesquita, carregando o meu esquife. Visto aqui de cima, parecia um fino e delicado fio estendido no chão.

Permito-me citar, para precisar claramente o lugar em que me encontro, o conhecido dito do nosso Profeta: "a alma do Crente é um pássaro que se alimentará dos frutos das árvores do Paraíso". E, de fato, a alma depois da morte esvoaça no firmamento. Isso não significa porém, como pretende Abu Umar bin Abd-ul-Bar, que a alma tome a forma de um pássaro ou mesmo se torne um deles. Não, como esclarece justamente Al--Jawziyya, isso quer apenas dizer que a alma pode ser encontrada onde os pássaros se reúnem. E a vista que tenho daqui, o que os mestres venezianos chamariam de meu ponto de vista ou minha "perspectiva", confirma plenamente a interpretação de Al-Jawziyya.

Daqui de cima, como dizia, eu podia contemplar o fio do cortejo fúnebre entrando no cemitério e, com o prazer com que se analisa uma pintura, podia ver um barco ganhar velocidade, suas velas enfunando com o vento ao singrar na direção do promontório do Palácio, onde o Chifre de Ouro encontra o Bósforo. Porque, olhando desta altura, igual à do mais alto minarete, o mundo parece um livro magnífico cujas páginas eu examinava uma a uma.

Mas eu também podia ver muito mais coisas do que poderiam, mesmo de uma altura como esta, aqueles cuja alma não se separou do corpo, e ver tudo ao mesmo tempo: na outra margem do Bósforo, para lá de Uskudar, uns garotos pulando carniça num jardim abandonado, entre túmulos; a graciosa progressão do caíque do vizir dos Assuntos Diplomáticos, movido por sete pares de remadores, doze anos e sete meses atrás, quando acompanhávamos o embaixador veneziano da sua residência no litoral ao encontro do Grão-Vizir Rajib Paxá, o Calvo; uma gorda que levava no colo, como um bebê que ela acalentava, um enorme repolho que acabava de comprar no mercado novo de Langa; minha alegria quando soube que o Grão-Mensageiro do

*Divã*, Ramazan, tinha morrido, abrindo caminho para minha promoção; eu, pequenino, fascinado com as camisas vermelhas que minha avó segura nos braços enquanto minha mãe as estende no varal, depois de lavá-las; eu, de novo, correndo como um louco por um bairro distante à procura da parteira quando minha falecida esposa, descanse em paz, entrou em trabalho de parto para dar à luz Shekure; o lugar em que está meu cinto vermelho que perdi quarenta e tantos anos atrás (agora sei que foi Vasfi que roubou); o esplêndido jardim que vi uma vez em sonho, há vinte e um anos, que parecia tão distante e que, espero, Alá um dia confirmará que é o Paraíso; as cabeças, as narinas e as orelhas cortadas enviadas a Istambul por Ali Bei, o Governador-Geral da Geórgia, que massacrou os rebeldes da fortaleza de Gori; e minha linda Shekure, que se separou das mulheres da vizinhança que vieram me prantear em casa e que olha chorando para a lareira no fundo do pátio.

Os livros dos autores clássicos ensinam que nossa alma habita quatro moradas: 1. o ventre materno; 2. o mundo terreno; 3. Berzah, o divino limbo, onde agora aguardo o Dia do Juízo; 4. o Paraíso ou o Inferno, para onde irei depois do Juízo.

Do local intermediário de Berzah, o passado e o presente se mostram simultaneamente e, enquanto a alma permanece internada em suas lembranças, não há limites espaciais. E é só então, ao escaparmos dos calabouços do tempo e do espaço, que fica evidente que a vida é um grilhão. No entanto, por mais venturoso que seja ser uma alma sem corpo no reino dos mortos, também o é ser um corpo sem alma entre os vivos — pena que ninguém se dê conta disso antes de morrer! Assim, durante meu simpático funeral, enquanto eu via com tristeza minha querida Shekure desfazer-se inutilmente em lágrimas, supliquei ao grande Alá que nos concedesse almas sem corpo no Paraíso e corpos sem alma na terra.

# 38. EU, MESTRE OSMAN

**Vocês já ouviram falar desses velhos** rabugentos que sacrificaram generosamente à arte sua interminável existência. Eles se tornam odiosos a todos. Compridos, magros e ossudos, gostariam que o pouco que ainda lhes resta de vida pudesse ser a repetição dos longos anos que deixaram para trás. São irritadiços e estão sempre reclamando de tudo. Querem manter o controle de todas as situações e fazem todos os que com eles convivem baixar os braços de desânimo. Não gostam de ninguém nem de nada. Sei disso, porque sou um deles.

O mestre dos mestres, Nurullah Selim Tchelebi, com quem tive a honra de fazer ilustrações joelho contra joelho no mesmo ateliê, estava na casa dos oitenta, quando eu não passava de um jovem aprendiz de dezesseis anos (mas não era tão mal-humorado quanto eu sou agora). O último dos grandes mestres, Ali, o Louro, que enterramos trinta anos atrás, também era assim (mas não era tão comprido e magro quanto eu sou). Como as flechas da crítica disparadas contra esses lendários mestres, que dirigiam os ateliês da sua época, hoje costumam acertar as minhas costas, quero que vocês saibam que as acusações corriqueiras feitas a nós eram totalmente infundadas. Eis os fatos:

1. A razão pela qual não gostamos de nada que seja inovador está em que, na verdade, não há nada de novo que preste.

2. Tratamos a maioria das pessoas como um bando de idiotas porque de fato a maioria das pessoas é idiota, e não porque a raiva, a infelicidade ou algum vício de caráter nos envenene. (Está claro que tratar melhor essa gente seria mais refinado e sensível.)

3. Se esqueço e confundo tantos nomes e rostos — salvo os dos miniaturistas que eu apreciei e formei desde seu aprendiza-

do —, não é por senilidade, mas porque esses nomes e rostos são tão sem brilho e sem cor que não valeria a pena recordá-los.

No enterro do Tio, cuja alma foi prematuramente levada por Alá para pôr fim a todas as suas maluquices, tentei esquecer que o falecido tinha me causado certa vez uma indescritível agonia ao me forçar a pintar à maneira dos mestres europeus. Mas, de volta para casa, pensava comigo mesmo: você já não está longe da cegueira e da morte, essas dádivas de Alá. Claro, serei lembrado enquanto minhas miniaturas e meus manuscritos continuarem a deleitar os olhos e fazer a felicidade florescer na alma de vocês. Mas, depois que eu morrer, gostaria que soubessem que na minha idade avançada ainda havia muitas coisas que me faziam sorrir. Por exemplo:

1. As crianças. (Elas resumem o que há de vital no mundo.)
2. As boas lembranças. (Formosos efebos, mulheres bonitas, as boas pinturas que fizemos, as amizades.)
3. Ver as obras-primas dos velhos mestres de Herat. (Isso os ignorantes não podem compreender.)

O que significa tudo isso: que no ateliê do Nosso Sultão, que eu dirijo, já não se podem fazer obras de arte magníficas como as de outrora, e essa situação vai piorar, tudo vai minguar até desaparecer. Tenho a dolorosa consciência de que raramente alcançamos o sublime nível dos velhos mestres de Herat, a despeito de termos sacrificado com amor toda a nossa vida por esse trabalho. Aceitar humildemente essa verdade torna a vida mais fácil. De fato, é exatamente porque torna a vida mais fácil que a modéstia é uma virtude tão prezada em nossa parte do mundo.

Eu próprio me sujeito, no *Livro das festividades para a circuncisão dos príncipes*, a exercícios de humildade. Como naquela imagem representando, com sua sela toda trabalhada em ouro, sob uma manta de seda vermelha, e sua sombrinha cor de ágata, o cavalinho de madeira — puro-sangue árabe, fogoso, indômito, rápido como um corisco, com seu penacho salpicado, sua esplêndida pelagem prateada, suas rédeas e seus estribos de pérolas e crisólitas amarelo-esverdeados, seus arreios de ouro e pedrarias — oferecido pelo Governador-Geral do Egito a um dos jovens príncipes, vestido de veludo vermelho com alamares bordados, levando a tiracolo uma espada toda lavrada em ouro e com a bainha cravejada de rubis, esmeraldas e turquesas. Eu cuidei da composição e acrescentei pessoalmente, aqui e ali, algumas pinceladas no cavalo, na espada, no príncipe e nos embaixadores misturados à assistência, que eu havia encarregado vários dos meus aprendizes de iluminar separadamente. Pus um pouco de roxo em certas folhas dos plátanos do Hipódromo, guarneci de ouro os botões do *cafetã* usado pelo emissário do cã dos tártaros e ia fazer a douradura do freio e dos arreios, quando bateram. Eu mesmo fui atender.

Era um pajem da Porta. O Tesoureiro-Mor me chamava ao Palácio. Meus olhos cansados me causavam um doce sofrimento. Pus minha magnífica lupa no bolso do *cafetã* e saí, seguindo o rapaz.

Como é bom, como é bonito andar nas ruas depois de uma longa sessão de trabalho! O mundo aparece então sob um aspecto novo e surpreendente, como se acabasse de ser criado por Alá.

Vejo um cachorro: ele é muito mais expressivo do que todos os cachorros que os pintores já fizeram. Avisto um cavalo: uma criação não tão boa quanto a que meus mestres miniaturistas são capazes de fazer. Mas aquele plátano no Hipódromo é exatamente o mesmo cujas folhas eu acabava de realçar com toques de roxo.

Caminhar pelo Hipódromo, cujas paradas eu havia ilustrado nos dois últimos anos, era como entrar nas minhas próprias pinturas. Digamos que fôssemos descer uma rua: numa pintura europeia, isso nos faria sair tanto da moldura como da obra; numa pintura feita seguindo o exemplo dos grandes mestres de Herat, isso nos levaria ao lugar de que Alá olha para nós; numa pintura chinesa, ficaríamos presos, porque as ilustrações chinesas são infinitas.

O jovem pajem, descobri, não estava me levando para a sala do *Divã*, onde eu costumava me encontrar com o Tesoureiro-Mor para conversar sobre um destes assuntos: os manuscritos, os ovos ornamentados ou outros presentes que meus miniaturistas estavam preparando para o Nosso Sultão; a saúde dos ilustradores ou o próprio estado do Tesoureiro-Mor e sua paz de espírito; a aquisição de pigmentos, folhas de ouro e outros materiais; as queixas e solicitações costumeiras; os desejos, delícias, exigências e disposição do Protetor do Mundo, Nosso Sultão; minha vista, meus óculos ou meu lumbago; o imprestável cunhado do Tesoureiro-Mor ou a saúde do seu gato. Sem fazer barulho, entramos no Jardim Privativo do Sultão. Como se cometêssemos um crime, mas com a maior delicadeza, descemos serenamente por entre o arvoredo na direção do mar. Como nos aproximávamos do Pavilhão de Beira-Mar, eu disse comigo que talvez estivesse sendo esperado por Nosso Sultão. Mas mudamos de rumo. Demos mais alguns passos, entramos pela arcada de uma grande construção de pedra, atrás do hangar dos botes e caíques. Senti o cheiro de pão assado vindo do forno da guarda antes de avistar os próprios guardas imperiais em seus uniformes encarnados.

O Tesoureiro-Mor e o *Jardineiro-Mor* estavam juntos numa sala: o anjo e o demônio!

O *Jardineiro-Mor*, que em nome do Nosso Sultão executava os condenados nos jardins do palácio — que torturava, interrogava, espancava, cegava e administrava as bastonadas nas costas e na sola dos pés —, sorria docemente para mim. Era como se ele fosse um viajante comum, com o qual eu me via obrigado a dividir uma alcova num *caravançará* e que ia me contar uma boa história.

Mas não foi o *Jardineiro-Mor*, e sim o Tesoureiro-Mor, que me expôs os fatos:

"Nosso Sultão, um ano atrás, encarregou-me de mandar fazer um manuscrito iluminado, realizado no mais absoluto sigilo, que faria parte dos presentes destinados a uma delegação diplomática. Em razão do segredo desse livro, Sua Excelência não desejou que Mestre Lokman, o Historiógrafo-Mor, fosse associado a essa obra. Do mesmo modo, não arriscou envolver você, cuja arte ele admira tanto. Além disso, estimou que você já estava suficientemente ocupado com seu trabalho no *Livro das festividades*."

Ao entrar naquela sala, eu havia imaginado cheio de pavor que algum caluniador, para obter as boas graças do Nosso Sultão, talvez houvesse tachado sem o menor escrúpulo uma miniatura minha de sacrílega ou herética e que eu iria, sem nenhuma deferência para com minha elevada idade, ser submetido à tortura. Agora, ao ouvir o Tesoureiro-Mor, que, acreditando me revelar que Nosso Sultão havia encomendado uma obra a outro, tentava reconquistar minha confiança traída, suas palavras me pareciam mais doces que o mel. Porque não apenas eu estava a par daquela encomenda, mas seu relato não me acrescentava nenhuma novidade. Também já sabia dos boatos relativos ao *hodja* de Erzurum e, é claro, das intrigas internas do Grande Ateliê.

Mas, para entrar no seu jogo, fiz uma pergunta cuja resposta eu já sabia: "Quem foi encarregado da encomenda?".

"O Tio Efêndi, como você sabe", respondeu-me o Tesoureiro-Mor, fazendo uma pausa para me olhar no fundo dos olhos. "Mas talvez você não saiba que ele morreu de morte inesperada, quer dizer, foi assassinado. Ou já sabia?"

"Não", respondi simplesmente, como uma criança, e me calei.

"Nosso Sultão está furioso", acrescentou o Tesoureiro-Mor.

Aquele excêntrico do Tio Efêndi não passava de um maluco. Os mestres miniaturistas sempre zombaram dele, dizendo ser mais pretensioso que culto e mais ambicioso que inteligente. Em todo caso, em seu funeral, desconfiei que havia algo de estranho. Como será que o mataram, perguntei-me?

O Tesoureiro-Mor me contou. Que horror! Que Alá nos proteja. Quem pode ter sido?

"O Sultão ordenou", disse o Tesoureiro-Mor, "que o livro em questão tem de ser concluído o mais depressa possível, assim como o *Livro das festividades*..."

"Ele deu outra ordem", interveio o *Jardineiro-Mor*. "Temos de desmascarar o abjeto assassino, o miserável comparsa do Demônio que se dissimula entre os mestres miniaturistas. Seu castigo será tão exemplar que nunca mais passará pela cabeça de ninguém cometer ato igual."

Como se já soubesse qual o suplício reservado ao culpado, o *Jardineiro-Mor* deixou transparecer no seu rosto um lampejo de satisfação.

Nosso Sultão tinha encarregado aqueles dois homens dessa tarefa, sem dúvida para tirar partido de uma espécie de emulação entre os dois, que sabidamente se odiavam, para que nenhuma pista fosse negligenciada e nenhum esforço poupado na busca da verdade. Isso só me fez sentir pelo Sultão mais ternura e mais admiração. Um pajem veio servir café, e nós nos sentamos.

Contaram-me que o Tio Efêndi tinha um sobrinho chamado Negro Efêndi, que ele educara e formara nas artes do pincel e do cálamo. Eu o conhecia? Não respondi. Atendendo ao chamado do seu Tio, ele havia voltado havia pouco da fronteira persa, onde trabalhava para Serhat Paxá — explicou-me o *Jardineiro-Mor* medindo-me com um ar desconfiado. Fazendo-se cair nas boas graças deste, foi introduzido no segredo da obra cuja criação seu Tio supervisionava. Depois do assassinato do Elegante Efêndi, as suspeitas do Tio recaíram sobre os pintores que vinham durante a noite trazer sua contribuição. Ora, o Negro, sabendo que miniaturas cada pintor tinha feito, afirmava não só que o assassino do seu Tio era um deles, como havia roubado a miniatura mais ricamente ornada de folhas de ouro, a que representava o Nosso Sultão. Por dois dias, o rapaz havia escondido ao Tesoureiro-Mor e ao palácio a morte violenta do Tio, a fim de poder se casar nesse intervalo com a filha dele, cuja viuvez também se prestava a controvérsia, e se instalar na casa do falecido, conduta que parecia muito suspeita a eles dois.

"Se revirarem a casa e o local de trabalho de cada um dos meus mestres miniaturistas e descobrirem a página faltante com um deles, o raciocínio do Negro se mostrará bem fundado", falei então. "Mas devo dizer que a ideia de que esse crime possa ter sido cometido por qualquer um dos meus filhos queridos, por meus miniaturistas divinamente inspirados, que conheço desde quando eram aprendizes, é para mim totalmente inconcebível."

"As casas de Borboleta, Cegonha e Oliva", disse o *Jardineiro-Mor*, caçoando dos apelidos que eu lhes dera afetuosamente, "vão ser revistadas, bem como, se for o caso, o ateliê e todas as dependências que tiverem. O mesmo acontecerá com o Negro." Depois, com um ar de deplorar este aspecto da questão: "Obtivemos, caso surja algum problema, queira Alá que não, a autorização do juiz para recorrer legalmente à tortura durante os interrogatórios. Como as duas vítimas pertenciam, de uma maneira ou de outra, à corporação dos miniaturistas, todos eles, sem exceção, do mestre ao aprendiz, são considerados suspeitos e passíveis de tortura".

Pensei comigo: 1. Por tortura legal, ele quer dizer que a permissão não vem do Nosso Sultão; 2. Como, para o juiz, todos os miniaturistas eram suspeitos, eu mesmo, como chefe e responsável pela corporação, também era; 3. Além disso, esperam de mim uma aprovação tácita ou explícita para esse recurso à tortura dos meus queridos Borboleta, Oliva, Cegonha e os outros — os quais, sem exceção, não hesitaram em me trair nestes últimos anos.

"Como Nosso Sultão deseja que terminemos não apenas o *Livro das festividades*, mas também essa obra, que evidentemente está interrompida. E isso nas melhores condições...", disse o Tesoureiro-Mor. E me encarando: "Tomaremos o cuidado de preservar as mãos e os olhos dos seus mestres, e tudo o que lhes serve para trabalhar".

"Isso me faz pensar num outro caso do mesmo gênero", acrescentou bruscamente o *Jardineiro-Mor*. "Um dos ourives encarregados de reparar os adornos e as joias cedeu, como uma criança ávida, a uma tentação do Demônio e roubou uma xícara de café cravejada de pedras preciosas e asa de rubis, pertencente à própria irmã de Nosso Sultão, a sultana Nedjmiye. Como o roubo desse belo objeto foi cometido no recinto do palácio de Uskudar, deixando sobremaneira entristecida sua jovem irmã, Nosso Sultão nos encarregou da investigação. Como estava claro que nem Nosso Sultão nem a sultana Nedjmiye desejavam que os olhos e os dedos dos mestres ourives sofressem qualquer dano que comprometesse sua habilidade, eu mandei despi-los e jogá-los nas águas glaciais do laguinho do jardim, entre rãs e pedras de gelo. De vez em quando tirava um de lá e, tomando cuidado para não tocar nas mãos e no rosto, mandava açoitá-lo vivamente. Num instante, o culpado denunciou-se, aceitando pagar o preço da sua cegueira demoníaca. Apesar do frio, da água gelada e do açoite, os outros ourives, que não tinham nada a se censurar, tiveram assim seus olhos e seus dedos salvos. E o Sultão me fez saber que, além da alegria extrema da sua jovem irmã, os próprios ourives, contentes por terem se livrado daquela ovelha negra, passaram a trabalhar com redobrado zelo."

Eu tinha certeza de que o *Jardineiro-Mor* não seria mais ameno com meus ilustradores do que havia sido com aqueles ourives. Apesar de todo o respeito que deve ao grande amante de manuscritos iluminados que é Nosso Sultão, no fundo, ele considera a caligrafia a única arte nobre e relega, como muitos outros, a iluminação e até o desenho ao nível de atividade vagamente herética, inútil e, por isso mesmo, condenável, para não dizer afeminada. "Quando você ainda estava na força da idade e no apogeu da sua arte, seus queridos discípulos já estavam intrigando para saber quem iria substituí-lo, depois da sua morte", disse ele para me provocar.

Será que ainda havia intrigas que eu não conhecia? Estaria ele me informando de alguma novidade? Fiquei calado. Naquele momento, creio que meu rancor contra o Tesoureiro-Mor que, pelas minhas costas, havia confiado a realização de um manuscrito àquele imbecil de quem a morte acabava de nos livrar, devia ser bastante nítido, sem contar a raiva que me davam todos aqueles ingratos, aqueles mestres miniaturistas que, às escondidas, tinham emprestado seu pincel para aquela obra infame, por algumas miseráveis moedas a mais e para serem bem-vistos no Palácio.

Devo dizer inclusive que, naquele momento, surpreendi-me imaginando que torturas eles iriam infligir. Não iriam esfolá-los durante o interrogatório, porque assim morreriam inevitavelmente, nem empalá-los tampouco, pela mesma razão, e por ser um castigo excepcional, exemplar, reservado aos rebeldes. Sendo eles miniaturistas, também estava fora de cogitação quebrar-lhes os braços, as pernas ou os dedos. E, é claro, arrancar um olho só — o que parecia ser uma medida cada vez mais frequente nestes dias, a julgar pelo número crescente de caolhos com que eu cruzava nas ruas de Istambul — seria inadequado no caso de um pintor. Por isso acabei imaginando meus queridos miniaturistas num canto escondido do Jardim Privativo, tremendo na água gelada de um lago e trocando olhares de ódio no meio dos nenúfares. Aquilo me deu vontade de rir. Mas, ao imaginar logo em seguida os berros de Oliva, se queimassem sua carne com um ferro em brasa, ou a cor empalidecida do meu querido Borboleta, se o metessem na prisão, estremeci. Quanto ao meu caro Cegonha, que me trazia lágrimas aos olhos com seu talento e seu amor pela iluminação, a ideia de que pudessem aplicar-lhe o suplício da bastonada, como se fosse um vulgar aprendiz, era simplesmente intolerável. Fiquei ali, abismado e vazio.

Meu cérebro emudeceu, enfeitiçado por seu próprio silêncio interior. Houve uma época em que pintávamos juntos com uma paixão que nos fazia esquecer tudo.

"Esses homens são os melhores miniaturistas do Nosso Sultão", disse eu por fim. "Não os maltratem muito."

O Tesoureiro-Mor levantou-se com um ar satisfeito, para ir pegar, numa escrivaninha no fundo de uma sala contígua, um rolo de folhas de papel, que pôs diante de mim e, como se a sala houvesse ficado às escuras, colocou ao meu lado dois candelabros, cujos braços traziam grandes chamas bruxuleantes, para que eu pudesse estudar as pinturas em questão.

Como explicar a vocês o que vi ao passear minha lupa por elas? Tive vontade de achar graça — não porque fossem humorísticas. Fiquei com raiva — era como se o Tio Efêndi houvesse instruído assim meus mestres: "Não pintem como vocês, pintem como se fossem outra pessoa". Era como se ele os houvesse forçado a pintar lembrando-se de coisas que nunca teriam existido e sonhando com um futuro ao qual jamais teriam aspirado.

O mais incrível porém era que eles tenham se trucidado por essas bobagens.

"Examinando estas ilustrações, você poderia nos dizer qual dos seus miniaturistas fez qual delas?", perguntou o Tesoureiro-Mor.

"Claro", respondi com irritação. "Onde as encontraram?"

"O próprio Negro as trouxe e nos entregou voluntariamente", esclareceu o Tesoureiro-Mor. "Ele quer provar sua inocência, assim como a do seu falecido Tio."

"Vocês deveriam torturá-lo durante o interrogatório", sugeri, "para que saibamos que segredos mais nosso falecido Tio estava ocultando."

"Já mandamos buscá-lo", respondeu o *Jardineiro-Mor* excitado. "E na sua ausência a casa do nosso recém-casado vai ser revistada de cima a baixo."

O rosto dos dois se iluminou estranhamente e, como se fulminados por um terror sagrado, curvaram-se até o chão.

Sem precisar me virar, compreendi que Sua Excelência, Nosso Sultão, Protetor do Universo, acabava de entrar.

## 39. MEU NOME É ESTER

Ó, COMO É BOM CHORAR TODAS JUNTAS! Enquanto os homens estavam no enterro do pai da minha querida Shekure, as mulheres, amigas e inimigas, parentes e íntimas, estavam reunidas na casa compartilhando seu choro, e eu também batia no meu peito e pranteava com elas. Ora, molemente encostada na bonita mocinha sentada ao meu lado, eu chorava balançando suavemente, no mesmo ritmo, ora, mudando de tom, vertia lágrimas sinceras sobre os tormentos da minha triste vida. Se pudesse chorar assim uma vez por semana, a fim de esquecer aqueles vaivéns diários pelas ruelas da cidade para botar comida em casa e todas as humilhações que suporta por ser gorda e judia, com certeza a velha Ester seria ainda mais tagarela.

Gosto das festas porque posso comer à vontade e, ao mesmo tempo, esquecer que sou a ovelha negra daquela gente. Adoro as *baklavas*, os doces mentolados, os pãezinhos de amêndoa e as tradicionais frutas secas; nas cerimônias de circuncisão, os folhados salgados, o arroz com carne; o suco de cereja que havia no Hipódromo, nos festejos oferecidos por Nosso Sultão. Nos banquetes de casamento, tudo. E as *halvahs* de gergelim, mel e vários outros sabores que os vizinhos mandam à guisa de condolência quando alguém do bairro morre.

Saí em direção ao corredor, sem fazer barulho, enfiei meus sapatos e desci. Antes de passar outra vez pela cozinha, como ouvia um ruído estranho vindo do aposento ao lado da estrebaria, fui até lá dar uma olhada e vi Shevket e Orhan, que tinham amarrado o filho de uma das mulheres que chorava no andar de cima e pintavam a cara dele com os velhos pincéis do falecido. "Se tentar fugir, você vai ver!", dizia Shevket dando-lhe um tabefe.

"Crianças, sejam bonzinhos e brinquem sem se machucar, está bem?", disse a eles com a voz mais macia que pude.

"Meta-se com a sua vida!", rebateu Shevket.

Ao ver a lourinha, toda trêmula ao lado do irmão que os outros dois martirizavam, identifiquei-me tanto com ela! Bem, deixe isso para lá, Ester!

Na cozinha, Hayriye me recebeu com um olhar desconfiado.

"Chorei até secar, Hayriye", fui logo dizendo. "Dê-me um pouco d'água, por Alá."

Ela me deu, sem dizer uma palavra. Antes de beber, olhei-a nos olhos, inchados de tanto chorar, e comentei:

"Pobre Tio Efêndi, dizem por aí que ele morreu antes do casamento da filha. A boca das pessoas não é como os meus sacos, que é só amarrar para fechar. Tem até quem diga que a morte não foi natural."

Ela olhou com ar absorto para a ponta dos pés, depois disse erguendo a cabeça, mas sem olhar para mim:

"Que Alá nos preserve das calúnias!"

Pelos seus gestos dava para compreender que ela gostaria de ter dito que era verdade, mas o som da sua voz mostrava que ela era obrigada a se calar.

"O que foi que aconteceu?", perguntei abruptamente, sussurrando com um ar de confidência.

A insegura Hayriye certamente já havia entendido que não tinha a menor esperança de exercer qualquer autoridade sobre a Shekure após a morte do Tio Efêndi. Aliás, lá em cima, instantes atrás, ela era a que chorava mais sinceramente.

"O que vai ser de mim agora?", falou.

"Ora, Shekure gosta muito de você", respondi no tom com que costumava dar notícias. Levantando as tampas dos potes de *halvah* arrumados entre a grande jarra de xarope de uva e a vasilha de pepinos em conserva, enfiando o dedo num deles para provar ou simplesmente debruçando-me sobre outro para sentir o cheiro, perguntei à criada quem havia trazido tudo aquilo:

"Este foi a mulher de Kasim Efêndi de Kayseri que mandou. Aquele é do pedreiro que mora a duas ruas daqui. Aquele lá é da mulher que o serralheiro Hamdi Canhoto arranjou em Andrinopla. Aquele ali, do jovem noivo de Edirne..."

Ela já ia enumerando todos, quando Shekure interrompeu-a.

"Kalbiye, a viúva do Elegante Efêndi, não veio prestar suas condolências. Não enviou um bilhete nem mandou nada, nem mesmo um pouco de *halvah*."

Ela saiu da cozinha na direção da escada. Fui atrás dela, porque entendi que ela queria esvaziar seu coração longe dos ouvidos indiscretos de Hayriye.

"Não havia nenhuma intimidade entre meu pai e ele. No dia do enterro do Elegante Efêndi, mandamos nossa *halvah* à casa deles. Gostaria de saber o que houve com eles", disse-me Shekure.

"Pode deixar, que vou tirar a limpo esse assunto", respondi adivinhando os pensamentos da minha bela Shekure.

Ela me deu um beijo de agradecimento por não forçá-la a revelar mais nada. Apertei-a em meus braços longamente, tanto mais que vinha do pátio um frio terrível. Acariciei seus cabelos.

"Ester, estou com medo", disse ela.

"Não tenha medo, querida", respondi. "Tudo tem seu lado bom. Olhe, agora você está casada de novo."

"Sim, mas não sei se agi direito. Tanto que nem deixei meu marido se aproximar de mim e passei a noite de núpcias ao lado do meu pai", contou-me arregalando seus lindos olhos.

"Hassan pretende que, para o juiz, seu casamento não tem validade", comentei. "Olhe, ele te mandou isto aqui."

Embora dissesse "agora não", abriu imediatamente o bilhete e leu, mas dessa vez não o leu para mim.

Fez bem, aliás, porque não estávamos a sós: um marceneiro, que viera consertar o contravento da janela do corredor, no primeiro andar, que caíra e se quebrara naquela manhã por algum motivo que eu não sabia, não tirava o olho de nós e das outras mulheres que choravam o morto dentro de casa. Nesse momento, Hayriye foi abrir o portão para o garoto de um dos vizinhos, que trazia mais *halvah*.

"Podiam ter mandado antes do enterro", disse Shekure. "Tenho certeza de que a alma do meu pobre pai voltou hoje pela última vez. Agora já está lá em cima."

Ela soltou meu braço para fazer, olhos erguidos para o céu luminoso, uma longa prece.

Senti-me de repente tão estranha e distante de Shekure, que era como se eu fosse uma daquelas nuvens para as quais ela estava olhando. Assim que terminou sua prece, ela me beijou carinhosamente nos dois olhos.

"Ester", disse ela, "enquanto o assassino do meu pai estiver vivo, meus filhos e eu não teremos descanso neste mundo."

Fiquei contente ao perceber que ela não mencionava seu novo marido.

"Vá à casa do Elegante Efêndi, puxe conversa com a viúva e procure descobrir por que ela não nos mandou nem um pouco de *halvah*. E traga logo a resposta."

"Tem algum recado para Hassan?", perguntei.

Senti vergonha. Não por causa da minha pergunta, mas por não ter conseguido olhá-la nos olhos ao fazê-la. Para ocultar meu embaraço, detive Hayriye que carregava um prato e levantei a tampa. "Oh! *Halvah* de semolina com pistache", exclamei, pegando uma. "E puseram casca de laranja também!"

O amável sorriso de Shekure, como se tudo corresse às mil maravilhas, reconfortou-me.

Pus meu saco nas costas e saí. Não tinha dado dois passos lá fora quando vi o Negro, no fim da rua. Ele vinha com o ar orgulhoso e satisfeito de um recém-casado que acaba de enterrar o sogro. Para não desmanchar seu prazer, entrei pela cerca viva de um pomar, depois passei pelo jardim que fica atrás da casa em que o famoso médico judeu Moshe Hamon escondia o irmão da sua amante, aquele que acabou sendo enforcado. Cada vez que passo por lá, o cheiro de morte que ronda aquele jardim me deixa tão triste que até esqueço que preciso encontrar um comprador para a casa.

O mesmo cheiro de morte pairava na casa do Elegante Efêndi, mas não me provocava tristeza alguma. Eu, Ester, uma mulher que já passou por milhares de casas e conhece centenas de viúvas, posso lhes dizer que as mulheres que perdem o marido cedo, ou ficam desesperadas e arrasadas, ou se revoltam e se tornam verdadeiras fúrias. Shekure ficou um pouco as duas coisas ao mesmo tempo, mas Kalbiye optara decididamente por ficar furiosa, e percebi de saída que aquilo ia facilitar minha missão.

Como todas as mulheres vítimas do destino, Kalbiye desconfia, com razão, que todas as pessoas que passam por sua casa naquele momento penoso vêm tanto ou muito mais para se felicitar secretamente por estarem em melhor situação que ela do que para lhe expressar sua compaixão. Por isso, em vez de se prestar ao jogo da troca de amabilidades, prefere ir direto ao assunto descartando as conversas floreadas. Por que Ester veio bater à sua porta, bem na hora em que ela tirava uma soneca para esquecer suas desgraças? Eu sabia muito bem que ela não estaria nem um pouco interessada nas últimas sedas vindas da China nem nos lenços de Bursa, por isso nem pensei em abrir minha trouxa, e fui sem rodeios ao que importava, contei-lhe do pesar e das lágrimas de Shekure. "Aumenta ainda mais a tristeza de Shekure imaginar que ela tenha magoado você de alguma maneira, quando as duas sofrem a mesma dor", disse eu.

Ela replicou com altivez que, como Shekure não viera visitá-la para lhe apresentar suas condolências e compartilhar a sua dor, ela também não pudera lhe mandar um pouco de *halvah*. Por trás daquele orgulho escondia-se um prazer que ela não era capaz de ocultar: o de que seu ressentimento fora percebido. Foi graças a essa brecha que esta vossa manhosa Ester pôde descobrir os quês e os porquês da raiva de Kalbiye.

De fato, não demorou muito para Kalbiye confessar que ainda estava brava com o falecido Tio Efêndi por causa do manuscrito ilustrado que ele preparava. Ela contou que seu marido, descanse em paz, só tinha aceitado trabalhar no livro por ser uma encomenda do Sultão, como que uma ordem dele, e não por causa de um punhado de moedas de prata. Mas, quando seu falecido marido se deu conta de que as iluminuras que o Tio

Efêndi lhe pedira para fazer estavam se transformando de simples páginas ornamentadas em verdadeiras pinturas, que ainda por cima traziam as marcas da blasfêmia, do ateísmo e da heresia europeias, ficou apreensivo e começou a não mais distinguir direito o que era certo e o que era errado. Como ela era uma pessoa muito mais sensata e prudente que o Elegante Efêndi, apressou-se a acrescentar cautelosamente que todas aquelas desconfianças do seu falecido marido não surgiram de um dia para o outro, mas pouco a pouco, e que ela, por sua vez, creditara as inquietações dele à sua hipocondria, tanto que o falecido nunca pôde identificar a menor heresia flagrante. Ouvinte assíduo das pregações de Nusret Hodja de Erzurum, seu marido chegava a passar mal se por acaso perdesse a hora da prece. Ele sabia que certos canalhas do ateliê ridicularizavam essa sua total devoção à fé, mas compreendia perfeitamente que esses deboches ignóbeis eram fruto da inveja por seu talento e sua arte.

Uma grande lágrima, redonda e clara, escorreu naquele momento dos seus olhos, brilhando de raiva. Ao ver sua face molhada, a boa Ester prometeu consigo mesma arranjar para Kalbiye um marido muito melhor que o precedente.

"Meu falecido marido não costumava me pôr a par das suas preocupações", disse ela com um ar circunspecto. "Mas remoí bem o que podia me lembrar e cheguei à conclusão de que tudo o que aconteceu conosco é culpa dessas ilustrações que o levaram à casa do Tio Efêndi na sua última noite de vida."

Era sua maneira de se desculpar. Em resposta, recordei-lhe que um inimigo comum tornara sua sorte e a de Shekure idênticas, pois o Tio Efêndi foi provavelmente assassinado pelo mesmo canalha. Os dois orfãozinhos cabeçudos, que olhavam para mim de um canto da sala, sugeriram-me outra semelhança entre aquelas duas mulheres. Mas minha implacável lógica de alcoviteira logo me lembrou de que a situação de Shekure era muito mais bonita, rica e misteriosa. Fiz Kalbiye saber exatamente o que eu sentia:

"Shekure mandou dizer que ela pede desculpa, se por acaso pareceu grosseira. Ela te oferece a sua amizade, como uma irmã que sofre com o mesmo luto, e espera de você os mesmos sentimentos e a sua ajuda. Na noite em que o falecido Elegante Efêndi saiu daqui para ir à casa do Tio Efêndi, não falou de outro encontro? Não tem ideia de onde pode ter ido depois?"

"Isto aqui foi encontrado no corpo dele", disse Kalbiye.

Tirou de um cesto de vime com tampa — que guardava, tudo misturado, agulhas de bordar, pedaços de pano e até uma noz — uma folha de papel dobrada, que me passou.

Aproximando os olhos do papel amarrotado, em que a tinta havia escorrido, discerni uma porção de linhas. Quando por fim compreendi de que se tratava, Kalbiye pôs estas palavras em meus pensamentos:

"Cavalos", explicou. "Mas o falecido Elegante Efêndi só fazia iluminuras. Nunca desenhou cavalos. E ninguém nunca lhe teria pedido para desenhá-los."

A velha Ester olhava para aqueles cavalos que haviam sido rapidamente esboçados, mas não era capaz de chegar a nenhuma conclusão.

"Se eu pudesse levar este papel a Shekure, ela ficaria muito contente", arrisquei.

"Se Shekure deseja ver estes esboços, que venha aqui pegá-los", respondeu Kalbiye com altivez.

## 40. MEU NOME É NEGRO

A ESTA ALTURA VOCÊS JÁ DEVEM TER compreendido o seguinte: as pessoas como eu, isto é, aquelas que acabam fazendo da paixão e suas agruras, da prosperidade e da miséria simples pretextos para uma eterna e absoluta solidão, não são capazes nem de grandes alegrias nem de grandes tristezas na vida. Não é que não compreendamos os outros, quando os vemos conturbados; ao contrário, reconhecemos plenamente a profundidade dos seus sentimentos. O que não apreendemos é a natureza dessa espécie de perplexidade que sentimos então dentro de nós. E esse sentimento, que permanece mudo, tende a tomar, nessas ocasiões, em nosso coração e em nosso espírito, o lugar da alegria ou da tristeza.

Ao voltar para casa — tão depressa que quase corria — depois do enterro do pai de Shekure, que Alá o guarde, beijei minha esposa num gesto de condolências; ela desabou de repente numa larga almofada com seus filhos, que olhavam para mim cheios de despeito, e eu fiquei sem saber o que fazer. Sua dor coincidia com a minha vitória. De um só golpe, eu realizava o sonho da minha juventude: livrara-me do seu pai que me menosprezava e tornara-me o dono daquela casa. Quem poderia acreditar na sinceridade das minhas lágrimas? Mas, creiam-me, não era assim. Eu gostaria verdadeiramente de estar triste, mesmo se não conseguia, porque meu Tio sempre foi um pai para mim, mais que meu próprio pai. Mas como o linguarudo do auxiliar do imã, que lavou o corpo, não soube conter a língua, logo depois do enterro eu já ouvia contarem, no pátio da mesquita — e o boato já corria pelo bairro —, que meu Tio não havia morrido de morte natural. Por isso eu queria parecer sinceramente aflito, senão, eu me dizia, minha incapacidade de chorar podia ser mal interpretada. Nem preciso lhes contar que a última coisa que eu queria era passar por um homem com "coração de pedra".

As tias velhas compreendem perfeitamente isso, tanto que já têm uma desculpa pronta para evitar que as pessoas na minha situação sejam banidas do grupo: "está chorando por dentro", garantem. Enquanto eu de fato chorava por dentro, hesitando entre a vontade de ir me esconder num canto para não ser visto por todos aqueles parentes distantes e vizinhos abelhudos que me impressionavam com sua incrível capacidade de derramar torrentes de lágrimas, e o sentimento de que convinha desde já assumir meu papel em meu novo lar, bateram na porta. Por um instante temi que fosse Hassan, mas no fundo até isso era melhor do que ficar no meio daquela choradeira.

Era um pajem da Porta. Chamavam-me ao Palácio. Fiquei estupefato.

Ao sair do pátio, catei na lama do chão uma moeda. O fato de me chamarem ao Palácio me amedrontava de fato? Claro que sim. Mas fiquei contente por estar lá fora, no frio, entre as pessoas, os cavalos, os cachorros e os gatos. Como esses sonhadores que, antes de irem para as mãos do carrasco, têm com o carcereiro uma agradável conversa sobre os prazeres da vida, sobre a forma insólita das nuvens no céu ou os patos que nadam no lago, imaginando aliviar com esses subterfúgios a crueldade da sorte que recai sobre eles, quis fazer amizade com o jovem que tinha vindo me buscar. Mas o rapaz me desapontou, revelando-se carrancudo, caladão e cheio de espinhas, ainda por cima. Ao passar por Hágia Sofia, admirei a silhueta esguia dos ciprestes cujas sombras agudas se erguiam na bruma, e o que me arrepiava era muito menos o medo de morrer, agora que eu era por fim, passados tantos anos, marido de Shekure, do que uma obscura sensação de injustiça: a ideia de que eu pudesse expirar no Palácio sob a tortura antes de poder desfrutar as delícias de fazer amor com ela.

Não nos dirigimos à Porta do Meio, atrás das torres para as quais eu mal ousava olhar, porque era lá que os torturadores e executores exerciam com pavorosa destreza seu ofício, mas para a carpintaria. Ao cruzarmos os celeiros, o gato que se lambia bem no meio de uma poça, entre as patas de um cavalo baio cujas ventas fumegavam, nem sequer se virou para nos ver passar. Como nós, estava preocupado com seus próprios assuntos.

Atrás dos celeiros, dois homens que eu não soube identificar por seus uniformes verde e roxo revezaram o pajem silencioso e me empurraram para a escuridão de uma casinha pequena, recentemente construída, como eu adivinhava pelo cheiro das tábuas. Trancaram a porta atrás de mim. Eu sabia que eles tinham esse costume de assustar os prisioneiros encerrando-os no escuro antes de submetê-los à tortura. Tentei me encorajar um pouco, imaginando que eles se contentariam com uma bastonada na sola dos pés e que eu iria me safar daquele aperto inventando alguma mentira. Parecia haver uma multidão no quarto contíguo, a julgar pela barulheira que ouvia, vinda de lá.

Muitos de vocês, vendo-me manter assim um ar galhofeiro e despreocupado, certamente devem estar pensando que não falo como alguém prestes a ser torturado. Mas eu já lhes disse estar persuadido de que era um dos mais afortunados servos de Alá. Se aqueles últimos dois dias, após tantas tribulações, não bastassem para provar que as aves do bom augúrio voavam sobre a minha cabeça, a moeda de prata que achei ao sair do portão só podia ser explicada por uma causa superior e secreta.

Enquanto esperava os torturadores, eu me consolava com aquela moeda que, imaginava, ia me salvar e, segurando firme essa garantia de boa sorte enviada por Alá, eu a acariciava e a beijava efusivamente. Mas no momento preciso em que vieram me tirar da escuridão, quando enxerguei as cabeças rapadas dos torturadores croatas do *Jardineiro-Mor*, entendi que era bem capaz de aquela moeda não adiantar grande coisa. Uma voz interior me dizia, sem dó nem piedade, que a moeda que eu guardara no bolso, longe de ter sido jogada por Alá, era uma das que eu próprio, dois dias antes, derramara na cabeça de Shekure e que as crianças do casamento não tinham catado. Por isso, ao chegar diante dos meus carrascos, eu não tinha mais nenhuma esperança em que me agarrar.

Nem percebi as lágrimas que começaram a escorrer dos meus olhos. Quis suplicar, mas minha boca, como nos sonhos, não emitia mais nenhum som. Eu havia aprendido com as guerras, as mortes, os assassinatos políticos e as torturas que testemunhei de longe, que a gente podia passar da vida à morte num átimo, mas até então nunca havia experimentado isso pessoalmente. Iam me arrancar deste mundo, tal como arrancariam minhas roupas.

Eles tiraram pois meu casaco e minha camisa. Um deles prendeu-me no chão, firmando os joelhos nos meus ombros. Outro agarrou minha cabeça entre as mãos, com a habilidade e a precisão de uma dona de casa preparando a comida, e introduziu-a delicadamente numa gaiola, munida de um parafuso, que começou a apertar lentamente. Não, não era uma gaiola, mas uma morsa que espremia gradativamente meu crânio.

Berrei com toda a força dos meus pulmões. Eu suplicava, mas com palavras incompreensíveis. E chorava, mas sobretudo porque meus nervos haviam sucumbido.

Eles pararam e fizeram a pergunta:
"Foi você que matou o Tio Efêndi?"
Tomei fôlego: "Não".
O parafuso deu outra volta. Dor.
Perguntaram de novo.
"Não."
"Então quem foi?"
"Não sei!"

Comecei a pensar se não seria melhor dizer que eu era o assassino. Ao redor da minha cabeça, o mundo, as delícias do mundo giravam suavemente. Eu relutava: será que não estava me acostumando à dor? Ficamos assim, o carrasco e eu, um longo momento. Não sentia dor alguma. Só medo.

Eu já começava a acreditar novamente que aquela moeda no fundo do meu bolso ia impedi-los de me matar, quando eles me soltaram. Tiraram minha cabeça daquela morsa, que afinal não a machucara tanto assim. O que estava de joelhos nos meus ombros levantou-se. Mas não tive direito a desculpas. Vesti camisa e casaco.

Fez-se um silêncio interminável.

Na outra extremidade da sala avistei o Grande Mestre Iluminador Osman Efêndi. Fui beijar-lhe a mão e ele me disse:

"Coragem, meu filho. Eles quiseram pôr você à prova."

Senti que havia encontrado um novo pai para substituir o Tio, descanse em paz.

"Nosso Sultão ordenou que você não fosse torturado por enquanto", disse o *Jardineiro-Mor*. "Ele julga que você poderá ser útil ao Mestre Osman para descobrir qual dos miniaturistas é o assassino dos Seus servidores encarregados do livro que Ele encomendou. Examinando as obras e conversando com eles, vocês têm três dias para desmascarar o canalha. Nosso Soberano está muito aborrecido com os rumores que os perturbadores da ordem espalham a propósito dos seus livros e dos seus miniaturistas. Temos por missão, o Tesoureiro-Mor Hazim Agá e eu, assisti-los na busca do criminoso que será empreendida por vocês. De vocês dois, um era muito próximo do falecido Tio Efêndi, teve oportunidade de ouvir o que ele tinha a contar, sabe que miniaturistas iam visitá-lo à noite e conhece a história do livro; o outro, como Grande Mestre do Ateliê, pode se gabar de conhecer perfeitamente todos os miniaturistas que lá trabalham. Se em três dias vocês não conseguirem encontrar não apenas esse porco mas também as páginas que ele roubou e que são motivo de tanto mexerico, as instruções do Nosso Justo Sultão são submeter primeiro você, meu filho Negro Efêndi, à tortura e ao interrogatório. Depois, quanto a isso não restem dúvidas, será a vez de todos os outros mestres miniaturistas."

Não pude perceber nenhum gesto ou sinal de conivência entre o Tesoureiro-Mor Hazim Agá, responsável pelas encomendas e pelo pagamento das remunerações e do material, e o Grande Mestre Osman, seu amigo e colaborador de longa data.

"Se um crime é cometido num quartel, numa seção ou numa corporação qualquer do Nosso Sultão", prosseguiu o *Jardineiro-Mor*; "o grupo inteiro é considerado culpado enquanto o criminoso não for entregue à Sua justiça. E se não conseguir identificar o assassino em seu seio, todo o grupo, como se sabe, em primeiro lugar seu chefe ou seu Grande Mestre, será considerado culpado e condenado. Portanto, após um exame minucioso e atento de todas as páginas, Mestre Osman deverá apontar ao braço armado da impassível justiça do Protetor do Mundo, Nosso Sultão, o responsável, quem quer que seja, por esse diabólico e sedicioso princípio de corrupção que ora ameaça a integridade e a inocência dos seus miniaturistas, para que seja lavada a honra da corporação de vocês. Para tal fim, ordenamos que tudo o que Mestre Osman pedir lhe seja concedido. Neste momento, meus homens estão revistando a casa dos miniaturistas e vão nos trazer todas as páginas do livro que eles tiverem iluminado."

## 41. EU, MESTRE OSMAN

O JARDINEIRO-MOR E O TESOUREIRO-MOR repetiram as ordens do Nosso Sultão e saíram, deixando o Negro e eu sozinhos naquela sala. O Negro, é claro, estava esgotado com aquela amostra de tortura que lhe estaria reservada num eventual interrogatório, bem mais sério que este. Depois de ter passado por tanto medo e ter chorado tanto, agora estava triste e calado, como uma criança emburrada. Senti por ele uma ponta de ternura e deixei-o em paz.

Eu tinha portanto três dias para examinar as páginas que os homens do *Jardineiro-Mor* apreenderiam na casa dos calígrafos e miniaturistas do meu ateliê e determinar quem havia trabalhado nelas. Quanto às miniaturas produzidas para o livro do Tio Efêndi, que o Negro, para se inocentar, havia entregue ao Tesoureiro-Mor Hazim Agá, vocês sabem muito bem da aversão que elas me causaram mal as vi. Aliás, vocês hão de convir que, para causar num miniaturista como eu, que dedicou toda a sua vida a essa arte, uma repulsão e uma ojeriza tão violentas, essas miniaturas tinham de ter alguma coisa que os olhos não esquecem facilmente. Uma obra ruim não provoca esse gênero de reação. Não foi portanto sem uma espécie de curiosidade que retomei o exame daquelas nove páginas perpetradas, na calada da noite, por meus próprios artistas para aquele velho palerma.

Vi uma árvore numa página em branco, dentro da margem desenhada e ornamentada por nosso pobre Elegante, que emoldurava graciosamente todas as páginas. Tentei imaginar de que relato, de que cena lendária ela tinha sido tirada, arrancada. Se mando um dos meus ilustradores pintar uma árvore, seja ele o adorável Borboleta, o inteligente Cegonha ou o esperto Oliva, eles sabem que têm de começar concebendo essa árvore numa história, para poder desenhá-la com total serenidade. Depois ela me deixará perceber, pelo detalhe das suas folhas, dos seus galhos, examinados com atenção, que história o pintor tinha na cabeça. Mas esta árvore era solitária, infeliz. Parecia ainda mais desolada porque o horizonte, atrás dela, estava traçado bem alto, num estilo que lembrava as regras editadas pela velha Escola de Shiraz. E, no espaço deixado livre por esse horizonte elevado, só havia vazio. Assim, o duplo cuidado de pintar uma árvore real, como fazem os pintores da Europa, e de observar o mundo à maneira persa, isto é, de cima, produzia um resultado melancólico. Disse para mim mesmo: "Até parece uma árvore perdida nos confins da Terra". A tentativa de combinar dois estilos diversos, o dos meus miniaturistas e as ideias estéreis daquele velho doido, havia criado um trabalho sem a menor mestria. Sim, não era tanto o fato de aquela ilustração ser feita segundo duas visões diferentes do mundo que me exasperava, mas principalmente aquela falta gritante de mestria.

Senti a mesma coisa ao examinar as outras páginas, o cavalo perfeito, de sonho, e a mulher com a cabeça inclinada. A escolha dos temas também me irritava: aqueles *dervixes* errantes, aquele Diabo. Como meus pintores ousaram cometer tais horrores no meio de um volume dedicado ao Nosso Sultão? Tinham sido forçados, sem dúvida nenhuma. Compreendi então todo o sentido da morte do Tio, providencialmente levado por Alá, que tudo sabe julgar, antes de o livro ser terminado. Nem é preciso dizer portanto que não tenho a mais remota vontade de completar esse manuscrito.

Quem suportaria o olhar desaforado deste cachorro, visto de cima, claro, mas que vem me espiar bem debaixo do meu nariz, como se fôssemos irmãos? Se, por um lado, eu estava fascinado com a vulgaridade da sua posição, com a beleza do olhar de viés que ele dava de cabeça abaixada para o chão e com a ameaça dos seus dentes alvos, em poucas palavras com o talento do miniaturista que o pintou (eu estava a ponto de determinar quem havia feito a pintura); por outro lado, eu não podia perdoar que esse talento tenha sido posto a serviço da absurda lógica de um projeto incompreensível. Nem o desejo de imitar os pintores europeus, nem o pretexto de que se tratava de uma encomenda de Nosso Sultão para ser oferecida ao Doge, requerendo portanto técnicas familiares aos venezianos, eram desculpas para tal baixeza.

O vermelho apaixonado de uma pintura de multidão deixou-me aterrorizado. Eu era capaz de reconhecer, em cada parte, cada pincelada de cada um dos meus miniaturistas, mas em compensação não sabia dizer qual deles, guiado por uma lógica misteriosa, havia lentamente inundado, com esse vermelho tão forte, o mundo que aquela ilustração revelava. Fiquei algum tempo debruçado sobre aquela pintura formigante de gente mostrando ao Negro qual dos meus miniaturistas tinha feito os plátanos (Cegonha), os navios e as casas (Oliva), as flores e as pipas (Borboleta).

"Claro, um grande mestre miniaturista e um artista tão grande quanto o senhor, que vem dirigindo há anos um ateliê de livros de arte, é capaz de reconhecer as características, a disposição de cada linha, a pincelada de cada pintor que trabalha sob as suas ordens", disse o Negro. "Mas, neste caso, em que um excêntrico amante dos livros, como meu falecido Tio, obrigou os pintores a trabalhar de uma maneira original e totalmente nova, como poderá identificar a contribuição de cada um?"

Resolvi responder com uma parábola: "Era uma vez, na cidade de Isfahan, um soberano bibliófilo, que vivia recluso na sua fortaleza, distante do mundo. Era um padixá poderoso, inteligente, mas muito cruel também. Só gostava de duas coisas: dos manuscritos iluminados que encomendava e da sua filha. E não se podia dizer que o boato espalhado pelos inimigos desse déspota, de que era apaixonado pela filha, fosse propriamente uma calúnia. De fato, seu humor bilioso e seus ciúmes faziam-no declarar todo dia guerra aos príncipes da vizinhança e aos xás que lhe mandavam embaixadas para pedir-lhe a mão da bela princesa. Não havia para ele nenhum que merecesse sua filha, que ele confinava num quarto do palácio, atrás de quarenta portas bem trancadas. De acordo com uma crença corrente em

Isfahan, ele pensava que a beleza da sua filha feneceria se exposta aos olhares de outros homens. Um dia, quando se espalhou a notícia sobre um exemplar de *Khosrow e Shirin* que ele havia encomendado — caligrafado e pintado no estilo de Herat —, começou a circular pela cidade o boato de que a bela dolente e pálida que aparecia numa imagem de multidão outra não era senão a filha do ciumento xá. Antes mesmo do falatório chegar-lhe aos ouvidos, o xá, desconfiado da misteriosa imagem, com a mão trêmula abriu mais uma vez o livro naquela página e pôde constatar, em meio a uma torrente de lágrimas, que era sua filha que ali estava retratada! Dizem, aliás, que não foi propriamente a filha do xá, protegida por quarenta portas trancadas, que surgiu certa noite para ser retratada, mas sim sua beleza, que não suportando mais tanto tédio, escapou do quarto qual um fantasma, passando por baixo das portas e pelos buracos das fechaduras na forma de uma fina voluta de fumaça, e refletindo-se de espelho em espelho, como um raio de luz, até alcançar os olhos do pintor que trabalhava noite adentro. O jovem e talentoso artista, diante de tamanha beleza, não pôde se conter e a reproduziu num canto da sua pintura. Era a cena em que ele representava Shirin se apaixonando por um retrato de Khosrow, durante um passeio no campo."

"Amado mestre, que coincidência!", disse o Negro. "É a cena de que mais gosto nesse conto!"

"Não são contos, mas fatos que aconteceram", repliquei. "Escute, não foi com os traços de Shirin, mas de uma aia, que o miniaturista pintou a filha do padixá: apenas uma dama de companhia tocando alaúde ou estendendo a toalha, porque a inspiração lhe veio no momento em que ele ia pintar a figura dessa personagem. O resultado foi que, ao lado dela, a beleza de Shirin ficou como que obscurecida pela deslumbrante beleza daquela simples aia, que, embora relegada num canto da imagem, rompia o equilíbrio da composição. Mesmo assim, quando o pai viu sua filha naquela miniatura, quis desmascarar o talentoso miniaturista que a pintara. Mas este, temendo a ira do padixá, havia sido bastante hábil e prudente, assim me parece, pois, para ocultar sua identidade, havia pintado tanto a aia como Shirin num estilo diferente do seu próprio. Além do mais, tinham sido muitos os miniaturistas que contribuíram para essa obra."

"Como foi então que o xá fez para encontrar o miniaturista que pintou sua filha?"

"Pelas orelhas!"

"As orelhas de quem? Da filha ou da aia?"

"Na verdade, de nenhuma das duas. Ele teve a ideia de pôr diante de si todas as imagens que ilustravam todos os livros produzidos pelos miniaturistas do seu ateliê, a fim de examinar as orelhas de todos os personagens. Pôde constatar mais uma vez o que ele já sabia havia anos: que cada pintor faz as orelhas dos seus personagens de uma maneira diferente, qualquer que seja seu domínio do estilo clássico. Não importava se o rosto que pintava era de um sultão, de uma criança, de um guerreiro ou mesmo, que Alá me perdoe, do rosto mal dissimulado por um véu do nosso Louvado Profeta ou até, que Alá me perdoe outra vez, das orelhas do próprio Diabo. Cada miniaturista as desenhava à sua maneira, sempre a mesma em todos os casos. Era como se fosse a sua assinatura."

"Por quê?"

"Quando os grandes mestres pintam um rosto, eles procuram essencialmente representar uma beleza superior, de acordo com os cânones consagrados que a fazem distinta de toda beleza real. Mas quando chega a vez de fazer as orelhas, como não há regra, não podem seguir um modelo e não se dão ao trabalho de estudar uma orelha real nem de imitar o trabalho de um colega ou predecessor. Quando fazem as orelhas, eles não pensam, não têm nenhuma pretensão, nem sequer param para considerar o que estão fazendo. Simplesmente, deixam sua memória guiar o pincel."

"Mas os grandes mestres não criam também suas obras-primas de memória, sem nunca olhar para os cavalos, as árvores ou os personagens reais?", perguntou o Negro.

"Sim", admiti. "Mas é um saber que se adquire ao fim de longos anos de reflexão, de contemplação. Tendo visto na vida um sem-número de cavalos, pintados ou reais, eles sabem que qualquer cavalo de carne e osso que virem apenas desfigurará a imagem perfeita do cavalo que guardam na memória. Esse cavalo que o miniaturista desenhou dezenas de milhares de vezes acaba se aproximando da visão que Alá tem do Cavalo, pelo menos é essa uma convicção íntima que todos os pintores adquirem após longos anos de experiência. O cavalo traçado de memória é fruto de um trabalho de aproximação infinita para alcançar o infinito do seu Criador. Mas a orelha que é desenhada antes de a mão ter acumulado qualquer conhecimento, antes de o artista ter ponderado e considerado o que está fazendo, ou antes de prestar atenção nas orelhas da filha do xá, será sempre um defeito. E, por ser um defeito, uma imperfeição, ela varia de miniaturista a miniaturista. Ou seja, ela equivale a uma assinatura."

Houve de repente uma grande agitação: os homens do *Jardineiro-Mor* nos traziam o resultado da sua busca.

"Aliás, as orelhas são um flagelo da nossa espécie", comentei na esperança de fazer o Negro sorrir. "Elas são ao mesmo tempo comuns a todos e sempre diferentes: a feiura por excelência."

"O que aconteceu com o miniaturista que foi pego por causa da sua maneira de desenhar as orelhas?"

Para não entristecê-lo ainda mais, abstive-me de lhe contar que furaram-lhe os olhos, e respondi: "Obrigaram-no a se casar com a filha do padixá. Esse método secreto, que tem sido usado desde então para identificar os miniaturistas, é conhecido como 'método da aia' por muitos cãs, xás e sultões que possuem ateliês de livros de arte. Ele é aplicado sempre que se trata de descobrir quem, por exemplo, pintou uma imagem proibida ou uma insolência dissimulada num detalhe e se recusa a confessar — e os verdadeiros artistas sempre têm o desejo instintivo de representar o que é proibido! Consiste em encontrar o ponto fraco: nunca no âmago da cena representada, mas num detalhe trivial, repetido e traçado às pressas, a que o miniaturista nem deu atenção: por exemplo, a relva, as folhas, as orelhas, as mãos, a crina dos cavalos, seus cascos ou suas pernas. Mas, atenção, o artista não pode ter consciência dessa singularidade que é sua assinatura secreta. Por isso, esse método não funciona no caso dos bigodes, porque muitos pintores, sabendo que cada um os trata da sua maneira, não ignoram que são sempre uma assinatura. Em compensação, no caso das sobrancelhas é possível, porque não se presta atenção nelas. Bem, vamos ver como nossos jovens mestres acrescentaram o toque pessoal do seu pincel e do seu cálamo a cada uma das imagens pedidas por seu Tio."

Começamos pois a cotejar as páginas dos dois manuscritos ilustrados. Um, feito sob o meu controle, no meu ateliê, à luz do dia: o *Livro das festividades*, que narra a cerimônia da circuncisão do nosso príncipe; o outro, o livro do falecido Tio, realizado em segredo, na calada da noite. O Negro e eu examinamos atentamente, com minha lupa, esses dois livros, que se distinguiam tanto pelos temas tratados como pelo estilo.

1. Primeiro, numa miniatura do meu *Livro das festividades*, examinamos a boca entreaberta da raposa cuja pele ornava a gola do *cafetã* vermelho com cinto púrpura, arvorado por um representante dos ofícios da peleteria, que passava junto do estrado construído para receber Nosso Sultão. Indubitavelmente, Oliva era o autor daqueles dentinhos pontiagudos, os mesmos da imagem de Diabo feita para o livro do Tio: uma criatura horrenda, meio demônio, meio gigante, que parecia vinda diretamente de Samarcanda.

2. Num outro dia de júbilo consagrado àqueles festejos, sempre sob o olhar do Nosso Sultão, que de seu camarote dominava o Hipódromo, via-se um esquadrão de miseráveis soldados em andrajos. Um deles fazia um pedido: "Grande Sultão, combatendo bravamente por nossa religião, caímos nas mãos dos infiéis e só conseguimos obter nossa liberdade graças a nossos irmãos que ficaram como reféns. Viemos buscar o resgate. Mas, ao voltarmos a Istambul, achamos tudo tão caro que nos é impossível reunir a soma necessária para libertar nossos irmãos que permanecem prisioneiros dos kafires. Estamos à sua mercê: dê-nos ouro ou escravos para que possamos trocá-los por nossos queridos irmãos". Aqui não havia dúvida de que foi Cegonha quem fez as unhas do cachorro preguiçoso que acompanha a

cena num canto da ilustração, espiando todos aqueles bonitos embaixadores, o Nosso Sultão e todos aqueles pobres heróis das nossas guerras, assim como as do cachorro que aparece na cena sobre as aventuras da moeda de ouro no livro do Tio.

3. Entre os saltimbancos, que dão saltos-mortais e fazem ovos rodopiar na ponta de compridas varetas, um deles, careca, de calça curta e colete roxo, ajoelhado num canto do tapete vermelho, segura seu tamborim da mesma maneira que a criada que traz a grande bandeja de cobre, na ilustração do Vermelho para o livro do Tio: obra de Oliva.

4. Entre os cozinheiros, cuja corporação se acotovela diante dos olhos do Sultão, cozinhando repolhos recheados de carne e cebola num caldeirão a bordo da sua carroça, o chefe de cozinha, brandindo suas panelas, segue a carroça a pé num chão de terra rosada com pedrinhas azuis. Essas pedras são do mesmo autor das pedras vermelhas sobre a terra azul-escura acima da qual a Morte parece flutuar como um espectro, no livro do Tio: Borboleta.

5. Estafetas tártaros trouxeram a notícia de que o exército do xá da Pérsia já começava a se mobilizar para a sua próxima campanha nas fronteiras do nosso império, o que levou os otomanos a saquear e demolir o refinado palanque de onde o embaixador persa — que havia afirmado repetidas vezes ao Nosso Sultão, com o maior descaramento, que o xá nutria por ele somente pensamentos fraternos e desígnios amistosos — assistia aos festejos. Esse episódio de ódio e destruição levantou tamanha poeira no Hipódromo que foram despachados carregadores de água para assentá-la molhando o chão, além de um grupo carregado de odres cheios de óleo de linhaça para jogar na multidão que se aprestava a justiçar o próprio embaixador. Os pés desses carregadores de água e óleo que acorrem frenéticos são desenhados como os das tropas que lançam seu ataque na página do Vermelho: trabalho de Borboleta.

Esta última atribuição foi feita pelo Negro, embora fosse eu que conduzisse nossa investigação conjunta, movendo minha lente de aumento de cá para lá, neste ou naquele detalhe deste ou daquele desenho. Ele arregalava os olhos, obcecado sem dúvida pelo medo de ser torturado de novo, ou cheio de esperança de voltar para sua jovem esposa e seu novo lar. Pondo em prática esse método da aia, levamos nada menos que aquela tarde inteira para elaborar a lista das contribuições de cada miniaturista e interpretar essas informações.

Nenhuma das páginas supervisionadas pelo falecido Tio do Negro foi confiada ao talento de um só miniaturista. Na maioria delas, cada um dos três dava sua contribuição, seu toque particular. Era visível: cada página circulara entre os domicílios dos meus três artistas. Mas, ao lado desse trabalho, que eu era capaz de reconhecer e de atribuir à primeira vista, eu discernia uma quinta mão, inábil, e já me dizia, não sem indignação, que o assassino oculto se traía pelo menos por um péssimo dom, quando o Negro de repente compreendeu que aquele toque, laborioso e aplicado, outro não era que o do seu Tio! Falsa pista, por conseguinte. Deixando de lado as margens praticamente idênticas (isso foi um golpe para mim, nem é preciso dizer!) que o Elegante Efêndi havia realizado para o livro do Tio e para o meu *Livro das festividades*, e sua participação ocasional nos ornamentos murais, nas folhagens e nas nuvens, estava claro que somente meus três mais brilhantes mestres miniaturistas haviam sido solicitados, meus três filhos, meus preferidos, que formei com carinho desde bem jovens: Oliva, Borboleta e Cegonha.

Falar deles, da arte deles, do talento e do temperamento de cada um era tanto um bom meio de descobrir o que procurávamos saber quanto uma maneira de evocar a história da minha vida.

## AS QUALIDADES DE OLIVA

Seu verdadeiro nome é Velidjan. Não sei se tem outro pseudônimo além do apelido que lhe dei, pela simples razão de que nunca o vi assinar nenhuma das suas obras. Na época do aprendizado, ele se apresentava todas as terças-feiras de manhã à minha porta, para me acompanhar. É orgulhosíssimo, por isso deixaria sua assinatura bem visível, para que fosse reconhecida, sem dissimulações, se se rebaixasse a assinar suas obras. Alá dotou-o generosamente de um talento superior. Sente-se à vontade para pintar o que quer que seja, assim como para fazer as douraduras e traçar as linhas, e sempre com extraordinária mestria. Destacou-se notadamente nas árvores, nos animais e nos rostos. Seu pai, que o trouxe a Istambul quando ele tinha, creio eu, uns dez anos, tinha sido aluno do sombrio Siyavush, o célebre ilustrador especializado em rostos, do ateliê dos *safávidas*, no palácio de Tabriz, e sua linhagem remonta aos artistas mongóis. Como seus ancestrais, sob a influência da Escola chinesa que florescia em Samarcanda, Herat e Bukhara um século e meio atrás, faz os rostos dos amantes parecidos com luas cheias, como se fossem chineses. Eu nunca consegui fazer, nem quando ele era aluno nem quando passou a mestre, que esse cabeça-dura modificasse seu estilo. Mas às vezes eu bem gostaria que renunciasse a ele, melhor ainda, que se livrasse dessa pesada herança do estilo oriental, que a apagasse da sua alma. Quando eu lhe dizia isso, ele respondia que, para artistas como ele, que vagavam entre os países, de um ateliê a outro, esses modelos já estão apagados, esquecidos, se é que de fato um dia os aprendeu. Certos miniaturistas, a maioria deles até, são admiráveis primeiro por causa de todos esses maravilhosos modelos que sua memória preserva. Velidjan seria maior miniaturista se os esquecesse. Mas é verdade também que o fato de conservar dentro de si, como um escrúpulo obscuro de que não tem consciência, a lembrança indelével das formas legadas por seus mestres tem esta dupla vantagem: 1. desenvolver um sentimento de culpa e de estranheza em relação aos outros, que dá peso ao talento do artista; 2. ter disponível, em caso de necessidade, um acervo de imagens — destas que ele diz não se lembrar — e tratar sem dificuldade, à maneira clássica, um tema ou uma cena imprevista e nova. Dotado de um olho notável, é capaz de adaptar toda esse bagagem de cultura e tradição transmitida pelos artistas da corte do xá Tahmasp à nova pintura, de maneira a realizar uma harmoniosa mistura de estilo afegão e otomano.

Um dia, como costumo fazer com todos os meus miniaturistas, apareci de improviso na casa dele, para uma inspeção. Em contraste com meu local de trabalho e o de muitos artistas, o dele era uma pocilga, um verdadeiro cafarnaum de pinturas, pincéis e utensílios variados. Para mim, é um enigma ele não ter demonstrado a menor vergonha por isso. Quanto ao mais, não aceita encomendas clandestinas a pretexto de ganhar umas moedas de prata a mais. Tendo eu relatado isso tudo, o Negro comentou que Oliva era o que mostrava mais aplicação e aptidão para as novas regras de pintura à europeia explicadas por seu finado Tio. Entendi logo que era uma opinião bastante positiva do ponto de vista, redondamente falso, daquele falecido idiota. Não sei dizer se Oliva permanecia muito mais profunda e secretamente apegado do que deixava transparecer às regras da tradição de Herat — que, inculcadas por seu pai, remontavam ao mestre deste, Siyavush, ao mestre de Siyavush, Muzaffar, aos velhos mestres anteriores a Muzaffar e ao próprio Bihzad, quando ainda morava lá —, mas eu sempre me perguntei se ele não acalentava alguma outra tendência oculta. De todos os meus pintores, ele é sem dúvida o mais silencioso, o mais fechado, o mais culpado, o mais sorrateiro e o mais tortuoso (disse isso tudo sem nenhuma reserva). Quando penso nos interrogatórios infligidos pelo *Jardineiro-Mor*, é ele que me vem à mente em primeiro lugar. (Eu queria e, ao mesmo tempo, não queria que ele fosse submetido à tortura.) Tem olhos de *djim*: vê tudo, nada lhe escapa, inclusive minhas falhas. Mas, com sua prudência de imigrante sempre pronto a se acomodar a todas as circunstâncias, é raro que abra a boca para apontar qualquer erro. Certamente é um espertalhão, mas, na minha opinião, não é um assassino. (Mas isso eu não disse ao Negro.) Porque Oliva não acredita em nada. Nem no dinheiro, embora seja verdade que ele o entesoura sofregamente. Ora, ao contrário do preconceito, o que caracteriza todos os assassinos não é sua descrença mas precisamente o excesso contrário: a superstição. As miniaturas são um desafio magnífico à pintura, e a pintura, como todo o mundo sabe — e isso vai dito sem nenhuma blasfêmia —, é uma espécie de desafio a Alá. Oliva, não sendo crente, é portanto um artista genuíno. E no entanto, no que concerne aos seus dons, eu o colocaria abaixo de Borboleta e até mesmo de Cegonha. Gostaria de tê-lo como filho. (Dizendo isso, eu queria enciumar o Negro, mas ele se contentou com fixar em mim seus grandes olhos de azeviche, seus olhos de garoto atento.) Salientei então o quanto Oliva era prodigioso em suas criações à tinta preta; nos personagens, guerreiros ou caçadores, como os que se veem nos álbuns; nas paisagens à maneira chinesa, povoadas de garças e cegonhas; e naquelas cenas em que belos efebos sentados debaixo de uma árvore recitam poesias, ao som do alaúde; e em sua maneira de expressar os tormentos, os célebres langores dos amantes, os imperadores irados, sabre em punho, ou o rosto pálido dos heróis que se esquivam do ataque de terríveis dragões.

"Talvez meu Tio também quisesse lhe confiar aquela última imagem, em que figuraria em grande detalhe, no estilo dos europeus, o rosto do Nosso Sultão e sua maneira de sentar-se", disse o Negro.

Será que ele estava tentando me testar?

"Supondo-se que Oliva tenha matado seu Tio, que motivo teria ele para, depois de fazê-lo, roubar uma miniatura que já conhecia? Ou, se você preferir, por que, para poder contemplá-la, ele precisaria matá-lo?"

Refletimos por um momento, cara a cara.

"Porque faltava alguma coisa na pintura", respondeu o Negro. "Ou porque ele temia alguma coisa que teria posto na imagem e que o assustava. Ou então..." Pensou um pouco. "Ou então para levar uma lembrança da morte do meu querido Tio, por pura maldade, ou por nada, gratuitamente. Por que não, afinal de contas? Oliva é um grande pintor, que sabe apreciar uma bela miniatura."

"Já discutimos sobre o fato de que Oliva é um grande pintor", disse eu, irritando-me, "mas essas imagens para o seu Tio não são boas."

"Não vimos a última", replicou desafiadoramente o Negro.

## AS QUALIDADES DE BORBOLETA

Ele é também conhecido pelo nome de Hassan Chelebi, do distrito da Fábrica de Pólvora, mas para mim sempre foi Borboleta. Esse apelido ainda me lembra o belo garoto e rapaz que ele foi. Era tão bonito que os que o viam pela primeira vez não acreditavam em seus olhos, tinham de olhar uma segunda vez para ele. Aliás, um prodígio que nunca parou de me espantar é que seu talento iguale sua beleza. É um mestre da cor, e é aí que reside a sua força. Ele pinta apaixonadamente, inebriando-se com o prazer de aplicar as cores. Mas, esclareci de imediato ao Negro, ele também sempre foi volúvel, irrefletido, indeciso. Depois, para não ser injusto, acrescentei: é um miniaturista autêntico, que pinta com o coração. Se é verdade que a pintura não é destinada nem ao intelecto nem a adular a besta que dorme dentro de nós — e tampouco a inflar o orgulho do sultão —, se a pintura destina-se a agradar os olhos, então Borboleta é um autêntico pintor. Como se ele houvesse feito seu aprendizado no apogeu de Kazvin, quarenta anos atrás, sua linha é leve, ampla, feliz e solta; ele aplica com segurança mas com audácia as cores mais brilhantes, sem nunca misturá-las, e sempre há um espiralado delicadamente oculto na composição das suas miniaturas. Mas fui eu que o formei, não a gente de Kazvin, que está morta há muito tempo. Talvez por isso eu o ame como a um filho, não, mais que a um filho, mas sem nunca ter sentido por ele uma verdadeira admiração. Como a todos os meus alunos, nunca me privei de lhe ministrar uns bons corretivos, com a régua, o cabo do pincel, até mesmo com um cacete, quando ele era criança, depois jovem aprendiz, sem nunca porém ter lhe faltado com o respeito. Do mesmo modo, não é porque batia com frequência em Cegonha que lhe faltava com a consideração. Ao contrário do que às vezes se imagina, a severidade do mestre não elimina os *djins* do talento nos jovens aprendizes, ela apenas os mantém na linha — momentaneamente. Se é uma severidade justa e bem aplicada, os *djins* e o Demônio despertam e estimulam vivamente, em nosso jovem artista, o desejo de criar. No caso de Borboleta, meus corretivos fizeram dele um pintor contente de si mesmo e obediente.

No mesmo instante senti a necessidade de elogiá-lo ao Negro: "A arte de Borboleta é uma prova inconteste de que o ideal de felicidade, tal como o poeta Rumi invoca em sua Grande Obra, só pode ser alcançado com o dom de saber usar as cores, que provém do próprio Alá. Ao entender isso, entendi também o que falta a Borboleta: aquela momentânea perda de fé que Jami chama em seu poema de 'a noite escura da alma'. Como se já estivesse nos nimbos do Paraíso, Borboleta trabalha com um prazer e uma fé inabaláveis, convencido de que é capaz de pintar a felicidade. E, de fato, consegue. Nossos exércitos sitiando a fortaleza de Doppio, o embaixador dos magiares beijando os pés do Nosso Sultão, a ascensão dos sete céus por Nosso Profeta cavalgando Burak, todas essas cenas são sem dúvida, em si, acontecimentos felizes, mas ilustradas por Borboleta tornam-se voos de êxtase alçando-se da página. Se porventura encontro, num dos meus trabalhos em curso, demasiado negrume na morte ou demasiada gravidade numa reunião do *Divã*, basta dar carta branca ao meu querido Borboleta para que logo os estandartes ao longe em meio às águas, os trajes de cerimônia pesados como mortalhas se animem e ondulem ao vento da sua inspiração. Às vezes chego a pensar que Alá quer que o mundo seja visto da maneira como Borboleta o ilustra, que Ele deseja que a vida seja regozijo. Sim, um reino em que as cores recitem harmoniosamente, uma para a outra, magníficos gazéis, um reino em que o tempo para, em que o Diabo nunca aparece".

Mas isso não basta, e Borboleta sabe. Aliás, alguém já deve lhe ter sussurrado esta verdade no ouvido: em sua obra, tudo é alegria, como nos dias de festa, mas sem a menor profundidade. Os infantes e as velhas concubinas decrépitas do Grande Harém adoram sua pintura, mais que os homens de ação, que, estando no mundo e na vida, têm de enfrentar o mal. Consciente do fundamento dessas críticas, Borboleta às vezes se rebaixa a ponto de invejar outros artistas, muito menos talentosos, e recrimina-os por só pintarem possuídos pelos espíritos malignos. Quando, na verdade, o que ele imagina ser um feito dos demônios e dos *djins* geralmente não passa de uma manifestação da maldade e inveja deles.

O que me irrita em Borboleta é que, ao pintar, ele não se deixa perder nesse mundo maravilhoso, não se rende ao seu deslumbramento, mas só alcança aquelas alturas quando imagina que sua obra vai agradar e encantar os outros. Sem falar no prazer que tem de ganhar dinheiro! Mais uma ironia da vida: muitos artistas, menos talentosos que ele, entregam-se muito mais, sem nenhum cálculo, ao ofício de pintor.

A necessidade compulsiva que ele tem de compensar essa carência leva-o a sempre tentar provar sua abnegação. Como todos esses desmiolados que pintam nas unhas ou em grãos de arroz cenas que mal são visíveis a olho nu, ele se compraz com trabalhos diminutos e delicados. Uma vez perguntei a ele se tinha vergonha daquele talento enorme que Alá lhe concedeu para se aventurar assim num gênero de ambição que custou a vista a mais de um artista ainda jovem. Porque somente um mau pintor cede a esse anseio indigno de ficar famoso, de atrair as deferências e as graças de um patrocinador grosseiro, pintando todas as folhas de uma árvore num grão de arroz.

Essa propensão a desenhar e pintar para os outros, que vale muito menos que ele, em vez de fazê-lo para si mesmo, faz de Borboleta um escravo da aprovação e dos elogios desses outros. Foi por isso que ele, tão medroso, pôde ambicionar tornar-se Grande Mestre do nosso ateliê. Para responder ao Negro, que levantava essa hipótese, eu disse:

"Sim, de fato, sei que ele age para tomar o meu lugar, depois que eu morrer."

"E o senhor acha que ele possa ter chegado ao ponto de matar seus próprios colegas?"

"É possível, porque, embora seja um grande pintor, não sabe que é e, quando pinta, permanece preso a este mundo."

Eu mal havia pronunciado essas palavras quando me dei conta de que eu também queria que, depois da minha morte, Borboleta me sucedesse à frente do ateliê. Não podia confiar em Oliva e, quanto a Cegonha, creio que acabará, sem nem sequer perceber, submetendo-se ao estilo dos pintores do Ocidente. Muito embora a ideia de que Borboleta pudesse ser culpado de um assassinato me perturbasse, sua vontade de agradar seria vital para poder lidar com o ateliê e com Nosso Sultão. Só a sensibilidade e a fé cega de Borboleta na cor podiam oferecer resistência à arte europeia, que engana os olhos ao tentar pintar a própria realidade em todos os seus detalhes, em vez de pintar a sua representação: retratos, com sombras e tudo, de cardeais, pontes, barcos, candelabros, igrejas e estábulos, bois e rodas de carros de boi, como se tudo isso tivesse a mesma importância para Alá.

"Nunca lhe aconteceu visitá-lo de surpresa à noite, como fez com os outros pintores?"

"Quem vê uma vez as miniaturas de Borboleta logo sente que ele compreendeu todo o valor do amor, assim como a importância da tristeza e da alegria sinceramente vividas. Mas, como ocorre com todos os amantes da cor, ele se deixa levar por suas emoções e é muito volúvel. Como eu apreciava muito o magnífico talento que Alá lhe deu e a sensibilidade quase milagrosa que ele tinha para com as cores, acompanhei-o com toda atenção em sua juventude e sei tudo o que há para saber a seu respeito. Mas o que acontece nesses casos é que os outros pintores, por ciúme, envenenam e prejudicam essa relação entre mestre e discípulo. E Borboleta nunca pôde absorver todo o meu afeto, pois vivia sempre inquieto e amedrontado com o que os outros pudessem dizer. Desde que, recentemente, ele se casou com a bonita filha do fruteiro do bairro, não tive tempo — e perdi todo desejo — de ir visitá-lo."

"Corre o boato de que ele teria ligação com os seguidores do *hodja* de Erzurum", comentou o Negro. "Dizem que ele tem muito a ganhar, se o *hodja* e seu bando conseguirem que sejam condenados como incompatíveis com a religião e, portanto, proibidos os nossos livros de vitórias, em que são ilustradas batalhas, armas, cenas sangrentas, e os livros de festividades, em que aparece todo o mundo, de cozinheiros a mágicos, de *dervixes* a jovens dançarinos, de vendedores de *kebab* a serralheiros, e nos confinem à imitação dos livros e dos modelos antigos."

"Mesmo se pudéssemos voltar, vitoriosamente e com a mesma mestria, às maravilhosas pinturas da época de Tamerlão, àquele estilo de vida inteiramente dedicado ao amor à nossa arte em todas as suas minúcias — como o inteligente Cegonha seria o mais apto a fazer depois de mim —, no fim das contas tudo isso seria esquecido", concluí num tom desenganado. "Porque todos acabarão querendo pintar à europeia."

Será que eu acreditava mesmo nessas palavras de danação?

"Meu Tio dizia a mesma coisa", disse o Negro mansamente, "mas isso parecia alegrá-lo."


AS QUALIDADES DE CEGONHA

Eu o vi assinar seu nome como Mustafá Chelebi, miniaturista pecador. Sem se incomodar nem um pouco em saber se tinha ou precisava ter um estilo, se devia ser identificado por uma assinatura ou, como os velhos mestres de outrora, permanecer anônimo, se a humildade mandava ou não agir assim, ele simplesmente assina seu nome com um traço largo e vencedor, e franco como um sorriso.

Ele seguiu ousadamente o caminho que eu lhe tracei e levou ao papel coisas que viu e que nunca haviam sido levadas antes. Como eu, foi observar os sopradores de vidro que giram seus compridos tubos modelando a massa em fusão recém-saída do forno, para fazer jarros azuis e garrafas verdes; ele viu, e reproduziu, os couros, as agulhas e os moldes de madeira dos sapateiros, curvados com atenção sobre os sapatos e botas; os balanços, montados em carroças, que oscilam graciosamente nos dias de festa; o óleo que jorra das olivas no lagar; o estrépito da infantaria lançando sua carga contra as fileiras inimigas; e cada cano, cada coronha de cada escopeta. Tudo isso ele viu e pintou, sem nunca objetar que os velhos mestres da época de Tamerlão e os lendários ilustradores de Tabriz e Kazvin jamais se rebaixaram a semelhante trabalho. Foi o primeiro miniaturista muçulmano a ir à guerra, e voltar são e salvo, a fim de preparar o *Livro das vitórias*. Foi o primeiro a fazer com ardor estudos das praças-fortes, dos canhões, dos exércitos, dos cavalos com suas feridas ensanguentadas, dos cadáveres e dos moribundos.

Identifico suas obras mais pelo conteúdo do que pela forma; mais ainda que pelo conteúdo, pela atenção meticulosa que dedica aos detalhes sutis — que sou o único a notar. Por isso eu podia, com plena tranquilidade, lhe confiar todos os aspectos de uma miniatura, do arranjo das páginas e da sua composição ao colorido dos menores detalhes. Desse ponto de vista, ele seria sem dúvida o mais apto para me suceder. Mas é tão malicioso, tão convencido e cheio de desprezo para com todos os seus colegas, que teria grande dificuldade de dirigir aquela gente toda e acabaria ocorrendo uma debandada geral. Na verdade, se o deixassem fazer, ele simplesmente se encarregaria de toda pintura do ateliê. Com a sua incrível energia, seria bem capaz de dar conta do recado. É um grande pintor, sem dúvida nenhuma, conhece seu ofício. E se admira muito. Melhor para ele.

As vezes que o visitei sem avisar, surpreendi-o em pleno trabalho, as obras em curso espalhadas por mesas de trabalho, pranchetas, almofadas: miniaturas para mim, quero dizer, para a biblioteca do Nosso Sultão; esboços de trajes pitorescos para esses vergonhosos álbuns de costume que nos ridicularizam ante os europeus excêntricos de passagem; uma página de um tríptico suntuoso destinado à vaidade de um paxá; cenas para álbuns de imagens e algumas páginas feitas para seu deleite pessoal — sem falar numa cena de fornicação. Comprido e magro, Cegonha ia de uma ilustração a outra como uma abelha entre as flores, cantarolando alguma canção popular, beliscava de passagem a bochecha do aprendiz que preparara as tintas e acrescentava um toque cômico na pintura em que estava trabalhando, antes de mostrá-la a mim com um riso satisfeito. Em vez de, como os outros, interromper o trabalho numa cerimoniosa demonstração de respeito quando eu chegava, exibia feliz o vivo resultado daquele talento que Alá lhe deu em profusão e da habilidade que adquiriu trabalhando duro (ele era capaz de fazer o trabalho de cinco ou seis miniaturistas ao mesmo tempo). Pego-me pensando em segredo que, se o ignóbil assassino é um desses três pintores, espero que seja ele, Cegonha. Quando ele era meu aprendiz, não posso dizer que vê-lo chegar à minha porta, toda sexta-feira de manhã, me proporcionava a mesma alegria que meu querido Borboleta.

Como ele dava igual atenção a todos os detalhes, quaisquer que fossem, sem seguir nenhuma lógica precisa, a não ser a de ficar visível, sua posição estética aproxima-o dos europeus. Mas, ao contrário destes últimos, nosso altivo Cegonha nunca dá, nem aos rostos nem ao resto, traços reconhecíveis e particulares. Isso sem dúvida porque, em seu desprezo mais ou menos bem disfarçado pelos outros, ele não dá a menor importância à fisionomia deles. Tenho certeza de que seu falecido Tio não lhe confiou a execução do rosto do Nosso Sultão.

Mesmo quando pinta uma cerimônia da mais elevada importância, ele não consegue se impedir de pôr, a certa distância, um cachorro de olhar desconfiado ou um mendigo horroroso, cujo aspecto miserável diminui o esplendor e a pompa de toda a cena. É tão seguro de si que pode caçoar da sua própria pintura, do seu tema e de si mesmo.

"O assassinato do Elegante Efêndi parece com a maneira como os irmãos de José, por inveja, o jogaram no fundo de um poço", comentou o Negro. "E a morte do meu Tio lembra o assassinato brutal de Khosrow por seu filho, que tinha se apaixonado pela madrasta, Shirin. E todo o mundo diz que Cegonha adora pintar cenas atrozes de batalha e carnificina."

"Imaginar que um pintor se parece com o tema que pinta é não entender como somos. O que nos revela é muito menos o tema das nossas obras, que é determinado por quem as encomenda e que quase nunca varia, do que a sensibilidade que passamos discretamente com a nossa maneira de tratá-lo: uma luz que parece emanar das profundezas da imagem, a contenção ou a impetuosidade que caracterizam uma composição de árvores, personagens ou cavalos, a nostalgia ou o desejo que expressa a silhueta, alongada para o céu, de um cipreste solitário, ou também a paciência, a renúncia que introduzimos no desenho dos azulejos das paredes, cujos motivos são complicados a seu bel-prazer pelo pintor, a ponto de lhe custar a vista... São esses nossos sinais distintivos, e não todos aqueles cavalos que parecem se repetir indefinidamente. Quando um pintor representa o furor e a rapidez de um cavalo, não pinta seu próprio furor e sua rapidez. Ao tentar pintar o cavalo perfeito, ele revela seu amor à riqueza deste mundo e a seu criador, utilizando as cores da paixão pela vida. Somente isso e nada mais."

## 42. MEU NOME É NEGRO

VÁRIAS PÁGINAS MANUSCRITAS ESTAVAM espalhadas diante de mim e do Grande Mestre Osman, algumas com o texto caligrafado e prontas para serem encadernadas, algumas ainda não coloridas, ou inacabadas de uma forma ou outra, sei lá por que razão; nós avaliávamos os mestres miniaturistas, as páginas do livro do meu Tio e fazíamos nossos comentários. Pensávamos que não veríamos aparecer outros guardas do *Jardineiro-Mor* — muito grosseiros em aparência, mas respeitosíssimos —, que nos haviam trazido as páginas encontradas ao revistarem as casas dos três pintores (boa parte do material recolhido por eles não tinha nada a ver com nossos livros, mas confirmava de forma irrefutável o vil comércio clandestino que eles faziam do seu belo talento), quando apareceu mais um, o mais despachado de todos, que se dirigiu ao ilustre mestre e lhe entregou uma folha de papel que tirou da cintura.

De início não prestei atenção, pensando tratar-se de uma dessas cartas de um pai que, desejando colocar o filho na escola do Grande Ateliê, fazia chegar às mãos do maior número possível de chefes de repartição e *agás* da Porta. A pálida luz que agora filtrava na sala através dos respiradouros me fez perceber que o sol matinal tinha sido encoberto. Para descansar os olhos, eu praticava o método indicado pelos antigos mestres de Shiraz aos miniaturistas que queriam conservar sua vista além de certa idade: esforçava-me para olhar ao longe, sem fixar nada de preciso. Foi então que reconheci, com um tremor, a cor suave e as adoráveis dobras da carta que Mestre Osman examinava com uma atenção mesclada de incredulidade. Parecia, demasiadamente aliás, com as cartas que Shekure me mandava por intermédio de Ester. Eu ia exclamar como um bobo "que coincidência!", quando pude notar que havia com ela, como na primeira mensagem de Shekure, um desenho feito em papel ordinário!

Mestre Osman guardou o desenho e entregou-me a carta, que logo compreendi, não sem embaraço, ser mesmo de Shekure.

*Meu caro marido Negro,*

*Mandei Ester conversar com a viúva do nosso falecido Elegante Efêndi, Kalbiye, para saber o que havia com ela. Kalbiye mostrou-lhe então a página ilustrada que envio com esta. Eu mesma fui mais tarde à casa de Kalbiye e fiz tudo o que estava a meu alcance para persuadi-la de que ela tinha todo interesse em me dar o desenho. Esta página foi descoberta no corpo do pobre Elegante Efêndi, quando foi removido do poço. Kalbiye jura que ninguém nunca encomendou a seu falecido marido — que ele descanse na luz divina — nenhum desenho de cavalos. Nesse caso, quem os desenhou? Os homens do Jardineiro-Mor revistaram a casa dele. Se mando esta mensagem, é porque esses cavalos certamente são importantes. As crianças beijam as suas mãos. Sua esposa, Shekure.*

Reli três vezes, com devoção, as três últimas palavras da carta — três rosas num jardim. Depois debrucei-me sobre a folha desenhada, que Mestre Osman examinava com a lupa. Logo notei que as figuras, muito borradas porque a tinta havia escorrido, eram cavalos desenhados de um só traço de cálamo, à maneira dos antigos mestres.

Mestre Osman, que lera a carta sem reagir, dessa vez perguntou: "Quem desenhou isto?".

Depois respondeu a si mesmo: "Certamente o mesmo miniaturista que desenhou o cavalo para o livro do seu Tio".

Como ele podia ser tão taxativo? Além do mais, não estávamos nem um pouco seguros quanto ao autor do cavalo desenhado para o meu Tio. Pegamos esse desenho de volta na série das nove miniaturas, a fim de observá-lo mais atentamente.

Era um simples cavalo alazão, mas tão bonito que não dava para tirar os olhos dele. Estava sendo sincero ao dizer isso? Eu havia tido mais de uma oportunidade para admirá-lo em companhia do meu Tio e, de fato, devo confessar que não me detive tanto assim nele, então. Sim, era um belo animal, mas sem nada de extraordinário. Tão ordinário que nem conseguíamos identificar seu autor. O pelo era cor de castanha ou de tâmara, um pouco dourado, com uma pontinha à toa de vermelho. Eu tinha visto tantos cavalos assim em tantos outros livros e em tantas outras miniaturas, que sabia que este havia sido desenhado maquinalmente, sem que o miniaturista parasse para pensar.

Tínhamos até então olhado para este cavalo com a convicção íntima de que ele ocultava um segredo. Mas ainda estávamos subjugados pela impressão de força que dele emanava, como um sutil halo de beleza e de vida interiores, que se difundia trêmulo ante nossos olhos, até abarcar todo o espaço. "Quem será o miniaturista que tem um toque assim mágico, para pintar este cavalo da maneira que Alá o veria?", eu me perguntava esquecendo-me de que se tratava de um ignóbil assassino. Porque o cavalo estava ali, diante dos meus olhos, como um cavalo de verdade, mesmo se uma parte do meu espírito soubesse que ele era desenhado. E essa oscilação entre as duas ideias produzia na minha alma uma sensação estranha, fascinante, de plenitude e de perfeição.

Comparando por um momento os esboços borrados daquela folha com o cavalo executado com mestria para o livro do meu Tio, pudemos concluir, com toda a certeza, que o autor era o mesmo. A pose altiva daqueles vigorosos e elegantes garanhões sugeria mais o repouso que o movimento. Observando o que fora feito para o meu Tio, eu era tomado pela mesma fascinação.

"Que cavalo magnífico", comentei. "Dá vontade de pegar uma folha, copiá-lo e, depois, desenhar tudo o mais que há no mundo."

"O melhor elogio que se pode fazer a um artista é dizer que ele nos insufla a paixão de pintar também", disse Mestre Osman.

"Mas, agora, vamos deixar de lado o talento dele, que é um ser diabólico, e tratemos de descobrir sua identidade. Seu Tio nunca disse que gênero de história esta imagem deveria ilustrar?"

"Não. Para ele, tratava-se de representar um cavalo como os que Nosso Poderoso Sultão possui em todo o seu império. Um belo cavalo, um cavalo de raça otomana. Um símbolo que desse ao doge de Veneza uma ideia das riquezas do Nosso Sultão e das terras sob seu poder. Mas, por outro lado, esse cavalo tinha de ser, como tudo o que os mestres venezianos pintam, mais natural do que um cavalo nascido da visão de Alá — um cavalo como os que a gente vê em Istambul, com seu cavalariço e sua baia numa estrebaria, de modo que, ao vê-lo, o doge dissesse consigo mesmo: 'Assim como os miniaturistas otomanos acabaram vendo o mundo como nós, os próprios otomanos também acabaram por se parecer conosco', e aceitasse portanto o poder e a amizade do Nosso Sultão. Porque pintar um cavalo de outra maneira é começar a ver o mundo com outros olhos. Mas, apesar dessa originalidade, este cavalo é de um estilo bem fiel à antiga escola."

Quanto mais conversávamos sobre o cavalo, mais bonito e precioso ele se tornava para mim. Seus beiços entreabertos deixavam perceber a ponta da língua; seus olhos brilhavam; suas ancas eram ao mesmo tempo robustas e elegantes. Um desenho fica famoso por seu próprio mérito ou pelos méritos que lhe atribuímos? Enquanto isso, Mestre Osman continuava imperturbável a examinar o cavalo com a lupa.

"O que este cavalo tenta nos dizer?", perguntei ingenuamente. "Por que ele existe? Com que fim? Por que parece tão admirável?"

"As miniaturas, tal como os livros encomendados por sultões, xás e paxás, servem para proclamar sua força e seu poder", respondeu Mestre Osman. "Eles admiram nossas obras, com sua abundância de folhas de ouro e as incontáveis horas de trabalho que nos exigem e que às vezes nos custam a vista, porque elas são a prova da sua opulência. A beleza do desenho é significativa porque demonstra que o talento do miniaturista é tão raro e dispendioso quanto o ouro usado na criação da pintura.

Mas outros admiram um cavalo numa miniatura, num livro, porque ele se parece com um cavalo de verdade ou com a sua imagem na visão de Alá. O efeito da semelhança é creditado ao talento. Para mim, a beleza de uma pintura está na sutileza e na profusão de significações. E, é claro, adivinhar atrás deste cavalo a mão do assassino, a marca do Demônio, só aumenta o significado desta imagem. Mas há outra coisa também, que é descobrir, além da beleza da imagem, a beleza do próprio cavalo; ou seja, ver a imagem do cavalo não como uma imagem, mas como um verdadeiro cavalo."

"O que o senhor vê, quando olha para esta pintura como se estivesse olhando para um cavalo?"

"Pelas suas proporções, não é um pônei das Cíclades. A julgar pelo comprimento e pela curva do seu pescoço é um cavalo de boa raça, e a linha reta da sua seladura atesta que é bom para longas cavalgadas. Sua perna comprida e fina aparenta-o aos puros-sangues árabes, mas difere deles pelo lombo, que é mais comprido e largo. Se confiarmos no que Ibn Fadlan, de Bukhara, diz das boas montarias no seu *Tratado das doenças dos equídeos*, a elegância das suas patas deixa prever que atravessaria convenientemente um rio, sem recuos nem passarinhadas bruscas. Eu me lembro perfeitamente do que ele diz dos melhores cavalos nesse mesmo tratado, tão bem traduzido em turco por nosso grande veterinário, Fuyuzi, e posso afirmar que cada detalhe se aplica ao alazão que aqui temos: 'Um bom cavalo tem uma cabeça bonita e olhos de gazela; suas orelhas são retas como caniços, com uma boa distância entre elas; tem dentes pequenos, testa saliente, sobrancelhas finas; é alto, de crina longa, narinas miúdas, espáduas igualmente pequenas, enquanto seu dorso é largo e reto; a anca é cheia, o pescoço alongado, o peito amplo e a parte superior dos membros anteriores bem carnuda. Nos obstáculos, que ele salta com garbo, admiraremos a elegância; no passo de estrada, ele dirige graciosamente, à direita e à esquerda, cumprimentos de cabeça'."

"É exatamente este!", exclamei, fixando extasiado a imagem do cavalo.

"Identificamos nosso cavalo", prosseguiu Mestre Osman, não sem uma ponta de ironia, "mas isso, infelizmente, não nos ajuda muito na identificação de quem o pintou. Porque eu tenho certeza de que nenhum miniaturista são de espírito tomaria como modelo um cavalo real. Não preciso dizer que meus artistas pintam de memória, de um só gesto. Prova disso, lembre-se, é que a maioria deles começa a desenhar o cavalo da ponta de um dos seus cascos."

"Não é para pôr em evidência a firmeza do seu apoio no chão?", sugeri timidamente.

"Como escreveu Djamaluddin, de Kazvin, no seu *Tratado sobre pintura de cavalos*, só é possível acabar o desenho de um cavalo partindo do casco conhecendo-se previamente, de cor, todos os demais detalhes. Ora, é bem sabido que um cavalo pintado à força de muita reflexão ou puxando demais pela memória, ou, mais ridículo ainda, tomando como modelo um cavalo vivo, progredirá da cabeça ao cangote e daí ao resto do corpo. Parece que os venezianos fazem comércio de ilustrações representando, com um toque incerto, qualquer pangaré encontrado na esquina para vendê-las a alfaiates e açougueiros. Essas ilustrações não têm nada a ver com o significado do mundo ou com a beleza das criaturas divinas. Mas estou convencido de que eles também sabem que uma obra autêntica não se baseia na observação de nenhum cavalo em determinado momento, e sim na mestria que a mão adquire e memoriza. O pintor está sempre sozinho diante do papel. Isso implica que ele sempre depende da sua memória. Só nos resta pois o 'método da aia' para determinar que assinatura secreta pode trazer nosso desenho, cuja linha foi claramente feita de um só traço. Olhe bem aqui..."

Sua lupa continuava percorrendo, sempre com a mesma lentidão, o maravilhoso cavalo meio borrado, como se procurasse um tesouro num velho mapa rabiscado em um pergaminho.

"Sim", disse eu com o tom de um aluno ansioso por resolver rapidamente um problema difícil, a fim de impressionar seu mestre. "Poderíamos comparar os motivos e as cores empregadas na manta com os das outras miniaturas."

"Meus mestres miniaturistas não se rebaixariam a fazer esse gênero de detalhes. Como os tapetes, as roupas e os panos das tendas, é um trabalho de aprendiz. No máximo, quem sabe, o falecido Elegante Efêndi... Mas deixemos esse detalhe de lado."

"E as orelhas?", apenas sussurrei. "As orelhas dos cavalos."

"Não. As orelhas não mudam de forma desde a época de Tamerlão. São como folhas de caniço, todos sabemos."

"E o trançado, os fios da franja pintados detalhadamente?", eu já ia dizendo, mas calei-me, farto daquele jogo de professor e aluno. Se sou um aprendiz, tenho de saber qual é o meu lugar.

"Olhe bem aqui", disse Mestre Osman, com o ar preocupado de um médico mostrando a um colega o bubão de um empestado. "Está vendo?"

Ele havia movido sua lupa sobre a cabeça do cavalo e, agora, levantava-a lentamente para regular o aumento. Debrucei-me sobre a página para enxergar melhor o que a lente ampliava.

O focinho do cavalo tinha uma peculiaridade: suas narinas.

"Está vendo?", repetiu Mestre Osman.

Para ter certeza do que eu via, pus-me exatamente no eixo da lupa; e, como Mestre Osman teve o mesmo reflexo, nossos rostos se tocaram. Quase sobressaltei com o contato frio e rugoso da sua barba e do seu rosto.

Ficamos calados. Era como se alguma coisa fabulosa se produzisse ali, a um palmo dos nossos olhos cansados, alguma coisa de que só pouco a pouco tomávamos consciência.

"O que há com estas narinas?", acabei perguntando num murmúrio.

"São desenhadas de uma forma esquisita", respondeu Mestre Osman sem erguer os olhos do papel.

"O pincel escorregou? Será um erro do autor?"

Não parávamos de examinar o desenho estranho, peculiar, das narinas do cavalo.

"É desse 'estilo' inspirado nos venezianos que todo o mundo, até os grandes mestres da China, deram de falar?", perguntou Mestre Osman num tom de galhofa.

Fiquei ressentido, achando que ele estava zombando do meu falecido Tio: "Meu Tio, descanse em paz, dizia que um erro que não provém de uma falta de habilidade ou talento, mas emana do interior da alma do artista, deixa de ser um erro e se torna um estilo".

Em todo caso, venham de onde vierem, da mão do artista ou do próprio cavalo, aquelas narinas eram o único indício a nos pôr na pista do ignóbil assassino do meu Tio. De fato, fora as narinas, mal dava para discernir as cabeças dos cavalos borrados na página encontrada com o pobre Elegante Efêndi.

Procuramos demoradamente, entre as outras obras recentes dos três miniaturistas preferidos do mestre, imagens de cavalos que nos oferecessem o mesmo defeito nas narinas. Como o *Livro das festividades*, ainda em curso, reproduzia os desfiles das diferentes guildas e corporações — a pé — diante da tribuna do Nosso Sultão, só havia no conjunto de duzentas e cinquenta miniaturas um pequeníssimo número de cavalos. Sempre com a permissão do Nosso Sultão, foram despachados homens ao prédio que abriga as coleções dos livros de imagens, iluminuras e cadernos de esboços, bem como às dependências privadas do Sultão e ao harém, para trazer toda obra que já não estivesse guardada a chave no tesouro do palácio.

Primeiro, numa página dupla do *Livro das vitórias* encontrado no quarto de um dos jovens príncipes, que representava a cerimônia dos funerais de Suleyman, o Magnífico, durante o cerco de Zigetvar, examinamos a carruagem fúnebre, puxada por dois cavalos tristes, cobertos com capas suntuosas e selas adornadas a ouro, um alazão com uma estrela branca na testa e um cavalo cinzento, com olhos de gazela. Borboleta, Oliva, Cegonha, todos eles tinham participado. Tanto a parelha da imponente carruagem de rodas enormes, como os que saudavam a procissão com seus olhares úmidos, todos os cavalos, de ambos os lados do pálio vermelho que cobria os despojos de seu amo, ostentavam a mesma atitude altiva e elegante, herdada dos antigos modelos de Herat: uma pata anterior erguida, a outra firmemente posta no chão. Todos os pescoços eram longos e bem arqueados, as caudas presas em coques e as crinas iguais, bem penteadas. E nenhum deles mostrava o defeito preciso que buscávamos, nem tampouco, de resto, as centenas de outros que serviam de montaria aos comandantes da cavalaria, a doutos sábios ou a modestos *hodjas*, entre a multidão que se apinhava nos morros ao redor para prestar sua derradeira homenagem ao falecido sultão Suleyman.

Parte da tristeza daquele melancólico funeral também nos afetou. E abalava-nos ver que aquele maravilhoso livro, a que Mestre Osman e seus miniaturistas haviam dedicado tanto esforço, tinha sido maltratado, que as mulheres do harém, ao brincar com os príncipes, haviam rabiscado e marcado suas páginas aqui e ali. Assim, lia-se numa árvore pertencente ao cenário de uma caçada do avô do Nosso Sultão, a inscrição: "Venerado Efêndi, meu amor vos espera tão pacientemente quanto esta árvore solitária". Por isso, consultávamos aqueles livros lendários, cuja elaboração, ela própria objeto de lendas, eu conhecia apesar de nunca os ter visto, com certo desalento.

No segundo volume do *Livro dos misteres*, que também recebeu o toque do pincel dos três mestres miniaturistas, vimos atrás da infantaria e das bocas-de-fogo troantes, passando no alto de umas colinas rosadas, centenas de cavalos de todas as cores, inclusive baios, cinzentos e azuis, cujos cavaleiros, de cota de malha e equipamento completo, faziam formidável estrépito batendo as cimitarras nos escudos, mas nenhum deles tinha narinas imperfeitas. "E, afinal, o que é uma imperfeição!", exclamou um pouco mais tarde Mestre Osman, quando examinávamos dessa vez, no mesmo livro, uma página que reproduzia a Porta do Talismã e a Esplanada dos Desfiles, onde por acaso estávamos naquele momento. Também não encontramos a marca nas montarias dos guardas, dos capitães de cavalaria, nem dos secretários do *Divã* figurados nessa página, que mostrava o hospital, à direita, e a Sala de Audiências, sombreada por árvores pequenas o bastante para caber na moldura e grandes o bastante para terem importância aos nossos olhos. Contemplamos o avô do Nosso Sultão, o sultão Selim, o Cruel, quando declara guerra ao soberano de Dulkadir e arma seu acampamento à beira do rio Küskün, lançando seus galgos negros de rabo vermelho em perseguição às gazelas de ancas no ar e às lebres fujonas, antes de deixar um leopardo banhando numa poça de sangue rubro, suas manchas desabrochando como flores negras. Tampouco o corcel do padixá, com seu pelo alazão e a estrela branca na testa, ou, em frente, os cavalos dos falcoeiros emboscados atrás do morro vermelho mostravam a marca que procurávamos.

Até o cair da noite, passamos em revista centenas de cavalos pintados por Oliva, Borboleta e Cegonha nos quatro ou cinco anos anteriores: os três garanhões de Mehmet Giray, cã da Crimeia, um negro, o outro dourado, o terceiro um alazão malhado, com suas orelhas elegantes; os cavalos de combate, com pelagem rosada ou cinzenta, de que só se veem a cabeça e o pescoço do lado de lá da crista da serra; e toda a cavalaria de Haydar Paxá, que partira para retomar dos espanhóis a fortaleza de Halqulwad, na Tunísia; e, diante dela, as montarias dos infiéis, que fogem a todo galope, vermelho dourado, verde pistache, uma delas caindo de cabeça, numa confusão total; um cavalo negro que fez Mestre Osman dizer: "Não tinha percebido este. Quem será que fez um trabalho tão ruim!"; um cavalo vermelho virando as orelhas respeitosamente para o alaúde que um pajem real dedilhava debaixo de uma árvore; Shabdiz, o cavalo de Shirin, tímido e elegante como ela, aguardando paciente à beira do lago em que ela se banha ao luar; os pesados cavalos montados nas justas de lança; o impetuoso corcel e seu belo estribeiro, que fez Mestre Osman dizer: "Amei-o muito em minha juventude, agora estou cansado"; a égua alada, flamejante como o sol, que Alá enviou ao profeta Elijah, para salvá-lo de um ataque dos pagãos (as asas, por engano, tinham sido postas em Elijah); o puro-sangue cinzento de Suleyman, com sua cabeça pequenina e seu corpo maciço, que olha com amor e tristeza para o jovem imperador; cavalos desembestados; cavalos a galope; cavalos esfalfados; belos cavalos; cavalos que ninguém notava; cavalos que nunca sairiam daquelas páginas; e cavalos que saltam fora da moldura ornamentada, escapando do seu confinamento.

Nenhum trazia a assinatura que buscávamos.

E, no entanto, apesar do cansaço e da decepção que se abatia sobre nós, nosso ardor não diminuía. Mais de uma vez esquecemos nossa busca para nos perder em adoração ante a profundidade de uma miniatura e a magnificência das cores. Mestre Osman as contemplava — algumas eram de sua lavra — com mais nostalgia do que admiração. "Esta é de Kasim, o Kasim do distrito de Kasim Paxá!", disse a certa altura, apontando para um gramado roxo no qual estava montada a tenda de campanha vermelho guerreiro de Suleyman, o Magnífico. "Não era em absoluto um mestre, mas durante quarenta anos preencheu os espaços vazios com flores, sempre as mesmas, sempre perfeitas, até sua morte súbita há dois anos. Era sempre a ele que eu confiava esse gênero de flores, porque nisso ele não tinha igual." Calou-se um instante e por fim exclamou: "Que pena, que pena!". Senti com toda a minha alma que ele falava de um mundo que já não existia.

A escuridão quase já nos envolvera quando um raio de luz inundou a sala. Sobreveio um burburinho. Meu coração disparou, porque compreendi que era ele, o Senhor do Mundo, Sua Excelência Nosso Sultão, que acabava de entrar. Prosternei-me a seus pés e beijei a orla da sua veste. Minha cabeça girava, eu era incapaz de olhá-lo nos olhos.

Para dizer a verdade, já fazia um tempo que ele falava com o Grande Mestre Osman. Vendo conversar com Ele o homem ao lado do qual eu havia passado todo aquele tempo contemplando as mesmas miniaturas, senti-me invadido por um imenso orgulho. Eu não podia acreditar! Nosso Sultão estava agora sentado no lugar em que eu mesmo estivera e ouvia com toda a atenção, como eu, as explicações do Grande Mestre. Ao lado deles o Tesoureiro-Mor, o *agá* dos Falcoeiros e outros personagens, que não pude identificar, acompanhavam com os olhos Seus menores gestos e observavam embevecidos as miniaturas nas páginas abertas dos livros. Juntando toda a minha coragem, ousei contemplar, um pouco de esguelha, o rosto e até os olhos do nosso Soberano e Senhor do Mundo. Como ele era belo! Que elegância, que distinção! No momento em que meu coração recobrava sua calma, o olhar dele encontrou o meu.

"Eu gostava tanto do seu Tio, Alá o guarde", disse. Sim, era a mim que Ele se dirigia! A emoção me fez perder parte das suas palavras:

"... uma grande tristeza. Consola-me ver que cada uma das pinturas que ele fez para mim é uma obra-prima. Quando aquele veneziano infiel as vir, seu respeito por minha sabedoria será igual ao seu espanto. Agora, resta-lhes descobrir quem é o autor desse cavalo de narinas abertas, senão, embora tal crueldade muito me custe, será necessário submeter todos os mestres miniaturistas, um a um, à tortura."

"Soberano Protetor do Mundo, Vossa Excelência Meu Sultão", disse Mestre Osman, "talvez pudéssemos encontrar mais facilmente qual dos meus miniaturistas é o responsável por essa escorregadela do pincel, se mandássemos cada um deles desenhar um cavalo numa folha de papel em branco, bem depressa e sem nenhuma história em mente."

"Só que não se trata de uma escorregadela do pincel, nem de um erro", notou com muita perspicácia Nosso Sultão.

"Meu Padixá", respondeu Mestre Osman, "se com esse fim fosse anunciado, esta noite mesma, um concurso expressamente promovido por Vossa Alteza e se um guarda visitasse cada um dos Vossos miniaturistas, pedindo-lhes que desenhem rapidamente numa folha em branco um cavalo para esse concurso..."

Nosso Sultão virou-se para o *Jardineiro-Mor* lançando-lhe um olhar que queria dizer: "Entendeu?", depois perguntou:

"Sabem a história do poeta Nizami, sobre concursos, que eu prefiro?"

Uns responderam: "Sabemos". Outros indagaram: "Qual?". Outros, eu entre eles, ficaram calados.

"Não é a do concurso dos poetas nem a que opõe pintores da China e do Ocidente a um espelho", disse o formoso Sultão. "Minha preferida é a dos médicos que rivalizam até a morte."

Dito isso, deixou-nos bruscamente, a fim de não se atrasar para a prece da noite.

Mais tarde, ao escurecer, depois de sair dos portões do palácio, eu corria para o meu bairro durante o chamado do muezim, pensando feliz em Shekure, nos meninos e em nossa casa, quando me lembrei com horror da história do concurso dos médicos.

Um dos dois médicos — tradicionalmente representado num traje rosado — que competiam em presença do sultão confecciona uma pílula verde contendo um veneno forte o bastante para matar um elefante, que ele dá ao outro doutor, sempre pintado num *cafetã* azul. Este último engole a pílula venenosa e, logo em seguida, toma um antídoto de cor azul que preparara pouco antes, exibindo um sorriso de quem não tem nada a temer. Tanto mais que agora era a sua vez de dar ao rival um antegosto da morte. Com a mesma displicência e saboreando o prazer de ser a sua vez, colhe uma rosa no meio do jardim e, levando-a aos lábios, recita em voz inaudível um misterioso poema maléfico dentro das pétalas. Depois, com gestos que denotavam uma extrema confiança, estende a rosa ao rival, para que ele aspirasse seu aroma. A força do poema sussurrado apavora a tal ponto o doutor vestido de rosa que, mal leva ao nariz aquela flor, que não tinha nada além do seu perfume natural, cai fulminado pelo medo e morre.

## 43. CHAMAM-ME OLIVA

Antes da prece da noite bateram na porta, abri: um bonito rapaz sorridente, bem-apresentado e limpo no seu uniforme da guarda do *Jardineiro-Mor*. Vinha do palácio e trazia, além da lanterna que projetava em seu rosto mais sombras do que luzes, papel e uma prancheta. Logo me explicou: por ordem do Nosso Sultão, promovia-se um concurso entre os mestres miniaturistas para ver quem desenhava o mais belo cavalo ao primeiro esboço. As instruções eram para desenhar, na mesma hora, rapidamente, sentado no chão, sobre a prancheta posta nos joelhos, no espaço delimitado pela moldura previamente traçada, o mais belo cavalo do mundo.

Fiz meu convidado entrar. Depois fui correndo buscar meu pincel mais fino, de pelo de orelha de gato, e tinta. Sentei-me no chão. Perguntei-me: não haveria nessa história algo que pudesse pôr em risco minha vida? Que jogo era esse? Onde estava a armadilha? E, afinal de contas, os velhos mestres de Herat não desenharam sempre suas lendárias ilustrações com as tênues linhas que correm entre a morte e a beleza?

Eu morria de vontade de desenhar, mas, como sob o efeito do pânico, hesitei em seguir exatamente os antigos mestres.

Olhando para a folha em branco, aguardei um instante, para que meu espírito se livrasse daquela apreensão. Concentrei toda a minha força e a minha atenção para só pensar no magnífico cavalo que ia criar.

Todas as imagens de cavalos que eu havia desenhado ou visto puseram-se a desfilar diante dos meus olhos. Mas um era o mais perfeito de todos. Era um cavalo que ninguém jamais havia conseguido representar e que eu ia desenhar agora. Eu o fiz surgir no escuro. Tudo o mais se apagou, como se de repente eu me houvesse esquecido de mim, de que estava sentado ali e até do que ia desenhar. Minha mão molhou por si mesma o pincel no tinteiro — a tinta tinha boa consistência. Vamos, mão, traga o maravilhoso cavalo da minha imaginação para este mundo! O cavalo e eu tínhamos nos tornado um só e estávamos prestes a aparecer.

Seguindo minha intuição, escolhi o ponto apropriado dentro da página em branco já margeada. Imaginei o cavalo ali e, de repente:

Antes que eu fosse capaz de pensar, minha mão pôs-se resolutamente em movimento, como por vontade própria — vejam com que graça —, e, girando veloz a partir do casco, desenhou a bonita e fina canela e subiu. Ao curvar-se com a mesma audácia, passando pelo joelho e continuando depressa até a base do peito, exultei! Arqueando a partir daí, moveu-se vitoriosamente mais alto: que lindo era o peito do animal! O peito estreitou-se para formar o pescoço, exatamente como o daquele cavalo que eu via com os olhos do meu espírito. Sem tirar o pincel da folha, desci pela bochecha chegando à poderosa boca, que resolvi deixar aberta após pensar um instante de nada; entrei na boca — é assim que vai ser: abra bem a boca agora, meu cavalo! — e trouxe a língua um pouco para fora. Fiz lentamente o contorno do focinho — não há margem para hesitação! Angulando com segurança para cima, contemplei por um momento toda a imagem e, quando vi que tinha traçado minha linha exatamente como eu a imaginara, esqueci inteiramente o que estava desenhando, e minha mão fez sozinha, inigualáveis, as orelhas e a magnífica curva do pescoço. Ao desenhar de memória o dorso, minha mão fez uma pausa por conta própria, para deixar as cerdas do pincel beberem no pote de tinta. A anca, a garupa forte e cheia, me encheram de contentamento. Estava completamente absorto no meu desenho. Eu me sentia como se estivesse ao lado daquele cavalo que desenhava, quando comecei transbordando de alegria a cauda. Era um cavalo de guerra, um cavalo de corrida! Dando um nó na cauda e enrolando-a em torno dele, movi-a exuberantemente para cima. Ao desenhar a inserção da cauda e as nádegas, senti um frescor agradável no meu próprio traseiro e no meu ânus. Deliciado com aquela sensação, completei feliz a esplêndida maciez da coxa, a perna traseira esquerda que estava levemente atrás da direita e, então, os cascos. Estava assombrado com o cavalo que havia desenhado e com minha mão, que traçara, exatamente como eu havia concebido, a elegante posição da perna dianteira esquerda.

Levantei a mão da página e desenhei celeremente os olhos coruscantes e melancólicos; com um breve momento de hesitação, fiz as narinas e a sela. Fiz o sombreado da crina fio a fio, como se a penteasse amorosamente com meus dedos. Provi o animal de estribos, acrescentei uma estrela branca na testa e completei-o devidamente com os culhões e uma verga ardente e de bom tamanho, mas tudo perfeitamente em harmonia com o desenho.

Quando desenho um cavalo magnífico, torno-me esse magnífico cavalo.

## 44. CHAMAM-ME BORBOLETA

CREIO QUE FOI NA HORA DA PRECE DA NOITE. Vieram me dizer que o Sultão havia anunciado um concurso. Às suas ordens, amado Sultão! De fato, quem poderia fazer melhor que eu a mais bela imagem de um cavalo?

Mas, ao saber que devia ser um desenho ao cálamo e tinta preta, sem usar cores, hesitei. Por que não cores? Só porque sou o que melhor as escolhe e as aplica? E quem vai decidir qual o melhor desenho? Interrogando o bonito rapaz, de ombros largos e lábios rosados, que veio do Palácio, tive a intuição de que por trás daquilo estava o Grande Mestre Iluminador. Mestre Osman, sem sombra de dúvida, conhece meu talento e, de todos os mestres miniaturistas, sou seu preferido.

Então, enquanto eu fitava a folha em branco, a pose, a atitude, o ar do cavalo que agradaria ao Sultão e a Mestre Osman vinham ao mundo pouco a pouco, diante dos meus olhos. O cavalo tinha de ser vivo, mas sério, como os que Mestre Osman fazia dez anos atrás, e devia estar empinando à maneira que sempre agradava Nosso Sultão, pois que era para agradar os dois. E quantas moedas de ouro iam dar de prêmio? Como Mir Musavvir teria feito este desenho? E Bihzad?

De repente, o animal veio à minha mente com tamanha rapidez que, quando entendi o que era, a danada da minha mão já havia agarrado o pincel e começado a desenhar o cavalo milagroso, de uma maneira que ninguém seria capaz de imaginar, a partir da perna dianteira erguida no ar. Depois de juntar velozmente a perna ao corpo, fiz duas curvas com rapidez, prazer e confiança — se vocês tivessem visto, teriam dito: este artista não é um desenhista, é um calígrafo! Eu olhava extasiado para a minha mão, que se movia como se fosse a mão de outro. Aquelas curvas maravilhosas tornaram-se o amplo ventre do cavalo, o peito sólido e o pescoço esbelto como o de um cisne. Pronto, ali estava meu cavalo! Ah, que talento me possui! Vi então minha mão traçar o focinho e a boca aberta do forte e exultante animal, fazer a testa inteligente, as orelhas. Depois, novamente, olhe, mamãe, como é bonito, desenhei lepidamente outra curva, como se estivesse compondo uma letra, e por pouco não desandei a gargalhar. Precipitei-me para baixo numa curva perfeita, do pescoço do meu corcel empinando à sua sela. Minha mão cuidava da sela enquanto eu olhava orgulhoso para o meu cavalo, que agora ganhava existência, com um corpo robusto e redondo, não muito diferente do meu. Todo o mundo ficaria pasmo com este cavalo. Pensei nas doces palavras que Nosso Sultão diria quando eu ganhasse o prêmio; ele me presentearia com uma bolsa cheia de moedas de ouro; e eu tinha vontade de gargalhar de novo, ao me imaginar contando-as em casa. Bem nesse instante, minha mão, que eu espiava com o canto do olho, acabou a sela, levou meu pincel ao pote de tinta e voltou, para eu começar a anca, rindo como se tivesse contado uma piada. Delineei vivamente a cauda. Que suave e arredondado eu fiz o traseiro, dava vontade de pegá-lo na concha das mãos como se fossem as nádegas delicadas de um garoto que eu estivesse a ponto de enrabar. Enquanto eu sorria, minha mão hábil terminava a perna traseira, e meu pincel parava: era o mais lindo cavalo empinando que o mundo já conheceu. Eu não cabia mais em mim de satisfação, pensando, feliz, em como apreciariam o meu cavalo, como iriam me declarar o mais talentoso dos miniaturistas e até como iriam anunciar, na mesma hora, que seria eu o Grande Mestre do Ateliê. Imaginei o que mais aqueles idiotas iriam dizer: "Como ele desenhou depressa, parecia até que estava brincando!". Fiquei preocupado com que só por isso eles não levassem minha maravilhosa ilustração a sério. Então, fiz meticulosamente a crina, as narinas, os dentes, os fios da cauda e a manta, nos mais ínfimos detalhes, para que não restasse dúvida de que eu havia de fato trabalhado a imagem. Dessa posição, isto é, da lateral traseira, os testículos do cavalo seriam bem visíveis, mas não os pus, porque poderiam dar maus pensamentos às mulheres. Estudei orgulhosamente meu cavalo: empinando, movendo-se como uma tempestade, forte e poderoso! Era como se o vento houvesse levantado e posto em movimento pinceladas elípticas, como as letras de uma linha de escrita, embora o animal estivesse em perfeito equilíbrio. Eles apreciariam o esplêndido miniaturista que fez essa ilustração tanto quanto um Bihzad ou um Mir Musavvir e, então, eu seria igualado a eles.

Quando desenho um cavalo magnífico, torno-me um grande mestre do desenho de cavalos.

## 45. CHAMAM-ME CEGONHA

Quando eu ia saindo para o café, depois das preces da noite, disseram-me que havia uma visita na porta. Boas-novas, esperei. Fui ver e encontrei um mensageiro do palácio. Ele explicou o concurso do Sultão. Ótimo, o mais bonito cavalo do mundo. É só me dizerem quanto pagam por cada um, e eu desenho rapidamente cinco ou seis.

Não respondi assim, fui mais prudente, e convidei o pajem a entrar em casa. Pensando melhor, não via bem o que era para desenhar: o mais bonito cavalo do mundo não existe. Posso desenhar cavalos de batalha, cavalos mongóis enormes, puros-sangues árabes, cavalos agonizantes, cobertos de sangue, ou um infeliz cavalo de tiro, puxando uma carroça cheia de pedras, mas ninguém poderia dizer que eram o mais bonito cavalo do mundo. Naturalmente, entendo que por "o mais bonito cavalo do mundo" Nosso Sultão quer dizer o mais esplêndido de todos os cavalos já pintado milhares de vezes na Pérsia, respeitando todas as fórmulas, modelos e poses tradicionais. Mas por quê?

Claro, há muita gente que não quer que eu ganhe a bolsa de ouro. Se fosse para desenhar um cavalo qualquer, é bem sabido que ninguém seria capaz de competir comigo. Quem será que engabelou Nosso Sultão? Nosso soberano, a despeito de todas as intrigas que os invejosos põem em circulação, sabe muito bem que sou eu o mais talentoso dos seus miniaturistas. Ele admira meus trabalhos.

De repente, minha mão pôs-se furiosamente em ação, como se quisesse se elevar acima de todas essas considerações irritantes e, num esforço concentrado, desenhei um cavalo de verdade, começando pela ponta do casco. Vocês podem ver um assim nas ruas ou numa batalha. Cansado, mas firme. Depois, no mesmo impulso de furor, desenhei outro, de um sipaio, e este ficou melhor até. Nenhum dos miniaturistas do ateliê era capaz de desenhar animais tão belos. Eu já ia desenhar outro de memória, quando o pajem do Palácio disse: "Basta um".

Ele ia levando a folha, mas detive-o, porque eu sabia muito bem, tanto quanto sei meu nome, que aqueles patifes se recusariam a me dar uma bolsa de moedas de ouro por aqueles cavalos.

Se eu ilustrar do jeito que me agrada, eles não vão me dar o ouro! Se eu não ganhar o ouro, meu nome vai ficar manchado para sempre. Parei para pensar. "Espere um pouco", disse ao rapaz. Fui lá dentro e voltei com duas moedas de ouro venezianas, tão brilhantes quanto falsas, e dei-as ao rapaz. Ele ficou assustado, seus olhos se arregalaram: "Você é valoroso como um leão", falei.

Peguei um dos cadernos de modelos que mantenho escondidos dos olhos dos outros. Era neles que eu vinha fazendo em segredo, ao longo dos anos, cópias das mais belas miniaturas que se pode conseguir, sem falar nas que Djafar, um anão da guarda do Tesouro, em troca de dez moedas de ouro, está sempre disposto a trazer para você admirar: árvores, dragões, pássaros, caçadores e guerreiros, encontrados nas mais belas, preciosas e inacessíveis páginas dos volumes ali trancados. Meu caderno é excelente, não para os que gostariam de ver nas pinturas e ilustrações o mundo real em que vivem, mas para os que querem recordar o mundo das lendas e dos antigos mestres.

Folheei-o, mostrando as imagens ao pajem, e escolhi o melhor cavalo. Fiz rapidamente com um alfinete uma série de furinhos no contorno da figura, e pus uma folha em branco sob o modelo. Salpiquei uma boa quantidade de pó de carvão na folha de cima, depois a sacudi de modo que o pó passasse pelos furos. Retirei o modelo. O pó de carvão transferira, ponto a ponto, toda a silhueta do magnífico cavalo para a folha de baixo. Dava prazer em ver.

Peguei o cálamo. A inspiração jorrou de repente: liguei elegantemente os pontos com traços rápidos e decididos e, à medida que ia desenhando seu ventre, o gracioso pescoço, o focinho, a anca, eu sentia apaixonadamente o cavalo dentro de mim. "Pronto", disse. "O mais lindo cavalo do mundo. Nenhum daqueles idiotas seria capaz de fazer um igual."

Para que o rapaz do Palácio também pensasse assim e pudesse explicar ao Nosso Sultão quão inspirado eu estava ao fazer esse desenho, dei-lhe mais três moedas falsas. Deixei claro que lhe daria outras mais, caso eu ganhasse o ouro. Sem contar que também pensava, creio eu, que assim poderia espiar mais uma vez minha mulher, que ele havia entrevisto boquiaberto. Muita gente acha que dá para saber se um miniaturista é bom pelos cavalos que desenha; mas, para ser o melhor miniaturista, não basta fazer o melhor cavalo, é preciso além disso convencer Nosso Sultão e sua roda de cretinos que você, de fato, é o que melhor os faz.

Quando desenho um cavalo magnífico, eu sou o que sou, nada mais.

## 46. SEREI CHAMADO ASSASSINO

**VOCÊS CONSEGUIRAM DESCOBRIR QUEM** sou eu a partir de como desenhei o cavalo?

Assim que ouvi dizer que tinha sido convidado a desenhar um cavalo, compreendi que não se tratava de um concurso: queriam me pegar através da minha ilustração. Sei perfeitamente que um dos inúmeros esboços equestres que fiz foi encontrado no corpo do pobre Elegante Efêndi. Mas ele não contém nenhum defeito, nenhuma marca de estilo que lhes permita deduzir minha identidade. Disso tenho a mais absoluta certeza. E, não obstante, o tempo todo que fazia o desenho que me pediam senti certa inquietação. Será que fiz alguma coisa capaz de me incriminar ao desenhar o cavalo para o Tio? Eu tinha de fazer outro cavalo dessa vez. Pensei então em coisas completamente diferentes. "Refreei-me" e tornei-me outro.

Mas quem sou eu? Um artista que renunciaria às obras-primas que sou capaz de produzir para me adequar ao estilo do ateliê, ou um artista que, um dia, pintaria triunfalmente o cavalo que traz no fundo de si?

Percebi de repente, aterrorizado, a existência desse miniaturista triunfante dentro de mim. Era como se eu estivesse sendo espiado por outra alma e, em poucas palavras, sentisse vergonha.

Logo compreendi que não conseguiria ficar em casa e saí, para caminhar a passos largos pelas ruas escuras. O sheik Osman Baba escreveu, no seu *Livro das precauções*, que o verdadeiro *dervixe* errante, para se livrar do Diabo que traz dentro de si, tem de vagabundear a vida inteira, sem nunca se estabelecer; mas que, depois de vagar de cidade em cidade por sessenta e sete anos, ele acaba se cansando e se rendendo ao Diabo. É também essa a idade em que os mestres miniaturistas chegam à cegueira, ou escuridão de Alá, a idade em que eles involuntariamente consumam um estilo, ao mesmo tempo que se libertam de todas as imposições do estilo. Percorri o Mercado das Aves no bairro de Bajazet, a praça vazia do Mercado de Escravos, em meio ao cheiro gostoso de sopa e de arroz-doce, como se estivesse à procura de alguma coisa. Passei pelas portas fechadas das barbearias, das lavanderias, de um velho padeiro que contava seu dinheiro e que olhou surpreso para mim, por um armazém recendendo a legumes em conserva e peixe salgado. Mais adiante, meus olhos foram atraídos pelas cores de uma loja de ervas e especiarias, entrei: o comerciante pesava alguma coisa, e à luz da lâmpada contemplei com paixão, como alguém que olha para o ser amado, os sacos de café, gengibre, açafrão e canela, as latas coloridas de goma de mascar, o anis cujo aroma exalava do balcão, os montículos de cominho castanho e negro. Às vezes me dava vontade de enfiar tudo na boca; às vezes tinha ganas de encher uma página com uma pintura daquilo tudo.

Entrei no lugar em que já havia matado a fome duas vezes na última semana e que eu chamava de "sopa dos oprimidos" — dos "miseráveis" seria mais apropriado, a bem da verdade. Ficava aberto até o meio da noite para os que sabiam da sua existência. Lá dentro havia uns poucos desventurados vestidos como ladrões de cavalos ou como homens que haviam escapado das galés; um par de personagens patéticos cujo infortúnio e desespero lhes dava um olhar de quem gostaria de ir-se deste mundo para paraísos distantes, como o dos fumantes de ópio; dois mendigos de causar vergonha a seus próprios colegas; e um rapaz distinto sentado num canto, à distância daquela turba. Dirigi um gracioso cumprimento ao cozinheiro sírio, depois enchi meu prato de trouxinhas de repolho, regando-as generosamente com coalhada e pimenta vermelha, antes de ir me instalar ao lado do rapaz de família.

É assim, todas as noites: a tristeza e a infelicidade tomam conta de mim. Oh, irmãos, queridos irmãos, estamos sendo envenenados, estamos apodrecendo, morrendo, estamos nos esgotando com essa vida, estamos afundados até o pescoço na miséria... Certas noites, sonho que ele sai do poço e vem em minha direção, mas eu sei que nós o enterramos bem fundo, debaixo de muita terra. Ele não pode levantar do túmulo.

O jovem cavalheiro, que pensei estar com o nariz enterrado na sopa e esquecido do resto do mundo, puxou conversa. Seria um sinal de Alá? "Sim", respondi, "cozinharam a carne no ponto certo, o repolho recheado estava uma delícia." Perguntei sobre ele: acabava de fazer vinte anos e, tendo saído recentemente do colégio, começava seu aprendizado como escriturário a serviço de Arifi Paxá. Não perguntei por que ele não estava, naquelas horas da noite, em casa do seu paxá, na mesquita ou em seu lar, nos braços da esposa amada, em vez de ali, naquela espelunca ordinária apinhada de solteirões celerados. Ele quis saber quem eu era e de onde vinha. Pensei um pouco.

"Eu me chamo Bihzad, venho de Herat via Tabriz. Pintei as mais lindas miniaturas, as obras-primas mais perfeitas. Na Pérsia e na Arábia, em todos os ateliês em que se fazem livros à oriental, com o correr dos séculos dei origem a um dito: 'Parece real como um trabalho de Bihzad'."

Não é assim, claro. Minha pintura mostra o que nossa alma, e não nossa vista, vê. Mas a pintura, como vocês sabem muito bem, também é uma festa para os olhos. Se vocês conciliarem essas duas ideias, meu mundo emergirá. Isto é:

*Alif*: A pintura dá vida ao que o espírito vê, numa festa para os olhos.
*Lam*: O que os olhos veem no mundo passa para a pintura na medida em que serve ao espírito.
*Mim*: Por conseguinte, a beleza é o olhar descobrindo neste mundo o que o espírito já conhece.

Será que meu jovem recém-formado havia acompanhado, com seu cérebro de vinte anos, essa lógica que um lampejo de inspiração fizera crepitar nas trevas da minha alma? Certamente não. Por quê? Porque, quando você passou três anos sentado diante de um *hodja* que dá aulas numa escola corânica de subúrbio a vinte moedas de prata por dia — vale dizer, hoje em dia, vinte pães —, você ainda não tem a menor ideia de quem era

Bihzad. Porque é óbvio que o *hodja* de vinte pratas também não sabe quem ele era. Pois bem, eu explico:

"Eu pintei tudo, absolutamente tudo. Nosso Profeta na mesquita, diante do nicho verde, sentado com seus quatro califas. Em outro livro, o Apóstolo e Profeta de Alá subindo os sete céus na noite da Ascensão; Alexandre a caminho da China, batendo no gongo de um templo à beira-mar para espantar um monstro que agitava o oceano com suas tempestades; um sultão que se masturba ao som de um alaúde, espiando as beldades do seu harém nadarem nuas em sua piscina; um jovem lutador certo da sua vitória depois de aprender todos os golpes do seu adversário, pois este tinha sido seu mestre, mas que será derrotado por ele em presença do sultão, porque o mestre guardara em segredo um derradeiro golpe; Leila e Majnun crianças, ajoelhados numa escola de paredes refinadamente ornamentadas, apaixonando-se enquanto recitavam o Venerável Corão; a dificuldade que têm os enamorados, dos mais tímidos aos mais ousados, de olhar um para o outro; a construção pedra por pedra dos palácios; a punição pela tortura de um culpado; o voo das águias; coelhos brincalhões; tigres traiçoeiros; ciprestes e plátanos sempre com alguma pega empoleirada; a morte; um concurso de poesia; o banquete em comemoração de uma vitória; e gente como você, que não enxerga nada além do prato de sopa que tem diante do nariz."

O jovem escriturário já não estava tão reservado e, sempre atento mas já sem nenhum temor, sorria para mim com um ar divertido.

"Seu *hodja* deve ter te dado para ler, imagino, a célebre história de amor do *Roseiral* de Saadi, sabe qual é, quando o rei Dario se perde do seu séquito durante uma caçada e sai vagando pelas colinas. De repente, um estranho de cavanhaque e ar ameaçador surge diante dele. O rei se assusta e pega seu arco no flanco do cavalo, mas o desconhecido implora: 'Não dispares tua flecha contra teu escravo! Não reconheces aquele a quem confiaste tuas centenas de cavalos e potros? Quantas vezes, porém, nos encontramos! Eu conheço cada um desses animais por seu caráter e seu temperamento, e até por suas cores. Como é possível que tu prestes tão pouca atenção em nós, teus humildes servidores, mesmos os que tu vês com tanta frequência?'.

"Quando pinto essa cena, ponho tanta felicidade e tanta serenidade nos cavalos negros, alazões e brancos, de que o cavalariço cuida com tanto carinho naquele pasto de um verde paradisíaco, abundantemente florido de todas as cores, que o mais apalermado dos leitores, ao ver a imagem, logo compreende o sentido da lenda contada por Saadi: a beleza e o mistério deste mundo se revelam no afeto, na atenção, no interesse e na compaixão. Se você deseja viver no paraíso onde vivem éguas e garanhões felizes, saiba abrir bem seus olhos e observar o mundo prestando a maior atenção às cores e aos detalhes, inclusive os mais curiosos."

Aluno laborioso de um *hodja* medíocre, meu ouvinte parecia ao mesmo tempo divertido e desconcertado. Eu o assustava. Ele bem que gostaria de largar sua colher e correr dali, mas não lhe dei tal oportunidade.

"É assim que o mestre dos mestres, Bihzad, pintava um rei, um cavalariço e seus cavalos", prossegui, "e é esse modelo que há cem anos os miniaturistas que pintam cavalos não param de seguir. Assim, cada animal saído do fundo do coração e da imaginação de Bihzad, depois de pintado por ele, transformava-se em exemplo. Somos centenas de miniaturistas, e eu um deles, capazes de reproduzi-los de cor. Você já viu alguma vez um cavalo desenhado?"

"Um dia eu vi um cavalo alado, num livro de magia que um grande e sapientíssimo *hodja* deu a meu falecido pai."

Eu não sabia se enfiava em seu prato de sopa a cara daquele paspalhão que, como seu *hodja*, levara a sério o *Bestiário prodigioso*, e o afogava, ou se o deixava descrever com palavras apaixonadas o único desenho de cavalo que ele já vira na vida — nem ouso imaginar em que cópia ordinária! Escolhi uma terceira alternativa: largar minha colher e sair daquele lugar.

Depois de andar bastante, cheguei por fim ao convento abandonado dos *dervixes*, onde reencontrei uma sensação de paz. Pus um pouco de ordem e sentei-me para escutar o silêncio.

Mais tarde, fui tirar meu espelho do esconderijo e coloquei-o de pé, em cima de uma escrivaninha baixa. Depois pus na prancheta, instalada no meu colo, uma folha dupla de papel e, quando pude ver de onde estava sentado meu rosto no espelho, comecei a desenhar meu retrato a carvão. Desenhei por muito tempo, pacientemente. Quando, bem mais tarde, constatei que meu rosto no papel não se parecia com o meu rosto no espelho, fiquei tão triste que as lágrimas brotaram em meus olhos. Como será que faziam aqueles pintores venezianos de que o Tio tanto me falou? Tentei então me imaginar como um deles, achando que, se desenhasse nesse estado de espírito, talvez pudesse fazer um autorretrato convincente.

Ainda mais tarde, amaldiçoei todos os pintores europeus, e o Tio com eles, apaguei o que havia feito e recomecei meu trabalho ao espelho.

Por fim, dei comigo vagando outra vez pelas ruas, depois num café nojento. Nem sei direito como fui parar lá. Ao entrar, eu me senti tão incomodado no meio de todos aqueles miniaturistas e calígrafos miseráveis que minha testa ficou empapada de suor.

Senti que eles estavam olhando para mim, avisando os outros da minha presença com cotoveladas, rindo de mim — eu podia perfeitamente vê-los agindo assim. Fiquei sentado num canto, tentando me comportar com naturalidade. Mas ao mesmo tempo meus olhos procuravam entre os presentes os outros dois mestres, meus queridos irmãos que foram aprendizes de Mestre Osman ao mesmo tempo que eu. Tinha certeza de que ambos, como eu, tinham recebido naquela noite o pedido de um desenho de cavalo e de que ambos tinham se esforçado ao máximo, por terem levado a sério o concurso inventado por aqueles idiotas.

O satirista *efêndi* ainda não havia iniciado sua história, nem mesmo pendurado na parede o desenho daquela noite. Vi-me forçado, portanto, a me aproximar dos frequentadores do café.

Olhem, vou ser franco com vocês: eu também, como todo o mundo, contribuí com minha cota de piadas, de histórias indecentes, beijando os colegas com uma efusão tão exagerada quanto incongruente, e cometi infames trocadilhos, insinuações e duplos sentidos, ao indagar sobre o que andavam fazendo os jovens mestres assistentes do ateliê, e soltei farpas ferinas, como todos os outros, contra nossos inimigos comuns. E, quando tomei gosto por aquele jogo, cheguei até a fazer algazarra e a beijar o pescoço de uns homens. Mas eu sabia que uma parte da minha alma permanecia como espectadora implacável daquele meu comportamento ignóbil, o que me causava um horrível tormento.

Mas isso não me impediu de fazer um enorme sucesso comparando, numa linguagem figurada e cheia de floreios, meu cacete e os de outros muito falados com pincéis, caniços, colunas de café, flautas, cabeços de cais, aldravas, alhos-porós, minaretes, rolinhos de pão de ló em calda, pinheiros... e, duas vezes, em alto e bom som, fiz igual sucesso ao comparar a bunda de uns formosos meninos, de quem muito se falava, com laranjas, figos, doces, almofadas e até cupinzeiros. Enquanto isso, o mais conceituado dos calígrafos da minha idade só conseguia comparar seu instrumento — mas de maneira muito amadorística e sem maior convicção, devo acrescentar — com um mastro de navio e uma vara de carregador. Depois fiz alusões ao pinto dos velhos miniaturistas, já incapazes de ficar duros; aos lábios cor de cereja dos novos aprendizes; aos mestres calígrafos que escondem seu dinheiro (como eu também faço) em certo lugar ("no buraco mais nojento"); à reputação dos últimos grandes mestres de Tabriz e Shiraz; à mistura de café com vinho em Alepo; e aos calígrafos e belos efebos que a gente encontra por lá — tudo isso me desculpando um pouco, a pretexto de que teriam posto ópio, em vez de pétalas de rosa, no vinho que eu estava tomando.

Às vezes parece que um dos dois espíritos que tenho dentro de mim sai vitorioso e neutraliza o outro, e eu por fim esqueço aquele meu aspecto taciturno e mal-amado. Nesses momentos eu me lembro das celebrações dos feriados da minha infância, durante as quais eu era capaz de ser eu mesmo no meio dos outros. Aqui, apesar das brincadeiras, dos beijos e abraços, eu sentia dentro de mim um silêncio que me fazia sofrer e me deixava solitário entre toda aquela gente.

Quem tinha me dotado desse espírito taciturno e implacável — não era um espírito mas um *djim* —, que não parava de me censurar e me isolava dos outros? Satanás? Mas o silêncio dentro de mim não se aliviava com as grosserias e maldades instigadas pelo Diabo; ao contrário, minha alma só se aplacava com as mais puras e simples histórias.

Para recobrar essa serenidade e, sob o efeito do vinho, contei duas histórias. Um aprendiz de calígrafo, comprido e magro, muito pálido mas de bochechas rosadas, ouvia-me com a maior atenção e seus bonitos olhos verdes fixados em mim.

## DUAS HISTÓRIAS SOBRE A CEGUEIRA E O ESTILO QUE O MINIATURISTA CONTOU PARA ALIVIAR A SOLIDÃO DA SUA ALMA

ALIF

A ideia de pintar cavalos observando cavalos de verdade não é, como se acredita, uma invenção dos pintores europeus. Nós a devemos ao Grande Mestre Djamaluddin, de Kazvin. Depois da tomada dessa cidade por Hassan, o Alto, à frente da Horda do Carneiro Branco, o velho Djamaluddin não se contentou simplesmente com incorporar-se ao ateliê do cã vitorioso, mas partiu em campanha com ele, proclamando que desejava ilustrar a *Gesta* do novo soberano com cenas de guerra recolhidas ao vivo. Assim, esse grande artista, que durante sessenta e dois anos pintara cavalos e cavaleiros, combates e formações de combate sem nunca tê-los visto, foi para a guerra pela primeira vez. Mas, antes de ter ocasião de assistir em pessoa a um ataque real, com seu estrépito de armaduras e relinchos de cavalos suados, teve as duas mãos e os olhos arrancados por um projétil de canhão. Como todos os verdadeiros grandes pintores, Djamaluddin já esperava mesmo a hora de ficar cego — era um sinal da graça de Alá —, e também não lamentou muito a perda das mãos. De fato, ele tinha o costume de sustentar que a memória do artista não reside na mão, mas no coração e na alma, e até declarava que foi só quando ficou cego que pôde enfim contemplar as verdadeiras imagens da natureza, as paisagens e os "verdadeiros cavalos" sem defeitos, como Alá quer que sejam vistos. Para compartilhar essas maravilhas com os amantes da arte, contratou um aprendiz, um magro e pálido calígrafo de bochechas rosadas e belos olhos verdes, a quem ditou como desenhar exatamente os maravilhosos cavalos que lhe apareciam na divina escuridão de Alá — como ele próprio os teria desenhado se pudesse segurar um pincel na mão. Depois da morte do mestre, seu método para desenhar trezentos e três cavalos começando da perna dianteira esquerda foi compilado pelo belo aprendiz de calígrafo em três volumes intitulados: *A pintura de cavalos*, *A torrente de cavalos* e *O amor aos cavalos*, que tiveram seu momento de glória e foram muito apreciados por certo tempo, pelo menos nas regiões controladas pela Horda do Carneiro Branco. No entanto, embora vários manuscritos tenham circulado, permitindo que numerosos jovens pintores, seus aprendizes e discípulos os aprendessem de cor usando-os como livros de exercício, a lembrança de Djamaluddin e a sua obra não sobreviveram ao apogeu dos turcomanos e foram eclipsadas pelo brilho da Escola de Herat. A virulência das críticas, tal como a deflagrada contra ele por Kamaluddin Riza, de Herat, em sua refutação, também em três volumes, intitulada *Os cavalos do cego*, em que diz à guisa de conclusão que aqueles modelos mereciam ser queimados, não foi alheia a esse seu declínio. Kamaluddin Riza sustentava, no fundo, que nenhum dos cavalos descritos nos três livros de Djamaluddin podia ser uma visão divina, dada sua extrema imperfeição e visto que o velho mestre se baseava, para descrevê-los, em suas próprias lembranças, breves embora, de uma batalha real e de cavalos vivos. Como o tesouro de Hassan, o Alto, fez parte do butim trazido para Istambul por Mehmet, o Conquistador, não seria de espantar se eventualmente alguns dos seus trezentos e três escritos aparecessem por aqui no meio de todos esses manuscritos que se amontoam na cidade, e até mesmo se alguns cavalos fossem desenhados de acordo com as instruções ali contidas.

LAM

Em Herat e Shiraz, quando, ao cabo de uma vida de excessivo labor, um mestre miniaturista acabava perdendo a vista, isso era para ele um duplo motivo de glória: não apenas como sinal da sua determinação, mas também como reconhecimento pelo próprio Alá do seu trabalho e do seu talento. Em consequência disso houve em Herat uma época em que era malvisto um artista chegar a uma idade avançada sem ficar cego, o que teria levado certo número de velhos pintores a fugir do opróbrio induzindo a própria cegueira. Houve assim um longo período em que os homens reverenciosamente recordavam artistas que se cegaram, seguindo os passos dos legendários mestres que haviam preferido furar os olhos a trabalhar para outro monarca ou a mudar de estilo. Foi nessa época que Abu Said, neto de Tamerlão pela linhagem de Miran Xá, introduziu uma nova excentricidade em seu ateliê, depois de conquistar Tachkent e Samarcanda: honrar mais a imitação da cegueira do que a verdadeira cegueira. Veli, o Negro, o velho artista que inspirou Abu Said, havia afirmado que um miniaturista cego podia ver, do fundo das suas trevas, os cavalos tal como Alá os vê; mas que o verdadeiro talento consistia em poder, sem ser cego, enxergar e pintar essa visão dos cegos. Dizem que ele demonstrou isso aos sessenta e sete anos de idade desenhando um cavalo que veio à ponta do seu pincel sem olhar um instante sequer para a folha, apesar de seus olhos terem ficado o tempo todo abertos e fitos no papel. Ao fim dessa cerimônia artística, durante a qual Miran Xá mandara músicos surdos tocarem alaúde e contadores mudos recitarem histórias para secundar o legendário mestre em sua proeza, o esplêndido cavalo que Veli, o Negro, havia desenhado foi comparado demoradamente com os outros cavalos que ele tinha feito. Não foi encontrada nenhuma diferença entre eles, para grande contrariedade de Miran Xá. Então o Grande Mestre declarou que um miniaturista em plena posse do seu talento sempre e somente verá cavalos dessa maneira, isto é, da maneira como Alá os percebe. E no caso dos grandes miniaturistas, não há diferença entre os cegos e os videntes: a mão sempre desenharia o mesmo cavalo, porque naquela época ainda não havia essa novidade europeia chamada "estilo". Os cavalos feitos pelo Grande Mestre Veli, o Negro, foram imitados por todos os pintores do islã durante um período de 110 anos. Ele próprio, após a queda de Abu Said e a dissolução do seu ateliê, mudou-se de Samarcanda para Kazvin, onde foi acusado, dois anos depois, do sombrio desígnio de atentar contra o versículo corânico segundo o qual "os videntes e os cegos não são iguais". Começaram por lhe furar os olhos, depois ele foi executado pela Jovem Guarda de Nizam Xá.

Eu estava a ponto de iniciar uma terceira história, contando para o aprendiz de calígrafo de belos olhos como o Grande Mestre Bihzad se cegou, por que ele nunca mais desenhou nada depois que foi levado à força de Herat, cidade de onde nunca tinha desejado sair, para Tabriz, porque o estilo de um pintor é o estilo do ateliê a que ele pertence, e muitas outras histórias mais que eu ouvira de Mestre Osman. Mas o contador de histórias me chamou à parte: como é que eu soubera que ele ia contar a história do Diabo aquela noite?

"É que foi o Diabo o primeiro a dizer 'Eu'", tive vontade de responder. "Só o Diabo tem um estilo, e é o Diabo que distingue o Oriente do Ocidente!"

Fechei os olhos e desenhei no papel ordinário do satirista a imagem do Diabo, tal como meu coração mandava. Enquanto eu desenhava, o satirista e seu ajudante, os outros artistas e os curiosos, todos riam e me incentivavam.

Vocês acham que eu tenho meu próprio estilo ou é ao vinho que eu o devo?

# 47. EU, O DIABO

**Adoro o cheiro da pimenta vermelha** fritada no azeite, a chuva que cai ao raiar do dia no mar calmo, a aparição furtiva de uma mulher à janela, o silêncio, a reflexão, a paciência.

Acredito em mim e a maior parte do tempo não dou bola para o que possam falar de mim. Mas esta noite vim sentar-me neste café, com a intenção de me dirigir a nossos irmãos miniaturistas e calígrafos e desmentir certos mexericos, mentiras e inverdades.

Claro, como sou eu que falo, vocês já estão propensos a crer no contrário do que eu disser. Mas vocês são astutos o bastante para adivinhar que o contrário do que digo nem sempre é verdade e para pressentir todo o interesse do que posso dizer de sensato, mesmo desconfiando de mim. Afinal de contas, meu nome, que aparece nada menos que cinquenta e duas vezes no Venerável Corão, é um dos mais citados.

Comecemos justamente pelo livro de Alá, o Venerável Corão. Tudo o que aí está dito a meu respeito é verdade. Faço questão de que saibam que estou falando com toda humildade ao afirmar isso. O problema está é na forma. A maneira como o Corão me rebaixa sempre me magoou muito. Mas essa mágoa é meu modo de viver. É assim, e pronto.

É verdade, Alá criou o homem diante dos nossos olhos de anjos. Depois pediu que nos inclinássemos diante dele, homem. E é verdade que, como ensina a surata *A vaca*, enquanto todos os outros anjos se inclinavam, eu me recusei a fazê-lo, porque objetei que Adão foi feito de barro, enquanto eu fui criado a partir do fogo, um elemento muito mais nobre, como todos vocês sabem. Não me humilhei, e Alá achou-me orgulhoso.

"Desça do Céu", disse ele. "Aqui não há lugar para quem tem sonhos de grandeza, como você."

"Deixe-me em troca viver até o dia do Juízo", repliquei, "até o dia em que os mortos se levantarão."

Ele concedeu. Jurei então que tentaria para sempre os descendentes de Adão, por causa do qual fui castigado, e Ele disse que mandaria para o Inferno todos os que eu conseguisse corromper.

Inútil dizer que mantive a palavra. Acho que não tenho muito a acrescentar sob esse aspecto.

Alguns sustentaram que, naquela ocasião, Alá e eu fizemos um pacto. Segundo eles, eu seria para Alá um ministro de que ele se serviria para testar os homens, e minha função seria preparar-lhes armadilhas. Os bons tomam a decisão correta e seguem no bom caminho, enquanto os maus se deixam vencer por seus desejos carnais e caem em pecado, enchendo depois as profundezas do Inferno. O que realizo é importantíssimo, porque, se todos fossem para o Paraíso, ninguém nunca teria medo, e como o mundo e os Estados nunca poderiam ser regidos unicamente com base na virtude... De fato, o mal é tão necessário quanto o bem, e o vício tanto quanto a virtude. Como os planos do Todo-Poderoso se realizam na minha presença, como ajo sempre com seu aval (por que, então, ele teria deixado que eu vivesse até o Juízo Final?), é meu tormento secreto ser sempre acusado de "mau" e nunca ter o reconhecimento a que faço jus. Gente como o místico Mansur, o Cardador, ou Ahmad, irmão mais moço do célebre imã Gazali, chegaram, por esse raciocínio, à conclusão de que, se os pecados sugeridos por mim são cometidos com a permissão e de acordo com a vontade de Alá, é que eles são o que Alá deseja, logo não são nem bons nem maus, porque emanam do Altíssimo, de que também sou parte.

Alguns desses desmiolados receberam com toda justiça a morte na fogueira, acompanhados de seus livros. Porque, é claro, o bem e o mal existem, e a responsabilidade de traçar o limite que os separa cabe a cada um de nós. Não sou Alá, não permita Ele, e não fui eu que pus tais absurdos na cabeça desses obtusos: eles pensaram assim por conta própria.

Isso me faz chegar à minha segunda objeção. Eu não sou a fonte de todo o mal, de todos os pecados do mundo. Com muitíssima frequência, as pessoas não precisam ser provocadas, nem persuadidas, nem induzidas ao erro para cometer o pecado: elas o cometem por simples tolice ou infantilidade, por serem incapazes de superar suas fraquezas, seus apetites e suas reles cobiças. Se certos escritos sufistas são ridículos em seus esforços para me absolver de toda malignidade, também o é essa opinião que me atribui toda a culpa, contradizendo o Venerável Corão. Não sou eu que inspiro o fruteiro quando ele vende conscientemente ao freguês maçãs podres, nem a criança que diz mentiras, nem os vis bajuladores, nem as nojentas obsessões dos velhos, nem a masturbação dos jovens. Se bem que Alá, lá em cima, não ache nada ruim que ponham a culpa em mim por estes dois últimos casos.

Claro, eu me esforço o máximo para que vocês cometam pecados, mas os *hodjas* que escrevem que os peidos, os bocejos e os espirros de vocês são instigados por mim não entendem nem um pouco o que sou.

Deixe-os continuar sem compreender você, assim poderá enganá-los mais facilmente — vocês poderiam sugerir. É verdade. Mas devo lembrar que tenho meu orgulho e que foi essa, por sinal, a causa principal da minha queda. Embora eu possa assumir todas as formas imagináveis e embora em incontáveis livros esteja registrado dezenas de milhares de vezes que eu tentei com sucesso muitos homens pios, especialmente sob o agradável aspecto de uma bela e atraente mulher, poderiam meus irmãos miniaturistas aqui presentes esta noite me explicar por que insistem em me pintar como uma criatura horrenda, repugnante, com chifre, rabo e uma cara coberta de verrugas?

Chegamos assim ao cerne da questão: a pintura figurativa. Existe aqui, em Istambul, um bando de malandros, guiados por um pregador cujo nome calarei para não aborrecer ainda mais vocês, que pretendem que a prece cantada, as reuniões em que os *dervixes* sentam-se no colo uns dos outros para cantar ao som de seus instrumentos e o consumo de café são contrários à palavra de Alá. Ora, ouvi dizer que alguns miniaturistas, que morrem de medo desse pregador e da sua horda, também me atribuem a nova pintura "à moda dos francos". Ouvi muitas calúnias durante todos esses séculos, mas nunca tinham ido tão longe!

Comecemos do começo. Todo o mundo se agarra ao fato de que fiz Eva comer o fruto proibido, mas esquecem como tudo isso começou. Não, não começou tampouco com minha arrogância diante de Alá. Antes de tudo o mais, houve essa história de Ele nos apresentar o homem e querer que nos inclinássemos diante deste, o que encontrou minha legítima e decidida recusa, embora os outros anjos tenham obedecido. Vocês acham correto que, depois de me ter criado do fogo, Ele exija que eu me incline diante do homem, que Ele criou do mais reles barro? Ora, meus irmãos, digam a verdade, em sã consciência! Está bem, sei que vocês já pensaram no assunto mas temem que o que for dito aqui não fique apenas entre nós: Ele vai ouvir tudo e um dia vai lhes pedir explicações. Tudo bem, não me interessa saber por que Ele lhes deu uma consciência assim. Admito, vocês têm por que ter medo, portanto vamos deixar para lá essa questão do barro e do fogo. Mas tem uma coisa de que não me esqueço nunca, sim, uma coisa de que sempre me orgulharei: nunca me inclinei diante do homem.

Ora, é precisamente o que fazem os europeus. De fato, não só eles fazem questão de retratar e de exibir todos os detalhes daqueles grão-senhores, daqueles padres e daqueles ricos mercadores, e até das mulheres deles — cor dos olhos, textura da pele, contornos dos lábios, efeitos de sombra de um decote, rugas na testa, anéis nos dedos, até os tufos de pelo que saem das orelhas —, mas ainda por cima colocam essas pessoas no centro de seus quadros, que exibem igual fazem com seus ídolos, como se o homem fosse um objeto de culto e todos devessem se prosternar diante dele! Ora, porventura o homem é tão importante assim para que desenhem todos os seus detalhes, inclusive sua sombra? Se desenhássemos as casas de uma rua de acordo com a falsa percepção do homem, isto é, diminuindo de tamanho à medida que estão mais distantes, não seria usurpar para o homem o centro do mundo, que é o lugar que cabe a Alá? Bem, Ele, o Todo-Poderoso, em sua clarividência, saberá julgar melhor que eu, mas acho que todos compreenderão que é um absurdo me culpar pela ideia de fazer esses retratos, logo a mim que sofro as consequências — a dor indescritível do exílio, a perda da graça de Alá, de quem eu era o favorito, tornando-me objeto de pragas e injúrias — da minha recusa original de me inclinar diante do homem. Mais razoável seria fazer como certos mulás e pregadores esclarecidos que me apontam como responsável pelas crianças brincarem com suas partes e as pessoas peidarem.

A esse respeito, gostaria de fazer um derradeiro comentário, mas minhas palavras não se dirigem aos que só querem saber de pavonear-se, de satisfazer seus apetites carnais, sua obsessão pelo dinheiro e outras paixões deploráveis. Só Alá, em Sua incomensurável sabedoria, me compreenderá: acaso não foste Vós que ensinastes ao homem o orgulho, ao fazer todos os anjos se prosternarem diante dele? Agora eles concedem a si próprios o mesmo tratamento inaugurado pelos anjos, eles se adoram e se situam em pleno centro do mundo. Todos, até Vossos mais fervorosos servidores, querem ser pintados à maneira dos europeus. Sei com tanta certeza quanto sei meu próprio nome que esse narcisismo terminará fazendo-os esquecer-Vos por completo. E eu é que levarei a culpa!

Como fazer vocês se convencerem de que tudo isso não me importa muito? Naturalmente, mantendo-me inabalável, apesar dos séculos e séculos de implacável apedrejamento, maldições, injúrias e xingamentos. Meus irados e frívolos inimigos, que nunca se cansam de me condenar, melhor fariam se se lembrassem que foi o próprio Todo-Poderoso que me permitiu viver até o dia do Juízo, enquanto eles não ganharam mais que sessenta ou setenta anos de vida. Se eu lhes desse o conselho de beber café para viver mais tempo, aposto que alguns deles, só porque fui eu que disse isso, iriam fazer o contrário e parariam totalmente de tomar café ou, pior ainda, por-se-iam de traseiro para cima e tentariam derramá-lo no cu.

Não riam. O que conta não é o conteúdo, mas a forma do pensamento. Não é o que os miniaturistas pintam, mas seu estilo. Só que isso não pode dar muito na vista. Eu ia lhes contar uma história de amor para terminar, mas já está ficando tarde. Nosso excelente contador de histórias, que me emprestou sua voz esta noite, promete que a contará quando pendurar na parede o retrato da Mulher, depois de amanhã, quarta-feira à noite.

## 48. EU, SHEKURE

**Sonhei que meu pai estava** me contando coisas incompreensíveis, tão aterrorizantes, que até acordei. Shevket e Orhan dormiam grudados em mim, um de cada lado, e o calor do corpo deles me fazia suar. Shevket estava com o braço na minha barriga; Orhan com a cabeça suada encostada no meu peito. Mesmo assim consegui sair da cama e do quarto sem acordá-los.

Atravessei o corredor e abri sem fazer barulho a porta do Negro. À luz tênue da minha vela, eu não conseguia enxergá-lo, só via a beirada do seu colchão branco, que jazia como um cadáver em sua mortalha no meio do quarto escuro e gelado. A luz da vela parecia não chegar até ele.

Quando aproximei um pouco mais a minha mão, a luz alaranjada bateu no rosto cansado e por barbear do Negro, em seus ombros nus. Aproximei-me dele. Vi que ele dormia como Orhan, enrolado como uma lagarta, e seu rosto tinha a expressão de uma mocinha adormecida.

"É este o meu marido", disse a mim mesma. Eu o sentia tão distante e tão estranho que me enchi de tristeza. Se levasse comigo uma adaga, acho que eu o teria matado. Não, na verdade eu não desejava fazer uma coisa dessas, apenas especulava, como qualquer criança costuma: "e se eu o matasse?". Não acreditava que ele houvesse vivido anos a fio pensando em mim, como afirmava, nem naquela sua inocente expressão de criança adormecida.

Cutuquei seu ombro com a ponta do meu pé descalço para acordá-lo. Em vez de parecer, como eu teria desejado, encantado e animado em me ver, ele primeiro se assustou; depois, sem esperar que ele voltasse plenamente à realidade, fui dizendo:

"Vi meu pai em sonho. Ele me contou uma coisa horrível: foi você que o matou..."

"Não estávamos juntos quando seu pai foi morto?"

"Eu sei", respondi, "mas você sabia que meu pai ia estar sozinho naquela hora."

"Não, não sabia. Foi você quem mandou Hayriye sair com as crianças. Além de Hayriye, talvez Ester também soubesse. Se mais alguém estava a par, você é quem sabe melhor que ninguém."

"Às vezes tenho a impressão de que uma voz interior vai me revelar por que tudo desandou desse jeito, desvendar o segredo desses acontecimentos sinistros. Abro a boca, como para ajudar essa voz a sair mas, como em meus sonhos, nenhuma voz sai. E você também não é mais o Negro amável e ingênuo da minha infância."

"Esse Negro ingênuo, você e seu pai mandaram para bem longe daqui."

"Se você se casou comigo para se vingar do meu pai, deve estar contente. Vai ver que é por isso que meus filhos não gostam de você."

"Sei que eles não gostam", replicou sem demonstrar tristeza. "Ontem à noite, antes de deitar, enquanto você estava lá embaixo, eles diziam bem alto, para que eu ouvisse: 'Negro, Negro, de rabo negro'."

"Você devia ter dado uma coça neles", repliquei. De início, desejei um pouco que ele tivesse mesmo feito isso, mas logo acrescentei, em pânico: "Se você levantar a mão para eles, eu te mato!".

"Vá para a cama. Senão vai morrer de frio."

"É bem possível que eu nunca vá para a sua cama. Talvez tenhamos cometido um erro nos casando. Andam dizendo por aí que nosso casamento não tem legitimidade diante do islã. Ontem à noite, antes de dormir, ouvi um ruído de passos; tenho certeza de que era Hassan. Reconheci seus passos. Afinal ouvi-os durante anos, quando vivia sob o mesmo teto que ele na casa do meu falecido marido. Meus filhos gostam muito dele. É um homem implacável, ele. Tem uma espada vermelha, é bom você tomar cuidado com ela."

Havia no olhar do Negro uma dureza, um fastio, que me fizeram compreender que eu não conseguiria assustá-lo.

"De nós dois, sou eu a mais desamparada e, ao mesmo tempo, quem mais espera. Eu teimo em não querer ser infeliz, em proteger meus filhos, enquanto você só se obstina em se justificar, e não em provar que me ama."

Ele me disse então quanto me amava, contou-me longamente como pensava o tempo todo em mim, durante as noites de inverno, nos *caravançarás* perdidos nas montanhas silenciosas e desoladas. Se ele não tivesse me falado assim, eu teria acordado meus filhos e voltado para a casa do meu primeiro marido. De repente, senti necessidade de dizer:

"Às vezes tenho a impressão de que meu ex-marido pode voltar a qualquer instante. Tenho medo, mas não porque temo ser surpreendida no meio da noite dormindo no mesmo quarto que você, ou ao lado dos meus filhos, tenho medo é de que, assim que nos abraçarmos, ele bata na porta."

Lá fora, bem perto do portão do pátio, ouviam-se os gritos dos gatos lutando pela vida. Depois um longo silêncio. Achei que ia desatar em soluços. Não me sentia capaz nem mesmo de pôr em cima de um tamborete a vela que levava na mão, ou de voltar para o quarto, para junto dos meus filhos. Disse comigo mesma que não sairia daquele quarto antes de estar persuadida de que ele não tinha nada a ver com o assassinato do meu pai.

"Você nos subestima", disse ao Negro. "Desde que nos casamos, você olha de cima para a gente. Antes, você tinha dó de nós, porque meu marido estava ausente; agora que meu pai foi morto, você nos olha com uma compaixão maior ainda."

"Minha respeitada Shekure", disse ele cautelosamente. Agradava-me que houvesse começado assim. "Você sabe muito bem que nada disso é verdade, que por você eu faço qualquer coisa."

"Então saia da cama e espere de pé, como eu."

Por que é que eu disse que esperava alguma coisa?

"Não posso", respondeu-me envergonhado, apontando para o meio da sua camisola, debaixo das cobertas.

Era verdade. Mas de qualquer maneira fiquei irritada por ele não atender o meu pedido.

"Antes de assassinarem meu pai, você entrava nesta casa como um gato que vem derramar o leite, mas agora, quando me chama de 'Minha respeitada Shekure', soa falso, como se quisesse que entendêssemos que é falso mesmo."

Eu tremia, não de raiva, mas por causa do frio que penetrava minhas pernas, minhas costas, minha garganta.

"Venha para a cama e seja minha mulher", disse ele.

"E como vamos encontrar o assassino do meu pai? Se demorar muito, não poderei continuar vivendo aqui com você."

"Graças a Ester e a você, temos uma pista, os cavalos. Mestre Osman trabalha nela."

"Mestre Osman era um inimigo mortal do meu pai, descanse em paz. E o coitado está vendo, lá de cima, que é de Mestre Osman que você depende para encontrar seu assassino. Que aflição isso deve lhe causar!"

Ele pulou subitamente da cama na minha direção. Nem tive tempo de me mexer. Mas, ao contrário do que imaginei, limitou-se a apagar a vela e a ficar ali, imóvel. Fazia uma escuridão de breu.

"Assim seu pai não pode mais nos ver", sussurrou. "Estamos a sós. Agora me diga uma coisa, Shekure: quando voltei, doze anos depois, você me deu a sensação de que seria capaz de me amar, de que poderia reservar um lugar para mim no seu coração. Nós nos casamos. E desde então você vem fugindo desse amor."

"Eu me casei com você porque fui obrigada", sussurrei.

Ali, no escuro, senti sem dó nem piedade, como diz Fuzuli, minhas palavras se cravarem na sua carne.

"Se eu te amasse, já te amaria na nossa infância", sussurrei de novo.

"Diga-me então uma coisa, minha bela das trevas", disse ele. "Você deve ter espionado todos esses miniaturistas que frequentavam a sua casa e deve conhecê-los bem. Na sua opinião, qual deles é o assassino?"

Gostei de ver que ele ainda era capaz de manter o bom humor. Afinal de contas, era meu marido.

"Estou com frio."

Será que eu disse mesmo isso? Não consigo me lembrar. Começamos a nos beijar. Abraçando-o no escuro, ainda com o castiçal na mão, sentia sua língua aveludada na minha boca, e minhas lágrimas, meus cabelos, minha camisola, meu corpo trêmulo e o dele também, tudo participava daquele êxtase. Como era gostoso aquecer meu nariz em sua face quente! Mas a tímida Shekure se refreava. Enquanto eu o beijava, não me entregava nem largava a vela, mas pensava em meu pai que estava me vendo, em meu ex-marido, nos meus filhos que dormiam na cama.

"Tem alguém em casa", gritei. Repeli o Negro e saí para o corredor.

## 49. MEU NOME É NEGRO

SAÍ ANTES DE RAIAR O DIA, sem ninguém me ver e sem fazer barulho, como um convidado que não está com a consciência tranquila, depois andei um bom momento pelas ruas enlameadas e escuras. Passei pela mesquita de Bajazet para as minhas abluções antes da prece matinal. Dentro dela, além do imã, só havia um velhote que conseguia fazer sua oração dormindo, raro talento que requer a prática de toda uma longa vida. Imerso em meus pensamentos e em minhas lembranças sombrias, ainda entorpecido pelo sono, eu sentia que Alá olhava para nós e pedi a Ele, como quem entrega uma súplica esperando que chegue às mãos do Sultão, que me desse um lar feliz, cheio de pessoas que me amassem.

Ao chegar em casa de Mestre Osman, eu me dei conta de que, no espaço de uma semana, ele havia ocupado no meu espírito o lugar deixado vago por meu Tio. Mestre Osman mostrava-se mais frio e distante comigo, mas sua fé na pintura era cada vez mais forte. Ele parecia muito mais um velho e introspectivo *dervixe* do que o Grande Mestre que deflagrara por tantos anos tempestades de medo, temor e amor entre os miniaturistas.

Ao sairmos da sua casa rumo ao palácio — ele curvado em seu cavalo, eu a pé mas também curvado para a frente —, devíamos nos assemelhar ao velho *dervixe* e seu discípulo daquelas ilustrações baratas que acompanham os velhos contos populares.

Chegando ao palácio, encontramos o *Jardineiro-Mor* e seus homens, que nos aguardavam mais ansiosos do que nós mesmos. Pois Nosso Sultão estava persuadido de que, naquela manhã, ao examinarmos os cavalos desenhados pelos três mestres, seríamos capazes de determinar num abrir e piscar de olhos qual deles era o maldito assassino, tanto assim que já havia dado ordens para que o criminoso fosse imediatamente torturado, sem nem sequer lhe permitir que respondesse à acusação. Portanto não fomos levados para a praça da fonte, onde são realizadas as execuções públicas, mas para um casebre decrépito no fundo do Jardim Privativo do Sultão, que era o preferido para os interrogatórios, a tortura e os estrangulamentos secretos.

Um rapaz, elegante e educado demais para ser um dos homens do *Jardineiro-Mor*, dispôs com autoridade as três folhas de papel numa escrivaninha.

Mestre Osman tirou fora sua lupa, e meu coração pôs-se a bater mais forte. Como uma águia planando majestosamente sobre uma planície, seu olho, que ele mantinha a uma distância constante da lente, passava lentamente por sobre as três maravilhosas ilustrações. E, como a águia avistando um filhote de gazela que poderia ser sua presa, quase se imobilizava sobre as narinas de cada cavalo, focalizando-as atentamente, sem trair a menor emoção.

"Não está aqui", acabou por dizer, friamente.

"O que não está?", perguntou o *Jardineiro-Mor*.

Eu havia pensado que o Grande Mestre trabalharia com maior afinco, examinando minuciosamente cada detalhe, dos cascos à crina.

"O maldito não deixou o menor sinal", disse Mestre Osman. "Estes desenhos não nos permitem deduzir qual dos três ilustrou o cavalo alazão."

Eu mesmo agarrei então a lupa que ele havia largado e pude constatar, dando uma olhada nas narinas dos três cavalos, que ele tinha razão: nenhum deles apresentava aquele detalhe estranho, aquela assinatura no cavalo pintado para o livro do meu Tio.

Lembrei-me então dos torturadores que esperavam à porta, com um instrumento que eu nem podia imaginar para que servia. Quando tentava observá-los melhor pela porta entreaberta, vi um deles sair em disparada de repente, como se estivesse possuído por um *djim*, e se esconder com a cara enfiada no chão detrás de uma amoreira.

Nesse momento, qual um raio de sol iluminando a manhã cinzenta, o Pilar do Mundo, Nosso Sultão, entrou na sala.

Mestre Osman explicou-lhe sem rodeios que não dava para concluir nada do exame daqueles três desenhos. Mas não pôde impedir-se de chamar a atenção do Nosso Sultão para o empinado verdadeiramente régio de um cavalo, para a atitude do segundo em elegante equilíbrio e para a pose grave e altiva do terceiro, desenhada a partir de um modelo antiquíssimo. Ao mesmo tempo, conjeturava quem era o autor de cada um dos três desenhos, e o pajem que fora à casa dos três artistas confirmava suas suposições.

"Não se espante, meu Soberano, se conheço meus pintores tão bem quanto a palma da minha mão", disse Mestre Osman. "O que me deixa perplexo é como um desses homens, que de fato conheço como a palma da minha mão, pode ter deixado uma marca tão incomum. Mesmo as falhas de um mestre miniaturista têm sua razão de ser."

"Como assim?", indagou Nosso Sultão.

"Próspero Sultão, Protetor do Mundo, creio que a assinatura secreta que vimos na forma das narinas do cavalo alazão não é simplesmente um erro absurdo, sem significado, mas um vestígio que remonta a um passado distante, a outras pinturas, a outras regras, outros estilos e quem sabe até a outros cavalos. Se cotejássemos certas páginas dos manuscritos trancados há séculos nas arcas de ferro, nos armários e nos porões do Grande Tesouro, poderemos identificar como uma regra o que hoje nos parece um defeito e, assim, atribuir o desenho ao pincel de um dos três miniaturistas."

"Você quer ter acesso às salas do Tesouro?", exclamou o Sultão assombrado.

"Sim", confirmou Mestre Osman.

Era um pedido tão audacioso quanto o de entrar no harém. Compreendi naquele momento que, assim como ocupavam os dois mais formosos recantos no pátio do Paraíso Privativo do palácio do Nosso Sultão, o Tesouro e o harém também ocupavam os dois recantos mais caros do seu coração.

Eu tentava ler o que ia acontecer no belo rosto do Nosso Sultão, que eu agora fitava sem medo, mas ele desapareceu repentinamente. Teria ficado furioso, ofendido? Será que nós, ou até mesmo todos os miniaturistas, seríamos castigados por causa daquela insolência de Mestre Osman?

Enquanto olhava para os três cavalos diante de mim, eu imaginava que nunca mais ia ver Shekure e que ia morrer sem compartilhar a sua cama. Apesar de estarem ao alcance da minha mão, com todos os seus belos atributos, aqueles magníficos cavalos pareciam emergir de um mundo estranho e distante.

Durante aquele silêncio terrível, compreendi perfeitamente que, do mesmo modo que ser levado criança para o palácio, aí crescer e viver significa servir ao Nosso Sultão e, eventualmente, morrer por ele, ser um miniaturista significa servir a Alá e morrer por Sua beleza.

Bem mais tarde, quando os homens do Tesoureiro-Mor nos escoltaram até a Porta da Saudação, a ideia de morte ocupou a minha mente, o silêncio da morte. Mas, ao passar pelo portão onde inúmeros paxás haviam sido executados, os guardas agiram como se nem mesmo nos vissem. A Praça do *Divã*, que ontem mesmo me deslumbrara como se fosse o próprio Paraíso, sua torre e seus pavões não me causaram mais nenhuma impressão. Eu havia compreendido que estavam nos levando para o centro do mundo secreto do Sultão, o *Enderun*, o setor mais reservado do palácio de Topkapi.

Passamos assim pelas portas que nem mesmo os grão-vizires atravessam sem salvo-conduto. Como o garotinho perdido das fábulas, eu não ousava erguer os olhos, com medo de ver surgir toda espécie de monstros e prodígios. Nem sequer conseguia olhar para a Sala do Trono, onde o Sultão realizava as audiências. Mas, por um momento, meu olhar fixou-se sem querer nas paredes do harém, junto de um plátano comum, que nada tinha de diferente das outras árvores, e num homem alto trajando um esplêndido *cafetã* de seda azul. Atravessamos as colunas do pórtico. Paramos finalmente diante de um portão, muito maior e muito mais imponente do que todo o resto, carregado de ornamentos em forma de estalactite. No seu umbral estavam uns *agás* com seus *cafetãs* suntuosos, um deles curvados para abrir a fechadura.

Olhando-nos nos olhos, o Tesoureiro-Mor falou: "A sorte os contemplou, pois Nosso Sultão permitiu que entrassem no Tesouro Proibido do *Enderun*. Vão poder admirar livros que ninguém jamais viu, ilustrações inimagináveis, páginas todas de ouro e, como caçadores, seguir a pista da sua presa, o assassino. Nosso Sultão ordenou-me lembrar-lhes que o bom Mestre Osman tem três dias, um dos quais já passou, até quinta-feira à tarde, para designar qual dos miniaturistas é o culpado. Se fracassar, o caso vai ser encaminhado ao *Jardineiro-Mor*, que o resolverá com a tortura".

Começaram por remover o invólucro de pano que selava o ferrolho, protegendo a fechadura da porta contra a introdução de qualquer chave sem permissão. O Porteiro-mor do Tesouro e dois guardas confirmaram com a cabeça que o lacre estava intacto. Quebraram-no, depois enfiaram a chave na fechadura, que ao girar rangeu no silêncio profundo. O rosto sombrio de Mestre Osman adquiriu de repente a cor das cinzas, mas, quando a pesada porta se abriu, seu rosto foi iluminado por uma luz negra que parecia emanar de tempos antiquíssimos.

"Meu Sultão não quis que escribas e secretários, que cuidam dos registros do acervo, entrassem desnecessariamente aqui", explicou o Tesoureiro-Mor. "Desde a morte do bibliotecário, não há mais ninguém para zelar por esse lugar e por suas obras. Por isso, Meu Sultão houve por bem que vocês fossem acompanhados exclusivamente por Djazmi Agá."

Djazmi Agá era um anão de olhinhos brilhantes, que parecia ter mais de setenta anos. Usava na cabeça um turbante que parecia uma vela de navio e era ainda mais disforme do que ele.

"Djazmi Agá conhece esse local como sua própria casa. Ninguém melhor que ele sabe onde estão os livros e tudo o que pode ser encontrado aqui."

O velho anão não deu a menor mostra de orgulho e continuou a correr os olhos pelo braseiro de pés prateados, o penico de asa de madrepérola e os castiçais que os pajens do palácio traziam.

O Tesoureiro-Mor informou-nos que o ferrolho e o lacre, posto setenta anos antes, durante o reinado de Selim I, seria refeito quando entrássemos e quebrado de novo após a prece da noite, na presença de todo o corpo de guardas do Tesouro, que também teriam a missão de certificar-se de que não "esquecíamos" nenhum objeto nas dobras dos nossos turbantes, trajes, bolsos e cintos, e de revistar até mesmo nossa roupa de baixo.

Entramos, passando entre os guardas formados em duas fileiras. Fazia um frio glacial. Quando a porta se fechou atrás de nós, fomos envolvidos pela escuridão e senti um cheiro picante de mofo, umidade e poeira invadir minhas narinas. Por toda parte, uma montoeira de objetos, arcas e capacetes misturados numa enorme e caótica barafunda. Tive a impressão de que era testemunha de uma grande batalha.

Meus olhos se acostumaram à luz misteriosa que caía sobre todo o recinto, filtrando pelas grades grossas das altas janelas, pelas balaustradas das escadas dispostas ao longo das paredes, que levavam aos passadiços de madeira do segundo piso. A sala era tingida de vermelho pelo brocado das cortinas, dos tapetes e dos *kilims* pendurados nas paredes. Com a devida reverência, considerei que a acumulação de toda aquela riqueza era a consequência de muitas guerras, do sangue derramado de inúmeros guerreiros, de tantas cidades e tesouros saqueados.

"Está com medo?", perguntou o velho anão, que parecia ler meus pensamentos. "Da primeira vez, todo o mundo tem medo. De noite, os espíritos dessas coisas todas põem-se a cochichar entre si."

O que mais aterrorizava era o peso daquele silêncio que pairava acima de toda aquela abundância dos mais incríveis objetos. Às nossas costas, ouvimos o ruído da chave girando na fechadura e o do lacre sendo novamente posto. Olhávamos imóveis à nossa volta, abismados com o que víamos.

Vi espadas, presas de elefante, *cafetãs*, castiçais de prata, bandeiras de cetim. Vi caixinhas marchetadas de madrepérola, baús de ferro, vasos chineses, cintos, alaúdes de braços compridos, armaduras, almofadas de seda, globos do mundo, botas, peles, chifres de rinoceronte, ovos de avestruz ornamentados, carabinas, flechas, maças, estojos. Pilhas de tapetes, tecidos e cetins por toda parte pareciam cair em cascata sobre mim dos andares superiores revestidos de madeira, das balaustradas, dos compartimentos e dos pequenos armários construídos nas paredes. Uma luz estranha, como nunca vi igual, realçava os panos, as caixas, os *cafetãs* dos sultões, as espadas, os grandes círios cor-de-rosa, turbantes enrolados, travesseiros bordados com pérolas, selas ornadas de filigranas de ouro, cimitarras com empunhaduras cravejadas de diamantes, maças com punhos incrustados de rubis, turbantes acolchoados, plumas de turbantes, relógios curiosos, jarros e adagas, cavalos e elefantes de marfim, narguilés com o topo carregado de diamantes, caixas com gavetas de madrepérola, penachos de cavalo, compridos rosários e capacetes adornados com rubis e turquesas. Essa luz, que caía tênue das altas janelas, iluminava as partículas de poeira que flutuavam no ar da sala imersa na penumbra, como a luz do sol de verão que jorra pelo vitral do domo das mesquitas. Mas aquela não era a luz do sol. Nessa luz diferente, o ar tornara-se palpável e todos os objetos pareciam feitos do mesmo material. Experimentamos temerosos por mais algum tempo o silêncio difuso da sala, e percebi então que aquele vermelho reinante na sala gelada, que confundia todos os objetos numa uniformidade misteriosa, não se devia tanto à luz quanto à camada de poeira que tudo cobria. E, à medida que meus olhos corriam por aqueles itens indistintos e estranhos, incapaz de distinguir um do outro, inclusive ao segundo ou terceiro olhar, aquela enorme profusão de objetos tornou-se ainda mais aterradora. O que eu pensava ser um baú, passei a achar que era uma pequena escrivaninha e, algum tempo depois, algum artefato esquisito de origem europeia. Percebi que aquela caixinha marchetada de madrepérola que jazia entre *cafetãs* e plumas, tirados das suas caixas e espalhados de qualquer jeito aqui e ali, era na verdade uma exótica caixa mandada da Moscóvia pelo czar.

Djazmi Agá havia posto o braseiro sob um nicho aberto na espessura da parede.

"Onde estão os livros?", cochichou Mestre Osman.

"Quais deles?", replicou o anão. "Os exemplares do Corão do Iêmen, em escrita cúfica, a biblioteca de Tabriz, trazida pelo Sultão Selim I, o Cruel, Hóspede do Paraíso, os livros dos paxás apreendidos ao serem condenados à morte, os volumes oferecidos pelos embaixadores de Veneza ao avô do Nosso Sultão ou os livros que datam de Constantinopla, abandonados aqui depois da tomada da cidade por Mehmet, o Conquistador?"

"Os que foram oferecidos trinta anos atrás pelo xá Tahmasp ao Sultão Selim", respondeu Mestre Osman.

O anão guiou-nos então até um grande armário de madeira. Escancarou as portas do móvel. Mestre Osman precipitou-se imediatamente para as fieiras de livros que ali estavam guardados. Abriu um, leu seu *cólofon*, folheou-o. Juntos, observamos deslumbrados as ilustrações, cuidadosamente realizadas, de cãs de olhos levemente amendoados.

"Gêngis Cã, Tchagatai Cã, Tului Cã e Kublai Cã, Soberano da China", recitou Mestre Osman, fechando o livro e escolhendo outro.

Demos com uma linda ilustração representando a cena em que Farhad, arrebatado pelo amor, carrega no ombro o cavalo em que sua amada Shirin ia montada. Para exprimir a paixão desesperada dos amantes, os rochedos da montanha, as nuvens e os três nobres ciprestes que testemunhavam o ato de amor de Farhad eram desenhados com uma mão trêmula de emoção, com tamanha angústia que Mestre Osman e eu sentimos na mesma hora o gosto das lágrimas e um abandono como o das folhas das árvores prestes a cair. Essa imagem comovente, como era próprio dos grandes mestres, não fora pintada para pôr em relevo a força muscular de Farhad, mas para expressar que o mundo inteiro sentia a dor daquela paixão.

"É uma cópia de uma obra de Bihzad feita em Tabriz oitenta anos atrás", esclareceu Mestre Osman, pondo o livro no lugar e pegando outro.

Dessa vez, era uma imagem de *Kalila e Dimna*, que mostrava a amizade forçada entre o gato e o rato. Num campo, um pobre rato, para escapar do ataque de uma marta, no chão, e de um falcão, no ar, encontra sua salvação num infortunado gato pego na armadilha de um caçador. Os dois chegam a um acordo: o gato, fingindo ser amigo do rato, lambe-o carinhosamente, espantando assim a marta e o falcão. Em troca, o rato liberta cuidadosamente o gato do laço. Sem me dar tempo para apreciar toda a sensibilidade do miniaturista, Mestre Osman fechou o volume, arrumou-o ao lado dos demais e escolheu outro, ao acaso.

Era uma delicada pintura de uma mulher misteriosa e de um homem. A mulher, com uma mão elegantemente aberta e a outra pousada no joelho escondido pela túnica verde, faz uma pergunta; o homem, voltado para ela, ouve com atenção. Olhei para a cena avidamente, enciumado com a intimidade, o amor e a amizade que havia entre eles.

Mais uma vez Mestre Osman guardou o livro e abriu outro. As cavalarias dos exércitos do Irã e do *Turã*, eternos inimigos, vão se enfrentar em mais uma batalha mortal. Envergam toda a sua panóplia de armaduras, elmos, perneiras, arcos, aljavas, flechas, montando seus magníficos e lendários corcéis, protegidos por suas couraças de ferro. Estão dispostas em filas, frente a frente, na estepe amarelada e poeirenta, as pontas das lanças em riste, enfeitadas por uma profusão de cores, observando pacientemente seus comandantes, que já haviam tomado a dianteira e iniciado a refrega. Eu me dizia que, fosse a ilustração feita hoje ou um século atrás, fosse ela uma representação da guerra ou do amor, o que o artista fiel na verdade pinta e expressa é sempre uma batalha travada com toda a sua garra e todo o seu amor à pintura; e já ia declarar, completando esses pensamentos, que o que o miniaturista na verdade pinta é sua própria paciência, quando Mestre Osman disse:

"Também não está aqui", e fechou o pesado volume.

Percorremos uma paisagem que se estendia ao infinito, cujas montanhas, vertiginosas, desapareciam num turbilhão de brumas. Pensei então que pintar significa ver este mundo mas pintá-lo como se fosse o Além. Mestre Osman contou que aquela pintura chinesa devia ter viajado de Bukhara a Herat, de Herat a Tabriz e, por fim, de Tabriz ao palácio do Nosso Sultão, indo de livro em livro, encadernada e desencadernada, até terminar aqui, misturada a outras pinturas, encerrando a longa viagem da China a Istambul.

Depois foram as cenas de guerra e massacre, cada qual mais bonita e mais terrível que a outra. Rustam contra o xá de Mazandaran, Rustam atacando sozinho todo o exército de Afrasyab, Rustam como o misterioso guerreiro cuja armadura o torna irreconhecível... Num outro álbum, vimos cadáveres desmembrados, adagas saturadas de sangue vermelho, deploráveis soldados em cujos olhos brilhava a morte, guerreiros ceifando-se uns aos outros como se fossem capim, membros de exércitos fabulosos, que não pudemos identificar, impiedosamente esmagados. Mestre Osman, pela milésima ou sabe lá quantas vezes mais, viu Khosrow espiar Shirin banhando-se no lago ao luar, os amantes Leila e Majnun desfalecerem de emoção ao se reverem após tantos anos de separação, e uma fogosa ilustração, carregada de passarinhos, árvores e flores, de Salaman e Absal quando fugiram do mundo para viver juntos numa ilha de felicidade. Como Grande Mestre que era, mesmo ao examinar a pintura mais medíocre ele não deixava de chamar a minha atenção para um detalhe estranho num canto, devido talvez a um descuido do iluminador ou quem sabe à má combinação das cores: quem seria o melancólico artista, atormentado por pensamentos sombrios, que ousou empoleirar aquela sinistra coruja no galho de uma árvore, na cena em que Shirin ouve com Khosrow a história contada pela criada com voz de mel? Quem teria incluído aquele lindo efebo vestido de mulher no meio das egípcias que, por estarem admirando a beleza de José, cortam os dedos ao descascar as suculentas laranjas? E o miniaturista que pintou Isfandyar cegado por uma flecha estaria prevendo que mais tarde ele também ficaria cego?

Vimos os anjos acompanharem nosso Louvado Profeta na sua Ascensão; o velho de pele escura, seis braços e longa barba branca que simbolizava Saturno; Rustam bebê, dormindo em paz no seu berço marchetado de madrepérola, sob o olhar da mãe e das amas. Vimos Dario agonizar nos braços de Alexandre; Bahram Gur encerrado no quarto vermelho em companhia da princesa russa; Siyavush passar através do fogo montando um cavalo negro cujas narinas não tinham nada de peculiar; e a lúgubre procissão fúnebre de Khosrow, assassinado pelo próprio filho.

Mestre Osman pegava os livros e descartava-os rapidamente, vez ou outra reconhecia o autor ou me mostrava a assinatura do ilustrador, que descobria humildemente escondida entre as flores que cresciam numa construção em ruínas ou oculta num poço negro, junto de um *djim*. Estudando as assinaturas e as dedicatórias, ele podia determinar quem tirara o que de quem. Ele folheava rapidamente certos volumes, certo de que só encontraria algumas miniaturas. Às vezes faziam-se longos silêncios, em que só se ouvia o sussurro das páginas virando. De vez em quando ele exclamava "oh!", mas eu continuava calado, sem compreender seu espanto. Às vezes ele me lembrava que já tínhamos encontrado a mesma composição de página, ou o mesmo arranjo de árvores e cavaleiros em outro livro, em diferentes cenas de histórias totalmente diferentes, e me mostrava de novo essas pinturas para avivar minha memória. Comparou uma miniatura de uma versão do *Quinteto*, de Nizami, da época de Riza Xá, filho de Tamerlão — isto é, de uns duzentos anos atrás — com outra miniatura que dizia ter sido feita em Tabriz, setenta ou oitenta anos antes, depois me perguntava o que podíamos deduzir do fato de que dois miniaturistas criaram a mesma imagem sem terem visto a obra um do outro. E ele próprio dava a resposta:

"Pintar é recordar."

Enquanto abria e fechava os velhos manuscritos iluminados, o rosto de Mestre Osman ora se cobria de tristeza ante a maravilha daquela arte (porque ninguém mais era capaz de pintar assim), ora ria animada e maldosamente ao ver as obras mal executadas (afinal, todos os miniaturistas somos irmãos!), e me mostrava o que significava a tal "recordação" do artista: a forma das velhas árvores, os anjos, para-sóis, tigres, tendas, dragões, príncipes melancólicos. Com isso o artista queria sugerir o seguinte: um dia, Alá olhou para o mundo em sua perfeição e, confiando na beleza do que via, decidiu legá-lo, nessa forma, a seus servos; e o dever dos pintores e dos que, amantes da arte, contemplam o mundo é recordar a magnificência que Alá viu e nos deixou como herança. Os grandes mestres de cada geração de pintores, que passaram a vida trabalhando até ficar cegos, lutam com todas as suas forças e com toda a sua inspiração para apreender e registrar a maravilhosa visão que Alá quis que tivéssemos. A obra deles, portanto, era como que o trabalho pelo qual a própria humanidade trazia de volta à memória suas mais preciosas recordações, desde o início dos tempos. Mas infelizmente, como os velhos já cansados da vida ou os grandes miniaturistas, cegos de tanto trabalhar, até os maiores mestres só eram capazes de recordar uma parte ínfima e isolada dessa magnífica visão. Era essa misteriosa sabedoria que explicava por que os velhos mestres desenhavam milagrosamente uma árvore, um passarinho, a pose de um príncipe lavando-se num banho público ou uma triste jovem à janela, exatamente da mesma maneira, apesar de nunca terem visto a obra um do outro e apesar de às vezes séculos os separarem.

Muito mais tarde, quando a luz avermelhada do Tesouro decaiu e ficou claro que aquele armário não continha nenhum dos livros com que o xá Tahmasp presenteara o avô do Nosso Sultão, Mestre Osman voltou à sua lógica:

"Às vezes a asa de um passarinho, o modo como uma folha é presa na árvore, as curvas dos beirais de telhado, a maneira como uma nuvem flutua, o riso de uma mulher são preservados ao longo dos séculos, passando de mestre a discípulo e mostrado, ensinado e memorizado por gerações e gerações. Tendo aprendido esse detalhe com seu mestre, o miniaturista acredita que ele é uma forma perfeita, crê que ela é imutável, assim como o é o Venerável Corão, memoriza essa forma exatamente como memoriza o Corão e nunca mais esquece esse detalhe indelevelmente pintado na sua memória. Mas não o esquecer jamais não significa que o artista vá sempre usá-lo. Os costumes do ateliê onde ele extingue pouco a pouco a luz dos próprios olhos, os hábitos e as cores que o Grande Mestre mais aprecia ou os caprichos do seu sultão às vezes não o deixam pintar assim aquele detalhe, e ele desenhará a asa do passarinho ou a maneira como uma mulher ri..."

"... ou as narinas do cavalo..."

"... ou as narinas do cavalo", prosseguiu imperturbável Mestre Osman, "não da maneira como está gravado no fundo da sua alma, mas de acordo com o costume do ateliê em que ele agora trabalha, exatamente como seus colegas. Entendeu?"

Já tínhamos folheado várias versões do *Khosrow e Shirin*, de Nizami, quando Mestre Osman leu em voz alta, numa imagem representando Shirin sentada em seu trono, uma inscrição gravada em duas pedras no alto da parede do palácio: "Que o grande Alá preserve o poder do vitorioso filho de Tamerlão Cã, Nosso Nobre Sultão, e proteja seu reinado e seu reino, para que ele seja sempre feliz" (na pedra da esquerda) "e rico" (na pedra da direita).

"Onde poderemos encontrar as ilustrações em que o miniaturista pintou as narinas do cavalo da mesma maneira que as tinha gravadas na memória?"

"Precisamos encontrar o lendário volume do *Livro dos reis* que o xá Tahmasp mandou de presente", respondeu Mestre Osman. "Temos de remontar àquela época distante, gloriosa e lendária, em que a mão de Alá participava da arte da pintura. Ainda faltam muitos livros a examinar."

De repente a ideia de que a intenção de Mestre Osman talvez não fosse tanto encontrar aqueles cavalos de estranhas ventas, quanto poder consultar e admirar aquelas miniaturas que há anos dormiam nas câmaras do Grande Tesouro perpassou pela minha mente. Mas eu estava tão impaciente para relatar a Shekure, que me aguardava em casa, o resultado das nossas buscas, que não quis acreditar que, na verdade, o Grande Mestre desejava apenas ficar o maior tempo possível naquele lugar gelado.

Continuamos, pois, abrindo outros armários e outras arcas que o velho anão nos mostrava, para examinar as miniaturas ali contidas. Às vezes aquelas imagens, todas parecidas, acabavam me enfastiando e eu não suportava mais ver Khosrow sob a janela de Shirin; então, sem nem sequer olhar para as narinas do seu cavalo, eu me afastava de Mestre Osman para tentar me aquecer junto do braseiro ou andando, cheio de respeito e admiração, entre os montes de tecidos, ouro, armas, armaduras e dos mais diversos butins, que entulhavam as salas contíguas. Às vezes, atendendo a um grito ou a um gesto da sua mão, voltava correndo para junto do Mestre, perguntando-me que nova obra-prima ele havia encontrado ou se, finalmente!, não teria achado um cavalo com narinas estranhas, e olhava a pintura que ele, encolhido num tapete de seda da época do sultão Mehmet, o Conquistador, me estendia com sua mão levemente trêmula e que eu nunca vira igual, representando, por exemplo, Satanás entrando sorrateiro na Arca de Noé.

Admiramos centenas de xás, reis, sultões e cãs, que tinham se sucedido no trono de vários reinos e impérios, da época de Tamerlão à do sultão Suleyman, o Magnífico, caçando felizes e excitados coelhos, gazelas e leões. Vimos até o Diabo morder o dedo e horrorizar-se com um sem-vergonha que, trepado numas toras de madeira em que amarrara as patas traseiras de uma camela, violentava o pobre animal. Depois, num manuscrito árabe proveniente de Bagdá, vimos um mercador voar sobre o mar, pendurado aos pés de uma ave mítica.

No volume seguinte, que se abriu sozinho na primeira página, vimos a cena de que Shekure e eu mais gostávamos: Shirin contemplava o retrato de Khosrow pendurado num galho de árvore e se apaixonava por ele. Depois, ao apreciarmos uma pintura que dava vida aos mecanismos de um complicadíssimo relógio, feito de bobinas e bolinhas de metal, ornado com passarinhos e pequenos beduínos e montado no lombo de um elefante, lembramo-nos do tempo.

Não sei quanto mais ficamos ali, folheando um livro atrás do outro, admirando ilustrações e mais ilustrações. Era como se a Idade de Ouro, imutável e congelada, revelada nas imagens e histórias que percorríamos, tivesse se misturado ao tempo úmido e bolorento da sala do Tesouro. Era como se aquelas páginas iluminadas, criadas ao longo dos séculos à custa do desgaste da vista de ateliês inteiros pertencentes a um sem-número de xás, cãs e sultões, ganhassem vida, assim como os objetos que pareciam nos sitiar: elmos, cimitarras, adagas com seus cabos cravejados de diamantes, armaduras, vasos de porcelana chinesa, empoeirados e delicados alaúdes, almofadas e *kilims* bordados com pérolas — iguais aos que tínhamos visto nas incontáveis ilustrações.

"Começo a me dizer que esses milhares de pintores, que reproduzem há séculos os mesmos temas, pintaram, imperceptivelmente, gradativamente, a lenta transformação do mundo deles num novo mundo."

Devo confessar que não compreendi plenamente o que o Grande Mestre queria dizer. Mas a atenção que eu o via dedicar a cada uma daquelas centenas de imagens, feitas durante mais de dois séculos e trazidas para Istambul de Bukhara e de Herat, de Bagdá e de Tabriz, certamente não se restringia mais às narinas dos cavalos, único indício que buscávamos. O que fazíamos de fato era prestar uma espécie de melancólica homenagem à inspiração, ao talento e à paciência de todos os mestres que tinham se consagrado naquelas terras, em todos aqueles anos, à arte da pintura e da iluminura.

Foi por isso que, quando romperam o lacre da porta do Tesouro depois da prece da noite e Mestre Osman me declarou que não tinha a intenção de sair, que preferia passar a noite ali mesmo, examinando as miniaturas à luz das velas e candeeiros a óleo, a fim de poder levar corretamente a cabo a tarefa confiada por Nosso Sultão, eu respondi sem titubear que também ficaria, com ele e o anão.

Porém, mal a porta se abriu e o Mestre foi anunciar nosso desejo aos guardas, que nos esperavam do lado de fora, e pedir licença ao Tesoureiro-Mor, eu lamentei imediatamente minha decisão. Estava com saudade de Shekure e da nossa casa. Ao pensar em como ela passaria a noite sozinha com as crianças e como conseguiria trancar a janela, cujos contraventos ainda não estavam consertados direito, fui ficando cada vez mais inquieto.

Pela porta entreaberta, os plátanos altos e sombrios do pátio do *Enderun*, agora envolto numa vaga bruma, e os gestos de dois pajens que conversavam por meio de sinais para não perturbar o descanso do Nosso Sultão, pareciam me chamar para a exuberante vida lá fora; mas fiquei ali, paralisado pelo embaraço e pela culpa.

## 50. NÓS, OS DOIS ERRANTES

O BOATO DE QUE NOSSO RETRATO ESTAVA entre as páginas provenientes da China, de Samarcanda e de Herat, que faziam parte de um álbum escondido no mais remoto recanto das dependências do Tesouro, onde se acumula o butim de centenas de países saqueados há centenas de anos pelos ancestrais do Nosso Venerado Sultão, foi sem dúvida difundido no meio dos miniaturistas pelo anão Djazmi Agá. Já que devemos contar agora nossa história a nosso modo — que a vontade de Alá esteja conosco —, esperamos que nenhum dos inúmeros presentes a este elegante café se escandalize com o que vai ouvir.

Passaram-se nada menos de cento e dez anos desde a nossa morte e quarenta anos desde que nosso convento — declarado um foco de heresia, um irreformável ninho de rebelião satânica e, ainda por cima, um antro dos partidários da Pérsia — foi fechado. No entanto, ainda estamos aqui, diante de vocês. Por quê? Porque fomos desenhados à europeia! Como vocês veem no desenho, éramos dois *dervixes* que um belo dia errávamos de uma cidade a outra do território do Nosso Sultão.

Pés descalços, cabeças descobertas, nus até a cintura, ou melhor, cada um vestindo à guisa de capote uma pele de veado, brandindo um cajado, nossa tigela de coco pendurada no pescoço por uma correntinha, uma machadinha para cortar a lenha para nós dois e uma só colher para comer tudo o que Alá houver por bem derramar em nossas cuias.

Estávamos ao lado da fonte, bem em frente de um *caravançará*, eu e meu bom amigo, meu companheiro, meu doce irmão, envolvidos em nossa costumeira discussão, cada um querendo ceder ruidosamente ao outro a vez de usar a única colher com que comíamos — "Você primeiro!" "Não, você!" —, quando um viajante europeu, um homem muito estranho, nos interrompeu, deu uma moeda veneziana de prata a cada um de nós e pôs-se a nos desenhar.

Era europeu, como disse, e portanto esquisito, tanto que nos colocou bem no meio da folha, como se fôssemos a tenda do Sultão! Visto que nos desenhava seminus, tive a ideia, que logo comuniquei ao meu companheiro, de envesgar mostrando bem o branco dos olhos, o negro virado para dentro, como se fôssemos cegos, de maneira a parecermos *dervixes* errantes ainda mais verdadeiros e miseráveis. Foi o que fizemos. Quando um *dervixe* envesga assim, ele contempla o mundo que traz na cabeça, e não o mundo exterior; e, como nossa cabeça estava cheia de haxixe, a paisagem das nossas mentes era muito mais agradável que aquela que o pintor europeu via.

Enquanto isso, a paisagem exterior se deteriorou mais um pouco: ouvimos de repente as vociferações de um Hodja Efêndi.

Não nos entendam mal, por favor. Foi "Hodja Efêndi" que falamos, mas na semana passada produziu-se um tremendo mal-entendido neste elegante café: quando dissemos "Hodja Efêndi", não estávamos aludindo em absoluto à Sua Excelência Nusret Hodja, o *hodja* de Erzurum, nem ao *hodja* que não tem pai, o bastardo Husret Hodja, nem ao *hodja* de Sivas, que ficamos sabendo copulava nas árvores com Satanás. Aqueles que interpretam tudo de maneira negativa disseram que, se Sua Excelência Hodja Efêndi se tornasse mais uma vez aqui alvo de maledicências, eles cortariam a língua do satirista e poriam abaixo este café.

Cento e vinte anos atrás (não havia cafés então), o respeitado Hodja, cuja história começamos a contar, estava espumando de raiva.

"Ei, infiel, por que está desenhando esses dois?", ele se aproximava berrando. "Esses desgraçados desses *dervixes* errantes andam por aí roubando e mendigando, fumam haxixe, bebem vinho, enrabam um ao outro e, como dá para ver pela aparência deles, nem sabem o que é uma prece, um lar, a pátria, a família. Eles são a ralé deste bom mundo que é o nosso. Por que você está pintando esta imagem da abjeção, quando há tanta beleza neste grande país? Será que é para fazer os outros acreditarem que somos todos abjetos?"

"Não, é só porque os desenhos dos aspectos abjetos de vocês vendem mais", respondeu o infiel. Nós dois ficamos impressionados com a sensatez do raciocínio do pintor.

"E se o Diabo rendesse mais, você o pintaria bonito?", rebateu Hodja Efêndi, tentando atrair o outro para uma discussão. Mas, como vocês podem ver por este desenho, o europeu era um artista de verdade, que só se preocupava com seu trabalho e com o dinheiro que este ia lhe render, e não com a tagarelice vazia do *hodja*.

De fato, ele nos pintou, guardou-nos na pasta de couro que levava atrás da sela da sua cavalgadura e voltou para a sua cidade infiel. Pouco tempo depois disso, os exércitos vitoriosos dos otomanos conquistaram e saquearam a sua cidade nas margens do Danúbio, e nós dois acabamos voltando para Istambul e para o Tesouro do Sultão. Ali, copiados às escondidas um sem-número de vezes, passamos de um livro a outro, até finalmente chegarmos a este alegre café, onde essa bebida é tomada como um elixir rejuvenescedor e revigorante. E agora:


UM BREVE TRATADO SOBRE A PINTURA,
A MORTE E NOSSO LUGAR NO MUNDO

O Hodja Efêndi de Konya, de que acabamos de falar, parece que proclamou em algum lugar, num dos seus sermões, que foram escritos e coligidos num grosso volume, que nós, *dervixes* errantes, somos o rebotalho do mundo, porque não pertencemos a nenhuma das quatro categorias em que os homens são divididos: 1. homens ilustres; 2. mercadores; 3. agricultores; 4. artistas. Logo, somos supérfluos.

Além disso, afirmou o seguinte: "Aqueles dois sempre vagabundeiam em par e estão sempre discutindo para saber qual dos dois vai ser o primeiro a comer com a única colher que têm; quem não sabe que se trata apenas de uma maneira velada de determinar qual dos dois vai enrabar o outro primeiro acha a discussão engraçada e cai na risada". Sua Excelência o Hodja Não-o-Confundam-com-Outro descobriu nosso segredo porque ele, como nós, os bonitos efebos, os aprendizes e os miniaturistas, rezamos todos pela mesma cartilha.

## O VERDADEIRO SEGREDO

É o seguinte: enquanto nos pintava, aquele infiel olhava para nós com tamanha candura, com tanta atenção, que estávamos encantados por ter sido tomados como modelos. Ele cometia, porém, o erro de ver o mundo apenas com seus olhos e de representar o que via. Por isso, ele nos pintava como cegos, quando enxergávamos, e muito bem até! Mas nem ligamos. Agora estamos contentes. Segundo o Hodja, estamos no Inferno; de acordo com alguns incréus, não passamos de cadáveres decompostos; mas, para vocês que estão reunidos aqui, seleto e inteligente público de pintores, somos este desenho e, por sermos um desenho, estamos aqui diante de vocês como se estivéssemos vivos e bem de saúde. Depois do nosso encontro com o respeitado Hodja Efêndi e depois de ir de Konya a Sivas a pé em três noites, passando por oito aldeias, mendigando o caminho todo, uma noite fomos surpreendidos pelo frio e pela neve. Encolhidos um contra o outro, adormecemos e morremos gelados. Antes de morrer, sonhei que me desenhavam e que meu desenho, depois de viver milhares de anos, entrava no Paraíso.

# 51. EU, MESTRE OSMAN

Contam em Bukhara uma história da época de Abdullah Cã. Esse cã uzbeque era um soberano muito desconfiado e, embora não fizesse objeção a que mais de um pintor trabalhasse para a mesma obra, detestava que seus artistas se imitassem mutuamente, cada um copiando o trabalho do vizinho. Porque, se todos se copiassem descaradamente, caso um deles iniciasse uma imagem repreensível, seria impossível determinar quem era o autor da blasfêmia. Mais grave ainda, em vez de todos se emularem procurando nas trevas o tesouro perdido das lembranças de Alá, os plagiadores acabariam pouco a pouco se contentando com pintar o que viam por cima dos ombros do artista ao lado. Por isso, esse cã recebeu cheio de alegria dois grandes mestres, um de Shiraz, no Sul, o outro de Samarcanda, no Leste, que fugiam da guerra e dos xás cruéis para buscar refúgio em sua corte, mas proibiu que um visse o trabalho do outro. Deu-lhes, portanto, dois pequenos ateliês privados, nos dois extremos do seu imenso palácio. Assim, durante exatos trinta e sete anos e quatro meses, como se ouvissem uma fábula, os dois grandes mestres ouviram, cada qual por sua vez, Abdullah Cã exaltar a beleza do trabalho nunca visto do outro, como eram diferentes ou incrivelmente parecidos entre si. E os dois morriam de curiosidade pela pintura do outro. Quando esse cã uzbeque cruzou a linha de chegada da sua longa prova da vida, que ele correu como uma tartaruga, os dois velhos pintores precipitaram-se um para o ateliê do outro, a fim de verem as respectivas miniaturas. Mais tarde, sentados cada um numa ponta de uma grande almofada, um com o livro do outro no colo, examinando as ilustrações das mesmas fábulas apreciadas por Abdullah Cã, ambos os miniaturistas tiveram a decepção de constatar que as imagens não eram nem de longe tão maravilhosas quanto esperavam, pelo que tinham ouvido delas, mas, como todas as pinturas que haviam visto nos últimos anos, pareciam ordinárias, pálidas, um pouco apagadas até. Os dois velhos mestres não se deram conta de que esse apagado era o primeiro sintoma da cegueira iminente e, mesmo depois de ficarem cegos, teimavam que tinham sido enganados a vida toda pelo cã, e morreram persuadidos de que os sonhos eram mais bonitos do que as imagens dos livros.

Na sala do Tesouro, onde eu virava as páginas no meio da noite com meus dedos gelados, eu sabia que tinha muito mais sorte do que os artistas da cruel história de Bukhara, pois podia contemplar as maravilhas com que sonhara nos últimos quarenta anos. Eu me sentia tão emocionado com a ideia de ter em mãos — antes de ficar cego e ir para o Além — alguns dos lendários manuscritos de que ouvira falar a vida inteira, que às vezes deixava escapar uma exclamação de reconhecimento a Alá, quando a imagem que eu via superava em beleza tudo o que me haviam contado.

Por exemplo, oitenta anos atrás o xá Ismail atravessou o rio e, com sua espada, retomou dos uzbeques Herat e todo o Khurasan, nomeando então seu irmão Mirza governador de Herat. Para celebrar o feliz acontecimento, Mirza encomendou uma versão iluminada de um livro intitulado *A convergência dos astros*, em que é contada uma história tal como foi testemunhada por Emir Khosrow no palácio de Délhi. Dizia-se que uma das ilustrações do livro mostrava o encontro de dois soberanos — Keykubad, sultão de Délhi, e Bugra Cã, seu pai, soberano de Bengala — à margem de um rio, para celebrar uma vitória conjunta. Mas os dois personagens também lembram a fisionomia do xá Ismail e do seu irmão, o príncipe Mirza, que encomendara o livro. Meu espírito se perdia entre as duas leituras daquela cena grandiosa e, sonhando que tinha diante dos meus olhos os heróis daquelas duas histórias em sua tenda, agradeci a Alá por ter me dado a oportunidade de ver aquela página mágica.

Numa miniatura do sheik Muhammad, um dos maiores mestres daquela mesma época lendária, um pobre coitado, cujo afeto e cuja adoração por seu sultão atingiram o nível do mais puro amor, assistia o sultão jogar uma partida de polo, esperando ansiosamente que a bola rolasse em sua direção para que ele pudesse pegá-la e entregá-la ao seu venerado soberano. Ele espera longamente, pacientemente, e a bola, por fim, vem rolando até ele. Vemos o homem no momento em que a pega e entrega ao seu amado sultão. Como tinham me afirmado milhares de vezes, o amor, a devoção, a submissão absoluta que um pobre coitado experimenta por um grande cã ou um eminente monarca, ou que um bonito e jovem aprendiz sente por seu mestre, eram expressos aqui com uma delicadeza e uma compaixão perfeitas, nos dedos estendidos do súdito oferecendo a bola, na sua impossibilidade de juntar coragem e olhar para o seu venerado soberano. Olhando para aquela página, confirmou-se minha certeza de que não havia maior alegria no mundo do que ser o mestre de um bonito, inteligente e jovem aprendiz, e de que esse prazer só tinha igual naquela submissão total, quase servil, que o aprendiz devota ao seu mestre — e tive sincera pena dos que não podem compreender tal coisa.

Enquanto eu virava as páginas e admirava, apressadamente mas com embevecida atenção, os milhares de passarinhos, cavalos, soldados, amantes, camelos, árvores e nuvens, o feliz anão, igual um xá dos velhos tempos deleitando-se com a rara oportunidade de exibir seus tesouros, tirava das arcas um volume depois do outro e colocava-os à minha frente. De dois cantos de um baú de ferro, lotado de volumes divertidos, de livros comuns e álbuns heterogêneos, emergiram dois exemplares extraordinários — um encadernado no estilo de Shiraz, com capa cor de vinho, o outro encadernado em Herat e acabado com uma laca escura, à chinesa —, contendo páginas tão parecidas, que de início pensei que um era cópia do outro. Para determinar qual era o original e qual a cópia, pus-me a procurar, nos respectivos *cólofons*, o nome dos calígrafos, a buscar nos detalhes alguma assinatura oculta. Acabei me dando conta de que aqueles dois volumes de Nizami eram os lendários livros que Mestre Sheik Ali, de Tabriz, havia feito, um para o cã dos Carneiros Negros,

Djahan Xá, o outro para o cã do Carneiro Branco, Hassan, o Alto. Para evitar que o grande artista fizesse para outro uma versão melhor desse trabalho, o cã do Carneiro Negro mandou furar os olhos dele; o Mestre refugiou-se então junto ao cã do Carneiro Branco e criou de memória para ele um exemplar superior. Ver que as imagens do segundo daqueles livros lendários, feitas pelo pintor já cego, eram mais sutis e mais puras, embora as do primeiro tivessem cores mais vivas e vigorosas, recordou-me que a memória do cego revela a implacável simplicidade da vida, mas também atenua seu vigor.

Sei que sou um grande pintor, e não duvido que o Poderoso Alá, que tudo sabe e tudo vê, é da mesma opinião; por isso também sei que um dia ficarei cego. Mas era porventura o que eu desejava naquele momento? Como o condenado que deseja contemplar o mundo pela última vez antes de ter a cabeça cortada, supliquei a Ele, cuja presença eu podia sentir perto de mim, na esplêndida e assustadora escuridão daqueles tesouros amontoados: "Permita-me ver todas estas miniaturas até meus olhos se fartarem!".

Por obra da inescrutável sabedoria de Alá, ao fio das páginas que eu virava eu descobria o tempo todo lendas e histórias de cegueira. Na célebre cena que mostra como Shirin, ao passear pelo campo, se apaixona loucamente pelo retrato de Khosrow pendurado no galho de um plátano, Sheik Ali Reza, de Shiraz, representara uma a uma todas as folhas da árvore, de modo que o céu estava coberto delas. Em resposta a um idiota que viu a obra e comentou que o verdadeiro tema da ilustração não era o plátano, Sheik Ali replicou que o verdadeiro tema também não era a paixão da bela moça, mas a paixão do artista; e provou orgulhosamente sua afirmação pintando o mesmo plátano com todas as suas folhas num grão de arroz. Se não me enganava quanto à assinatura escondida detrás dos lindos pés da dama de companhia favorita de Shirin, eu contemplava agora a magnífica árvore pintada em papel pelo grande mestre — ele deixou incompleta a que fez no grão de arroz, pois ficou cego após trabalhar nela por sete anos e três meses. Numa outra página,

Rustam furando os olhos de Alexandre com sua flecha de ponta em forquilha era manifestamente pintado de acordo com o estilo indiano e com tanta vivacidade, e um colorido tão exuberante, que passava ao observador a sensação de que a cegueira, tristeza imemorial e desejo secreto de todo miniaturista digno desse nome, era o prólogo de uma feliz comemoração.

Meus olhos porém percorriam essas imagens e esses livros com a excitação de alguém ávido por contemplar pessoalmente aquelas obras lendárias de que ouvira falar a vida toda, mas também com a tristeza de um velho que sabe que em breve nunca mais verá nada. Naquela sala do Tesouro banhada por um vermelho profundo que eu nunca tinha visto antes — gerado pela luz das velas atravessando a poeira e se refletindo nos tecidos coloridos —, eu deixava escapar às vezes um grito de embevecimento que fazia o anão Djazmi e o Negro correrem na minha direção para espiar por cima do meu ombro. Incapaz de me conter, eu lhes explicava as maravilhas daquela página:

"Esta cor pertence ao Grande Mestre de Tabriz, Mirza Baba Imami, que aliás levou para o túmulo seu segredo. Ele a utiliza nas beiradas dos tapetes, no turbante turcomano usado pelos xás da Pérsia e, como vocês estão vendo, também no ventre deste leão e no *cafetã* deste belo rapaz. Alá nunca dá a ver diretamente este vermelho admirável, salvo quando permite que corra o sangue dos seus súditos. No entanto, Alá houve por bem confiar o segredo dessa variedade de vermelho a uns raríssimos insetos que vivem debaixo das pedras, para que pudéssemos obter, esmagando-os, essa cor excepcional que só encontramos nos melhores tecidos e nas pinturas dos maiores mestres", expliquei, acrescentando: "Agradeçamos mais uma vez a Ele, que esconde e que revela!".

"Olhem aqui", chamei-os bem mais tarde, de novo incapaz de guardar só para mim a contemplação de mais uma obra-prima. "É um exemplar digno de figurar nas melhores coletâneas de gazéis, que falem de amor, amizade, primavera e felicidade." A floração multicor das árvores na primavera, os ciprestes de um jardim que se assemelha ao Paraíso e os arroubos dos felizes amantes que, deitados na relva, tomam vinho e recitam doces poemas — era como se nós, no ar pesado, glacial, úmido, que reinava no Tesouro, também pudéssemos sentir o aroma daqueles botões primaveris e da pele delicadamente perfumada do alegre par. "Vejam como os braços dos amantes, seus lindos pés descalços, a elegância da sua pose e os passarinhos que se divertem indolentes esvoaçando ao seu redor, que o pintor representou com tanto fervor, realçam o aspecto severo e rugoso do velho cipreste ao fundo! É a marca de Lutfi de Bukhara, cujo temperamento difícil e brigão fazia com que deixasse todas as suas ilustrações inacabadas. Ele brigava com todos os xás e cãs, clamando que eles não entendiam nada de pintura e nunca ficava muito tempo no mesmo lugar. Esse grande mestre ia de um palácio a outro, de cidade em cidade, desentendendo-se em todos, nunca conseguindo encontrar um soberano cujo livro fosse digno do seu talento, até que foi bater no ateliê de um reles potentado local, que reinava apenas sobre morros descalvados. Proclamando que esse 'cã podia ter domínios pequenos, mas entendia de pintura', ali passou seus últimos vinte e cinco anos de vida. Ainda hoje se discute se ele sabia ou não que o seu amo era cego."

"Estão vendo esta página?", perguntei já tarde da noite, e dessa vez os dois acorreram cada qual com sua vela na mão. "Da época dos netos de Tamerlão, há cento e cinquenta anos, até hoje, de Herat a Istambul, este livro passou por dez donos." Os três deciframos com minha lupa as assinaturas, dedicatórias, informações históricas e nomes de sultões estrangulados uns pelos outros, todas aquelas referências acavaladas, intercaladas, espremidas umas contra as outras, enchendo cada canto da página de *cólofon*: "Este volume foi terminado em Herat, com a ajuda de Alá, pela mão do calígrafo sultão Veli, filho de Muzaffar, no ano da Hégira de oitocentos e quarenta e nove, por conta de Ismet-i-Dünya, esposa de Muhammad Djuki, irmão do Senhor do Mundo, Baysungur". Pudemos ler que aquele volume havia sido possuído, depois disso, pelo sultão Khalil, da Horda do Carneiro Branco, por seu filho Ya'kub Bei, depois passara pelas mãos dos sultões uzbeques, cada um dos quais havia tirado ou acrescentado ao acaso uma ou duas miniaturas. Todos, desde o primeiro deles, haviam mandado pintar imagens das respectivas esposas e caligrafar seu nome na página de *cólofon*. Mais tarde o volume voltou a Herat na época de Sem Mirza, após a conquista da cidade pelo xá Ismail, o Safávida, a quem seu irmão mais moço deu de presente, para o seu palácio de Tabriz. Aí, o xá Ismail mandou fazer nova dedicatória, pois pretendia oferecê-lo por sua vez. No entanto, com sua derrota em Tchaldiran para o Hóspede do Paraíso, sultão Selim I, o Cruel, e o saque do Palácio dos Sete Céus em Tabriz, o livro acabou vindo parar aqui neste Tesouro, em Istambul, depois de atravessar desertos, montanhas e rios com os vitoriosos soldados do Sultão.

Até que ponto o Negro e o anão compartilhavam o meu entusiasmo de velho artista? À medida que abria outros livros e virava outras páginas, eu compartilhava as profundas tribulações de todos aqueles milhares de pintores de centenas de cidades, grandes e pequenas, cada um deles com seu temperamento, cada um pintando sob o patrocínio de um xá, cã ou potentado cruel, cada um exibindo seu talento até ficar cego. Eu sentia a dor das surras que todos nós recebemos durante nosso longo período de aprendizado, as reguadas na cara até o rosto ficar vermelho ou as pancadas com o alisador de mármore na cabeça tonsurada, enquanto folheava incomodado um livro de quinta categoria sobre os métodos e equipamentos de tortura. Gostaria de saber o que aquela coisa abjeta fazia ali, no Tesouro otomano: em vez de considerar a tortura uma prática necessária, administrada sob a supervisão de um juiz e destinada a assegurar a justiça de Alá neste mundo, os viajantes infiéis, para convencer seus correligionários de que somos gente desalmada e cruel, encomendavam estes álbuns hediondos a alguns miniaturistas, que se rebaixavam a tanto em troca de algumas moedas de ouro. Incomodava-me principalmente o prazer perverso que aquele miniaturista sentira nitidamente ao pintar as bastonadas, espancamentos, crucifixões, enforcamentos, pelos pés ou pescoço, empalações, grelhas, arrancamentos de unhas, olhos e cabelos, estrangulamentos, degolas, devorações por cachorros famintos, açoites, sacos de couro molhados, torniquetes, mergulhos na água gelada, dedos quebrados, esfolamentos pedaço por pedaço, mutilações de nariz. Só artistas de verdade, como nós, que sofreram na juventude as mais severas correções, cacetadas, cachações, cascudos a esmo, com que os mestres descarregavam sua irritação por causa de uma linha que eles próprios haviam traçado mal — sem falar nas sessões de varadas e reguadas destinadas a matar o diabo que havia dentro de nós, para que renascessem na forma do *djim* da inspiração —, só artistas como nós podiam se deleitar representando essas cenas de tortura e pintando com cores vivas, como uma criança colore sua pipa, todos aqueles horríveis instrumentos.

Daqui a várias centenas de anos, os homens que se debruçarem sobre o nosso mundo através das pinturas que fizemos não vão entender nada. Tentando compreender melhor, ainda que a paciência às vezes lhes falte, quem sabe sentirão o embaraço, a alegria, a dor, o prazer que agora sinto ao examinar estas miniaturas nesta sala gelada do Tesouro. Mas nunca compreenderão de verdade. Continuei a virar as páginas, os dedos entorpecidos, insensíveis, minha fiel lupa de cabo de madrepérola e meu olho esquerdo passando por elas como uma velha cegonha atravessando a terra, pouco surpresa com a vista lá embaixo, mas ainda espantada por ver coisas novas. E naquelas páginas há décadas ocultas aos nossos olhos, muitas delas lendárias, descobri que artista aprendera o que com quem, em que ateliê sob o patrocínio de que xá aquilo a que hoje chamamos "estilo" tomou forma pela primeira vez, que mítico mestre trabalhara para quem, e como, por exemplo, as nuvens turbulentas, que eu sabia terem se difundido por toda a Pérsia a partir de Herat sob a influência chinesa, chegaram até a capital, Kazvin. Às vezes eu me permitia um exausto "ah!"; mas bem no fundo de mim experimentava uma angústia, uma melancolia, uma sensação de vazio que dificilmente poderia compartilhar com vocês, ao pensar nas humilhações, nos maus-tratos infligidos pelos mestres àqueles pintorezinhos bonitos, com cara de lua, olhos de gazela, magricelos, que suportavam tudo aquilo por sua arte, mas que continuavam cheios de ânimo e de esperança, regozijando-se com o afeto que se desenvolvia entre eles e seus mestres, com o amor que compartilhavam pela pintura, antes de sucumbir no anonimato e na cegueira após longos anos de árdua labuta.

Sim, vazio e melancolia, isso era o que inspirava à minha alma esse mundo de sentimentos delicados que, durante todos esses anos consagrados à ilustração das guerras e festejos do Nosso Sultão, ela havia acabado por esquecer. Assim, abrindo uma antologia de poemas, eu via um jovem rapaz persa de cintura fina, lábios vermelhos, tendo no colo uma antologia poética, como eu; aquilo me lembrou esta verdade que os reis, ávidos de ouro e de poder, costumam esquecer: a beleza do mundo pertence a Alá. Num outro álbum, ilustrado por um jovem pintor de Isfahan, admirei com lágrimas nos olhos dois namorados, extraordinariamente bonitos, que me fizeram pensar nos meus aprendizes, tão apaixonados por sua arte. Um rapaz, cujos pés miúdos e a pele diáfana lhe davam um ar feminino, arregaçava a manga para mostrar, a uma linda mocinha de lábios de cereja, olhos amendoados e narinas finas como dois pontos de pena, três marcas em forma de flor — três queimaduras que ele fizera a ferro em brasa, para lhe provar o ardor da sua paixão —, num braço tão adorável que dava vontade de beijá-lo e depois morrer.

Meu coração agitou-se estranhamente. Como sessenta anos antes, quando eu era aprendiz e via ilustrações indecentes desenhadas com tinta preta ao estilo de Tabriz, representando garotinhos de tez marmórea com garotinhas esbeltas de seios nascentes, o suor pôs-se a gotejar da minha testa. Lembrei-me dos devaneios profundos e do entusiasmo que senti, poucos anos depois de me casar e quando estava a ponto de tornar-me mestre, ao ver um efebo com carinha de anjo, olhos amendoados, pele como a pétala de uma rosa, que me haviam trazido como candidato a aprendiz. Tive a sensação, breve mas intensa, de que a pintura não era uma questão de vazio ou de melancolia, mas desse desejo que eu revivia, e que o pintor devia transformar esse desejo num amor ao mundo tal como era visto por Alá. Tão forte era esse desejo que ele me fazia reviver com um delicioso êxtase todos os anos que passei sobre a minha prancheta de desenho até minhas costas ficarem curvas, todas as surras que levei enquanto aprendia minha arte, toda aquela minha dedicação que me condenava à cegueira, todas as angústias da pintura que sofri e fiz outros sofrerem. Como se corresse o olhar por uma coisa proibida, contemplei longa e silenciosamente, e com o mesmo deleite, aquela maravilhosa imagem. Muito depois eu ainda a contemplava. Uma lágrima correu pela minha face rugosa até a minha barba branca.

Percebendo que a claridade de um dos castiçais que se moviam lentamente na nossa sala se aproximava de onde eu estava, larguei o álbum e escolhi outro ao acaso, dentre os que o anão havia empilhado ao alcance da minha mão. Era uma obra luxuosa, sem dúvida preparada para um xá: via-se um casal de gamos namorando na orla de um matagal, ante o olhar invejoso e hostil de dois chacais. Na página seguinte, uns cavalos baios e ruços que só podiam ser obra de um dos velhos mestres de Herat, tão magníficos eram! Virei a página: um alto funcionário do governo, sentado numa atitude arrogante, olhava para mim de uma miniatura de uns setenta anos atrás; eu não podia dizer quem ele era por seu rosto, que se parecia com o de qualquer um, pelo menos era o que eu pensava, mas um não sei quê na pintura, as várias nuances com que era pintada a barba do homem sentado recordavam-me alguma coisa. Meu coração disparou quando reconheci a execução daquela mão sublime. Meu coração soube antes de mim: só ele poderia ter desenhado aquela mão! Era uma obra de Bihzad! Senti como se uma luz quente jorrasse da pintura no meu rosto.

Eu já tinha visto algumas criações do Grande Mestre Bihzad; mas, seja porque daquelas vezes eu estava com outros pintores, seja porque não pudemos então ter certeza de que se tratava de fato de uma obra do grande Bihzad, eu não havia ficado tão emocionado quanto agora.

As trevas nauseabundas, úmidas e pesadas do Tesouro pareciam iluminadas. A imagem daquela mão confundia-se na minha mente com a do braço delgado, marcado a fogo com os símbolos do amor, que eu acabara de ver. E mais uma vez agradeci a Alá por me mostrar aquelas maravilhas antes que eu ficasse cego. Como é que eu sabia que isso não ia tardar? Não sei. Disse comigo mesmo que podia confiar essa minha intuição ao Negro, que se esgueirara para junto de mim com uma vela na mão e também observava aquela página, mas foram outras as palavras que saíram da minha boca.

"Veja que beleza esta mão", exclamei. "É Bihzad."

Naquele instante minha mão, por si mesma, repetiu o gesto costumeiro de quando eu era moço e estava apaixonado por um dos meus bonitos aprendizes de pele macia e aveludada, e pegou a do Negro. A mão dele era lisa e sólida, mais quente que a minha, o pulso palpitante era ao mesmo tempo fino e robusto, como eu gosto. Quando eu era moço, era assim que pegava a mão juvenil dos meus aprendizes e, antes de lhes mostrar como segurar o pincel, olhava-os com afeto em seus lindos e assustados olhos. Fiz a mesma coisa com o Negro. Vi em seus olhos o reflexo da chama da vela que ele empunhava. "Nós, miniaturistas, somos todos irmãos", falei, "mas tudo isso logo vai acabar."

"O que quer dizer?"

Eu disse "tudo isso logo vai acabar" como um grande mestre que aguarda a cegueira, tendo dedicado seus anos a um senhor ou a um príncipe, tendo criado obras-primas em seu ateliê no estilo dos antigos, tendo até conseguido fazer que seu ateliê criasse seu próprio estilo, um grande mestre que sabe que, se seu senhor e patrono perder sua derradeira batalha, novos senhores virão no rastro dos saqueadores inimigos, dispersarão o ateliê, rasgarão as páginas e as encadernações, destruirão sem dó nem piedade tudo o que sobrar, todos os refinados detalhes em que por tanto tempo acreditara, todos os achados de que se orgulhava e que amava tanto quanto seus próprios filhos. Mas eu precisava explicar isso ao Negro de outro modo.

"Esta é uma imagem do grande poeta Abdullah Hatifi. Hatifi era um poeta tão grande que, quando o xá Ismail entrou na cidade de Herat, só ele ficou em casa, enquanto o resto da população saiu à rua para vê-lo. Em resposta, o conquistador em pessoa foi à casa de Hatifi visitá-lo. E ele morava fora da cidade. Sabemos que é ele, não pelos traços que Bihzad lhe empresta, mas pela inscrição ao pé da ilustração, não é mesmo?"

O Negro olhou para mim, aquiescendo com seus lindos olhos.

"Quando observamos o rosto do poeta nesta imagem, vemos o de qualquer poeta. Se Hatifi estivesse aqui não poderíamos reconhecê-lo pela ilustração; mas podemos identificá-lo se examinarmos com cuidado o conjunto do retrato: o estilo da composição, a postura do modelo, as cores, a douradura e a maneira extraordinária com que o grande Bihzad pintou esta mão sublime permitem-nos dizer sem hesitação que é o retrato de um poeta. Porque na nossa pintura o sentido precede a forma. E se nos pusermos a pintar à europeia ou à veneziana, como no livro que Nosso Sultão encomendou ao seu Tio, então o mundo dos sentidos cederá lugar ao mundo da forma. Mas, com os métodos venezianos..."

"Meu Tio, descanse em paz, foi assassinado", replicou o Negro secamente.

Acariciei sua mão, que eu segurava com o mesmo respeito que a de um jovem aprendiz que esperamos faça maravilhas, um dia. Calados e reverentes, contemplamos a obra-prima de Bihzad por mais um bom momento. Depois ele retirou a mão.

"Passamos depressa demais pelos alazões da página precedente, sem verificar a forma das narinas."

"Não têm nada de especial", respondi. E para que ele próprio comprovasse, voltei à página anterior: não havia de fato nada de extraordinário nas narinas dos cavalos.

"Quando vamos encontrar esses cavalos de narinas esquisitas?", protestou como um garotinho.

No meio daquela noite, já chegando a madrugada, quando eu e o anão encontramos no fundo de um grande baú de ferro, sob várias camadas de brocado de seda, enrolado numa capa de cetim verde, o celebérrimo *Livro dos reis* de Tahmasp, o Negro dormia de punhos cerrados, encolhido num tapete vermelho de Ushak, a bonita cabeça apoiada num travesseiro enfeitado com pérolas. Ao rever, pela primeira vez após tantos anos aquela obra que já se tornara lendária, soube que o dia ia ser maravilhosamente longo.

Era um objeto tão volumoso e pesado que Djazmi Agá e eu tivemos a maior dificuldade para tirá-lo dali e carregá-lo. Ao apalpar a encadernação, senti a madeira sob o forro de couro. Vinte e cinco anos antes, a morte do sultão Suleyman, o Magnífico, deixou o xá Tahmasp tão empolgado por se ver finalmente livre daquele sultão que havia ocupado Tabriz três vezes que, além de uma caravana carregada dos mais variados presentes, ele ofereceu ao sucessor de Suleyman, o sultão Selim II, um magnífico Corão e este volume, o mais bonito livro do seu Tesouro. Primeiro a embaixada do xá, composta por trezentas pessoas, levou o livro a Edirne, onde o novo sultão passava o inverno caçando; depois, quando chegou aqui em Istambul com os outros presentes transportados no lombo de mulas e camelos, Memi, o Negro, que era o Grande Mestre Iluminador na época, e três de seus jovens pintores, eu entre eles, fomos ver o livro antes que o trancassem no Tesouro. Como os moradores de Istambul iam correndo ver um elefante trazido do Hindustão ou uma girafa vinda da África, assim nós corremos ao palácio, onde o Grande Mestre nos informou que, embora naquela época vivesse em Tabriz, para onde se mudara ao deixar Herat, Bihzad, entrado em anos, não havia contribuído para aquele livro por já estar cego.

Para pintores otomanos como nós, que se impressionavam facilmente com um manuscrito que apresentasse sete ou oito miniaturas, como sucede geralmente, esse livro, que ostentava nada menos de duzentas e cinquenta, era como um maravilhoso palácio que exploraríamos enquanto seus moradores dormiam um sono encantado. Admirávamos aquelas páginas suntuosas em pia e silenciosa reverência, como se contemplássemos os próprios Jardins do Paraíso que houvessem aparecido milagrosamente diante de nós por um breve instante. E nos vinte e cinco anos seguintes, esse livro que permanecia trancado na Sala do Tesouro não cessou de alimentar nossas conversas.

Abri silenciosamente a grossa capa do *Livro dos reis*, como se estivesse abrindo a porta imensa de um palácio. À medida que virava suas páginas, cada uma das quais produzia um farfalhar gostoso, era muito mais a melancolia do que um reverencioso respeito que tomava conta de mim.

1. Eu tinha dificuldade para concentrar minha atenção naquelas imagens, pois não parava de pensar nas histórias que sugeriam que todos os miniaturistas de Istambul haviam roubado daquele livro a ideia para as suas imagens.

2. Eu estava por demais esperançoso de encontrar em algum canto o toque pessoal de Bihzad para conceder toda atenção que mereciam certas páginas, que eram verdadeiras obras-primas (por exemplo, com que elegância e determinação Tahmuras abatia sua maça sobre a cabeça de demônios e gigantes, os quais, mais tarde, firmada a paz, lhe ensinariam o alfabeto, o grego e várias outras línguas!).

3. A questão das narinas dos cavalos e a presença do Negro e do anão eram mais um obstáculo a impedir que eu me entregasse à contemplação do que via.

Apesar do privilégio de Alá ter me concedido, em sua infinita bondade, a sorte de me fartar com esse livro lendário antes que a cortina das trevas baixe sobre meus olhos, graça divina conferida a todos os grandes miniaturistas, eu estava consternado por constatar que o contemplava mais com a inteligência do que com o coração.

Na hora em que os primeiros alvores do dia penetravam em nossa sala, transformada numa espécie de túmulo gelado, eu já tinha examinado as duzentas e cinquenta e nove (e não duzentas e cinquenta) ilustrações daquela obra excepcional. E, já que as vi com a mente, permitam-me mais uma vez ordenar minhas observações como se fosse um erudito árabe interessado apenas em raciocinar:

1. Não pude localizar em lugar nenhum os cavalos cujas narinas se parecessem com as que foram desenhadas pelo ignóbil assassino: nem nos cavalos com pelagens de todas as cores que Rustam encontra em seu caminho, quando se aventura até o centro do *Turã* perseguindo os ladrões do seu próprio corcel; nem naquela extraordinária manada que atravessa o Tigre a nado, pertencente a Feridun, xá do Irã, cuja passagem o sultão árabe queria proibir; nem entre os cavalos cinzentos que observam desolados a perfídia de Tur, que corta a cabeça do seu irmão mais moço, Iradj, para se vingar da partilha feita pelo pai ao legar seu reino, deixando a Tur apenas as terras ocidentais de Rum, enquanto a Iradj coube o fértil Irã e ao terceiro a distante China; nem entre os cavalos dos heroicos exércitos de Alexandre, formados por khazares, egípcios, berberes e árabes, todos eles equipados com armaduras e escudos de ferro, indestrutíveis alfanjes e elmos cintilantes; nem na famosa égua que massacrou, com seus cascos, Yazdagird, xá do Irã, às margens de um lago em cujas águas cor de esmeralda, dotadas de poder curativo, ele vinha buscar alívio para seu nariz que sangrava perpetuamente, castigo divino que ele merecera por ter se revoltado contra os desígnios de Alá; nem nas centenas de outros míticos cavalos, cada um mais maravilhoso que o outro, obra de seis ou sete miniaturistas no máximo. Restava-me entretanto mais de um dia inteiro para estudar os outros livros do Tesouro.

2. Corre nos últimos vinte e cinco anos um rumor persistente entre os mestres da nossa arte: um dos pintores teria recebido autorização excepcional do sultão para entrar aqui no Tesouro e, encontrando este *Livro dos reis*, teria copiado num caderno uma série de desenhos — cavalos, nuvens, flores, aves, árvores, jardins, cenas de amor ou de batalha, para utilizá-las em seu trabalho. Cada vez que um artista produzia uma verdadeira obra-prima, a inveja dos outros rebaixava seu trabalho qualificando-o de mera imitação da escola persa de Tabriz. Na época, Tabriz não fazia parte do nosso império e, quando tais calúnias eram dirigidas a mim, eu ficava furioso, com toda razão, mas secretamente orgulhoso; no entanto, quando ouvia a mesma acusação feita a outros pintores, eu acreditava... Ora, é verdade que nós, os qua-

tro miniaturistas que, vinte e cinco anos atrás, tivemos a honra de contemplar este livro, retivemos tão bem as imagens em nosso espírito que elas se encontram, transformadas, nas obras que pintamos para o Sultão. A cruel desconfiança dos sultões, que depois disso recusaram que consultássemos esse livro e todos os outros guardados no Tesouro, me entristecia muito menos do que constatar como era limitado o mundo da nossa pintura: os artistas persas, tanto os grandes mestres de Herat como os novos mestres de Tabriz, produziram muito mais ilustrações extraordinárias, muito mais obras-primas do que nós, otomanos.

Por um instante pensei que seria melhor que todos os meus pintores, e eu próprio, fôssemos submetidos dois dias depois à tortura; e, com a ponta do estilete que usava para apontar penas, pus-me a furar impiedosamente os olhos da imagem que estava sob a minha mão, na página aberta do livro. A miniatura evocava a célebre partida de xadrez do sábio persa que aprendeu a jogar simplesmente olhando para um jogo trazido pelo embaixador do Hindustão e logo em seguida derrotou um mestre hindu. Uma mentira persa! Furei um a um os olhos dos dois jogadores e, depois, os do xá e de todos os personagens da sua corte que assistiam à partida. Passando às páginas seguintes, também furei os olhos daqueles xás que guerreavam sem dó, dos soldados de imponentes exércitos ataviados com magníficas armaduras e das várias cabeças que jaziam no chão. Assim fiz em pelo menos três páginas, depois guardei meu estilete no bolso.

Minhas mãos tremiam, mas eu não me sentia nem um pouco mal. Estaria experimentando agora aquilo que sentiam, depois de cometer esse mesmo ato insano, aqueles tresloucados com cujo feito tantas vezes me deparei ao longo da minha cinquentenária carreira de pintor? Em todo caso, é certo que eu desejaria ter visto escorrer nas páginas daquele livro o sangue jorrando dos olhos que eu cegara.

3. Tudo isso me levava ao grande tormento que me esperava ao fim da minha vida e que era também meu grande consolo. Em nenhum lugar desta obra-prima, na qual Tahmasp fizera trabalhar durante dez anos os maiores artistas do Irã, aparecia o menor ves-

tígio do pincel de Bihzad, nem, em particular, das incomparáveis mãos que ele pintava. Isso confirmava a lenda de que ele tinha se cegado perto do fim da vida, quando teve de se mudar de Herat para Tabriz. Mais uma vez concluí feliz que, depois de ter igualado a perfeição dos velhos mestres ao cabo de toda uma vida de trabalho, o grande mestre preferiu cegar-se para não ter de submeter sua arte aos desejos de um novo xá vitorioso ou de algum outro ateliê.

O Negro reapareceu nesse momento com o anão, carregando um enorme volume que pousaram aberto diante de mim.

"Não, não é este", disse a eles mas sem qualquer indelicadeza. "Este é um *Livro dos reis* feito pelos mongóis: os cavaleiros de Alexandre cobertos de ferro carregam sobre o inimigo; seus cavalos, também armados de ferro, foram enchidos de nafta e atacam cuspindo fogo pelas ventas."

Detivemo-nos um pouco sobre aquele flamejante exército de metal, copiado das pinturas chinesas.

"Djazmi Agá", pedi, "vinte e cinco anos atrás nós pintamos a cena da entrega dos presentes que os embaixadores de Tahmasp haviam trazido do Irã, entre os quais este livro. Creio que ela se encontra no *Livro das vitórias* do sultão Selim..."

O anão localizou a obra sem a menor dificuldade e a dispôs à minha frente. Na página em face da ilustração vibrantemente colorida representando a cerimônia em que os embaixadores entregavam os presentes oficiais, entre eles o *Livro dos reis*, meus olhos deram, em meio à lista dos presentes descritos um a um, com uma legenda que eu lera ao consultar pela primeira vez o prestigioso volume, mas de que me esquecera, sem dúvida por ela parecer tão incrível:

*Alfinete de ouro para turbante, com cabo de turquesa e madrepérola, com o qual o Venerado Talento de Herat, o Mestre dos Mestres Iluminadores, Bihzad, furou os olhos.*

Perguntei ao anão onde ele pegara o *Livro das vitórias* do sultão Selim. Segui-o pela poeirenta escuridão do Tesouro, serpeando sob as escadas e entre arcas, tecidos, pilhas de tapetes, armários. Notei como nossas sombras, ora se estreitando, ora se alargando, deslizavam por escudos, defesas de elefante, peles de tigre. Numa das salas contíguas, também tingida pelo mesmo vermelho estranho dos veludos e brocados, ao lado do baú de ferro de onde o anão havia exumado o *Livro dos reis*, vi entre outros livros, tecidos bordados de prata e ouro, gemas brutas do Ceilão e adagas com cabos cravejados de rubis, alguns dos outros presentes enviados pelo xá Tahmasp — tapetes de seda de Isfahan, um jogo de xadrez de marfim e um objeto que logo chamou a minha atenção: um estojo da época de Tamerlão, decorado com dragões e folhagens chineses e com uma rosácea de madrepérola marchetada. Abri-o, escapou um cheiro sutil de papel queimado e água de rosas; ali estava, dentro dele, o tal alfinete com cabo de turquesa e madrepérola usado para prender plumas nos turbantes. Peguei-o e voltei para o meu lugar, como uma sombra.

De novo a sós, pousei sobre uma página aberta do *Livro dos reis* o alfinete com que Bihzad se cegara. O que me arrepiava não era ver o alfinete com que ele se cegara, mas um objeto em que sua mão milagrosa havia pegado.

Por que será que o xá Tahmasp havia enviado ao sultão Selim, junto com a obra, aquele alfinete aterrador? Terá sido porque esse xá, que na infância teve Bihzad como mestre de pintura e na juventude foi um protetor dos artistas, havia mudado ao envelhecer, afastando-se dos artistas, pintores e poetas do seu círculo, para se consagrar inteiramente à fé e à devoção? Terá sido por isso que ele quis se desfazer do maravilhoso manuscrito em que todos os seus maiores pintores haviam trabalhado dez anos a fio? Terá incluído aquele alfinete para que todos soubessem que a cegueira do Grande Mestre tinha sido voluntariamente causada ou, conforme o rumor que correu por algum tempo, para significar que a simples contemplação das maravilhosas páginas da obra que o alfinete acompanhava devia extinguir o desejo de ver qualquer outra coisa deste mundo? De fato, como acontece com muitos soberanos em idade avançada, que se arrependem de terem amado a pintura em seus verdes anos por temerem ter cometido um sacrilégio, esse livro sem dúvida não exercia mais nenhum fascínio sobre o xá, naquele momento.

Lembrei-me das histórias de velhos pintores cheios de mágoas, que viram seus sonhos se frustrarem: estando os exércitos de Djahan Xá, chefe da Horda do Carneiro Negro, a ponto de entrar em Shiraz, o lendário Ibn Hussam, Grande Mestre da cidade, declarou: "Recuso-me a pintar de outra maneira", e mandou um aprendiz queimar-lhe as pupilas com um ferro em brasa; entre os miniaturistas que os exércitos do ilustre sultão Selim, o Cruel, trouxeram para Istambul depois de derrotarem o xá Ismail, tomarem Tabriz e saquearem o seu Palácio dos Sete Céus, havia um velho mestre persa que diziam ter-se cegado com remédios porque acreditava que nunca mais poderia pintar em estilo otomano, e não por causa de uma doença que contraíra na estrada, como outros sustentavam. A história de Bihzad sempre me pareceu um bom exemplo, e eu costumava contá-la aos meus pintores em seus momentos de desalento.

Será que não existiria outro recurso? Não poderia um mestre pintor, fazendo algumas concessões ao novo estilo ocidental, salvar o ateliê e, se não todo, ao menos parte do estilo dos antigos mestres?

Na ponta delicadamente fina do alfinete de turbante, via-se uma pequenina mancha negra, mas meu olho cansado não conseguia determinar se era sangue. Aproximei minha lupa e examinei demoradamente o alfinete, como se contemplasse uma melancólica pintura de amor com igual carga de melancolia. Não estava porventura contemplando uma obra de Bihzad? Tentava compreender como ele tinha feito. Ninguém fica cego de uma vez, parece; a escuridão aveludada desce lentamente, às vezes leva dias, meses até, como acontece com os velhos que ficam cegos.

Eu o percebera ao passar à sala ao lado, levantei-me para ir buscá-lo: um espelho de cabo de ébano grosso e espiralado, cuja moldura de marfim era adornada com uns escritos. Voltei ao meu lugar e mirei meus olhos. Em minhas pupilas cansadas por sessenta anos de miniaturas, a chama das velas ondulava suavemente.

Como Bihzad terá feito? perguntei-me com uma espécie de cobiça.

Enquanto eu mantinha os olhos bem próximos do espelho, minha mão encontrava sozinha o alfinete, com os mesmos movimentos instintivos de uma mulher pintando os olhos. Como se fura um ovo de avestruz, para esvaziá-lo antes de pintá-lo, enfiei sem titubear a ponta do alfinete na minha pupila direita. O mal-estar que senti não provinha da sensação, mas do que vi que tinha feito. Depois de enfiá-lo um quarto do dedo, retirei o alfinete.

Na moldura do espelho estava gravado um dístico, no qual o poeta deseja, a quem nele se mira, eternas beleza e sabedoria — e vida eterna ao próprio espelho.

Fiz, sorrindo, a mesma coisa no outro olho.

Fiquei um longo momento ali, sem me mexer, espiando o mundo todo e cada coisa.

As cores, para minha grande surpresa, não haviam escurecido, mas como que se fundiam umas nas outras. Eu ainda podia enxergar mais ou menos bem.

Pouco mais tarde, quando os raios pálidos do sol nascente penetravam na penumbra avermelhada do Tesouro, introduziam-se nas dobras cor de sangue das tapeçarias, o Tesoureiro-Mor e seus homens procederam à mesma cerimônia de quebra do lacre, de abertura do ferrolho e das portas. Djazmi Agá trocou os penicos, as lamparinas e os braseiros, mandou trazer pão fresco e amoras secas, e transmitiu a mensagem de que devíamos permanecer entre os livros do Nosso Sultão, para prosseguir a busca do cavalo de ventas bizarras. Há coisa mais maravilhosa do que contemplar as mais belas miniaturas que já foram pintadas, enquanto tentamos recordar o mundo tal como é visto por Alá?

## 52. MEU NOME É NEGRO

**Quando, de manhã, o tesoureiro-mor** acompanhado da sua escolta mandou abrir as portas, meus olhos estavam tão acostumados à claridade avermelhada das salas do Tesouro que a luz do dia de inverno filtrando do pátio do *Enderun* causou-me um efeito sinistro e ameaçador. Como Mestre Osman, fiquei imóvel, como se o menor movimento pudesse fazer as pistas que buscávamos escapar voando pelo ar bolorento, empoeirado, quase palpável do Tesouro.

Mestre Osman olhava para aquele raio de luz, que passava entre a cabeça dos guardas do Tesouro enfileirados de ambos os lados da porta aberta, com uma curiosidade estranha, como quem vê uma coisa magnífica pela primeira vez.

Na noite precedente, eu o observara de longe e vira seus traços adquirirem a mesma expressão quando ele via as miniaturas do *Livro dos reis* de Tahmasp Xá. Sua sombra na parede de vez em quando tremia um pouco. Via-o inclinar a cabeça, a lupa na mão, seus lábios ora esboçando uma expressão complacente, como se fossem revelar algum segredo agradável, ora mexendo-se sozinhos enquanto ele admirava as imagens.

Depois que as portas foram fechadas, pus-me a andar de um lado para o outro, cada vez mais excitado. Eu me perguntava com angústia se teríamos tempo suficiente para que os livros do Tesouro nos dessem a chave do mistério. Eu sentia que Mestre Osman não se concentrava direito em nossa tarefa precisa e acabei por fazer-lhe parte das minhas inquietações.

É um costume de todos os mestres acariciar amavelmente os jovens aprendizes, e ele também, nessa ocasião, pegou minha mão com ternura.

"As pessoas do nosso ofício não têm escolha, têm de se esforçar para enxergar o mundo da maneira que Alá o vê e, quanto ao mais, confiar-se à Sua justiça. Eu tenho a sensação de que, pelo menos aqui, os objetos e suas imagens se aproximam e chegam quase a se juntar, e à medida que nos aproximamos do ponto de vista de Alá, também nos aproximamos da Sua justiça. Olhe, é o alfinete com que Bihzad furou os olhos."

Enquanto ele me contava nua e cruamente a história do alfinete, vi, com a lente de aumento que me permitia examiná-la melhor, que a aguda ponta do funesto objeto trazia o vestígio de um líquido rosado.

"Para os velhos mestres", ele prosseguiu, "era um ponto de honra respeitar a arte, o estilo, as cores a que haviam dedicado toda a sua vida. Era uma infâmia, para eles, ver o mundo um dia como um xá oriental ordenava, outro como mandava um soberano ocidental, que é o que fazem os artistas de hoje."

Seus olhos não olhavam para os meus, nem para a página diante dele. Ele parecia olhar além, perder-se na brancura de inacessíveis distâncias. Na página do *Livro dos reis*, os exércitos do Irã e do *Turã* se enfrentavam com todo o seu vigor. Os cavalos encouraçados chocavam-se, ombro contra ombro, os heroicos guerreiros em fúria brandiam suas espadas e se trucidavam numa orgia de cores, suas armaduras trespassadas pelas lanças da cavalaria, suas cabeças e seus braços cortados, seus corpos mutilados ou talhados em dois cobriam todo o campo de batalha.

"Quando os grandes mestres de outrora eram forçados a adotar o estilo dos vencedores e imitar seus miniaturistas, eles preservavam sua honra usando um alfinete para antecipar heroicamente a inexorável cegueira que os misteres da pintura lhes trariam com o tempo. E consagravam as últimas horas — às vezes alguns dias —, antes que as trevas imaculadas de Alá descessem sobre os seus olhos como uma recompensa suprema, a contemplar sem cessar uma obra-prima da pintura. Por ficarem assim horas inteiras, de cabeça inclinada, sem tirar os olhos da página, o mundo daquelas imagens e seu sentido, turvados com o sangue que escorria dos seus olhos, substituíam todos os martírios que eles haviam sofrido e, enquanto a vista se anuviava lentamente, eles se aproximavam em paz da cegueira. Sabe que imagem eu gostaria de contemplar até alcançar a divina escuridão dos cegos?"

Suas pupilas se estreitavam no meio do branco dos olhos, cada vez maiores, fixados num ponto fora da sala, além dos tesouros, como alguém que tenta reavivar uma remota lembrança da sua infância.

"A cena, pintada no estilo clássico dos velhos mestres de Herat, em que Khosrow, louco de amor, cavalga até o pé do castelo de verão de Shirin e espera que ela se mostre!"

Ele ia me contar a cena em todos os seus detalhes, na forma de um elogio fúnebre à glória dos mestres cegos de outrora, mas eu, num estranho impulso, interrompi-o: "Grande Mestre Venerado, o que aspiro contemplar é o doce rosto da minha amada. Estamos casados há três dias, por doze anos esperei esse casamento. E quando vejo a cena em que Shirin se apaixona pelo retrato de Khosrow, é só nela que eu penso!".

A face de Mestre Osman irradiou uma viva expressão, de surpresa talvez, mas que não tinha nada a ver com a minha história nem tampouco com as sangrentas imagens de batalha à sua frente. Ele parecia esperar uma boa e reconfortante nova, que pouco a pouco se revelaria. Certo de que não olhava para mim, aproveitei para surrupiar o alfinete de turbante e me afastei.

Num canto escuro da terceira sala do Tesouro, aquela que é contígua ao grande *hamam*, estavam amontoados centenas de estranhos relógios presenteados por soberanos da Europa; quando paravam de funcionar, como não demorava a acontecer, eram jogados ali. Foi para lá que me retirei de modo a examinar com maior atenção aquele alfinete de turbante que, segundo Mestre Osman, o grande Bihzad utilizara para furar os olhos.

À luz avermelhada do dia que filtrava na sala, refletindo-se nas caixas, no cristal e nos diamantes dos relógios quebrados e empoeirados, a ponta do alfinete de ouro, revestida por aquele líquido rosado, de quando em quando cintilava. Será que o lendário miniaturista se havia mesmo cegado com aquele adereço? Será que Mestre Osman também teria cometido esse mesmo ato terrível? Preso ao mecanismo de um daqueles imponentes relógios, um marroquino do tamanho de um dedo e exuberantemente colorido, parecia responder que sim com uma expressão maliciosa. Quando o relógio funcionava, aquele homenzinho de turbante otomano inclinava alegremente a cabeça ao dar a hora — uma pequena brincadeira do habilidoso relojoeiro do rei Habsburgo, que o enviara para divertir Nosso Sultão e as mulheres do harém.

Depois, corri os olhos por uma série de livros medíocres. Como o anão me confirmava, eles provinham do espólio dos paxás cujas propriedades e pertences foram confiscados depois que eles tiveram a cabeça cortada. Tantos paxás foram executados, que a quantidade daqueles livros era incalculável. Com impiedosa satisfação, o anão comentou que certo paxá, a quem a embriaguez da riqueza e do poder fizera esquecer sua condição de súdito do Sultão, a ponto de mandar fazer um livro em sua homenagem iluminado com folha de ouro, como se ele fosse um monarca ou um xá, bem que mereceu ser executado e ter seus bens tomados. Mesmo nesses volumes, alguns dos quais eram álbuns, manuscritos iluminados ou antologias poéticas ilustradas, sempre que eu me deparava com uma versão de Shirin se apaixonando pelo retrato de Khosrow, eu me detinha para contemplá-la demoradamente.

A pintura dentro da pintura, isto é, o retrato de Khosrow que Shirin descobre num passeio pelo campo, nunca era visível em detalhe, mas não porque os miniaturistas não fossem capazes de pintar algo tão pequeno — muitos deles tinham destreza e fineza bastantes para pintar em unhas, grãos de arroz e até fios de cabelo. Por que então eles não desenhavam o rosto e as feições de Khosrow — o objeto do amor de Shirin — suficientemente detalhados para que ele pudesse ser reconhecido? A certa altura da tarde, entregue a esses pensamentos talvez para esquecer minha situação desesperada, eu já ia interrogar Mestre Osman sobre esse ponto preciso quando, num álbum feito de páginas disparatadas que me caíra nas mãos, minha atenção foi atraída por um cavalo numa imagem representando um cortejo nupcial, pintada em seda. Meu coração disparou.

Ali estava, bem diante de mim, um cavalo com estranhas narinas. Montava-o um jovem e tímido noivo, que me olhava bem nos olhos, como se fosse me contar um segredo. E, como nos sonhos, eu quis gritar mas não pude emitir nenhum som.

Fechei o livro e fui correndo por entre os objetos e baús até Mestre Osman, pondo o livro aberto à sua frente naquela página.

Ele olhou para a imagem.

Como eu não via nenhum sinal de reconhecimento no seu rosto, impacientei-me. "As narinas do cavalo são exatamente como as que foram feitas para o livro do meu Tio", exclamei.

Ele baixou a lupa sobre o animal e se debruçou tanto para aproximar os olhos da lente e da pintura que seu nariz tocava claramente a página.

Seu silêncio se prolongava, não pude me conter. "Como o senhor pode ver, este cavalo não é pintado no mesmo estilo que o do livro do meu Tio, mas as narinas são iguais. O artista tentava ver o mundo à maneira chinesa." Calei-me por um instante. "É um cortejo nupcial", prossegui. "Parece uma pintura chinesa, mas os personagens não são chineses, são nossa gente."

Mestre Osman estava agora com o nariz grudado na lupa, e esta tocava o papel. Para enxergar melhor, ele fazia uso não só dos olhos, mas também da cabeça, forçando o mais que podia os músculos do pescoço, suas costas idosas, seus ombros. Silêncio.

"Este cavalo tem as narinas fendidas", disse por fim, num sussurro.

Nossas cabeças se tocavam. Os rostos colados, observamos demoradamente as ventas do cavalo. Não só confirmei que as narinas do cavalo eram fendidas, mas notei também, penalizado, que Mestre Osman tinha dificuldade para enxergá-las.

"O senhor está vendo, não está?", perguntei.

"Muito mal. Conte-me o desenho."

"Se quiser saber a minha opinião, a noiva não está feliz", expliquei com tristeza. "Ela vai montada num cavalo cinzento, de narinas fendidas, seguida por suas amigas e por uma escolta de guardas que ela não conhece. A dura fisionomia desses homens que a protegem, sua assustadora barba negra, suas espessas sobrancelhas, seus bigodes compridos e bastos, seu corpanzil sob os *cafetãs* de pano leve, as polainas finas, os chapéus de pele de urso, seus machados de combate e suas cimitarras mostram que se trata de cavaleiros turcomanos da Horda do Carneiro Negro, vindos da Transoxânia. Quanto à noiva, tão bonita quanto melancólica, a julgar pelas tochas e as lanternas que a iluminam na noite e pelo fato de estar acompanhada por suas damas de honra, como se fizesse uma longa viagem, deve ser uma princesa chinesa."

"Ou talvez achemos que ela é chinesa porque o artista, querendo realçar a perfeição da sua beleza, branqueou seu rosto como fazem os chineses e pintou-a com olhos puxados", observou Mestre Osman.

"Seja ela o que for, tenho dó dessa triste bela, que atravessa a estepe no meio da noite acompanhada por uns guardas estrangeiros de cara feroz, dirigindo-se a uma terra estranha e a um marido que ela nunca viu", repliquei, acrescentando imediatamente: "Como poderemos determinar, pelas narinas cortadas do cavalo que ela monta, quem é este miniaturista?".

"Vire as outras páginas e me conte o que vê", respondeu Mestre Osman.

No momento em que eu voltei correndo com o livro que queria mostrar a Mestre Osman, percebi que o anão estava sentado no penico. Agora nós três examinávamos juntos as páginas que eu virava.

No mesmo estilo oriental da nossa viajante noturna, vimos outras jovens e belas chinesas reunidas, tocando um alaúde de forma bizarra no meio de um jardim. Vimos pagodes, morosas caravanas partindo para longas viagens, vistas das estepes lindas como antigas lembranças. Vimos árvores nodosas pintadas no estilo chinês, com sua florada primaveril em pleno apogeu e rouxinóis inebriados de amor pousados em seus galhos. Vimos príncipes pintados ao estilo de Khurasan sentados em suas tendas conversando sobre poesia, vinho e amor; jardins espetaculares e formosos senhores, com magníficos falcões empoleirados em seus braços, partindo para a caçada em seus corcéis. De repente, foi como se o Demônio houvesse penetrado naquelas páginas, e podíamos sentir que, na pintura, o mal muitas vezes era a própria razão. Terá o miniaturista acrescentado um toque irônico na ação do heroico príncipe que liquida o dragão com sua gigantesca lança? Terá ele tripudiado com a miséria daqueles infelizes camponeses que esperam de um sheik alívio para seus males? O que mais lhe agrada, pintar os olhos tristes e vazios dos cachorros engatados no coito, ou aplicar um vermelho diabólico nas bocas abertas das mulheres que riem maldosamente dos pobres animais? Vimos então os próprios demônios do miniaturista: aquelas criaturas bizarras se pareciam com os *djins* e os gigantes que os velhos mestres de Herat e os artistas do *Livro dos reis* costumavam desenhar; mas o talento sardônico do miniaturista os fez mais sinistros, mais agressivos e de forma mais humana. Rimos muito olhando para aqueles demônios terríveis, do tamanho de um homem mas com corpos disformes, galhadas na testa e rabos de felino. Ao longo das páginas que eu virava, aqueles demônios nus, de sobrancelhas densas, caras redondas, olhos saltando das órbitas, dentes pontiagudos, unhas afiadas e a pele escura e enrugada dos velhos, se esmurravam e se empurravam, roubavam um cavalo e o sacrificavam aos seus deuses, pulavam e dançavam, derrubavam árvores, raptavam lindas princesas em seus palanquins, capturavam dragões, saqueavam tesouros. Quando eu disse que naquele volume, ao qual grande número de artistas havia emprestado seus pincéis, o miniaturista conhecido como Pena Negra, que fizera os demônios, também pintara *dervixes* errantes de cabeça rapada, roupas esfarrapadas, cheios de correntes no corpo e cajado na mão, Mestre Osman ouviu-me com atenção e pediu-me para repetir detalhadamente como era cada um deles.

"É uma prática ancestral dos mongóis fazer um corte nas narinas dos seus cavalos para que respirem melhor e corram por mais tempo", explicou em seguida. "Foi com cavalos assim que as hordas de Hulagu conquistaram todo o Irã, a China e a Arábia. Quando entraram em Bagdá e o cã mandou saquear a cidade inteira, passar a população a fio de espada e jogar todos os livros no Tigre, o célebre calígrafo e futuro miniaturista Ibn Shakir, em vez de fazer como todo o mundo e fugir do massacre indo para o sul, tomou deliberadamente a direção do norte, de onde tinham vindo os cavaleiros mongóis. Naquela época, não se ilustravam os manuscritos, porque o Corão proibia, e os pintores não gozavam da menor estima. É ao venerável Ibn Shakir, patrono e mestre de todos nós, miniaturistas, que devemos os maiores segredos da nossa arte: a visão do mundo como que do alto de um minarete, com um horizonte sempre presente, visível ou não, e o uso de cores turbilhonantes, vivas e otimistas para pintar todas as coisas, das nuvens aos menores insetos, da maneira que os chineses fazem. Ouvi contar que era observando as narinas dos cavalos ao longo do caminho que ele se orientava rumo ao norte, quando do seu lendário périplo até a terra das hordas mongóis. Mas, pelo que vi e ouvi, nenhum dos cavalos que ele desenhou em Samarcanda, aonde chegou após um ano de viagem a pé, enfrentando a neve e o mau tempo, tinha narinas fendidas. Porque, para ele, os cavalos perfeitos, os cavalos de sonho não eram os robustos, potentes e vitoriosos corcéis dos mongóis, que ele veio a conhecer já adulto, mas os elegantes cavalos árabes da sua feliz juventude. É por isso que as narinas estranhas do cavalo pintado para o livro do seu Tio não me fizeram pensar nem nos cavalos mongóis, nem nesse costume que os mongóis difundiram no Khurasan e em Samarcanda."

Enquanto falava, Mestre Osman ora olhava para o livro, ora para nós, como se só pudesse ver as coisas que evocava com os olhos da mente.

"Além das narinas fendidas dos cavalos e da pintura chinesa, as hordas mongóis trouxeram outra coisa para a Pérsia, e de lá até aqui, a Istambul: os demônios que veem neste livro. Vocês certamente já ouviram falar que eles são os emissários do Mal, enviados pelas forças obscuras das profundezas da Terra para se apoderar das vidas humanas e de tudo o que nos é caro, e nos levar para seu mundo subterrâneo de escuridão e morte. Nesse mundo das profundezas, tudo, nuvens, árvores, objetos, cachorros ou livros, tudo tem alma e fala."

"É verdade", aquiesceu o velho anão. "Alá é testemunha de que, nas noites que passo aqui, trancado no Tesouro, não só o espírito dos relógios, da louça chinesa e dos serviços de cristal se põem a soar o tempo todo, mas também o espírito de todas as carabinas, espadas, escudos e elmos ensanguentados despertam e põem-se a conversar, em tamanha algazarra que o Tesouro se transforma no campo de uma disputada batalha apocalíptica."

"Os *dervixes* errantes, cujas imagens vimos, trouxeram essa crença do Khurasan para a Pérsia, de onde chegou a Istambul", explicou Mestre Osman. "Quando, depois da sua brilhante vitória sobre o xá Ismail, o sultão Selim I saqueou o palácio de Tabriz, dito dos Sete Céus, o ilustre príncipe Mirza, Prodígio do Seu Tempo, descendente de Tamerlão, rompeu com o xá Ismail e passou com os *dervixes* que o seguiam para o lado otomano. Na caravana do sultão Selim, Hóspede do Paraíso, que levava o butim para Istambul enfrentando a neve e o frio do inverno, estavam as duas esposas do xá Ismail, que ele derrotara em Tchaldiran. Eram mulheres adoráveis, de pele alva e olhos amendoados, e com elas vieram todos os livros e manuscritos preservados na biblioteca do Palácio dos Sete Céus, lá acumulados pelos antigos senhores de Tabriz — os mongóis, inkhans, djalairidas e turcomanos do Carneiro Negro —, e que o derrotado xá Ismail havia tomado como presa de guerra dos uzbeques, persas e timúridas. Continuarei admirando esses livros até o momento em que Nosso Sultão e o Tesoureiro-Mor me tirarem daqui."

Mas seus olhos já denotavam agora a mesma falta de direção que se vê nos cegos. Ele ainda empunhava o cabo nacarado da sua lupa, muito mais por hábito, porém, do que para ver. Fez-se um silêncio. Mestre Osman pediu para o anão, que havia acompanhado aquele relato como se se tratasse de uma triste história de amor, ir buscar outra obra, cuja encadernação descreveu em detalhe. Quando o anão se afastou, perguntei ingenuamente ao mestre:

"Mas quem é então o autor do desenho destinado ao livro do meu Tio?"

"Os dois cavalos têm de fato as mesmas narinas fendidas", ele respondeu. "Mas, independentemente de ter sido feito em Samarcanda ou, como supus, na Transoxânia, o cavalo que você encontrou neste álbum foi pintado no estilo chinês. Já o belo cavalo do livro do seu Tio foi pintado no estilo persa, como os maravilhosos animais feitos pelos mestres de Herat. É de fato uma ilustração elegante, seria difícil encontrar uma que a iguale! É a imagem perfeita do cavalo, e não um simples cavalo mongol."

"Mas as ventas são cortadas, como as de um cavalo mongol real", protestei baixinho.

"Isso se deve provavelmente ao fato de que, duzentos anos atrás, quando os mongóis bateram em retirada e se iniciou o reinado de Tamerlão e seus descendentes, um dos velhos mestres de Herat desenhou um cavalo, verdadeira obra-prima, cujas narinas eram de fato fendidas — seja por causa de um cavalo mongol que ele próprio viu, seja por ter se inspirado na imagem de um mestre ainda mais antigo, que fez um cavalo mongol com narinas fendidas. Ninguém sabe com certeza em que página de que livro e para que xá ele foi feito. Mas tenho certeza de que o livro e a imagem foram muito admirados e apreciados — no harém, quem sabe, pela favorita do sultão — e tornaram-se lendários por certo tempo. Também estou convencido de que foi por esse motivo que todos os miniaturistas medíocres, remoendo-se de inveja com esse sucesso, puseram-se a imitar o cavalo, multiplicando assim sua imagem. Desse modo, o magnífico cavalo com suas narinas diferentes tornou-se pouco a pouco um modelo que se arraigou na mente dos artistas daquele ateliê. Mais tarde, com a derrota de seus amos nas guerras, esses pintores, como as mulheres transferidas de harém, passaram a trabalhar para novos xás e príncipes de outros países, levando na memória o delicado desenho daquelas narinas fendidas. Talvez, sob a influência de diferentes estilos e diferentes mestres de diferentes ateliês, muitos desses artistas nunca fizeram uso dessa imagem incomum, e acabaram por abandoná-la, mas ela permanecia preservada em algum recanto da sua memória. Já outros, nos novos ateliês em que ingressaram, não só desenharam elegantes cavalos com narinas cortadas, como ensinaram seus bonitos aprendizes a pintá-los, dizendo-lhes que 'era assim que os antigos mestres costumavam fazer'. Assim, muitas vezes, décadas depois que os mongóis se retiraram com seus fogosos cavalos das terras dos persas e dos árabes, e que uma nova vida renasceu nas cidades devastadas e incendiadas, alguns pintores continuavam a desenhar cavalos dessa maneira, por acreditarem tratar-se do modelo consagrado. Estou convencido de que outros artistas, que nada sabiam da cavalaria dos conquistadores mongóis nem das narinas fendidas dos seus corcéis, pintavam cavalos tal como fazemos em nosso ateliê, também acreditando tratar-se do 'modelo consagrado'."

"Venerado Mestre", falei, presa de uma forte emoção, "o seu 'método da aia' nos levou de fato a uma resposta, pois parece que cada pintor tem mesmo sua assinatura secreta."

"Cada pintor não, cada ateliê", precisou ele com altivez. "E nem mesmo todos os ateliês. Em alguns ateliês miseráveis, como acontece em algumas famílias miseráveis, os pintores passam anos às turras, cada qual agindo ao seu modo, sem compreender que a felicidade vem da harmonia e que, naturalmente, a harmonia se torna felicidade. Um imita os chineses, outro os turcomanos, outro a escola de Shiraz ou a escola mongol, e todos brigam anos a fio, sem nunca chegar a uma feliz união, como se fossem marido e mulher cansados um do outro."

Uma nítida expressão de orgulho reinava agora na sua fisionomia. Seu aspecto familiar de ancião cedera lugar ao de um homem ferozmente determinado a enfrentar tudo.

"Mestre", repliquei, "nos últimos vinte anos o senhor uniu, aqui em Istambul, vários artistas dos quatro cantos do mundo, homens de todo tipo de caráter e de temperamento, em tal harmonia que acabou criando e definindo o estilo otomano."

Por que será que o entusiasmo que eu havia sinceramente sentido pouco antes dava lugar à hipocrisia, à medida que eu externava meus sentimentos? Estará nossa admiração pelo talento, pela autoridade de um artista condenada a essas lamentáveis lisonjas que nada têm a ver com o nosso sentimento real?

"Onde o anão foi parar?", perguntou Mestre Osman.

Fez a pergunta como esses homens poderosos que ficam envaidecidos com as lisonjas e elogios recebidos mas, como sabem que não fica bem dar mostras da sua satisfação, afetam um vago desejo de mudar de assunto. No entanto eu continuei, num sussurro:

"Apesar de ser um grande entendido em matéria de lendas e estilo persas, o senhor criou um novo mundo de miniaturas, digno do esplendor e da força otomanos. O senhor introduziu na sua arte a força da espada otomana, as cores otimistas da vitória otomana, o interesse e a atenção nos objetos humildes, nas ferramentas dos artesãos, tudo isso com um forte sentimento de liberdade e uma extraordinária alegria de viver. Mestre, a maior honra da minha vida terá sido contemplar com o senhor estas obras-primas dos velhos e lendários mestres..."

Continuei cochichando assim por um longo tempo. Na gélida escuridão e na desordem caótica do Tesouro, que mais parecia um campo de batalha recentemente abandonado, nossos corpos estavam tão próximos que meu sussurro tornou-se uma expressão de intimidade.

Rasguei demorados elogios ao velho mestre, ora com sincera emoção, ora tomado pela repugnância que os cegos me inspiram. Como acontece com alguns cegos que não conseguem controlar sua expressão facial, os olhos de Mestre Osman traíam o deleite de um velho cheio de si.

Pegou minha mão com seus dedos gelados, acariciou meus braços, tocou meu rosto. Era como se aqueles dedos me transmitissem sua força e, ao mesmo tempo, sua velhice. Mais uma vez, pensei em Shekure, que me esperava em casa.

Ficamos algum tempo quietos, as páginas abertas diante de nós, como se precisássemos descansar, eu de tê-lo elogiado tão longamente, ele de tanto se ter envaidecido e amaneirado. Um certo embaraço instalou-se entre nós.

"Onde terá ido o anão?", perguntou de novo.

Eu estava persuadido de que o velhaco do anão nos espiava de algum esconderijo. Fingi procurá-lo, girando os ombros para a esquerda e para a direita, mas sem desviar meus olhos dos de Mestre Osman. Será que ele tinha mesmo ficado cego ou só queria fazer todo o mundo acreditar, inclusive ele próprio, que sim? Dizem que alguns velhos mestres de Shiraz desprovidos de talento e de competência lançaram mão desse artifício, a fim de inspirar respeito e evitar que os outros apontassem suas falhas.

"Gostaria de morrer aqui", disse Mestre Osman.

"Grande Mestre Venerado", bajulei-o, "tudo o que o senhor diz sobre esta nossa época, em que não é a pintura que importa mas o dinheiro que se pode tirar dela, em que não são os velhos mestres que contam mas os vis imitadores dos europeus, eu compreendo tão bem a ponto de meus olhos se encherem de lágrimas. Mas o senhor também tem o dever de proteger seus pintores contra os inimigos que eles têm. Diga-me por favor quais as conclusões a que chegou usando o 'método da aia'? Quem pintou o cavalo?"

"Oliva."

Ele falou com tamanha tranquilidade que nem cheguei a me surpreender.

Após um instante de silêncio, ele acrescentou, sempre calmamente:

"Mas tenho certeza de que ele não matou nem seu Tio, nem o Elegante Efêndi. Deduzi que Oliva é o autor deste desenho porque, mais do que qualquer outro, ele se apegou aos antigos mestres. Ele é quem tem o conhecimento mais íntimo dos modelos e do estilo instituídos pela Escola de Herat, sem contar que provém de uma estirpe de pintores naturais de Samarcanda. Sei que você não vai me perguntar por que, em tantos anos, nunca encontramos nele outro exemplo desse cavalo de narinas fendidas. Como eu já disse, basta um mestre obcecado e severo, bastam o gosto ou os caprichos do ateliê ou do patrocinador deste, para que um detalhe — a asa de um passarinho, a maneira como a folha se prende à árvore — que foi preservado na memória por gerações, passando de mestre a aprendiz, nunca se manifeste. Esse cavalo, portanto, é o que nosso querido Oliva aprendeu a pintar na infância com seus primeiros mestres persas e que nunca mais esqueceu. O fato de esse cavalo aparecer de repente em decorrência do livro do seu Tio é uma peça cruel que Alá resolveu nos pregar. Não fomos porventura fiéis aos modelos da Escola de Herat? Do mesmo modo que um pintor turcomano, ao conceber o rosto de uma bonita mulher, pinta-o com feições chinesas, também não pensamos necessariamente nas obras-primas dos velhos mestres de Herat quando falamos de uma bela pintura? Todos nós somos admiradores desses antigos pintores. É a Herat de Bihzad que alimenta toda grande arte, e os predecessores dessa Herat são os cavaleiros mongóis e os chineses. Por que Oliva, tão apegado às legendas de Herat, assassinaria o pobre Elegante Efêndi, que respeitava ainda mais cegamente que ele as velhas tradições?"

"Quem foi então?", perguntei. "Borboleta?"

"Cegonha!", exclamou. "É o que sei no fundo do meu coração, pois conheço muito bem sua ambição e seu furor. Escute, o mais provável é que o pobre Elegante Efêndi, ao fazer as iluminuras para o seu Tio, que imitava insensata e toscamente o estilo europeu, tenha acreditado que aquelas miniaturas estavam repletas de impiedades, heresias e blasfêmias, e ficado com medo. Ele era estúpido o bastante para dar ouvidos às besteiras do *hodja* de Erzurum — infelizmente, os douradores, embora mais próximos de Alá que os pintores, também são mais maçantes e estúpidos — e, além disso, sabendo perfeitamente que o livro do palerma do seu Tio era uma encomenda importante e secreta do Nosso Sultão em pessoa, seus temores e suas dúvidas se chocavam em sua mente: em quem deveria acreditar, no Sultão ou no pregador de Erzurum? Fossem outras as circunstâncias, esse pobre garoto, que eu conhecia como a palma da minha mão, teria vindo a mim com o dilema que o devorava. Mas até ele, com seu cérebro de galinha, era capaz de entender que fazer douraduras para o seu Tio, esse imitador dos infiéis, significava trair a mim e à nossa corporação. Por isso foi procurar outro confidente. Seu erro foi confiar-se ao esperto e ambicioso Cegonha, cujo talento tanto admirava, a ponto de se iludir quanto ao seu caráter e à sua compreensão. Vi várias vezes como Cegonha explorava essa admiração que o Elegante Efêndi tinha por ele. Deve ter havido algum desentendimento entre eles, e Cegonha o matou. Como, antes de morrer, o Elegante Efêndi deve ter participado suas aflições aos seguidores do *hodja*, estes, para vingarem o amigo e mostrarem sua força, assassinaram seu Tio, por imaginarem que era ele, um promotor da pintura à ocidental, o responsável pela morte do Elegante Efêndi. Não posso dizer que essa história toda me entristece. Quando seu Tio, alguns anos atrás, convenceu Nosso Sultão de encomendar seu retrato a um pintor veneziano — que se chamava Sebastiano —, exatamente como se ele fosse um rei infiel e me deu essa obra odiosa como modelo a imitar, tive de me rebaixar, por temor ao Nosso Sultão, a realizar uma cópia dessa pintura infame e idólatra. Não fosse isso, a morte do seu Tio sem dúvida me afligiria muito mais, e eu ansiaria por ver desmascarado o canalha que o matou. Mas não é com seu Tio, e sim com o meu ateliê, que estou preocupado. Seu Tio é o responsável pela maneira como meus miniaturistas — que amo mais do que se fossem meus próprios filhos, que treinei com a mais carinhosa atenção durante vinte e cinco anos — traíram a mim e a toda a nossa tradição artística. É ele o culpado do entusiasmo com que imitaram os mestres europeus, justificando-se que assim faziam por ser essa 'a vontade do Nosso Sultão'. O que esses desgraçados, todos eles, merecem é a tortura! Se nós, a sociedade dos miniaturistas, soubermos ser acima de tudo fiéis à nossa arte e à nossa escola, em vez de ao Nosso Sultão, para quem trabalhamos, então ganharemos o direito de entrar nos Portões do Paraíso. Agora gostaria de estudar este livro sozinho."

Pronunciou estas últimas palavras como se fossem o último desejo de um exausto e desconsolado paxá tido como responsável por uma derrota militar e condenado à decapitação. Depois, abrindo o livro que Djazmi Agá acabava de trazer, pediu num tom seco que fizéssemos o favor de encontrar a página que lhe interessava. Era o tom ríspido do Grande Mestre Osman, conhecido de todos os pintores do seu ateliê.

Afastei-me para um canto, entre almofadas bordadas de pérolas, armários e carabinas de cano enferrujado mas a coronha cravejada de pedras preciosas, a fim de poder observá-lo de longe. Ouvindo-o, minhas suspeitas se confirmaram: parecia-me bem plausível que, para interromper o livro do meu Tio, Mestre Osman tenha assassinado o pobre Elegante Efêndi e, depois, meu Tio. Agora eu tinha raiva de mim por ter, um instante antes, sentido tanta admiração por ele. Apesar disso, não conseguia impedir-me de conservar certo respeito por aquele velho mestre que, com seu rosto sulcado por incontáveis rugas, continuava a contemplar, apesar de já cego ou quase, as miniaturas abertas à sua frente. Para preservar o velho estilo e manter a ordem entre os pintores, livrar-se do livro dirigido por meu Tio e tornar-se de novo o único favorito do Sultão, ele seria capaz de entregar sem hesitação aos torturadores do *Jardineiro-Mor* qualquer um dos seus miniaturistas e até a mim mesmo. Essa perspectiva exigia de mim que eu me libertasse do terno sentimento que me ligava a ele naqueles dois últimos dias.

Fiquei um bom tempo completamente estonteado. Para aplacar meus demônios e distrair os *djins* da minha indecisão, tirei do baú um volume ao acaso, cujas páginas demoradamente percorri.

Quantos homens e mulheres punham o dedo na boca! Este era o gesto consagrado que todos os ateliês, de Samarcanda a Bagdá, empregavam nos últimos duzentos anos para sugerir surpresa. Quando o heroico Keykhosrow, encurralado pelos inimigos, se joga com seu cavalo negro nas águas do Amu Darya e, graças a Alá, delas sai são e salvo, o barqueiro e seus remadores, que lhe haviam negado socorro, põem os dedos na boca de estupor. O atônito Khosrow põe o dedo na boca quando vê pela primeira vez a beleza de Shirin que se banhava no lago e cuja pele, alva como o luar, roubava o brilho da folha prateada das águas. Demorei-me mais ainda examinando cuidadosamente as deslumbrantes mulheres do harém que, dedo na boca, apareciam atrás das portas entreabertas do palácio, assomavam às inacessíveis janelas das torres do castelo e espiavam por trás das cortinas. O transtorno da bela Espinuy, a concubina favorita de Tejav, quando, dedo na boca, implora ao sultão que não a abandone à mercê do inimigo naquele campo de batalha em que sua coroa jaz por terra, ao vê-lo fugir diante do exército vitorioso do Irã. A pérfida Zuleykha, que observa da sua janela, com um dedo em sua bela boca, mais concupiscente e diabólica porém do que espantada, o belo José de Canaã, que ela acusara falsamente de tê-la estuprado, ser levado preso. E a maliciosa criada que espia, com um dedo invejoso em sua boca avermelhada, os amantes ao mesmo tempo felizes e sombrios, que mais parecem saídos de um poema, deixarem-se arrebatar pela força da paixão e pelo vinho num jardim paradisíaco.

Esse gesto tornou-se um modelo na memória de todos os pintores e uma imagem-padrão da pintura, mas é sempre com nova elegância que as belas levam à boca um dedo longo e delgado.

Mas quanto essas imagens me reconfortavam? Quando começou a escurecer, fui ter com Mestre Osman para lhe dizer:

"Venerado Mestre, com sua permissão, assim que as portas se abrirem vou sair da Sala do Tesouro."

"Que história é essa? Ainda temos uma noite e uma manhã. Seus olhos não demoraram muito para se saciar com as mais belas imagens que há no mundo!"

Ao me dizer isso, ele não ergueu os olhos da página que tinha diante de si, mas suas pupilas, cada vez mais opacas, deixavam ver que ele ia ficando lentamente cego.

"Já sabemos o segredo do cavalo de narinas fendidas", repliquei ousadamente.

"Ah!", limitou-se a exclamar. "É verdade! O resto agora é com Nosso Sultão e o Tesoureiro-Mor. Talvez eles nos perdoem a todos nós."

Será que ele ia apontar Cegonha como sendo o assassino? Não ousei lhe perguntar, porque tinha medo de que ele não me deixasse sair. Pior ainda, eu não parava de pensar que ele era capaz de acusar a mim.

"O alfinete com que Bihzad furou os olhos sumiu", disse ele.

"Na certa foi o anão que o levou", respondi. "Que linda esta página que o senhor contempla!"

Seu rosto todo sorria, como o de uma criança. "É Khosrow, montado em seu cavalo, ardendo de amor, que espera Shirin no meio da noite diante do seu castelo. Pintado no estilo dos velhos mestres de Herat."

Ele olhava agora para o desenho como se o visse, sem nem sequer se dar ao trabalho de pegar a lupa.

"Olhe! As folhas brilham na escuridão da noite, uma a uma, parecendo iluminadas por uma luz interior, como as estrelas ou as flores primaveris. Vê quanta paciência e humildade na ornamentação das paredes, quanto requinte no uso da folha de ouro e no delicado equilíbrio de toda a composição? O cavalo de Khosrow é delicado e gracioso como uma mulher. Shirin, sua amada, espera-o à janela acima dele, a cabeça inclinada mas o rosto altivo. É como se os amantes fossem ficar eternamente ali, na luz que emana da pintura, da sua textura, da pele dos personagens, das cores sutis aplicadas com amor pelo miniaturista. Note como seus rostos estão voltados levemente um para o outro, enquanto seus corpos estão meio virados para nós — porque eles sabem que estão numa pintura e que, portanto, nós os vemos. É por isso que eles não tentam se parecer exatamente com o que vemos à nossa volta. Muito pelo contrário, eles deixam claro que emergiram da memória de Alá. É por isso que o tempo parou para eles nesta pintura. Não importa quão rapidamente se siga a história contada no quadro, eles ficarão ali por toda a eternidade, como donzelas bem-educadas, recatadas e tímidas, sem nenhum gesto repentino das mãos, dos braços, dos corpos esbeltos, nem mesmo dos olhos. Para eles, tudo naquele instante se congela no azul noturno: o passarinho voa nas trevas, em meio às estrelas, irrequieto como os corações palpitantes dos próprios namorados, e ao mesmo tempo permanece imobilizado por toda a eternidade, como se espetado no céu naquele momento sem par. Os velhos mestres de Herat sabiam que Alá faria descer, um dia, sobre os olhos deles o pano da noite eterna; mas também sabiam que, se ficassem cegos de tanto contemplar imóveis uma ilustração como esta, por dias e semanas sem fim, suas almas acabariam fundindo-se na eternidade da pintura."

Quando as portas foram abertas na hora da prece da noite, com a mesma cerimônia pomposa e ante o olhar da mesma assistência, Mestre Osman continuava ali, olhando para aquela página, para aquele passarinho que pairava imóvel no céu. Mas suas pupilas pálidas, como as dos cegos quando às vezes se orientam desastradamente para o prato de comida diante deles, davam ao seu olhar, fixo na página, um aspecto inquietante.

Os oficiais da guarda, ao saberem que Mestre Osman queria ficar lá dentro e vendo Djazmi Agá à porta, descuidaram-se ao me revistar e não descobriram o alfinete que eu havia escondido no fundo da minha roupa de baixo. Assim que saí do Palácio, meti-me na primeira passagem para tirar do seu esconderijo o terrível objeto com que o lendário Bihzad se cegara e enfiei-o no meu embornal. Segui meu caminho, quase correndo pelas ruas de Istambul.

O frio das salas do Tesouro havia penetrado a tal ponto nos meus ossos que era como se o tempo ameno de uma primavera precoce já se houvesse instalado na cidade. Chegando ao Bazar do Velho *Caravançará*, passei pelos armazéns, barbearias, vendas de ervas, de frutas e legumes, de lenha, que já começavam a fechar, e reduzi o passo para contemplar os tonéis, toalhas, cenouras e jarras dentro das lojas quentinhas, iluminadas por lamparinas a óleo.

A rua do meu Tio — eu ainda não conseguia dizer "a rua de Shekure", muito menos ainda "a minha rua" —, depois desses dois dias de ausência, pareceu-me ainda mais hostil e estranha. Mas a alegria de voltar são e salvo para junto da minha Shekure e a ideia de que eu iria por fim me deitar na cama da minha amada naquela noite, pois tinha descoberto o assassino do seu pai, me fazia sentir tamanha intimidade com o mundo inteiro que, ao ver o pé de romã e fechadas as janelas já consertadas, quase não consegui conter o impulso de gritar como um camponês ao chamar alguém do outro lado do rio. Assim que eu visse Shekure, queria que as primeiras palavras a sair da minha boca fossem: "Já sabemos quem é o ignóbil assassino!".

Abri o portão. Não sei se foi pelo ranger dos gonzos, pela indiferença do pardal que bebia água no balde do poço ou pela escuridão que reinava na casa, mas na mesma hora compreendi, graças àquele instinto de lobo adquirido por um homem que viveu solitário doze anos, que a casa estava vazia. Mesmo quando você percebe, amargurado, que está sozinho, mesmo assim você abre e fecha todas as portas, armários e até levanta a tampa dos potes. E foi o que fiz. Procurei até dentro das cestas.

Em todo aquele silêncio, eu só ouvia meu coração que batia disparado no meu peito, com o ruído surdo de um tambor. Arrastei-me, cambaleante como um velhote que já viveu tudo o que tinha para viver, até o baú em que escondo minha espada bem no fundo, e tranquilizei-me ao pô-la à cintura. Seu punho de marfim sempre me havia proporcionado equilíbrio e paz interior, durante todos aqueles anos em que eu vivera da minha pena. Os livros, que equivocadamente acreditamos nos aliviar dos infortúnios, apenas os aprofundam.

Desci ao pátio. O pardal tinha desaparecido. Saí da casa como quem abandona um navio que naufraga, deixando-a entregue ao silêncio e à escuridão.

Corra e encontre-os, dizia-me meu coração, agora mais confiante. Corri quanto pude, só reduzindo um pouco o passo nas praças apinhadas de gente e no pátio da mesquita, onde os cachorros pareciam se divertir metendo-se entre as minhas pernas.

## 53. MEU NOME É ESTER

Eu estava preparando uma sopa de lentilha para o jantar quando Nessim avisou: "Tem uma pessoa te chamando". "Não deixe a sopa queimar", repliquei. Passei-lhe a colher e, segurando-lhe a mão idosa, guiei-o em uma ou duas mexidas para que ele aprendesse, senão era capaz de ficar horas ali com a colher imóvel na panela.

Quando vi a cara do Negro à porta, cheguei a ficar com dó do rapaz, mas sua expressão era tão estranha que nem tive coragem de perguntar o que havia acontecido.

"Não entre", falei, "vou mudar de roupa e já venho."

Enfiei o vestido amarelo e rosa que uso quando sou convidada para os festejos do Ramadã, um rico banquete ou um casamento de vários dias, e peguei minha trouxa. "Tomo minha sopa quando voltar", gritei para o coitado do Nessim.

Mal saímos à rua naquele meu bairrozinho judeu, cujas chaminés cospem a duras penas sua fumaça, como nossas panelas forçando a saída do vapor sob a tampa, exclamei:

"O ex-marido de Shekure voltou!".

Ele não disse nada até sairmos do bairro. Seu rosto estava cinzento, da cor da noite que começava a cair.

"Onde estão eles?", perguntou por fim.

Compreendi que Shekure e as crianças não deviam estar mais em casa. "Na casa deles, ora", respondi. Vendo que eu lhe causava uma dor cruel ao falar assim do antigo endereço, acrescentei, como para deixar uma porta aberta à sua esperança: "Quer dizer, imagino que estejam".

"Você viu o marido dela voltar?", perguntou olhando-me no fundo dos olhos.

"Não, como também não vi Shekure sair de casa."

"Como soube que ela saiu?"

"Pela sua cara."

"Você vai me contar tudo", ele afirmou com um ar decidido.

O Negro estava mesmo perturbado para imaginar que eu, Ester — cujos olhos estão eternamente espreitando à janela, cujos ouvidos estão eternamente à escuta das paredes —, iria "contar tudo" para quem quer que fosse, pois se assim fizesse não poderia continuar a ser a Ester que arranjava marido para tantas mocinhas sonhadoras e que acudia a tantos lares infelizes.

"Tudo o que ouvi dizer é que o irmão do ex-marido da sua esposa passou por sua casa" — vi que ele apreciou aquele "sua casa" — "e disse a Shevket que o pai dele estava de volta, que ia chegar à tarde e que, se não o encontrasse na casa dele, seu pai, com o irmão e a mãe, a coisa ia ficar feia. E que então Shevket foi dizer isso à mãe, mas ela, cautelosa, não chegava a uma decisão. Resultado: por volta das duas da tarde, Shevket fugiu de casa e foi para a do tio Hassan e do avô."

"Como é que você ficou sabendo disso tudo?"

"Shekure não te contou que nos últimos dois anos Hassan vem fazendo o diabo para levá-la de volta para a casa dele? Houve até uma época em que mandava cartas para ela por meu intermédio."

"E ela respondia?"

"Escute, eu conheço todo tipo de mulheres em Istambul", respondi orgulhosa, "e não há nenhuma mais fiel ao seu marido, ao seu lar e à sua honra do que Shekure."

"Mas agora o marido dela sou eu."

Sua voz tinha aquela insegurança típica dos homens, que sempre me decepcionava. Decididamente, o que quer que Shekure fizesse, alguém sempre se dava mal.

"Hassan me deu um bilhete para entregar a Shekure. Dizia que Shevket estava com ele, esperando o pai, que Shekure tinha se casado numa cerimônia ilegítima, que Shevket estava muito infeliz por causa desse falso marido que ele tinha de aceitar como novo pai e que nunca mais voltaria para casa."

"Como Shekure respondeu?"

"Ela te esperou a noite inteira sozinha, com o coitadinho do Orhan."

"E Hayriye?"

"Há muito tempo que Hayriye não faz mais que esperar a oportunidade para afogar sua linda esposa numa colher de água! Foi até por isso que ela acabou indo para a cama com o seu Tio — descanse em paz! Quando Hassan viu que sua bela Shekure passava a noite inteira sozinha à espera dos fantasmas e dos assassinos, mandou outro bilhete para ela."

"E o que dizia?"

Graças a Alá, esta vossa infortunada Ester não sabe ler nem escrever, porque quando algum *efêndi* furioso ou algum pai irritado faz essa pergunta, ela pode responder: "Não pude ler a carta, só a expressão da linda moça ao lê-la".

"E o que você leu no rosto de Shekure?"

"Que ela não sabia mais o que fazer."

Ficamos um bom tempo sem dizer nada. Uma coruja esperava pacientemente a noite cair, empoleirada no teto de uma igreja grega. Os garotos do bairro, de nariz escorrendo, riam da minha roupa e da minha trouxa, enquanto um cachorro sarnento, que volta e meia se punha a se coçar, descia a ladeira saindo de entre os ciprestes do cemitério, visivelmente contente com a chegada da noite.

"Devagar!", gritei para o Negro. "Não posso subir estas ruas tão depressa assim! Minha sacola está pesada, aonde está me levando?"

"Antes de você me levar à casa de Hassan, eu vou te levar até a casa de uns rapazes generosos e muito bem-educados, você vai poder abrir sua trouxa e vender seus lencinhos floridos, seus cintos e bolsas de seda, seus bordados com fio de prata, para eles oferecerem aos amores secretos que cultivam."

Era um bom sinal o Negro ainda conseguir fazer piadas naquele estado lamentável em que se achava, mas eu podia perceber a seriedade que havia por trás da sua caçoada. "Se você pretende juntar um bando para atacar a casa de Hassan, não conte com Ester para te levar. Tenho horror a brigas e pancadarias."

"Se você continuar sendo a Ester esperta que sempre foi, não vai haver briga nem pancadaria", ele replicou.

Passamos pelo bairro do Palácio Branco e tomamos o caminho que desce em linha reta para os jardins de Langa. A ladeira é íngreme — para completar estava um bocado enlameada — e atravessa um bairro que deve ter conhecido dias melhores. O Negro entrou numa barbearia ainda aberta. Vi-o conversar com o dono, que um aprendiz, de ótima cara e lindas mãos, barbeava à luz de uma lamparina a óleo. Os dois não demoraram a nos acompanhar, depois dois outros sujeitos se juntaram a nós no Palácio Branco, armados de machados e espadas. Numa escola corânica situada atrás da rua dos Príncipes, um jovem estudante de teologia, que eu não conseguia imaginar metido numa briga, também nos seguiu na escuridão, espada em punho.

"Você pretende atacar uma casa no meio da cidade, em plena luz do dia?", exclamei.

"A luz do dia já se apagou faz tempo", respondeu o Negro num tom sarcástico.

"Não seja tão confiante assim, só por serem numerosos", insisti. "Tomara que os janízaros não vejam vocês passarem, armados como um batalhão..."

"Ninguém vai nos ver."

"Ontem, a gente de Erzurum atacou uma taverna, depois a casa dos *dervixes* na Porta do Surdo, espancando todo o mundo que encontraram nesses dois lugares. Um velhote levou uma porretada na cabeça e morreu. Neste negrume, podem confundir vocês com eles."

"A propósito, ouvi dizer que você foi à casa do falecido Elegante Efêndi, falou com a mulher dele, que Alá a proteja, e viu os tais desenhos borrados dos cavalos, que depois entregou a Shekure. Sabe por acaso se o querido Elegante Efêndi convivia muito com os seguidores do *hodja* de Erzurum?"

"Eu só fui falar com a esposa do Elegante Efêndi porque achava que ela podia acabar se entendendo com a minha pobre Shekure", respondi. "Além do mais, fui lá para mostrar a ela os últimos tecidos que tinham chegado no navio flamengo, e não para me envolver nos assuntos políticos e religiosos de vocês, que meu pobre cérebro é incapaz de compreender."

"Ester Hanim, de burra você não tem nada."

"Já que você pensa assim, ouça bem o que digo: essa gente de Erzurum ainda vai criar muito caso!"

Enfiando pela viela que corre paralela à rua dos Mercadores, senti meu coração disparar de pavor. Os galhos úmidos e nus dos castanheiros e das amoreiras brilhavam à luz pálida da meia-lua. Uma brisa levantada pelos *djins* e pelas almas penadas agitava as fitas da minha trouxa, e soprava por entre as árvores, levando o cheiro do nosso grupo até os cachorros de atalaia na vizinhança. Eles começaram a latir, assim que mostrei a casa ao Negro. Observamos em silêncio o telhado e as janelas às escuras. O Negro mandou seus homens tomarem posição em torno da casa: no jardim vazio, de ambos os lados do portão e atrás das figueiras, nos fundos.

"Naquela passagem ali, tem um horrível mendigo tártaro", contei. "É cego, mas está a par de todas as idas e vindas na vizinhança, mais que o próprio chefe de bairro. Ele passa o tempo brincando com o seu coiso, como os macacos do sultão. Dê-lhe oito ou dez moedas de prata, sem tocar na mão dele, que ele conta tudo."

De longe, vi o Negro dar as moedas ao mendigo tártaro, depois encostar-lhe a espada na garganta para fazê-lo desembuchar. De repente, não sei por quê, o aprendiz do barbeiro, que devia ficar apenas vigiando, pôs-se a bater nele com o cabo do machado. Fiquei olhando um instante, achando que aquilo não ia demorar, mas o tártaro chorava muito. Corri então até eles, para tirar o tártaro dali antes que o matassem.

"Ele insultou minha mãe", explicou o rapazola.

"Ele falou que Hassan não está em casa", disse o Negro. "Mas dá para confiar num cego?" Entregou-me uma carta que acabava de escrever às carreiras. "Tome, leve isso para ele, e se ele não estiver, dê a carta ao pai dele."

"Não escreveu nada para Shekure?", perguntei.

"Se escrever, vão tomar por provocação", respondeu o Negro. "Diga-lhe apenas que desmascarei o vil assassino do pai dela."

"É verdade?"

"Diga isso, e pronto."

Fiz o tártaro, que ainda choramingava, calar a boca, chamando-lhe duramente a atenção: "Não se esqueça de tudo o que fiz por você!". Na verdade, eu só tentava ganhar tempo para não entrar na casa.

Por que, aliás, fui meter o meu bedelho nesse assunto? Não faz dois anos, lá para as bandas da Porta de Edirne, mataram e cortaram as orelhas de uma ambulante porque ela casou uma moça, que prometera a um homem, com outro. Minha avó sempre dizia que os turcos fazem pouco-caso da vida humana. Como gostaria de estar em casa agora, tomando a sopa de lentilha com meu Nessim! Muito embora meus pés resistissem, rumei para a casa, dizendo-me que pelo menos Shekure devia estar lá. Além do mais, morria de curiosidade para saber como tudo aquilo ia acabar.

"Olha a roupeira! Olha a seda da China para as roupas de festa!"

Percebi que um fio de luz alaranjada se movia por trás das janelas fechadas. A porta se abriu e o educado pai de Hassan convidou-me a entrar. A casa estava bem aquecida, como as casas dos ricos. Ao me ver, Shekure, que estava sentada com os dois filhos em torno de uma mesinha baixa, levantou-se.

"Shekure", falei. "Seu marido está aí fora."

"Qual deles?"

"O novo. Ele cercou a casa com um bando de homens armados, preparados para enfrentar Hassan."

"Hassan não está", disse o educado sogro.

"Que sorte!", comentei, entregando-lhe a carta com a altivez de um embaixador do Sultão executando Sua implacável vontade.

Enquanto o educado sogro lia, Shekure me chamou: "Venha, Ester, deixe-me lhe oferecer um prato de sopa de lentilha para te aquecer".

"Não gosto de sopa de lentilha", respondi de início, porque não me agradou nem um pouco a sua maneira de falar, como se fosse a dona da casa. Mas, quando entendi que ela queria estar a sós comigo, peguei uma colher e fui atrás dela.

"Diga ao Negro que tudo isso aconteceu por causa de Shevket", cochichou-me. "Esperei ontem a noite inteira, sozinha com Orhan, que morria de medo de que o assassino aparecesse. Meus filhos foram separados! Que mãe poderia suportar ficar longe do seu filho? Ao ver que o Negro não voltava, imaginei que os torturadores do Nosso Sultão o tinham feito falar e que ele estava envolvido na morte do meu pai."

"Ele não estava com você quando assassinaram seu pai?"

"Ester, por favor, me ajude", pediu, arregalando seus lindos olhos negros.

"Para que eu possa te ajudar, você tem de me explicar por que voltou para cá."

"E eu sei?" Ela parecia a ponto de chorar. "O Negro tinha brigado com meu Shevket e, quando Hassan veio nos dizer que o pai de verdade deles tinha voltado, acreditei."

Mas eu podia ler nos seus olhos que ela mentia, e ela sabia disso. "Hassan me enganou!", ela murmurou, e eu senti que ela queria me dar a entender que amava Hassan. Mas será que Shekure percebia que só pensava em Hassan porque agora era a esposa do Negro?

A porta se abriu para dar passagem a Hayriye, que trazia um pão quentinho e cheiroso. Vi em seu olhar contrariado que, com a morte do Tio Efêndi, aquela pobre coitada se tornara uma pesada herança para Shekure — que não podia vendê-la, nem dispensá-la. O cheiro do pão quente enchia a cozinha, e entendi então que o fundo do problema de Shekure eram seus filhos: não se tratava para ela de encontrar um marido que ela amasse, fosse ele o pai verdadeiro das crianças, Hassan ou o Negro; seu desafio era encontrar um pai que amasse os meninos, que estavam ambos de olhos arregalados de medo. Shekure estava disposta a amar, com a melhor das intenções, qualquer bom marido.

"Shekure, você só escuta seu grande coração", falei sem pensar, "melhor seria se ouvisse o que diz sua razão."

"Estou pronta para voltar imediatamente para o Negro, com meus filhos", ela respondeu. "Mas tenho algumas condições." Calou-se. "Ele tem de tratar bem Orhan e Shevket. Não deve procurar saber por que vim para cá. Acima de tudo, tem de respeitar as condições originais do nosso casamento: ele sabe do que estou falando. Ontem à noite, ele me deixou sozinha enfrentando assassinos, ladrões e todas as outras ameaças, além de Hassan."

"Ele ainda não encontrou o assassino do seu pai, mas pediu-me para te dizer que encontrou."

"Devo voltar para ele?"

Antes que eu pudesse responder, seu ex-sogro, que já tinha terminado de ler o bilhete havia muito tempo, declarou: "Diga ao Negro Efêndi que não posso assumir a responsabilidade de lhe entregar minha nora na ausência do meu filho".

"Qual deles?", perguntei como boa linguaruda, mas delicadamente.

"Hassan. Meu filho mais velho está voltando da Pérsia, testemunhas o viram." Como era mentira e ele é um homem de bem, corou de vergonha.

"Onde está Hassan?", perguntei, tomando duas colheradas da tal sopa de lentilha.

"Foi juntar uns amigos escreventes, carregadores e outros funcionários da Alfândega", explicou no tom pueril e ingênuo das pessoas decentes que não sabem mentir. "Depois do que o bando de Erzurum fez ontem, com certeza os janízaros estarão patrulhando as ruas esta noite."

"Não vimos nem sombra deles", repliquei dirigindo-me para a porta. "É tudo o que tem a dizer?"

Fiz essa pergunta ao sogro para intimidá-lo, mas Shekure sabia muito bem que na verdade era a ela que eu me dirigia. Será que ela estava mesmo tão aturdida quanto pretendia ou estaria me ocultando alguma coisa, por exemplo, a volta de Hassan com seus homens? É estranho, mas percebi que aquela indecisão dela me agradava.

"Não queremos saber do Negro", disse Shevket atrevidamente. "E não apareça mais por aqui, sua gorda."

"E quem vai trazer para a sua linda mamãe as toalhas de mesa, os lenços bordados de flores e passarinhos, e o pano para as camisas vermelhas de que você gosta?", retruquei, largando no chão minha trouxa pesada. "Olhem, podem olhar à vontade até eu voltar, podem experimentar tudo o que quiserem, podem até começar a cortar, medir e costurar."

Eu estava triste ao sair: nunca tinha visto Shekure com olhos tão melancólicos. Ainda nem me acostumara novamente ao frio que fazia lá fora, quando o Negro, espada em punho, deteve-me no meio da rua lamacenta.

"Hassan não está", contei-lhe. "Vai ver que foi comprar vinho para festejar a volta da cunhada. A não ser que tenha ido buscar reforços, pelo menos é o que dizem. Se for verdade, vai sair briga, porque ele, quando se irrita, fica como um louco. E se pegar a espada vermelha que tem, prefiro nem imaginar o que pode acontecer."

"E Shekure, o que disse?"

"O sogro disse que de jeito nenhum vai entregar a nora, mas se eu fosse você não me preocuparia com ele, e sim com Shekure. Se quiser saber a minha opinião, ela está meio perdida. Veio se refugiar aqui dois dias depois de o pai ter morrido, porque tem medo do assassino, porque Hassan forçou-a e porque, para completar, você sumiu sem dizer nada. Ela não se sentia capaz de passar mais uma noite sozinha naquela casa, aflita com os mesmos temores. Além do mais parece que lhe disseram que você estava envolvido no assassinato do pai dela. Em todo caso, não é verdade que seu marido tenha regressado. Só que Shevket, e talvez também o sogro, acreditaram nessa história inventada por Hassan. Ela quer voltar para casa, mas impõe certas condições."

Enumerei as condições de Shekure, olhando o Negro nos olhos. Ele concordou na mesma hora, num tom todo oficial, como se estivesse falando com um embaixador de verdade.

"Eu também tenho uma condição", acrescentei. "Vou voltar lá dentro. Daqui a pouco, comecem a atacar a porta da frente e aquela janela ali", disse apontando para a janela fechada detrás da qual eu sabia que o sogro estava. "Só parem quando me ouvirem gritar. Se Hassan aparecer, não hesitem em atacá-lo também."

Não era um palavreado condizente com um embaixador, é claro, mas, como eu também não gozava de imunidade diplomática, falei do jeito que me veio à cabeça. Dessa vez, mal gritei "Olha a roupeira!" a porta se abriu. Fui direto ao sogro.

"Todos os vizinhos, o próprio juiz do bairro, todo o mundo sabe perfeitamente que Shekure esteve separada muito tempo e se casou de novo, de acordo com o Corão. Seu primeiro filho morreu faz tempo e, mesmo se voltasse agora do Paraíso em companhia do profeta Moisés, de nada adiantaria, porque ele não é mais o marido de Shekure. O senhor raptou uma mulher casada e a retém contra a sua vontade. O Negro pediu-me para lhe dizer que ele e seus homens se encarregarão da sua punição por esse crime, antes que o juiz o faça."

"Seria um grave erro", replicou o sogro medindo bem suas palavras. "Não raptamos Shekure, em absoluto! Eu sou avô destes dois meninos, por graça de Alá, e Hassan é tio deles. Quando ela se viu abandonada, não teve outra escolha, senão vir para cá. Se ela quiser, pode ir embora com os filhos. Mas não se esqueça de que aqui ela está em casa, na casa em que ela deu à luz e viu, feliz, seus filhos crescerem."

"Shekure", perguntei sem pensar, "quer voltar para a casa do seu pai?"

Ao ouvir a expressão "casa do seu pai", pôs-se a chorar. "Não tenho mais pai", disse ela, ou será que eu é que entendi assim? Seus filhos primeiro se agarraram à sua saia, depois treparam no seu colo e abraçaram-se com força a ela. Os três se apertaram em prantos, formando como que uma bola. Só que Ester não é boba: eu sabia muito bem que as lágrimas de Shekure se destinavam a apaziguar os dois lados, sem que ela precisasse tomar uma decisão. Mas eu sabia que ela também estava sendo sincera, tanto que desatei a chorar por minha vez, e logo vi que Hayriye, aquela víbora, se juntara ao nosso choro.

Como para dar o troco ao sogro, cujos olhos verdes eram os únicos secos naquela sala, o Negro e seus homens começaram a atacar a casa neste exato momento, batendo nas janelas e forçando a porta. Dois dos homens utilizavam uma espécie de aríete, cujos golpes ressoavam na porta como um tiro de canhão.

"O senhor é um homem experiente e digno", disse ao velho, encorajada por minhas próprias lágrimas, "abra logo esta porta e diga a esses selvagens que Shekure já vai sair."

"Você poria na rua, no meio desses cães raivosos, uma mulher desprotegida, sua nora ainda por cima, que tivesse vindo refugiar-se na sua casa?"

"Ela mesma deseja ir embora", respondi, assoando o nariz com meu lenço roxo.

"Nesse caso, é só ela abrir a porta e sair", ele afirmou.

Sentei-me ao lado de Shekure e das crianças. O barulhão terrível dos homens arrombando a porta nos fez redobrar nossas lágrimas, os meninos puseram-se a gritar alto, o que por sua vez aumentou a choradeira de Shekure e a minha também. Mas, apesar dos gritos ameaçadores lá fora e dos golpes de aríete, que pareciam prestes a derrubar a casa, nós duas sabíamos que estávamos chorando para ganhar tempo.

"Minha linda Shekure", falei, "como seu sogro lhe deu sua permissão e como seu marido, o Negro, aceitou seus termos e está amorosamente à sua espera, você não tem mais nada a fazer nesta casa. Ponha seu capote, seu véu, pegue suas coisas e seus filhos, abra a porta e volte para casa."

Minhas palavras só fizeram aumentar o choro dos garotos e Shekure arregalar os olhos para mim, aterrorizada.

"Tenho medo de Hassan!", dizia ela agora. "A vingança dele vai ser terrível. É uma fera. E, não se esqueça, eu é que quis vir para cá."

"Isso não anula seu novo casamento", falei. "Você ficou desamparada, é claro que tinha de buscar refúgio em algum lugar. Seu marido te perdoou, está disposto a receber você de volta. Quanto a Hassan, vamos lidar com ele da maneira como lidamos todos esses anos."

"Mas não vou abrir a porta, porque isso significaria que voltei para ele por minha livre e espontânea vontade."

"Minha querida Shekure, não conte comigo para abri-la. Você sabe que isso significaria que eu me intrometi nos assuntos de vocês. Hassan se vingaria ainda mais cruelmente de mim."

Vi em seus olhos que ela havia entendido. "Ninguém vai abrir a porta, nesse caso", ela replicou. "Vamos deixar que eles a derrubem e nos levem à força."

Embora eu reconhecesse que era sem dúvida a melhor solução para ela e seus filhos, eu tinha medo, disse a ela, de que houvesse sangue derramado. Ora, se o juiz não resolvesse o caso, haveria sangue, e sangue chama sangue, a coisa dura anos a fio. Nenhum homem honrado ficaria parado vendo sua casa ser arrombada e invadida para raptarem uma mulher que nela se encontrava.

Tive então mais uma oportunidade de constatar, desgostosa, como Shekure era astuta e calculista, ao ver que, em vez de me dar uma resposta sensata, ela se punha de novo a chorar com mais intensidade ainda, agarrada aos seus filhos. Uma voz me dizia para deixar aquilo tudo para lá e cair fora, mas eu não podia mais passar pela porta, que estava a ponto de ser arrombada. Tinha medo de que ela cedesse aos homens do Negro e, ao mesmo tempo, que não cedesse. Eu me dizia que os homens do Negro, que confiavam em mim, podiam temer ir longe demais e bater em retirada de uma hora para a outra, o que, por sua vez, daria novo alento ao sogro. Vendo-o se aproximar da nora, soube que ele ia se pôr a derramar lágrimas de crocodilo, mas que a tremedeira dele não podia ser fingida.

Fui então até a porta e gritei com toda a minha força: "Parem, já chega!".

Os movimentos do lado de fora e os gemidos do lado de dentro pararam.

"Deixe Orhan abrir a porta, mamãe", sugeri num lampejo de inspiração, com uma voz meiga, como se estivesse falando com o menino. "Ele quer voltar para casa, ninguém vai ficar bravo com ele por causa disso."

Mal eu havia terminado de falar, o pequeno Orhan, pulando do colo da mãe, correu para a porta e, como alguém que vivera na casa vários anos, tirou o pino que prendia a tranca, levantou-a, correu o ferrolho e recuou dois passos. O frio da rua entrou pela porta escancarada. Tão profundo era o silêncio que dava para ouvir, ao longe, o latido da cachorrada. Enquanto Shekure dava um beijo em Orhan, que voltara para o seu colo, Shevket anunciou: "Vou contar para o tio Hassan".

Ao ver Shekure levantar-se, pegar o capote e preparar suas coisas para ir embora, senti tamanho alívio que tive medo de desatar a rir. Sentei-me por minha vez e tomei mais duas colheradas de sopa de lentilha.

O Negro teve a boa ideia de não se aproximar da porta da casa. Shevket correu para o quarto do seu falecido pai e lá se trancou. Chamamos o Negro para que ele nos ajudasse a abri-la, mas nem ele nem seus homens acudiram. Só quando Shekure concordou em deixar Shevket levar a adaga de cabo de rubis do tio é que o menino aceitou ir embora conosco.

"Tomem cuidado com Hassan e sua espada vermelha!", preveniu o sogro, num tom ao mesmo tempo despeitado e vingativo, como se reconhecesse sua derrota. Beijou os netos, dando-lhes um cheiro nos cabelos. Cochichou também algumas palavras no ouvido de Shekure.

Ao ver Shekure olhar pela última vez para a porta, as paredes e o fogão da casa, lembrei-me mais uma vez que ela tinha passado ali, com seu primeiro marido, os mais belos anos da sua vida. Mas será que ela não percebia também que aquela casa era um antro de dois homens miseráveis e solitários e recendia ao mau cheiro da morte? Deixei-a sair sozinha, ela tinha me decepcionado profundamente voltando para aquele lugar.

Não era o frio nem a escuridão da noite que fazia aquelas três mulheres — a criada, a judia e a viúva, com os dois orfãozinhos — andarem apertadas umas contra as outras, mas aquele bairro estranho, com ruelas quase impraticáveis e o medo de Hassan. Escoltadas pelo Negro e seu pequeno grupo, avançávamos como uma caravana transportando um tesouro por caminhos desertos, vielas sinistras nos fundos das casas, bairros pouco ou mal frequentados, para não toparmos com guardas, janízaros, facínoras ou ladrões de bairro — nem com Hassan. Às vezes, naquela escuridão em que mal dava para enxergar um palmo diante do nariz, tínhamos dificuldade de encontrar o caminho, esbarrávamos o tempo todo nos muros e uns nos outros. Íamos agarrados uns aos outros, presas da sensação de que os mortos-vivos, os *djins* e os demônios iam sair de uma hora para a outra do fundo da terra para nos raptar. Ouvíamos detrás das paredes e das janelas fechadas, que tocávamos às cegas para nos guiar, gente a roncar e tossir no frio da noite, o ruído dos animais nos estábulos.

Até eu, Ester, que estava acostumada com os mais pobres e mal-afamados bairros, que conhecia todas as ruas de Istambul — quer dizer, fora os subúrbios em que se amontoam os imigrantes e os membros das mais desgraçadas comunidades —, até eu volta e meia achava que íamos sumir naquelas ruas, que viravam e serpenteavam num labirinto sem fim no meio do breu. Apesar de tudo, eu era capaz de reconhecer certos trechos por onde já passara de dia, carregando minha trouxa. Reconheci, por exemplo, as paredes da rua dos Alfaiates, o forte cheiro de bosta — que, não sei por que, me lembrava o aroma da canela — vindo do estábulo de Nurullah Hodja, os lotes devastados pelo fogo na rua dos Acrobatas e a arcada da Grande Falcoaria, que desemboca no largo da Fonte de Hajji, o Cego, e com isso compreendi que não estávamos indo para a casa do falecido pai de Shekure, mas para outro destino misterioso.

Não dava para saber o que Hassan, enfurecido, seria capaz de aprontar, mas entendi que o Negro tinha encontrado um lugar para esconder a família — de Hassan e daquele assassino diabólico que ainda estava à solta.

Se eu pudesse imaginar onde era, eu diria a vocês agora mesmo, e a Hassan na manhã seguinte — não por maldade, mas porque estava convencida de que Shekure iria desejar novamente ser objeto das atenções dele. O Negro mostrou ser inteligente, não confiando em mim.

Estávamos em algum ponto atrás do Mercado dos Escravos quando ouvimos chamados e gritos vindos do fim da rua, em meio a um tumulto que deixava pressentir uma briga, um confronto armado mesmo, pois ouvi o barulho das espadas, dos machados e dos porretes, e os uivos assustadores dos feridos.

O Negro entregou sua espada a um dos seus homens de maior confiança, tirou à força a adaga de Shevket, que se pôs outra vez a chorar, e mandou o aprendiz de barbeiro e mais outros dois levarem Shekure, Hayriye e os meninos a uma distância segura. O aluno da escola corânica me disse que ia me levar para casa por um caminho que ele conhecia. Ou seja, o Negro não ia me deixar ficar com elas. Seria uma simples coincidência ou uma manobra esperta para manter em segredo onde ficava o esconderijo?

No fim da ruela pela qual fui obrigada a segui-lo, havia uma loja, que entendi ser um café. A briga parece ter acabado mal se iniciou. Uma porção de homens berrava, comprimindo-se para entrar ou sair do estabelecimento. De início, pensei se tratar de um saque, mas, na verdade, estavam tentando destruir o café. Traziam para fora a louça e as mesas, quebrando tudo à luz das tochas que os curiosos empunhavam. Deram uma surra num sujeito que tinha tentado impedi-los, mas ele conseguiu escapar. No começo, achei que o alvo deles era apenas a bebida, porque vociferavam que o café fazia mal para a vista e para o estômago, que acabava prejudicando o cérebro e levando à perda da fé; que era o veneno dos infiéis e que o Louvado Maomé tinha derramado o café que lhe fora oferecido por uma linda mulher — na verdade o Diabo disfarçado. No pé em que a coisa estava, aquela lição de moral ia durar a noite inteira! Se eu conseguisse chegar em casa, quem sabe não deveria chamar também a atenção de Nessim, dizendo-lhe para não abusar daquele veneno.

Como havia algumas casas de cômodos e hospedarias baratas por ali, logo se formou uma aglomeração de vagabundos, moradores de rua, toda uma ralé nada recomendável que tinha se introduzido ilegalmente na cidade e que incentivava aqueles inimigos do café. Foi só então que entendi que se tratava dos seguidores de Nusret Hodja, o pregador de Erzurum. Dizem que eles pretendiam acabar com todas as tavernas, cafés e bordéis de Istambul e castigar severamente os que desviavam do caminho do Louvado Maomé, como, por exemplo, os que se valem das cerimônias de *dervixes* para praticar a dança do ventre ao som da música. Eles desancam os inimigos da religião, os que colaboram com o Diabo, os pagãos, os infiéis e, evidentemente, os pintores. Lembrei-me então de que era justamente naquele café que os pintores penduravam seus desenhos na parede do fundo e que se falava mal do *hodja* de Erzurum e da religião.

Um dos jovens garçons saiu do café com a cara toda ensanguentada, cheguei a pensar que ele ia perder os sentidos, mas ele enxugou o sangue da testa e do rosto com a manga da camisa e juntou-se a nós, para também assistir ao ataque. A multidão recuou um pouco, assustada. Percebi que o Negro tinha reconhecido alguém e parecia hesitar. O bando de Erzurum começou de repente a se reunir e, pela maneira que o faziam, compreendi que os janízaros ou algum outro bando armado estava a caminho. As tochas foram apagadas, transformando aquela multidão numa massa indistinta.

O Negro agarrou-me pelo braço e empurrou o estudante para que ele me levasse para casa, "passando pelas ruas sem movimento". O estudante queria cair fora o mais rápido possível, de modo que escapulimos dali quase correndo. Meus pensamentos ficaram com o Negro, mas, como Ester foi levada para fora de cena, não pôde mais continuar contando a história.

## 54. EU, A MULHER

JÁ POSSO ATÉ OUVIR VOCÊS OBJETAREM: "Caro Satirista Efêndi, você pode imitar qualquer um ou qualquer coisa, mas nunca a mulher!". Pois vou lhes provar o contrário. É verdade, de tanto ir de uma cidade a outra para ganhar a vida com minhas imitações, de tanto me esgoelar nos casamentos, festas e cafés contando histórias, nunca tive a felicidade de me casar, o que não quer dizer que não saiba nada da grei feminina.

Conheço muitíssimo bem as mulheres, na verdade conheci quatro pessoalmente, de todas vi o rosto, só com uma não conversei:

1. minha falecida mãe; 2. minha tia querida; 3. minha cunhada, que batia em mim e me dizia: "fora daqui!", sempre que eu aparecia onde ela estava — foi a primeira mulher por quem me apaixonei; 4. a mulher que avistei certa vez por uma janela aberta, na cidade de Konya; embora nunca tenhamos trocado uma só palavra, acalentei durante anos pensamentos luxuriosos para com ela, e continuo acalentando. Mas a esta altura ela talvez já tenha morrido.

Ver o rosto descoberto de uma mulher, falar com ela, ter um contato familiar com ela é, para nós, homens, uma fonte de tormentos espirituais e carnais, de modo que o melhor é nem olhar para as mulheres, especialmente para as mais bonitas, fora dos laços do matrimônio, tal como nossa nobre fé prescreve. O único remédio para os desejos da carne é buscar a amizade dos belos efebos, substitutos satisfatórios para as fêmeas, e isso acaba se tornando um hábito agradável. Nas cidades da Europa, as mulheres saem às ruas não apenas expondo seu rosto, mas também seus cabelos reluzentes (que, depois do pescoço, são seu maior atrativo), seus braços, seu bonito colo e até mesmo, se é verdade o que ouvi, uma porção das suas formosas pernas; em consequência disso, os homens dessas cidades circulam por elas com enorme dificuldade, pois suas partes dianteiras estão o tempo todo eretas, o que, além da dor tremenda, atrapalha seus movimentos e acarreta a paralisia de toda a sociedade. É sem dúvida nenhuma por causa disso que não passa um dia sem que uma fortaleza dos infiéis caia nas mãos dos otomanos.

Assim que entendi, ainda garoto, que o melhor meio de assegurar minha felicidade e minha tranquilidade espiritual era viver longe das mulheres bonitas, minha curiosidade por essas criaturas não parou mais de crescer, a ponto de adquirir um caráter místico. Aquela curiosidade não parava de girar na minha cabeça e acabei compreendendo que, como não tinha outros modelos além da minha mãe e da minha tia, a única maneira de saber o que as mulheres sentem era fazer os mesmos trabalhos domésticos, falar como elas, comer como elas, imitar suas manias e, sim, senhores, vestir suas roupas. Assim, uma sexta-feira em que minha mãe, meu pai, meu irmão mais velho e minha tia foram ver as roseiras do meu avô, na praia de Fahreng, eu disse que estava me sentindo mal, só para ficar em casa.

"Venha com a gente, para nos divertir imitando os cachorros, as árvores e os cavalos do campo", insistiu minha mãe, que descanse em paz. "Vai ficar fazendo o quê, sozinho em casa?"

Como eu não podia responder: "Vou vestir sua roupa, mãezinha, e me transformar em mulher", menti que estava com dor de barriga.

"Deixe de moleza", disse meu pai. "Venha, vamos brincar de lutar!"

Agora, irmãos pintores e calígrafos, vou lhes contar o que senti depois que eles saíram e que experimentei todas as roupas de baixo e de cima da minha mãe e da minha tia queridas, que já nos deixaram, e os segredos que descobri naquele dia sobre o que é ser mulher. Mas deixem-me lhes dizer logo de uma vez que, ao contrário do que vocês tantas vezes leram nos livros e ouviram os pregadores dizerem, quando você vira mulher não se sente de jeito nenhum transformado em Diabo.

Muito pelo contrário, quando vesti a calçola de algodão de minha mãe, toda bordada de rosas, uma deliciosa sensação de bem-estar me invadiu e eu me senti tão sensível quanto ela. O contato na minha pele nua da camisa de seda verde pistache da minha tia, que ela nunca se decidia a usar, despertou em mim uma imediata ternura por todas as crianças, inclusive por mim mesmo. Fiquei com vontade de dar de mamar a todos e cozinhar para o mundo inteiro. Depois que entendi o que era ter seios, tratei de descobrir o que me deixava mais curioso: como é ser uma mulher de peitos fartos. Tratei então de encher o peito com tudo o que podia encontrar — meias, panos de prato — e, quando vi aquelas enormes saliências, aí sim, tenho de admitir, senti-me orgulhoso como Satanás. Ao adivinhar que os homens, só de perceber a sombra dos meus vultosos seios, correriam como loucos atrás deles e fariam de tudo para chupá-los, senti-me tremendamente poderoso. Mas era isso mesmo o que eu queria? Eu estava tonta, dividida entre meu desejo de ser forte e de ser mimada; eu queria para mim um homem rico, bem-feito de corpo e inteligente, mas tinha medo de um homem assim. Pus as pulseiras de ouro torcido que minha mãe escondia no fundo de uma caixa sob as echarpes bordadas com motivos florais, no meio das meias de lã recendendo à lavanda; apliquei o ruge com que ela enfeitava as maçãs do rosto ao voltar do banho público; vesti o casaco verde da titia e pus o fino véu da mesma cor na cabeça, depois de prender os cabelos atrás. Mirei-me então no espelho de madrepérola e estremeci. Embora eu não tivesse tocado neles, meus olhos e meus cílios tinham se tornado olhos e cílios de mulher. Somente minha maçã do rosto e meus olhos estavam visíveis, mas eu era agora uma mulher extraordinariamente atraente, e isso me enchia de felicidade. Minha masculinidade, que percebera esse fato antes de mim mesmo, estava ereta, e isso, naturalmente, me perturbava.

Ao ver no espelho de mão uma lágrima escorrer do meu lindo olho, veio-me dolorosamente à memória um poema que nela ficara gravado. E no mesmo instante, inspirado pelo Todo-Poderoso, cantei-o ritmadamente como se ele fosse uma canção, para esquecer as minhas mágoas.

*Meu coração caprichoso sente falta do Ocidente quando estou no*
*[Oriente e sente falta do Oriente quando estou no Ocidente.*
*A outra parte de mim insiste em ser mulher quando sou homem e*
*[insiste em ser homem quando sou mulher.*
*Como é difícil ser homem e mais difícil ainda viver como homem.*
*Só quero me divertir na frente e atrás, ser os dois ao mesmo tempo:*
*[oriental e ocidental.*

Eu já ia dizendo: "Tomara que nossos irmãos de Erzurum não ouçam esta cantiga que vem do fundo do meu coração", porque iam ficar uma fera. Mas por que me apavorar? Afinal, é bem possível que eles não se zanguem. Escutem, não é para falar mal de ninguém, mas ouvi dizer que o célebre pregador, o Louvado Nada-a-ver-com-Husret Efêndi, apesar de ser casado, prefere uns garotos bonitos a nós, mulheres, exatamente como vocês, pintores sensíveis. Só estou contando o que ouvi. Mas eu estou pouco ligando para tudo isso, porque eu o acho repulsivo, e além do mais ele é muito velho. Seus dentes já caíram e, pelo que dizem os garotos que se aproximam dele, sua boca, desculpem a expressão, fede mais que cu de urso.

Bem, deixemos para lá o diz que diz e voltemos ao nosso assunto. Assim que entendi como eu era linda, não quis mais saber de lavar a roupa e a louça, nem de desfilar nas ruas como uma escrava. A pobreza, o pranto, a tristeza, olhar-se desconsolada no espelho implacável e desfazer-se em lágrimas com o que vê, é a sina das mulheres feias. Preciso arranjar um marido que me ponha num pedestal, mas quem poderia ser?

Foi então que comecei a espiar por um buraco na parede os filhos dos paxás e dos figurões, que, com os mais variados pretextos, meu falecido pai convidava à nossa casa. Tudo o que eu queria era uma situação, como a daquela beldade de boquinha pequena, que tem dois filhos e que todos vocês, miniaturistas, adoram. Bem, talvez seja melhor eu lhes contar a história da pobre Shekure. Ah, esperem, era esta a história que eu tinha prometido lhes contar esta noite:

## A HISTÓRIA DE AMOR CONTADA PELA MULHER INSTIGADA PELO DIABO

É uma história muito simples. Ela se passa no bairro do Aqueduto, um dos mais pobres de Istambul. Um de seus mais eminentes moradores, Chelebi Ahmet, secretário de Vasif Paxá, era um cavalheiro casado, pai de dois filhos, homem sério e reservado. Um belo dia, vê por uma janela aberta uma linda bósnia, alta e magra, olhos negros, pele alva como alabastro, cabelos de azeviche, pela qual se apaixona num piscar de olhos. Mas a mulher é casada, ama seu belo marido e não tem o menor interesse por Chelebi Ahmet. O coitado se recusa a confiar seu tormento a quem quer que seja e, reduzido a pele e osso pelo amor, dá de beber o vinho que compra de um grego, e seu amor acaba não sendo mais segredo para ninguém no bairro. Como seus moradores adoram histórias de amor como a dele, mas admiram e respeitam muito Chelebi Ahmet, mostram consideração por esse seu amor, permitindo-se apenas uma ou outra piada e fazendo-se como se nada estivesse acontecendo. Não conseguindo encontrar um remédio para o seu mal, Chelebi Ahmet embriagava-se todas as noites, depois ia sentar-se na entrada da casa em que a beldade de pele de alabastro morava feliz com o marido e chorava horas e horas a fio, como uma criança. Os vizinhos acabaram se alarmando, mas não conseguiam fazer nada, nem lhe dar uma surra, nem tirá-lo à força dali, nem confortá-lo, enquanto viam o apaixonado chorar de agonia todas as noites. Além do mais, cavalheiro que era, ele sabia chorar para dentro sem fazer escarcéu nem incomodar ninguém. Mas, pouco a pouco, sua dor desesperançada acaba contagiando o bairro inteiro, torna-se a dor e a tristeza de todos. Os moradores perdem sua alegria e, como a fonte que corre melancólica na praça, o próprio Chelebi se torna uma fonte de sofrimento. No início eram alusões preocupadas, depois passou-se a falar em azar, por fim espalhou-se pelo bairro a certeza da catástrofe. Os artesãos começaram a se mudar, as falências multiplicaram-se, porque a gente perdia a vontade e a coragem de trabalhar. O bairro já tinha se esvaziado quando Chelebi Ahmet também resolveu viver em outro lugar, com a sua família. Só ficou lá a bela de tez de alabastro, sozinha com o marido. A calamidade que ela provocara arrefeceu o amor dos dois, afastou-os um do outro e, embora tenham continuado a viver juntos, nunca mais foram felizes.

Eu já ia dizer o quanto gostava dessa história, por mostrar os perigos do amor e das mulheres, quando, com mil demônios, me lembrei que tinha perdido minha capacidade de raciocinar, porque agora sou uma mulher! De modo que vou encerrar dizendo outra coisa, totalmente diferente, algo assim:

"Ó, como é lindo o amor!"

Mas quem é essa gente que está invadindo o café?

## 55. CHAMAM-ME BORBOLETA

AO VER AQUELE TUMULTO, entendi que o bando do *hodja* de Erzurum viera acertar as contas conosco, os engraçadinhos do ateliê de pintura.

Dentre a multidão que assistia ao ataque, entrevi o Negro, com uma adaga na mão. A seu lado, a célebre Ester, com sua trouxa debaixo do braço, e várias outras mulheres com seus sacos de roupa. Quando vi que os fregueses que em vão tentavam fugir eram severamente espancados e que o bando começava a destruir o próprio café, disse-me que era bom cair fora dali rapidamente. Mas nesse exato momento chegou outro bando, os janízaros, creio, e a turba de Erzurum apagou as tochas e bateu em retirada.

Não havia mais ninguém na entrada do café, mais nenhum curioso. Entrei. Estava totalmente devastado, eu pisava em cacos de vidro, potes, pratos, tigelas. A luz de um lampião a óleo, pendurado num prego alto na parede, não morrera na confusão, mas só iluminava as marcas de fuligem do teto, deixando no escuro o chão juncado de destroços, pedaços de bancos e mesinhas quebradas.

Empilhando as compridas almofadas, alcancei o lampião e tirei-o do prego. Dentro do círculo da sua luz, enxerguei vários corpos estirados no chão. O primeiro estava com o rosto todo ensanguentado, mas não o reconheci. Aproximei-me do segundo, que gemia, e, ao ver a lâmpada, soltou uns gritinhos de criança.

Entrou alguém. De início fiquei alarmado, mas depois adivinhei que era o Negro. Os dois nos debruçamos sobre o terceiro corpo que jazia no chão. Quando aproximamos o lampião do seu rosto, vimos o que temíamos: tinham matado o contador de histórias.

Seu rosto, disfarçado de mulher, não trazia vestígios de sangue, mas seu queixo, sua testa e sua boca com os lábios pintados de vermelho estavam esmagados e, a julgar pelo pescoço, coberto de contusões, ele havia sido estrangulado. Seus braços estavam nas costas, as palmas das mãos viradas para cima. Não era difícil imaginar que um deles tinha segurado os braços do velho por trás, enquanto os outros quebravam sua bonita cara de mulher e, depois, estrangulavam-no. Será que não teriam dito "Cortem a língua dele para que nunca mais fale mal de sua Excelência, o Pregador Hodja Efêndi", antes de liquidá-lo?

"Traga o lampião aqui", disse o Negro. A luz clareou, perto do fogão, moedores de café destroçados, coadores, balanças e xícaras estilhaçadas caídos nas poças de café. No canto em que o satirista pendurava todas as noites o desenho a que daria voz, o Negro procurava os acessórios do artista — o cinto, o lenço de mágico, a vareta. Tomando-me o lampião das mãos e segurando-o na altura do meu rosto, ele me disse que estava procurando os desenhos: sim, claro, fiz dois desenhos para ele, por camaradagem. Mas só pudemos encontrar o barrete persa que o falecido costumava usar na sua cabeça cuidadosamente rapada.

Não encontrando mais ninguém no estreito corredor que levava à porta dos fundos, saímos na noite escura. Durante o ataque, muitos dos fregueses e dos pintores que estavam lá dentro devem ter escapado por aquela porta, mas os vasos de flores quebrados e os sacos de café espalhados por toda parte indicavam que também tinha havido briga ali.

Essas represálias e o horrível assassinato do mestre satirista nos aproximavam, a mim e ao Negro, na escuridão assustadora da noite. Era essa também, creio eu, a causa do silêncio que se instalara entre nós. Mas, duas ruas adiante, o Negro passou-me o lampião, puxou a adaga e encostou-a na minha garganta.

"Vamos para a sua casa", disse ele. "Preciso revistá-la, para que meu espírito encontre a paz."

"Já foi revistada."

Eu não me senti ofendido, sentia apenas necessidade de provocá-lo. Ao acreditar nos boatos abjetos a meu respeito, o

Negro não provava que também tinha inveja de mim? Ele empunhava sua adaga com um ar pouco seguro de si.

Minha casa fica na direção oposta à que havíamos tomado ao sair do café. Assim, para evitar a multidão que ainda se aglomerava, fizemos um largo desvio, virando à direita e à esquerda nas ruas das vizinhanças, passando por jardins vazios tomados pelo cheiro triste de umidade e árvores solitárias. Quando tornamos a passar por perto do café, a turba ainda não se havia dispersado. Ouvia-se na rua o ruído dos janízaros, dos guardas de quarteirão e dos jovens do bairro perseguindo o bando do *hodja*. Tínhamos percorrido mais da metade do caminho para a minha casa, quando o Negro parou para me dizer:

"Nestes dois últimos dias, Mestre Osman e eu examinamos as obras-primas dos antigos mestres que se encontram no Tesouro do Sultão."

Após um longo silêncio, respondi, elevando a voz: "Após uma certa idade, mesmo se espiasse o próprio Bihzad pintando, o que o pintor vê pode agradar aos seus olhos e levar serenidade ou excitação à sua alma, mas não aumenta seu talento, porque a gente pinta com a mão, e não com os olhos, e a mão, já na minha idade, que dirá na de Mestre Osman, não aprende facilmente coisas novas".

Eu falava quase gritando para que minha linda esposa, que certamente me esperava, compreendesse que eu não chegava sozinho e pudesse, assim, evitar o Negro — não que eu levasse a sério este idiota todo cheio de si, com sua adaga na mão.

Ao passar pelo portão, pareceu-me perceber a claridade de uma lâmpada movendo-se dentro de casa, mas, louvado seja Alá, ela estava imersa na mais completa escuridão. Jurei me vingar do Negro por uma tão brutal e grosseira intrusão à mão armada na minha intimidade, no paraíso que para mim era o meu lar, onde passo o dia, todo o meu tempo na verdade, até meus olhos se cansarem, na busca de uma pintura que seja fiel às recordações de Alá e onde faço amor com minha amada esposa, a mais linda mulher do mundo.

Abaixando a lâmpada, examinou meus papéis, a cena que eu estava terminando — uns condenados por dívida que imploravam ao sultão para que os livrasse da prisão e eram agraciados —, minhas tintas, minhas mesas de trabalho, minhas facas, as pedras em que eu cortava os papéis, meus pincéis, tudo o que se encontrava entre meu cálamo e a caixa de papéis; vasculhou os armários, as caixas, debaixo das almofadas, espiou uma das minhas tesouras, olhou debaixo de uma macia almofada vermelha e de um tapete, antes de voltar, aproximando bem a lâmpada de cada objeto e esquadrinhando outra vez os mesmos lugares. Como ele disse da primeira vez que sacou sua arma, não ia revistar toda a minha casa, só meu ateliê. Será que eu ia conseguir manter escondida minha mulher — a única coisa que eu desejava ocultar — no quarto do qual estava nos espiando?

"Falta a última miniatura para o livro que meu Tio organizava", ele disse. "Quem o matou também a roubou."

"Ela era diferente das outras", respondi imediatamente. "Seu Tio, descanse em paz, mandou-me desenhar uma árvore num canto da página, ao fundo... O meio da página e o primeiro plano seriam ocupados por um personagem, provavelmente um retrato do Nosso Sultão. Ele tinha reservado um amplo espaço, mas nada ainda havia sido desenhado. Ele me pediu que pintasse a árvore bem pequenina, à maneira europeia, que representa cada vez menores os corpos mais distantes. À medida que progredia, meu desenho dava a impressão de ser muito mais uma vista deste mundo a partir de uma janela do que uma miniatura. Compreendi que a miniatura obedecia a todas as regras da perspectiva dos europeus e que a moldura traçada pelo dourador tornava-se a moldura de uma janela."

"A moldura e a douradura foram obra do Elegante Efêndi, não é?"

"Se é o que você quer saber, não fui eu quem o matou."

"Um assassino nunca reconhece seu crime", ele rebateu no ato, antes de me perguntar o que eu fazia no café, na hora do ataque.

Ele tinha posto o lampião um pouco atrás da almofada em que eu estava sentado, de modo que meu rosto ficasse iluminado, assim como meus desenhos e meus outros papéis. Quanto a ele, ia de um lado para o outro da sala, como uma sombra nas trevas.

Além de contar para ele o que já lhes contei — que na verdade eu quase não frequentava o café e estava lá por acaso —, também repeti que havia feito dois dos desenhos que estavam pendurados na parede, mas que não aprovava nem um pouco o que acontecia por lá. "Porque", acrescentei, "a arte da pintura só é criticável e condenável quando o pintor extrai sua força do desejo de criticar e de condenar as coisas ruins desta vida, em vez de buscá-la no talento, no amor à arte e no desejo de se unir a Alá, pouco importando se o alvo da denúncia seja o pregador de Erzurum ou o próprio Satanás. De resto, se a gente daquele café não houvesse bulido com os fanáticos de Erzurum, talvez o café não tivesse sido atacado esta noite."

"Mesmo assim, você ia lá", replicou o patife.

"Ia porque me divertia" — será que ele entendia que eu falava com toda franqueza? — "e porque nós, filhos de Adão, muitas vezes nos deliciamos com as coisas que, em nossa alma e em nossa consciência, sabemos erradas e impuras. Sim, tenho vergonha de confessar que eu também me divertia com aquelas ilustrações baratas, com as imitações e as histórias sobre o Diabo, a moeda de ouro, o cachorro, que o narrador contava cruamente, sem métrica nem rima."

"Então como é que você insistia em pisar naquele antro de incréus?"

"Bem", falei, como se me rendesse a uma voz interior, "às vezes o verme da dúvida também me corrói. Desde que fui abertamente reconhecido como o mais talentoso e o de maior mestria entre todos os mestres pintores do Grande Ateliê, e não só por Mestre Osman mas também por Nosso Sultão, comecei a temer a tal ponto a inveja dos meus colegas que procurei, ainda que só de vez em quando, ir aonde eles iam, ser companheiro deles e parecer-me em tudo com eles, de modo que não se unissem contra mim para se vingarem. Entende? E desde que começaram a dizer que eu era um 'erzurumi', passei a frequentar aquele antro de ignóbeis incréus para desmentir esse boato."

"Mestre Osman me disse que você muitas vezes agia como se quisesse se desculpar pelo seu talento e pela sua mestria."

"Que mais ele disse de mim?"

"Que para fazer crer que você renuncia a esta vida por amor à arte, você produz uns desenhos ridículos em lascas de unha ou grãos de arroz; que sua mania de sempre agradar se deve ao mal-estar que você sente por causa dos enormes dons que Alá lhe deu."

"Mestre Osman é da estatura de um Bihzad", comentei com toda a sinceridade. "Que mais?"

"Ele enumerou suas fraquezas sem sombra de hesitação", respondeu o canalha.

"E quais são essas fraquezas?"

"Ele disse que, a despeito do seu imenso talento, não é por amor à pintura que você pinta, mas para adquirir prestígio. Que, na pintura, o que mais agrada a você é imaginar o prazer dos que veem as suas imagens, quando, em vez disso, você só deveria pintar pelo prazer de pintar."

Machucava meu coração saber que Mestre Osman pôde confiar o juízo que fazia de mim a um sujeito de espírito tão reles, que nem sequer é pintor, mas ganha a vida como escriba ou secretário de um potentado qualquer, escrevendo para ele cartas e bajulações rasteiras. O Negro prosseguiu:

"Os grandes mestres de antigamente, sustenta Mestre Osman, jamais renunciariam aos estilos e aos métodos que cultivaram ao longo de toda uma vida sacrificada à arte, cedendo à autoridade de um xá, aos caprichos de um novo príncipe ou aos gostos de uma nova época. Então, para que não pudessem ser forçados a alterar seus estilos e seus métodos, esses heróis tinham a coragem de furar os próprios olhos. Enquanto vocês, com a desculpa de que se trata da vontade do Nosso Sultão, imitaram entusiástica e vergonhosamente os mestres europeus na pintura das páginas do livro do meu Tio."

"Nosso Grande Mestre Osman não deve ter dito isso por mal", retorqui. "Aceita um chá de tília, caro visitante? Vou pôr a água para ferver."

Fui até o aposento ao lado. Minha querida esposa pôs-me nos ombros seu robe de seda chinesa, que tinha comprado de Ester, a ambulante. "Nossa visita aceita um chá de tília?", ela me imitou com um ar debochado, agarrando meu pau. Peguei no fundo da cômoda ao lado da cama, atrás das echarpes perfumadas com água de rosa, meu espadim com o punho ornado de granadas e tirei-o da bainha. A lâmina é tão afiada que se um lenço de seda caísse nela se cortaria em dois, e daria para cortar com ela uma folha de ouro em tiras tão precisas quanto se tivessem sido cortadas com uma régua.

Ocultando a arma o melhor que pude, voltei ao ateliê. O Negro estava tão contente com seu interrogatório que largara sua adaga negligentemente na almofada vermelha ao seu lado. Cobri-a com uma folha por terminar. "Dê uma olhada", disse-lhe. Ele se debruçou com curiosidade, procurando entender.

Pus-me atrás dele, saquei o espadim e, lançando-me sobre ele num só movimento, joguei-o de cara no chão. Sua adaga caiu. Agarrei-o pelos cabelos e, comprimindo sua cabeça contra o assoalho, enfiei a lâmina do espadim sob a sua garganta. Meu corpo pesado achatava o corpo magro do Negro e imobilizava-o de barriga para baixo, enquanto eu me valia do queixo e da mão livre para manter sua cabeça bem pertinho da ponta do meu espadim. Uma mão agarrava um denso tufo dos seus cabelos imundos, a outra segurava o espadim contra a fina pele da sua garganta. Ele foi inteligente o bastante para não se debater, porque eu podia ter acabado com ele naquela hora. A proximidade dos seus cabelos encaracolados, da sua nuca insolente que dava uma vontade danada de lhe dar um bom tapa e das suas orelhas nojentas me deixava ainda mais irritado. "Não sei como consigo refrear minha gana de dar cabo de você neste instante", cochichei-lhe no ouvido, como se contasse um segredo.

Agradou-me que ele tenha ouvido sem dizer nada, como uma criança bem-comportada. "Você deve conhecer esta lenda do *Livro dos reis*", sussurrei. "Feridun Xá, injustamente, lega suas piores terras aos dois filhos mais velhos e a melhor, o Irã, ao mais moço, Iradj. Tur, roído pela inveja, resolve se vingar, captura Iradj com uma artimanha e, pouco antes de cortar-lhe a garganta, agarra-o pelos cabelos e deita-se em cima dele com todo o seu peso, exatamente como estou fazendo agora com você. Sente o peso do meu corpo?"

Ele não respondeu, mas vi em seus olhos, que fixavam o vazio como os de um carneiro sacrifical, que ele me ouvia. Continuei então, inspirado: "Eu não sou fiel apenas aos estilos e métodos persas de pintura, mas também de degola. Aliás, vi uma versão diferente daquela apreciadíssima cena da morte do sombrio xá Siyavush".

Contei ao Negro, que me ouvia calado, como Siyavush preparou sua vingança contra os irmãos; como incendiou seu próprio palácio, abandonou sua fortuna e seus bens, despediu-se da mulher, montou em seu cavalo e foi guerrear contra eles; como perdeu a batalha e foi arrastado pelos cabelos na planície coalhada de cadáveres, em meio ao sangue e à poeira; como o puseram de barriga para baixo — "tal e qual você agora" — e apertaram uma faca contra a sua garganta; e como esse xá derrotado, de cara no chão, teve de ouvir nessa posição humilhante seus inimigos discutirem para decidir se o matariam ou se o soltariam. Contei toda essa história à minha vítima, sem nada omitir, depois perguntei: "Você gosta dessa ilustração? Geruy lança-se sobre Siyavush pelas costas, como fiz com você, monta em cima dele, encosta a espada no pescoço, agarra-o por trás pelos cabelos e corta-lhe a garganta. Pouco depois, da terra árida em que o sangue vermelho se derramou sobe primeiro uma fumaça escura e, mais tarde, as flores desabrocham naquele lugar".

Calei-me. Das ruas distantes podíamos ouvir os gritos do bando de Erzurum e de seus perseguidores. O terror que reinava lá fora de repente nos aproximou mais, deitados naquele chão, um em cima do outro.

"Mas em todas essas miniaturas", prossegui puxando mais forte seus cabelos negros, "sente-se que os pintores têm dificuldade para representar, com a devida elegância, dois homens cheios de desprezo um pelo outro mas cujos corpos, como os nossos, parecem se fundir um no outro. É como se as traições, as invejas e as brigas que antecedem o momento mágico e sublime da decapitação interferissem demasiadamente nessas pinturas. Mesmo os maiores artistas da escola de Kazvin teriam dificuldade para pintar dois homens deitados um em cima do outro, para distingui-los direito. Enquanto você e eu, olhe só, estamos unidos de forma muito mais bem disposta e elegante."

"Você está me cortando com sua espada!", ele choramingou.

"Muito obrigado por me avisar, meu caro, mas não acredito em você. Estou tomando cuidado. Não gostaria de estragar nossa bela pose. Nas cenas de amor, de morte e de guerra, os grandes mestres de antigamente só eram capazes de nos arrancar lágrimas de decepção, quando representavam corpos enlaçados como se fossem um só. Julgue você mesmo: minha cabeça está grudada na sua nuca como se ela fizesse parte do seu corpo. Posso sentir o cheiro dos seus cabelos e do seu pescoço. Minhas pernas estão coladas tão harmoniosamente às suas que um observador poderia nos tomar por um elegante quadrúpede. Está sentindo todo o meu peso sobre as suas costas e a sua bunda?" Calei-me outra vez, mas agora sem apertar mais meu espadim, porque senão cortaria mesmo a garganta dele. "Se você não disser nada, vou me sentir tentado a morder sua orelha", sussurrei-lhe no ouvido.

Vendo em seus olhos que ele ia me responder, fiz a pergunta de novo: "Sente o meu peso sobre o seu corpo?".

"Sim."

"Está gostando? É bonito?", indaguei. "Acha que assim somos tão bonitos quanto os heróis lendários que se trucidam com tanta elegância nas obras-primas dos antigos mestres?"

"Não sei", respondeu o Negro. "Não dá para nos ver no espelho."

O pensamento de que minha mulher nos observava do aposento contíguo, à luz projetada pelo lampião do café pousado no chão a pouca distância de nós dois, reteve minha vontade de morder de fato a orelha do Negro.

"Negro Efêndi, o senhor, que entrou à força na minha casa, invadindo a minha intimidade, adaga na mão, para me interrogar", principiei, "o senhor sente agora a minha força?"

"Sim, e sinto também que errei."

"Então, pergunte de novo o que você queria saber."

"Como Mestre Osman o acariciava?"

"Quando eu era aprendiz, era muito mais magro, delicado e bonito do que hoje, e ele montava em mim, do jeito que estou montado em você. Ele acariciava meus braços, às vezes até me machucava, mas tudo o que ele fazia me agradava, porque eu admirava seu saber, seu talento e sua força, e nunca tive nenhum mau pensamento sobre ele, porque eu o amava. Amar Mestre Osman me capacitava a amar a arte, as cores, o papel, a beleza da pintura e da iluminura, de tudo o que era pintado, e portanto amar o próprio mundo e Alá. Mestre Osman é mais do que um pai para mim."

"Ele batia muito em você?"

"Em seu papel de pai, ele me batia com um senso apropriado de justiça. Como mestre, ele me batia dolorosamente para que eu pudesse aprender com o castigo. Graças à dor e ao medo da régua nas unhas das minhas mãos, aprendi muita coisa melhor e mais depressa do que teria aprendido por mim mesmo. Para que ele não me agarrasse pelos cabelos e batesse minha cabeça na parede, nunca derramei seus pigmentos quando era seu aprendiz, nunca desperdicei suas folhas de ouro, memorizava rapidamente, por exemplo, a curva de uma perna do cavalo, corrigia os erros do traçador de linhas, lavava meus pincéis regularmente e concentrava minha atenção e minha mente na página diante de mim. Sabendo que devo minha arte e minha mestria aos castigos que recebi, hoje bato por minha vez nos meus aprendizes sem peso na consciência. Mais ainda, sei que mesmo uma sova dada sem justa causa, se não humilhar o aprendiz, no fim das contas será proveitosa para ele."

"Mas se você bate num aprendiz que é um anjo, lindo de rosto, de olhos meigos, e se deixa embalar pelo prazer que sente nisso, não lhe passa pela cabeça que Mestre Osman provavelmente experimentava a mesma sensação quando te batia?"

"Às vezes ele pegava o alisador de mármore e me batia com tanta força atrás da orelha, que meu ouvido zumbia dias a fio e eu ficava completamente atordoado. Às vezes ele me dava uma bofetada tão violenta que meu rosto ardia em fogo, a ponto de meus olhos ficarem um tempão cheios de lágrimas. Nunca vou me esquecer, nem deixar de amar meu mentor por causa disso."

"Não!", fez o Negro. "Você tinha raiva dele. E todos vocês se vingaram dessa cólera acumulada no fundo do coração pintando para o meu Tio aquelas imitações da pintura ocidental."

"Você não conhece os pintores. O contrário é que é verdade. As surras recebidas em nossa infância nos ligam até a morte com um amor profundo ao nosso mestre."

"A degola cruel e traiçoeira de Iradj e Siyavush, que tiveram a garganta cortada de baixo para cima, como você está fazendo comigo, é causada pela rivalidade entre irmãos, e a rivalidade entre irmãos, como no *Livro dos reis*, é sempre provocada por um pai injusto."

"É verdade."

"Esse pai injusto dos miniaturistas, que instiga vocês uns contra os outros, está agora a ponto de traí-los", ele ousou dizer. "Ai, por favor, está me cortando!", queixou-se. Gritou agoniado mais um pouco, depois continuou. "Sim, cortar a minha garganta e derramar meu sangue como um carneiro de ramadã seria coisa à toa, mas se você fizer isso sem me ouvir até o fim — e não acredito que você seja capaz, ai, por favor, pare! — você vai se perguntar pelo resto dos seus dias o que eu ia dizer. Por favor, afaste um pouco a lâmina." Fiz o que ele pediu. "Mestre Osman, que acompanhou cada passo, cada respiração de vocês desde a infância, que viu cheio de felicidade o talento que Alá lhes deu desabrochar em arte, como uma flor que se abre na primavera, agora, para salvar o ateliê e o estilo a que ele consagrou sua vida, abandonou vocês."

"No dia em que enterramos o Elegante Efêndi eu te contei três parábolas, para que você entendesse que asco é isso que eles chamam de estilo."

"Tratava-se do estilo de um pintor", reparou o Negro cuidadosamente, "enquanto Mestre Osman estava preocupado com a preservação do estilo do seu ateliê."

Ele me explicou demoradamente a importância que Nosso Sultão dava à descoberta do celerado que tinha assassinado seu Tio e o Elegante Efêndi, e que para isso tinha até permitido o acesso deles ao Grande Tesouro; mas que Mestre Osman aproveitava dessa oportunidade para sabotar o livro do seu Tio e punir os pintores que o haviam traído, aceitando pintar à ocidental. O Negro acrescentou que, baseando-se no estilo, Mestre Osman desconfiava que o autor do cavalo de narinas fendidas fosse Oliva, mas que, na qualidade de Grande Mestre do ateliê do Sultão, estava convencido da culpa de Cegonha e disposto a entregá-lo aos carrascos. Eu sentia, sob a lâmina da minha adaga, que ele dizia a verdade e tive até vontade de lhe dar um beijo, a tal ponto ele parecia uma criança que conta tudo para a gente com a maior ingenuidade. Suas palavras não me davam motivos de preocupação, muito pelo contrário: Cegonha fora do páreo significava que, após a morte de Mestre Osman, que Alá lhe conceda uma longa vida, eu é que seria o Grande Mestre do ateliê do Sultão.

Não, o que me preocupava não era que acontecesse o que ele tinha dito, mas sim a possibilidade de que não acontecesse. Lendo nas entrelinhas do relato do Negro, compreendia que Mestre Osman também poderia estar pretendendo sacrificar não apenas Cegonha, mas a mim também. A simples ideia de tal ignomínia bastava para fazer meu coração disparar e para que eu experimentasse o horror do total abandono que deve sentir uma criança que perde de repente o pai. Sempre que essa ideia me vinha à mente, eu tinha de me conter para não cortar a goela do Negro. Não quis discutir com o Negro, nem comigo mesmo, por que diabos o fato de termos feito umas poucas ilustrações idiotas à maneira europeia para o Tio podia nos fazer passar por traidores. Pensei além disso que por trás da morte do Tio também podia estar dissimulada alguma manobra dirigida contra mim por Oliva e Cegonha. Tirei minha espada de sob a garganta do Negro.

"Vamos revistar a casa do Oliva!", sugeri. "Se a última miniatura estiver lá, pelo menos saberemos quem devemos temer. Senão, o levaremos como reforço conosco à casa do Cegonha."

Disse-lhe que podia confiar em mim e que sua adaga era arma bastante para nós dois. Até pedi desculpa por não lhe ter oferecido o tal chá de tília. Ao pegar no chão a lamparina trazida do café, nossos olhares se fixaram, cheios de subentendidos, na almofada em que eu o imobilizara. Aproximei o lampião do seu pescoço e disse a ele que aquele corte imperceptível na sua garganta seria doravante o sinal da nossa amizade. Até sangrara um pouco.

Nas ruas, o tumulto causado pelo bando de Erzurum e seus perseguidores continuava, mas ninguém prestou atenção em nós. Não demoramos a chegar à casa de Oliva. Batemos no portão do quintal, na porta da casa e, com impaciência, na janela. Não havia ninguém em casa, nem mesmo dormindo, dada a barulheira que fazíamos. Tivemos a mesma ideia no mesmo instante, mas foi o Negro que sugeriu: "Vamos entrar?".

Com o dorso da lâmina, fiz o trinco de metal girar, depois enfiei a adaga entre a porta e o batente e, forçando com todo o nosso peso, estouramos a fechadura. Esperava-nos lá dentro o relento de umidade, sujeira e solidão acumulado ao longo dos anos. À luz do lampião vimos uma cama desarrumada, almofadas jogadas no chão com cintos, túnicas, dois turbantes, camisas, o dicionário persa-turco de Nimatullah Naqshbandi, um porta-turbante de madeira, cortes de tecido, agulhas e linhas de costura, um prato de cobre repleto de casca de maçã, lenços amontoados, uma colcha de seda, tintas, pincéis e tudo o que é necessário para pintar; páginas iluminadas numa prancheta, folhas de papel indiano cuidadosamente cortadas e trabalhos em papel, que eu já ia pegando para bisbilhotar, mas me contive seja porque o Negro, entusiasmado, já tinha se antecipado a mim, seja porque eu sabia muito bem que dava azar a um mestre miniaturista remexer nos pertences de um miniaturista menos talentoso. Oliva não tem todo o talento que imagina, ele é apenas ambicioso. Disfarça suas falhas pondo os antigos mestres nas nuvens, quando, na realidade, quem pinta é a mão do pintor — as velhas lendas apenas deflagram a imaginação do artista.

Enquanto o Negro vasculhava tudo de cabo a rabo, todas as arcas, caixas, até o cesto de roupa suja, eu não tocava em nada, contentava-me com espiar as toalhas, os pentes de ébano, um nojento tapa-sexo para usar no *hamam*, um frasco de água de rosa, uma espécie de saia indiana com motivos ridículos, casacos acolchoados e uma blusa grossa de mulher, imunda e toda remendada, uma bandeja de cobre toda amassada, os tapetes sebentos e o mobiliário barato e desmazelado, nada condizente com o dinheiro que ele ganhava. Ou Oliva era sovina demais, ou tinha algum vício que lhe custava caro.

"É bem a casa de um assassino", observei passado um momento. "Nem mesmo um tapete de oração." Na verdade não era isso que eu tinha na cabeça. Pensei um pouco e disse: "São as coisas de alguém que não sabe ser feliz". Mas eu pensava também, com uma ponta de tristeza, que essa infelicidade, essa intimidade com o Diabo eram um alimento da pintura.

"Talvez a casa de um homem que poderia ser feliz, mas não consegue", respondeu-me o Negro.

Dispôs então diante de mim uma série de imagens desenhadas no papel grosso de Samarcanda, montadas em cartão duro, que acabava de tirar do fundo de um grande baú. Examinamos as pinturas: um delicioso Diabo saído de uma caverna dos confins do Khurasan, uma árvore, uma linda mulher, um cachorro e aquela imagem, que eu mesmo desenhei, representando a Morte. Eram os desenhos pendurados todas as noites atrás do satirista, no fundo do café, enquanto ele contava suas histórias grosseiras. Para responder à pergunta do Negro, apontei para o desenho da Morte, indicando que aquele era meu.

"No livro do meu Tio há miniaturas iguais a estas", observou.

"Tanto o satirista como o dono do café tiveram a sabedoria de pedir, para cada noite, que um pintor desenhasse uma imagem a ser exposta na parede", expliquei. "Nós improvisávamos rapidamente uma ilustração numa folha de papel qualquer, o contador nos pedia duas ou três sugestões para enfeitar sua história ou umas piadas de pintores, e iniciava sua apresentação."

"Por que você deu este desenho da Morte, o mesmo que fez para o livro do meu Tio?"

"O contador de histórias nos pedia para desenhar o que nos passasse pela cabeça. Mas não fiz esta imagem como a que pintei para o seu Tio, que me exigiu horas de trabalho. Fiz como ele me disse, rapidamente, deixando a mão desenhar por conta própria. Os outros também fizeram assim. Desenhar dessa maneira popular e grosseira a mesma imagem para o contador de histórias era até uma forma de debochar daquele livro misterioso que fazíamos para o seu Tio."

"E quem fez o cavalo, com estas narinas fendidas?", ele perguntou.

Aproximamos o lampião para melhor examinar o curioso cavalo. Parecia bastante com o que fora feito para o livro do Tio dele, porém mais apressadamente, mais descuidado e com um gosto vulgar. Como se o artista, sabendo que não o venderia caro, tivesse não só desenhado mais depressa, mas evitado caprichar. Justamente por isso era, na minha opinião, um cavalo muito mais vivo.

"Cegonha deve saber quem foi", declarei. "Esse imbecil pretensioso ia todas as noites ao café, porque não pode viver um só dia sem ouvir as fofocas dos colegas. Sim, com certeza, foi ele que desenhou este cavalo."

## 56. CHAMAM-ME CEGONHA

**NEGRO E BORBOLETA CHEGARAM** no meio da noite, espalharam os desenhos no chão e me pediram para dizer quem tinha desenhado o quê. Aquilo me lembrou da brincadeira "de quem é o turbante?", de quando éramos crianças: a gente desenhava em diferentes papeizinhos vários turbantes, do *hodja*, do cavaleiro, do juiz, do carrasco, do tesoureiro e do escriba, e tinha de casá-los com os nomes correspondentes, escritos em outros pedaços de papel virados de cabeça para baixo.

Disse-lhes que eu é que tinha desenhado o Cachorro, mas todos nós contribuímos para a história que o satirista, tão odiosamente assassinado, contou. Disse que o amável Borboleta, que agora apertava uma adaga contra a minha garganta, deve ter desenhado a Morte, acima da qual a luz do lampião parecia se arrepiar, enquanto o Diabo, se bem me lembrava, tinha sido pintado por Oliva, que o representara com todo o seu entusiasmo; mas a história correspondente tinha sido concebida inteiramente pelo falecido contador. A Árvore eu comecei, mas suas folhas foram acrescentadas uma a uma por todos os pintores, à medida que entravam no café. Nós também fornecemos a história. Mesma coisa no caso do Vermelho: uma gota de tinta dessa cor havia pingado numa página e o pão-duro do contador perguntou se não podíamos fazer uma pintura aproveitando-a. Pingamos mais umas gotas no papel, depois cada um de nós desenhou num canto alguma coisa vermelha e inventamos também toda a história da imagem; o contador só teve de dizê-la em nosso lugar. Quem fez este lindo Cavalo aqui foi Oliva — louvado seja o seu talento — e esta mulher melancólica, tão inspiradamente desenhada, é de Borboleta, recordei sem sombra de hesitação. Nesse momento, Borboleta afastou a adaga da minha garganta e disse ao Negro que, de fato, ele se lembrava de ter pintado aquela bonita Mulher. Todos colaboramos para a Moeda de ouro encontrada no bazar, enquanto os dois *dervixes* errantes, claro, foram obra de Oliva, descendente de kalenderis. A seita dos kalenderis prega não só a mendicância como a sodomia com rapazolas, e o sheik deles, Awhad-ud-Din, de Kirman, redigiu dois séculos e meio atrás o livro sagrado da seita, revelando em versos que ele viu a perfeição de Alá manifestar-se nos rostos bonitos.

Pedi desculpas aos meus irmãos pintores por toda aquela desordem, pretextando que eles me pegavam de surpresa e que, se não podia lhes oferecer café nem cidra cristalizada era porque minha esposa já estava dormindo no quarto. Disse isso para que eles não invadissem o quarto e eu não precisasse fazer uma carnificina, depois que acabassem de procurar e não encontrar o que queriam no meio das telas, cordões e cintos de seda da Índia ou de musselina, dos algodões e dólmãs persas, nas cestas e baús que eles reviravam ansiosos, debaixo dos tapetes e das almofadas, entre as páginas iluminadas que eu preparara para vários livros e até dentro das páginas dos volumes já encadernados.

No entanto, devo dizer que até me diverti agindo como se estivesse morrendo de medo deles. A arte de um pintor depende da capacidade que este tem de considerar cuidadosamente cada aspecto da beleza do momento presente, de observar os menores detalhes e, ao mesmo tempo, como quem recua para mirar-se num espelho, apartar-se deste mundo, que se leva tão a sério, o suficiente para que possa haver entre si e ele o eloquente distanciamento da ironia.

Continuei a responder às perguntas que me faziam. Sim, quando os acólitos do *hodja* de Erzurum atacaram o café, ele estava cheio como quase todas as noites; havia umas quarenta pessoas, entre as quais eu mesmo, Oliva, Nasir — o traçador de linhas —, o calígrafo Djamal, dois jovens aprendizes de pintor, uns aprendizes de copista mais moços ainda, que estão sempre com eles, e o mais lindo de todos, Rahmi; outros bonitos iniciantes do ateliê, seis ou sete sujeitos pertencentes ao clã dos poetas, além de bêbados, viciados em haxixe, *dervixes* e outros espertinhos que, com alguma lábia, conseguiram que o dono do café os deixasse juntar-se àquela freguesia alegre e espirituosa. Contei a confusão que se estabeleceu assim que a invasão começou: a assistência ali reunida para se divertir com aquelas obscenidades, começou a sair em pânico, nem passou pela cabeça de ninguém montar uma defesa do estabelecimento e do coitado do contador de histórias, que estava disfarçado de mulher. Se eu lamentava aquela calamidade? Claro que sim! Eu, Mustafá, o Artista, também conhecido como Cegonha, que dediquei toda a minha vida à pintura, sentia a necessidade de ir todas as noites me sentar com meus irmãos artistas para conversar, brincar, caçoar, elogiar, cometer rimas e arriscar trocadilhos — foi o que eu confessei, olhando direto nos olhos desse idiota do Borboleta, com aquele seu ar de garoto gorducho, de olhos marejados, devorados pela inveja. Seus olhos, aliás, continuam bonitos como borboletas e ele conserva aquele rostinho angelical, mas está ainda mais sensível do que na época em que éramos aprendizes.

Como eles continuavam a fazer perguntas, contei que dois dias depois de o contador de histórias, que sua alma encontre a paz no Paraíso, chegar à cidade e perambular por seus bairros até vir exibir sua arte no café dos pintores, um dos miniaturistas, talvez sob a influência do café, pregou na parede a imagem de um cachorro, para fazer graça. Ao vê-lo, o velho falastrão teve a brilhante ideia de fazer o cachorro falar. O sucesso foi enorme. Daí em diante, todas as noites ele pedia um desenho a um miniaturista e contava histórias picantes que lhe cochichavam no ouvido. Como as suas piadas sobre o pregador de Erzurum faziam rolar de rir os artistas, que viviam apavorados com as ameaças do *hodja*, e traziam um público cada vez maior ao café, seu dono, natural de Andrinopla, incentivava as apresentações.

Eles me perguntaram o que eu pensava daqueles desenhos que o contador de histórias pregava todas as noites na parede às suas costas, e que eles encontraram na sua incursão à casa vazia do nosso irmão Oliva. Respondi que não havia nada a explicar, que, assim como Oliva, o dono do café descendia de uma família de *dervixes* kalenderis, esses mendigos safados e ladrões. Contei que o simplório Elegante Efêndi, aterrorizado com as pregações do Hodja Efêndi, em particular com seus sermões incendiários das sextas-feiras, na certa os denunciou aos erzurumis. Ou, o que é ainda mais provável, quando o Elegante exortou-os a parar com aquelas malfeitorias, o cafeteiro e Oliva, que têm idêntico temperamento, decidiram se livrar do desgraçado iluminador. Os erzurumis, já exaltados com a morte do Elegante e com o que ele deve ter lhes revelado sobre o livro do Tio, consideraram o Tio responsável pelo assassinato e mataram-no por sua vez. Depois atacaram o café para completar sua vingança.

Eu me perguntava a que ponto o rechonchudo Borboleta e o grave Negro (que mais parecia um fantasma) ouviam o que eu lhes contava, ocupados que estavam em revirar tudo, em levantar todas as tampas, em bisbilhotar todas as minhas coisas. Quando deram com minhas botas, minha armadura e meu equipamento de guerra, dentro do baú de nogueira, vi os olhos de Borboleta brilharem de inveja em sua carinha de bebê, e declarei mais uma vez o que ninguém ignora: fui o primeiro ilustrador muçulmano a partir em campanha com o exército e a observar em pessoa os tiros de canhão, as torres das fortalezas inimigas, as cores das fardas dos soldados infiéis, os cadáveres espalhados no campo de batalha, as cabeças cortadas empilhadas nas margens dos rios, as ordens de ataque e as cargas da cavalaria — e pintei tudo o que vi em vários *Livros das vitórias*.

Quando Borboleta me pediu para lhe mostrar como se veste uma armadura, não me fiz de rogado: tirei meu colete, minha blusa preta forrada de pele de lebre, a camiseta, as calças e até a roupa de baixo. Satisfeito com o ar com que eles me observavam à luz da lareira, vesti a ceroula comprida, a grossa camiseta vermelha que se usa sob a armadura no frio, as meias de lã, as botas de couro amarelo e, por cima delas, as perneiras de pele de gamo. Tirei a couraça da sua capa, coloquei-a e me diverti um bocado ao virar as costas para Borboleta e pedir que ele amarrasse firme, como se fosse meu pajem, os laços da armadura e apertasse bem as ombreiras. Enfiei as cotoveleiras, as manoplas, o cinturão de pele de camelo e, por fim, o elmo todo lavrado de ouro, que uso nas cerimônias. Disse-lhes então, com orgulho, que agora ninguém mais tinha o direito de pintar as armas tão mal quanto antigamente, e as cavalarias dos exércitos inimigos uma igualzinha à outra, usando o mesmo modelo, que era como que virado ao contrário na hora de representar as forças do adversário. Doravante, falei, as cenas de batalha feitas nos ateliês otomanos têm de ser pintadas da maneira como eu vi e pintei: um tumulto de exércitos, cavalos, guerreiros de armadura e corpos ensanguentados!

"Um pintor não pinta o que vê, mas o que Alá vê", replicou Borboleta, morrendo de inveja.

"Sim, mas Alá, lá em cima, também vê as coisas que nós vemos", objetei.

"Claro que Alá vê o que vemos, mas não vê do mesmo modo que nós", insistiu Borboleta, como se me aplicasse um corretivo. "A batalha tumultuosa que nos dá uma impressão geral de confusão, ele a vê, em sua onisciência, como dois exércitos em choque mas alinhados em ordem."

Eu, é claro, tinha uma resposta prontinha, que teria soltado de muito bom grado: "Devemos confiar em Alá e pintar apenas o que ele nos revela, não o que ele nos oculta", mas retive a minha língua. Não foi por causa das pancadas que ele não parava de dar com a folha da adaga na minha armadura e no meu elmo, acusando-me de imitar os pintores do Ocidente, mas porque calculei que era melhor eu conquistar o Negro e aquele bobalhão de lindos olhos, para enfrentar as maquinações de Oliva.

Quando finalmente compreenderam que não encontrariam aqui o que estavam procurando, contaram-me do que se tratava: de um desenho em que o inominável assassino dera sumiço. Disse-lhes que minha casa já tinha sido revistada com esse mesmo objetivo e que um assassino tão inteligente (eu pensava em Oliva) certamente teria posto essa prova num lugar seguro, mas será que eles me ouviam? O Negro falou no detalhe das narinas fendidas e afirmou que o prazo de três dias dado por Nosso Sultão a Mestre Osman estava se esgotando. Quando quis saber mais acerca do significado das narinas fendidas, o Negro me disse, olhos nos olhos, que, embora a conclusão de Mestre Osman fosse que os cavalos eram da autoria de Oliva, era de mim que ele desconfiava, sabedor que era das minhas ambições.

À primeira vista, eles vieram à minha casa pensando que era eu o assassino e na esperança de encontrar aqui a prova. Mas, na minha opinião, a verdadeira razão era outra. Eles bateram à minha porta para não ficarem sozinhos, sem saber o que fazer. Quando abri para Borboleta, a adaga tremia em sua mão. Não só eles estavam aterrorizados com a ideia de que o misterioso e ignóbil assassino podia ser um velho colega, capaz de lhes preparar uma armadilha e lhes cortar a goela sorrindo, em algum canto escuro, mas haviam perdido o sono por temerem que Mestre Osman conspirasse com o *Jardineiro-Mor* e o Tesoureiro-Mor para entregá-los aos torturadores — para não falar do bando do *hodja* de Erzurum, que ainda rondava as ruas, deixando-os ainda mais aflitos. Em outras palavras, ansiavam pela minha amizade. Mas Mestre Osman incutira neles a ideia oposta. Cabia a mim, agora, mostrar-lhes sinceramente quanto Mestre Osman estava equivocado, que, no fundo, era o que eles mais desejavam.

Mas declarar pura e simplesmente que o Grande Mestre estava equivocado e já não batia bem, seria ganhar a inimizade de Borboleta. Dava para enxergar nos olhos úmidos do bonito iluminador, cujos cílios adejavam como o inseto que lhe emprestava o apelido e que continuava batendo com sua adaga na minha couraça, a chama vacilante do seu amor ao Mestre, de quem ele foi o favorito. Quando éramos garotos, a proximidade dos dois, mestre e aprendiz, era invejosamente ridicularizada pelos demais; mas eles nem ligavam, eram capazes de ficar horas se olhando nos olhos e se afagando na frente de todo o mundo. Mais tarde, Mestre Osman declararia com grande falta de tato que Borboleta tinha a pena mais solta e a cor mais madura. Esse juízo, que às vezes era bem verdadeiro, foi fonte de sarcasmos sem fim da parte de todos os outros miniaturistas, uns invejosos que gastaram suas penas, pincéis, tinteiros e potes de tinta em alusões vulgares, comparações malvadas e metáforas indecentes. Por isso mesmo não sou o único, hoje, a pensar que Mestre Osman quer Borboleta como seu sucessor à frente do Grande Ateliê. Faz tempo que compreendi, pela maneira como ele fala com os outros do meu caráter briguento, irascível e intransigente, o que o Grande Mestre tem na cabeça. Sem contar que ele também acredita, e não sem razão, que estou muito mais disposto a adotar os métodos europeus do que Oliva ou Borboleta e que eu não me oporia aos novos caprichos do Nosso Sultão a pretexto de que "os antigos mestres jamais pintariam assim".

Quanto a este último ponto, sei que seria perfeitamente possível uma estreita colaboração com o Negro, porque nosso ansioso recém-casado faz questão de concluir o livro do seu Tio, não só para conquistar o coração da bela Shekure, mostrando-lhe que é capaz de tomar o lugar do seu falecido pai, mas principalmente para cair, o mais depressa possível, nas boas graças do Nosso Sultão.

Por isso abordei inesperadamente o assunto dizendo que o livro do seu Tio era um feliz milagre, sem igual no mundo. Quando essa obra-prima fosse completada, obedecendo às ordens do Nosso Sultão e ao desejo do falecido Tio Efêndi, o mundo inteiro se maravilharia com o poder e a riqueza do sultão otomano, e com o talento, a elegância e a habilidade de seus miniaturistas. Todos temeriam nossa força, nossa implacável severidade, mas também ficariam pasmos ao ver como soubemos nos apropriar das técnicas minuciosas dos mestres europeus, das suas cores vivas, do seu detalhismo preciso, seja isso um motivo de regozijo ou de lágrimas. E acabariam se dando conta, aterrorizados, do que somente os soberanos mais inteligentes entenderam: que nós estamos ao mesmo tempo no mundo que pintamos e bem longe deste mundo, lá em cima, em companhia dos mestres de outrora.

Borboleta tinha ficado batendo em mim o tempo todo, primeiro como uma criança que quisesse descobrir se a armadura era de verdade ou não; depois como um amigo que quisesse testar a resistência dela; por fim como um adversário incorrigível e invejoso que quisesse me machucar. Na verdade ele entendeu que sou mais talentoso do que ele; pior, ele provavelmente intuía que Mestre Osman também sabia disso. Aliás, essa sua inveja me deixava ainda mais orgulhoso, pois, com o talento que Alá lhe deu, Borboleta era um mestre sublime. Ao contrário dele, eu me tornei um mestre graças ao meu próprio pincel, e não afagando o de Mestre Osman, e sentia que isso seria o bastante para fazê-lo aceitar minha superioridade.

Empolgando-me, deblaterei contra as pessoas que queriam sabotar a maravilhosa obra encomendada por Nosso Sultão ao falecido Tio. Mestre Osman era como um pai para nós; era superior a todos nós; aprendemos tudo com ele. Mas depois de ter ele mesmo encontrado nos tesouros do Palácio a prova de que Oliva era o ignóbil assassino, agora ele tentava, por algum motivo obscuro, ocultar esse fato. Disse a eles que, se não estava em casa, Oliva certamente estava escondido no convento abandonado, perto da Porta do Farol. Esse convento de *dervixes* tinha sido fechado durante o reinado do avô do Nosso Sultão, não tanto por ser um antro de degradação e imoralidade, mas por causa das intermináveis guerras com os *safávidas*; e acrescentei que houve uma época em que Oliva se gabava de ser o guardião desse convento proibido. Se eles não confiavam em mim e suspeitassem que minhas palavras ocultavam alguma tramoia, eles é que estavam com uma adaga e poderiam acertar as contas comigo lá, se quisessem.

Borboleta bateu-me mais duas vezes com sua adaga, com tanta força que a maioria das armaduras não teria aguentado. Depois virou-se para o Negro, que acreditava no que eu contava, e pôs-se a vociferar. Aproximei-me por trás e, aplicando-lhe uma gravata com meu braço protegido pela armadura, puxei-o contra mim. Torcendo-lhe o braço direito com minha mão livre, desarmei-o. Na verdade, não estávamos nem propriamente brigando, nem somente brincando. Contei-lhes uma cena muito parecida do *Livro dos reis*, mas que pouca gente conhece.

"Os exércitos do Irã e do *Turã*, com seus soldados couraçados e armados até os dentes, se enfrentavam havia três dias ao pé do Monte Hamaran, quando os turanianos enviaram o astuto Shengil ao campo de batalha para que descobrisse quem era o misterioso iraniano que cada dia matava um dos seus melhores guerreiros", comecei meu relato. "Shengil desafiou para um duelo o misterioso cavaleiro, que aceitou o desafio. Os exércitos do Irã e do *Turã*, com suas armaduras cintilando ao sol do meio-dia, alinhados face a face, observavam contendo a respiração. Viram os dois corcéis galoparem um em direção ao outro, a tal velocidade que o choque das couraças fez jorrar centelhas que chegaram a queimar o pelo dos cavalos. A luta foi prolongada. O turaniano disparava flechas, o misterioso iraniano manejava a espada e conduzia sua montaria com destreza; por fim, este último, pegando Shengil por trás, derruba-o do cavalo, alcança-o quando ele tentava fugir e, caindo sobre ele com todo o peso da sua armadura, agarra-o pelo pescoço. Shengil dá-se por vencido, mas, curioso por saber quem era o desconhecido, faz sem muita esperança a pergunta que todos queriam formular havia dias: 'Quem é você?'. 'Para você', responde o misterioso guerreiro, 'meu nome é Morte.' Digam-me, amigos, quem era ele?"

"O grande Rustam", respondeu Borboleta, com um entusiasmo infantil.

Beijei-o no pescoço. "Todos nós traímos Mestre Osman. Agora, antes que ele nos castigue, temos de encontrar Oliva, livrar-nos desse veneno em nosso meio e nos unirmos para enfrentar os inimigos hereditários da pintura e os que gostariam de nos entregar aos torturadores. Quem sabe se, quando chegarmos ao convento abandonado onde Oliva se esconde, não descobriremos que o ignóbil assassino nem mesmo é um dos nossos."

O pobre Borboleta nem piava. Com toda a sua arte, sua ambição e sua segurança, ele era, no fundo, como todos esses pintores que estão sempre buscando a companhia dos outros, a despeito dos seus ódios e ciúmes recíprocos, morrem de medo de duas coisas: ir para o Inferno e ficar sozinho neste mundo.

A caminho da Porta do Farol, víamos no céu uma estranha claridade amarelo-esverdeada que não vinha da Lua. Essa luz conferia aos grandes ciprestes noturnos, às cúpulas, às muralhas, às casas de madeira e aos quarteirões recentemente devastados pelo fogo, que formavam o formidável panorama de Istambul, o aspecto insólito de uma fortaleza inimiga. Chegando no alto da ladeira, avistamos um incêndio atrás da mesquita de Bajazet.

Topamos, naquela escuridão de breu, com um carro de boi transportando sacos de farinha que ia na direção das muralhas e que por duas moedas de prata nos levou. O Negro sentou-se, segurando cuidadosamente os desenhos. Eu me deitei para admirar os reflexos do incêndio nas nuvens baixas, e mal o fiz a primeira gota de chuva caiu no meu elmo.

Após um longo trajeto, nossa chegada nas proximidades do mosteiro foi anunciada pelos latidos frenéticos dos cachorros que devemos ter acordado — era meia-noite e o todo o bairro estava deserto. Alguns lampiões se acenderam em umas poucas casas respondendo a nossas batidas, mas só a quarta porta em que batemos se abriu. Um homem de gorro de dormir na cabeça examinou-nos à luz do seu lampião como se fôssemos almas penadas e, sem se arriscar a sair no aguaceiro, indicou-nos o convento abandonado, acrescentando com um ar maroto que devíamos tomar cuidado com os *djins*, os fantasmas e os demônios.

Fomos recebidos pelos altos e impassíveis ciprestes, indiferentes à chuva e ao forte cheiro de folhas podres que pairava no ar. Espiando pela fresta entre as tábuas da parede do mosteiro, depois pela fresta de uma espécie de janela, pude perceber a sombra assustadora de alguém rezando à luz de uma vela — ou que, sabendo-nos ali, fingia rezar.

## 57. CHAMAM-ME OLIVA

**ERA MAIS CONVENIENTE INTERROMPER** minha prece noturna e levantar-me para abrir a porta ou deixá-los esperar na chuva até terminá-la? Quando me dei conta de que eles me observavam, completei minhas preces meio distraído. Depois fui abrir a porta e, ao vê-los — Borboleta, Cegonha e o Negro —, soltei um grito de alegria e abracei Borboleta efusivamente.

"Ah, quanta desgraça tivemos de suportar ultimamente!", lamentei-me deitando minha cabeça no seu ombro. "O que eles querem de nós? Por que estão nos matando?"

Todos os três denotavam o pânico de se verem separados do seu rebanho, que tantas vezes eu vira manifestar-se nos pintores, ao longo da minha vida. Mesmo aqui, no convento, eles continuavam grudados uns nos outros.

"Não tenham medo", disse a eles. "Podemos nos esconder aqui por vários dias."

"Nosso medo é que a única pessoa que devemos temer possa estar justamente entre nós", respondeu o Negro.

"Eu também tenho medo disso", repliquei. "Porque também chegaram aos meus ouvidos o que corre por aí..."

O que corria era o boato, proveniente da guarda do *Jardineiro-Mor* e que chegara ao meio dos pintores, de que já se sabia quem era o assassino do Elegante Efêndi e do Tio Efêndi: era um dos miniaturistas contratados por este último para ilustrar o tal livro.

O Negro quis saber quantas miniaturas eu tinha feito para o livro.

"A primeira que pintei foi o Diabo. Eu o fiz conforme a antiga tradição das criaturas subterrâneas de aparência diabólica, comuns na produção dos ateliês da grande época turcomana do

Carneiro Branco. O satirista e eu éramos do mesmo caminho sufista, foi por isso que fiz para ele o desenho dos dois *dervixes* errantes. Depois convenci seu Tio a incluí-lo no livro, argumentando que eles têm uma posição especial na paisagem dos territórios otomanos."

"Só isso?", perguntou o Negro.

Quando respondi, "Sim, só isso", ele se dirigiu para a porta com o olhar severo, mas contente de si, de um mestre que acaba de pegar um dos seus aprendizes com a mão na massa. Tirou fora ali mesmo, olhando para mim, um rolo de folhas de desenho, intacto apesar da chuva, e desenrolou-o diante de nós três, como uma gata ao trazer um passarinho ferido para seus três filhotes.

Reconheci-os imediatamente: os desenhos do café, que consegui salvar do ataque dos homens do *hodja*. Nem me dei ao trabalho de perguntar como aqueles três tinham entrado na minha casa para pegá-los. No entanto, Borboleta, Cegonha e eu confessamos placidamente os desenhos que tínhamos feito para o satirista, de sorte que, no fim, só restou o cavalo, o belo cavalo solitário, de cabeça baixa em seu canto. Podem acreditar, eu nem tinha ideia de que alguém havia desenhado um cavalo.

"Não foi você que pintou este cavalo?", indagou o Negro com o tom do professor que brande a sua vareta.

"Não fui eu", confirmei.

"E o que está no livro do meu Tio?"

"Também não."

"Mas, pelo estilo do cavalo, ficou provado que foi você que o desenhou. Quem afirma isso é Mestre Osman", esclareceu o Negro.

"Mas eu não tenho nenhum estilo!", protestei. "E não digo isso por desprezo à moda atual, nem para provar minha inocência. Para mim, ter um estilo próprio é pior do que ser um assassino."

"Você tem uma peculiaridade que o distingue tanto dos mestres de outrora como dos de hoje", retrucou o Negro.

Sorri para ele. Ele começou a relatar os acontecimentos que, tenho certeza, vocês todos já conhecem a esta altura. Ouvi-o com toda a atenção contar que o Nosso Sultão, junto com o Tesoureiro-Mor, procurava ativamente um meio de pôr fim a todos esses crimes, falar dos três dias concedidos a Mestre Osman, do método da aia, da singularidade das narinas dos cavalos e, principalmente, do extraordinário privilégio que o Negro obteve de consultar os inacessíveis livros do Tesouro imperial, no coração do *Enderun*. Há momentos na vida de todos nós em que percebemos estar vivendo uma experiência que nunca mais poderemos esquecer. A chuva caía, melancolicamente. Como se afetado por ela, Borboleta empunhava sua adaga com um ar lúgubre. Cegonha, que envergava uma armadura cujas costas estavam brancas de farinha, explorava corajosamente com seu lampião o interior do convento dos *dervixes*. Observando as sombras daqueles três artistas, meus irmãos, desfilarem lentamente pelas paredes como fantasmas, senti-me tomado de afeto por eles. Que felicidade também ser pintor!

"Soube aproveitar sua sorte, de poder contemplar todos esses dias as maravilhas dos antigos mestres, ao lado de Mestre Osman?", perguntei ao Negro. "Ele te beijou? Acariciou seu lindo rosto? Pegou na sua mão? Você ficou impressionado com o talento e o saber dele?"

"Mestre Osman me mostrou, a partir das maravilhosas imagens dos antigos mestres, que você possui um estilo", ele me respondeu. "Explicou-me que esse defeito oculto, o estilo, não aparece num artista porque ele assim deseja, mas é determinado por seu passado e por suas lembranças mais recônditas. Também me ensinou que esses pequenos deslizes, fraquezas e defeitos, que em seu tempo eram fonte de tanto vexame e desprezo, a ponto de seus autores os ocultarem para não serem rejeitados pelos antigos mestres, vão reaparecer doravante e ser elogiados como característica pessoal ou estilo, devido à influência maciça e universal dos pintores europeus. Doravante, por obra de todos os cretinos, preocupados em ostentar orgulhosamente suas inépcias e insuficiências, o mundo será mais colorido, idiota e, claro, muito mais imperfeito."

O fato de que o Negro acreditava piamente no que dizia provava que ele próprio fazia parte desses cretinos.

"Mestre Osman foi capaz de explicar por que, todos esses anos, desenhei cavalos com narinas perfeitamente normais?"

"Por causa do amor que ele lhes dedicou e das sovas que deu em vocês todos na infância. É absurdo, mas é assim. Como, ao mesmo tempo, ele foi um pai e teve uma atração amorosa por vocês, para ele todos vocês estão ligados a ele e são todos iguais. Ele não desejava que cada um desenvolvesse seu próprio estilo, mas contribuísse para criar o estilo do seu ateliê. E essa sua sombra, ao mesmo tempo tutelar e ameaçadora, fez vocês sufocarem o que traziam dentro de vocês, as imperfeições, os elementos e as diferenças que se afastam das formas padrão. Só quando você pintou para outros livros, que os olhos de Mestre Osman jamais veriam, é que você desenhou o cavalo que trazia esquecido no seu íntimo esses anos todos."

"Minha falecida mãe, descanse em paz, era muito mais esperta do que meu falecido pai, que Alá o tenha", comecei a responder. "Um dia, voltei para casa em prantos, firmemente decidido a nunca mais pôr os pés no ateliê, não só por causa da severidade de Mestre Osman, mas principalmente dos outros mestres, irritadiços, duros, e do chefe de seção que tomava conta da nossa turma e vivia nos batendo com a régua. Para me consolar, minha falecida mãe explicou-me que há no mundo duas categorias de pessoas: aquelas a que as correções recebidas na infância oprimem e impedem que desabrochem, porque as sovas conseguiram matar o Demônio que levavam dentro de si; e as outras, mais felizardas, cujo Demônio permanece vivo, apesar das surras. Embora nunca esqueçam as más lembranças associadas a essa educação, estes últimos acabam — minha mãe me disse para não contar este segredo a ninguém — aprendendo com esse Demônio a manejar a astúcia, a descobrir as coisas ocultas, a fazer amigos, identificar os inimigos, prever as maquinações urdidas em segredo contra eles e, permitam-me acrescentar, a pintar melhor do que ninguém. Quando eu não conseguia desenhar harmoniosamente os galhos de uma árvore, Mestre Osman me esbofeteava com tanta força que eu via surgir diante de mim, através das minhas lágrimas, toda uma floresta. E quando eu não conseguia notar logo, ao pé de uma página, um defeito minúsculo, ele me dava um cascudo furioso, depois pegava amorosamente um espelho e colocava-o acima da página para que eu enxergasse o trabalho como se pela primeira vez. Então, colando seu rosto frio ao meu, mostrava com todo carinho os erros que apareciam magicamente na imagem invertida da ilustração, para que eu nunca mais esquecesse nem esse seu amor, nem a exigência de perfeição. Lembro-me que uma manhã, bem cedinho, em que eu chorava de raiva na cama porque, na véspera, ele tinha me humilhado diante de todo o mundo com uma forte reguada no braço, ele veio me dar um beijo tão terno, tão apaixonado, que tive o pressentimento exaltante de que um dia eu também seria um pintor lendário. Mas não fui eu quem pintou aquele cavalo."

"Nós", disse o Negro, referindo-se a Cegonha e a ele próprio, "vamos revistar a casa dos *dervixes* em busca da última miniatura, que foi roubada pelo maldito homem que assassinou meu Tio. Você por acaso a viu?"

"Sim. É uma coisa... uma coisa inaceitável, seja para Nosso Sultão, seja para os pintores que, como nós, são apegados à velha tradição, seja para quem quer que professe a nossa religião", respondi e me calei.

Minhas últimas palavras aguçaram a impaciência deles. O Negro e Cegonha puseram-se a vasculhar os menores recantos do convento. Várias vezes juntei-me aos dois, apenas para facilitar o trabalho. Numa das celas dos *dervixes*, apontei-lhes um buraco no chão apodrecido pelas goteiras do teto, para que não caíssem dentro. Dei-lhes também a chave da minúscula cela em que o superior do convento vivera trinta anos, antes da dispersão dos *dervixes*, que cometeram o erro de aderir à revolta dos bektashis. Entraram no quartinho ansiosamente, mas, ao verem que toda uma parede tinha ruído, expondo o lugar à chuva inclemente, desistiram de revistá-lo.

Eu estava contente por Borboleta não acompanhá-los em suas buscas mas, ao mesmo tempo, convicto de que ele ficaria do lado deles caso fizessem alguma descoberta que me comprometesse. O que na verdade aproximava Cegonha do Negro era apenas o medo comum que tinham de sermos abandonados por Mestre Osman e entregues aos torturadores, assim como a necessidade, sustentada pelo Negro, de nos mantermos unidos para podermos enfrentar o Tesoureiro-Mor. Aliás, eu estava convencido de que o Negro não estava somente movido pela ideia de dar um belo presente de casamento a Shekure, descobrindo o assassino do seu pai, mas também pela pretensão de influenciar na evolução da pintura otomana, aproximando-a da europeia — e até de empregar as somas concedidas por Nosso Sultão para terminar a obra iniciada por seu Tio em imitações puras e simples da pintura italiana (coisa que, além de sacrílega, é do maior ridículo). Quanto a Cegonha, eu também entendia muito bem seu jogo, pois todas as suas manobras na verdade tinham unicamente em vista realizar seu sonho de ser o Grande Iluminador, para o que estava disposto a livrar-se de nós e até mesmo de Mestre Osman — que, como todos sabiam, tencionava fazer de Borboleta seu sucessor à frente do ateliê.

Isso tudo me deixava momentaneamente confuso. Meditei demoradamente, ouvindo a chuva cair. Depois, como um homem que abre caminho na multidão para entregar um pedido em mãos próprias a seu soberano ou ao grão-vizir, que vê passar a cavalo, tive a brusca inspiração de conquistar a confiança do Negro e de Cegonha. Conduzi-os por um corredor escuro até uma larga porta, a entrada da antiga cozinha. Perguntei-lhes se conseguiam encontrar alguma coisa no meio daquelas ruínas sinistras. Claro que não. Não havia nem vestígio dos foles, caldeirões e panelas usadas outrora para preparar a comida gratuita para os indigentes. Nunca me dera ao trabalho de arrumar aquele medonho cafarnaum, coberto de teias de aranha, poeira, lama, detritos e excrementos de gatos e cachorros. Um vento vindo sabe lá de onde turbilhonava em rajadas, fazendo tremer a chama do lampião, que projetava na parede nossas sombras, ora claras, ora escurecidas.

"Vocês procuram, procuram, mas não encontram meu tesouro", disse a eles.

Como de costume, varri com o dorso da mão as cinzas acumuladas sobre uma estufa apagada havia trinta anos e abri sua tampa de ferro, provocando um rangido sinistro. Aproximei o lampião da boca do forno. Tão cedo não vou esquecer a maneira como Cegonha, antes que o Negro pudesse sequer dar um passo, agarrou avidamente os sacos de couro. Ia abri-los ali mesmo, ao lado da estufa, mas ao ver que o Negro, que parecia ter medo de ficar naquela cozinha, e eu mesmo voltávamos para o salão, tratou de nos alcançar, correndo com suas pernas compridas e magras.

Mostrou-se desapontado ao encontrar, no fundo do saco, apenas um par de meias limpas, minha calça, minha cueca vermelha, minha melhor camiseta, uma camisa de seda, uma navalha, um pente e outras bobagens. Do outro saco, mais pesado, o Negro pôde tirar, uma a uma, cinquenta e três moedas venezianas de ouro, amostras de folhas de ouro que, ao longo dos anos, eu surrupiara do ateliê, meu caderno de modelos, que eu não mostrava a ninguém e entre cujas páginas tinha escondido mais algumas folhas de ouro, algumas miniaturas obscenas, umas de minha autoria, outras recolhidas aqui e ali, um anel de granada, lembrança da minha querida mãe, com uma mecha dos seus cabelos brancos, e meus melhores cálamos e pincéis.

"Fosse eu o assassino, como vocês desconfiam", falei com um orgulho idiota, "é a miniatura que procuram que você teria encontrado aí, em vez de todas essas coisas."

"E por que essas coisas estão aqui?", perguntou Cegonha.

"Quando os homens do *Jardineiro-Mor* revistaram a minha casa, como vocês também fizeram, embolsaram duas dessas moedas de ouro que levei a vida ganhando uma a uma. Imaginei que eles na certa voltariam, por causa desse maldito assassino, e tinha razão. Quanto à última miniatura, se eu a tivesse, ela estaria aqui."

Foi um erro pronunciar esta última frase, mas senti que, apesar disso, eles se mostravam aliviados, que já não morriam de medo de que eu os degolasse num canto escuro do convento. E quanto a vocês, também ganhei a sua confiança?

No entanto, senti-me invadido naquele instante por uma severa inquietação. Não, não era porque meus colegas miniaturistas, com quem convivia desde a infância, tinham descoberto que eu passara a vida acumulando dinheiro, juntando ouro, nem porque ficaram sabendo dos meus cadernos de esboços e da minha coleção de desenhos obscenos. Aliás, eu já lamentava ter lhes mostrado todas essas coisas, cedendo ao pânico. Mas sim porque só alguém que já não espera mais nada da vida podia expor assim tão facilmente, diante de todo o mundo, seus mais íntimos segredos.

"Em todo caso", ponderou o Negro bem mais tarde, "temos de chegar a um consenso sobre o que vamos dizer sob tortura, caso Mestre Osman decida nos entregar, sem nos prevenir, ao *Jardineiro-Mor*."

Houve um momento de indecisão e desânimo. À luz pálida do lampião, Cegonha e Borboleta espiavam meu caderno de desenhos eróticos. Pareciam totalmente indiferentes; na verdade, é horrível dizer, até pareciam contentes. Tomado por um desejo irresistível de ver que imagem eles olhavam (eu imaginava muito bem qual era), levantei-me e, postando-me atrás deles, senti um arrepio ao contemplar a imagem obscena que eu pintara, como se me voltasse à memória uma lembrança feliz e remota. O Negro juntou-se a nós. Não sei por que, mas o fato de estarmos os quatro olhando para aquela ilustração me proporcionou uma grande paz interior.

"Podem o cego e o que vê serem iguais?", recitou Cegonha após um longo silêncio. Será que ele aludia, a despeito do caráter obsceno da imagem, à nobreza do deleite visual que Alá nos concedeu? O que Cegonha podia entender dessas coisas, se nunca lia o Corão? Eu sabia que esse era um dos versículos que os antigos mestres de Herat mais citavam, em particular para responder às imprecações dos detratores da pintura, que pretendem que ela seja contrária à nossa fé e que os pintores irão todos para o Inferno no Dia do Juízo Final. No entanto, antes desse dia mágico eu nunca tinha ouvido Borboleta falar da maneira como fez então, como se as palavras saíssem por si sós da sua boca:

"Eu gostaria de fazer uma pintura que mostrasse que o cego e o que vê não são iguais."

"Quem é o cego e quem é o vidente?", indagou o Negro ingenuamente.

"O cego e o que vê não são iguais, é isso o que quer dizer *wa ma yastawi-l'ama wa-l basirun*", disse Borboleta e continuou:

> ... *nem a escuridão e a luz.*
> *A sombra e o calor não são iguais,*
> *nem os vivos e os mortos.*

Senti um calafrio, ao pensar no fim do Elegante Efêndi, do Tio e do contador de histórias assassinado naquela mesma noite. Os outros teriam tanto medo quanto eu? Em todo caso, todos permaneceram imóveis por um bom momento. Cegonha ainda tinha aberto nas mãos o meu caderno de desenhos, mas não parecia ver a imagem obscena que eu pintara e para a qual continuávamos olhando.

"Pensei um dia pintar o Juízo Final", disse ele por fim, "com a ressurreição dos mortos e a separação dos culpados e dos inocentes. Por que não podemos pintar nosso Sagrado Corão?"

Na nossa juventude, quando trabalhávamos na sala comum do Grande Ateliê, de vez em quando levantávamos a cabeça debruçada em nossas mesas e escrivaninhas, como faziam os mestres idosos para descansar a vista, e começávamos a conversar sobre o que nos passasse pela mente. Então, como fazíamos agora, enquanto continuávamos a folhear meu caderno, não olhávamos um para o outro ao conversar, nossos olhos se voltavam para um ponto distante além da janela aberta. Não sei se era por causa da emoção provocada pela lembrança dos dias felizes do meu aprendizado, ou do sincero arrependimento por ter ficado tantos anos sem ler o Corão, ou do horrível assassinato do satirista cometido esta noite no café dos artistas, mas o fato é que, quando chegou minha vez de falar, perturbei-me, meu coração disparou como se tomado pelo medo e, como nada mais me passasse pela cabeça naquele instante, disse simplesmente o seguinte:

"Vocês se lembram dos últimos versículos da surata *A vaca*? São os que eu mais ansiei pintar: 'Senhor, não nos julgueis pelo que esquecemos e por nossos erros. Senhor, não nos carregueis com um fardo que não possamos suportar, como fizestes com aqueles que se foram antes de nós. Perdoai e absolvei nossas transgressões e pecados! Tratai-nos misericordiosamente, Senhor amado'." Minha voz se quebrou e minhas lágrimas, que jorraram inesperadas, deixaram-me embaraçado, talvez porque eu temesse as zombarias a que, jovens aprendizes, sempre recorríamos para nos proteger e dissimular nossa sensibilidade.

Eu acreditava que minhas lágrimas iam cessar, mas não pude me conter e comecei a soluçar convulsivamente. Sentia ao mesmo tempo que um sentimento de fraternidade, de tristeza e de desespero também se apoderava deles. Doravante, no ateliê do Nosso Sultão, os artistas pintariam ao estilo dos pintores europeus, enquanto o estilo antigo e aqueles livros a que havíamos dedicado nossas vidas inteiras cairiam pouco a pouco no esquecimento. Sim, todo aquele mundo acabaria, e se os erzurumis não nos esganassem e não dessem cabo de nós, os torturadores do Sultão cuidariam disso. Eu chorava, soluçava, suspirava — sem no entanto parar de prestar atenção no melancólico tamborilar da chuva lá fora —, mas uma parte da minha consciência sentia que na verdade não era esse o verdadeiro motivo das minhas lágrimas. Até que ponto os outros se davam conta disso? Senti-me vagamente culpado por elas, que eram ao mesmo tempo sinceras e falsas.

Borboleta veio para junto de mim e, pondo a mão no meu ombro, começou a acariciar meus cabelos, a me beijar no rosto, a me dizer coisas delicadas. Essas demonstrações de ternura só aumentaram minhas lágrimas e meu sentimento de culpa. Não conseguia ver o rosto dele, mas pensei, equivocadamente, que também chorava. Sentamo-nos.

Evocamos o ano da nossa entrada no ateliê — tínhamos a mesma idade — e a dor que sentimos então por termos sido separados de nossas mães para começar de repente uma vida nova.

As sovas que levamos logo no primeiro dia, a alegria dos primeiros presentes oferecidos pelo Tesoureiro-Mor e os dias de folga, quando voltávamos correndo para casa. No início, ele é que falava, eu ouvia entristecido, mas depois, quando Cegonha e o Negro — que havia frequentado brevemente o ateliê na mesma época, como aprendiz — se juntaram a nós, também pus-me a falar e a rir com eles despreocupadamente, esquecendo-me das minhas lágrimas recentes.

Lembramos as manhãs de inverno, quando levantávamos antes de o dia nascer, acendíamos a estufa da sala principal e lavávamos o chão com água quente. Lembramos o velho "mestre", descanse em paz, tão cuidadoso e sem inspiração que só conseguia desenhar uma só folha de uma só árvore durante todo um dia de trabalho e que, quando nos pegava admirando pela janela aberta as tenras folhas verdes trazidas pela primavera, em vez de concentrados na folha que ele tinha desenhado, ralhava conosco pela enésima vez, mas sem nunca nos bater: "Não, lá fora não, aqui dentro, nesta página!". Lembramos o berreiro, que podia ser ouvido em todo o ateliê, daquele aprendiz magricela que mandavam de volta para sua família com todas as suas coisas, porque de tanto trabalhar envesgara de um olho. Rememoramos depois com que prazer (afinal, não foi por culpa nossa) vimos aquela tinta vermelha derramar-se de um tinteiro quebrado sobre uma página na qual três pintores haviam trabalhado seis meses seguidos (o tema era a travessia do rio Kinik por nosso exército a caminho de Shirvan, depois de ter superado o risco iminente da fome ocupando a cidade de Eresh, para se aprovisionar). Com todo o pudor e o respeito devidos, evocamos também nossos amores com a mesma circassiana, pela qual nós três nos apaixonamos e com a qual nós três fizemos amor — ela era a mais bonita das esposas de um paxá septuagenário que havia requisitado nossos préstimos para ornamentar os tetos da sua casa, com imagens da sua opulência, das suas conquistas e das suas façanhas, imitando as pinturas do pavilhão de caça do Nosso Sultão. Recordamos por fim, com saudade, a gostosa sopa de lentilha que tomávamos nas manhãs de inverno na soleira da porta, para evitar que seu vapor amolecesse os papéis. E a tristeza que sentíamos ao ter de nos separar dos nossos colegas e dos nossos mestres, quando o Grande Mestre nos obrigava a viajar para completar nossa formação. Por um breve instante, a deliciosa imagem do meu querido Borboleta aos dezesseis anos de idade apareceu diante dos meus olhos: ele alisava uma folha com um gesto vivo, com uma concha macia, enquanto o sol — era um dia de verão — caía através de uma janela em seu braço nu, cor de mel; de repente, ele suspende seu gesto mecânico para examinar, aproximando os olhos da folha, um defeito na granulação do papel; passa a concha algumas vezes no defeito em diferentes sentidos, depois volta ao sentido anterior, a mão num vaivém, olhando além da janela, ao longe, entregue a seus devaneios. Nunca vou esquecer aquele olhar, tão breve, que ele pousou então em mim, mergulhando em meus olhos antes de sair novamente voando pela janela, como eu próprio, depois, pousei o meu em tantos outros. Aquele olhar doloroso queria dizer uma só coisa, que todos os aprendizes sabem: o tempo não passa, se você não sonha.

# 58. SEREI CHAMADO ASSASSINO

**VOCÊS JÁ TINHAM SE ESQUECIDO DE MIM, NÃO É?** Mas não posso mais esconder de vocês a minha presença. Porque falar com esta voz, que foi gradativamente adquirindo uma força cada vez maior, tornou-se algo irresistível para mim. Às vezes consigo me refrear, à custa de um enorme esforço, e temo que essa tensão na minha voz acabe me denunciando. Às vezes, desembesto completamente, e é aí que aquelas palavras que são indícios do meu segundo caráter, e que vocês hão de reconhecer, escapam da minha boca. Minhas mãos se põem a tremer, bagas de suor escorrem pela minha testa e eu percebo no mesmo instante que esses pequenos sussurros do meu corpo irão, por sua vez, fornecer novas pistas.

E no entanto estou tão satisfeito aqui! Enquanto nos consolamos uns aos outros com vinte e cinco anos de recordações, esquecemos as inimizades e lembramos apenas as belezas e os prazeres da pintura. Mas estarmos sentados aqui, com essa sensação de que é iminente o fim do mundo, acariciando-nos com os olhos rasos d'água enquanto rememoramos o encanto dos tempos que se foram, tem algo que faz lembrar as mulheres de um harém.

Tomo essa última comparação emprestada de Abu Said, de Kirman, que incluiu as histórias dos antigos mestres de Shiraz e Herat na sua *História* dos filhos de Tamerlão. Um século e meio atrás, depois de desbaratar os pequenos exércitos e devastar as terras dos cãs e xás timúridas que disputavam o legado de Tamerlão, Djahan Xá, soberano dos Carneiros Negros, marchou para o leste, sobre Khurasan, com suas vitoriosas hordas turcomanas; em seguida, derrotou Ibrahim, neto do xá Ruh, filho de Tamerlão, na batalha de Astarabad e tomou a cidade de

Gurgan, rumando então para Herat e sua cidadela. Segundo a crônica de Abu Said, esse golpe desferido no até então invencível poder da dinastia que reinara sobre metade do mundo, do Hindustão a Bizâncio, durante meio século, desencadeou tal tempestade de pânico e destruição que se instalou o caos entre os homens e mulheres da cidadela sitiada de Herat. O historiador de Kirman lembra ao leitor, com um prazer perverso, como Djahan Xá liquidou implacavelmente todos os descendentes de Tamerlão que encontrou na fortaleza conquistada; como escolheu nos haréns, entre as esposas desses xás e príncipes, aquelas que iriam para o seu próprio serralho; e como sem dó nem piedade separou os pintores uns dos outros, infligindo à maioria deles a cruel humilhação de servir de aprendizes aos mestres iluminadores do seu ateliê. Nessa altura da sua *História*, Abu Said desvia bruscamente sua atenção do xá e de seus guerreiros, que retirados nas torres ameadas da fortaleza tentavam rechaçar o inimigo, para descrever a angústia dos miniaturistas que, em meio aos seus cálamos e às suas tintas, aguardavam no Grande Ateliê o terrível desfecho do cerco de Herat, que se adivinhava havia muito tempo qual seria. O historiador cita, um a um, o nome de todos aqueles artistas, que ele dizia conhecidos do mundo inteiro e que jamais seriam esquecidos, e daqueles pintores, todos eles esquecidos desde então, dos quais escreve que eram como as mulheres do harém do xá: beijavam-se aos prantos, incapazes de fazer qualquer outra coisa além de recordar os dias felizes de outrora.

Nós também, como melancólicas mulheres de harém, evocávamos os *cafetãs* forrados de pele e as bolsas cheias de ouro com que o Sultão, que desde havia muito estava mais sinceramente apaixonado por nós do que por suas concubinas, nos presenteava em recompensa pelos mimos que lhe oferecíamos por ocasião das festas — caixas, espelhos e pratos decorados com cores vivas, ovos de avestruz ornamentados, colagens, estampas únicas, álbuns divertidos, cartas de jogar e, principalmente, livros. Mas onde estavam os velhos pintores daqueles tempos, acostumados ao trabalho duro e penoso, que se contentavam com tão pouco? Os que iam todo o dia sem falta ao ateliê, em vez de se trancar em casa para esconder mesquinhamente seus métodos dos outros ou com medo de que descobrissem que faziam trabalhos extras. Onde estavam os velhos pintores, que passavam humildemente a vida toda pintando os complicados ornatos das muralhas dos palácios, as folhas de ciprestes cuja singularidade só se descobria depois de um cuidadoso exame, o capim de sete folhas das estepes, usado para preencher os espaços vazios? Onde os pintores desprovidos de inspiração que reconheciam sem inveja a sabedoria e a justiça do propósito de Alá ao conferir a uns talento e destreza, enquanto reservava a eles paciência e piedosa resignação? Recordamos esses mestres paternos, muitos deles corcundas e sempre sorridentes, outros sonhadores e bêbados, outros ainda sempre prontos a engabelar uma solteirona. E, à medida que recordávamos, tentávamos reviver os detalhes esquecidos do ateliê, tal como ele era nos tempos do nosso aprendizado e em nossos primeiros anos como mestres pintores.

Lembram-se do traçador de linhas zarolho que punha a língua na bochecha esquerda quando traçava para a direita, e na direita quando traçava para a esquerda; daquele artista miúdo e magro, que ria sozinho, cantarolando e murmurando "paciência, paciência, paciência" quando pingava a tinta; do dourador septuagenário que passava horas e horas conversando no andar de baixo com os aprendizes de encadernador e garantia que um pouco de tinta vermelha na testa detinha o envelhecimento; do mestre de iluminura que abordava todo o mundo, especialmente os novatos, para experimentar nas unhas deles a consistência das suas cores, já que todas as suas estavam cobertas de tinta; e daquele gordo que nos fazia gargalhar acariciando sua barba com os pelos do pé de coelho usado para juntar os restos de pó de ouro usados na douradura? Onde estavam todos eles?

Onde estavam as tábuas de alisar papel, que acabavam fazendo parte do corpo dos aprendizes tanto eles as usavam mas que, quando ficavam gastas, eram descartadas, e a comprida tesoura de cortar papel que os aprendizes estragavam brincando de lutar espada? Onde as pranchetas identificadas com o nome dos mestres antigos, para que não fossem confundidas, o aroma do nanquim e o discreto matraquear das cafeteiras fervendo no silêncio? Onde os diversos pincéis que fazíamos com os pelos da nuca ou a penugem interna das orelhas dos gatinhos que todo verão nossa gata malhada paria, e os grandes maços de papel indiano que nos davam quando estávamos desocupados para praticarmos nossa arte, tal como os calígrafos que treinam a mão nos rascunhos? Onde o horrível raspador de cabo de ferro, terror de todo o ateliê, cujo uso requeria a permissão expressa do Grande Mestre e era reservado para raspar os erros mais grosseiros? E o que era dos rituais de expiação desses erros?

Também concordamos em que Nosso Sultão não deveria permitir que os pintores trabalhassem em casa. Lembramo-nos da deliciosa *halvah* que nos chegava quentinha da cozinha do palácio ao cair das noites de inverno, para nos recompensar por termos trabalhado duro à luz das velas e dos lampiões. Rindo, com lágrimas nos olhos, lembramo-nos do mestre de douradura, um velho caquético que não podia mais segurar pincel nem papel por causa da sua tremedeira crônica, mas que nas suas visitas mensais ao ateliê sempre levava uns bolinhos fritos banhando em calda grossa de açúcar, que sua filha preparava para nós, seus aprendizes. Falamos das maravilhosas páginas pintadas por Memi, o Negro, o Grande Mestre que antecedeu Mestre Osman, encontradas em seu quarto, dias depois do seu enterro, num álbum sob o edredom que ele estendia para a sua sesta da tarde.

Enumeramos algumas das nossas obras preferidas, de que gostaríamos de possuir uma cópia para contemplá-las sempre que desejássemos, com orgulho e prazer, como fazia Memi, o Negro. Alguém falou daquela página do *Livro dos talentos* em que os céus, iluminados com tinta dourada, prefiguravam tão bem o fim do mundo, não por causa do próprio dourado, mas por sua maneira de se espalhar uniformemente nas torres, nos ciprestes, nas cúpulas da paisagem.

Outro falou daquela imagem em que nosso Louvado Profeta, atordoado ao ser erguido do topo de um minarete por dois anjos que o elevavam ao céu, sentia cócegas, porque eles o seguravam pelas axilas; uma imagem com cores tão graves, que até as crianças, ao verem essa cena sagrada, primeiro tremiam com piedosa devoção e só depois riam respeitosamente, como se elas próprias estivessem sentindo cócegas. Quanto a mim, evoquei uma página dedicada ao castigo de um bando de rebeldes escorraçados do seu antro nas montanhas pelo grão-vizir, à qual eu tinha sabido dar uma aura de pavor e mistério graças àquela ornamentação nas bordas da página, em que eu coloquei, respeitosa e cuidadosamente, todas as cabeças cortadas, pintando uma a uma com seus detalhes precisos, à maneira dos retratistas europeus, mostrando os cenhos franzidos na hora da morte, as gargantas manchadas de vermelho, os lábios tristes perguntando pelo sentido da vida e os narizes, desesperadamente dilatados em sua derradeira respiração, quando os olhos já estão fechados para este mundo.

Falávamos sofregamente dessas nossas cenas favoritas de amor e de guerra, recordando os achados mais chamativos e as sutilezas mais comoventes, como se fossem nossas inesquecíveis e impalpáveis reminiscências pessoais. Revíamos os jardins isolados e misteriosos, onde os amantes se encontram na noite estrelada: árvores floridas, pássaros fantásticos, o tempo imóvel... As sangrentas batalhas, tão próximas e apavorantes como nossos pesadelos noturnos, corpos retalhados em dois, cavalos com suas armaduras cobertas de sangue, belos cavaleiros trespassando-se com suas adagas, mulheres com suas bocas pequenas, suas mãos miúdas, seus olhos amendoados, espiando langorosamente da janela o desenrolar da batalha... E os bonitos efebos, tão altivos e vaidosos, os belos xás e cãs, seu poder e seus palácios para sempre desaparecidos. Como as mulheres chorando juntas nos haréns desses xás, sabíamos agora que já fazíamos parte de uma história, mas a nossa viraria uma lenda, como a delas? Para que as sombras do medo de ser esquecido — muito mais aterrador que o medo da morte — não nos arrastasse para um reino de horror, pedimos que cada um contasse sua cena de morte preferida.

Pensei logo no parricídio que Satanás induziu Dhahhak, o Risonho, a cometer. Como essa lenda dos primeiros cantos do *Livro dos reis* se passa pouco depois da criação do mundo, tudo era tão simples que nada precisava ser explicado. Se você quisesse leite, ordenhava uma cabra e tomava; era só dizer "cavalo", montar e sair galopando; bastava pensar no "mal" para que Satanás aparecesse e convencesse você da beleza do parricídio. O assassinato de Mardas, seu pai, de ascendência árabe, foi lindo não só por ter sido um ato gratuito, como por Dhahhak tê-lo perpetrado numa linda noite, no magnífico jardim de um palácio, à luz de estrelas douradas que iluminavam delicadamente seus ciprestes e suas flores.

Citamos depois o caso do lendário Rustam, que matou sem querer seu filho Suhrab, comandante do exército inimigo que travara com o de Rustam uma batalha de três dias. A maneira como Rustam bate no peito ao ver, através das lágrimas de angústia, a pulseira que ele dera anos antes à mãe do rapaz, cujo peito ele acabava de trespassar com sua espada, nos comoveu sinceramente.

Por que isso?

A chuva continuava a tamborilar no teto do convento e eu andava de um lado para o outro, quando disse bruscamente:

"Ou deixamos Mestre Osman, nosso pai, nos trair e nos matar, ou nós é que o traímos e o matamos."

Ficamos mudos de pavor, porque o que eu dissera soava absolutamente verdadeiro. Sem parar de andar, em pânico ao pensamento de que tudo voltaria ao ponto de partida, disse comigo mesmo: "Conte a história do assassinato de Siyavush por Afrasyab. Mas essa é uma história de traição que nem de longe me assusta. A morte de Khosrow então". Muito bem, mas qual? A que é contada no *Livro dos reis* por Firdawsi, ou a versão de Nizami, em *Khosrow e Shirin*? No *Livro dos reis* o que é terrível é que Khosrow, em prantos, adivinha que a pessoa que entrou em seu quarto veio assassiná-lo. Como último recurso, chama seu pajem e manda que traga água, sabão, roupa limpa e seu tapete de orações; não entendendo que é um chamado de socorro, o ingênuo rapaz vai buscar o que ele pedia. Uma vez a sós com sua vítima, a primeira coisa que o assassino faz é trancar a porta do quarto. Nessa cena dos últimos cantos do *Livro dos reis*, o assassino enviado pelos conspiradores para cometer o crime é descrito por Firdawsi de forma a dar náuseas: ele é barrigudo, cabeludo e fedorento.

Eu andava pela sala, minha cabeça transbordava de palavras, mas, como num sonho, minha voz não saía.

Foi então que percebi que os outros estavam cochichando entre si, tramando alguma coisa contra mim.

Os três se atiraram tão rápidos sobre mim, agarrando-me pelas pernas, que caímos os quatro no chão, mas não pude resistir por muito tempo. Fiquei estendido de costas no assoalho, os três em cima de mim: um sentado nos meus joelhos; o outro, no meu braço direito; e o Negro, a cavalo entre meu peito e minha barriga, os joelhos sobre os meus ombros. Eu não podia mais me mexer. Estávamos todos aturdidos, ofegantes. Lembrei-me de uma coisa:

Meu finado tio tinha um patife de um filho dois anos mais velho que eu — espero, aliás, que já tenha sido preso por assalto a uma caravana e decapitado. Esse canalha invejoso, percebendo que eu era mais instruído, mais inteligente e mais refinado que ele, vivia arranjando pretextos para brigar comigo; quando não achava, me obrigava a lutar com ele, derrubava-me num instante e me imobilizava assim, com os joelhos nos meus ombros, tal como agora; olhava-me nos olhos, tal como o Negro fazia, deixava um filete de cuspe cair lentamente nos meus olhos e ria das minhas tentativas de evitá-lo sacudindo a cabeça de um lado para o outro.

O Negro disse-me para não esconder nada. Onde estava a última pintura? Confesse!

Eu sufocava de arrependimento e de raiva, por duas razões: primeiro, por ter dito o que eu disse à toa, sem saber que eles já tinham chegado a um entendimento; depois, por não ter fugido, incapaz de imaginar que a inveja deles teria chegado a esse ponto.

O Negro ameaçou cortar a minha garganta se eu não lhes entregasse a miniatura imediatamente.

Engraçado. Eu apertava os lábios com toda a força, como se corresse o risco de a verdade escapar-me boca afora. Por outro lado, eu me dizia que não havia mais nada a fazer. Se eles estavam mancomunados para me entregar ao Tesoureiro-Mor como assassino, iam conseguir o que queriam. Minha única esperança era que Mestre Osman apontasse outro culpado ou desse outra pista; mas que confiança eu podia ter no que o Negro dizia dele? Eles podiam muito bem me matar ali mesmo, para depois descarregar toda a culpa em mim, não podiam?

Ele apertava a lâmina da adaga contra a minha garganta, e logo percebi que o Negro não podia ocultar o prazer que aquilo lhe proporcionava. Levei um tapa. A adaga estaria cortando minha pele? Levei outro tapa.

Eu só conseguia agir de acordo com a seguinte lógica: se ficar quieto, não vai me acontecer nada. Ela me dava mais força. Eles não eram mais capazes de dissimular a inveja que sempre tiveram de mim, desde nossa infância no ateliê, porque eu pintava melhor, porque minhas linhas eram mais retas, minhas cores mais bem distribuídas. Eu os amava por terem tanta inveja de mim. Sorri para meus irmãos amados.

Um deles — prefiro esquecer quem me fez tal afronta — pôs-se a me beijar ardentemente na boca, como se eu fosse uma amada há muito desejada. Os outros observavam à luz do lampião, que aproximaram de nós. Não pude deixar de retribuir o beijo daquele irmão tão amoroso. Afinal, se já estávamos perto do fim de tudo, é bom que todos saibam que sou eu quem melhor pinta. Vejam o que pintei e constatem vocês mesmos!

Ele começou a me bater com raiva, como se eu o tivesse irritado respondendo ao seu beijo com outro beijo. Mas os outros o contiveram. Houve um momento de indecisão. O Negro estava exasperado com o fato de se produzirem desavenças entre eles. Era como se a raiva deles não se dirigisse contra mim, mas contra o rumo que a vida deles tomara, e em consequência eles queriam se desforrar do mundo inteiro.

O Negro tirou um objeto do seu embornal: era um alfinete pontudo. Num segundo, trouxe-o à altura dos meus olhos e fez o gesto de enfiá-lo.

"Oitenta anos atrás, o grande Bihzad, o mestre dos mestres, ao ver que com a queda da cidade de Herat tudo estaria acabado para ele, furou corajosamente os próprios olhos, para que ninguém pudesse obrigá-lo a pintar de outro modo", disse ele. "Pouco tempo depois de ele ter enfiado este alfinete de turbante nos olhos, Alá fez descer suavemente uma majestosa treva sobre seu servo, aquele artista de mão milagrosa. O alfinete veio de Herat a Tabriz, como o próprio Bihzad, agora cego e bêbado, enviado de presente pelo xá Tahmasp ao pai do Nosso Sultão, junto com o célebre *Livro dos reis*. De início, Mestre Osman não havia compreendido o sentido dessa oferenda. Mas agora foi capaz de enxergar a malévola intenção e a justa lógica que se esconde atrás desse cruel presente. Quando Mestre Osman compreendeu que o Nosso Sultão queria ter seu retrato pintado no estilo dos mestres europeus e que todos vocês, que ele amava mais que a seus próprios filhos, o haviam traído, enfiou esse alfinete em seus dois olhos, ontem à noite, na Sala do Tesouro, numa homenagem a Bihzad. Pois bem, e se eu furasse agora seus olhos, seu maldito, que causou a ruína do ateliê que Mestre Osman criou e a que dedicou toda uma vida?"

"Quer você me cegue, quer não, em breve nenhum de nós terá mais lugar neste mundo", retruquei. "Se Mestre Osman de fato perder a vista, ou a vida, e se nós resolvermos pintar da maneira que mais nos agradar, assumindo nossos defeitos e nossa individualidade, como os europeus, de maneira a ter um estilo pessoal, seremos nós mesmos, mas trairemos o que somos. Se, ao contrário, pintarmos à maneira dos antigos, que é a única maneira que temos de ser nós mesmos, Nosso Sultão, que já deu as costas para Mestre Osman, arranjará outros pintores para nos substituir. Ninguém mais terá consideração por nós, só piedade. A incursão no café vai envenenar tudo ainda mais, porque parte da responsabilidade pelo incidente recairá sobre nós, miniaturistas, por termos caluniado o respeitável pregador."

Tentei persuadi-los de que não era bom para nós brigarmos, mas foi em vão, não me davam ouvido. Estavam em pânico. Estavam convencidos de que, se pudessem decidir rapidamente, antes do amanhecer, com razão ou sem, quem era o culpado, se salvariam, escapariam da tortura e tudo no ateliê continuaria a ser durante anos e anos como sempre foi.

No entanto, o que o Negro ameaçava fazer não agradava aos outros. E se fosse provado que o culpado era um outro e Nosso Sultão ficasse sabendo que tinham furado meus olhos à toa? Os outros dois estavam apavorados tanto com a intimidade tão rápida do Negro com Mestre Osman, como com a insolência com que falava dele. Tentaram, assim, afastar o alfinete que o Negro, cego de cólera, continuava a brandir sobre os meus olhos.

O Negro entrou em pânico acreditando que procuravam tomar o alfinete para se voltar contra ele. Houve novamente um breve corpo a corpo, mas o melhor que eu tinha a fazer era girar a testa para trás e erguer o queixo, para tentar evitar a ponta, cada vez mais próxima das minhas pupilas.

Tudo foi tão rápido que de início nem pude entender o que estava acontecendo. Senti uma dor aguda mas suportável no meu olho direito, e um torpor na têmpora. Depois tudo voltou ao normal, mas o terror já tomava conta de mim. O lampião tinha se afastado, mas vi com nitidez o alfinete enfiar-se, dessa vez no meu olho esquerdo. Ele tinha tomado o alfinete da mão do Negro segundos antes, e era mais cuidadoso e meticuloso. Ao compreender que o alfinete tinha de fato penetrado em meus olhos, fiquei petrificado, apesar daquela sensação de ardor. O entorpecimento da minha têmpora parecia alastrar-se por toda a minha cabeça, mas cessou quando o alfinete foi removido. Eles olhavam alternadamente para o alfinete e para os meus olhos. Parecia que não acreditavam no que havia acontecido. Mas quando todo o mundo se deu conta da desgraça que me vitimara, cessou aquele estupor e a pressão nos meus braços se aliviou.

Pus-me a gritar, a chorar, não tanto de dor quanto de horror por compreender plenamente o que tinham feito comigo. Senti que meu choro não só me aliviava, como os aproximava de mim e causava-lhes grande mal-estar: como ainda não estava cego, podia ver isso perfeitamente! As sombras deles se moviam no teto como se fossem almas penadas. Eu estava ao mesmo tempo contente e mais apavorado. "Me larguem!", berrei. "Me larguem para que eu possa ver tudo mais uma vez, eu lhes suplico."

"Conte-nos rápido como você se encontrou naquela noite com o Elegante Efêndi", disse o Negro. "Depois te soltamos."

"Foi ele que me abordou à saída do café, quando eu voltava para casa. Estava muito preocupado, agitadíssimo. Num primeiro instante, ele me deu dó. Me larguem que eu conto o resto. Minha vista está enfraquecendo."

"Não é verdade. Mestre Osman ainda conseguia enxergar as narinas dos cavalos depois de ter furado os olhos", rebateu o Negro sem titubear. "Se você nos contar tudo agora, antes que o sangue coagule em seus olhos, de manhã ainda estará enxergando e poderá contemplar o mundo pela última vez tanto quanto quiser. A chuva parou, logo vai clarear."

"O pobre do Elegante Efêndi disse que queria falar comigo e que eu era a única pessoa em que ele confiava." (Não era dele que eu tinha dó agora, e sim de mim.) "'Vamos voltar para o café', eu disse ao Elegante, mas percebi na hora que ele não gostava do lugar, que não se sentia seguro lá. Apesar de ter sido nosso colega de aprendizado e de pintura nos últimos vinte e cinco anos, o Elegante tinha seguido outro caminho e se distanciara completamente de nós. Nos últimos oito ou dez anos, depois do seu casamento, eu só o via no ateliê e nem sabia o que fazia. Disse-me que tinha visto a última miniatura e que ela continha um pecado tão grave que nenhum de nós poderia se redimir dele. Iríamos todos arder no Inferno. Estava arrasado, fora de si, como se houvesse cometido sem saber uma heresia. 'Que heresia?' Ele arregalou os olhos, parecendo não acreditar que eu não sabia. Pensei comigo mesmo que nosso velho colega tinha mudado um bocado com a idade. Ele disse que, nessa última miniatura, o infortunado Tio havia utilizado sem escrúpulo o método da perspectiva; que as coisas não eram pintadas de acordo com sua importância aos olhos de Alá, mas como nós as percebemos e como os europeus as pintam. Primeiro pecado. O segundo pecado era ter representado Nosso Sultão, Califa do Islã, do tamanho de um cachorro. A terceira transgressão era representar Satanás também desse tamanho e sob um aspecto favorável. Mas o pior de todos, resultado natural da introdução do estilo europeu em nossa pintura, era ter querido pintar o rosto do Nosso Sultão em tamanho real, com todos os detalhes. Exatamente como os infiéis! Ou como os retratos que são encomendados pelos cristãos, esses idólatras, que os penduram em suas paredes para cultuá-los. Graças ao Tio de vocês, o Elegante Efêndi parecia conhecer tudo desses retratos, sabia perfeitamente que eram o maior dos pecados e acreditava, com toda razão, que são a sentença de morte da pintura de acordo com a nossa fé. Disse isso tudo na rua, enquanto caminhávamos, porque não voltamos ao café, onde, dizia ele, se ultrajava o Pregador Efêndi e nossa religião. Às vezes, ele parava para me perguntar com um ar desamparado se estava certo, se havia uma solução ou se ele estava mesmo condenado ao Inferno. Parecia em plena crise, devorado pelo remorso, mas eu achei que ele não estava sendo sincero, que não acreditava no que dizia. Que ele era um impostor, simulando arrependimento."

"Como você podia saber?"

"Conhecemos o Elegante Efêndi desde a infância. Ele é muito organizado, calmo, disciplinado e insípido, como suas douraduras. Mas o homem que eu tinha à minha frente era muito mais estúpido, ingênuo e crédulo do que o Elegante que conhecíamos."

"Ouvi dizer que ele era bem próximo dos erzurumis", disse o Negro.

"Nenhum muçulmano sentiria tanto tormento e tanto remorso por um pecado involuntário. Um bom muçulmano sabe que Alá é justo e razoável, e portanto leva em conta as intenções profundas dos seus servos. Só mesmo quem tem um cérebro de galinha é capaz de acreditar que vai para o Inferno se comer por engano carne de porco. Um verdadeiro crente sabe que as imagens do Inferno servem para assustar muito mais os outros do que ele próprio. E é justamente o que o Elegante Efêndi tentava fazer: me assustar. O Tio Efêndi tinha lhe mostrado como fazer para consegui-lo. Mas digam-me honestamente, irmãos miniaturistas, o sangue já começa a coagular em meus olhos? Eles já perderam o brilho e a cor?"

Aproximaram o lampião do meu rosto e examinaram meus olhos com a atenção compadecida de um médico.

"Aparentemente, não houve alteração."

Perguntei-me se aqueles três eram a última imagem que eu veria neste mundo. Eu sabia que nunca mais ia esquecer esse instante e, como apesar de tudo ainda conservava alguma esperança, contei o seguinte:

"Foi seu Tio mesmo que deu a entender ao Elegante Efêndi que fazíamos uma coisa proibida, ao ocultar o conjunto da última miniatura, revelar apenas uma parte específica dela a cada um de nós e mandar-nos pintar nesse pedaço. Ao dar à sua pintura ares de mistério, ele instilava o temor de estarmos cometendo uma heresia. Foi ele, e não os erzurumis, que nunca viram um manuscrito iluminado na vida, quem gerou e alimentou em nós essas fantasias que atormentavam nossa consciência. Ora, um artista com a consciência tranquila não tem o que temer."

"Há muita coisa que um artista de consciência tranquila tem a temer hoje em dia", observou o Negro cinicamente. "De fato, nada impede nossa arte de ser decorativa, mas nossa fé proíbe que ela reproduza a aparência das coisas. Porque as pinturas dos antigos mestres, inclusive as obras-primas dos maiores mestres de Herat, eram consideradas uma extensão da decoração das margens do texto, e ninguém via nada de errado nelas, considerando que elas realçavam a beleza do manuscrito e o esplendor da caligrafia. E, além do mais, quantas pessoas veem nossas obras? Mas o caso é que com o recurso aos métodos vindos do Ocidente, nossa pintura perde seu papel simplesmente ornamental e se torna francamente descritiva. E é precisamente isso que o Venerável Corão proíbe e que tanto desagradava ao

Nosso Profeta. Nosso Sultão e meu Tio também sabiam disso muito bem. E foi por isso que ele morreu."

"Seu Tio morreu porque não estava com medo!", repliquei. "Como você, ele pretendia ultimamente que a pintura que ele estava fazendo nada tinha de contrário à nossa religião nem ao Livro Sagrado, porque era esse o pretexto de que necessitavam os erzurumis, que procuravam desesperadamente um aspecto que contrariasse o texto do Corão. Seu Tio e o Elegante Efêndi eram mesmo feitos um para o outro."

"Foi você que matou os dois?", perguntou o Negro.

Por um instante, achei que ele ia me bater e disse comigo mesmo que, afinal de contas, o novo marido da bela Shekure não tinha muito que lamentar a morte do seu Tio. Portanto, ele não tinha motivo para me bater e, aliás, mesmo se batesse, isso já não fazia a menor diferença para mim. Prossegui portanto, insistente:

"Na verdade, tanto quanto Nosso Sultão desejava um livro feito à maneira dos artistas europeus, seu Tio desejava realizar um livro provocador, cujo vício de ilicitude só o envaideceria mais ainda. Suas viagens à Europa lhe haviam despertado uma admiração desmedida pela pintura dos mestres europeus que conheceu então e de que nos falava sem parar — você mesmo deve tê-lo ouvido divagar sobre a perspectiva, sobre os retratos. Se querem saber, para mim não havia nada de nocivo nem de sacrílego no livro que preparávamos. Como ele sabia perfeitamente disso, achou por bem, por uma questão de prestígio, envolver sua Grande Obra com uma aura de coisa proibida... Estar metido numa aventura tão perigosa com a permissão pessoal do Nosso Sultão era, para ele, ainda mais importante do que a própria pintura europeia. É verdade que, caso seu livro fosse para ser exposto publicamente, teria sido sacrílego. Mas não sinto que há em nenhuma dessas miniaturas o que quer que seja de contrário à religião, nenhuma blasfêmia, nenhuma heresia, nem a mais vaga das ilicitudes. Vocês também não sentem isso?"

Minha vista começava a perder quase imperceptivelmente sua acuidade, mas, louvado seja Alá, mesmo assim pude ver que minha pergunta deixou-os sem resposta.

"Vocês não têm certeza, não é?", exclamei triunfante. "Mesmo que estejam intimamente persuadidos de que a sombra da heresia paira, sim, sobre essas miniaturas, vocês são incapazes de reconhecer que assim é e, principalmente, de dizê-lo em público, porque seria dar razão aos fanáticos e aos erzurumis, que querem acusar vocês a qualquer preço. Além do mais, não poderiam proclamar, de boa-fé, que são inocentes e imaculados como a neve recém-caída, mesmo porque seria renunciar ao privilégio inebriante e à duvidosa satisfação de estarem a par de um segredo de Estado, cheio de mistérios e proibições. Sabem como me dei conta da minha vaidade ao agir assim? Quando trouxe o pobre Elegante Efêndi a este convento de *dervixes*, no meio da noite, pretextando que estávamos gelados depois daquela longa caminhada pelas ruelas da cidade. Na verdade, eu estava contente por poder mostrar a ele que eu descendia dos *dervixes* errantes e, pior ainda, que aspirava voltar a ser um! Quando o Elegante compreendeu que eu era um fervoroso seguidor de uma seita baseada na pederastia, nas drogas, na vagabundagem e outras infâmias, achei que ele ia me temer e me respeitar mais ainda, que calaria a boca, intimidado. Mas foi o contrário que aconteceu. Aquele miolo de galinha que vocês conhecem não gostou daqui e logo fez suas as acusações de heresia que ele ouvira do Tio de vocês. E eis que nosso amado colega de aprendizado, que no começo havia implorado num tom lacrimejante 'Ajude-me, convença-me que não iremos para o Inferno, para que eu possa dormir em paz esta noite', pôs-se a dizer num tom novo e ameaçador que 'isso vai acabar mal'; que ele não tem dúvida de que o pregador de Erzurum acabará sabendo o que se diz da última miniatura, 'que ela vai muito além das instruções do Nosso Sultão' e que este último 'nunca perdoará' essa transgressão. Convencê-lo de que na verdade tudo estava claro como água era impossível. Ao contrário, eu já o imaginava contando para aqueles imbecis fanatizados pelo *hodja* todos os absurdos do Tio, exagerar os 'ultrajes à religião, as apologias do Diabo' e outras calúnias patentes. Não é preciso lembrar a vocês que todos os artesãos, além dos artistas, invejam as atenções e favores do Nosso Sultão para conosco. Sem dúvida ficarão encantados com poderem proclamar numa só voz: 'Os pintores são uns heréticos'. E a colaboração, de todos sabida, entre o Tio e o Elegante Efêndi provaria essa calúnia. Se falo em calúnia, é porque não creio em nada do que nosso irmão Elegante contava sobre o livro e a última miniatura. Eu não queria ouvir nada que comprometesse o falecido Tio Efêndi. Achava até perfeitamente legítimo que Nosso Sultão o tenha preferido em vez de Mestre Osman e compartilhava, até certo ponto, é claro, suas ideias sobre a pintura europeia. Eu acreditava sinceramente que nós, mestres otomanos, podíamos a nosso gosto e na medida em que nossas viagens permitissem, tirar proveito de uma ou outra técnica europeia, sem com isso 'nos comprometermos com o Diabo' ou 'tramar nossa própria desgraça'. Tudo me parecia fácil. Para mim, o Tio, descanse em paz, tinha substituído Mestre Osman nesta nova vida, inclusive como pai espiritual."

"Devagar!", fez o Negro. "Conte-nos antes como você matou o Elegante Efêndi."

"Cometi esse ato", não conseguia pronunciar a palavra 'assassinato', "por todos nós, para a salvação de todo o nosso ateliê. O Elegante Efêndi sabia que dispunha de uma arma temível. Roguei a Alá que me enviasse um sinal de que ele era um canalha. Alá me ouviu. Quando ofereci ouro ao Elegante Efêndi, pude ver a magnitude da sua depravação. Aquelas moedas de ouro, que vocês viram, vieram-me à mente por inspiração divina. Menti. Disse que elas não estavam aqui, no convento, que eu as havia escondido em outro lugar. Saímos. Vagamos pelos bairros mal-afamados, eu nem sabia aonde íamos, não sabia o que fazer. Na verdade, estava morrendo de medo. Por fim, passamos uma segunda vez pela mesma rua, e o Elegante Efêndi, nosso irmão, que, como bom dourador, dedicara toda a sua vida à forma e à repetição, ficou desconfiado. Mas Alá pôs diante de nós um terreno baldio que o fogo devastara e, junto dele, um poço."

Chegando aqui, disse a eles que não me sentia capaz de continuar a narrativa. "Em meu lugar, vocês fariam a mesma coisa, porque teriam pensado antes de tudo em salvar seus irmãos artistas", afirmei com segurança.

Ouvindo-os aquiescer comigo, tive vontade de chorar. Eu podia dizer que era por ver que ainda merecia a compaixão deles que senti essa vontade, mas não seria verdade; podia dizer que era por ter ouvido de novo o barulho surdo do corpo dele batendo no fundo do poço, mas não seria verdade; podia dizer que era porque eu me lembrava de como eu era feliz antes de virar um assassino, como eu era igual a todo mundo, mas não seria verdade. Não, foi que revi o cego que costumava passar por nosso bairro quando eu era criança: ele tirava fora de seus andrajos uma concha de pau ainda mais suja que ele, parava perto da fonte e perguntava à garotada que o espiava de longe: "Meus filhos, qual de vocês vai encher a concha deste velho cego com água da fonte?". E ninguém enchia para ele. "Seria uma boa ação, meus filhos, uma caridade", dizia ele. A cor das suas íris tinha desbotado tanto que já era quase igual à do branco dos seus olhos.

Perturbado com a ideia de me parecer com aquele velho cego, confessei sem mais nem menos, sem me dar ao prazer de saborear o relato, ter me livrado também do Tio Efêndi. Não fui nem muito sincero nem muito hipócrita: encontrei a consistência adequada, de modo que a história não perturbasse demasiado meu coração e que eles acreditassem que não fui à casa do Tio com a intenção de matá-lo. Queria deixar bem claro que não tinha sido um crime premeditado, e eles entenderam que eu também fazia isso para me absolver da imputação de crime premeditado, pois, como eu disse, quem não tem más intenções não vai para o Inferno.

"Depois de despachar o Elegante Efêndi para junto dos anjos de Alá", prossegui num tom sonhador, "senti que as últimas palavras da minha vítima começavam a me devorar por dentro, como vermes. O sangue com que aquela última miniatura me levara a sujar as mãos fazia que ela se agigantasse na minha mente. Fui então à casa do Tio, que já não queria receber minha visita, para que ele me deixasse ver a imagem. Ele não só se recusou a mostrá-la, como fingiu não entender. Para ele, tudo era cristalino, não havia mistério algum, em todo caso nada que justificasse um assassinato. Para acabar com aquela humilhação e ganhar um pouco de consideração, confessei ter matado e jogado num poço o pobre Elegante Efêndi. Aí sim ele começou a me levar a sério, mas continuou a me humilhar. Como um pai era capaz de humilhar assim seu filho? O Grande Mestre Osman tinha acessos de raiva, batia na gente, mas nunca nos humilhou. Ah, meus irmãos, ao traí-lo cometemos um grave erro."

Eu sorria aos meus queridos irmãos inclinados sobre mim, atentos aos meus olhos como se atenta para as palavras de um moribundo. Eu os via ficar cada vez mais borrados e distantes, como no olhar de um agonizante.

"Matei o Tio de vocês por duas razões", continuei. "Primeiro porque, tempos atrás, ele obrigou Mestre Osman a imitar aquele pintor, Sebastiano. Depois porque eu tive a fraqueza de lhe perguntar, a certa altura, se eu tinha um estilo próprio."

"E o que ele respondeu?"

"Que tinha. E, vindo dele, não era uma crítica, mas um elogio. Lembro-me aliás de ter perguntado a mim mesmo, incomodado, se era de fato um elogio. Para mim, o estilo era uma tara, uma desonra e, na dúvida, eu me inclinava para o pior. Eu não queria ter nada a ver com o estilo, mas o Diabo me tentava e, além do mais, eu era muito curioso."

"Todo o mundo aspira a ter um estilo", sentenciou o Negro. "E todo o mundo gostaria que lhe pintassem um retrato, como Nosso Sultão."

"Será uma doença incontrolável?", perguntei. "Se esse flagelo continuar a se propagar, não haverá mais ninguém para enfrentar o modo de pintar dos europeus."

Mas ninguém mais me ouvia. O Negro contava a história de um infortunado bei dos turcomanos, exilado durante doze anos nos cafundós da China por ter revelado prematuramente seu ardor à filha do xá; não tendo um retrato da amada com que sonhara todos aqueles anos, havia terminado por esquecer seu rosto em meio ao de tantas beldades chinesas e os tormentos da sua paixão adquiriram o sentido de uma provação extrema, imposta por Alá.

"Graças ao seu Tio", prossegui, "não ignoramos a importância dos retratos. Queira Alá que um dia saibamos e ousemos contar a história da nossa vida tal como realmente a vivemos."

"As histórias são sempre a história de todo o mundo, nunca de um só", disse o Negro.

"E toda imagem é imagem de Alá", respondi completando o verso do poeta Hatifi, de Herat. "Mas, com a difusão do estilo europeu, todo o mundo vai acabar por considerá-lo um talento especial para contar a história de outros como se fosse de nós mesmos."

"É esse o desejo de Satanás."

"Larguem-me agora", gritei com toda a minha força. "Deixem-me ver o mundo pela última vez."

Vendo-os tão assustados, uma nova confiança cresceu em mim.

"Vai nos mostrar ou não a última miniatura?", voltou a perguntar o Negro.

Fiz que sim e ele me soltou. Meu coração batia.

Vocês devem ter descoberto faz tempo minha identidade, que por mera formalidade continuo a ocultar. Com isso, apenas imito os mestres de Herat, que escondiam a assinatura, não tanto para esconderem a si mesmos, mas antes por obedecerem a uma regra e por respeito a seus mestres. Com o lampião na mão, abri caminho para a minha pálida sombra através das salas escuras e desertas. Teria a cortina das trevas começado a cair sobre os meus olhos ou aquelas salas e corredores sempre foram assim escuras? Quantos dias e semanas, quanto tempo eu tinha pela frente, antes de ficar cego? Minha sombra e eu paramos entre os fantasmas que povoam a cozinha e fui pegar, no canto menos sujo de um armário empoeirado, a folha dupla, antes de voltar rapidamente por onde viera. O Negro, por precaução, tinha me seguido de longe, mas não se dera ao trabalho de trazer a adaga. Iria eu considerar a possibilidade de pegá-la e furar os olhos dele por sua vez, antes de eu mesmo ficar cego?

"Fico feliz em poder admirar essa imagem mais uma vez", murmurei com orgulho. "E quero que vocês todos também a vejam."

Sob o halo do lampião, mostrei-lhes a última imagem, aquela folha dupla que eu pegara na casa do Tio antes de matá-lo. Percebi, de início, no olhar deles um medo misto de curiosidade. Dei a volta e pus-me ao lado deles para também contemplá-la. Não parava de tremer. Sentia-me febril, talvez por causa dos meus olhos furados ou, quem sabe, daquela excitação toda.

Os elementos que havíamos pintado em várias partes das duas páginas ao longo do ano — a árvore, o cavalo, o Diabo, a Morte e a mulher — estavam dispostos em diversos tamanhos, de acordo com o novo e totalmente inadequado método de composição do Tio, de tal modo que as douraduras que as emolduravam, obra do nosso querido Elegante Efêndi, nos davam a impressão de estarmos olhando o mundo por uma janela, e não vendo a ilustração de um livro. No centro do mundo, no lugar em que devia estar Nosso Sultão, estava o meu retrato. Eu me orgulhava dele e, ao mesmo tempo, sentia-me um tanto aborrecido, porque, apesar de ter trabalhado nele dias e dias, mirando-me num espelho, apagando e refazendo, não consegui obter uma boa semelhança. Mesmo assim, ele me enchia de satisfação, não só porque a imagem me situava no centro do mundo mas também pela estranha e sem dúvida diabólica razão de que, nela, eu parecia mais profundo, complexo e misterioso do que na verdade sou. Eu gostaria que meus irmãos artistas percebessem esse contentamento, compreendessem-no e compartilhassem meu entusiasmo: eu era o centro de tudo, como um sultão ou um rei, e ao mesmo tempo era eu mesmo. Esse fato inflava meu orgulho ao mesmo tempo que aumentava meu embaraço. Mas como esses dois sentimentos se compensavam, eu podia relaxar e deleitar-me com a pintura. Para que esse prazer fosse completo, só faltava que todas as marcas do meu rosto, todas as rugas, as sombras, as pintas e espinhas, cada detalhe, do meu bigode à textura da minha roupa, suas cores nas menores nuances, aparecessem com a perfeição que somente a arte dos pintores europeus possibilita.

Notei no rosto dos meus velhos colegas o medo, o assombro e o inevitável sentimento que devorava todos nós: a inveja. Sim, não obstante o ódio e a repulsa que sentiam pelo abominável pecado, eles invejavam o que os aterrorizava.

"Nas noites que passei aqui, contemplando essa imagem à luz do lampião, senti pela primeira vez que Alá me abandonara e que somente Satanás podia me amparar no meu isolamento", expliquei. "Sei que, mesmo se eu estivesse de fato no centro do mundo — e, cada vez que eu admirava esta imagem, era esse meu mais ardente desejo —, ainda assim eu me sentiria só, apesar de todos essas coisas familiares que me rodeiam, apesar dos meus companheiros *dervixes*, desta mulher tão parecida com a bela Shekure e apesar deste vermelho que domina todo o conjunto. Não temo possuir uma característica própria, uma individualidade, nem que os outros se prosternem diante de mim e me adorem; ao contrário, é isso que eu desejo."

"Quer dizer que você não se arrepende de nada?", perguntou Cegonha, como alguém que acabasse de sair do sermão de sexta-feira.

"Eu não me sinto próximo do Diabo por ter matado dois homens, mas porque meu retrato foi feito dessa maneira. Acho que, se os matei, foi para poder pintar este retrato. E, no entanto, agora a solidão que sinto me apavora. Porque imitar os europeus sem possuir sua mestria é ainda mais humilhante para um pintor. Quero sair dessa situação. De qualquer maneira, vocês sabem muito bem que eu os matei para que tudo continuasse como antes no nosso ateliê, e Alá com toda certeza também sabe."

"Mas isso causa problemas muito maiores para nós!", exclamou meu querido Borboleta.

De repente, aproveitando a desatenção daquele idiota do Negro, que ainda observava a pintura, agarrei-o com raiva pelo punho, enfiando minhas unhas na sua carne, e torci-o com toda a força. A adaga, que ele segurava frouxamente, caiu-lhe da mão. Peguei-a no chão.

"Mas agora vocês não vão mais poder resolver seus problemas entregando-me ao torturador", falei. Como se fosse cravá-

-la nos seus olhos, aproximei a ponta da adaga do rosto do Negro. "Passe para cá o alfinete de turbante."

Ele o entregou com a mão livre e eu o guardei no bolso. Fixei meu olhar em seus olhos de cordeiro.

"Tenho dó da bela Shekure, que não teve alternativa senão se casar com você. Se eu não tivesse sido obrigado a matar o Elegante Efêndi para salvar nós todos, eu é que teria me casado com ela, e ela teria sido feliz. Eu é que melhor compreendia as histórias sobre os pintores e a pintura da Europa que o pai dela contava. Agora ouçam com atenção a última coisa que vou lhes dizer: não há mais lugar, aqui em Istambul, para mestres miniaturistas como nós, que desejam viver respeitando sua arte e sua honra. Sim, foi o que compreendi. Porque mesmo se resolvêssemos imitar os mestres europeus, como o falecido Tio e Nosso Sultão desejavam, seríamos impedidos, seja pela súcia de Erzurum e por gente como o Elegante Efêndi, seja pela própria e justificada covardia que carregamos dentro de nós. Se persistíssemos em nos curvar ao Diabo e traíssemos as características e o estilo da nossa pintura numa fútil tentativa de adotar as características e o estilo dos europeus, fracassaríamos, assim como eu fracassei ao fazer este meu retrato, apesar de toda a minha perícia e o meu conhecimento. Esta imagem primitiva que pintei, sem conseguir uma razoável semelhança com minha pessoa, revelou-me aquilo que nós todos sempre soubemos, mas não admitíamos: levaremos séculos para alcançar a mestria dos europeus. Se este livro tivesse sido terminado e enviado à corte do doge, ele e os pintores de Veneza teriam rido de nós, não há dúvida. Teriam até concluído: 'Esses otomanos deixaram de ser o que eram, logo não há mais por que temê-los'. Que maravilha seria se pudéssemos continuar seguindo os passos dos velhos mestres! Mas ninguém quer saber disso, nem Sua Excelência Nosso Sultão, nem o gentil Negro Efêndi, que se queixa de não ter um retrato da sua preciosa Shekure. Assim sendo, tratem de trabalhar e passem alguns séculos imitando os europeus. Ponham orgulhosamente suas assinaturas em seus pobres plágios. Os velhos mestres de Herat procuravam pintar o mundo tal como ele é visto por Alá e, para ocultar sua identidade, nunca assinavam seus nomes. Vocês, ao contrário, estarão condenados a assinar seus nomes, mas para ocultar sua falta de identidade. Mas há uma alternativa. Todos vocês devem ter recebido o mesmo convite, mas guardam segredo: Akbar, sultão do Hindustão, está procurando reunir em sua corte, em troca de ouro e obséquios, os mais talentosos artistas do mundo. É bem provável que o livro que será feito para comemorar o milenário do islã não vai ser preparado aqui em Istambul, mas em seu ateliê de Agra."

"Um pintor tem de se tornar um assassino, como você, para ser famoso e prestigiado?", perguntou Cegonha.

"Não, basta ser o melhor", respondi, sem pensar.

Um galo cantou ao longe. Peguei minha trouxa e minhas moedas de ouro, meu caderno de modelos, e pus minhas miniaturas na pasta. Pensei que poderia matá-los um a um com a adaga, cuja ponta estava na garganta do Negro, mas tudo o que sentia por meus amigos de infância era simpatia — até por Cegonha, que no entanto acabara de furar meus olhos.

Borboleta levantou-se, mas obriguei-o a sentar-se novamente com um grito. Depois, julgando que poderia escapar dali sem problemas, corri para a porta; chegando à soleira, lancei-lhes impaciente estas palavras solenes que eu vinha planejando pronunciar:

"Minha fuga de Istambul se parecerá com a do grande Ibn Shakir, ao escapar de Bagdá tomada pelos mongóis."

"Nesse caso, é melhor você ir para o Ocidente do que para o Oriente", disse Cegonha.

"O Oriente e o Ocidente a Alá pertencem", repliquei em árabe, como teria feito o falecido Tio.

"Mas o Oriente é o Oriente e o Ocidente é o Ocidente", insistiu o Negro.

"O artista nunca deveria mostrar orgulho", disse Borboleta. "Ele deve se contentar com pintar tal como sente e não misturar nisso o Oriente e o Ocidente."

"Falou bem", respondi ao meu querido Borboleta, indo lhe dar um derradeiro beijo.

Porém, mal dei dois passos, o Negro atirou-se em cima de mim. Eu levava numa mão o saco com meu ouro e minhas roupas e, debaixo do outro braço, minhas obras numa pasta. Preocupado em proteger minhas coisas, não me protegi direito, e não pude evitar que ele agarrasse o braço cuja mão empunhava a adaga. Mas ele não teve tanta sorte assim, porque tropeçou numa mesinha de trabalho e, em vez de me dominar, acabou se agarrando a mim. Soltei-me, cobrindo-o de pontapés e mordendo-lhe os dedos. Ele pôs-se a berrar, achando que sua hora tinha chegado. Ele sofreu ainda mais quando pisei e prendi sob meu pé a mão que havia mordido; brandindo a adaga na direção dos outros dois ordenei:

"Não se mexam!"

Eles ficaram onde estavam. Voltando ao Negro, enfiei-lhe a ponta da adaga numa narina, assim como Keykavus fizera na lenda. O sangue jorrou ao mesmo tempo que as lágrimas dos seus olhos.

"Diga-me uma coisa agora, vou mesmo ficar cego?"

"A lenda diz que há casos em que o sangue não coagula. Se Alá estiver satisfeito com a sua pintura, vai desejar ter você ao lado Dele e fará a noite cair sobre os seus olhos. Assim, você não terá mais de assistir ao hediondo espetáculo deste mundo, mas desfrutará as maravilhosas visões que se oferecem aos olhos Dele. Se Ele não gosta da sua pintura, você continuará a ver este mundo como antes."

"Vou praticar a verdadeira arte no Hindustão", rebati. "Ainda devo a Alá a obra pela qual Ele poderá me julgar."

"Não alimente muito a vã esperança de escapar da influência da arte europeia", disse o Negro. "Você sabe que Akbar Cã incentiva todos os seus artistas a assinar suas obras? Quanto às técnicas de pintura europeias, os jesuítas portugueses já as introduziram lá há muito tempo, como aliás no mundo todo."

"Sempre haverá trabalho e asilo para quem desejar permanecer puro", respondi-lhe.

"Claro! Ficando cego e fugindo para países que não existem", fulminou Cegonha.

"Por que você quer tanto permanecer puro? Fique aqui como a gente, junte-se aos outros. É o melhor que você tem a fazer", ousou dizer o Negro.

"O resto da vida vocês não vão fazer mais nada, além de imitar os europeus para ter um estilo pessoal", retruquei. "Mas precisamente por imitarem os francos, vocês nunca terão um estilo pessoal."

"Não há outra coisa a fazer", rebateu o Negro, vergonhosamente.

Era evidente que não era a pintura, mas a bela Shekure sua única fonte de felicidade. Tirei do seu nariz a ponta ensanguentada da adaga e erguia-a como um carrasco que vai descer seu sabre sobre a cabeça de um condenado.

"Eu poderia cortar sua cabeça neste instante, se quisesse", falei, anunciando o que já era patente. "Mas para a felicidade da sua mulher e dos seus filhos, vou te poupar. Jure ser sempre bom, humano e respeitoso para com ela."

"Eu juro."

"Eu os faço marido e mulher", concluí.

Mas meu braço agiu por conta própria, indiferente às minhas palavras. Baixei a adaga sobre o Negro com todas as minhas forças.

No derradeiro instante, ele se mexeu e eu também desviei a arma, de modo que a punhalada acertou-o no ombro, e não no pescoço. Contemplei com terror o ato cometido por meu braço. Retirando a lâmina da carne, vi a ferida inundar-se de um lindo vermelho e senti uma vergonha mista de pavor. Mas eu sabia que, se eu fosse mesmo ficar cego em breve, quem sabe já no navio costeando o litoral da Arábia, pelo menos não teria como me vingar dos meus irmãos miniaturistas.

Temendo com razão ter chegado a sua vez, Cegonha fugiu para a escuridão dos quartos. Fui atrás dele carregando o lampião, mas logo fiquei com medo e voltei. Meu último gesto foi me despedir de Borboleta, beijando-o com tanto calor quanto o cheiro do sangue derramado, que se interpunha entre nós, ainda permitia. Mas ele pôde ver as lágrimas correndo dos meus olhos.

Saí do convento em meio a um profundo silêncio, interrompido apenas pelos gemidos do Negro. E me afastei, correndo o mais que podia, pelo jardim encharcado e pelas ruelas escuras. O navio que me levaria ao ateliê de Akbar Cã só zarparia depois do primeiro chamado do muezim; nesta hora, a última falua partiria do embarcadouro em direção a ele, levando-me a bordo. Eu corria, e as lágrimas fluíam dos meus olhos.

Ao passar, furtivo como um ladrão, pelo bairro do Palácio Branco, mal distinguia no horizonte a primeira luz do dia. Do outro lado da primeira fonte do bairro, na praça em que me encontrei ao sair do labirinto de ruelas dessa velha cidade, se erguia a casa de pedra onde eu havia passado minha primeira noite quando cheguei a Istambul, vinte e cinco anos antes. Pelo portão entreaberto do pátio interno, dei uma olhada naquele poço em que, aos doze anos de idade, vinte e cinco anos atrás, eu tinha desejado morrer de vergonha, por ter cometido em meu sono o crime de mijar na cama que aquele meu parente distante preparara para mim, numa demonstração de generosa hospitalidade. Ao chegar nos arredores da mesquita de Bajazet, a relojoaria, a que tantas vezes tinha levado meu relógio para consertar; a vidraria, onde eu comprava castiçais de cristal e frascos de todo tipo, que depois pintava e vendia discretamente, como vasos de flores ou garrafas de licor para clientes ricos; e aquele *hamam* que frequentei certa época, por estar sempre vazio e ser barato; todos esses lugares me arrancaram lágrimas de adeus.

No lugar onde ficava o café, cujos escombros ainda fumegavam, não havia ninguém, como tampouco na casa onde eu desejara, do fundo do coração, que minha bela Shekure encontrasse a felicidade com seu novo marido, que talvez estivesse agonizando nesse instante. Nos dias em que eu vagava pelas ruas de Istambul depois de ter manchado as minhas mãos de sangue, todos os cachorros da cidade, suas árvores sombrias, suas janelas fechadas, suas chaminés negras, seus fantasmas, seus laboriosos e infelizes devotos que corriam de madrugada à mesquita para suas preces matinais, todo esse mundo olhava para mim com um ar hostil; mas, agora que confessei meus crimes e resolvi abandonar a única cidade que conhecia, ela me olhava amistosamente.

Passada a mesquita, contemplei de um promontório o Chifre de Ouro. O horizonte brilhava, mas as águas continuavam escuras. Dois barcos de pescador, navios mercantes com as velas recolhidas e um galeão abandonado, lentamente balançados por ondas invisíveis, pareciam repetir com insistência que eu não fosse embora. As lágrimas que corriam dos meus olhos seriam causadas pelo alfinete? Eu disse a mim mesmo que tratasse de pensar na vida maravilhosa que viveria no Hindustão, graças às obras-primas que meu talento criaria.

Saí da estrada, atravessei correndo dois jardins enlameados e, embrenhando-me entre o capim alto, entrei na velha casa de pedra. Era lá que, quando aprendiz, todas as terças-feiras eu ia buscar Mestre Osman, a quem acompanhava, dois passos atrás dele, até o Grande Ateliê, carregando seu embornal, sua pasta de desenhos, seu estojo e sua prancheta. Nada estava mudado ali, salvo os plátanos: eles tinham crescido tanto, no jardim e na rua, que conferiam a casa e à rua uma aura de grandeza, poder e riqueza que ecoavam os tempos de Suleyman, o Magnífico.

Chegando à rua que desce até o porto, cedi à tentação do Diabo e desejei rever pela última vez os arcos do Grande Ateliê, onde havia passado um quarto de século. E assim concluí o trajeto que, jovem aprendiz, percorria seguindo Mestre Osman: desci a rua dos Arqueiros, que na primavera inebriava os passantes com o aroma das suas tílias; passei pela padaria em que meu mestre comprava seu pastel de carne; subi a ladeira em que se enfileiram mendigos, marmeleiros e castanheiras; passei pelas portas fechadas do mercado novo e pelo barbeiro que meu mestre cumprimentava todas as manhãs; pelo grande jardim vazio, em que acrobatas e saltimbancos armam suas tendas no verão e se apresentam; em frente às malcheirosas pensões para solteiros; sob os arcos bizantinos recendendo a mofo; pelo palácio de Ibrahim Paxá, com suas colunas em forma de três cobras enroscadas que desenhei centenas de vezes e seus plátanos que desenhávamos cada vez de uma maneira diferente; e, chegando ao Hipódromo, passei sob as castanheiras e as amoreiras, onde os pardais e as pegas gorjeiam todas as manhãs.

A pesada porta estava fechada. Não havia ninguém na entrada nem sob os arcos da galeria do primeiro andar. Só deu tempo de olhar rapidamente para as janelinhas fechadas pelas quais, quando o tédio pesava demais para os pequenos aprendizes que éramos, costumávamos espiar as árvores, antes de ser interpelado.

Ele tinha uma voz estridente, que doía no ouvido. Dizia que a adaga na minha mão, com aqueles rubis no cabo, era dele, que seu sobrinho Shevket a surrupiara com a cumplicidade de Shekure. Aquilo lhe parecia uma prova suficiente de que eu era um dos homens que, com o Negro, haviam invadido sua casa para raptar Shekure. Aquele homem arrogante, esganiçado e furioso vociferava que conhecia os artistas amigos do Negro e sabia que iam voltar ao ateliê. Ele brandia uma espada comprida, de um vermelho estranho e luminoso, e afirmava que tinha um certo número de contas que, por sei lá que razão, queria acertar comigo. Ia lhe explicar que se tratava de um mal-entendido, quando notei a cólera incomensurável estampada em seu rosto, em que podia ler que ele estava a ponto de me atacar mortalmente. Eu gostaria de ter podido dizer: "Pare, por favor!".

Mas ele já vibrava sua espada.

Sem tempo de usar a minha adaga, simplesmente ergui a mão que carregava o embornal.

O embornal caiu. Num só movimento suave, sem perder a velocidade, a espada vermelha primeiro decepou minha mão, depois cruzou lado a lado meu pescoço, cortando fora minha cabeça.

Compreendi que eu tinha sido decapitado ao ver meu pobre corpo, esquecendo-me na sua confusão, dar dois passos estranhos, agitar a adaga de uma maneira sem sentido e cair solitário, o sangue jorrando do pescoço como de uma fonte. Meus pobres pés, que continuavam a se mexer como se ainda caminhassem no vazio, davam chutes inúteis como as patas de um cavalo moribundo.

Da lama em que minha cabeça caíra, eu não podia enxergar nem meu assassino nem o embornal cheio de ouro e de miniaturas que eu ainda desejava apertar contra mim mesmo. Tudo isso estava atrás de mim, na ladeira que descia até o mar e a Enseada do Galeão, aonde eu nunca chegaria. Minha cabeça nunca mais viraria para eles, nem para o resto do mundo. Esqueci-me deles e deixei meus pensamentos me levarem dali.

Eis o que pensei no instante que precedeu a minha decapitação: o navio vai zarpar da enseada; a essa ideia veio se somar, na minha mente, a ordem de me apressar, como quando minha mãe dizia "vamos, rápido!" quando eu era criança. Mas, mamãe, meu pescoço dói, não consigo me mexer!

É isso que eles chamam de morte.

Mas eu sabia que ainda não era a morte. Minhas pupilas furadas estavam sem dúvida imóveis, mas eu ainda enxergava perfeitamente pelos meus olhos arregalados.

O que eu via no nível do chão preenchia todos os meus pensamentos. A rua inclinando-se suavemente para cima, o muro, o arco, o teto do ateliê, o céu. A imagem que eu via se afastava assim. Sem parar.

Era como se essa imagem se prolongasse indefinidamente. Compreendi então que a visão tinha se transformado numa espécie de memória. Lembrei-me do que eu pensava quando ficava horas a fio contemplando uma bela pintura: se você olhar bastante tempo para ela, seu espírito entrará no tempo da pintura.

Todos os tempos tinham se tornado agora esse tempo.

Era como se ninguém fosse me ver, enquanto meus pensamentos desapareciam pouco a pouco, como se minha cabeça coberta de lama fosse continuar olhando sem parar para aquela melancólica ladeira, para o muro de pedra, para as amoreiras e as castanheiras tão próximas mas inalcançáveis.

A espera sem fim tornou-se repentinamente tão amarga e tediosa, que desejei que tudo acabasse e eu saísse desse tempo.

## 59. EU, SHEKURE

O NEGRO NOS ESCONDEU NA CASA DE UM parente distante, onde passei a noite em claro. Na cama em que me aninhava com Hayriye e as crianças, eu às vezes conseguia cochilar entre os roncos e as tosses, mas nos meus sonhos agitados via estranhas criaturas, mulheres cujos braços e pernas tinham sido amputados e grudados de volta no corpo de qualquer maneira, elas não paravam de me perseguir e me acordavam o tempo todo. De manhãzinha, o frio me despertou; cobri direito Shevket e Orhan, abracei-os com força, beijei seus cabelos e, como na época em que dormíamos calmamente na casa do meu pobre pai, pedi que Alá lhes desse sonhos felizes.

Mas não consegui dormir de novo. Pouco depois do chamado para a prece matinal, espiando a rua através das gelosias que mantinham nosso quartinho na penumbra, vi aquela imagem que sempre aparecia em meus sonhos felizes: um homem com aparência de fantasma, desfigurado e esgotado pelos combates e ferimentos, trazendo na mão um cajado em vez de uma espada, aproximava-se ansiosamente de mim com um passo que me era familiar. Nos meus sonhos, sempre que ia beijá-lo, eu acordava em lágrimas. Mas ao compreender que aquele homem ensanguentado que eu avistava na rua era o Negro, o grito que eu calava na garganta soou.

Fui abrir a porta correndo.

Seu rosto estava todo machucado, inchado, roxo. O sangue escorria do seu nariz estropiado. Um talho enorme se estendia do pescoço ao ombro. O alto da sua camisa estava rasgado e ela estava vermelha de sangue. Como o homem dos meus sonhos, ele parecia sorrir, certamente por ter conseguido finalmente chegar em casa.

"Entre", falei.

"Acorde as crianças, vamos para casa."

"Você não está em condições de voltar para casa."

"Não temos mais por que temê-lo", disse ele. "O assassino é Velidjan Efêndi, o Persa."

"Oliva!", exclamei. "Você matou esse canalha?"

"Ele fugiu no navio que zarpou para a Índia", e dizendo isso desviou o olhar, como se tivesse vergonha de não ter levado a cabo sua missão.

"Você acha que vai poder andar até em casa? Não é melhor arranjar um cavalo?"

Eu sentia que ele ia morrer no caminho, tive muita pena dele. Não só por causa da sua morte, mas pelo fato de ele não ter conhecido nenhuma felicidade verdadeira. Eu podia ver em seus olhos tristes e sombrios que ele não queria, em hipótese alguma, morrer nesta casa estranha, nem ser visto por quem quer que fosse morrendo naquele estado horrível. Não sem certa dificuldade, nós o montamos num cavalo.

Voltamos pelas ruelas menos movimentadas carregando nossas trouxas. No começo, meus meninos estavam tão assustados que nem conseguiam olhar para o rosto dele. Mas o Negro, do alto da sua montaria que avançava a passo, ainda encontrava forças para contar como tinha desmascarado o malvado assassino do avô deles e como o tinha enfrentado num duelo de espadas. Dava para perceber que aquilo tornava mais caloroso o sentimento das crianças em relação a ele, e eu rogava a Alá que não o deixasse morrer.

Ao chegarmos, Orhan gritou "estamos em casa!", e sua vozinha adorável me deu a esperança de que Azrail, o anjo da Morte, teria piedade de nós e que Alá o pouparia desta vez. Mas, sabendo que a causa e a hora da nossa morte permanecem sempre ocultas no segredo de Alá, evitei esperançar-me demais.

Ajudamos o Negro a apear do cavalo e o levamos para o quarto de cima, o da porta azul. Hayriye ferveu água e subiu-a. Tiramos seus sapatos, seu cinto, rasgamos toda a sua roupa, de cima e de baixo, inclusive a cueca, cortamos com uma tesoura a camiseta colada na carne. Abri a janela. Os suaves raios do sol de inverno, que brincavam com os galhos das árvores do jardim, encheram o quarto, refletindo-se nos jarros d'água, nos potes de tinta e de cola, tinteiros, vidros de polir e pranchas de apontar os cálamos, e iluminaram o rosto do Negro, pálido como a morte, e seu ferimento cor de carne crua e de cereja.

Preparei umas compressas, que embebi de água quente e sabão, e limpei com desvelo seu corpo, como se lava um tapete antigo e precioso, tão cheia de atenção, de amor e de ternura quanto por um dos meus filhos. Sem pressionar as contusões do rosto e tomando cuidado para não machucar o nariz na altura do corte, limpei, como um médico teria feito, aquele horrível ferimento no ombro. Como costumava fazer ao dar banho nos meninos quando eram bebês, falava o tempo todo com ele com uma voz meiga e cantada. Ele também estava ferido no peito e no braço. Os dedos da mão esquerda exibiam a marca roxa de uma mordida. As compressas que eu passava em seu corpo logo ficavam empapadas de sangue. Apalpei seu peito, senti sua barriga ceder suavemente sob os meus dedos, olhei demoradamente para o seu pinto. Ouvia os gritos das crianças lá embaixo, no pátio. Por que alguns poetas comparam esta coisa com um cálamo?

Ao ouvir na cozinha aquela voz zombeteira e conspiratória que Ester usa quando chega com novidades, desci e encontrei-a, de fato, excitadíssima. Sem nem mesmo me dar um beijo, levou-me a um canto para me contar: a cabeça de Oliva tinha sido encontrada dentro de um saco, com todos os desenhos que provam a sua culpa, na porta do Grande Ateliê. Ele na certa quis passar por lá uma derradeira vez, antes de fugir para o Hindustão.

Segundo as testemunhas, Hassan reconheceu Oliva e, com um só golpe da sua espada vermelha, cortou-lhe a cabeça.

Enquanto ela contava, eu me perguntava onde estaria agora meu infortunado pai. Saber que seu assassino tinha recebido o castigo que merecia sossegou meus temores, e a vingança trouxe-me uma sensação de reconforto e justiça. Mas no mesmo instante, perguntei-me se meu falecido pai sentia a mesma coisa lá onde estava. De repente, o mundo se apresentava a mim como um imenso palácio cujos aposentos se comunicam por mil e uma portas escancaradas, e podíamos passar de um aposento ao outro valendo-nos das nossas lembranças e da nossa imaginação. Mas a maioria das pessoas é preguiçosa demais para fazer uso desse dom e prefere ficar encerrada sempre no mesmo aposento.

"Não chore, querida", disse Ester. "Viu? acabou tudo bem."

Eu lhe dei quatro moedas de ouro. Com sua grosseria habitual, e com uma excitação à altura da sua avidez, ela as verificou uma a uma, enfiando-as na boca e mordendo-as.

"Os infiéis venezianos espalharam por toda parte suas moedas falsas", explicou-se sorrindo.

Quando ela se foi, eu disse a Hayriye que não deixasse os meninos irem lá em cima. Subi para o quarto onde estava o Negro, tranquei a porta, aconcheguei-me avidamente ao seu corpo nu e fiz, menos por desejo do que por curiosidade, e com mais cuidado do que com medo, o que o Negro quis que eu fizesse na casa do judeu enforcado, naquela noite em que meu pobre pai foi assassinado.

Não sei dizer se entendi direito por que os poetas persas comparam há séculos a ferramenta masculina com um cálamo e a boca das mulheres com um tinteiro, ou qual é a base dessas comparações, cujas origens se esqueceram de tanto serem mecanicamente repetidas — seria a pequenez da boca? O silêncio misterioso do tinteiro? Pretender que o próprio Alá é um pintor? Talvez o amor não possa ser entendido por meio da lógica de uma mulher como eu, que o tempo todo espreme os miolos em busca de uma maneira de se proteger, mas somente por uma total falta de lógica.

Aliás, vou lhes confessar um segredo: naquele momento, naquele quarto em que reinava o cheiro da morte, a coisa na minha boca não me dava nenhum prazer. O que me dava, deitada ali com o mundo inteiro latejando entre os meus lábios, era ouvir a algazarra feliz dos meus filhos, xingando-se e se engalfinhando no pátio.

Enquanto minha boca estava assim ocupada, meus olhos podiam ver que o Negro olhava para mim de uma forma completamente diferente. Ele disse que nunca mais esqueceria, nem meu rosto nem minha boca. Sua pele tinha o cheiro de papel mofado de alguns velhos livros do meu pai, seus cabelos estavam impregnados do bolor da poeira e dos cortinados do Tesouro. Não me contive mais e acariciei suas feridas, seus cortes, suas tumefações, ele gemia como uma criança, e quanto mais eu sentia a morte se afastar, mais me apegava a ele. Como um navio cujo velame se enfuna pouco a pouco sob o efeito do vento, nosso amor ganhava aos poucos velocidade, e o navio tomava audaciosamente o rumo de mares desconhecidos.

Pela maneira como navegava nessas águas, inclusive em seu leito de morte, eu podia dizer que o Negro já singrara esses mares muitas vezes antes, sabe lá com que tipo de mulheres indecentes. E enquanto eu nem sabia se beijava meu braço ou o dele, se chupava meu dedo ou uma vida inteira, ele, na embriaguez mista do prazer e da dor, tentava ver com um olho semicerrado aonde era levado no oceano do mundo, e de vez em quando pegava minha cabeça delicadamente nas mãos, fitava assombrado o meu rosto, ora como se ele fosse uma sublime miniatura, ora como se fosse o de uma puta da Mingrélia.

No auge do prazer, ele deu um grito como o dos heróis lendários cortados ao meio com um só golpe de espada nas cenas em que se enfrentam os fabulosos exércitos do Irã e do *Turã*. Temi que o bairro inteiro tivesse ouvido o grito. Mas assim como um genuíno mestre miniaturista, mesmo nos momentos de maior inspiração, quando seu cálamo parece diretamente guiado pelo próprio Alá, ainda é capaz de levar em consideração a forma e a composição de toda a página, o Negro também continuava a dominar nosso lugar no mundo a partir de um canto da sua mente, mesmo nesse momento de mais alta excitação.

"Diga a eles que você estava passando bálsamo nas minhas feridas", falou já sem fôlego.

Essas palavras não só se tornaram a cor do nosso amor — retido entre a vida e a morte, o proibido e o êxtase, o desespero e o pudor —, mas também a senha para fazê-lo. Nos vinte e seis anos seguintes, até aquela manhã em que meu amado marido

Negro sucumbiu a seu coração frágil na beira do poço, fizemos amor todo meio-dia, quando o sol filtrava pelas janelas fechadas do quarto que dava para o pátio, de onde vinham nos primeiros anos os gritos alegres dos meus filhos, e chamávamos isso de "passar bálsamo nas feridas". Foi assim que meus meninos, cujo ciúme eu não desejava aguçar com a rivalidade de um pai melancólico e mal-humorado, também exigente e ciumento, puderam continuar por muitos anos ainda dormindo à noite comigo. Toda mulher inteligente sabe, aliás, que é muito mais agradável dormir abraçada com seus filhos do que com um marido taciturno, maltratado pela vida.

Mas se eu e meus filhos éramos felizes, o Negro nunca conseguiu ser. Sem dúvida porque, como os ferimentos no ombro e no pescoço nunca cicatrizaram completamente, meu querido esposo ficou sendo para sempre, como às vezes ouvia-o dizer, um "aleijado". Esse aleijão, no entanto, embora bem visível, não lhe atrapalhava a vida. Mais de uma vez ouvi as mulheres dizerem, vendo-o de longe, que era um belo homem. Mas seu ombro direito permaneceu ligeiramente caído e o pescoço, torcido de uma maneira estranha. Também chegaram ao meu conhecimento certos mexericos segundo os quais uma mulher como eu só podia se casar com um homem que ela dominasse e que, se o aleijão do Negro era sem dúvida a causa da sua melancolia, também era a razão secreta da nossa felicidade.

Como todo boato, este também tinha seu fundo de verdade. E assim como era uma decepção para mim não poder percorrer as ruas de Istambul montada no mais belo dos cavalos e rodeada de escravos, aias e guardas, como Ester achava que eu merecia, às vezes também sonhava com um marido bem-apessoado e cheio de vida, que contemplasse o mundo do alto, como um vencedor.

Qualquer que fosse o motivo, o caso é que o Negro ficou um homem triste. Como eu sabia que essa sua melancolia não tinha muita coisa a ver com seu ombro caído, eu me dizia que devia haver, instalado num canto da sua alma, um *djim* que lhe impunha esse humor sombrio, inclusive nos momentos mais exultantes do nosso amor. Às vezes, para aplacar esse *djim* ele bebia vinho ou contemplava miniaturas nos livros e se interessava pela arte, às vezes chegava até a passar dias e noites com os miniaturistas, no encalço de bonitos efebos. Ele tinha fases, ora buscava a companhia de pintores, calígrafos e poetas, e se divertia ao lado deles com as piadas, os trocadilhos, as insinuações, metáforas e jogos de sedução, ora preferia se absorver em suas tarefas de secretário do governo de Suleyman Paxá, o Corcunda. Quatro anos depois, quando Nosso Sultão faleceu e o sultão Mehmet, que o sucedeu, deu deliberadamente as costas para todas as artes, o entusiasmo do Negro pela iluminação e a pintura tornou-se, de prazer aberto, num segredo privado a que ele se dedicava atrás de portas bem trancadas. Vez ou outra ele abria uma das obras deixadas por meu falecido pai e admirava, com um ar triste e culpado, certa miniatura da época dos timúridas, pintada em Herat: Shirin apaixonando-se pelo retrato de Khosrow. Mas não a via mais como parte de um jogo de talentos, que os círculos palacianos cultivavam felizes, e sim como se se tratasse de um doce segredo relegado há muito à memória.

No terceiro ano do reinado do sultão Mehmet, a rainha da Inglaterra mandou-lhe um relógio milagroso que continha um instrumento musical a fole. Uma delegação inglesa levou semanas trabalhando arduamente para montar o enorme relógio que trouxe da Inglaterra, com suas incontáveis peças, engrenagens, quadros e estátuas, e instalá-lo na encosta do Jardim Privativo Imperial, que domina o Chifre de Ouro. Multidões se aglomeravam nas encostas do Chifre de Ouro ou vinham em caíques para ver com êxtase e espanto as estátuas de tamanho natural girarem em torno umas das outras, quando o imenso relógio tocava sua barulhenta e assustadora música, e dançarem com graça ao som da melodia, como se fossem muito mais criações de Alá que dos seus servos, e para ouvir o relógio anunciar a hora a toda Istambul com um toque que parecia os dos sinos de uma igreja.

O Negro e Ester contaram-me em diversas ocasiões que esse relógio, assim como era objeto do espanto sem fim dos ociosos e do populacho tolo, também era uma compreensível fonte de inquietação para Nosso Sultão e para os fiéis, porque simbolizava o poder dos infiéis. Nessa época em que as intrigas difundidas por essa gente logo corria a cidade, o sultão Ahmet, seu sucessor, acordou no meio da noite, conforme se conta, e sem dúvida movido pela mão de Alá, pegou sua maça e desceu do harém ao Jardim Privativo, para fazer em pedacinhos o relógio e seus ídolos. Os que assim contam acrescentam que, em seu sono, Nosso Sultão teve a visão do rosto iluminado do Nosso Louvado Profeta e que este o teria avisado: se Nosso Sultão permitisse que seus súditos venerassem imagens, quando não descaradas imitações do homem que rivalizam com o que Alá criou, estaria se distanciando claramente das ordens do Todo-Poderoso.

Foi mais ou menos isso que Nosso Sultão mandou seu devotado historiógrafo escrever. Intitulou esse livro de *A flor das crônicas*, obra de calígrafos sobre os quais despejou bolsas e bolsas de ouro, mas proibiu que fosse ilustrado pelos miniaturistas.

Foi assim que a rosa vermelha da inspiração, nascida no Oriente e transplantada em Istambul, murchou no fim desse século que viu florescer tantos pintores de miniaturas. As querelas entre os pintores e os intermináveis debates suscitados pelo conflito entre o estilo de Herat e o dos mestres europeus nunca foram resolvidos. Porque a pintura foi abandonada: não se pintou mais, nem à moda ocidental nem à maneira do Oriente. Os pintores não se indignaram nem se revoltaram com isso. Como os velhinhos que sucumbem calados a seus achaques, aceitaram pouco a pouco a situação, com tristeza e resignação. Desinteressaram-se, simplesmente não pensaram mais nos antigos mestres de Tabriz, que outrora veneravam, nem nos pintores da Europa, cujas invenções e cujos novos modelos tinham copiado com um misto de inveja e ódio. Assim como as portas das casas são fechadas e a cidade é entregue às trevas quando a noite cai, assim também a pintura foi abandonada. Esqueceu-se, sem a menor consideração, que um dia enxergávamos nosso mundo de uma maneira bem diferente.

O livro do meu pai, infelizmente, ficou inacabado. As páginas que Hassan havia espalhado foram recolhidas e depositadas no Tesouro. Lá, um conservador minucioso e eficiente mandou encaderná-las com outras iluminuras, sem nenhuma relação com elas, produzidas pelo ateliê, mas depois disso elas foram redistribuídas em várias obras. Hassan fugiu de Istambul, e nunca mais ouvimos falar dele. Mas Shevket e Orhan nunca esqueceram que foi seu tio, e não o Negro, que matou o assassino do meu pai.

Dois anos depois de ter perdido a vista, Mestre Osman morreu, deixando seu lugar de Grande Mestre Iluminador para Cegonha. Borboleta, que tinha uma admiração pessoal pelo talento do meu falecido pai, passou o resto da vida pintando motivos de tapetes, telas de tenda e cortinados, como a maioria dos jovens pintores que os sucederam. Nenhum deles pareceu considerar o abandono da pintura de livros uma grande perda. Talvez porque nenhum deles nunca viu seu rosto exposto numa página.

A vida toda alimentei no fundo de mim o desejo secreto, que nunca revelei a ninguém, de ver duas coisas pintadas:

1. Meu retrato; mas sei que, por mais que tenham tentado, os miniaturistas do sultão fracassaram, porque, ainda que pudessem me ver em todo o esplendor da minha beleza, eles jamais admitiram que um rosto de mulher pode ser belo, se seus olhos e sua boca não forem pintados como os de uma beldade chinesa. E, se eles pintassem uma chinesa, à maneira dos mestres da antiga escola, talvez os que a vissem sabendo tratar-se de mim fossem capazes de discernir meu rosto em filigrana sob os traços da bela chinesa. Mas as gerações posteriores, mesmo que saibam que meus olhos não eram puxados, não terão meio de saber como eu era. Como eu seria feliz se hoje, em minha velhice, além do consolo de ter meus filhos sempre ao meu lado, eu tivesse um retrato da minha juventude!

2. Uma imagem da felicidade perfeita, coisa que o poeta Nazim, o Louro, de Ran, tinha tentado fazer em seus versos. Até sei como devia ser essa pintura. Imagine o retrato de uma

mãe com seus dois filhos; o mais moço, que ela acalentaria sorrindo em seus braços, mamaria feliz em seu peito generoso, sorrindo também. O olhar, levemente enciumado, do irmão mais velho cruzaria com o da mãe. A mãe neste quadro seria eu, e o passarinho no céu estaria ao mesmo tempo voando e imobilizado numa eterna felicidade, no estilo dos velhos mestres de Herat, que sabiam como fazer o tempo parar. Sei que não é fácil.

Meu filho Orhan, que é tolo o bastante para ser sempre racional, me faz ver que, de um lado, os mestres de Herat, que sabiam como deter o tempo, nunca teriam sido capazes de me pintar como eu sou; de outro, os mestres europeus, que estão sempre pintando retratos de mães e filhos, nunca seriam capazes de deter o tempo; logo minha pintura da felicidade nunca poderia ser executada.

Talvez ele tenha razão. Na verdade, não procuramos por sorrisos em pinturas da felicidade, mas sim pela própria felicidade na vida. Os pintores sabem disso, mas é precisamente o que eles não podem pintar. É por isso que, em vez da felicidade de viver, eles nos oferecem a felicidade de ver.

Na esperança de que ele talvez possa narrar por escrito essa história que não pode ser narrada em imagens, contei-a a Orhan. Confiei-lhe sem hesitar as cartas que recebi de Hassan e do Negro, e também a folha encontrada no corpo do pobre Elegante Efêndi, com os desenhos de cavalos e sua tinta borrada. Mas não acreditem muito se ele pintar o Negro mais distraído do que era, nossa vida mais difícil do que é, Shevket mais malvado e eu mais bonita e mais severa do que sou. Porque não há mentira que Orhan não hesite em contar, para tornar suas histórias mais cativantes e convincentes.

1990-92, 1994-98

# CRONOLOGIA

**336-330 a. C.** Dario, rei dos persas. Último rei aquemênida, derrotado por Alexandre Magno.

**336-323 a. C.** Alexandre Magno conquista a Pérsia e chega ao Indo.

**622** Hégira. Fuga do profeta Maomé, de Meca para Medina, ponto de partida do calendário muçulmano.

**1010** *Livro dos reis.* O poeta persa Firdusi (935-1020) oferece sua epopeia mitológica e histórica ao sultão Mahmud, de Ghazni (Afeganistão). Seu mais célebre herói é Rustam, equivalente de Aquiles, no Irã. O contexto geral é o da luta secular do Irã contra os demônios, depois contra os invasores do Norte, chamados "turanianos". Os episódios protagonizados por ele nas histórias e mitos persas inspiraram os miniaturistas a partir do século XIV em diante.

**1141-1209** O poeta persa Nizami, de Ganja (Azerbaijão), escreve suas cinco epopeias romanescas, o *Quinteto*: *O tesouro dos mistérios*, *Khosrow e Shirin*, *Leila e Majnun*, *As sete princesas* e *O livro de Alexandre*.

**1206-1227** Reinado do soberano mongol Gêngis Cã, que estende seu império até a Europa, depois de invadir a Pérsia e a Ásia.

**1258** Tomada de Bagdá por Hulagu, neto de Gêngis Cã.

**1300-1922** Império otomano. Poder muçulmano sunita, dominou o Sudeste da Europa, o Oriente Médio e o Norte da África. Em seu auge, o império otomano estendia-se às portas de Viena e à Pérsia.

**1370-1405** Reinado de Tamerlão, que derrotou, entre outros, os turcomanos e os otomanos (derrota do sultão otomano Bajazet I em Ancara, 1402). Conquistou territórios que iam da Mongólia ao Mediterrâneo, inclusive terras da Rússia, Índia, Afeganistão, Irã, Iraque e Anatólia.

**1370-1526** Dinastia timúrida, época de brilhante desenvolvimento da cultura persa em toda a Ásia interior, em torno de Samarcanda, Bukhara, Herat, Shiraz e Tabriz. Nestas três últimas cidades floresceram as grandes escolas da miniatura persa clássica, antes de Istambul.

**1375-1467** A confederação do Carneiro Negro reúne as tribos turcomanas do oeste do Irã e da Anatólia. O último soberano, Djahan Xá, reinou de 1438 a 1467, sendo derrotado por Hassan, o Alto, chefe da confederação rival do Carneiro Branco.

**1378-1502** A confederação do Carneiro Branco reina sobre o Norte do Iraque, o Azerbaijão e o Leste da Anatólia. Hassan, o Alto, reina de 1452 a 1478. Não consegue impedir a extensão a leste dos otomanos, mas, depois de derrotar Djahan Xá, derrota também o timúrida Abu Said em 1468. Seu império se estende até Bagdá e ao golfo Pérsico.

**1453** O sultão otomano Mehmet, o Conquistador, toma Constantinopla: é o fim do império bizantino. Mehmet encomenda seu retrato a Iacopo Bellini.

**1501-1736** Império *safávida* no Irã. O islamismo xiita torna-se religião de Estado e contribui para unificar o Império, cuja primeira capital será Tabriz. Mais tarde, a capital será transferida para Kazvin e Isfahan. O primeiro xá *safávida*, Ismail, reina de 1501 a 1524, depois de vencer os turcomanos. Mas o Novo Império persa é enfraquecido, no reinado do xá Tahmasp I (1524-1576) pela potência otomana em plena ascensão.

**1512** Exílio do grande miniaturista Bihzad, que foge de Herat para Tabriz.

**1514** Saque do Palácio dos Sete Céus, residência de Ismail em Tabriz, pelo sultão otomano Selim, o Cruel, após sua vitória em Tchaldiran. Ele traz para Istambul uma inestimável coleção de manuscritos e miniaturas.

**1520-1566** O reinado de Suleyman, o Magnífico, marca a Idade de Ouro da cultura otomana. Primeiro cerco de Viena (1529). Retoma Bagdá dos *safávidas* (1535).

**1556-1605** Reinado de Akbar, imperador da Índia, descendente de Tamerlão e de Gêngis Cã. Cria um grande ateliê de miniaturistas em Agra.

**1566-1574** Reinado do sultão otomano Selim II. Tratados de paz com a Áustria e a Pérsia.

**1571** Batalha de Lepanto. Apesar dessa vitória dos cristãos, Chipre é tomada dos venezianos pelos otomanos em 1573.

**1574-1595** Reinado do sultão Murad III, marcado, de 1578 a 1590, pela guerra com o império persa *safávida*. Apaixonado por livros e miniaturas, encomenda o *Livro dos talentos*, o *Livro das festividades* e o *Livro das vitórias*, todos eles realizados em Istambul pelos maiores pintores da época, entre os quais o célebre Osman.

**1576** O xá Tahmasp propõe a paz aos otomanos. Após décadas de combates, o *safávida* Tahmasp Xá oferece ao novo sultão otomano, Selim II, após a morte de Suleyman, magníficos presentes, em particular um exemplar excepcional do *Livro dos reis*, mais tarde depositado no palácio de Topkapi.

**1583** O miniaturista persa Velidjan (Oliva) é recrutado, dez anos depois da sua chegada a Istambul.

**1587-1629** Reinado do soberano *safávida* Abas I, que depõe seu pai, Muhammad Khudabandah. Abas reduz a influência dos turcomanos na Pérsia, mudando a capital de Kazvin para Isfahan. Firma a paz com os otomanos em 1590.

**1591** História do Negro e dos pintores da corte otomana. Um ano antes do milésimo aniversário da Hégira (em anos lunares), o Negro volta a Istambul.

**1603-1617** Reinado do sultão otomano Ahmet I, que destruiu com as próprias mãos o grande relógio enviado pela rainha Elisabeth.

# PEQUENO GLOSSÁRIO

AGÁ — alto funcionário da corte do sultão.
BAKLAVAS — torta de massa folhada, com recheio de amêndoas, pistache e mel.
CAFETÃ — longa túnica ornamentada e debruada, às vezes forrada de peles, usada por turcos e árabes.
CARAVANÇARÁ — estalagem pública e gratuita, em que as caravanas paravam para pernoitar.
CHALVAR — calça bufante oriental.
CHELEBI — forma de tratamento, equivalente a cavalheiro.
CÓLOFON — nos manuscritos antigos, nota final com as referências sobre a obra e indicações sobre a impressão.
DERVIXE — monge sufista muçulmano.
DIVÃ — o Conselho de Estado turco.
DJIM — gênio malévolo, ou às vezes benéfico, na cultura muçulmana.
EFÊNDI — forma de tratamento respeitoso dada aos homens.
ENDERUN — setor reservado do Palácio de Topkapi, onde vivia o sultão. Também ali se localizam os prédios do Tesouro, das Relíquias Sagradas e da Biblioteca, além da Sala do Trono.
FATWA — decreto religioso islâmico.
GAZEL — na poesia árabe e persa clássica, breve poema lírico.
HADJI — título a que tem direito todo muçulmano que fez a peregrinação a Meca.
HALVAH — doce turco, parecido com o torrone, feito de farinha, óleo de gergelim, mel, pedaços de frutas e amêndoa (ou avelã, ou pistache).
HAMAM — é uma adaptação das termas romanas ao mundo muçulmano. Todo bairro das cidades do Oriente Médio tinha este seu banho público a vapor (a que, aliás, chamamos *banho turco*), às vezes também construído como anexo da mesquita.
HANIM — forma de tratamento respeitoso dada às mulheres.
HODJA — pregador; professor de uma escola corânica.
JARDINEIRO-MOR — título dado ao comandante da guarda do sultão.
KEBAB — espetinho de carne marinada, cebola, tomate e pimentão.
KILIM — tapete típico do Curdistão, da Turquia oriental e do Irã ocidental.
KIPTCHAK — povo turco da região de Fergana, planície situada entre o Uzbequistão, a Quirguízia e o Tadjiquistão.
MAHDI — na tradição muçulmana, o Messias que restabelecerá a paz e os princípios do islã, no fim dos tempos.

PORTA ou SUBLIME PORTA — a corte, o governo dos antigos sultões. O nome vem do costume que tinham os antigos soberanos de dar audiência na porta do palácio ou da tenda.

SAFÁVIDAS — dinastia xiita, iniciada por Ismail Xá I (1502 a 1524), que reinou na Pérsia de 1502 a 1736.

TURÃ — nome que os escritores do Irã davam aos territórios que se estendiam ao norte de seu país, em particular ao Turquestão, às estepes do Ural e à região siberiana.

ZURNA — instrumento da música folclórica e militar turca, de palheta dupla, como o oboé.

ORHAN PAMUK nasceu em 1952, em Istambul. Filho de uma próspera família de negociantes, gradualmente abandonou os costumes otomanos e islâmicos para adotar a cultura secular europeia. Seus primeiros romances, *Cevdet bey ve oğulları* [Cevdet bei e seus filhos] e *Sessiz ev* [A casa do silêncio], publicados em 1982 e 1983, abordam as relações familiares de distintas gerações em momentos conturbados da história da Turquia nos séculos XIX e XX. A consagração internacional viria em 1991, com a publicação em inglês de seu terceiro livro, *O castelo branco*, ambientado na Istambul do século XVII e em torno das reflexões de um intelectual otomano e seu escravo veneziano. A tradução no Ocidente de romances como *O livro negro*, *Meu nome é Vermelho*, *Neve* e *Istambul* ratificou Pamuk como o principal escritor de língua turca na atualidade. Traduzido para mais de quarenta idiomas, foi um dos primeiros intelectuais turcos a falar abertamente sobre o massacre de armênios promovido por seu país durante a Primeira Guerra Mundial. O tema é considerado ofensivo pelo Estado e lhe rendeu um processo de contornos kafkianos, reconstituído no livro de ensaios *Outras cores*. Em 2006, foi apontado pela revista *Time* como uma das cem pessoas mais influentes do mundo e recebeu o prêmio Nobel de literatura.

1ª edição Companhia das Letras [2004] 1 reimpressão
2ª edição Companhia das Letras [2006] 5 reimpressões
1ª edição Companhia de Bolso [2013] 1 reimpressão

Esta obra foi composta por Verba Editorial
em Jason Text e impressa pela Gráfica Bartira
em ofsete sobre papel Pólen Soft da Suzano S.A.

A marca FSC® é a garantia de que a madeira utilizada na fabricação do papel deste livro provém de florestas que foram gerenciadas de maneira ambientalmente correta, socialmente justa e economicamente viável, além de outras fontes de origem controlada.